능력 있는 시녀님

A Competent Maid

능력 있는 시녀님 3

유인 장편소설

초판 1쇄 찍은 날 | 2017년 9월 22일
초판 2쇄 펴낸 날 | 2018년 12월 5일

지은이 | 유인
펴낸이 | 권태완 우천제

편집책임 | 박은정
편집 | 김효주 천희진
편집 디자인 | 이즈플러스

펴낸곳 | (주)케이더블유북스
등록번호 | 제25100-2015-43호
등록일자 | 2015. 5. 4
WFN | 제3-022호

주소 | 구로구 디지털로31길 38-9 에이스테크노타워 1차 401호
전화 | 02-867-4626 팩스 | 02-866-4627
E-mail | cl_production@naver.com

ISBN 979-11-293-0423-0
      979-11-293-0419-3 (set)

능력 있는 시녀님

A Competent Maid

유인 장편소설

III

위치북

Contents

Chapter 1
고백

그날의 일은 클로얀 지방 전체로 퍼졌다. 왕국 사람들은 뭐라고 할 말을 찾을 수가 없었다. 백성들을 구하기 위해 자신의 목숨을 잃을 것을 각오하고 나서다니. 도저히 믿을 수 없는 이야기였다.

"거짓말은…… 아니겠지? 그게 있을 수 있는 이야기인가?"

"예끼! 그런 말 하지 말게! 당시 총독과 제국 기사들이 얼마나 큰 위험을 무릅썼는데!"

"그래, 아무리 그들이 밉더라도 이번 일만큼은 폄훼하려고 들지 말게."

당시 상황을 목격했던 이들이 목소리를 높였다. 사람들은 믿을 수 없다는 듯 중얼거렸다.

"그게…… 정말이라고?"

"말도 안 되는……."

이건 정치적인 문제를 따질 사항이 아니었다. 어떤 누가 그 상황에서 남을 위해 나설 수 있단 말인가? 남을 구하려다 자신이 죽을 위험이 훨씬 높은 상황이었는데. 하지만 저 신임 총독은 그 위험을 감수했다. 바로 그들을 위해.

"도대체⋯⋯."

대화를 나누던 이들은 왕성이 있는 쪽을 향해 고개를 돌렸다. 모두의 눈에 설명하기 어려운 감정이 스쳐 지나갔다.

———❧———

한편 그렇게 모두가 마리에 대해 생각하고 있을 때, 저 멀리 서제국에서도 그녀를 생각하고 있는 인물이 있었다. 바로 서제국의 황제 요하네프 3세였다.

"이레테강 상류의 댐 문제도 해결했다고? 정말 대단하군. 역시 그녀야."

그렇게 말하는 요하네프 3세의 안색은 파리하기 그지없었다. 이전 동제국의 수도를 떠날 때보다 한층 건강이 악화한 것이다. 그런데 요하네프 3세의 목소리가 조금 이상했다. 댐에 문제가 발생한 것이 마치 그들과 연관이 있는 것 같은 눈치였던 것이다. 과연 그는 인상을 찌푸리더니 이렇게 말했다.

"라키, 이놈은 내가 그녀를 원하는 걸 알면서도 이렇게 무자비한 일을 하다니."

곁에 서 있던 측근 정보부 부부장 로이스도 고개를 끄덕였다.

"사람들을 선동해 돌을 던지게 한 것도 그렇고, 이번 댐 사건도 그렇고, 모두 모리나 왕녀가 목숨을 잃을 수도 있었던 일이니까요."

그러며 로이스는 말했다.

"이제 앞으로 일어날 일도 정말 위험천만한 일이고요."

놀라운 이야기였다. 지금껏 일어난 일이 모두 서제국의 라키 드 스토른 백작의 음모였다는 것이다. 더구나 또 위험천만한 일이 일어날 예정이라니?

"이러다 정말 그녀가 잘못되기라도 하면 어떻게 하려고. 이건 잘되면 좋고, 잘못되어 그녀가 죽어도 어쩔 수 없고, 이런 식이잖아."

로이스는 고개를 끄덕였다.

"이번에 발생할 일은 아무리 왕녀의 능력이 뛰어나도 본인의 능력으로는 해결할 수 없는 일이니 위험하긴 할 것 같습니다."

"이러다 정말 목숨을 잃기라도 할까 잠이 안 올 지경이라고. 쿨럭. 쿨럭."

한숨을 내쉰 요하네프 3세는 거칠게 기침을 토했다. 한참 기침하고 난 후에야 안정을 찾은 요한은 다시 알 수 없는 이야기를 하였다.

"어쨌든 지금까지는 잘 진행되고 있어. 이대로만 되면 우리 계획은 무리 없이 이루어지겠어."

로이스도 요한의 말에 동의했다.

"네, 지금까지는 모두 잘 진행되고 있지요. 모두 모리나 왕녀 덕분입니다."

"그녀가 잘못되기라도 할까 불안하긴 하지만, 그래도 그녀 덕분에 다 잘 진행되고 있어. 역시 모리나 왕녀야."

그러며 한숨을 내쉬며 요하네프 3세는 창밖을 바라보았다. 바로 클로얀 지방, 마리가 있는 방향이었다.

"어서 계획이 마무리되었으면 좋겠군. 다시 빨리 그녀를 보고 싶어."

요한의 말에는 그녀를 향한 진심이 담겨 있었다. 그래서 로이스는 잠시 주저하더니 물었다.

"정말로 그녀를 원하십니까?"

"당연하지. 그녀를 향한 마음은 진심이야."

요하네프 3세는 파리한 안색으로 피식 웃었다.

"물론 나도 안다. 내가 하려는 일이 그녀의 행복에는 전혀 도움이 되지 않는다는 것을. 아니, 그녀의 행복만 생각한다면 그녀를 훨훨 놔주는 게 맞겠지."

요하네프 3세는 잠시 말을 멈추었다가 말했다.

"하지만 어떻게 하겠는가? 머리로는 알아도 내 마음은 그녀를 전혀 놔주고 싶어 하지 않는데."

---- ❦ ----

한편 그때, 요하네프 3세가 자신을 생각하는 것은 상상도 못 하고 있는 마리는 총독부 관저에서 끙끙대며 누워 있었다.

"몸은 좀 괜찮은가?"

"아, 아파요."

비를 맞으며 작업한 탓에 감기에 걸린 것이다. 그녀는 열이 끓어올라 더운 날임에도 이불을 눈 밑까지 끌어 올리고 있었다.

"이럴 줄 알았다. 하아."

라엘은 마리가 아픈 게 속상한지 한숨을 내쉬었다. 그가 차갑게 적신 천을 이마에 올려 주자 마리는 아픈 와중에도 배시시 웃었다.

"왜 웃지?"

"그냥. 그냥 좋아서요."

"뭐가?"

"폐하가 걱정해 주는 게 좋아서요."

라엘은 인상을 찌푸렸다.

"그런 말 하지 마라. 나는 정말로 속상하니까. 자꾸 이러면 아예 가둬 두는 수가 있어."

"가둬요?"

"그래, 어디 못 가고 나만 바라보게 꼭꼭 가둬 두겠다."

마리는 웃었다. 이런 이야기도 기분 좋게 들리는 것을 보면 자신이 정말 아프긴 한가 보다. 아니면 그를 정말 좋아하거나. 그렇게 기분 좋은 한때를 보내고 있을 때, 라엘이 뜻밖의 이야기를 하였다.

"잠시 이곳을 떠났다 와야겠다."

"아······."

마리의 표정이 굳었다.

"무슨 일이 있으신가요?"

"직접 해결해야 할 일이 생겨서. 오래 걸리지는 않을 거다."

마리는 고개를 끄덕였다. 이렇게 그녀의 곁에 와 있지만 그는 황제다. 이곳에 와 있음에도 그는 남몰래 오른의 보고를 받으며 국정을 보고 있었다.

'당연히 가서야 하는 건데. 떠난다니 속상하네.'

당연한 일이고 다시 돌아온다고까지 했는데도, 아쉬운 마음이 들었다. 그냥 가슴 한구석이 비는 것 같았다. 그녀는 그런 자신의 마음에 당황했다.

'정신 차려.'

마리는 속으로 고개를 저으며 물었다.

"그러면 바로 떠나실 건가요?"

"아니, 내일 파티에는 참석해야겠지. 기사들의 노고를 치하해야 하니까."

내일은 지난 댐 사건 때 위험을 무릅쓴 기사들을 치하하는 비공식 파티가 예정되어 있었다.

"네."

마리는 고개를 끄덕였다. 그녀는 그를 당분간 못 보게 되니, 내일 파티 때는 그와 즐겁게 보내야 하겠다고 생각했다.

한숨 자고 자리에서 일어난 그녀는 정무를 보고 파티에 참석할 준비를 하였다.

"평소처럼 단정하게 꾸미면 될까요, 각하?"

총독부에 고용된 어린 하녀가 물었다.

"응, 어차피 비공식 파티라 거창하게 꾸밀 필요 없으니……."

그런데 마리는 문득 한 가지 생각이 들어 말을 바꾸었다.

"아니, 그냥 최대한 예쁘게 꾸며 줘."

"네? 알겠습니다."

하녀는 고개를 갸웃했으나, 마리의 말을 그대로 따랐다. 그렇게 한참 단장하고 방을 나서자, 에스코트를 위해 미리 기다리던 라엘이 놀란 표정을 지었다.

"마리?"

"……이상한가요?"

마리는 살짝 얼굴을 붉혔다. 그녀가 특별히 공을 들여 꾸민 이유는 당연히 그에게 잘 보이기 위해서였다. 당분간 못 본다고 생각하니 최대한 예쁘게 보이고 싶었다.

"아니."

라엘은 그녀를 부드럽게 끌어안으며 고개를 저었다.

"너무나 예쁘군. 품 안에 숨기고 누구에게도 보여 주고 싶지 않을 정도야. 괜히 잡놈들이 쳐다볼까 봐 싫으니 적당히 꾸미도록. 나에게는 전혀 안 꾸며도 예쁘게만 보이니까."

마리는 그의 품에서 빼꼼 고개를 들어 그를 바라보며 말했다.

"폐하 때문에 꾸민 거예요."

"뭐?"

마리의 얼굴이 빨갛게 물들었다.

"다른 사람 말고 폐하에게 보이려고. 폐하에게 예뻐 보이려고 꾸민 거예요."

그렇게 말한 마리는 다시 고개를 숙였다. 민망했다.

"……."

그런 그녀를 보는 라엘의 눈동자가 타오르듯 뜨거워졌다. 그녀가 사랑스럽고 귀여워 참을 수가 없었다. 라엘은 손가락으로 그녀의 턱을 들어 올렸다.

"……!"

그녀가 놀란 표정을 지으며 그를 보는 순간, 그의 입술이 거칠게 그녀의 입술을 덮쳤다.

"아…… 폐, 폐하."

예상치 못한 키스에 그녀는 신음을 흘렸다. 평소보다 더 강렬하고 거친 키스였다. 마치 자신의 모든 것이 정복당하는 듯한 키스에 힘이 풀려 그녀는 주춤 뒤로 물러났다.

탁.

벽에 등이 닿았으나 라엘은 멈추지 않았다. 한 손으로 그녀를 허리를 감싸 안은 채, 혀로 그녀를 탐닉했다.

"하아."

그렇게 한참이나 강렬한 키스를 한 그는 넋이 나간 듯 멍하니 있는 그녀를 향해 말했다.

"날 너무 자극하지 말도록. 그렇지 않아도 지금이라도 당장 그대를 가지고 싶어 미칠 지경이니까."

"……네."

마리는 고개를 끄덕였다. 사실 특별히 자극한 것은 없었지만 정말 잡아먹을 듯한 눈빛이라 뭐라 이야기할 수가 없었다.

"가지."

"……네."

그렇게 마리는 라엘의 에스코트를 받고 야외 파티장으로 향했다.

"와아!"

그들이 도착하자 기사들이 우렁찬 박수와 함성으로 맞았다. 라엘이 말했다.

"우리끼리 있는 자리이니 부담 없이 즐기도록. 오늘은 취해도 용서해 주겠다."

"감사합니다!"

파티장은 왕성 뒤편 정원으로, 말이 파티이지 그냥 바비큐 구이를 동반한 기사들끼리의 술자리에 가까웠다. 특별히 초대한 인원도 없어 그들은 편안하게 술을 마셨다.

"폐하, 제가 한 잔 올리겠습니다!"

"폐하가 아니다. 지금은 윈터 백작이다."

"아! 뭐, 우리끼리만 있는데 상관없지 않습니까. 어쨌든 폐하, 아니, 백작님! 소신이 한잔 올리겠습니다!"

이미 잔뜩 마셨는지 얼굴이 빨개진 기사가 술을 권했다. 라엘은 피식 웃으며 잔을 받았다.

"너무 많이 주지는 말도록. 힐데른 자작을 에스코트해야 하니까."

"그런 게 어디 있습니까! 오늘은 마셔야지요!"

마리는 그 친근한 모습에 신기하단 마음이 들었다.

'하긴 근위 기사단은 내전이 시작하기 전부터 폐하를 따라온 이들이니, 전우나 다름없겠구나.'

기사들은 라엘에게 연신 술을 권했다. 그들끼리만 있으니 한층 더 격의가 없는 것 같았다.

"아, 그만. 많이 마셨다."

"괜찮습니다! 더 받으십시오!"

조금씩 받아 마신 게 쌓이다 보니 라엘도 취기가 올라오는 듯했다.

그때, 한 기사가 그녀에게 다가와 무릎을 꿇으며 말했다.

"예비 황후마마도 한잔 받으십시오!"

라엘이 인상을 찌푸렸다.

"뭐? 이놈이?"

알몬드도 말렸다.

"취했다. 물러가라."

그때, 마리가 의외의 행동을 하였다.

"괜찮아요. 마실 수 있어요."

기사가 건넨 술을 받더니 쭈욱 들이켠 것이다.

"와아!"

그런 예비 황후의 화통한 모습에 기사들이 함성을 질렀다.

"예비 황후마마 만세!"

"제국 만세!"

그러자 기사들이 한 명, 두 명 다가와 그녀에게 술을 건네었다.

"랑슨이라고 합니다! 한잔 드리겠습니다, 마마!"

"아, 아니…… 아직 마마는 아닌데."

"저는 칼튼입니다! 존경합니다, 마마!"

"저는 케밍입니다! 사랑합니다, 마마!"

잠시 지켜보던 라엘은 그녀에게 끝없이 술이 들어가자 다급히 그들을 말렸다.

"그만! 그만!"

하지만 이미 때는 늦은 뒤였다. 마리는 빨개진 얼굴로 딸꾹질하였다.

"끄윽. 폐, 폐하? 폐하도 한잔……."

라엘은 이마에 손을 얹으며 고개를 저었다.

"들어가서 쉬어야겠다."

"괘, 괜찮은데."

"아니, 안 돼. 들어가자."

"조, 조금 더 마시고 싶은데……."

라엘은 칭얼거리는 그녀를 일으킨 후 술을 권한 이들을 노려보았다.

"너희들…… 다음에 보자."

그는 그녀를 끌어안듯 부축한 후 그녀의 방으로 함께 들어갔다.

"각하?"

"시원한 꿀물을 가져오도록."

하녀에게 명한 라엘은 조심히 그녀를 침대에 눕혀 주었다.

"하아."

그는 흐트러진 채 누워 있는 마리를 보며 깊게 한숨을 내쉬었다.

"도대체 이렇게 무방비해서야. 어떤 꼴을 당하려고."

그렇지 않아도 그녀를 향한 감정을 억누르기 어려운데, 저렇게 흐트러져 있는 모습을 보고 있으니 가슴이 요동쳤다. 그는 그녀 곁에 풀썩 앉아 머리를 쓰다듬었다.

"넌 모를 거다. 내가 너를 얼마나 바라는지, 너 때문에 얼마나 가슴 아파하는지."

취하긴 했어도 정신은 있는 마리는 그의 말을 듣고 고개를 저었다.

"저도…… 알아요."

"아니, 너는 몰라."

라엘은 고개를 숙여 나직한 목소리로 말했다.

"너는 절대로 모를 거야. 이 아픔을."

하지만 마리는 속으로 고개를 저었다. 그녀도 안다. 그녀도 그를 사랑하니까. 보는 것만으로도 가슴이 벅차면서 행복하고. 안타까우면서 불안하고 아픈 감정을 모를 리가 있겠는가?

그때, 하녀가 꿀물을 가져왔다. 라엘은 마리를 일으켜 세워 준 후 꿀물을 마시게 했다.

"천천히 마시도록. 속에 좋을 거다."

"감사합니다."

그러며 그는 자리에서 일어났다.

"이만 가 보겠다. 푹 쉬도록."

그때, 마리가 그를 덥석 붙잡았다.

"저……."

마리가 사과처럼 얼굴을 붉히며 말했다.

"조금만…… 조금만 더 있다가 가면 안 돼요?"

"……안 돼. 쉬어라."

라엘은 고개를 저었다. 안 된다. 그렇지 않아도 그녀를 가지고 싶은 마음을 억누르기 어려운 상태였다. 이대로 더 함께 있는다면 더는 참을 수 없을지 모른다. 하지만 마리가 말했다.

"곧 이제 못 보는데…… 조금만 더 같이 있고 싶어서 그래서……."

"……."

"그냥 둘이 간단히 한 잔만 더 하면 안 될까요?"

마리는 간절한 목소리로 말했다. 이대로 그를 보내고 싶지 않았다. 왠지 그러면 안 될 것 같았다. 라엘은 다시 한숨을 내쉬었다. 저렇게 말하는데 거절할 수 있는 남자가 어디 있겠는가?

"딱 한 잔만이다."

"네, 딱 한 잔만."

"정말 딱 한 잔만이야."

라엘은 자기 자신에게 강조하듯 말했다. 그 이상 마시면 안 될 것 같았다. 마리는 고개를 끄덕였다.

"네."

그렇게 둘은 소파에 나란히 앉아 술을 마시기 시작했다.

"헤헤. 이렇게 폐하와 술을 마시다니. 꿈만 같아요."

"뭐가 꿈만 같은가?"

"서로 좋은 친구가 된 것 같잖아요. 이렇게 편하게 술도 마시고, 예전에는 상상도 못 했는데."

라엘은 그 해맑은 말에 속으로 신음을 삼켰다.

'좋은 친구라고? 아닌데.'

그는 힐끗 옆에 앉은 그녀를 바라보았다. 그렇지 않아도 노출이 있는 연회용 드레스를 입고 있었던 그녀는 술에 취한 탓인지 잔뜩 흐트러져 있었다. 옷 사이로 보이는 하얀 살결과 발그레하게 변한 얼굴을 볼 때마다 라엘은 타오르는 욕망 때문에 미칠 것만 같았다. 지금 당장에라도 그녀를 가지고 싶었다. 곁에 앉은 탓에 손과 어깨가 움직일 때마다 스쳤는데 그때마다 심장이 덜컥덜컥 내려앉았다. 라엘은 속으로 고개를 젓고는 입을 열었다.

"마리. 사랑한다."

"……!"

"무슨 일이 있어도, 어떤 일이 있어도 사랑해."

진심을 담은 그의 목소리가 그녀의 가슴에 울려 퍼졌다. 마리의 눈동자가 흔들렸다.

"네, 폐하. 저도…… 저도 사랑해요."

누가 먼저랄 것도 없이 서로의 입술이 겹쳐졌다. 서로를 향한 갈망과 사랑이 뒤섞였다. 참을 수 없는 소유욕이 서로를 향해 치달았다. 부드럽게 시작한 키스는 점차 뜨거워졌고, 이윽고 거칠 정도로 격렬해졌다.

"아. 폐, 폐하……."

마리가 달뜬 신음을 흘렸으나, 라엘은 멈추지 않았다. 오히려 더욱더 집요하게 파고들었다. 상대의 모든 것을 자신의 것으로 만들겠다는 듯 소유욕 가득한 키스였다. 그녀를 향한 마음이 너무나 강렬해 애달프게까지 느껴졌다.

'모자라.'

라엘의 입술이 그녀의 입술에서 내려와 목을 훑었다.

"폐, 폐…… 하."

그의 혀가 살결에 닿을 때마다 마리는 참을 수 없는 자극에 신음을 흘리며 그의 머리카락을 움켜쥐었다. 하지만 라엘은 멈추지 않았다. 아무리 취해도 부족했다. 갈증만 계속해서 심해질 뿐이었다.

'널 가지면 이 갈증이 조금은 해소될까?'

라엘은 이를 악물며 그녀를 바라보았다. 도저히 이 마음을 억누를 수가 없었다.

그때였다. 마리가 그의 목을 끌어안으며 떨리는 목소리로 말했다.

"사랑해요. 라엘. 정말로……."

그 이야기를 듣는 순간, 라엘의 머릿속에서 무언가가 뚝 하고 끊겼다. 그가 마리의 입술을 다시 한번 덮쳤다. 그녀의 몸이 자연스럽게 뒤로 넘어가며, 그가 쓰러진 그녀를 위에서 내려다보는 자세가 되었다.

"……."

곧 일어날 일을 직감한 마리의 눈이 파르르 떨렸다. 사실 각오하고 있었지만, 막상 닥치자 마음이 떨렸다. 하지만 그렇다고 거절하지는 않았다. 라엘은 천천히 부드러운 손길로 그녀의 뺨을 어루만졌다.

"나도…… 사랑한다. 내 목숨보다도 널 사랑해."

마리는 눈을 감았다.

"네, 저도요."

라엘의 얼굴이 그녀를 향해 다가갔다. 그렇게 둘은 달빛을 받으며 하나가 되었다.

다음 날, 늦은 아침. 마리는 멍하니 눈을 떴다.

'아파.'

처음 든 생각은 그거였다. 아프다고 듣기는 했지만, 이렇게 아플 거라고는 생각하지 못했다.

'땅이 갈라지는 느낌이라더니. 진짜구나.'

마리는 한숨을 내쉬었다. 이전에 동료 시녀들에게 들었던 말이 거짓이 아니었다. 지금도 아프고, 어젯밤에는 더 아팠다. 그리고 아픈 곳은 그곳만이 아니었다. 전신이 몸살이라도 난 것처럼 욱신거렸다. 온종일 침대에 누워 있어야 할 것 같았다.

'그래도…… 좋았어.'

그녀는 속으로 중얼거렸다. 지독히도 아팠지만 나쁘지 않았다. 자신을 향한 그의 사랑을 느낄 수 있었기 때문이다.

어젯밤 그의 손길은 조심스럽기 그지없었다. 그녀가 조금이라도 더 아파할까, 괴로워할까, 걱정하는 게 느껴졌고, 그의 손길 하나하나에는 그녀를 향한 사랑이 가득했다. 그 사랑을 느낄 수 있었기에 마리는 행복했다.

'폐하는 떠나셨겠지? 벌써 정오가 다 되었으니.'

마리는 일찍 일어나지 못한 것이 후회스러웠다. 당분간 못 볼 테니 떠나는 모습이라도 보고 싶었는데.

'보고 싶다.'

어제까지 봤으면서도 그가 없다고 생각하니 또 보고 싶다는 생각이 들었다. 영원히 떨어져 있고 싶지 않았다.

그 순간, 문이 열리며 생각지도 못 한 목소리가 들렸다.

"일어났나? 몸은 괜찮나?"

"폐하?"

마리는 눈을 크게 떴다. 그였다!

"시간이 늦었는데 어째서 안 떠나시고?"

라엘은 고개를 저었다.

"그대를 놔두고 어떻게 바로 떠나겠는가? 하루 미루었다."

"아…….""

마리는 고마운 마음이 들었다. 어젯밤 처음으로 밤을 보낸 그녀를 배려해 일정을 미룬 것이다. 하지만 그녀는 속마음을 숨기고 고개를 저었다.

"중요한 일이시잖아요. 전 괜찮으니 지금 바로 떠나세요."

"하루 정도는 괜찮아. 대신들이 잘하고 있을 거다."

"전 정말 괜찮은데…….""

"그만."

라엘은 고개를 저으며 서운하다는 듯 물었다.

"그대는 내가 떠나는 것이 아쉽지 않은가 보지?"

"그…….""

마리는 입을 다물었다 열었다.

"……아쉬워요."

라엘은 피식 웃으며 그녀의 곁에 앉았다.

"나도 아쉽다. 그대를 떠나는 것이. 그래서 하루 미룬 거야. 뭐, 황제로서 불성실한 태도이지만, 늘 열심히 해왔으니 이 정도는 괜찮겠지."

그는 부드럽게 그녀를 끌어안았다.

"이제 그대는 완전히 내 것이니, 보통 떠나고 싶지 않아야지."

내 것. 그 말이 이상하게 마리의 가슴을 흔들었다. 그래, 이제 나는 그와 완전히 하나가 되었다. 그간 남몰래 불안했던 마음이 사르르 녹는 것 같았다. 그녀는 배시시 웃으며 그의 품에 파고들었다.

"사랑해요."

사랑해. 아무리 속삭여도 질리지 않는 달콤한 말. 그에게 자신의 마음을 더욱더 전달하고 싶었고, 자신을 향한 그의 마음을 더욱더 느끼고 싶었다.

'아…… 이 순간이 영원했으면.'

마리는 가슴이 벅차올라 생각했다. 이것보다 더 행복할 수가 있을까? 너무나 행복해 불안한 마음이 들 정도였다. 그 마음은 라엘도 마찬가지였다. 그녀를 향한 마음이 가득한 그의 눈은 따뜻함으로 물들어 있었다. 라엘은 그녀의 입술에 부드럽게 입을 맞춘 후 말했다.

"앞으로는 절대로 널 내 품에서 놔주지 않을 거다. 각오하는 것이 좋아."

마리는 고개를 끄덕였다.

"네, 폐하."

그렇게 둘은 행복한 하루를 보냈다. 모든 근심을 내려놓고 오로지 서로만을 바라보았다.

이윽고 이튿날. 그가 떠날 때가 되었다.

"절대 무리하지 말고 반드시 조심히 지내도록. 최대한 금방 돌아올 테니까."

라엘은 마리를 홀로 놔두고 가는 것이 마음에 걸리는 듯했다. 클로얀 지방은 아직도 불안 요소가 많았다. 마리는 걱정하지 말라는 듯 고개를 저었다.

"네, 폐하께서도 조심하세요."

"난 괜찮다. 정말 꼭 조심해야 한다."

몇 번이고 말해도 안심이 안 되는지 라엘은 거듭 말했다. 보다 못한 알몬드가 말릴 정도였다.

"이제는 그만 떠나시지요, 폐하. 각하는 괜찮으실 겁니다."

어쩔 수 없이 그가 떨어지지 않는 발걸음을 돌리려는 순간이었다. 그녀가 머뭇거리며 물었다.

"폐하, 저를 사랑하시는지요?"

"당연하지."

라엘은 왜 그런 당연한 것을 묻느냐는 듯 답했다.

"저는 폐하의 것이지요?"

"그래."

라엘은 인상을 찌푸렸다.

"물어볼 필요도 없는 이야기다. 왜 자꾸 묻는 거지?"

마리는 웃으며 고개를 저었다.

"그냥 다시 한번 듣고 싶었어요."

라엘은 피식 웃고는 그녀의 머리를 헝클어뜨렸다.

"금방 돌아오겠다. 기다리고 있도록."

라엘은 그렇게 말하고 떠났다. 떠난 그의 자리를 보며 마리는 멍한 표정을 지었다. 그가 떠나니 가슴이 텅 빈 것 같았다.

'정신 차려. 어차피 금방 다시 볼 거잖아.'

그녀는 고개를 휙휙 저었다. 행복한 와중에도 문득문득 알 수 없이 불안한 마음이 들었다. 하지만 마리는 그건 지금이 너무 행복하기 때문이어서라고 생각했다. 모든 것이 순탄했다. 불안해할 필요가 없었다.

'클로얀 지방이 안정되면 그에게 내 정체를 밝히자.'

물론 아직은 정체를 밝히기에는 일렀다. 클로얀 지방이 안정기에 접어들었다고 하기에는 한참 멀었기 때문이다.

'이제는 민심뿐만 아니라, 전(前) 왕실 기사단의 문제를 해결해야 해.'

왕실 기사단. 반 제국 운동의 핵심적인 주축으로, 전 왕실 기사단의 인원들뿐 아니라 제국의 반감을 품은 왕국 귀족들이 모두 가입되어 있다. 어마어마한 규모였지만 그 실체는 아직 파악되지 않은 비밀 결사였다. 앞으로 그녀는 그들과의 문제를 해결해야 했다. 그들과의 문제까지 해결하면, 이제 그녀와 그 사이를 가로막는 것은 아무것도 남지 않게 되리라.

'최선을 다하자.'

마음을 굳히며 마리가 열심히 정무를 보고 있을 때였다. 그가 떠난 지 5일이 지났을 때, 마리는 정원에서 뜻밖의 광경을 목격하였다.

"남작님?"

은발과도 같은 은은한 백금발, 린 남작이었다. 그는 정원에 쪼그려 앉아 길고양이를 쓰다듬고 있었다.

냐옹. 냐옹.

보는 것만으로도 사랑스러운 고양이였다. 좀 더 가까이서 보려고 그에게 다가간 그녀는 순간 오싹한 느낌이 들었다. 고양이를 바라보는 그의 눈빛이 섬뜩할 만큼 무감정했기 때문이다.

'뭐지?'

그녀는 자신이 잘못 본 건가 했지만 아니었다. 손은 부드럽게 고양이의 털을 쓰다듬고 있었지만, 그의 눈동자에는 아무런 감정도 깃들어 있지 않았다. 마치 세상과 유리되어 있는 듯한 눈빛.

"아…… 각하."

린 남작은 곧 그녀의 기척을 눈치채고 시선을 돌렸다. 평소처럼 부드러운 미소가 그의 입가에 걸렸다.

"……."

마리는 잠시 아무 말 못 하고 입을 다물었다. 그에게 용건이 있긴 했는데, 방금 그의 눈빛이 떠오르며 입이 떨어지지가 않았다.

'그러고 보니 지난번에도 알 수 없는 모습을 보여 줬었지.'

얼마 전 비가 오던 날이 떠올랐다. 상황이 워낙 급박하게 흘러가서 깊게 생각하지 못했는데, 그 당시에도 린 남작의 모습은 어딘지 모르게 꺼림칙했었다.

"무슨 일이십니까, 각하?"

평소와 같은 부드러운 물음에 그녀가 머뭇거리며 입을 열려는 순간이었다. 생각지도 못 한 급보가 그녀에게 도착했다.

"각하! 각하! 큰일입니다!"

심상치 않은 음성에 마리는 눈을 크게 떴다.

"무슨 일이죠?"

전력으로 달려온 것인지 전령은 숨을 헐떡이며 외쳤다.

"적군이 수도 인근으로 진군하고 있습니다!"

"적군…… 이라고요?"

마리는 자신이 잘못 들었나 했다. 갑자기 무슨 적군이란 말인가? 하지만 잘못 들은 것이 아니었다.

"이교도 해적들입니다! 그들이 서제국 쪽으로 뻗은 레멘강의 하류를 통해 수도 방향으로 올라오고 있습니다!"

"……!"

"적군의 추정 숫자는 3,000명이 넘습니다! 당장 사람들을 피난시켜야 합니다!"

마리의 얼굴이 하얘졌다. 생각지도 못 한 곳에서 최악의 위기가 닥쳐온 것이다. 그것도 하필 라엘이 없을 때.

갑작스러운 해적의 침공 소식에 총독부가 발칵 뒤집혔다. 마리는 즉각 긴급 대책 회의를 열었다.

"당장 인근의 사람들을 내성으로 피난시켜야 합니다."

"맞습니다. 현재 우리에게는 해적들에게 대항할 만한 병력이 없습니다."

총독부의 관리들이 다급한 표정으로 말했다. 마리도 심각한 얼굴로 생각했다.

'관리들의 말이 맞아. 전쟁에 패한 후 자체적인 상비군이 없는 클로얀 지방으로서는 3,000명이나 되는 해적들과 맞설 방법이 없어.'

이교도 해적은 단순한 강도들이 아니었다. 지중해를 근거로 남유럽에 맹위를 떨치는 일종의 군벌이나 다름없었다.

'클로얀 지방을 방위하기 위한 3군단이 있지만, 서제국과의 국경에 주둔하고 있어 이곳까지 도착하려면 시간이 너무 오래 걸려. 지원군이 도착하면 해적들은 노략을 끝내고 떠난 뒤일 거야.'

마리는 암울하게 생각했다. 기껏 대홍수의 피해를 복구해 놓았는데 이제는 해적이라니. 다시 모든 것이 파괴되리라.

'그런데 도대체 어떻게 해적들이 이곳까지 올라온 거지?'

아무리 이교도 해적들이 강력해도 이 근방에는 손을 뻗치지 못했다. 동제국이든 서제국이든 강력한 해군을 지니고 있기 때문이다.

'더구나 레멘강을 거슬러 올라왔다고? 레멘강은 서제국으로 뻗어 있으니, 서제국을 통해 올라와야 하는 거잖아.'

거기까지 생각한 마리는 곧 답을 깨달았다.

'요하네프 3세야! 요하네프 3세가 이번 일을 꾸민 것이 분명해!'

마리의 안색이 하얘졌다.

'클로얀 지방이 안정되고 있으니, 훼방하기 위해 이교도 해적을 이용한 거야.'

그녀의 머리에 요한의 얼굴이 떠올랐다. 정말 지긋지긋한 악연이었다.

'어떻게 하지? 이대로라면 이 근방은 또다시 쑥대밭이 될 텐데.'

그녀는 클로얀 왕국민들을 떠올렸다. 오랜 전란과 재앙을 겪은 왕국민들의 삶은 이제야 가까스로 안정을 찾아가고 있었다. 그런데 다시 이런 고통이 들이닥친다면 견딜 수 없을 것이다.

"어떻게 하시겠습니까, 각하?"

린 남작이 그녀에게 물었다. 언제나 그렇듯 그는 특별한 의견을 제시하지 않았다. 그저 그녀의 의견을 물을 뿐이었다.

"3군단의 지원군이 도착하려면 5일은 걸리겠죠?"

"네, 그 시간이면 해적들은 약탈을 끝내고 떠난 뒤일 겁니다."

다른 관리들이 이구동성으로 말했다.

"당장 사람들을 피난시켜야 합니다."

"맞서 싸울 방법이 없습니다."

마리는 입술을 깨물었다.

'사람들을 피난시키면 마을은? 다 엉망으로 노략당할 거야. 모두 불에 타 망가질 게 분명해.'

최선의 방법은 적에 맞서 싸우는 것이다. 하지만 싸울 병력도 없고, 지휘할 인물도 없었다.

'폐하가 있었으면, 아니, 알몬드 자작님이라도 있었으면……'

마리는 생각했다. 알몬드 자작은 라엘을 호위하고 수도로 돌아간 상태였다. 현재 남아 있는 근위 기사의 숫자는 100명도 채 안 되었다.

'어쩔 수 없는 걸까?'

마리는 주먹을 움켜쥐며 창밖으로 왕성 너머를 바라보았다. 성벽 밖으로 수많은 마을이 놓여 있었다. 평화로워 보이는 모습. 수많은 사람이 저 안에서 행복한 표정을 짓고 있을 것이다. 하지만 해적들이 들이닥치면 저 행복도 끝이었다. 피난해 간신히 목숨을 구한다 해도 삶의 터전은 모조리 망가진 뒤일 거다.

'안 돼.'

그녀는 눈을 질끈 감았다. 그런 모습 따위 보고 싶지 않았다. 부당한 재앙에서 저들을 지켜 주고 싶었다. 하지만 지금으로서는 도저히 방법이 없었다. 아무리 그녀라도 3,000명에 달하는 해적을 상대할 방법은 존재하지 않았다.

"각하, 한시가 급합니다! 빨리 소개 명령을!"

결국, 그녀가 떨리는 목소리로 피난 명령을 내리려는 찰나였다. 생각지도 못 한 소리가 총독부로 울려 퍼졌다.

"와아!"

수많은 사람의 함성이었다.

"……!"

모두가 놀라 서로를 바라보았다.

"이게 무슨?"

"도대체 무슨 소리죠?"

곧 왕성의 입구를 지키던 경비병이 달려왔다.

"각하! 나와 보셔야 할 것 같습니다!"

"무슨 일인가?"

한 관리가 대신 물었다.

"지금 왕국민들이 왕성 앞에 모여들어 각하를 찾고 있습니다!"

마리는 놀라 왕성의 성벽 위로 올라갔다. 왕성 주위로 흐르는 해자 너머로 수많은 왕국민이 모여 함성을 지르고 있었다.

'무슨 일이지?'

마리는 덜컥 불안한 마음이 들었다.

'혹시 또다시 민란이라도?'

얼핏 봐도 수천 명에 이르는 인원이었다. 만약 반란이라면 그녀의 목숨은 오늘로 끝이었다. 하지만 다행히 반란은 아니었다. 그녀를 본 왕국민들 사이에서 이러한 함성이 터진 것이다.

"총독 각하다!"

"총독 각하! 저희의 부탁을 들어주십시오!"

마리는 의아한 표정을 지었다.

"저에게 갑자기 무슨 부탁을 하려는 겁니까?"

마리가 입을 열자, 함성이 뚝 하고 그쳤다. 한 인물이 대표로 나와 그녀에게 목소리를 높여 외쳤다.

"지금 이교도 해적들이 저희의 터전으로 몰려오고 있다고 들었습니다! 그 문제 때문에 드릴 부탁이 있습니다!"

그 말을 들은 마리는 저들이 성 인근에 사는 사람들임을 깨달았다. 곧 삶의 터전을 잃을 위기에 처한 자들.

"네, 그렇지 않아도 피난 준비를 하라고 이르려 했습니다. 시간이 없으니 모두 피난 준비를 해주십시오!"

마리도 마주 목소리를 높여 말했다. 하지만 군웅은 고개를 저었다.

"우리는 도망가지 않겠습니다!"

"……!"

"해적들이 우리의 터전을 짓밟게 놔둘 수는 없습니다! 우리는 맞서 싸우겠습니다!"

그 말에 마리는 당황했다. 싸운다고? 어떻게? 싸울 병사는 물론, 무기도 없지 않은가? 그런 그녀의 마음을 알아차리기라도 한 듯 군웅은 목소리를 높였다.

"곡괭이라도 들고 싸우겠습니다. 아니, 두 팔만 있으면 어떻게든 싸울 수 있습니다!"

"……!"

"대신 각하께서 우리를 이끌어주십시오!"

생각지도 못 한 이야기에 마리의 눈동자가 커졌다. 군웅이 하늘이 터져 나갈 것 같은 함성을 외쳤다.

"각하와 함께라면 해적들 따위 얼마든지 물리칠 수 있습니다! 우리를 이끌어주십시오!"

"와아!"

"저희와 함께해 주십시오!"

마리의 손끝이 파르르 떨렸다. 가슴 벅차는 전율이 온몸을 타고 올라왔다. 모리나 왕녀만 바라던 클로얀 왕국민들이 드디어 자신을 바라봐 준 것이다. 제국과 왕국민의 입장을 떠나 어떠한 편견도 가지지 않고.

마리는 떨리는 목소리로 입을 열었다.

"전 많이 부족합니다. 해적들과 싸우는 도중 어떠한 희생이 생길지도 모릅니다. 그래도 괜찮겠습니까?"

클로얀 왕국민들의 대답은 하나였다. 모두 입을 모아 이렇게 외쳤다.

"우리는 당신을 따르겠습니다!"

그렇게 모여든 민병대는 무려 5,000명이나 되었다. 해적들과 비교해 2배 가까이 많은 숫자. 하지만 마리와 총독부 수뇌부의 표정은 좋지 않았다.

"숫자는 많지만 이대로는 필패입니다."

"네, 동의해요."

마리는 고개를 끄덕였다. 하늘을 찌르는 군중의 사기와 다르게 상황은 좋지 않았다. 말이 5,000이지, 제대로 된 무기도 없고 군사훈련을 받은 이들도 아니었다. 반면 해적들은 질 좋은 무기를 지니고 있음은 물론, 수많은 전투 경험으로 다져진 바다의 전사들이었다.

"정면으로 충돌하면 대패할 것이 분명합니다. 방법을 생각해야 합니다."

폰틸 남작이 말했다. 그는 근위 기사단의 부단장으로 라엘과 함께 떠난 알몬드 자작을 대신해 그녀를 호위하고 있었다.

"……."

마리는 지도를 보며 잠시 침묵에 잠겼다.

'방법이 없지는 않아. 질적으로 열세인 상황에서도 큰 승리를 거둘 방법이.'

생각을 마친 마리는 말했다.

"해적들의 접안 예정 지점은 어디지요?"

"선단의 규모나 강물의 흐름을 봤을 때 커먼성의 남쪽 지점으로 예상됩니다."

"잘됐군요."

그렇게 말하는 그녀를 보며 사람들은 의아한 표정을 지었다.

"혹시 무슨 묘책이 있으십니까, 각하?"

누군가 기대감을 담아 물었다. 항상 대단한 능력을 보여 준 그녀이다. 그러니 이번에도 기상천외한 묘책을 보여 줄지 모른다 생각한 것이다. 과연 마리는 고개를 끄덕였다.

"네, 한 가지 생각이 있긴 해요."

"과연! 역시 각하이십니다!"

총독부 관리들의 얼굴에 화색이 돌았다. 다른 사람도 아닌 그녀가 떠올린 생각이면 이 난관을 해결할 수 있는 묘책일 것임이 분명했다.

"무엇입니까, 그 계책이?"

"그건……."

사람들은 기대감 섞인 얼굴로 그녀의 설명을 듣기 시작했다. 하지만 그녀의 말이 이어질수록 사람들의 표정이 굳어져 갔다. 무언가 그들이 기대했던 것과 거리가 멀었던 것이다. 아니, 분명 묘책이지만 문제가 있었다. 그것도 결단코 용납할 수 없는 문제가.

"그건 안 됩니다, 각하!"

결국, 폰틸 남작이 거센 목소리로 외쳤다. 마리는 굳은 표정으로 답했다.

"이 방법이면 해적들을 큰 피해 없이 물리칠 수 있어요."

"그건 그렇지만!"

폰틸 남작은 말도 안 된다는 듯 고개를 저었다.

"각하를 미끼로 해적들을 함정으로 유인하겠다니 너무 위험합니다! 절대 용납할 수 없습니다!"

마리가 떠올린 묘책. 그건 바로 그녀 자신을 미끼로 해서 해적들을 함정으로 유인하는 것이었다. 분명 성공만 하면 대승을 거둘 방법이지만 문제는 그녀에게 너무 위험하다는 것이었다. 살짝만 잘못 삐끗해도 그녀는 목숨을 잃을 테니까.

"폐하께서 제게 각하의 털끝 하나라도 상하지 않게 지키라 명령하였습니다. 그러니 절대로 용납할 수 없습니다."

완강한 폰틸 남작의 말에 마리는 곤란한 표정을 지었다.

"남작님, 다른 방법이 없어요."

"그래도 안 됩니다."

마리가 다시 입을 열어 폰틸 남작을 설득하려고 할 때였다. 가만히 이야기를 듣고만 있던 린 남작이 입을 열었다.

"각하."

린 남작이 이런 의사 결정 때 발언을 하는 것은 처음이라 마리는 의아한 표정을 지었다.

"각하께서는 두렵지 않으십니까?"

"……!"

뜻밖의 물음에 마리의 눈동자가 흔들렸다. 린 남작이 그녀를 이해하기 어렵다는 목소리로 물었다.

"일이 잘못 풀리면 목숨을 잃을 것입니다. 그런데도 괜찮으신 것입니까?"

마리는 표정을 굳히며 답했다.

"괜찮지 않아요. 당연히 두려워요."

"그런데 어째섭니까?"

"저들이 저를 믿고 와 주었기 때문이에요."

마리는 한숨을 내쉬며 창밖을 바라보았다. 그곳에는 몰려든 민병들이 해적들과 싸울 준비를 하고 있었다.

"저들도 소중한 가족이 있을 거예요. 죽음이 두려운 것은 마찬가지 겠죠. 하지만 모두 저를 믿고 와 주었어요."

"······."

"남작님의 말처럼 두렵지 않은 것은 아니에요. 아니, 사실은 굉장히 무서워요. 저는 전쟁은커녕 제대로 싸움을 해본 적도 없는걸요. 하지만 저 하나가 위험을 감수함으로써 저들의 피해를 줄일 수 있다면, 무조건 해내야 한다고 생각해요. 그게 저를 믿고 모여 준 저들에 대한 책임이니까요."

그녀가 말을 마치자 장내가 조용해졌다. 왕국민들을 위해 위험을 감수하려는 그녀의 각오에 마음이 흔들린 것이다.

결국, 근위 기사단의 부단장이자 그녀의 호위 책임자 폰틸 남작은 이렇게 말할 수밖에 없었다.

"알겠습니다. 대신 각하가 미끼로 나설 때 저도 함께하겠습니다."

마리도 그것까지는 거절하지 않았다.

"네, 잘 부탁할게요."

해적과의 일전을 앞두고 마리의 계책이 빠른 속도로 준비되었다.

"내일이군요."

"네, 출정은 이른 새벽에 할 것이니 잠시라도 눈을 붙이십시오."

폰틸 남작의 말에 마리는 고개를 끄덕였다. 당장 내일 오전 해적과 조우하게 된다. 위험한 작전을 수행해야 하니 조금이라도 자 두어야 한다.

"그러면 주무십시오."

그렇게 말하는 폰틸 남작을 보며 마리는 순간 머뭇거렸다.

"각하? 하실 말씀이라도 있으십니까?"

폰틸 남작은 의아한 표정을 지었다. 마리는 한참을 머뭇거리다가 고개를 저었다.

"아니에요. 내일 새벽에 뵐게요."

의아한 표정으로 물러나는 폰틸 남작의 뒷모습을 보며 마리는 쓴웃음을 지었다.

'폐하가 옆에 있었으면.'

사실 강한 척 이야기하긴 했지만 많이 두려웠다.

'내가 잘할 수 있을까?'

그녀는 전장에 나가는 것이 처음이었다. 아니, 제대로 싸움을 해본 적도 없었다.

'과연 내가 사람들이 죽고 다치는 광경을 견딜 수 있을까?'

그녀는 두려운 마음이 들었다. 전장에 나가는 것도 떨리는데, 그녀 자신이 미끼가 되어 적을 유인해야 한다. 겁먹지 않으려고 노력해도 자꾸만 가슴이 떨리고 무서웠다.

'라엘, 폐하. 보고 싶어요.'

마리는 하필 이럴 때 자신의 곁을 떠난 라엘을 원망했다. 그가 자신의 곁에 있었다면, 그렇다면 이 불안감도 조금은 덜했을 텐데. 하지만 지금 그녀의 곁에는 아무도 없었다. 오로지 홀로 두려움을 극복해 내야 했다.

'정신 차려, 마리. 잘해 내야 해. 떨지 마.'

마리는 이불을 뒤집어쓴 채 눈을 감았다. 그녀의 어깨에 수많은 이의 목숨이 걸려 있었다. 이렇게 두려워할 때가 아니었다. 하지만 그렇게 다짐한다고 해서 없던 용기가 생겨나지는 않았다. 당장 내일 아침 수많은 적군의 앞에 서야 할 것을 생각하니 가슴이 파르르 떨렸다.

'제발. 제발 저에게 용기를 주시옵소서.'

그녀는 그렇게 몇 번인지 헤아릴 수 없을 정도로 되뇌고 되뇌었다.

얼마나 뒤척인 다음이었을까? 그녀는 깜빡 잠이 들었는데, 꿈속에서 눈을 크게 떴다. 마치 그녀의 바람이 이루어지기라도 한 듯 능력을 주는 꿈을 꾸었던 것이다.

'무슨 꿈을?'

마리는 집중해 꿈속의 내용을 바라보았다.

어린 소녀였다. 예쁘고 강인한 인상의 소녀였는데, 창밖을 보며 주먹을 움켜쥐고 있었다.

「…….」

무슨 생각을 하는 걸까? 소녀는 아무런 말없이 굳은 표정으로 저 멀리 창밖만 바라보고 있었다. 소녀가 바라보는 곳에는 수많은 병사가 모여 출전을 기다리고 있었다. 바로 소녀가 지휘해야 할 병력이었다.

그때, 방의 문이 열리며 화려한 갑주를 입은 기사가 들어왔다. 기사는 소녀의 굳은 얼굴을 보고 주저하며 물었다.

「괜찮나?」

그들은 곧 대전을 앞두고 있었다. 그리고 이 소녀는 저 많은 병력을 이끌고 그 대전에 앞장서야 했다. 어지간한 강단의 기사라도 중압감을 느낄 상황이었다. 하지만 소녀는 굳건한 표정으로 고개를 끄덕일 뿐이었다.

「괜찮아요.」

그러며 소녀는 담담히 말했다.

「이게 제게 내려진 사명이니까요.」

그 말에 기사는 복잡한 눈을 하였다. 그는 알고 있었다. 저 소녀도 남들과 마찬가지로 두려움과 중압감을 느낀다는 것을. 하지만 소녀는 절대로 그런 티를 밖으로 내지 않았다.

「시간이 되었네요. 이제 슬슬 나가 봐야겠어요.」

소녀는 정말로 괜찮다는 듯 미소를 지어 보이고는 방에 놓인 자신의 갑주를 걸쳐 밖으로 나갔다.

「와아!」

소녀가 말을 타고 출진하자 대기하고 있던 병사들이 거센 함성을 내질렀다. 마치 소녀와 함께하는 한, 절대로 지지 않을 거라는 함성이었다.

차앙!

소녀는 검을 치켜들며 외쳤다.

「목표는 랭스! 출진하겠습니다!」

그렇게 백년전쟁을 승리로 이끈 성녀, '잔 다르크'가 출진을 명령했다.

마리는 번뜩 눈을 떴다. 밖을 보니 새벽 시간이었다.

"잔 다르크……."

지금까지 늘 그래 왔던 것처럼 보통의 인물은 아닐 거다. 그녀는 급히 자신이 무슨 능력을 얻게 된 것인지 점검해 보았다.

'지휘 능력? 검술? 전략?'

하지만 모두 아니었다. 혹시나 하여 장식용 검까지 꺼내 휘둘러 보앉으나, 무게에 낑낑대며 넘어질 뻔했을 뿐이다.

'무슨 능력이 생긴 거지?'

그때, 노크와 함께 폰틸 남작이 기척을 알렸다.

"각하, 출진할 시간입니다. 모두 대기하고 있습니다."

"네, 나갈게요."

마리는 준비된 경갑을 입고는 왕성 밖으로 향했다. 미리 명을 받은 5,000의 민병은 다른 장소로 이동한 상태였고, 약 100명의 제국 근위 기사만 그녀를 기다리고 있었다.

"모두 모인 건가요?"

"네, 각하!"

근위 기사들은 우렁차게 답했다. 라엘의 뒤를 따라 수라장을 헤쳐 온 용사들답게 기세가 엄정했다. 다만 특이하게 다들 남루한 갑주를 입고 있었는데, 이는 해적들을 방심하게 하기 위한 계책이었다.

"바로 출발하겠어요."

그렇게 말하며 말에 오른 순간이었다. 마리는 순간 기이한 점을 깨달았다.

'어? 그러고 보니?'

이제 적을 향해 출진하기 직전인데 전혀 떨리지가 않았다.

'꿈에서 얻은 능력이 바로 이것이었구나! 용기!'

두렵기는커녕 마음이 차분했다. 지금 당장 적과 싸운다고 해도 동요하지 않을 것 같았다. 마치 자신이 역전의 용사가 된 듯한 느낌이었다.

"한 가지만 말하겠습니다! 아무도 죽지 마십시오! 우리는 승리할 테니, 기쁜 마음으로 다시 만나겠습니다!"

"네, 각하!"

"출발하겠습니다!"

그렇게 외친 그녀와 근위 기사들은 말을 달리기 시작했다. 바로 해적들이 도착한 장소로.

⚜

배에서 막 내린 라흐잔은 기지개를 켰다. 오랜 항해를 마쳐서인지 뭍이 그리웠다.

'우리가 제국의 땅을 밟게 되다니.'

제국은 그들, 해적들 사이에서 성역이나 다름없는 곳이었다. 막강한 해군들이 수호하고 있었기 때문이다.

'원래는 접근할 엄두도 못 냈겠지만 다른 곳도 아닌 서제국이 먼저 제안을 하다니. 흐흐. 우리야 뭐 마다할 이유가 없지.'

전해 듣기로 이곳 레멘강 유역은 변변한 병력이 없다고 들었다. 그들의 입장에서는 황금 밭에 온 것이나 마찬가지였다. 모든 것이 그들의 것이나 다름없었으니까.

"대장, 빨리빨리 움직입시다. 잔뜩 약탈하려면 바빠요."

"크큭, 이곳 여자들이 그렇게 야들야들하다던데. 모두 노예로 끌고 가야겠습니다."

해적들은 곧 있을 피의 축제가 흥분되는지 눈을 번뜩였다. 대장 라흐잔은 곡도 샴쉬르(Shamshir)를 높게 쳐들며 외쳤다.

"북쪽으로 조금만 가면 이곳의 주도인 커먼성이 나온다! 젊은 남자는 죽이고, 여자는 노예로 잡아라!"

"네, 알겠습니다!"

해적들은 희희낙락해 진군을 시작했다. 그런데 얼마 가지 않았을 때였다. 그들은 기이한 일행과 마주했다. 남루한 갑주를 입은 백여 명의 기사였는데, 작은 소녀가 선두에 서 있었다.

"뭐지? 적군인가?"

라흐잔은 눈살을 찌푸렸다. 위협을 느끼지는 않았다. 저 정도 병력이야 뭉개 버리고 진군하면 그만이었다. 다만 선두에 선 소녀가 그의 흥미를 자극했다.

"호오, 제법?"

소녀는 하얀 드레스 위에 경갑을 입고 있었는데, 천하의 절색은 아니어도 하얗고 귀여운 인상인 것이 딱 그의 취향이었다. 그렇게 느낀 것은 라흐잔만이 아니었는지 곁의 수하가 입술을 핥으며 물었다.

"대장, 저년은 죽이지 말고 꼭 잡죠. 어디 팔지 말고 우리가 두고두고 데리고 다닙시다."

해적들은 음흉한 눈빛으로 소녀를 바라보았다. 그런데 그때였다. 소녀가 말을 탄 채 그들의 앞으로 나섰다.

"난 클로얀 지방의 총독 마리 폰 힐데른 자작이다! 너희는 무슨 용무로 이곳에 온 것이냐?"

"……!"

작은 소녀의 입에서 나왔다고는 상상도 할 수 없는 기백에 해적들은 순간 놀라 마리를 바라보았다.

"난 너희가 클로얀 지방에 발을 딛는 것을 허락한 적이 없다. 황제 폐하의 직권을 대리하여 명하느니, 당장 이곳을 떠나라! 지금 떠나면 더는 죄를 묻지 않겠다."

해적들은 서로를 바라보았다. 놀란 것도 잠시, 곧 비웃음이 그들 사이에 퍼졌다.

"큭큭. 뭐? 총독이라고?"

"총독 속살은 무슨 맛일지 궁금하구먼."

해적들의 대장 라흐잔도 피식 웃으며 앞으로 나섰다.

"나야말로 말하마. 지금 당장 내 앞에 알몸으로 무릎을 꿇으면 특별히 예뻐해 주마."

"킥킥."

해적들은 모욕적인 말을 뱉으며 마리에게 다가갔다. 한 걸음, 두 걸음. 멀찍이 떨어져 있던 거리가 점차 가까워졌다.

그런데 이상한 점이 있었다. 거리가 가까워지는데도 소녀는 아무런 반응이 없었던 것이다. 도망가지도, 달려들지도 않고 조용히 서 있다가 서로가 상당히 가까워졌을 때, 소녀는 말안장에 매단 활을 꺼내 들었다.

"활? 그걸 꺼내서 뭐 하려고?"

라흐잔은 입가에 진득한 미소를 지었다. 활은 쉽게 다룰 수 있는 무기가 아니다. 거리가 가깝긴 했지만 저 소녀가 활을 다룰 수 있을 리가 없다. 저 소녀를 잔뜩 짓밟을 생각에 흥분하며 달려들려는 찰나! 화살에 활을 메긴 소녀가 가만히 시위를 당겼다.

끼이익.

"……!"

알 수 없는 한기가 라흐잔의 등줄기에 스쳐 지나갔다.

"자, 잠깐……."

하지만 늦었다. 마리는 차갑게 그를 바라보며 시위를 놓았다.

파앗!

마리는 과거 사냥터에 갔을 때 궁사의 꿈을 꾸었던 적이 있다. 오랜 시간 동안 잠들어 있던 그 능력이 위기를 맞아 다시 깨어났다. 궁사의 능력을 담은 화살은 공기를 가르며 쇄도했고, 목적지에 정확히 내리꽂혔다!

"크아아아악!"

라흐잔이 고통에 찬 비명을 내질렀다.

"대장!"

곁의 해적들도 하얗게 질려 라흐잔을 바라보았다.

"크아악! 내, 내……! 안 돼! 내……!"

라흐잔은 눈을 시뻘겋게 뜨며 비명을 질렀다. 처연하기까지 한 비명이었다. 왜냐하면 하필 화살이 꽂힌 곳이 그의 가장 중요한 부위, 신체의 중심부였기 때문이다.

"크악! 이, 이…… 빌어먹을 년이……!"

생명에는 지장이 없었지만, 더한 분노가 라흐잔의 머리끝까지 치밀어 올랐다. 이제 그는 평생 남자 구실을 못 하게 되었다. 마리는 그의 얼굴을 빤히 바라보며 말했다.

"지금이라도 돌아가면 추가적인 죄는 묻지 않겠어요."

물론 그녀의 말은 라흐잔의 분노를 더욱 자극할 뿐이었다.

"크아악! 잡아! 당장 저년을 잡아!"

마리는 말머리를 돌려 달아나기 시작했다. 근위 기사들이 호위하듯 그녀를 에워쌌다.

"잡아! 잡아!"

라흐잔과 해적들은 앞뒤 가리지 않고 그녀를 쫓았다. 마리가 향한 곳은 그들의 원래 목적지인 북쪽이 아닌 남쪽이었지만, 그런 것은 신경 쓰지 못했다. 화가 머리끝까지 난 그들의 머릿속에는 오로지 마리를 잡을 생각만 가득했다.

"이년! 잡히기만 해봐라! 절대 곱게 죽이지 않겠다!"

파앙!

해적 중 누군가 그녀를 향해 화살을 쐈다.

"……!"

화살은 아슬아슬하게 그녀의 목덜미를 스치고 지나갔다. 옅게 상처가 나며 주룩 피가 흘렀다.

"각하!"

놀란 근위 기사들이 외쳤으나, 마리는 흔들림 없이 외쳤다.

"전 괜찮습니다. 목적지로 향하는 데 주력하십시오!"

마리와 기사들은 이를 악물고 '목적지'로 향했다. 해적들은 지옥의 악귀처럼 그들을 쫓아왔다. 그들이 잡힐 듯 안 잡힐 듯 아슬아슬하게 도망가서 해적들은 더욱 화가 났다.

"잡히기만 해봐라!"

그렇게 얼마나 달렸을 때였을까? 저 멀리서 의외의 건물들이 모습을 드러냈다.

"병영?"

해적들은 순간 주춤했다. 목책과 막사가 놓인 병영이었던 것이다. 마리와 기사들은 그 병영 안으로 들어가 버렸다.

"어떻게 합니까, 대장?"

라흐잔은 이를 바득 갈며 말했다.

"뭘 어떻게 해? 딱 보니 오랫동안 방치된 병영인데. 같이 밀어버려!"

"와아!"

대장의 명에 해적들이 함성을 지르며 병영에 뛰어들었다. 과연 라흐잔의 추측대로 병영에는 거의 인원이 없었다. 그나마 있던 인원도 해적의 침입에 놀라 도망가기 바빴다.

"저기다! 저기 가서 잡아라!"

저 멀리 소녀가 도망가는 모습을 본 라흐잔은 외쳤다. 그렇게 해적들은 마리를 따라 병영에 들어왔다. 그런데 한참 병영 안을 헤매는데 한 해적이 라흐잔에게 말했다.

"대장. 무언가 이상한 냄새 나지 않습니까?"

"뭐?"

라흐잔은 얼굴을 굳혔다. 그러고 보니 자꾸만 이상한 냄새가 코를 자극하고 있었다.

"기름 냄새?"

그들은 빽빽이 설치된 막사에 들어갔다. 그리고 안을 확인한 순간 안색이 창백해졌다.

"이건……?"

누군가 침을 꿀꺽 삼켰다. 막사 안에는 기름이 잔뜩 있었던 것이다.

"도대체 왜…… 여기에 기름이?"

모두의 등줄기에 소름이 돋았다. 이런 상황에서 기름의 용도는 단 하나였다. 화공(火攻). 라흐잔이 창백한 얼굴로 외쳤다.

"함정이다! 모두 물러나라!"

하지만 너무 늦은 외침이었다.

휘익!

그 순간 바람 가르는 소리가 섬뜩하게 들려왔다. 불화살이었다.

"아…… 이런…….”

누군가 중얼거렸다. 그리고 그 중얼거림을 마지막으로 그들의 주변에 지옥도가 펼쳐졌다.

"하아. 하아.”

간신히 시간에 맞춰 병영 안에서 빠져나온 마리는 전황이 내려다보이는 낮은 언덕에서 숨을 몰아쉬었다. 꿈에서 굳센 용기를 받았어도 체력은 그대로인지라, 몸이 부서질 것처럼 힘들었다.

"수고하셨습니다. 대성공입니다.”

폰틸 남작이 아비규환의 혼란에 빠진 병영을 바라보며 말했다. 해적들은 불지옥 속에서 비명을 지르고 있었다.

"4년도 전에 버려진 병영을 이렇게 이용하다니 대단합니다.”

"아니, 적들을 직접 유인한 게 더 대단하지요. 역시 각하이십니다.”

주변의 모두가 마리에게 감탄하였다. 그리고 그들의 감탄은 절대 빈말이 아니었다. 화공 작전을 세운 것부터 적을 유인한 것까지 모두 마리의 뛰어난 능력 덕분에 가능했던 것이다. 하지만 마리는 고개를 저었다.

"아직 싸움은 끝나지 않았어요. 병영에서 빠져나오는 해적들을 상대해야 해요."

"걱정하지 마십시오. 이미 포위망을 구축해 놓았으니."

폰틸 남작은 시원하게 답했다. 5,000의 민병대는 죽창으로 무장한채 근위 기사단과 함께 포위망을 형성했다. 불길을 빠져나온 해적들은 민병대를 상대해야 했다.

"사실상 끝났군요."

"저들이 언제 항복할지가 관건이겠습니다."

마리도 고개를 끄덕였다. 아무리 해적들이 역전의 전사라 해도 이런 상황에서 힘을 쓸 수는 없었다.

'끝났어.'

순간 그녀의 마음속에 죄책감이 들었다. 아무리 해적이라지만 자신의 계책 때문에 수많은 생명이 목숨을 잃게 된 것이니까. 하지만 그녀는 곧 고개를 저었다. 저들을 놔두었으면 자신들이 같은 꼴을 당했을 것이다. 어쩔 수 없는 일이었다.

"와아아!"

"크악!"

전장에 함성과 비명이 울려 퍼졌다. 대부분의 비명은 해적들의 것이었다. 전황은 일방적으로 그들 쪽으로 기울었다.

'더 이상의 싸움은 의미가 없어. 이제 항복 제의를 해야……'

마리가 그렇게 생각하며 앞으로 나서려고 할 때였다. 전장에서 뜻밖의 일이 발생했다.

"크아악! 개 같은 년! 가만히 두지 않겠다!"

"……!"

한 번에 수백에 달하는 해적들이 불길을 뚫고 뛰쳐나왔던 것이다. 선두에는 대장인 라흐잔이 있었다. 그는 얼굴에 빨갛게 화상을 입은 채 얕은 언덕 위에 서 있는 마리를 노려보았다.

"저기다! 다른 놈은 상관없다! 저년을 잡아라!"

해적들의 수장인 그는 이 위기를 극복할 방법은 그녀를 잡는 것밖에 없다고 판단했다. 그리고 판단은 정확했다.

"막아!"

"크아악!"

라흐잔을 비롯한 수백 명의 해적이 포위망을 뚫고 마리를 향해 돌진했다. 근위 기사들이 하얗게 질려 막아섰으나, 독기에 찬 그들을 막기에는 역부족이었다. 포위망에 흩어져 있었기에 애초에 그녀 주위에 머무는 기사들의 숫자도 많지 않았다.

"크아아아!"

라흐잔이 한 손에 도끼를 들고 괴성을 지르며 그녀에게 달려들었다.

'아…….'

마리는 순간 머릿속이 하얘졌다. 막아야 하는데 막을 방법이 없었다. 수많은 능력이 있었지만 이 순간만큼은 아무것도 소용이 없었다. 그런데 그 절체절명의 순간, 생각지도 못 한 일이 일어났다.

푹!

"컥?"

어디선가 쇠뇌가 날아와 라흐잔의 목에 박힌 것이다. 해적들의 대장 라흐잔은 제대로 비명도 지르지 못하고 절명했다.

'누가?'

마리는 놀라 고개를 돌리고 깜짝 놀랐다. 저 언덕 건너편에서 전신을 갑주로 둘러쓴 기사들이 해적들을 바라보고 있었다. 숫자는 대략 200명 정도였는데 아무런 문장도, 깃발도 없어 정체를 알 수가 없었다.

"선두 돌격한다."

기사들의 선두에 서 있던 자가 나지막하게 명했다. 라흐잔을 쇠뇌로 사살했던 이였다. 그리고 그 명과 함께 하늘이 무너지는 듯한 말발굽 소리가 울려 퍼지며 기사들이 돌진을 시작했다. 벼락같은 기세의 랜스 차징이었다.

'근위 기사단에 밀리는 실력이 아니야!'

마리는 딱딱하게 굳은 얼굴로 생각했다. 저 정체불명의 기사들은 제국 최강의 기사단 중 하나라는 근위 기사단과 비교해도 실력이 떨어지지 않았다.

'클로얀 지방에 아직도 저런 기사단이? 도대체 무슨 기사단이지?'

마리는 이해할 수 없다는 표정을 지었다. 클로얀 왕국의 대규모 기사단은 제국에 병합된 후 모두 해체된 뒤였다.

'설마?'

순간 그녀의 머릿속에 아직도 명맥을 유지하고 있는 유일한 기사단이 떠올랐다.

'전(前) 왕실 기사단?'

왕실 기사단! 클로얀 왕국의 최강 기사단이자, 반 제국 활동에 주축이 되는 집단이었다.

'틀림없어. 전 왕실 기사단이야!'

그들이 왕국의 위기에 침묵을 깨고 나타난 것이 분명했다. 왕실 기사단까지 가세하자 전투는 순식간에 막을 내렸다. 해적들은 전의를 잃고 무기를 버리고 속속 투항했다. 그렇게 대승을 거둔 클로얀 왕국민들은 크게 기쁨의 함성을 질렀다.

"와아! 이겼다!"

"클로얀 만세!"

왕국민들은 이번 승리를 이끈 주인공의 이름을 부르며 환호했다.

"총독 각하 만세!"

"마리 폰 힐데른 만세!"

모두 그녀의 덕이었다. 그녀가 아니었다면 이런 대승은 상상도 못 했을 것이다. 패배했을 가능성이 훨씬 컸고, 이겨도 어마어마한 피해가 생겼을 것이다. 마리는 손을 들어 그들의 환호를 받은 후 고개를 돌렸다. 전투에서 대승을 거두어 다행이긴 하지만, 아직 중요한 일이 남아 있었다.

'베일에 싸여 있던 왕실 기사단이 나타나다니.'

그녀는 고개를 돌렸다. 전투를 끝낸 왕실 기사단은 멀찍이 떨어져 있었는데, 전원이 얼굴에 투구를 쓰고 있어 얼굴을 알아볼 수 없었다.

'일단 이야기를 해봐야.'

마리는 그들에게 다가갔다. 저들은 클로얀 지방의 안정을 위한 마지막 관문이었다. 저들을 설득해야 했다.

"저는 마리 폰 힐데른 자작이라고 해요. 잠시 대화를……."

그렇게 말하며 그녀가 다가가고 있을 때였다. 선두에 서 있던 기사단의 대장이 가만히 그녀를 바라보았다.

"……!"

마리는 침을 꿀꺽 삼켰다. 투구 안에 얼핏 보이는 눈동자에 선명한 적의가 가득했다. 마리가 주춤하는 순간, 왕실 기사단의 대장은 말안장에서 '무언가'를 꺼내 그녀를 향해 뻗었다.

석궁이었다!

"자, 잠깐. 저는……."

파앙!

뜻밖의 상황에 마리가 당황해 입을 여는 순간, 기사단의 대장이 그대로 석궁을 발사해 버렸다.

"……!"

마리는 돌처럼 몸이 굳었다. 화살은 그녀의 목덜미를 제법 깊게 스치고 지나가 울컥 피가 쏟아지기 시작했다.

'지, 진짜 죽이려고 했어.'

궁사로서의 능력을 지니고 있기에 마리는 알 수 있었다. 방금 기사단 대장은 단순히 위협사격을 한 것이 아니었다. 정말로 자신을 죽이려 화살을 발사한 것이었다. 요행히 빗나간 것이었다.

"각하!"

"이놈들!"

근위 기사단의 기사들이 분노해 그들에게 달려들었다. 하지만 그들은 근위 기사단을 상대하지 않고 말머리를 돌려 장내에서 사라져 버렸다.

"각하! 괜찮으십니까?"

결국 그들을 놓친 근위 기사단의 기사들이 마리에게 다가와 안위를 살폈다.

"……네, 저는 괜찮아요."

마리는 멍하니 고개를 끄덕였다. 깊긴 했지만 다행히 목숨에 지장이 갈 상처는 아니었다. 그녀는 상처보다는 마지막 순간 기사단의 대장이 보여 준 눈빛이 마음에 걸렸다. 그는 눈빛으로 이렇게 말하고 있었다.

다음에는 반드시 죽여 주마.

마리는 그들이 사라진 방향을 바라보았다. 서늘한 바람이 그녀의 상처에 와 닿았다.

어쨌든 해적 침공 사건은 성공적으로 마무리되었다. 전적으로 마리의 공이었고, 그녀가 해낸 일들은 순식간에 클로얀 지방, 아니, 제국 전체로 퍼져 나갔다.

"뭐라고? 클로얀 지방에 해적이?"

"네, 폐하."

라엘은 황궁에서 소식을 전해 듣고 딱딱하게 굳었다. 클로얀 지방과의 거리 때문에 그가 소식을 전해 들은 것은 한참이나 지난 뒤였다.

"마리는? 그녀는 괜찮은가?"

라엘은 다른 모든 것보다 그녀의 안위가 가장 중요했다.

'이런 빌어먹을. 내가 떠나는 것이 아니었는데.'

라엘은 마리를 잘 알고 있었다. 백성들이 위기에 처해 있는데 홀로 안전한 곳에 있을 리가 없었다. 분명 이번에도 앞장서 위험을 감수했으리라.

'만약 다치기라도 했으면.'

라엘의 머릿속에 그녀가 다치는 장면이 떠올랐다. 털끝 하나만 상해도 견딜 수 없을 텐데, 만약 정말 심하게 다쳤으면? 아니, 혹시라도 최악의 경우가 일어났으면?

'안 돼. 절대로.'

라엘은 이를 악물고 옥좌에서 일어났다.

"폐하?"

오른이 놀라 그를 돌아보았다.

"클로얀 지방으로 가겠다. 가장 빠른 기병대를 준비하도록."

"폐하! 어차피 상황은 끝나 있을 것입니다! 만약 사태가 장기화되어도 3군단에서 알아서 해결할 겁니다!"

라엘은 이를 악물었다. 그도 안다. 지금 자신이 달려가는 것은 아무런 의미가 없다는 것을. 하지만 그녀가 위기에 처했을지도 모른다고 생각하자 심장이 멎어버리는 것만 같았다. 머릿속이 하얗게 질리고, 미쳐 버릴 것만 같은 마음이었다.

'떠나는 게 아니었는데. 아니, 올 때 무슨 수를 써서라도 같이 오는 것이었는데.'

"클로얀 지방으로 가겠다."

"안 됩니다. 어차피 가도 아무런 의미 없습니다!"

그렇게 라엘과 오른이 팽팽하게 맞서는 순간이었다. 클로얀 지방에서 새로운 소식이 도착했다. 바로 마리가 해적을 소탕했다는 내용이었다.

"하……."

서신을 읽은 라엘과 오른은 허탈한 표정을 지었다.

"과연 대단하긴 하군요."

"……그래."

라엘은 서신을 살피고 또 살폈다. 해적들을 맞서며 그녀가 해냈던 일들이 자세히 적혀 있었다. 오른이 혀를 내두르며 말했다.

"힐데른 자작의 능력은 어디까지가 끝인지 모르겠습니다."

그녀의 능력만큼은 인정하지 않을 도리가 없다고 오른은 생각했다.

"더구나 위험을 감수하는 희생까지. 이러니 클로얀 지방의 사람들도 힐데른 자작에게 감화되지 않을 수가 없는 것이겠지요."

한편 서신을 보고 있는 라엘은 아무런 말이 없었다. 라엘은 그녀에게 감탄하는 오른과 다른 감정을 느끼고 있었다.

'해적들 코앞까지 나서는 위험을 감수했다고? 잘못되었으면 어떻게 하려고?'

라엘은 주먹을 움켜쥐었다. 물론 안다. 그녀도 원해서 한 일이 아니란 것을. 어쩔 수 없이 나선 일이란 것을. 굉장히 무섭고 떨렸겠지만, 다른 사람들을 위해 억지로 참고 나선 것이란 것을 다 안다. 그래서 라엘은 더욱 속이 상했다. 자신의 모든 것과 같은 그녀이기에. 그녀가 위험을 무릅쓴 것도, 두려운 마음속에서도 무리한 것도 다 속상하고 마음이 아팠다.

'마리.'

라엘은 눈을 감았다. 그녀가 밝게 웃는 모습이 떠올랐다. 떨어진 지 얼마 되지도 않았지만 보고 싶었다. 너무나 미치도록.

———— ❦ ————

그리고 그때, 라엘 말고도 안타깝게 마리를 생각하고 있는 사람이 한 명 더 있었다. 바로 황실친위대 전임 단장이자 제국 서북부 지방의 변경백인 키에르한 후작이었다. 그는 조각 같은 얼굴을 얼음처럼 차갑게 굳히고 있었다.

"그래도 잘 해결되어 다행입니다, 각하."

한 수하가 그에게 말했다. 키에르한은 가만히 고개를 끄덕였다.

"다행이지."

그는 단장직에서 물러난 후, 국경 지대 영지에 머물며 변경백으로서의 업무를 수행 중이었다. 하지만 그런 와중에도 단 한순간도 그녀를 잊은 적이 없었다. 늘 그녀를 생각하던 중 해적 침공 소식을 들었다. 심장이 떨어지듯 놀랐을 때, 곧바로 새로운 소식이 전해졌다. 마리가 놀라운 기지를 발휘해 해적들을 소탕했다는 소식이었다.

"다 잘 해결되었는데 왜 그렇게 표정이 안 좋으십니까, 각하?"

키에르한은 쓸쓸히 웃었다.

"안타까워서."

"네?"

"그 여린 성격으로 해적들 앞에 서다니. 얼마나 떨리고 무서웠을지. 그 생각을 하니 마음이 좋지가 않군."

키에르한은 무거운 표정을 지었다.

'내가 옆에 있었다면 그녀가 그런 위험을 감수하게 놔두지 않았을 텐데.'

그는 한탄하듯 생각했다.

'언젠가 제 도움이 필요할 때 당신의 곁으로 가겠습니다. 반드시.'

그녀와 마지막으로 헤어지기 전 했던 기사의 맹세. 마리는 당시의 맹세를 깊게 생각하지 않았지만, 키에르한은 아니었다. 그는 자신의 맹세를 단 한순간도 잊어 본 적이 없었다.

'나의 레이디여.'

한편, 위기에서 벗어난 클로얀 사람들은 축제 분위기였다.

"와아!"

"클로얀 만세!"

사람들은 거리에 나와 환호성을 질렀다. 그리고 그 환호성의 대부분은 그들을 위기에서 구해 준 마리에게 향해 있었다.

"총독 각하 만세!"

"힐데른 각하 만세!"

마리도 그들의 부름에 부응해 성벽 위로 올라가 손을 흔들었다. 그녀를 보기 위해 몰려들었던 사람들이 우레와 같은 함성을 내질렀다.

"와아!"

그들의 함성을 들으며 마리는 가슴 벅찬 느낌을 받았다. 드디어 클로얀 왕국민들이 자신을 진정으로 인정하기 시작한 것이다.

'아직 넘어야 할 산은 있지만, 그래도 가장 중요한 고비를 넘겼어.'

마리는 붕대에 감긴 자신의 목을 어루만졌다. 쇠뇌가 남긴 상처는 생각보다 깊어 그녀는 제대로 치료를 받아야 했다. 한 치만 깊었어도 목숨을 잃었을 상처였다.

'전(前) 왕실 기사단은 분명 다시 암살 시도를 할 거야. 그들의 입장에서 나는 눈엣가시나 다름없을 테니까.'

사실 우스운 일이었다. 모리나 왕녀를 추종하는 그들이 진짜 모니라 왕녀인 그녀를 죽이려 하고 있다니. 어쨌든 그녀는 그들의 위협을 극복하는 것뿐 아니라, 그들을 마음속으로 승복시켜야 했다.

'그래도 그들만 거둘 수 있으면 클로얀 지방은 완전히 안정될 것이고 이제 나는 진정으로 그의 앞에 나설 수 있어.'

마리는 떨리는 마음으로 생각했다. 지금껏 간절히 바라던 일. 라엘의 앞에 자신의 진실한 모습을 드러낼 순간이 멀지 않았다.

'조금만 더 힘내자.'

그 뒤 얼마간의 시간이 흘렀다. 계절은 완전한 여름이 되었고, 클로얀 사람들은 곧 다가올 가을 추수를 풍성하게 맞이하기 위해 바쁘게 일하고 있었다.

"각하, 좋은 하루입니다."

"네, 좋은 하루예요."

"각하, 식사는 하셨나요?"

"네, 신경 써 주셔서 감사해요."

마리는 성안을 시찰하며 사람들과 친근하게 대화를 나누었다. 왕국 민들이 그녀를 대하는 태도는 이전과 완전히 달라졌다. 모두 이 작은 소녀를 좋아했다. 곁에서 호위하던 근위 기사단의 부단장 폰틸 남작이 물었다.

"각하, 오늘은 기분이 좋으신 것 같습니다."

"아, 그래 보여요?"

"네."

마리는 배시시 웃었다. 사실 기분 좋은 일이 하나 있었다.

"이제 내일쯤이면 폐하의 편지가 오거든요."

"아……."

"그냥…… 기다려져서. 못 본 지 오래되었으니까."

마리는 얼굴을 살짝 붉혔다. 그런 그녀의 얼굴은 영락없는 사랑에 빠진 소녀의 표정이라 귀엽기 그지없었다.

'폐하께서 왜 이렇게나 각하에게 빠지셨는지 알 것 같기도 하군.'

폰틸 남작은 헛기침하였다. 믿을 수 없는 능력을 가진 그녀이지만, 이럴 때 보면 귀여워 보이기만 했다.

'빨리 두 분이 국혼을 치르셨으면 좋겠군.'

곁에서 모셔 보니 그녀는 그야말로 완벽한 황후감이었다. 이런 황후를 맞을 수 있다는 것은 제국의 큰 복이었다. 그리고 무엇보다 두 사람은 서로를 간절히 바라고 있었다. 폰틸 남작은 저 여린 소녀가 어깨에 무거운 짐을 지고 사랑하는 이와 떨어져 있다는 사실이 마음이 편하지 않았다.

'뭐, 곧 클로얀 지방도 안정될 테니 금방 국혼을 치르시겠지.'

남은 관문은 전 왕실 기사단밖에 없었다. 그는 마리가 그 마지막 난관도 무리 없이 해결할 것으로 믿었다.

하지만 그 순간 은밀한 곳에서 또 다른 마수가 다가오고 있었다. 전 왕실 기사단과는 전혀 별개의 위기로, 바로 서제국의 계략가, 라키 드 스토른 백작의 시커먼 손길이었다.

"괜찮으시겠습니까?"

"무얼 말인가요?"

린 남작, 아니, 스토른 백작은 아름다운 얼굴로 미소를 지으며 물었다. 스토른 백작에게 말을 걸었던 수하는 질린 표정으로 바닥을 힐끗 바라보았다.

"끄윽. 끅⋯⋯."

바닥에는 여린 인상의 소녀가 쓰러져 있었는데, 새파랗게 변한 얼굴로 죽은피를 토하고 있었다. 독에 당해 죽어 가는 상태였다.

"모리나 왕녀를 이렇게 죽여도 되는 것입니까?"

남자의 말은 놀라운 것이었다. 저 죽어 가는 소녀가 모리나 왕녀라니? 스토른 백작은 고개를 저었다.

"정확히는 가짜 모리나 왕녀이지요."

"어쨌든 그녀를 모리나 왕녀로 만들기 위해 투자한 공이 많지 않습니까? 이렇게 죽여도 되는 것입니까?"

남자는 걱정된다는 어투로 물었다. 하지만 스토른 백작은 어깨를 으쓱할 뿐이었다.

"뭐, 계획이 바뀌었으니까요. 굳이 살려 둘 이유는 없겠지요."

그는 이를 드러내며 웃었다. 아름답지만 악마와도 같은 잔인한 미소였다. 남자는 꺼림칙한 표정을 지었다. 저 뱀과 같은 비정함을 볼 때다 등줄기가 오싹해졌다.

'아니, 저건 비정함이 아니야.'

단순한 비정함이 아니었다. 스토른 백작은 인간으로서 가져야 할 무언가가 결여되어 있는 듯했다. 무심하게 죽어 가는 소녀의 모습을 바라보던 스토른 백작이 중얼거렸다.

"점점 재미있게 흘러가는군요."

"네, 그게 무슨 말씀이신지?"

스토른 백작은 대답하지 않았다. 대신 고개를 들어 저 멀리 창밖으로 시선을 돌렸다.

"아주 재미있게 돌아가고 있어요."

스토른 백작은 입꼬리를 들어 올렸다. 그의 시선이 향한 곳에는 모리나 왕녀가 있는 클로얀의 왕성이 자리하고 있었다. 이후 스토른 백작은 수하를 물리고 가만히 밤하늘을 바라보았다.

"모리나 왕녀……."

이 순간 그가 생각하는 것은 바로 모리나 왕녀, 아니, 마리였다. 라키는 피식 웃었다. 사실 그는 그녀에게 집착하는 자신의 마음이 신기했다.

원래 그는 타인에 대해 아무런 감정이 없었다. 단순히 비정한 게 아니라, 아까 수하가 생각했던 것처럼 그는 확실히 인간으로서의 감정이 결여되어 있었다. 그리고 그건 아마 그가 어릴 적 빈민가에서 사람들에게 말로 설명할 수 없는 학대를 받으며 자라왔기 때문일지도 몰랐다. 그는 끝없는 지옥 속에서 평생을 살아왔었다.

"재밌는 놈이군. 날 따라오지 않겠느냐?"

그런 그를 구해 준 것은 요하네프 3세였다. 그 뒤로 그는 요한의 수족이 되어 요한의 적을 제거하며 살아왔다.

'손쉬운 일이었지.'

비틀린 그에게 남을 몰락시키는 일은 적성에 맞는 일이었다. 그는 순식간에 요하네프 3세의 최측근이자, 서제국 모두가 두려워하는 은막의 존재가 되었다. 물론 요하네프와 함께했던 일들이 크게 재미가 있었던 것은 아니다. 개미를 밟아 죽인다고 해서 감흥이 생기지는 않으니까. 그렇게 무료하게 지내던 삶 속에서 그는 마음을 강하게 자극하는 이를 만났다. 바로 마리였다.

"거슬렸지. 아주."

자신과 정반대의 존재. 빛이 나는 듯한 선함. 거슬렸다. 짓밟아 뭉개 버리고 싶을 정도로. 하지만 왜일까? 자신과 정반대의 존재여서일까, 아니면 자신이 가지지 못한 것에 대한 잠재의식 속 동경일까? 그는 마음속에 한 가지 욕망이 싹트는 것을 느꼈다. 바로 그녀에 대한 욕망이었다. 물론 그의 감정은 사랑 따위가 아니었다. 그런 우스운 감정이 아니었다. 오히려 가까운 것은ㅡ

"철저히 망가뜨리고 싶어."

그는 천천히 중얼거렸다. 항상 빛나던 그 얼굴이 괴로움에 물드는 것을 보고 싶었다. 좌절하고 눈물 흘리는 것을 보고 싶었다. 그래서 그 빛나던 모습이 추락하는 모습을 보고 싶었다. 마치 자신처럼 비참하게.

"궁금하군. 정말로."

그는 저 멀리 하늘을 바라보았다.

"그날이 왔을 때, 그녀가 어떤 표정을 지을지."

다음 날, 마리는 기지개를 켜며 잠에서 일어났다. 왜인지 기분이 상쾌했다.

"늦잠 잤네."

마리는 창밖을 바라보았다. 이미 해가 높이 떠 있었다.

'그냥 조금 더 잘까?'

고민하다 그녀는 자리에서 일어났다. 편지가 도착했는지 궁금했다.

'폐하는 잘 지내고 계시겠지?'

원래 라엘은 곧바로 클로얀 지방으로 돌아오려고 했었다. 하지만 남부 지방에서 발생한 일이 난항을 겪고 있어 황궁을 못 떠나고 있었다.

'사실 이게 당연한 거긴 하지.'

지난번 자신에게 와 있었던 것이 이례적인 일이었다. 아니, 그만큼이나 무리해서 자신을 생각해 주었다고 해야 할까?

'보고 싶다.'

마리는 속으로 중얼거렸다. 그를 생각하니 간질간질한 행복감이 들면서도 보고 싶어 가슴이 욱신 아팠다.

'모든 일이 끝나면 그때는 절대 떨어져 있지 않아야지.'

편지는 오후 늦게야 도착했다. 마리는 두근거리며 편지 봉투를 열었다.

날씨가 더워지는데 잘 지내고 있는가?

편지지에서 그의 무뚝뚝한 말투가 그대로 묻어나왔다.

'네, 저는 잘 지내고 있어요. 폐하는요?'

나는 잘 지내고 있다. 그대를 보고 싶은 것만 제외하면. 바쁘다고 밥을 안 챙겨 먹거나 하는 것은 아니겠지? 다른 것보다 그대보다 소중한 것은 없으니, 절대 무리하지 말고 반드시 조심하도록.

편지에는 특별히 대단한 내용이 적혀 있지는 않았다. 그저 그녀를 염려하는 이야기가 내용의 대부분을 차지하고 있었다. 일상적인 이야기였지만, 그래도 마리는 편지를 꼼꼼히 읽고 또 읽었다. 편지에서라도 그의 흔적을 느끼고 싶었다.

'보고 싶다.'

마리는 멍하니 생각했다. 편지를 읽고 나니 그를 향한 그리움이 더 커져 갔다. 그녀는 다른 중요한 정무를 보고 늦은 저녁 시간에 펜촉을 들었다. 그에게 답장을 보내려는 것이다.

존경하옵는 폐하께.

거기까지 쓴 마리는 펜을 멈추었다. 다른 편지는 일필휘지로 써 내려 가지만, 그에게 보내는 편지는 그럴 수가 없었다. 최대한 단정한 필체로 마음을 담으면서 경박하지 않게, 그렇게 정성을 들여 썼다.

'뭐라고 해야 하지? 보고 싶다고? 안 돼, 편지로 말하기에는 너무 경박해 보여. 무슨 다른 표현이 없을까?'

마리는 끙끙대며 고민했다. 마땅한 문장이 떠오르지 않았다. 그렇게 그녀는 밤늦게까지 편지와 씨름하다가 잠이 들었다. 그래도 한참 고민한 덕인지, 마음에 들게 문장이 나와서 다행이었다.

'보고 싶어요, 폐하.'

마리는 그가 떠난 후 몇 번이나 했는지 모를 생각을 하며 눈을 감았다. 꿈에서라도 그를 보고 싶다는 마음이 들었다.

다음 날 눈을 뜬 마리는 얼굴을 딱딱하게 굳혔다. 전날 라엘을 생각하며 설레던 표정은 온데간데없었다.

'드디어 오늘이구나.'

마리의 얼굴이 결전을 앞둔 전사처럼 결연해졌다.

'잘해야 해. 실수가 있으면 안 돼.'

오늘은 그녀의 행보에 굉장히 중요한 일이 계획되어 있었다. 집무실에서 만난 퐁틸 남작도 진중한 표정을 짓고 있었다.

"준비는 다 끝났습니다. 그대로 진행하실 것입니까?"

"네."

"위험할지도 모릅니다."

폰틸 남작은 염려 섞인 목소리로 말했다.

"전(前) 왕실 기사단이 예측과 다르게 움직이면 어떤 위험이 발생할지 모릅니다. 목숨을 잃을 수도 있습니다. 그들은 정말로 각하를 해하려 하고 있습니다."

마리는 고개를 저었다.

"알고 있어요. 하지만 진행해야 해요."

폰틸 남작은 한숨을 내쉬었다. 황제도 그녀의 고집을 꺾지 못하는데, 그가 가능할 리가 없었다.

"그러면 그대로 진행하겠습니다."

마리를 태운 마차가 왕성을 빠져나왔다. 목적지는 인근의 클레안 영지. 기존에 예정되어 있던 순시를 가는 길이었다. 폰틸 남작과 30여 명의 근위 기사는 굳은 표정으로 마차 주위를 경호했다.

'이번 순시 길에 암살을 시도할 거라고.'

폰틸 남작은 최근에 입수한 정보를 떠올렸다. 우연히 그들은 전 왕실 기사단의 암살 계획을 손에 넣을 수 있었다. 일반적으로라면 당연히 일정을 취소해야겠지만, 마리는 반대로 움직였다. 이번 암살 기도를 통해 왕실 기사단의 꼬리를 잡기로 한 것이다.

'문제는 너무 위험하단 거지.'

폰틸 남작은 한숨을 내쉬었다. 미리 정보를 입수하고 철통같이 경호하고 있는지라 문제가 생길 확률은 적었다. 하지만 세상일은 모르는 것이니 어떤 돌발 변수가 발생할지 몰랐다.

'정확히 예측할 수가 없으니.'

그들은 대략적인 암살 계획을 입수한 상태였다. 하지만 왕실 기사단이 그대로 계획을 시행할지는 명확하지 않았다. 계획을 바꾸어 돌발적인 암살 시도를 하면 마리는 그대로 위험에 노출되어야 한다.

'긴장을 늦추지 말자. 각하께서 위험을 감수하셨으니, 이번 일로 반드시 왕실 기사단의 꼬리를 잡아야 해.'

그렇게 각오하며 폰틸 남작은 마리의 곁을 지켰다. 하지만 그런 긴장과 다르게 순시 중에 특별한 일은 일어나지 않았다. 마리는 자신을 환영하는 왕국민과 친근하게 대화를 나누었고, 영주와 간단한 만찬을 한 후 돌아오는 길에 올랐다.

"곧 산길입니다, 부단장님."

수하의 말을 들은 폰틸 남작의 눈이 의미심장하게 가라앉았다. 산길. 그들이 입수한 정보에 의하면 왕실 기사단은 바로 이 산길에서 암살을 시도할 계획이라 하였다.

"그래, 대비하고 있도록."

그들은 마차를 철벽처럼 호위하며 산길을 이동했다. 암살은커녕 바늘조차 지나지 못할 철통 같은 호위였다. 그런데 산길을 절반 정도 지나고 있을 때, 생각지도 못 한 일이 일어났다.

쿠르릉!

"……!"

귀가 찢어지는 듯한 고성이 울렸다. 마치 산이 무너지는 듯한 소리였다.

"이게 무슨 소리?"

폰틸 남작이 놀라 주변을 둘러보았다. 곁의 기사가 당황해 손가락을 들었다.

"부, 부단장님! 저기!"

그 손가락을 따라 시선을 돌린 폰틸의 눈이 찢어질 듯 커졌다. 거대한 바위였다. 마치 집채만 한 바위가 절벽을 굴러떨어지고 있었다.

'낙석 공격?'

생각지도 못 한 방식이었다. 그리고 그 순간 바위가 그대로 내리꽂혔다. 바로 마리가 타고 있던 마차를 향해!

콰직!

끔찍한 소리와 함께 마차가 으깨졌다. 형체도 남기지 않고 부서진 것이다. 안에서는 비명조차 새어 나오지 않았다.

"……."

장내가 죽을 듯한 침묵에 잠겨 들었다. 너무나 갑작스러운 참변에 사람들은 몸이 마비돼 아무런 반응도 하지 못하는 듯했다.

"성공했어!"

절벽 위에서 바위를 굴린 이들이 낮게 소리를 질렀다.

"빨리 이곳을 벗어나자. 곧 근위 기사가 들이닥칠 거야!"

그들은 반 제국 단체인 전 왕실 기사단의 일원이었다. 급속도로 민심을 얻은 총독 힐데른 자작은 그들에게 가장 위협이 되는 적이었다. 그렇기 때문에 이렇게 암살을 시도한 것이다.

'제국의 개 따위는 클로얀 왕국에 필요 없어. 우리에게는 모리나 왕녀만 있으면 돼.'

이번 암살을 주도한 기사 마들렝은 이를 악물며 생각했다. 물론 그도 클로얀 지방에 많은 선행을 베푼 힐데른 자작을 암살하는 것이 마음에 걸리지 않은 것은 아니다. 하지만 클로얀 왕국을 위해서, 그리고 언젠가는 돌아올 그들의 진정한 주인 모리나 왕녀를 위해서 어쩔 수 없는 선택을 한 것이었다.

'빨리 서두르자.'

그런데 그가 빠르게 산길을 내려가는 순간이었다. 생각지도 못 한 일이 그를 기다렸다.

"멈추어라."

"……!"

마들렝의 눈이 찢어질 듯 커졌다. 미리 준비해 둔 도주로에 제국 근위 기사들이 대기하고 있었던 것이다!

"어, 어떻게?"

"함정을 파고 있었던 것은 너희만이 아니어서. 괜한 저항 말고 무릎을 꿇어라."

마들렝의 안색이 하얘졌다. 애초에 저 마차에는 그들이 노리던 총독이 타고 있지 않았던 것이다. 마들렝은 화급히 상황을 살폈다. 정면을 가로막은 제국 근위 기사의 수는 10명이 넘었다. 한 명, 한 명이 자신을 상회하는 실력자인데 저만한 숫자면 답이 없었다.

"닥쳐라, 제국의 개!"

그는 단도를 근위 기사들에게 뿌리고 반대 방향으로 도주했다.

깡!

"굳이 어려운 길을."

가볍게 단도를 막은 근위 기사가 미리 장전한 석궁을 겨누었다. 자신들이 가장 아끼고 존경하는 마리를 살해하려고 한 이다. 근위 기사는 한없이 싸늘한 눈으로 석궁을 발사했다.

퍼억!

쇠뇌는 단번에 도주하던 마들렝의 종아리를 꿰뚫었다. 마들렝은 비명을 지르며 바닥에 쓰러졌다.

"끄윽!"

마들렝은 더 이상의 도주를 포기했다. 대신 바닥에 쓰러진 채 비틀린 웃음을 지으며 말했다.

"날 잡아도 늦었다. 힐데른 자작은 이미 죽었으니까. 너희 제국은 영원히 우리 클로얀 왕국을 손에 넣지 못할 것이야."

그는 단도를 꺼내 스스로 목을 찌르려 하며 외쳤다.

"클로얀 왕국 만세! 모리나 왕녀 만세!"

그런데 그 순간, 전혀 예상치 못한 목소리가 울려 퍼졌다.

"잠깐! 멈추세요! 당신에게 할 말이 있어요!"

"……!"

마들렝의 몸이 뻣뻣이 굳었다. 그가 노리던 마리가 산길에서 모습을 드러낸 것이다. 그가 멈칫한 틈을 타 근위 기사들이 재빨리 제압했다. 바닥에 거칠게 쓰러진 마들렝은 허탈한 표정을 지었다. 만전을 기했건만 결국 그녀의 손바닥에서 놀아나기만 한 것이다.

"날 잡아 심문해도 소용없다. 아무것도 이야기하지 않을 테니. 그냥 죽여라."

마들렝은 그녀를 노려보며 말했다. 마리는 그 증오 가득한 눈빛에 한숨을 내쉬었다. 적대감이 클 거라 예상은 하고 있었지만, 생각보다도 더 심했다.

"폰틸 남작님."

"네, 각하."

그녀의 부름에 근위 기사단 부단장 폰틸 남작이 마들렝에게 다가갔다. 자신을 심문하려는 거라 생각한 그는 바락바락 소리를 질렀다.

"아무리 심문해도 소용없어! 헛수고니 그냥 죽여라!"

"누구 좋으려고? 순순히 죽일 수는 없지."

차갑게 이야기한 폰틸 남작은 쓰러진 마들렝을 향해 몸을 굽혔다. 곧 닥칠 고통에 마들렝이 눈을 질끈 감는 순간, 예상외의 일이 일어났다. 폰틸 남작이 피가 흐르는 마들렝의 종아리에서 쇠뇌를 뽑더니, 붕대를 감아 치료를 한 것이다.

"뭐, 뭐 하는 거지?"

마들렝은 생각지도 못 한 상황에 놀라 폰틸 남작을 바라보았다. 폰틸 남작은 마음에 안 든다는 듯 으르렁거렸다.

"각하께 감사드려라. 감히 각하의 목숨을 노린 네놈의 목을 당장 베어버리고 싶지만 각하께서 원하지 않으시니."

"……그게 무슨?"

마들렝은 의아한 표정으로 마리를 바라보았다. 도대체 무슨 꿍꿍이인 건지 알 수 없었다.

"전 당신을 처형할 생각이 없어요. 그렇다고 심문할 생각도 없고요."

"그럼 날 어쩔 생각이지?"

"전 당신을 이대로 그냥 놔줄 생각이에요."

"……뭐?"

마들렝의 눈이 커졌다. 자신의 목숨을 노린 암살자를 그냥 놔준다고? 믿을 수 없었다.

"무슨 속셈이냐? 설마 목숨을 살려 준다고 해서 내가 감사한 마음을 품을 거라 생각하는 것은 아니겠지?"

마리는 고개를 저었다. 당연히 그런 기대를 하지는 않았다.

"대신 당신에게 한 가지 부탁이 있어요."

"무슨?"

"바르한 백작께 제 이야기를 전달해 주세요."

"……!"

바르한 백작. 클로얀 왕국이 건재할 적 왕실 기사단의 단장이자, 현재는 반 제국 활동을 이끄는 주동자였다. 워낙 은밀히 은신하고 있어 제국은 전혀 그의 소재를 파악하지 못하고 있었다.

"내가…… 네 말을 들어줄 거라 생각하느냐?"

"안 들어주면 어쩔 수 없지요. 그래도 나쁜 이야기는 아니니 가급적 전해 주었으면 좋겠어요."

그러며 그녀는 말했다.

"제가 전하고 싶은 말은 이거예요. 나, 마리 폰 힐데른은 바르한 백작과 만남을 요청합니다. 바로 클로얀 지방의 평화와 번영을 상의하기 위해."

"……!"

마들렝의 얼굴이 황당하게 변했다. 지금 뭐라고 이야기하는지 알 수 없었다. 제국과 왕실 기사단이 평화와 번영을 위한 회동을 가지자고? 농담도 이런 농담이 없었다. 하지만 마리의 얼굴은 진중했다. 빈말이 아닌 것이다.

"놓아주세요, 남작님."

"네, 각하."

그들은 정말로 마들렝을 풀어주었다. 마들렝은 정말로 자신을 살려주는 건지 엉거주춤하다가 후다닥 사라졌다. 그 모습을 보며 폰틸 남작은 인상을 찌푸렸다.

"그냥 심문해서 왕실 기사단의 정체를 밝히는 게 낫지 않겠습니까? 정체를 밝힌 후 토벌하는 것이 제일 나아 보입니다만."

마리는 동의하지 않았다. 그건 하책이었다.

"저들을 토벌하는 것은 어려운 일은 아니죠. 하지만 그렇게 강압적으로 해결해 보았자, 제2의 왕실 기사단을 만들 뿐이에요. 보다 근본적으로 저들의 마음을 얻어야 해요."

"쉽지는 않을 겁니다."

물론 마리도 안다. 쉽지 않은 일이란 것을. 폰틸 남작의 말처럼 힘으로 토벌하는 것이 훨씬 손쉬울 것이다.

'그래도 그건 안 돼. 힘으로 토벌하면 분명 제2의 왕실 기사단이 나타날 거야.'

힘으로 누르면 또 다른 반발을 부를 뿐이었다. 그러니 그들의 마음을 얻어야 했다. 쉽지 않겠지만 그녀는 필사적으로 노력해 보기로 다짐했다. 모든 것이 완벽하게 안정되어 라엘에게 떳떳하게 자신의 정체를 밝히고 싶었으니까.

'이제 마지막 관문이야. 폐하, 조금만 기다려 주세요.'

마리는 시선을 돌려 황궁이 있는 쪽을 바라보았다. 빨리 모든 일이 마무리되었으면 좋겠다. 그래서 그와 영원히 함께하고 싶었다.

그 뒤 마리는 정무를 보며 왕실 기사단의 연락을 기다렸다. 하지만 하루가 지나고 이틀이 지나고, 일주일이 넘게 지났지만 아무런 소식이 없었다.

"바르한 백작이 연락해 올 거라 생각하십니까?"

폰틸 남작은 회의적인 목소리로 물었다.

"저도 잘 모르겠어요."

마리는 솔직히 대답했다. 그녀가 마음으로 접근하려고 한다 해서 상대방도 그러라는 법은 없으니까.

'사실 그간 왕실 기사단의 행적을 보면 내 제의에 응할 가능성은 낮아.'

전임 총독의 목숨을 뺏은 것도 왕실 기사단이었다. 오로지 모리나 왕녀만을 추종하며 제국에 적개심을 불태우는 그들이 마리의 의견에 따를 가능성은 낮았다.

'그래도 기다려 보자.'

마리는 클로얀 지방을 위해 정무를 보며 연락을 기다렸다. 하지만 시간이 지나도 연락은 전혀 없었고, 긴장감만 점점 커졌다. 제안을 무시했다는 것은 앞으로도 그녀를 계속 암살하려 할 거라는 뜻이었으니까.

'역시 쉽지는 않구나.'

마리는 씁쓸하게 웃었다. 의연한 척하고 있지만 목숨을 위협받는 상황이니 힘들단 마음이 들었다. 칼날 위를 걷고 있는 것 같았다. 그만두고 황궁으로 돌아가고 싶다는 생각마저 들었지만 마리는 그럴 수는 없었다. 중간중간 라엘에게서 오는 편지만이 유일하게 그녀의 숨통을 트이게 해주었다.

"라엘 폐하."

여전히 자신을 염려하는 내용으로 가득한 서신을 보며 그의 이름을 중얼거렸다. 마리는 그가 염려할까 봐 자신이 암살 위협을 받고 있음을 정확히 알리지 않았다. 왕실 기사단에게 암살 위협을 받고 있는 것을 알면 그가 자신을 이곳에 놔둘 리가 없었기 때문이다. 총독인 그녀가 정보를 제한하니 거리가 먼 황궁에서는 정확한 사정을 알기는 어려웠다.

하지만 정확한 사정을 모름에도 라엘의 편지에는 자신을 걱정하는 마음이 가득했다. 급한 일이 마무리되면 당장에라도 달려올 기세였다.

'걱정해 줘서 고마워요. 저 힘낼게요.'

마리가 편지를 갈무리하는 순간이었다. 하녀가 머뭇거리며 마리에게 다가왔다.

"각하, 편지가 한 통 왔습니다."

"편지가? 어디서?"

"그게 발신인이 적혀 있지 않아서."

마리는 의아한 마음으로 편지를 펼쳤다. 그리고 화들짝 눈이 커졌다.

그대의 제안을 받아들이지. 내가 지정한 장소로 나오도록.

왕실 기사단의 바르한 백작이 분명했다. 그가 드디어 답변을 보낸 것이다. 하지만 그녀는 이어진 내용을 본 순간 뻣뻣이 몸을 굳힐 수밖에 없었다.

홀로 나오도록. 다른 인원을 동행 시 대화는 없다.

마리의 손끝이 파르르 떨렸다.

'나 혼자 나오라고? 말도 안 되는…….'

저들은 자신의 목숨을 노리는 자들이다. 홀로 그들에게 가는 것은 사자 떼에 몸을 던지는 것보다 위험한 짓이었다. 마리는 흔들리는 눈동자로 편지를 바라보았다. 그녀의 눈빛이 고뇌에 물들었다.

달조차 구름 속에 숨은 늦은 밤. 마리는 침대에서 가만히 눈을 떴다. 옷을 입은 그녀는 조용히 기척을 내지 않고 총독부를 벗어났다. 지금 그녀는 왕실 기사단의 바르한 백작을 만나러 가는 길이었다. 그들이 요구한 대로 홀로. 폰틸 남작에게는 이야기하지 않았다. 아무리 최대한 그녀의 의견을 존중하는 그라도 허락할 리가 없었으니까.

하지만 그녀는 직감했다. 바르한 백작의 제안을 거절하면 다시는 평화로운 대화를 시도할 수 없을 거라는 것을. 즉, 이건 바르한 백작의 시험이었다. 자신의 진정한 뜻을 확인하려는.

'물론 함정일 수도 있지. 눈엣가시인 나를 없애려는.'

그녀는 허리춤에 챙긴 숏 소드를 어루만졌다. 혹시나 해서 챙기긴 했지만, 그들이 그녀를 해하려 든다면 이런 무기 따위 아무런 의미도 없을 것이다. 하지만 그녀는 굳은 표정으로 고개를 저었다.

'괜찮아. 바르한 백작은 날 해하지 못할 테니까.'

마리가 이렇게 홀로 가는 것은 무모한 용기가 아니었다. 그녀는 바르한이 자신을 건들지 못할 거라는 확신이 있었다. 그 이유는 명확했다.

'난 단순히 '마리'로서 그를 만나려는 게 아니니까.'

전 왕실 기사단은 모리나 왕녀를 찾는 집단. 즉, 바로 그녀를 찾는 집단이다.

'그러니 그들은 날 해하지 못해.'

마리는 굳은 표정으로 생각했다. 그렇다. 그녀는 오늘 왕실 기사단의 대표인 바르한 백작에게 자신의 정체를 드러낼 생각이었다. 그러니 그들은 그녀의 손끝 하나 건들지 못할 것이다.

'물론 난 그들이 바라는 모리나 왕녀가 아니야.'

그들이 바라는 모리나 왕녀는 바로 왕국을 재건할 존재이다. 반면 마리는 왕국 재건에 뜻이 없었다. 라엘과의 일 때문에도 그렇지만, 꼭 왕국을 재건하는 것이 백성들을 위한 길이라 생각하지 않았다.

'이 문제를 그들과 담판 지어야 해. 모리나 왕녀로서. 그래야만 그들의 마음을 돌이킬 수 있어.'

마리는 각오를 굳히며 약속 장소로 나아갔다.

얼마 뒤 약속 장소에 도착한 마리는 침을 꿀꺽 삼켰다. 바르한 백작이 지정한 장소는 수도 인근에 위치한 저택이었다. 저택은 오랫동안 방치돼 을씨년스럽기 그지없었다. 시커멓게 열려 있는 문이 마치 괴물의 입처럼 느껴졌다.

'가자.'

마리는 홀로 호랑이를 잡으러 가는 심정으로 저택 안에 발을 디뎠다.

저벅.

그녀가 그렇게 발을 디디는 순간이었다. 갑자기 등불이 켜지며 사위가 화악 하고 밝아졌다.

"……!"

그녀가 흠칫하여 몸을 굳히는 순간, 무거운 목소리가 들려왔다.

"정말로 혼자서 왔군."

먼지와 거미줄로 덮인 계단 위에 한 젊은 남자가 서 있었다. 이제 30살쯤 되어 보이는 강직한 인상의 미남이었다. 미간 사이에 한줄기 검상이 남아 있었다.

'바르한 백작!'

마리는 곧바로 남자의 정체를 알아보았다. 바로 저자가 왕실 기사단의 단장인 바르한 백작이었다.

"마리 폰 힐데른이라고 해요."

마리는 떨리는 마음을 가라앉히려 노력하며 말했다. 바르한 백작은 대답하지 않고 가만히 그녀를 내려다보았다. 차가운 눈동자에는 서늘한 적의가 흐르고 있었다. 그건 그의 주위에 서 있는 다른 기사들도 마찬가지였다. 살이 에일 듯한 살의가 느껴졌다. 잠시 숨이 막힐 듯한 침묵이 흘렀다. 당장에라도 목숨을 잃을 수 있는 위기였지만, 마리는 의연하려고 노력했다. 기세에 밀리는 순간 모든 게 끝이었다.

"넌 내가 네 목숨을 취하지 않을 거라 생각하고 온 것인가?"

이윽고 바르한 백작이 입을 열었다.

"미안하지만 그렇다면 오산이다. 충성을 바치던 왕가가 너희 제국의 손에 멸망한 순간, 나는 명예를 버리기로 다짐했다. 이제 내 삶에 남은 것은 왕가의 마지막 후예인 모리나 왕녀 전하밖에 없다. 그분을 위해서라면 네 목숨 따위는 얼마든지 뺏을 수 있다."

그 목소리에는 진득한 살의가 깃들어 있었다. 마리는 그가 정말로 자신의 목숨을 뺏을 수도 있다는 것을 느꼈다.

"당연히 그런 순진한 생각은 하지 않았어요."

"그러면 어째서 홀로 나타난 거지?"

바르한 백작은 이해가 되지 않는 듯한 기색이었다. 홀로 이곳에 나오라 편지를 보냈지만, 그녀가 따를 거라고는 전혀 생각하지 않았다. 자살행위나 다름없었기 때문이다.

하지만 그녀는 왔다. 제국의 예비 황후라는 지고한 신분임에도 죽음을 무릅쓰고. 도대체 어째서?

"위험을 무릅써야 할 정도로 절박하기 때문이에요."

"무엇이?"

"당신들의 마음을 설득하는 것이. 그래서 클로얀 지방이 진정한 안정을 찾아, 왕국민들이 행복을 찾게 하는 것이 그만큼 절박하기에 목숨을 건 도박을 한 것이에요."

"……!"

전혀 생각지 못한 그녀의 답에 바르한 백작은 눈살을 찌푸렸다.

꾸민 말인가 싶었지만, 아니었다. 긴장에 희미하게 떨리는 소녀의 눈동자에는 정말로 진심이 담겨 있었다. 그래서 바르한 백작은 혼란스러웠다.

"이해할 수가 없군."

"……."

"그래, 한번 이야기나 들어 보지. 미리 말해두지만, 제국에 고개를 숙이라는 말을 하면 당장 네 목을 치겠다. 우리가 충성을 바칠 대상은 모리나 왕녀 전하밖에 없어."

모리나 왕녀를 찾는 완고한 말에 마리는 속으로 쓴웃음을 지었다.

"당연히 제국에 충성을 바치라는 이야기를 하려는 것은 아닙니다."

"그러면?"

"다만 한 가지 드릴 말씀이 있을 뿐이에요."

"할 이야기라고?"

마리는 고개를 끄덕였다.

"네, 그 이야기를 하기 전에 한 가지만 물어도 될까요?"

"말해봐라."

"당신들은 왜 여전히 모리나 왕녀에게 충성을 바치는 것이지요? 그저 전(前) 왕가에 대한 충성인가요? 아니면 클로얀 왕국민을 위한 것인가요?"

그 물음에 왕실 기사들의 기세가 단번에 흉흉해졌다. 바르한 백작은 당장에라도 달려들 기세인 기사들을 손을 들어 만류 후 불쾌한 어조로 답했다.

"어리석은 질문이군. 당연히 둘 다다. 우리가 충성을 바칠 대상은 왕가뿐이고, 모리나 왕녀를 다시 추대하는 것만이 이 왕국을 진정으로 위하는 것이기 때문이다."

그 답에 마리는 바르한의 눈을 똑바로 직시하며 물었다.

"그렇다면 만약 모리나 왕녀가 왕가의 재건을 바라지 않는다면요?"

"……!"

전혀 생각지도 못 한 질문에 바르한을 비롯한 기사들이 움찔한 표정을 지었다. 모리나 왕녀를 통해 왕가를 재건하려고만 했지, 그녀의 의사는 전혀 생각해 본 적이 없었다.

'난 왕가의 재건 따위 바란 적 한 번도 없어.'

마리는 속으로 중얼거렸다. 모르겠다. 왕가의 재건을 바라는 왕국민들이 그녀보고 무책임하다고 손가락질할지는.

하지만 마리는 클로얀 왕가의 일원으로서 행복했던 적이 한 번도 없었다. 통원의 궁에 유폐되어 고통만 받았을 뿐 왕가의 가족들과 정을 나눈 적도 한 번도 없었고, 그녀에게 온정의 손길을 베푼 이도 아무도 없었다. 어렸던 그녀는 왕궁에서 오로지 고독과 싸워야만 했다.

'그런 나에게 무작정 왕가 재건의 책임을 지라고 하는 건 너무 부당한 이야기 아닐까?'

그때, 바르한 백작이 싸늘한 말투로 입을 열었다.

"무례한 이야기를 하는군. 왕가의 고귀한 피를 이은 왕녀 전하가 그럴 리가 없다. 그분만이 우리 클로얀 왕국을 진정한 부흥으로 이끌 것이야!"

마리는 한숨을 내쉬고 다시 단도직입적으로 물었다.

"그러면 왕가를 재건하는 것은 진정으로 왕국의 백성들을 위하는 것인가요?"

"뭐? 그야 당연히……."

"정말로 그런가요? 정말로 왕국민들이 원하는 일인가요?"

마리는 이를 악물며 날카롭게 물었다.

"아니면 주류 기득권에서 밀린 당신들 귀족들이 원하는 일은 아닌
건가요?"

그들의 얼굴이 붉으락푸르락하게 변했다. 한 기사가 분노로 손을 떨
며 말했다.

"이년이! 뚫린 입이라고. 당장 목을……!"

하지만 그때 바르한 백작이 기사를 말렸다.

"그만."

"하지만 단장님! 저런 모욕을 듣고만 있을 수가!"

"엄밀히 말하면 아예 틀린 말은 아니지."

나직한 음성에 기사들이 흠칫 멈추어 섰다. 바르한은 형형하게 타오
르는 눈빛으로 마리를 노려보았다.

"제국의 예비 황후라더니. 역시 보통은 아니군. 그래, 네 말이 맞을
수도 있지. 민초들이야 배불리 먹기만 하면 될 뿐, 누가 자신을 다스리
는지는 중요하게 여기지 않으니까."

아직 근대적 국가관이 형성되기 전이다. 귀족이 아닌 일반 백성들은
생각보다도 국가에 대한 개념이 옅었다.

"그런데 그래서?"

바르한은 천천히 마리에게 다가왔다. 그녀의 의견에 동조한 것과 달
리 차갑기 그지없는 얼굴이라 마리가 주춤 뒤로 물러서는 순간.

차앙!

그가 검을 꺼내 그녀의 목에 겨누었다.

"……."

마리는 자신의 목에 와 닿은 금속의 감촉에 침을 꿀꺽 삼켰다. 차가운 예기가 검날을 타고 흘렀다.

"그래서 하고 싶은 이야기가 뭐지? 이미 멸망한 왕가를 재건하는 것은 의미가 없으니, 너희 제국을 따르라고 이야기하고 싶은 건가?"

"……."

"그래, 알고는 있다. 너희 제국이 왕국민들에게 생각보다 좋은 정책을 펼치고 있는 것은. 어쩌면 이전 왕가보다 너희 제국이 왕국민들을 더 배부르게 할지도 모르지."

그 순간, 바르한의 목소리가 날카로워졌다.

"하지만 우리는 너희를 믿을 수 없다. 지금이야 유화책을 베풀고 있다지만, 시간이 지나면 너희 제국이 어떻게 변할지 안단 말이냐."

바르한은 강한 목소리로 말을 이었다.

"우린 침략자인 너희를 믿을 수 없다."

마리는 잠시 가만히 눈을 감았다. 당연한 반응이었다.

"만약 신뢰할 수 있다면요?"

마리가 불쑥 물었다.

"뭐?"

"만약 제국을 신뢰할 수 있다면, 아니, 제국과 왕국이 진정으로 하나가 될 방법이 있다면. 그때도 무작정 제국을 반대할 건가요?"

바르한은 고개를 저었다.

"제국과 왕국이 진정으로 하나가 된다고? 그건 불가능한 일이다."

하지만 마리는 여전히 흔들림 없는 목소리로 말을 이었다.

"아니, 가능해요."

"뭐?"

"제가 있으면 가능한 일이에요."

이해할 수 없는 이야기에 그는 인상을 찌푸렸다.

"도대체 무슨 헛소리를 하는 건지 모르겠군. 네가 있으면 가능하다고?"

"네."

"하!"

바르한은 그냥 그녀의 목을 베어버려야겠다는 마음이 들었다. 손에 힘만 주면 끝이었다. 그렇게 마음먹고 소녀의 얼굴을 다시 한번 바라봤을 때였다. 결연한 소녀의 얼굴을 본 그는 알 수 없는 서늘함을 느꼈다.

'뭐지?'

그 순간, 마리가 말했다.

"바르한 백작, 긴밀히 할 말이 있으니 주변을 물러 주세요."

주위 기사들이 말도 안 된다는 듯 소리를 높였다.

"어디서 감히! 단장님! 그냥 바로 목을 치십시오!"

하지만 바르한의 반응이 의외였다.

"물러가라."

"네?"

"물러가라고!"

이해할 수 없는 반응에 기사들은 서로를 바라보다 주춤주춤 저택에서 물러났다.

"무슨 말을 하려는 거지?"

바르한은 마리를 노려보았다. 이윽고 마리가 입을 열었다.

"바르한 백작, 나를 보세요."

"……무슨?"

마리가 재차 말했다.

"백작. 내 얼굴을 보세요. 이 얼굴을 보고 떠오르는 인물이 없나요?"

바르한 백작은 의아한 표정으로 다시 마리의 얼굴을 살폈다. 옅은 갈색 머리, 갈색 눈, 조그만 얼굴에 선한 인상의 귀여운 외모. 그렇게 한참이나 그녀를 바라보던 그의 눈이 화등잔만 하게 커졌다. 생각지도 못

한 이의 얼굴이 떠올랐던 것이다. 그가 마음속 깊이 바라고 있는 바로 그 인물이었다. 그의 손이 부들부들 떨렸다.

"그, 그럴 리가…… 그럴 리가 없어."

바르한은 강하게 부정했다. 하지만 아무리 부정하려고 해도 그의 머릿속에 저 소녀와 똑 닮은 인물이 계속해서 떠올랐다.

마리는 말했다.

"다른 사람은 몰라도 백작은 알겠죠. 스치듯 지나가긴 했어도, 우리는 과거에 분명 만났던 적이 있으니까요. 바로 이 클로얀 왕국의 왕성에서."

"……!"

바르한 백작의 눈이 파도를 만난 듯 요동쳤다. 그녀의 말을 듣자 수면 아래로 깊게 가라앉았던 기억이 떠올랐다.

그러고 보니 왜 보자마자 못 알아봤던 것일까? 이렇게나 닮았는데.

"서, 설마…… 정말로 당신이?"

"맞아요."

마리는 가만히 고개를 끄덕였다.

"제 이름은 마리 폰 힐데른…… 동시에 모리나 드 브란데 라 클로얀이에요."

클로얀 왕국의 고귀한 핏줄, 모리나.

"제가 바로 당신이 그토록 찾던 모리나 왕녀예요."

그렇게 마리, 아니, 모리나는 바르한에게 자신의 정체를 밝혔다.

마리는 늦은 새벽이 되어서야 총독부로 돌아왔다. 폰틸 남작은 중간에야 그녀의 부재를 깨닫고 사색이 되어 찾고 있었다.

"각하! 도대체 어디에 있으셨던 겁니까?!"

"아, 잠시 볼일이 있어서 다녀왔어요."

"다음부터는 제발 말씀을 미리 해주십시오. 무슨 문제라도 생겼는지 알고 얼마나 놀랐는지 아십니까?"

폰틸 남작은 가슴을 쓸어내리며 말했다. 창백한 안색을 보니 마음고생을 보통 한 것이 아닌 것 같아, 마리는 미안한 마음이 들었다.

"네, 죄송해요. 앞으로는 이런 일 없도록 할게요."

그렇게 침실에 들어간 마리는 한숨을 내쉬었다.

'과연 어떻게 될까?'

마지막 바르한 백작의 반응을 떠올렸다.

"다, 당신이…… 정말로…… 왕녀 전하……?"

바르한 백작은 말을 제대로 잇지 못했다. 당연한 반응이었다. 그토록 바라던 모리나 왕녀가 생각지도 못 한 모습으로 돌아온 것이니까. 충격이 어마어마하리라.

'괜한 모험을 한 것일까?'

사실 바르한에게 정체를 밝히는 것은 그녀로서도 굉장한 위험을 감수한 것이었다. 일단 충격받은 그가 어떤 반응을 보일지가 미지수였다.

'난 그들이 바라던 모리나 왕녀가 아니니까.'

그래, 그녀는 그들이 바라는 모리나 왕녀가 아니었다. 그렇게 될 수도 없었고, 그렇게 되고 싶지도 않았다.

'아까 전 분노해 검을 날리지 않은 것만으로도 다행이지.'

사실 그녀는 불의의 사태도 각오하고 있었다. 실의에 빠진 그가 돌발 행동을 할 수도 있었으니까.

'하지만 난 왕가의 재건을 바라지 않아. 내가 바라는 것은 오로지 하

나. 클로얀 왕국민이 행복해지는 것뿐이야.'

클로얀 왕국민들이 다시 행복한 삶을 살게 되는 것. 그게 왕녀로서 그녀가 이루려는 책임이었다.

'꼭 왕가를 재건해야 클로얀 왕국민들이 행복해지는 것은 아니니까. 아니, 사실 왕국민들이 행복해지는 것과 왕가의 재건은 크게 상관이 없어.'

그녀의 생각이 옳았다. 사실 어느 왕조가 다스리느냐는 백성들의 행복과 큰 상관이 없었다.

'하지만 바르한 백작이 어떤 반응을 보일지 모르겠어.'

그녀의 뜻을 따라 준다면 좋겠지만, 그렇게 되지 않을 가능성도 높았다. 특히 마리는 마지막 순간 바르한이 보인 눈빛이 마음에 걸렸다. 그의 눈빛은 고대하던 왕녀를 만났다는 기쁨보다는 큰 좌절에 싸여 있었다.

'그의 뜻이 변하길 바랄 수밖에.'

마리는 한숨을 내쉬었다.

그 뒤 일주일이 흘렀지만, 바르한 백작에게서는 아무런 소식도 없었다.

'어떤 식으로든 생각을 정리하는 데 시간이 필요하겠지.'

마리는 그렇게 생각하고 정무에 몰입했다. 이제 곧 여름이 지나고 가을 추수철이 다가온다. 그만큼 그녀가 신경 써야 할 일도 많았다.

'폐하께서도 바쁘게 지내고 계시겠지?'

서류에 파묻혀 하루하루를 보내고 있으니 라엘이 생각났다. 그도 자신처럼 서류에 파묻혀 있을 게 분명했다.

'내가 없다고 식사를 거르거나 하진 않겠지? 불면이 다시 악화하면

안 될 텐데.'

함께 있지 않으니 자꾸만 이런저런 걱정이 들었다. 그리고 그 걱정의 끝은 항상 같았다.

'빨리 보고 싶다. 잠깐이라도 보러 갈 수 있으면 좋을 텐데.'

마리는 푹 하고 한숨을 내쉬었다. 시간이 지나면 이 그리움이 덜해질 줄 알았는데, 전혀 아니었다. 오히려 가슴이 아플 정도로 커질 뿐이었다. 그냥 모든 것을 내려놓고 그의 품으로 달려가고 싶을 정도였다.

'정신 차려, 마리. 할 일이 많잖아.'

마리는 휙휙 고개를 저은 후 서류에 집중하려 했다. 그런데 그때, 린 남작이 집무실 문을 노크했다.

"각하, 들어가도 되겠습니까?"

"아, 네. 들어오세요."

곧 문이 열리며 여인처럼 예쁜 얼굴의 린 남작이 웃음을 머금은 채 들어왔다. 마리는 그런 린 남작을 보자 과거 몇몇 일이 떠오르며 꺼림칙한 느낌이 들었다. 하지만 맑게 웃으며 들어오는 린 남작 자체에는 전혀 이상한 점이 없었다.

"네, 무슨 일이시죠? 예산 문제는 다 처리해 놓았어요."

"아, 예산 문제 때문이 아닙니다. 뜻밖의 소식이 들어와 전해드리러 온 것입니다."

마리는 의아한 낯빛을 했다.

"뜻밖의 소식이라뇨?"

"클로얀 지방 북쪽의 대영주인 하워드 후작이 중병에 걸렸다고 합니다. 진료를 본 의사 말로 오래 버티지는 못 할 거라고 하더군요."

"······!"

마리는 놀란 표정을 지었다. 하워드 후작이 어떤 인물인지 알고 있는 것이었다. 과거 왕국의 대장군이었던 하워드 후작은 클로얀 왕국의 뿌리 깊은 거목으로, 바르한 백작의 검술 스승이기도 했다.

"전 이게 기회이기도 하다고 생각합니다."

"그게 무슨 뜻이죠?"

"아무리 중병이라도 각하의 의술이면 치료할 수 있지 않겠습니까?"

그러며 린 남작이 말했다.

"하워드 후작은 왕국민 모두에게 뿌리 깊은 존경을 받는 인물. 만약 그를 치료해 낼 수만 있다면 왕국민들은 물론, 왕실 기사단의 마음을 돌리는 데도 도움이 될 것이 분명합니다."

마리는 심각한 표정을 지었다. 린 남작의 말은 모두 옳았다. 하지만 마리는 이게 단순히 좋은 기회가 아님을 깨달았다.

'병을 치료할 수 있으면 더할 나위 없겠지만 만약 치료하다 실패하면? 반발만 살 것이야.'

의사가 누구도 치료 못 할 거라 했다던 중병이다. 아무리 꿈속의 능력을 받은 그녀라도 쉽게 치료할 수 있는 병일 리가 없었다.

"하워드 후작의 병은 무엇이지요?"

린 남작이 답했다.

"배 깊은 곳의 농양이라고 합니다. 이 부위라고 하더군요."

그러며 린 남작은 배 가운데를 가리켰다. 꿈속의 능력을 받은 그녀는 단번에 후작이 앓는 병의 정체를 깨달았다.

'췌장 농양일 가능성이 높아! 수술을 해야 해.'

마리의 눈동자가 더욱 깊어졌다. 후작의 병은 수술을 통해 치료하면 된다. 그러나 이 시대의 의술로는 그 수술이 굉장히 위험하다는 것이 문제였다.

'후복막 깊은 곳에 농양이 자리해 굉장히 큰 수술을 해야 해. 수술하다가 사망할 확률이 훨씬 높아.'

만약 그녀가 수술을 시도했는데 수술 중 사망한다면 정치적 후폭풍은 끔찍하리라. 그녀가 무겁게 생각할 때, 린 남작이 여전히 입가에 미소를 띤 채 물었다.

"어떻게 하시겠습니까, 각하?"

⚜

그때, 저 먼 동쪽에 위치한 동제국의 황궁. 황제 라엘은 굳은 얼굴로 편지를 읽고 있었다.

존경하옵는 황제 폐하께.
폐하의 충실한 신하 마리 폰 힐데른 자작이.

그가 읽고 있는 편지는 바로 마리가 보낸 것이었다. 격식을 잔뜩 갖추긴 했지만, 편지의 내용에는 그를 향한 마리의 마음이 잔뜩 담겨 있었다.

"하아."

편지를 읽은 그는 돌연 깊은 한숨을 내쉬었다.

"왜 그러십니까, 폐하? 혹시 예비 황후마마께 무슨 일이라도?"

알몬드가 의아한 표정으로 물었다.

"아니. 문제는 없다. 모든 일이 순탄하다고 하는군."

라엘은 편지지의 내용을 다시 읽으며 말했다.

"그러면 왜 한숨을 쉬시는지요?"

"그래도 걱정되어서."

라엘은 괴로운 얼굴을 했다.

"혹시라도 그녀에게 무슨 일이 있을까 미칠 듯이 걱정돼. 가슴이 터질 것 같은 심정이다."

그는 입술을 깨물었다.

'만약 그녀에게 문제라도 생긴다면?'

이미 그녀 없는 삶은 상상도 못 하게 된 라엘이다. 이렇게 상상하는 것만으로도 끔찍한데, 실제로 문제가 생기면 어떨지 짐작조차 되지 않았다.

'내가 곁에 있어야 하는 건데.'

원래 그는 곁에 머물며 철통같이 그녀를 지킬 생각이었다. 하지만 최근 제국 주변이 심상치 않아 도저히 황궁을 떠날 수가 없었다.

'빌어먹을. 역시 애초에 그녀를 보내는 것이 아니었어.'

라엘은 하루에 몇 번을 반복하는지 모를 후회를 하였다.

'마리. 정말 괜찮은 거냐? 아무런 일 없는 게 맞는 거지?'

그녀가 보내는 편지에는 괜찮다고, 염려하지 말라는 내용만 가득했다. 하지만 라엘은 안심이 되지 않았다. 노파심일 수도 있지만, 무언가를 숨기는 듯한 느낌이 들었다.

'왕실 기사단, 그놈들이 지금까지 계속해서 잠잠하다고. 정말로?'

결국, 라엘은 이렇게 말했다.

"오른을 불러라."

"알겠습니다."

곧 오른이 들어왔다.

"부르셨습니까, 폐하?"

"클로얀 지방의 상황을 따로 조사하도록."

오른의 눈에 의아함이 퍼졌다.

"총독부에서 계속해서 정보를 보내고 있지 않습니까?"

"혹시나 총독부에서 놓치는 정보가 있을까 해서 그렇다."

"네, 알겠습니다. 바로 착수하겠습니다."

그렇게 대답하며 오른이 나가자, 라엘은 괴로운 얼굴로 한숨을 내쉬었다. 그는 마리가 있을 클로얀 왕국이 있는 방향을 향해 시선을 돌렸다. 그녀가 너무나 보고 싶었다. 어서 빨리 그녀와 영원히 하나가 되어 다시는 이렇게 떨어지고 싶지 않았다.

───※───

한편 그때 마리는 클로얀 지방의 북쪽, 하워드 후작의 영지로 향하고 있었다. 바로 하워드 후작에게 생긴 중병을 치료하기 위해서였다.

"괜찮으시겠습니까? 얼핏 들어도 위험한 수술일 것 같은데."

폰틸 남작이 걱정스러운 어조로 물었다.

"각하께서는 선의로 나서는 것이지만, 결과가 안 좋을 시 못된 의도를 가진 것들이 안 좋은 소문을 퍼뜨릴까 걱정입니다."

마리도 남작의 걱정에 동의했다.

하워드 후작. 과거 클로얀 왕가를 섬기던 대귀족으로 왕국민들의 뿌리 깊은 존경을 받고 있다. 제국이 왕국을 점령한 후에는 저항의 의지로 영지에 칩거 중이었다. 왕실 기사단 단장인 바르한 백작의 스승이기도 하니, 그를 살려 낼 수 있으면 왕국민들의 마음을 얻는 데 큰 도움이 되리라. 하지만 성공 시 얻을 이득이 크다는 것은, 실패 시 감수해야 할 위험도 크다는 뜻이었다.

'잘못했다가는 내가 손대서 하워드 후작이 사망한 것으로 소문이 날수도 있어. 아니, 반드시 그렇게 소문이 날 거야.'

문제는 이 수술이 성공보다는 실패할 확률이 훨씬 높다는 것이었다. 마리는 한참을 고민하다가 결정했다.

"그냥 쓸데없는 생각하지 않으려고요."

"네, 그게 무슨?"

폰틸 남작은 의아한 표정을 지었다.

"이런저런 정치적 사항을 다 떠나, 하워드 후작은 죽음의 위기에 처한 환자니 그것만 생각하려고요."

그래, 그게 마리의 결론이었다. 한참을 정치적 손익을 가늠하던 그녀는 순간 이게 아니란 생각이 들었다. 최초에 그녀가 능력을 원했던 것은 남들을 도와줄 수 있는 삶을 살기 바랐기 때문이다. 지금 도움이 필요한 사람이 있고, 그녀에게는 도와줄 수 있는 능력이 있다. 마리는 그것만 생각하기로 했다.

"그렇군요."

폰틸 남작은 결과가 걱정되긴 했지만, 마리다운 결론이라 생각했다.

"도착했군요."

마리는 마차에서 창밖을 바라보았다. 산 밑에 작은 고성이 보였다. 하워드 후작의 영지였다.

"총독 각하를 뵙습니다!"

마리가 후작의 성에 도착하자 수많은 사람이 몰려와 인사를 올렸다. 하워드 후작의 중병 소식에 임종을 지키러 몰려온 클로얀 지방의 귀족들이었다.

'굉장히 많구나.'

마리는 놀란 눈으로 시선을 돌렸다. 그녀에게 인사를 하러 나온 왕국의 귀족만 수십은 되어 보였다. 그것도 하나하나가 이름 높은 귀족들이었다.

'후작이 왕국 귀족들의 정신적 구심점이라니.'

제국에 점령당했다고 해서 왕국의 귀족이 모두 물갈이되는 것은 아니다. 제국에게 충성을 맹세하면 보통 이전의 영지를 인정해 주었는데, 사실 하워드 후작은 그대로 영지를 인정하기에는 위험성이 높은 인물이었지만 왕국민들의 존경이 워낙 깊어 건드리지 못한 경우였다.

"그런데 각하께서 이곳에는 무슨 일이십니까?"

귀족들이 마리에게 물었다. 그런 그들의 눈동자에는 여러 감정이 뒤섞여 있었다. 의혹, 경계심, 제국의 총독인 마리에 대한 적대감 등. 어쨌든 호의적인 감정은 찾아보기 어려웠다.

'저 중 몰래 왕실 기사단에 끈을 대고 있는 사람도 있겠지.'

그런 생각을 하자 마음속 부담감이 커졌다. 하지만 마리는 속으로 고개를 젓고는 말했다.

"하워드 후작을 뵈러 왔어요."

"그렇습니까? 안내해 드리겠습니다."

마리는 폰틸 남작을 대동하여 성 안에 들어갔다. 후작의 성은 검소한 성품이 그대로 반영돼, 삭막할 정도로 장식이 없었다. 마리는 복도를 걸어 가장 깊숙한 곳에 있는 방 앞에 도착했다.

"이곳입니다. 후작 각하께서는 상태가 위중해 의식이 없으십니다. 현재 양아들께서 곁을 지키고 계십니다."

고개를 끄덕인 마리는 방에 들어갔다가 깜짝 놀랐다.

"……!"

누워 있는 노년의 남자 옆에 생각지도 못 한 인물들이 있었던 것이다. 왕실 기사단 단장 바르한 백작과 왕실 기사단의 기사들이었다.

"왕실 기사단!"

차앙!

폰틸 남작은 바르한 백작을 알아보고 놀라 검을 꺼내 들었다. 생각지도 못 한 곳에서 적들을 만난 것이다. 왕실 기사단의 기사들도 마주 검을 꺼내 들었다. 병실이 순식간에 흉흉한 살기로 뒤덮였다. 금방이라도 피가 튀려는 위기의 순간!

"잠깐! 병실이에요. 멈추세요!"

"멈춰라!"

마리였다. 그런데 뜻밖의 목소리가 하나 더 있었다. 바르한 백작이 딱딱하게 굳은 얼굴로 기사들을 만류한 것이다.

"단장님? 어째서?"

기사들은 의아한 표정으로 바르한 백작을 바라보았다. 폰틸 남작도 의아하긴 마찬가지였다. 저들은 늘 마리를 암살하려던 왕실 기사단이다. 절호의 기회를 만난 것일 텐데 만류하다니?

"……."

하지만 바르한 백작은 아무런 대답도 없이 무거운 눈으로 마리를 바라볼 뿐이었다. 그의 강직한 얼굴에 혼란, 괴로움, 원망 등의 감정이 한데 섞여 지나갔다. 그 자리에서 오로지 마리만이 바르한의 감정을 이해했다. 모리나 왕녀이자 제국의 예비 황후인 자신을 어떻게 대해야 할지 괴롭고 혼란스러운 것이리라.

그때 기사 한 명이 소리를 높였다.

"단장님, 당장 저년의 목을 쳐야 합니다!"

그런데 그 말을 들은 바르한이 버럭 목소리를 높였다.

"닥쳐라! 저년이라니? 네놈이 죽고 싶으냐!"

그렇게 외친 그는 흠칫 멈추어 섰다. 모리나 왕녀에게 막말하는 것을 보자 반사적으로 분노한 것이다. 바르한은 어안이 벙벙한 표정의 수하에게 둘러대듯 말했다.

"그, 그래도…… 너무 심한 말은 좋지 않다. 우리는 자랑스러운 왕실 기사단이다. 품위를 지켜라."

"……네."

"어쨌든 나가 보도록. 아버지의 임종이 임박했는데, 소란스럽게 하고 싶지 않다."

왕실 기사단은 고개를 갸웃하며 물러섰다. 마리도 폰틸 남작을 내보냈다. 단둘만이 남게 되자, 바르한 백작이 마리를 향해 무릎을 꿇었다.

"왕실 기사단의 바르한이 위대한 왕가의 후예, 모리나 왕녀 전하를 뵙습니다."

왕족을 향한 극례였다. 바르한은 그녀를 모리나 왕녀로 인정한 것이다. 하지만 인정했다고 해서 눈빛의 혼란이 가라앉은 것은 아니었다.

당연했다. 모든 것을 바쳐 그녀를 기다려 왔는데, 제국의 예비 황후가 되어 돌아오다니. 더구나 그녀는 왕가의 재건을 바라지도 않는다. 그의 입장에서 이런 날벼락도 없으리라. 마리는 그의 눈빛에 담긴 혼란과 원망을 바라보며 한숨을 내쉬었다.

"일어나세요, 백작."

"네, 전하."

"백작께서 하워드 후작의 양아들인가요?"

"그렇습니다. 후작 각하의 자제분이 없어 제가 임종을 지키고 있었습니다."

바르한의 말투는 지극히 공손했지만 마리는 그가 자신을 마음으로 인정하지는 않았다는 것을 느낄 수 있었다. 과연 그는 이렇게 말했다.

"전 왕녀 전하의 뜻을 받아들일 수 없습니다."

마리는 고개를 끄덕였다.

"네, 그럴 거라 생각해요."

바르한의 눈에 의혹이 깃들었다. 그는 그녀가 자신을 설득하려 들 거라 예상했었다.

"오늘은 백작에게 용무가 있는 것이 아니니까요."

"그러면 이곳에는 어째서?"

"말씀드렸다시피 하워드 후작을 뵈러 온 것이에요."

그녀의 말에 바르한의 눈에 슬픔이 깃들었다.

"아버님을 말입니까? 그렇군요."

바르한은 의식을 잃고 있는 하워드 후작을 바라보았다. 그 괴로운 눈빛에 마리는 후작에 대한 바르한의 마음을 느낄 수 있었다. 바르한은 하워드 후작을 말뿐인 양아버지가 아닌, 정말로 친아버지와 다름없는 존재로 여기는 것이 분명했다.

"아버지. 아버지가 그토록 기다리던 모리나 왕녀 전하께서 오셨습니다."

바르한은 하워드 후작의 손을 꾸욱 붙잡았다. 하지만 어떤 자극을 주어도 후작은 미동도 하지 않았다. 바르한은 복받쳐 오는 슬픔을 참기 위해 입술을 깨물었다.

"죄송합니다, 전하. 마음의 준비를 하고 있었지만, 받아들이는 게 쉽지가 않군요. 친아버지와 다름없는 분인지라."

"……."

"이렇게 돌아가실 분이 아닌데. 클로얀을 위해 하셔야 할 일이 많은 분인데. 갑자기 이런 병에 걸려서."

바르한은 한탄스럽다는 듯 말했다. 그때, 가만히 듣고 있던 마리가 입을 열었다.

"백작, 하나만 묻겠어요. 만약 후작의 병을 치료할 방법이 있다면 시도해 볼 건가요?"

바르한은 씁쓸히 고개를 저었다.

"불행히도 그런 방법은 없습니다. 모든 의사가 손을 놓은 지 오래입니다. 히포크라테스가 다시 돌아와도 아버지를 살리는 건……."

거기까지 이야기했을 때였다. 바르한은 우뚝 입을 다물었다. 클로얀 지방의 수도, 커먼성에서 떠도는 그녀에 대한 소문 중 하나를 떠올린 것이다. 그녀가 불가해한 경지의 의술을 가지고 있다는 소문이었다.

"설마…… 전하께서 오신 것이?"

마리는 가만히 고개를 끄덕였다.

"네, 저는 후작을 치료하기 위해 온 것이에요."

그녀는 굳은 의지가 담긴 목소리로 말했다.

"물론 제가 하려는 것은 지극히 위험한 수술이에요. 하지만 저는 위험을 감수해서라도 후작을 치료하고 싶어요."

"……!"

바르한의 눈빛이 흔들렸다. 마리는 그의 눈동자를 똑바로 바라보며 물었다.

"저를 믿고 아버지의 수술을 맡겨 주실 수 있으신가요?"

바르한은 고민하였으나 수술을 진행하기로 하였다. 수술이 굉장히 위험하긴 했으나, 가만히 놔두어도 사망하는 상태였다. 실낱같은 희망이라도 있다면 시도해 보는 것이 옳았다. 다만 수술 자체가 너무 위험한 것이 문제였다.

"위 일부, 소장의 일부와 췌장을 자르고 다시 연결한다는 말입니까?"

"네, 농양은 수술적으로 깨끗이 걷어 내면 치료할 수 있어요. 다만 후작의 경우에는 워낙 깊은 곳에 문제가 생겨 저 장기들을 잘라 내지 않으면 접근할 수가 없어요."

바르한은 마리의 설명을 듣고 얼굴이 하얗게 질렸다. 무슨 수술을 한다는 건지 이해도 되지 않았다.

한편 마리도 안색이 밝지 않은 것은 마찬가지였다. 성공 확률보다 실패 확률이 훨씬 높았기 때문이다. 하지만 그녀는 결연한 표정으로 의지를 세웠다.

'반드시 살리겠어.'

그렇게 성안의 의무실에 마련된 방에서 수술하려고 들어가는데 바르한이 그녀에게 이해가 가지 않는다는 듯 물었다.

"어째서 이런 무리한 일을 하려는 것입니까? 제 마음을 돌리려고 그러는 것입니까?"

"……."

"물론 저로서야 하해와 같이 감사한 일이지만, 아버지를 치료하는 것과 별개로 제 뜻은 변하지 않을 것입니다."

"알고 있어요."

"그러면 어째서?"

마리는 수술 준비를 하며 입을 열었다.

"솔직히 말하면 처음엔 하워드 후작을 치료함으로써 백작의 마음을 움직이려 했던 의도가 없지는 않았어요."

바르한은 가만히 그녀의 말을 들었다.

"하지만 그건 아니라고 결론 내렸어요."

그녀는 곧 그 의도를 접었다. 죽어 가는 환자를 통해 무언가를 의도한다는 것이 옳지 않다고 느껴졌기 때문이다.

"그러면 어째서?"

"그냥 치료하고 싶다는 생각이 들어서예요. 이렇게나 많은 사람이 슬퍼하고 백작도 괴로워하는 모습을 보니, 위험한 수술이라도 어떻게든 후작을 치료하고 싶다는 마음이 들었어요."

"……!"

바르한은 주먹을 움켜쥐었다.

그는 무언가를 말하려는지 한참이나 망설이다가 입을 열었다.

"……듣던 이야기와 똑같으시군요."

바르한은 그녀에 대해 들은 이야기를 떠올렸다.

황궁의 천사. 성인 힐데르가르트의 재림. 제국의 성녀.

모두 동제국에서 마리 폰 힐데른이 얻은 이름들이다. 그리고 과거 모리나 왕녀의 이야기가 떠올랐다. 바로 클로얀 왕국의 얼굴 없는 성녀. 그때 그녀가 보여 준 모습은 지금 그녀의 모습과 다르지 않았다. 비록 정치적 견해는 완전히 달랐지만, 타인을 위하는 모습은 바르한이 그토록 바라고 바랐던 모리나 왕녀의 모습 그대로였다.

"수술 시작하겠어요. 준비해 주세요."

마리는 다른 의사들과 함께 수술대에 섰다. 그녀가 메스를 움직였다. 피가 튀어 오르며 삶과 죽음이 갈리는 수술이 시작되었다. 바르한은 굳은 얼굴로 그녀의 수술 장면을 지켜보았다.

예상대로 수술은 쉽지 않았다. 애초에 고난도 수술이었고, 수술 환경도 좋지 않았다. 무엇보다 안 좋았던 것은 하워드 후작의 상태였다. 수술을 진행하며 후작은 몇 번이나 죽음의 고비를 맞았고, 마리는 이를 악물며 그 난관을 헤쳐 나갔다.

"거기, 지혈용 실 주세요!"

"시야 확보해 주세요! 시간이 부족해요!"

수술 보조는 왕성에서 동행한 최고 실력의 의사가 했다. 그렇게 수술은 장장 7시간이 넘게 진행되었고, 숱하게 많은 위기를 넘으며 마리는 완전히 녹초가 되었다. 그리고 이윽고 하얗게 지친 얼굴로 마리가 말했다.

"수고하셨습니다."

수술을 끝내는 선고였다.

"성공…… 한 것입니까?"

왕실 기사단의 단장이자 후작의 양아들 바르한 백작이 떨리는 목소리로 물었다. 마리는 가만히 고개를 끄덕였다.

"네, 경과를 지켜보기는 해야겠지만, 아마 큰 무리 없이 회복할 수 있을 거예요."

"……!"

바르한 백작의 눈이 파르르 흔들렸다. 기적적으로 성공한 것이다.

그를 흔드는 것은 단순히 아버지가 살아난 것에 대한 감사만이 아니었다. 그는 수술의 모든 과정을 지켜봤다. 그렇기에 그녀가 7시간이 넘는 시간 동안 얼마나 필사적으로 노력했는지, 얼마나 간절히 아버지를 살리려 매달렸는지 알고 있었다. 아무리 딱딱하기 그지없는 바르한이라지만, 그런 그녀의 모습을 보며 아무런 감정을 느끼지 않을 수는 없었다.

"……감사합니다. 정말로…… 감사합니다."

바르한은 무릎을 꿇으며 감사를 표했다. 하지만 마리는 고개를 저으며 말할 뿐이었다.

"아니에요. 수술이 잘 끝나서 저도 기뻐요."

그녀는 하루 정도 후작을 살핀 후, 상태가 안정되자 동행한 의사에게 추가적인 치료를 맡기고 커먼성으로 돌아가는 마차에 올랐다. 그런데 떠나기 직전, 바르한이 굳은 얼굴로 그녀를 쫓아왔다. 무언가 그가 할 말이 있음을 직감한 마리는 주위를 무르고 독대했다.

"왜…… 아무 말도 안 하고 떠나시는 겁니까?"

마리는 잠시 말없이 그를 바라보았다. 바르한이 이를 악물며 재차 물었다.

"저에게 하실 말씀이 있지 않습니까? 왜…… 아무 말도 안 하고 떠나는 것입니까?"

마리도 입을 열었다.

"해야 할 말은 지난번에 다 했다고 생각해요."

"……."

"저는 백작과 향하는 방향이 달라요. 그래도 클로얀 왕국민들을 위하는 마음만은 같다고 생각해요. 그렇지 않나요?"

정치적 지향점은 완전히 다르지만, 둘이 궁극적으로 바라는 바는 같았다.

"하지만 그렇다고 백작에게 내가 생각하는 바를 강요할 수는 없다고 생각해요. 말 몇 마디로 백작의 신념이 바뀌지도 않을 거고요."

"……그렇다면?"

백작은 혼란스러운 눈빛으로 물었다. 마리는 가만히 말했다.

"그냥 앞으로 저를 지켜봐 주세요."

"지켜…… 보란 말씀입니까?"

"네, 과연 제가…… 마리 폰 힐데른이자 모리나인 제가 정말로 클로얀 왕국민들을 위하는 존재인지, 믿을 수 있는 존재인지 지켜봐 주세요."

"……."

"그렇게 지켜보다가 백작의 마음에 저를 향한 신뢰가 진심으로 생긴다면, 그때는 저를 따라 주세요."

그렇게 말을 마친 마리는 커먼성으로 돌아갔다. 바르한은 그녀가 떠난 자리를 한참이나 우두커니 지켜보았다.

마리는 커먼성으로 돌아와 다시 정무를 보았다. 일주일 정도 뒤 의사에게서 서신이 왔는데, 하워드 후작은 완전히 건강을 되찾았다고 했다.

'다행이야.'

무리한 보람이 있었다.

"하워드 후작이 조만간 방문해 감사의 인사를 올린다고 합니다."

린 남작이 보고했다.

"이번 일로 몰래 제국에 반감을 품은 왕국 귀족 중 일부가 마음을 돌린 듯합니다. 역시 각하이십니다. 대단합니다."

린 남작은 웃으며 마리에게 감탄했다.

"아…… 네. 다행이네요."

마리는 어색한 표정을 지었다. 이상하게 저 예쁜 남자를 마주하면 불편한 마음이 들었다. 그때, 폰틸 남작이 불만스럽게 말했다.

"그래도 전 지난번 같은 일은 반대입니다. 클로얀 지방 곳곳은 위험하기 그지없으니, 이곳 커먼성에서 멀리 벗어나는 것은 숙고해 주십시오. 각하는 곧 황후마마가 되실 존귀한 몸이십니다."

하워드 후작을 치료하기 전 왕실 기사단을 마주한 것을 말하는 것이었다. 마리야 바르한 백작이 자신을 해할 리가 없다는 것을 알고 있지만, 폰틸 남작의 입장에서는 가슴이 철렁한 일이 아닐 수 없었다.

"아무래도 경호 인력을 늘려야 할 것 같습니다. 근위 기사단만으로는 부족합니다."

마리는 고개를 끄덕였다. 그렇지 않아도 이 부분에 대해서 그녀도 생각이 있었다.

"네, 기사를 더 확충해야 할 것 같아요. 근위 기사분들만으로는 확실히 업무가 과중해요."

"맞습니다. 그러면 바로 수도에 연락을……."

"아니, 수도에는 연락하지 마세요."

"그러면?"

폰틸 남작은 의아한 표정을 지었다.

"이곳 클로얀 지방의 왕국민 중에서 기사를 모집하겠어요."

"……!"

폰틸 남작은 말도 안 된다는 표정을 지었다.

"그건 안 됩니다! 왕국민들을 어떻게 믿고 그들에게 맡길 수 있단 말입니까?"

폰틸 남작의 걱정은 타당했다. 많이 안정되었다지만, 그래도 아직은 저들을 신뢰할 수가 없었다. 만약 기사로 받았다가 불의의 일이라도 일으키면? 하지만 마리는 강경하게 주장했다.

"제국과 왕국이 진정으로 하나가 되려면, 일방적인 관계가 지속되어서는 안 돼요. 물론 위험 부담이 없는 건 아니지만, 이건 반드시 해야 하는 일이에요."

"그래도……."

폰틸 남작은 반대했지만 마리는 뜻을 굽히지 않았다. 결국, 마리의 경호만큼은 근위 기사단에서 전담하는 것으로 타협하고 기사를 모집하기로 했다.

기사단 모집에는 생각보다 많은 사람이 몰려들었다. 좋은 조건에 혹한 것도 있지만, 그만큼 제국에 대한 반감이 희석되었다고 보는 것이 옳았다. 그간 마리의 노력이 빛을 보는 것이다.

'기사단뿐 아니라 행정관도 확충해야겠어.'

현재 클로얀 지방의 행정관은 대부분 제국에서 파견 나온 이였다. 마리는 이번 기회에 왕국민들을 행정관으로 대폭 채용하기로 결정했다.

이러한 마리의 결정은 왕국민들의 큰 지지를 받았다. 당연한 반응이었다. 기사단과 관리를 왕국민 중에서 뽑는 것은 그들을 단순히 통치 대상으로 여기는 것이 아닌, 진정 하나로 여긴다는 뜻이기도 했으니까. 그간 마리의 행보와 합쳐 이번 일은 다시 그녀에 대한 지지를 높이는 결과를 낳았다. 다만 그러던 중, 한 가지 생각지도 못 한 문제가 일어났다.

"각하, 큰일입니다!"

"무슨 일이죠?"

폰틸 남작의 심각한 표정에 마리는 의아한 표정을 지었다.

"안 좋은 일이라도 일어난 건가요?"

"아니, 안 좋은 일은 아닌데…… 아니, 안 좋은 게 맞는……."

얼마나 당황했는지 폰틸 남작은 횡설수설 말했다.

"괜찮으니 진정하고 말씀해 주세요."

하지만 이어진 남작의 말에 마리도 침착함을 유지할 수가 없었다.

"바르한 백작이 서기관 채용에 지원했습니다!"

"……!"

마리는 들고 있던 펜을 뚝 하고 떨어뜨렸다. 왕실 기사단의 바르한 백작이 지원을? 그것도 기사도 아닌, 서기관으로?

곧 폰틸 남작이 잔뜩 경계심 어린 표정으로 바르한 백작과 함께 마리 앞에 나타났다.

"데리고 왔습니다."

바르한 백작은 힐끗 폰틸 남작을 바라보더니 말했다.

"그렇게 경계할 필요 없다. 무기도 전혀 가지고 있지 않으니."

"닥쳐라! 이곳이 어디라고 감히!"

바르한은 피식 웃었다.

"제국 근위 기사는 무기도 없는 자를 두려워하는가."

"이놈이……."

폰틸 남작은 이를 바득 갈았으나 경거망동하지 않았다. 바르한 백작은 왕실 기사단의 단장으로 사실상 클로얀 왕국의 최강 기사였다. 폰틸 남작도 정상급 기사였지만, 바르한 백작에는 한 수 못 미쳤다. 키에르한이나 라엘 정도나 그를 상대할 수 있을 것이다.

"도대체 네놈이 서기관이라니, 무슨 속셈이지?"

"난 글을 잘 쓴다. 충분히 서기관의 직책을 수행할 능력이 있다."

"그런 뜻이 아니지 않은가!"

바르한은 길길이 날뛰는 폰틸 남작에게서 고개를 돌려 마리를 바라보았다. 그리고 무릎을 꿇으며 예를 올렸다.

"세르안 백작가의 바르한입니다."

그 극례에 폰틸은 눈을 동그랗게 떴다. 마치 왕족에게 하듯, 아니, 충성을 맹세한 주군에게 하듯 공손함이 가득한 말투였다. 마리는 한숨을 내쉬더니 폰틸 남작에게 말했다.

"남작님, 죄송하지만 잠시만 밖에서 기다려 주세요. 부탁할게요."

폰틸은 안 나가려 했으나, 마리가 거듭 부탁하자 어쩔 수 없이 나가 대기했다. 둘만 남게 되자 마리가 바르한 백작에게 물었다.

"저도 궁금하군요. 무슨 생각이신 거죠? 서기관이라니."

마리는 의아한 표정으로 그의 이마에 난 흉터를 바라보았다. 곰도 맨손으로 잡을 것 같은 강인한 인상으로 서기관을 지원하다니?

'나를 따르기로 한 것인가?'

그건 아닌 것 같았다. 그의 눈빛에는 여전히 혼란이 가득했으니까. 하지만 그의 눈동자에는 이전에는 없던 빛이 떠올라 있었는데, 그건 죄책감이었다.

'죄책감? 왜?'

그 순간, 바르한이 다시 무릎을 꿇었다. 단순히 예를 표하는 것이 아니라, 마치 죄를 고하듯 머리까지 바짝 땅에 숙였다.

"죄송합니다, 전하!"

"백작? 갑자기 왜?"

마리는 깜짝 놀라 그를 불렀다.

"역시 전 전하의 뜻을 따를 수가 없습니다. 아무리 생각해 보아도, 왕가를 재건해야 한다는 생각은 변하지가 않습니다."

그의 목소리에는 괴로움이 가득했다. 마리는 그가 자신을 향한 충성과 왕가 재건 신념의 충돌 사이에서 뼈를 깎는 고통을 느꼈음을 짐작할 수 있었다.

"그래서…… 정말 불충하기 짝이 없는 일이오나, 감히 한 가지를 청하옵니다! 제게 곁에 머물며 전하를 지켜볼 시간을 주십시오."

"……!"

"전하의 길이 정말로 옳다는 확신이 들면, 그때는 전심으로 전하를 따르겠습니다! 부탁하옵니다!"

그는 다시 머리를 땅에 찧었다. 감히 이런 부탁을 하는 것이 송구하다는 태도였다. 마리는 급히 그를 일으켜 세웠다. 당황스럽긴 했지만, 그녀로서는 반대할 이유가 없었다. 아니, 오히려 그녀가 부탁하고 싶은 일이었다.

"일어나세요, 백작. 오히려 제가 감사해요."

"전하?"

"저에게 기회를 준 것이니까요. 감사해요. 실망하지 않게 저 최선을 다할게요."

마리는 그에게 손을 내밀었다. 그녀가 내민 손을 본 바르한 백작의 눈동자가 다시 흔들렸다.

"그러니 백작도 저를 많이 도와주세요. 앞으로 잘 부탁할게요."

그렇게 우여곡절 끝에 왕실 기사단의 단장, 바르한 백작이 마리의 밑으로 들어왔다. 물론 그가 그녀에게 완전히 충성을 바치기로 한 것은 아니었다. 앞으로 마리의 행보에 따라 그의 결심은 완전히 달라질 것이다. 그래도 그가 그녀를 지켜보기로 결심한 것만으로도 엄청난 의미가 있는 일이었다. 그녀가 하기에 따라 마음을 바꿀 가능성이 충분히 있다는 뜻이니까. 즉, 클로얀 지방 안정의 구분 능선을 넘었다 할 수 있었다.

'이제 거의 다 됐어.'

어두운 밤, 마리는 달빛을 바라보며 생각했다. 이제 정말로 거의 다 됐다. 조금만 더 노력하면 클로얀 지방은 완전히 안정될 것이다. 왕가 재건을 바라는 이들은 뜻을 이루지 못해 아쉽겠지만, 그건 당사자인 그녀가 원하는 일이 아니었다.

'중요한 것은 왕가 재건이 아니라, 왕국민들이 행복을 찾는 일이 이야.'

무엇보다 마리는 왕가 재건만이 왕국민들을 행복하게 하는 길이라고는 생각하지 않았다. 그녀는 자신의 방식대로 왕국민들을 위해 최선을 다할 것이다. 그렇게 생각을 정리한 마리는 창밖 저 먼 곳을 향해 시선을 돌렸다. 라엘이 있는 황궁 쪽이었다.

'보고 싶어요, 폐하.'

최근 이런저런 일이 많아서일까. 지쳤다. 빨리 모든 일을 끝내고 돌아가 그의 품에 안기고 싶었다.

'사랑…… 해요.'

그를 떠올리자 그리운 마음이 울컥 치밀었다. 너무 보고 싶어 괜히 눈물이 나올 것만 같았다.

'조금만 더 힘내자. 얼마 남지 않았어.'

시큰해진 눈가를 화급히 닦으며 마리는 고개를 저었다. 그때, 방 밖에서 노크 소리가 들렸다.

'누구지, 이 시간에?'

의아한 표정으로 문을 여니 폰틸 남작이 상기된 얼굴로 서 있었다.

"남작님? 무슨 일로?"

"초청장이 와서 급하게 찾아뵈었습니다."

"초청장이요?"

마리는 고개를 갸웃했다. 무슨 초청장이길래 이 시간에 왔지? 하지만 남작이 건넨 초청장의 문장을 본 순간, 마리는 왜 그가 이 시간에 급하게 찾아왔는지 알 수 있었다.

'황실 문장!'

고풍스럽게 단장된 초청장에는 동제국 황실의 문장이 새겨져 있었다. 라엘이 보낸 것이 분명했다. 그녀를 황궁으로 부르는 초청장인 것이다! 마리는 다급히 초청장을 열어 보았다.

[내 소중한 그대에게.
이번 제국 탄신 연회에 참석하여 연회를 빛내 주길.]

'탄신 연회?'

그러고 보니 제국은 연중 가장 큰 행사인 탄신 연회가 열릴 시기였다.

'왜 갑자기?'

마리는 순간 의아한 마음이 들었다. 전혀 예상치 못한 초청이었던 것이다.

'무슨 특별한 이유가 있는 건가? 아니면 그냥 내가 예비 황후라서?'

사실 예법상 당연히 참석하는 게 맞긴 했다. 예비 황후인 그녀는 황제 라엘과 더불어 탄신 연회의 주인공이나 마찬가지였으니까. 하지만 그녀는 지금 클로얀 지방에서 몸을 빼기 어려운 상황이다. 라엘의 평소 성격을 고려하면 당연히 배려해 주었을 텐데, 왜 굳이 초청장을 보낸 건지 알 수 없었다.

'혹시 정말로 무슨 일이 있는 건가?'

마리는 괜히 불안한 마음이 들어 안색을 굳혔다.

마리의 불안처럼 라엘은 아무런 이유 없이 그녀를 부른 것이 아니었다. 수일 전 동제국의 황궁에서 있었던 일이다. 라엘은 무거운 표정을 짓고 있었다. 그는 그녀를 생각하고 있었다. 적지나 다름없는 곳에 자신의 목숨보다도 소중한 그녀가 있으니, 하루하루가 타들어 가는 심정이었다. 매일 아침 눈을 뜰 때마다 혹시나 클로얀 지방에서 안 좋은 소식이라도 날아올까 조마조마했다. 그리고 그의 마음을 괴롭히는 것은 그것만이 아니었다.

'마리, 난 너를 도대체 어떻게 해야 한단 말인가?'

그때, 마침 노크와 함께 익숙한 목소리가 들렸다.

"오른입니다, 폐하."

그 소리에 라엘의 얼굴이 딱딱하게 굳었다.

"들어가겠습니다."

곧 오른이 문을 열고 들어왔다. 라엘의 표정이 한층 더 딱딱해졌다.

"무슨 용무지?"

"아시고 계시지 않습니까?"

오른도 마찬가지로 딱딱하기 그지없는 표정이었다. 둘은 잠시 말없이 서로를 바라보았다. 마치 노려보는 듯한 강렬한 시선이었다.

"만약 지난번과 같은 용무라면 난 더 할 말이 없다. 돌아가도록."

라엘은 인상을 찌푸렸다.

"마리가 클로얀 왕국의 독립을 획책하고 있을지도 모른다니. 그런 말도 안 되는 이야기 따위 듣고 싶지 않다."

그의 입에서 나온 이야기는 귀를 의심할 정도로 놀라운 것이었다. 마리가 클로얀 왕국의 독립을 획책하고 있다니? 말도 안 되는 내용이었지만 오른은 무겁게 입을 열었다.

"마리가 모리나 왕녀일 가능성은 폐하께서도 충분히 인지하고 계시지 않습니까?"

오른은 최근에 클로얀 지방을 집중적으로 조사하며 여러 단서를 추가로 얻은 상태였다. 그리고 그 단서들은 모두 하나의 가능성을 가리키고 있었다.

마리는 모리나 왕녀일지도 모른다.

아니, 가능성이 아니라 이 정도의 단서들이면 마리는 모리나 왕녀라고 봐야 했다.

"단순히 그녀가 모리나 왕녀인 게 문제가 아닙니다."

오른은 무거운 목소리로 입을 열었다.

"클로얀 왕국에서 그녀를 향한 지지율이 너무 높아졌습니다. 단순히 조금 높다 수준이 아니라, 거의 압도적일 정도입니다. 이전 클로얀 왕국의 왕들도 이 정도의 지지는 받지 못했을 것입니다."

라엘은 인상을 찌푸린 채 오른의 말을 들었다.

"일반적으로라면 그녀를 향한 지지가 높은 것은 아무런 문제가 안 됩니다. 오히려 환영할 일이지요. 하지만 다른 사람이 아닌 그녀이기에 이는 심각한 문제가 될 수 있습니다."

오른은 잠시 입을 다물었다가 심각한 얼굴로 말했다.

"만약 마리가 모리나 왕녀가 맞는다면, 클로얀 왕국은 그녀를 여왕으로 추대하여 당장에라도 독립하려 할 테니까요. 그게 바로 문제입니다."

섬뜩한 이야기였다. 마리가 모리나 왕녀가 맞는다면 클로얀 왕국은 단숨에 그녀를 중심으로 해서 뭉칠 것이다. 물론 마리 본인에게는 그럴 생각이 티끌만큼도 없었지만 말이다.

"그걸 말이라고 하는가? 마리가 그런 생각을 가지고 있을 리가 없지 않은가?"

라엘은 이런 이야기를 하는 것 자체가 불쾌한 듯한 얼굴을 했다.

"그건 내가 확신한다."

그의 굳건한 말에 재상 오른은 한숨을 내쉬었다.

"물론 저도 힐데른 자작을 믿고 있습니다. 하지만 이 사안은 그렇게 생각하고 넘어갈 내용이 아닙니다. 만약 그녀가 다른 마음을 품는다면 제국에 치명적인 결과를 초래할 테니까요."

오른도 그녀를 의심하고 싶지 않았다. 그녀가 지금껏 제국을 위해 한 헌신은 거짓이 아니었으니까. 마리는 라엘과 제국을 위해 큰 위험도 몇 번이나 감수했다. 그럼에도 이 문제를 꺼내는 이유는 워낙 제국에 치명적인 사안이었기 때문이다. 클로얀 지방이 독립하면 곧 일어날지 모르는 서제국과의 전쟁에서 동제국은 굉장히 불리한 입장에 놓이게 된다. 무조건 막아야 한다.

"또한 몇 가지 수상쩍은 정황이 있습니다. 얼마 전 힐데른 자작은 아무에게도 알리지 않고 왕실 기사단의 바르한 백작과 밀회를 가졌습니다. 그때 둘이 무슨 대화를 나누었는지 아는 이가 없습니다."

이전 마리가 남몰래 바르한 백작을 만나고 온 일을 말하는 거다. 라엘은 강하게 고개를 저었다.

"그녀가 불민한 이야기를 나누었을 리가 없다."

"저도 그렇게 믿고 싶습니다. 하지만 아무도 모르는 일입니다."

둘의 시선이 다시 허공에서 마주쳤다. 라엘은 강한 눈빛으로 오른을 노려보았고, 오른은 피하지 않았다.

"그뿐이 아닙니다. 최근에는 왕국민들을 대상으로 기사 병력과 관리들을 모집하고 있다고 하더군요. 유화를 위한 시도라고 생각은 하지만 너무나 공교롭습니다. 물론 저도 압니다. 그저 가정일 뿐이죠. 하지만 만에 하나라도 그런 일이 일어나면 현재 사면초가의 위기에 둘러싸인 동제국으로서는 감당할 수 없는 위기를 맞게 될 겁니다."

오른의 말은 옳았다. 기밀인지라 일반인들에게 퍼지지는 않았지만, 현재 동제국은 전례가 없는 위기를 맞고 있었다. 모두 서제국 요하네프 3세 때문이었다. 지금 라엘은 그 위기에 대응하기 위해 마리에게 가지 못하고 황궁에 머물고 있는 것이었다.

"전 힐데른 자작의 총독위를 해임하고 당장 본국으로 송환해 심문해야 한다고 생각합니다."

잠시 둘 사이에 숨이 막힐 듯한 침묵이 흘렀다. 라엘은 강건한 목소리로 말했다.

"그저 짜 맞춘 의혹에 불과하다. 네 이야기는 그저 추측일 뿐 아무런 증거도 없어."

"하지만 폐하……."

"그만. 난 이 이야기를 더는 하고 싶지 않다. 다른 걸 다 떠나서 난 그녀를 믿는다."

하지만 오른은 이번만큼은 물러설 수 없다는 얼굴을 하였다.

"폐하, 제발 다시 한번 생각해 주십시오. 제국의 운명이 좌우될 수도 있는 문제입니다."

"……."

라엘은 한참이나 대답하지 않았다. 오른은 간절한 눈빛으로 라엘을 바라보았다. 결국 라엘은 탄식을 내뱉듯 말했다.

"마리가 그럴 리 없다. 이런 이야기를 하는 것 자체가 그녀에게 미안하고 불쾌할 정도야."

"폐하."

라엘이 말을 이었다.

"하지만 내 믿음을 다른 이들에게까지 강요할 수는 없는 노릇이지. 그러니 이렇게 하도록 하겠다."

라엘은 천천히 숨을 들이쉬었다.

"힐데른 자작에게 내가 직접 묻겠다. 곧 개최될 제국 탄신 연회 때 그녀를 황궁으로 부르도록."

라엘은 직접 그녀에게 물어보기로 결정했다. 그녀를 의심해서가 아니라, 오히려 그녀를 믿기에. 지금껏 고개를 돌려 왔던 그녀에 대한 진실을 직접 마주하기로 결정한 것이다.

마리는 곧바로 동제국의 수도로 출발했다. 탄신 연회는 코앞이었기 때문에 빠듯이 달려야 시간에 맞출 수 있을 듯했다.

"힘들지는 않으십니까, 각하?"

폰틸 남작은 중간중간 마리의 상태를 물었다. 평소보다 빠른 속도로 강행 중이라 몸이 축나기라도 할까 염려가 되었기 때문이다.

"괜찮아요."

마리는 마차 안에서 고개를 저었다.

'이제 곧 폐하를 뵐 수 있겠구나.'

그를 떠올리니 마리의 가슴이 두근 뛰었다.

'폐하⋯⋯.'

마리는 라엘이 있는 동쪽을 바라보았다. 그가 너무나 그리웠다. 빨리 그를 보고 싶었다. 마리의 표정을 본 폰틸 남작이 웃으며 말했다.

"기분이 좋으신 것 같습니다."

"아⋯⋯ 네."

마리는 살짝 얼굴을 붉혔다. 그를 만날 기대에 설레는 마음이 얼굴에 티가 났나 보다.

"앞으로 황도까지는 얼마나 더 걸리나요?"

"이 속도라면 내일 저녁쯤이면 도착할 수 있을 듯합니다. 조금만 더 고생해 주십시오."

마리는 고개를 끄덕였다. 이제 곧 그를 만나는데 그 정도야 얼마든지 버틸 수 있었다. 그런데 그녀가 마차의 창문을 닫으려는 순간이었다. 폰틸 남작의 얼굴이 갑작스럽게 굳었다.

"남작님?"

"각하, 마차 안으로 몸을 숨기십시오."

"네?"

"정체불명의 무리가 접근하고 있습니다!"

마리는 놀란 표정을 지었다.

'비적? 하지만 수도 인근인데?'

남작의 시선을 따라 보니 정말로 저 멀리서 먼지 구름이 피어오르고 있었다. 폰틸 남작과 근위 기사들은 굳은 표정으로 검을 움켜쥐었다. 하지만 거리가 가까워진 순간, 그들은 다른 의미로 놀랄 수밖에 없었다. 선두에 선 인물이 그들의 대장, 알몬드 자작이었던 것이다.

"적이 아니었군요. 각하가 걱정되어 폐하께서 미리 멀리 마중을 보낸 것 같습니다."

마리는 고개를 끄덕였다.

"다행이네요. 걱정했는……."

그런데 그렇게 중얼거리는 순간이었다. 마리의 눈이 우뚝 멈추어 섰다. 알몬드 자작의 뒤에서 말을 몰고 있는 한 인물을 본 것이다.

"아……."

그림같이 아름다운 얼굴, 비단을 뽑은 듯 부드러운 금발, 깊은 푸른 눈. 그였다. 그녀가 그토록 그리워하던. 그녀를 보고 싶은 마음에 직접 먼 거리를 마중 나온 것이다.

알몬드 자작을 제치고 그가 그녀를 향해 다가오기 시작했다. 그의 다급한 마음 탓인지 점점 말의 속도가 빨라졌다. 그리고 이윽고 마차 앞에 도착한 그를 보고 마리의 눈이 파르르 떨렸다.

"폐, 폐하……."

꿈인 것은 아니겠지? 그가 내 앞에 있다니. 꿈이면 안 되는데. 마리는 그런 생각이 들었다. 하지만 그 순간, 말에서 내린 그가 그녀를 단단히 껴안았다. 마치 으스러지듯. 절대 놓지 않겠다는 듯.

"마리."

그가 말했다.

"보고 싶었다."

"……!"

짧지만 간절한 마음이 담긴 음성을 듣는 순간, 마리의 눈동자에서 주책없이 한 방울 눈물이 흘러내렸다. 그였다. 그가 정말 맞았다.

"네, 저도요. 저도 너무 보고 싶었어요."

마리는 라엘과 다시 재회했다. 사실 객관적으로 그렇게까지 길었다고는 할 수 없는 시간이었지만, 그녀와 라엘에게는 너무나도 길게만 느껴진 시간이었다.

"잘 지냈느냐? 어디 다친 데는 없었고?"

마차 안에서 라엘은 마리의 얼굴을 쓰다듬으며 물었다. 그의 목소리에는 그녀를 향한 걱정과 안쓰러움이 가득했다.

"내가 함께했었어야 했는데. 정말 미안하다."

마리는 고개를 저었다.

"전 잘 지냈어요. 걱정하지 않으셔도 돼요."

사실 잘 지냈다고 할 수는 없었다. 위험한 적도 많았고, 마음고생도 많이 했다.

'하지만 지금은 전혀 생각 안 나는걸.'

마리는 배시시 웃었다. 그를 이렇게 다시 보게 되니 그간의 고초는 전혀 떠오르지 않았다. 그냥 좋았다. 라엘은 그런 그녀를 보며 한숨을 내쉬었다.

"이전보다 더 말랐어."

"아…… 바빠서."

"내가 아무리 바빠도 몸은 챙기라고 했었지?"

속상하다는 듯 말한 그는 그녀의 입술에 나직이 자신의 입술을 맞추었다.

'아⋯⋯.'

그의 혀가 그녀의 안으로 밀고 들어왔다. 부드러우면서도 열망이 담긴 키스였다. 그녀를 향한 애정과 갈망이 터져 나왔다.

"아⋯⋯ 폐하."

마리도 그의 키스를 피하지 않고 받아들였다. 그녀도 너무나 그를 바라 왔었다. 마리는 손을 들어 그의 등을 꼬옥 끌어안았다. 마치 유혹하듯 그의 입술에 자신의 입술을 미끄러뜨렸다. 부드럽게 시작한 키스가 점차 강렬해졌다. 라엘은 마치 그녀를 정복하듯 입맞춤을 이어 나갔고 동시에 그의 손이 그녀의 머리를 지나 귓불, 목덜미를 탐닉하듯 어루만졌다. 참을 수 없이 강렬한 그 느낌에 마리의 입가에서 신음이 흘러나왔다.

"폐하⋯⋯ 정말로 보고 싶었어요. 정말로."

마리는 촉촉하게 젖은 눈동자로 그를 올려다보며 속삭였다. 라엘은 그녀의 이마에 입을 맞추며 말했다.

"나도. 나도 마찬가지다. 너를 보낸 내 결정을 미치도록 후회할 정도로 보고 싶었어."

"폐하⋯⋯."

그렇게 말한 마리가 순간 돌발 행동을 하였다. 그의 입가에 자신이 먼저 입술을 맞춘 것이다.

"⋯⋯!"

라엘은 살짝 놀랐다가 곧 눈빛이 타오르듯 달아올랐다. 먼저 입을 맞추는 것이 긴장되는지 파르르 떨리는 그녀의 입술이 그를 극도로 자극했다. 그의 몸이 덮치듯 그녀의 몸을 밀어붙였고, 그는 자신의 품 안에 갇힌 그녀를 거침없이 정복해 나가며 말했다.

"마리. 너를 놔주지 않을 거다. 무슨 일이 있어도. 절대로. 넌 내 것이다."

마리는 눈을 감으며 답했다.

"네, 폐하."

키스로 잔뜩 괴롭힘당한 마리는 지친 얼굴이었고, 반면 라엘은 부족한 얼굴이었다.

"빨리 황궁에 도착해야겠어."

"네? 왜요?"

멍하니 묻던 마리는 그의 이글거리는 눈빛을 보고 입을 다물었다. 답을 안 들어도 무슨 뜻인지 알 것 같았다. 방금 나눈 키스로는 턱도 없이 부족한 눈치였다.

'괘, 괜찮을까.'

마리는 울상을 지었다. 황궁에 도착하면 자신을 놔주지 않을 것 같은 예감이 스쳐 지나갔다.

"그, 그런데 황궁에 도착하면 전 어디서 지내나요? 숙소를 뺐는데. 백합궁에서 지내면 될까요? 아니면 궁 밖에 숙소를 마련할까요?"

백합궁은 황궁의 손님, 귀빈이 묵는 궁이었다.

"그냥 사자궁에서 묵으면 된다."

"……!"

마리의 얼굴이 빨개졌다. 사자궁은 그의 궁이다.

"그, 그건……."

그때 라엘이 피식 웃더니 그녀의 머리를 어루만졌다.

"농담이다. 아무리 내가 그대를 사랑해도, 국혼 전에 사자궁에서 머

물 수는 없지. 그건 그대에 대한 예의도 아니니까. 사자궁 옆 별궁에 그
대가 머물 곳을 준비해 두도록 했다. 머무는 데 불편하지는 않을 거다."

그 말에 마리의 표정이 묘해졌다. 사자궁 옆 별궁은 대대로 황제나
황태자의 여인이 머물던 곳이다. 최근에는 간택 후보들이 머물던 곳이
기도 했다. 그런 생각을 하니 앞으로는 그와 함께할 거라는 사실이 더
욱 실감이 났다.

"별궁은 싫은가?"

"아니요, 좋아요."

빈말이 아니라 정말로 좋았다.

'이제 곧 클로얀 지방의 일들이 마무리되면 정말로 폐하와 함께……'

그렇게 생각한 마리는 문득 떠오른 의문을 물었다.

"폐하, 그런데 특별한 일이 있는 건 아니지요?"

"무슨 말이지?"

"아니, 그게…… 혹시 제게 특별한 용무가 있어서 부른 것인가 해서요."

라엘은 잠시 입을 다물었다.

"사실 할 이야기가 있긴 하다."

"……예?"

마리는 고개를 갸웃했다. 그때, 라엘이 창밖을 보더니 말했다.

"거의 도착했군. 수도다."

"아……."

고개를 돌리니 정말로 수도의 모습이 보였다. 익숙한 전경에 마리는
반가운 느낌을 받았다.

'그래도 오랫동안 지내서 그런가? 고향에라도 돌아온 느낌이네.'

아닌 게 아니라, 어린 시절 고향 마을을 제외하고는 가장 오랜 시간
을 보낸 곳이다. 통원의 궁에서보다 더 오래 지냈으니까. 그래서인지
마치 집에 돌아온 느낌이 들었다.

"돌아와서 좋은가?"

"네."

마리는 웃으며 창밖으로 고개를 내밀었다. 친숙한 공기를 느끼고 싶었다. 그런데 마리가 창밖에 고개를 내밀자, 돌발 상황이 발생했다. 거리에 오가던 사람들이 그녀를 알아본 것이다.

"어! 힐데른 자작님이다?"

"정말?"

"진짜네?"

사람들이 눈을 휘둥그레 뜨고 그녀를 바라보았다. 마침 복잡한 구간이어서 마차의 속도도 굉장히 느려 모두의 시선이 마리에게 집중되었다.

"클로얀 지방에 가 계신 것 아니었어?"

"그곳에서도 공을 어마어마하게 세우셨다는데?"

"세운 정도가 아니야. 역시 우리 예비 황후마마님이셔!"

그들의 말에 마리는 어색한 표정을 지었다. 그런데 그 순간 생각지도 못 한 일이 일어났다.

"힐데른 자작 만세!"

누군가 이렇게 외치기 시작한 것이다. 그리고 그 외침은 곧 도로 전체로 퍼지기 시작했다.

"힐데른 자작 만세!"

"예비 황후마마 만세!"

"제국 만세! 황제 폐하 만세!

그러며 이런 외침도 울려 퍼졌다.

"빨리 결혼하십시오!"

"휘익! 맞습니다! 모두 두 분의 결혼만 손꼽아 기다리고 있습니다!"

점점 거세지는 함성에 마리는 당황해 라엘을 바라보았다.

"이거 혹시 폐하께서 미리 준비하신 것은 아니죠?"

"전혀."

라엘은 고개를 저었다. 그리고 사람들의 환호성을 들으며 말했다.

"마치 개선식 같군. 역시 대단해, 그대는."

진심이 담긴 감탄이 섞인 목소리라 마리는 민망한 표정을 지었다. 아닌 게 아니라, 정말로 대단한 광경이었다. 누가 선동한 것도 아닌데 그녀의 마차를 보자마자 이렇게 열렬한 환호성을 지르다니. 역대로 그 누가 백성들에게 이런 사랑을 받았을까? 마치 개선장군의 귀환을 맞이하는 것 같았다.

"오랜만에 봐서 반가워서 그런가 봐요."

마리는 끝나지 않는 사람들의 환호에 어쩔 줄을 몰라 하며 말했다. 라엘은 고개를 젓더니 그녀의 어깨를 감싸 안으며 창밖을 향해 섰다. 둘이 그렇게 다정한 모습을 보이자 환호성은 더욱 커졌다.

"와아!

"황제 폐하 만세! 황후마마 만세!"

아예 대놓고 황후마마라 부르는 외침도 많았다. 사실 아직 정식 약혼식을 올리지도 않은 상태이지만, 백성 모두 그녀가 제국의 안주인이 되는 것을 전혀 의심하지 않고 있었다. 그녀가 자신들의 황후가 되기를 간절히 바랐다.

"……."

마리는 머뭇거리다가 조심스럽게 손을 들어 흔들었다. 그 호응에 사람들의 외침이 한층 커졌다.

"황제 폐하 만세!"

"황후마마 만세!"

그 외침이 왠지 그와 자신의 앞날을 축복해 주는 듯 들려 마리는 미소를 지었다.

황궁에 도착하자 총시녀장인 에슐린 백작 부인이 직접 그녀를 맞았다.

"힐데른 자작님을 뵙습니다."

"아…… 말씀을 편하게 해주세요."

작위상 그녀보다 에슐린이 더 위였다. 하지만 에슐린은 단호하게 고개를 저었다.

"그럴 수는 없지요. 자작님께서는 이 제국에서 가장 지고한 여인이 될 분이니까요."

"……."

"궁을 안내해 드리겠습니다."

총시녀장은 지극히 공손한 태도로 마리를 안내했다. 다른 시녀도 모두 마리에게 예를 다해 대했다.

'어색해.'

마리는 곤란한 표정을 지었지만 차차 익숙해져야 할 문제였다. 그렇게 짐을 풀고, 몸을 씻은 후 잠시 휴식을 취하다 마리는 사자궁으로 향했다. 라엘과 단둘이 만찬을 하기로 했던 것이다.

"와아."

마리는 식탁에 놓인 음식을 보며 자신도 모르게 감탄하였다. 역시 라엘은 그녀의 취향을 꿰뚫고 있었다. 모두 그녀가 좋아하는 음식으로 가득했다.

"많이 들도록. 여윈 것 같아 속상하니까."

"네, 감사해요."

마리는 웃음을 지었다.

'왠지 집에 돌아온 것 같아.'

자각하지 못하고 있었는데, 클로얀 지방에서 힘들긴 했었나 보다. 이렇게 그와 함께 있으니 날카롭게 서려 있던 감각이 무뎌지며 노곤하고 평온한 기분이 들었다.

"내일부터 당장 탄신 연회인데 참석할 수 있겠는가? 피로하다면 하루 정도는 불참해도 돼."

"괜찮아요. 당연히 참석해야죠."

"절대 무리할 필요는 없다. 그냥 쉬다가 대연회 날에만 얼굴을 비쳐도 상관없어."

라엘은 고생하다 돌아온 그녀가 푹 쉬길 바라는 눈치였다. 그렇게 쉴 수는 없겠지만, 그의 배려가 고마워 마리는 미소를 지었다.

'그런데 무슨 할 말이 있으신 거지?'

마리는 그가 용무를 꺼내기를 기다렸다. 하지만 그는 일상적인 이야기만 할 뿐, 좀처럼 이야기를 꺼내지 않았다.

"음식이 식겠군. 들지."

———— ❦ ————

그렇게 날이 지나고, 탄신 연회가 시작되었다. 온 거리가 축제 분위기에 덮였고, 황궁에서도 연회가 시작되었다.

'내가 제국의 예비 황후로 탄신 연회에 참석하게 되다니.'

마리는 새삼스러운 마음이 들었다. 늘 하급 시녀로 연회를 준비하는 입장이었는데, 1년 만에 완전히 상황이 바뀐 것이다.

'그간 정말 많은 일이 있었지.'

라엘의 에스코트를 받으며 연회장으로 향하며 마리는 생각했다.

"무슨 생각을 하지?"

라엘의 물음에 마리는 고개를 저었다.

"아니에요. 아무것도."

라엘이 그녀의 어깨를 부드럽게 감싸 안았다.

"연회장에서는 절대 무리하지 말고, 그냥 편하게 즐기도록."

"네."

곧 연회장에 도착하자 문지기가 나팔을 불었다.

"황제 폐하와 힐데른 자작이십니다!"

모두의 시선이 그들에게 집중되었다.

"황제 폐하를 뵙습니다!"

"편안히 즐기도록."

간단히 인사를 받은 라엘은 마리의 손을 잡고 단상으로 올라갔다. 그렇게 마리는 라엘의 곁에서 탄신 연회를 즐겼다. 중간중간 인사해 오는 귀족들을 응대해야 했지만, 허드렛일을 해야 했던 작년과 비교하면 훨씬 편안한 연회였다.

'휴가라도 온 것 같네.'

마리는 연회장을 바라보며 생각했다. 다만 한 가지 석연치 않은 것이 있었다. 라엘의 용무였다.

'왜 말해주지 않는 걸까? 도대체 무슨 이야기기에?'

마리는 고심에 빠졌다. 그리고 한 가지 더 마음에 걸리는 것이 있었다. 바로 오른의 태도였다.

"클로얀 지방에서 잘하고 있다고 들었다. 수고가 많군."

오른이 그녀에게 건넨 말은 이것이 전부였다. 오랜만에 만났으니 조금은 반가워할 만도 한데, 냉랭하기 그지없었다.

'도대체……'

그때, 라엘이 그녀에게 손을 내밀었다.

"우리가 연회의 주인공인데 한 곡은 추어야지."

마리는 상념에서 벗어나 고개를 끄덕였다.

"……네, 폐하."

그렇게 탄신 연회의 날이 하루하루 지나갔다. 라엘은 한결같이 그녀에게 잘해 주었다. 단순히 친절하게 대하는 것이 아닌 행동 하나하나에 그녀에 대한 사랑이 뚝뚝 묻어나왔다. 하지만 그 사랑을 받는 마리는 마음이 편하지 않았다. 마리는 대연회 도중 정원에 나와 한숨을 내쉬었다.

'무슨 문제가 있으신 건가? 정국이 좋지 않아서일까? 클로얀 지방은 안정되고 있지만, 주변 정세가 심상치 않으니.'

라엘이 그녀를 만나러 가지 못하고 황궁에 머물고 있는 것은 주변 정세가 심각해지고 있기 때문이었다. 호시탐탐 기회를 노리고 있는 서제국은 물론 바다를 맞댄 동방 교국, 그리고 제국 내부의 귀족들까지. 수상쩍은 움직임이 시시각각 보고되고 있었다.

'아니야. 물론 정세가 심각하긴 하지만 분명 다른 문제가 있어.'

순간 그녀의 등줄기에 한줄기 불안감이 스쳐 지나갔다. 지금껏 외면하려고 했던 한 가지 가능성이 떠오른 것이다.

'혹시…… 내 정체를 아시게 된 것은 아니겠지?'

그녀는 침을 꿀꺽 삼켰다. 아닐 거라 생각했지만, 이것 외에는 짚이는 것이 없었다. 얼마 전 보았던 오른의 차가운 태도가 떠올랐다. 어쩌면 그들이 자신의 정체를 눈치채고 있는 것일지도 모른다는 직감이 그녀의 가슴을 스쳐 지나갔다.

'만약 그러면 어떻게 하지?'

마리의 얼굴이 새하얗게 질렸다. 물론 그녀도 그들에게 언제까지 정체를 숨길 생각은 아니었다. 클로얀 지방이 더 안정되면 정체를 밝힐 생각이었다.

'조금만. 이제 조금만 더 노력하면 돼. 그러면 아무런 문제 없이 폐하를 마주할 수 있어.'

마리는 괴로운 얼굴로 고뇌했다.

'하지만 이미 폐하가 내 정체를 짐작하고 있다면? 그러면 어떻게 해

야 하지?'

그때, 익숙한 목소리가 그녀를 불렀다.

"쉬고 있군. 많이 피곤한가?"

"⋯⋯!"

라엘이었다. 그는 그녀의 얼굴을 보더니 놀란 표정을 지었다.

"얼굴이 왜 그렇지? 무슨 일이 있는가?"

"아, 아니에요."

마리는 화들짝 고개를 저었다. 가슴이 콩닥콩닥 뛰었다. 라엘은 옆에 앉고서 부드럽게 그녀를 자신 쪽으로 끌어안았다. 그렇게 그녀를 자신의 품에 안은 그가 물었다.

"혹시 무슨 일이 있는 건 아니지?"

"아니에요. 그냥 조금 피로한가 봐요."

마리는 그의 품 안에서 고개를 좌우로 저었다. 그의 단단한 품은 언제나 그녀의 가슴을 두근거리게 했지만 오늘은 달랐다. 그가 속으로 어떤 생각을 하고 있는지 긴장되었다. 하지만 라엘은 한결같이 따뜻한 말을 할 뿐이었다.

"안 좋은 일이 있다면 절대로 숨기지 말도록. 그대보다 내게 중요한 것은 없으니. 알겠나?"

그의 따뜻한 말이 움푹 그녀의 가슴을 찔렀다.

"⋯⋯네, 폐하."

그렇게 둘은 잠시 말없이 가만히 있었다. 라엘은 품에 안긴 그녀의 머리를 천천히 쓰다듬었고, 마리는 눈을 감고 그의 손길을 느꼈다.

"벌써 대연회도 끝이군. 탄신 연회가 끝나면 곧 돌아가야겠지?"

"⋯⋯네."

라엘의 음성에는 단순한 서운함을 넘어 타는 듯한 안타까움이 담겨 있었다.

'폐하.'

마리도 그와 다시 떨어지고 싶지 않았다. 마음만 같아서는 이렇게 영원히 있고 싶었다. 그때, 라엘이 품 안에서 마리를 조심히 일으켜 세우더니 가만히 그녀의 눈동자를 바라보았다.

"……폐하?"

바람 끝에 실린 마리의 음성이 희미하게 떨렸다. 그 눈빛을 마주하는 마리의 가슴에 참을 수 없는 불길함이 차올랐다. 라엘이 손을 들어 그녀의 얼굴을 쓰다듬었다.

"마리."

그녀의 눈동자가 요동쳤다. 드디어 그가 숨겨 둔 용건을 꺼내려는 거라 생각된 것이다.

'어떻게 하지? 내 정체를 물으면?'

마리의 심장이 미친 듯이 뛰었다. 그녀로서는 부인할 수도, 인정할 수도 없었다. 그런데 어째서일까? 그녀의 흔들리는 눈동자를 본 라엘이 나직이 한숨을 내쉬었다. 그러고는 어딘지 씁쓸하게 웃고는 이렇게 말했다.

"마리, 그것 아느냐?"

"네?"

"내가 너를 정말 많이 사랑한다는 것을."

라엘은 그녀의 머리카락을 쓰다듬었다. 그리고 부드럽게 이마에 입을 맞춘 후 말했다.

"이만 들어가도록 하지. 날씨가 많이 추우니."

그날 둘은 함께 밤을 보냈다. 라엘은 그녀를 부드럽게 안았다. 손길

하나하나에서 그의 사랑이 느껴져 마음이 울컥할 정도였다.

'……폐하.'

그렇게 온몸으로 그의 사랑을 받아들이며 마리는 가슴이 메어 왔다. 마음속의 근심 때문일까? 자신을 향하는 그의 눈동자를, 손길을 느끼는 것이 무거웠다.

그렇게 밤을 보낸 후, 마리는 자신의 옆에서 잠든 라엘의 얼굴을 바라보았다. 그는 새벽 늦게까지 자신을 안다가 방금 잠이 든 상태였다.

'폐하…….'

마리는 손을 들어 조심스럽게 그의 머리를 쓰다듬었다. 그녀는 그가 한 말을 떠올렸다.

"내가 너를 정말 많이 사랑한다는 것을 아느냐?"

그녀는 문득 이런 생각이 들었다.

'어쩌면 그는 내가 먼저 이야기를 꺼내기를 바라고 있는 것 아닐까?'

그녀의 얼굴에 고뇌가 깃들었다.

'난 어떻게 해야 하지?'

두려웠다. 그가 자신의 정체를 알면 어떤 반응을 보일지. 자신을 한 치의 의심도 없이 믿어줄지. 하지만 이렇게 그를 속이고 있는 것도 마음이 너무 괴로웠다.

'하아.'

그 순간, 라엘이 뒤척거리더니 눈을 떴다.

"아직 안 자는군. 잠이 안 오는가?"

"아…… 네."

"이쪽으로 오도록."

라엘은 그녀를 끌어안고 부드럽게 머리를 쓰다듬어주었다. 잠이 안

오는 아이를 달래 주듯. 그 평온한 손길에 마리는 눈을 감았다. 옷을 입지 않고 있었기에 맨살에 그의 감촉이 고스란히 느껴졌다.

'폐하……'

그의 모든 것이 너무나 소중했다. 그와 조금이라도 멀어지고 싶지 않았다. 그녀는 입술을 깨물고는 충동적으로 말했다.

"폐하, 내일 함께 길거리 축제에 가면 안 될까요?"

라엘은 그 말에 살짝 놀란 눈을 하였다.

"거리 축제라. 좋군. 준비하도록 하지."

작년 탄신 연회 때도 그와 그녀는 함께 거리 축제를 구경했다. 마리는 그의 품에서 눈을 감으며 생각했다.

'어떻게 할지 결정해야 해.'

대연회가 마무리되었으니, 황제가 직접 참석해야 하는 행사는 모두 끝났다. 다음 날 늦은 시간, 둘은 남몰래 변장하고 길거리로 나섰다. 황제와 예비 황후의 비밀스러운 길거리 데이트였다.

"와아."

거리의 활기찬 분위기를 본 마리는 탄성을 내뱉었다.

"좋은가?"

라엘은 옅게 웃으며 물었다.

"네, 좋아요."

마리는 거리의 이것저것을 구경하며 눈을 동그랗게 떴다. 길거리 축제는 황궁의 축제와 전혀 다른 즐거움이 있었다.

"나도 그대와 함께 나오니 좋군."

"저도요."

마리는 라엘의 팔에 팔짱을 끼며 그를 올려다보았다.

"저도 폐하와 함께여서 좋아요."

라엘은 잠시 말없이 그녀를 바라보았다. 둘의 시선이 허공에서 엉켰고, 누가 먼저랄 것 없이 고개를 가까이했다. 이어지는 입맞춤. 사랑이 듬뿍 담긴 입맞춤이었다.

"아……."

마리는 얼굴을 붉히며 고개를 저었다.

"이제 그만. 사람들이 보겠어요."

"뭐 어떤가. 그대는 내 것인데."

내 것. 그 말에 마리는 다시 마음이 묵직해졌다. 가슴속 무거움이 다시 떠올랐다.

"그러고 보니 작년에도 폐하와 함께 길거리 축제에 왔었네요."

"그랬었지."

"그때는 폐하인지도 몰랐는데. 너무했어요."

라엘은 싱긋 웃었다.

"만약 정체를 밝혔으면 도망쳤을 것 아닌가. 날 잔뜩 무서워했었으니."

그건 그랬다. 1년 전만 해도 마리는 그를 피에 미친 폭군으로만 알고 도망 다녔으니까.

'1년 동안 정말 많은 게 변했구나.'

새삼스레 또 그런 생각이 들었다. 그때, 라엘이 말했다.

"마리"

"네."

"내년에도…… 아니, 매년, 1년에 한 번씩 탄신 연회 때마다 이렇게 길거리 축제에 같이 와 주겠느냐?"

마리는 순간 흠칫 그를 바라보았다. 그의 부탁에 담긴 의미를 생각한 것이다.

'그와 매년. 늘 함께.'

그녀도 간절히 바라는 소망. 하지만 지금으로서는 아득하게만 느껴지는 소망이었다. 하지만 마리는 굳게 고개를 끄덕였다.

"네, 그렇게 할게요."

그렇게 둘은 길거리 축제를 즐겼다. 길거리 공연도 보고, 달달한 소스가 듬뿍 묻은 거리 음식도 먹고, 우연히 마술쇼에서 마술사에게 지목되어 공연장에 올라가 게스트가 되기도 하고. 마음속 무거움만 아니라면 너무나 즐거운 시간이었다. 마치 시간이 멈추었으면 할 정도로. 하지만 시간은 순식간에 흘러갔고, 곧 황궁으로 돌아갈 시간이 다가왔다.

"아……."

마리는 손바닥을 펼쳤다. 비가 내리고 있었다.

"소나기인가 봐요."

"그렇군. 잠시 피했다 가는 것이 좋겠어."

주변을 둘러보니 마침 비어 있는 성당이 하나 보였다. 둘은 성당 안으로 들어가 비를 피했다. 생각보다 빗줄기가 거세 잠깐 사이에 흠뻑 젖어버렸다.

"이런. 감기라도 걸리면 안 되는데."

라엘은 손수건을 꺼내 다급히 마리의 머리에 묻은 물기를 닦아주었다. 걱정 어린 자상한 손길에 마리는 배시시 웃었다.

"전 괜찮아요."

"아니야. 조심해야 해. 그대가 아프면 내가 훨씬 속상하니, 꼭 조심하도록."

마리는 시선을 돌렸다. 왠지 익숙한 성당의 모습에 탄성을 터뜨렸다.

"아, 그러고 보니 여기 거기예요."

"음?"

"우리 작년에도 이 성당에 온 적이 있어요. 그때도 비가 내려서."

라엘도 탄성을 터뜨렸다. 그러고 보니 작년에도 똑같이 비가 와 이 성당에서 비를 피한 적이 있었다.

"신기하네요."

라엘도 고개를 끄덕였다.

"우리가 운명이라서 그런 것 같다."

"운명이요?"

"그래, 운명이니 이런 신기한 우연이 일어나지."

그 말에 마리는 웃음을 지었다. 별로 그럴싸한 것 같지는 않지만 그와 자신이 운명이란 이야기는 듣기 좋았다.

"네, 우리는 운명이에요."

"별로 그렇게 생각하지 않는 것 같은 목소리인데?"

"아니, 그렇게 생각해요. 우리는 운명."

그렇게 이야기한 둘은 서로를 보며 너 나 할 것 없이 웃음을 터뜨렸다.

'행복해. 너무 행복해서 불안할 정도로.'

마리는 씁쓸한 표정을 지었다. 그와 함께하는 순간순간이 너무나 행복했다. 그래서 너무나 괴로웠다. 이 행복이 깨질지도 모른다는 사실이. 그때, 라엘이 뜻밖의 이야기를 하였다.

"이렇게 성당에 다시 오게 된 것도 운명인데, 피아노나 같이 연주하지 않겠나?"

그는 성당 구석에 놓인 피아노를 가리켰다. 1년 전, 그들은 이 성당에서 같이 포핸드(Four hand) 곡을 연주한 적이 있었다. 생각해 보면 그와 처음으로 소통한 경험이었다. 그때의 피아노가 똑같은 자리에 그대로 놓여 있었다.

"네, 그렇게 해요."

마리는 고개를 끄덕였다. 둘은 한 의자에 나란히 앉았다.

"제가 주성부를 맡을까요?"

"아니, 그러면 내가 그대의 연주를 따라가기 어려우니 그냥 내가 주성부를 맡지."

라엘은 다방면에 걸쳐 천재적인 재능을 가지고 있다. 피아노도 전문 건반 연주자 못지않은 실력이었다.

"그러면 시작하지."

그는 건반을 눌렀다. 곧 낮으면서 잔잔한 소리가 성당 안에 울려 퍼지기 시작했다.

세레나데(Serenade). 마리는 라엘이 연주하는 곡을 들으며 눈을 감았다. '저녁 음악'이란 뜻의 세레나데는 밤에 연인의 집 창가에서 연주하곤 하던 사랑의 노래였다. 역시나 편안하면서 부드러운 선율이 라엘의 손가락을 통해 흘러나왔다.

마리는 옆에 앉아 그 선율을 따라가며 울컥한 마음이 들었다. 이건 다름 아닌 그녀를 향해 연주하는 곡이었다. 음표 하나하나에 그녀를 향한 사랑이 가득 느껴졌다. 라엘은 곡을 통해 이렇게 말하고 있었다.

사랑한다고. 내가 너를 너무나, 참을 수 없이 사랑하고 있다고. 앞으로도 무슨 일이 있어도 사랑할 거라고.

그때 반주하던 마리의 손등 위로 한 방울 눈물이 떨어졌다. 마리는 입술을 깨물었다. 가슴이 울려 도저히 연주를 이어갈 수가 없었다.

"마리?"

라엘이 놀라 그녀를 불렀다. 그녀가 돌연 눈물을 흘리자 당황한 눈치였다. 마리는 한참 동안 입술을 깨물고 있었다. 도저히 더는 참을 수가 없었다.

'나 도대체 어떻게 해야 하지?'

아직은 그에게 정체를 밝힐 때가 아니었다. 하지만 이제는 더 숨기는 것도 무리였다. 그를 속이고 있는 것이 너무나 힘들었다. 도대체 어떻게 해야 할지 모르겠다. 어느 쪽을 선택해도 좋은 결과가 나올 것 같지 않았다. 그녀는 입술을 지그시 깨물었다. 눈물이 뺨을 타고 입술에 맺혀 떨어졌다. 그녀의 심상치 않은 분위기에 라엘의 눈동자가 희미하게 떨렸다. 그는 직감적으로 그녀가 무슨 고민을 하는지 깨달았다. 라엘이 천천히 말했다.

"마리, 괜찮으니 이야기해라. 난 너를 믿으니까."

"……!"

마리의 눈동자가 다시 흔들렸다. 그녀는 입을 벌렸다. 하지만 막상 이야기하려고 해도 또 말이 나오지 않았다. 그만큼 두려웠다. 결국, 그녀는 떨리는 목소리로 말했다.

"……폐하께서는 저를 믿으시나요?"

"당연히."

"……그렇다면 만약, 정말로 만약……."

거기까지 이야기한 마리는 다시 우뚝 입을 다물었다. 도저히 말이 나오지 않았다. 라엘은 가만히 그녀를 기다려 주었다. 아무런 재촉도 하지 않고. 결국, 마리는 말했다.

"만약 제가 폐하를 속인 것이 있다면 어떻게 하실 건가요?"

라엘의 얼굴이 굳었다. 그는 잠시 답이 없다가 입을 열었다.

"당연히 아프겠지. 실망스럽기도 하겠고."

마리는 그 답에 눈을 질끈 감았다. 당연한 답이었다. 그런데 라엘이 말을 이었다.

"하지만 그래도 이해해 보려고 노력할 것이다. 난 그대를 사랑하니까. 믿으니까."

"……!"

"내가 아는 그대라면 이유 없이 날 속이진 않았을 테니, 최대한 이해해 보려 노력할 거다."

왜일까? 그의 말을 듣는데 왈칵 가슴이 흔들렸다. 마리는 입술을 깨물었다. 그녀의 손끝이 파르르 떨렸다. 아무리 용기를 내려 해도 쉽게 입이 떨어지지 않았다.

'주여. 제발 저를 도와주소서.'

라엘은 말없이 그녀를 기다려 주었다. 그 어떤 재촉도 하지 않고. 그 기다림에 마리는 희미한 용기를 낼 수가 있었다. 그녀는 떨리는 마음으로 입을 열었다.

"폐하, 드릴 말씀이 있습니다."

"무엇이든 괜찮다."

그녀는 그의 앞에 무릎을 꿇었다.

"전 사실 폐하를 속인 것이 있습니다."

"……!"

"사실 제 이름은…….''

마리는 이를 악물었다. 그의 앞에 진실을 꺼내기가 두려웠다. 하지만 더는 피할 수 없었다.

"모리나 드 브란덴 라 클로얀. 그게…… 제 이름입니다."

장내의 공기가 무겁게 가라앉았다. 그녀가 드디어 라엘에게 진실을 고백한 것이다. 마리는 땅에 닿을 듯 머리를 숙였다. 자신의 지금 고백이 어떤 결과를 낳을지 너무나 두려워 얼굴을 들 수가 없었다.

자신의 고백을 들은 라엘은 과연 무슨 생각을 하고 있을까? 마리는 심장이 멈추어버릴 것 같았다. 다른 어떤 것보다 그와의 관계가 멀어질지도 모른다는 사실이 두려웠다. 그녀는 부들부들 떨리는 목소리로 말을 이었다.

"하지만 결단코 폐하께 해를 끼치고자 속인 것은 아니옵니다. 제발…… 저를 믿어주시면 안 되겠습니까?"

거기까지 이야기한 마리는 입을 다물었다. 그와 멀어질지도 모른다는 두려움 때문일까? 목이 메어 더 이야기할 수가 없었다. 그때, 라엘이 입을 열었다.

"의미 없는 부탁을 하는구나."

"……!"

마리의 마음이 절망의 나락으로 떨어졌다. 두려워하는 최악의 결말이었다. 그런데 곧 그녀의 귀에 담담한 라엘의 목소리가 들려왔다.

"난 그대를 단 한순간이라도 믿어 보지 않은 적이 없다. 그러니 그대의 부탁은 아무런 의미가 없다. 이미 믿고 있었으니까."

"……!"

그 말을 들은 마리의 눈이 찢어질 듯 커졌다. 그녀는 파르르 떨리는 눈으로 라엘을 올려다보았다. 그리고 그의 안타까움이 가득한 눈동자를 보는 순간 깨달았다. 이미 그는 알고 있었다는 것을. 다 알고 자신이 솔직히 이야기해 주기를 기다리고 있었다는 것을. 그 사실을 깨달은 순간, 마리의 마음의 벽이 허물어지며 눈에서 와락 눈물이 쏟아져 나왔다.

"흐윽. 흑. 폐, 폐하."

라엘이 무릎을 꿇고 그녀를 부드럽게 감싸 안았다. 그리고 말없이 머리를 쓰다듬어주었다. 너무나 따뜻해 마치 괜찮다고 말하는 듯한 손길이었다. 그의 품이 그녀의 마음을 따뜻하게 품었다.

"네가 클로얀에서 그토록 노력한 것이 우리의 미래를 위해서였던 거냐?"

마리는 고개를 끄덕였다. 감정이 복받쳐 와 그녀의 목소리가 덜덜 떨렸다.

"폐하와 함께하려면 모든 문제를 해결해야 하니. 그래야 아무런 거짓 없이 폐하 앞에 설 수 있을 거라 생각해서, 그래서……."

라엘의 얼굴에 씁쓸함이 번졌다. 그는 안타까운 얼굴로 그녀를 더욱 강하게 끌어안았다. 그녀의 말처럼 그와 그녀 사이에는 너무 큰 장벽들이 가로막고 있었다. 그 난관을 모두 극복해야만 했다. 라엘은 그녀가 조금 진정하자 천천히 입을 열었다.

"마리, 정말로 클로얀 지방을 안정시킬 수 있겠느냐?"

그 물음에 마리는 이를 악물었다.

"네, 무슨 일이 있어도. 다른 누구도 아닌 폐하와 저를 위해서라도 해내겠어요. 저를 믿어주세요."

그 말에 라엘은 고개를 끄덕이고 물었다.

"너도 알 것이다. 작금의 상황에서 클로얀을 안정시키는 것은 굉장히 중요하다는 것을."

"네, 서제국과의 전쟁을 앞두고 있으니……."

요하네프 3세의 서제국과 전쟁이 일어난다. 그건 피할 수 없는 사실이었다. 그런 상황에서 클로얀 지방이 독립하면 동제국에 치명적인 결과를 초래한다. 하지만 라엘은 그녀의 말에 고개를 저었다.

"아니, 비단 그런 이유에서만이 아니다."

"그러면?"

"만약 클로얀 지방이 안정되지 못하고 만에 하나라도 독립하게 된다면, 그땐 너와 나는 적이 된다."

"……!"

마리의 얼굴이 하얗게 질렸다. 그의 말이 옳았다. 라엘이 딱딱한 눈빛으로 그녀를 바라보았다.

"그러니 반드시 클로얀 지방을 안정시켜야 한다. 할 수 있겠느냐? 널 이대로 믿어도 되겠느냐?"

마리는 무겁게 고개를 끄덕였다.

"반드시, 반드시 해낼게요."

그 대답을 들은 라엘은 더는 묻지 않고 자리에서 일어났다.

"알겠다. 그러면 너도 나의 부탁을 한 가지만 들어다오."

마리는 의아한 표정을 지었다.

"너를 믿고 떠나보내 주기 전에 한 가지 징표를 받고 싶구나."

라엘은 성당의 십자가를 바라보았다.

"오늘 이 순간. 저 십자가 아래에서 그대와 내가 하나가 되는 서약을 올려다오."

마리의 눈이 동그랗게 커졌다. 라엘의 말에 담긴 뜻을 깨달은 것이다.

"폐하……?"

라엘은 마리의 얼굴을 쓰다듬었다.

"들어주지 못하겠느냐?"

마리의 눈동자에서 다시 눈물이 한 방울 흘러내렸다. 그의 사랑이 그녀의 가슴을 흔들었다.

"아니요. 저도 원하고 있어요."

"그러면 오늘 밤 이곳에서 서약을 올리지."

비어 있는 성당이었지만, 라엘은 아랑곳하지 않았다. 잠시만 기다리라고 말한 그는 밖으로 나갔다. 그러고 나서 약간의 시간이 흐른 후 돌아왔는데, 그와 같이 온 인물을 보고 마리는 깜짝 놀랐다.

"예하?"

하얀 수염과 인자한 인상. 동제국 성당의 최고 성직자인 대주교였던 것이다. 대주교는 자다가 불려 왔는지 끄응- 소리를 내었다.

"폐하, 갑자기……."

"미안하게 되었소. 하지만 그만큼 중한 일인지라……."

라엘은 대주교에게 상호 존칭을 사용하였다.

"나와 힐데른 자작이 하나가 되는 서약을 주재해 주시오."

대주교는 잠이 화들짝 달아난 표정을 지었다. 하나가 되는 서약이라니? 그건 혼인 서약 아닌가!

"아니, 폐하?"

"어떻게 그렇게 되었소. 정식 혼인식은 추후 다시 치를 것이니, 부탁하오."

"어어, 그래도 이건……."

대주교는 말도 안 된다고 입을 벌렸다. 무려 황제와 황후의 서약을 이렇게 대충 하려고 하다니? 하지만 상대가 누군데 안 따르겠는가. 대주교는 이건 아닌데, 하는 표정으로 둘의 서약을 주재했다.

"두 분은 앞으로 나오십시오."

그렇게 둘은 손을 잡고 십자가 앞에 섰다.

"주님의 이름으로 동제국의 지배자, 폐하께 묻습니다. 힐데른 자작을 영원토록 사랑하고 아낄 것을 주님의 이름으로 맹세하십니까?"

라엘은 굳건한 목소리로 답했다.

"맹세합니다."

대주교는 마리에게 물었다.

"주님의 이름으로 힐데른 자작에게 묻습니다. 폐하를 영원토록 사랑하며 보필할 것을 맹세합니까?"

마리는 눈을 감으며 기도하는 마음으로 답했다.

"맹세합니다."

대주교는 둘의 머리에 손을 얹으며 축복했다.

"주님께 기도합니다. 서로 사랑하는 두 분께 당신의 축복을 영원히 내려 주시옵소서."

마리도 속으로 간절히 기도했다. 지금껏 몇 번이나 했을지 모를 기도였다.

'저와 폐하의 앞날을 축복해 주세요. 제발.'

그렇게 둘은 어느 이름 없는 성당 안에서 사랑의 서약을 올렸다.

다음 날, 마리는 다시 클로얀 지방으로 떠날 준비를 하였다.

"바로 가는 건가?"

"네, 폐하. 죄송해요."

마리는 속상한 표정을 지었다. 솔직히 떠나고 싶지 않았다. 라엘도 아쉬운 얼굴이었다. 마음만 같아서는 그녀를 품 안에 가둬만 두고 싶은 그인데, 어찌 아쉽지 않겠는가. 다만 둘의 얼굴은 아쉬움이 담겨 있을지언정 어둡지는 않았다. 어제 했던 서로를 향한 서약이 둘의 영혼을 보이지 않는 끈으로 강하게 이어주는 느낌이었다.

"마리, 이걸 받도록."

라엘은 작은 상자를 내밀었다. 의아한 얼굴로 상자를 열어 본 마리는 놀란 표정을 지었다.

"이건?"

상자 안에는 다이아몬드가 박힌 반지가 들어 있었다.

"정식 혼인식은 아니지만, 그래도 서약을 했는데 무슨 징표라도 주고 싶었다. 원래는 식을 치르면 주려고 했던 반지이다."

마리는 눈가가 시큰해졌다.

"고마워요……."

마리는 급히 눈가를 닦으며 말했다. 라엘은 그런 그녀를 부드럽게 안아주었다.

"다 괜찮으니, 아무 일 없이 무사히 돌아오기만 하도록."

"네, 폐하."

마리는 그의 품 안에서 고개를 끄덕였다. 이 품을 떠나고 싶지 않았다. 그러다 그녀는 문득 떠오른 생각에 품 안에서 무언가를 꺼내 라엘에게 건네주었다. 낡은 은목걸이였다.

"이건?"

라엘은 의아한 표정을 지었다.

"어머니의 유품이에요. 금방 돌아올 테니, 돌아올 때까지만 맡아주시겠어요?"

라엘은 잠시 목걸이를 바라보았다. 세월이 깃들긴 했지만, 흠집도 거의 없어 마리가 얼마나 소중하게 간직해 온 유품인지 알 수 있었다.

"내가 가지고 있어도 되는 건가?"

"네, 어차피 금방 돌아올 테니까요."

마리는 '금방'이란 단어를 거듭 강조했다.

"금방 돌아올 테니, 잘 간직하고 있어주세요."

그래, 조금만 더 있으면 모든 게 잘 해결될 것이다. 그때는 그와 떨어지지 않을 거다. 둘은 짧은 입맞춤을 하였다. 아쉬운 작별의 키스였다. 그렇게 둘이 아쉬움에 떨어지지 못하고 있을 때, 갑자기 저 멀리서 먼지구름이 오르며 큰 목소리가 울려 퍼졌다.

"급보입니다! 클로얀 지방에서의 급보입니다!"

마리와 라엘은 깜짝 놀라 고개를 돌렸다.

"무슨 일이죠? 클로얀 지방에서?"

마리는 다급히 물었다. 갑작스러운 불안감이 등줄기에 스쳐 지나갔다.

'설마? 모리나 왕녀와 관련하여?'

다행히 그녀가 걱정하는 종류의 문제는 아니었다. 하지만 어쩌면 더 심각할지도 모를 문제였다.

"클로얀 앞바다의 에투나섬의 활화산이 분화를 시작할 징조를 보이고 있다고 합니다!"

"······!"

마리와 라엘은 놀란 표정을 지을 수밖에 없었다. 난데없이 이게 무슨 일이란 말인가?

마리는 다급히 마차에 올랐다.

"폐하, 지금 바로 클로얀 지방으로 가 봐야 할 것 같습니다."

화산이 정말로 분화한다면 주변은 초토화될 것이다. 총독인 그녀가 최대한 피해를 줄여야 했다. 라엘은 고개를 끄덕였다. 그리고 떠나려는 그녀의 손목을 잡더니 당부했다.

"마리! 나와의 약속을 절대 잊지 말도록! 반드시. 무슨 일이 있어도 무사히 나에게 돌아와라! 알겠나?"

마리는 강한 의지가 담긴 얼굴로 고개를 끄덕였다.

"네, 폐하. 반드시 약속할게요."

Chapter 2
모리나 여왕

마리는 다급히 클로얀 지방으로 돌아갔다. 라엘은 떠나는 마리의 뒷모습을 한참이나 바라보았다. 서약까지 했건만, 그녀가 떠나니 가슴이 텅 비는 것 같았다. 가슴 한구석을 칼로 도려낸 것만 같았다.

"……하아."

라엘은 깊은 한숨을 내쉬었다. 그때였다. 오른이 그에게 다가왔다. 그는 무거운 표정으로 말했다.

"전 지금에라도 힐데른 자작을 붙잡는 것이 옳다고 생각합니다."

"……."

라엘은 입을 다물었다. 오른은 한숨을 내쉬었다.

"물론 힐데른 자작을 의심하는 것은 아닙니다. 그래도 제국을 위해선 만에 하나의 가능성이라도 차단하는 것이 옳습니다."

하지만 라엘은 고개를 저었다.

"그만. 난 그녀를 믿기로 했다."

"폐하."

오른은 안타까운 표정을 지었다. 그때, 라엘이 무거운 음성으로 말했다.

"만약 혹시라도 오늘의 내 선택이 제국에 조금이라도 안 좋은 결과를 가져온다면 그때는 내가 모든 책임을 지도록 하겠다."

라엘의 선언에 오른이 굳은 얼굴을 했다. 황제의 책임. 결코 입 밖으로 꺼내서는 안 될 무거운 단어였다. 라엘은 오로지 그녀를 위해 큰 부담을 지기로 결정한 것이다.

※

마리와 경호를 맡은 근위 기사들은 죽어라 말을 달려 클로얀 지방에 도착했다. 마리는 시간을 아끼기 위해 클로얀의 수도인 커먼성이 아닌, 문제가 발생한 에투나섬에 인접한 해안가로 향했다.

"화산의 상태는 어떻죠?"

해안가에 도착한 마리는 다급히 물었다. 현장에는 미리 린 남작과 관리들이 도착해 있었다.

"좋지 않습니다. 아직 분화를 시작하지는 않았으나, 여러 징후를 고려할 때 머지않은 시기에 용암이 분출될 것이 분명합니다."

"섬의 주민들을 대피시킬 배는 수배하였나요?"

"네, 인근의 모든 배를 모았습니다."

"바로 대피를 시작해야겠어요."

마리는 섬사람들의 대피를 지휘하기 위해 배에 올라탔다. 그런데 그녀가 직접 섬에 들어간다는 사실에 놀라 얼굴이 창백하게 질리는 인물이 있었다. 반 제국 운동의 중심이자 모리나 왕녀의 추종자인 왕실 기사단의 바르한 백작이었다.

"왕, 아니, 총독 각하께서 직접 섬에 들어간다는 말씀이오?"

"그렇소. 무슨 문제라도?"

폰틸 남작은 의아한 표정으로 바르한 백작을 바라보았다.

"섬 안은 위험하지 않소? 그런데 각하께서 직접 들어간다고?"

폰틸 남작은 이 작자가 왜 이러나 하는 표정을 지었다. 하지만 바르한 백작은 심각했다. 그의 입장에서 그녀는 클로얀 왕가의 마지막 핏줄이다. 절대 이런 위험을 감수해서는 안 될 인물이었다.

"위험하지. 당연히 위험하고말고. 잘못했다가는 화산 분출에 휘말릴 수도 있을 테니까."

"그러면?"

바르한은 이해가 되지 않았다. 제국의 입장에서도 그녀는 예비 황후가 아닌가. 그런데 이런 위험한 일을 하도록 내버려 두다니.

"당신 말처럼 원래는 말리는 게 맞겠지만…… 황제 폐하도 그렇고, 우리 예비 황후마마도 그렇고 항상 앞에 서는 것을 당연히 여기시는 분이라 말릴 수가 없군. 우리는 그저 아무 일 안 일어나도록 최선을 다해 지킬 수밖에."

"……!"

"총독 각하의 옆에 있다 보면 앞으로도 이런 모습은 자주 보게 될 것이오. 그러니 익숙해지는 게 낫소."

그렇게 이야기한 폰틸 남작은 굳어 있는 바르한을 놔두고 자신의 자리로 돌아갔다. 바르한은 고개를 돌려 갑판에 서 있는 마리를 바라보았다. 저 멀리 수증기가 뿜어져 나오는 화산을 보는 그녀의 눈동자는 긴장으로 가득 차 있었다.

'두려워하지 않는 것도 아닌데?'

바르한은 혼란스럽게 생각했다. 그때, 마리가 했던 말이 그의 머릿속에 떠올랐다.

"방향은 다르지만, 클로얀 왕국민들을 위하는 마음은 백작이나 저나 같아요. 그러니 제가 믿을 수 있는 존재인지 지켜봐 주세요."

바르한은 굳은 눈동자로 한참이나 마리를 바라보았다.

-----※-----

에투나섬은 해로상 중요한 길목에 있어 교역이 발달한 섬이었다. 섬의 크기도 매우 컸다. 섬 안에 바다로 향하는 큰 강도 있을 정도였다. 거주하는 인구도 만 명이 넘었다. 화산이 용암을 분출하면 어떤 희생이 발생할지 모르니, 최대한 빨리 사람들을 육지로 대피시켜야 했다.

"서둘러 움직여 주세요!"

"네, 각하!"

배를 충분히 모았으니 어떻게든 대피시킬 수 있을 것이다. 그런데 그 순간 예상 밖의 문제가 발생했다. 섬 주민들 일부가 대피를 거부한 것이다.

"사람들이 섬을 떠나는 것을 거부하고 있다고요?"

"네, 각하. 육지로 가도 살아갈 방법이 없다며 고집을 부리고 있습니다."

폰틸 남작은 곤란한 표정을 지었다. 마리는 섬사람들의 사정을 이해했다. 모든 삶의 기반이 섬에 있으니 차마 떠날 결정을 하기가 쉽지 않은 것이리라.

'그래도 지금은 어쩔 수 없어. 일단 목숨 먼저 구해야 해.'

그렇게 생각한 마리는 섬사람들을 설득하기로 했다. 한시가 급했다. 마리는 먼저 섬사람들의 대표들을 만났다.

"시간이 없어요. 빨리 섬을 벗어나 탈출해야 해요. 언제 화산이 분화할지 몰라요."

하지만 그들은 고개를 저을 뿐이었다.

"평생을 섬에서 살아왔습니다. 모든 터전이 섬에 있는데, 이곳을 떠나면 우리는 살아갈 수가 없습니다."

"하지만 남아 있으면 목숨을 잃을 뿐이에요. 섬을 떠나기 꺼려지는 것은 이해하지만, 일단 살고 나서 생각해야죠."

마리는 다급히 대표들을 설득했다. 그때, 한 대표가 의외의 제안을 하였다.

"각하, 화산을 막을 방법은 없는 것입니까?"

"당연히 그런 방법은……."

화산 분출은 자연재해다. 자연재해를 막을 방법은 없었다. 그런데 고개를 저으려던 마리의 머릿속에 한 가지 지식이 떠올랐다. 바로 이전에 꾸었던 꿈, '위대한 건축가, 비트루비우스'에게서 기인한 지식이었다.

'잠깐. 방법이 한 가지 있잖아.'

화산은 여러 가지 형태가 있다. 얌전히 용암만 흘러나오는 화산과 화산재나 화산쇄설물이 터져 나오는 폭발형 화산. 그중 화산재나 화산쇄설물이 터져 나오는 폭발형 화산은 피하는 것 외에는 막을 방법이 없었다.

'하지만 다행히 에투나섬의 화산은 용암만 흘러나오는 얌전한 화산이야. 이런 화산의 경우 용암이 흐르는 길을 인위적으로 틀어주면 피해를 막을 수 있을지도 몰라.'

마리는 생각했다.

'용암이 바다로 향하게 만들 수만 있다면 아무런 피해 없이 끝낼 수 있어.'

하지만 그녀는 곧 고개를 저었다.

'아니야. 이론적으로는 가능하지만, 너무 위험해. 대피하는 것이 답이야.'

그 순간이었다. 대표들이 그녀를 향해 일제히 고개를 숙였다.

"제발 부탁합니다, 각하! 방법이 있다면 저희를 도와주십시오!"

"이 섬은 선대로부터 이어진 모든 것이 남아 있는 곳입니다. 제발 도와주시옵소서!"

마리는 고뇌에 빠졌다. 거절하려 했으나 그들이 너무 필사적으로 매달렸다. 결국, 그녀는 조건을 걸었다.

"지형지물을 이용해 용암의 길을 바다 쪽으로 돌려 볼 거예요. 대신 작업에 참여할 수 없는 아이나 노약자는 미리 배를 타고 육지로 피난해야 해요. 그리고 연안에 배들을 대기시키고 있다가 화산의 분출이 임박해지면 그때는 무조건 모두 대피해야 해요."

가장 합리적인 판단이었다. 모두가 그녀에게 고개를 숙였다.

"감사합니다, 각하!"

작업은 바로 시작되었다. 일단 아이나 노약자를 미리 배로 대피시키고, 일할 수 있는 이들은 마리의 지시에 따라 작업을 시작했다.

'이쪽 지역이 다른 곳보다 지대가 다소 낮아. 흙으로 된 지역이라 땅을 파내기도 용이하고. 바다를 향해 해자처럼 길을 만들면 용암의 진행 방향을 틀 수 있을 거야.'

물론 결코 쉬운 일은 아니었다. 재난에 대항하려 하다니. 무모한 일일지도 몰랐다. 하지만 삽을 든 주민들은 의지에 불타올랐다.

"총독 각하께서 우리와 함께하신다!"

"총독 각하께서 기적을 일으켜 주실 거야!"

그간 마리가 해낸 일들은 에투나섬에도 퍼져 있었다. 그들은 수많은 기적을 일으킨 마리 폰 힐데른이 자신과 함께한다는 사실에 용기백배하여 뛰어들었다. 그렇게 작업에 뛰어든 사람은 무려 일만 명에 가까웠다. 남녀 할 것 없이 일부 노약자와 어린애를 제외한 모든 사람이 참여한 것이다.

"더 깊게 파 주세요! 바깥쪽으로는 용암이 넘치지 못하게 제방을 쌓아주세요!"

마리는 화산에서 도시로 향하는 길목 중 지대가 낮은 지역에 바다로 향하는 해자를 파고, 측면에 제방을 올렸다. 한순간에 할 수 있는 일이 아니지만 만 명에 가까운 사람들이 한 몸이 되어 움직이니 작업은 빠른 속도로 진행되었다.

'제발. 조금만 더 시간이 있었으면.'

마리는 초조한 눈으로 화산을 바라보았다. 화산이 언제 분화를 시작할지는 아무도 몰랐다. 그래도 징조를 보인 지 벌써 2주였으므로, 얼마 남지 않았을 것이 분명했다.

"조금만 더 힘내 주세요! 시간이 많이 없습니다!"

"네, 각하!"

섬사람 모두가 우렁차게 답했다. 그때였다. 가만히 마리를 바라보던 바르한 백작이 이를 악물더니 입을 열었다.

"전하, 드릴 말씀이 있습니다."

"백작?"

마리는 놀란 표정을 지었다. 바르한의 얼굴은 쳐다보기 무서울 정도로 딱딱하기 굳어 있었다.

"이제는 그만 섬을 떠나셔야 합니다."

마리는 가만히 고개를 저었다.

"저는 떠나지 않아요."

"더 섬에 머물다가는 화산에 휩쓸릴 수도 있습니다!"

바르한은 가슴이 터질 것 같았다. 모리나 왕녀는 왕가의 마지막 핏줄이다. 만약 잘못되기라도 하면 어쩌려고!

"왕가의 핏줄을 이으신 전하는 그 누구보다 귀중합니다. 전하께서는 이런 곳에서 위험을 감수할 만한 분이 아니란 말입니다!"

그 말을 들은 마리의 얼굴이 싸늘해졌다.

"저들의 목숨은요? 저들의 목숨은 소중하지 않은가요?"

평소와 다르게 차가운 목소리에 바르한은 흠칫 놀랐다.

"전 왕가니 뭐니, 그런 것은 잘 모르겠어요. 하지만 지금 이 순간 저들을 위하는 것보다 중요한 것은 아무것도 없다고 생각해요."

"……"

바르한은 아무런 대답도 하지 못했다. 마리는 바르한을 내버려 두고 다시 사람들을 지휘하기 시작했다.

"자, 조금만 더 힘내 주세요! 그쪽에는 더 경사를 깊게 해서 작업해 주세요!"

그렇게 밤낮을 가리지 않고 작업을 지휘하는 그녀의 얼굴에는 땀이 구슬구슬 맺혀 떨어졌다. 바르한은 그런 마리의 모습을 나무처럼 굳어 바라보았다. 마리가 남긴 말이 그의 가슴에 움푹 박혀 들어갔다.

그들의 바람을 들어주신 걸까. 금방이라도 용암을 토할 것 같은 화산은 일주일이 넘는 시간 동안 분화하지 않았다. 마리와 섬의 주민들은 그 천금 같은 시간을 이용해 용암의 진행을 틀 길과 방파제를 세울 수 있었다. 그리고 이윽고!

"화산이 분화했습니다!"

"용암이 밀려오고 있습니다!"

화산의 동태를 살피던 이가 다급히 소식을 전했다. 마리는 다급히 주변에 지시했다.

"주민들의 대피 상황을 확인하세요! 섬에 있는 사람들은 모두 고지대로 피하라고 하세요!"

"네, 각하!"

용암의 진행을 막기 위해 최선을 다했지만, 용암의 기세가 거세면 다 무용지물이다. 마리는 작업을 끝낸 후 주민들을 강제로 대피시켰다. 일부는 배로 피난시켰고, 남은 주민들은 섬 내 고지대로 옮겼다.

'제발. 무사히 끝나길.'

마지막까지 진두지휘하느라 섬에 남은 마리는 다른 주민들과 함께 고지대로 피난해 용암이 흐르는 모습을 지켜보았다. 시뻘건 용암이 산을 덮으며 흘러내리고 있었다.

"저게…… 화산."

지켜보던 누군가 두려운 신음을 흘렸다. 시뻘건 용암은 마치 지옥의 불길처럼 가로막은 모든 것을 불태우고 녹이며 전진했다. 그들의 노력을 비웃기라도 하듯 잔혹하고 무서운 광경이었다.

'아니야. 아직 몰라. 아무리 용암이 뜨거워도 바위나 철을 녹일 수는 없으니까. 막을 수 있을 거야.'

만약 저 용암이 도시를 덮친다면, 섬사람들의 모든 것은 한순간에 파괴될 것이다. 그러니 반드시 막아 내야 했다. 이윽고 용암이 그들이 만든 해자에 도달했다.

"오오! 용암이 바다로 향합니다!"

사람들이 환호성을 질렀다. 마리가 의도한 대로 용암은 마치 도랑에 들어온 물처럼 바다를 향해 흘러가기 시작한 것이다.

"와아! 클로얀 만세!"

"총독 각하 만세!"

하지만 아직 기뻐하기는 일렀다. 뜻밖의 사태가 발생하기 시작한 것이다.

"저, 저……!"

"용암이 해자를 넘어 제방을 녹이고 있어!"

사람들의 안색이 하얘졌다. 생각보다도 용암의 기세가 더 거셌다. 굉장히 깊게 해자를 팠건만, 용암이 해자의 수용량을 훨씬 넘어선 것이다. 임시로 방어벽을 만들긴 했지만, 이대로는 버티지 못할 것이 분명했다.

"안 돼!"

사람들은 비명을 질렀다. 방어벽이 무너지면 바로 도시였다. 미리 대피한 덕에 인명 피해는 없겠지만, 그들의 모든 터전은 용암에 휩쓸려 사라지게 될 것이다.

'방법이 없을까?'

마리도 초조한 마음으로 생각했다. 하지만 아무리 그녀라도 방법이 없었다. 넘치는 용암을 무슨 수로 막는단 말인가. 그런데 그렇게 초조하게 용암을 바라보는 순간이었다. 그녀의 눈에 한 가지 시설물이 들어왔다. 강물을 모아 둔 둑이었다. 마리는 번뜩 방법을 생각해 냈다.

'혹시 저 둑을 무너뜨리면 용암의 기세를 꺾을 수 있지 않을까?'

둑을 무너뜨리면, 지형상 저장되어 있던 물은 용암의 진행 경로로 흐르게 될 것이다.

'시도해 볼 만해. 용암의 분출도 무한한 것은 아니니까. 지금 기세를 꺾으면 피해를 막을 수 있을지도 몰라.'

다만 문제가 있었다. 둑의 위치가 용암이 흐르는 곳 지근거리여서 작업을 하기가 무척 위험하다는 것이었다.

'어쩌지.'

마리는 굳은 얼굴로 둑을 바라보았다. 시뻘겋게 흐르는 용암을 보니 아무리 그녀라도 선뜻 용기가 나지 않았다. 그런데 그 순간, 뜻밖의 목소리가 그녀를 붙들었다.

"안 됩니다."

바르한이었다. 그는 그녀의 생각을 눈치챈 듯 사람들의 시선이 없는 곳으로 그녀를 이끌고 가서는 강하게 고개를 저었다.

"저렇게 위험한 곳을! 절대로 용납할 수 없습니다."

마리는 난감한 표정을 지었다. 이 곤란한 남자를 어떻게 설득해야 할지 고민하고 있는데, 바르한이 뜻밖의 말을 하였다.

"전하께서는 이곳에 계십시오. 둑을 무너뜨리는 것은 제가 하겠습니다!"

"백작?"

바르한의 눈빛에 결연함이 감돌았다.

"전 전하의 신하입니다. 앞으로 위험한 일은 직접 나서지 말고, 저 같은 아랫사람에게 맡겨 주십시오."

마리는 그 말에 눈을 크게 떴다. 신하라니. 바르한이 처음으로 그녀를 자신의 주인으로 인정하는 단어를 사용한 것이다. 그녀는 바르한의 눈동자를 똑바로 바라보았다. 바르한의 눈빛은 일말의 흔들림 없이 굳건했다. 마리는 그의 마음에 무언가 변화가 일어났음을 깨닫고, 고개를 끄덕였다.

"알겠어요. 그러면 부탁할게요."

"명에 따르겠습니다."

강하게 고개를 끄덕인 바르한은 지원자를 모집하여 둑으로 향했다. 위험을 감수해야 하는 일이지만 수많은 이가 자원하였다.

"자, 힘을 내라! 빨리 둑을 무너뜨려야 해!"

"네, 알겠습니다!"

그렇게 모두가 합심하여 달려든 결과!

쿠르릉!

강물을 모아 둔 둑 일부를 무너뜨리는 데 성공하였고, 곧 어마어마한 양의 물이 용암을 향해 돌진했다.

치이익!

물과 용암이 뒤섞이는 모습은 그야말로 장관이었다. 도시를 향해 거침없이 내달리던 용암은 물과 뒤섞이며 기세를 잃었고, 결국 해자와 방어벽을 넘지 못하고 바다로 흘러갔다. 그리고 용암의 분출도 끝이 나고 이윽고 도시가 위기에서 벗어난 순간. 엄청난 함성이 터져 나왔다.

"와아아! 만세!"

"클로얀 만세!"

"총독 각하 만세!"

기적적으로 자연재해를 막아 낸 사람들은 서로 얼싸안고 만세를 외쳤다. 물론 그 함성의 종착지는 그들을 구해 낸 마리였다. 그녀가 아니었다면 화산을 막는다는 것은 엄두도 내지 못했을 테니까.

"수고하셨습니다, 각하."

얼굴에 흙먼지가 가득한 폰틸 남작이 다가와 고개를 숙였다. 그를 포함한 근위 기사들도 섬사람들을 돕느라 많이 애썼었다.

"고생하셨어요, 남작. 덕분에 잘 끝났어요."

"아닙니다. 모두 각하의 공이지요."

그렇게 그들이 기쁨의 대화를 나누고 있을 때였다. 전신이 먼지에 뒤덮인 사람이 올라오고 있는 것이 마리의 눈에 들어왔다. 오늘 가장 중요한 일을 해낸 바르한 백작이었다. 폰틸 남작을 다른 곳으로 보낸 마리는 홀로 바르한에게 다가갔다.

"수고하셨어요, 백작."

그녀의 말에 바르한은 입술을 질끈 깨물었다. 무언가 할 말이 있는데 주저하는 듯한 느낌이었다. 대신 그는 이렇게 말했다.

"아닙니다. 전하께 도움이 되어 기쁩니다."

그때, 저 머나먼 서제국에서 요하네프 3세는 병석에 누워 정보부 부부장 로이스와 대화를 나누고 있었다.

"클로얀 지방 에투나섬에서 화산이 분화했었다고?"

"네, 그렇습니다."

요하네프 3세는 혀를 찼다.

"가뭄에 대홍수에, 이번엔 화산이라니. 정말 별일이 다 일어나는군."

로이스도 동의한다는 표정을 지었다.

요하네프 3세는 한 움큼이나 되는 약을 입안에 집어넣고, 약이 쓴지 인상을 찌푸렸다.

"그래도 별일 없이 해결되었겠지."

"네, 맞습니다."

로이스는 고개를 끄덕였다.

"이번에도 모리나 왕녀가 또 기적을 일으켰습니다."

"대단해. 정말 대단해."

요한은 감탄하며 말했다.

"그러면 이번 일도 우리에게는 나쁜 일이 아니군. 아니, 오히려 잘됐어."

요하네프 3세는 병색이 완연한 얼굴로 씨익 웃었다.

"그녀가 공을 세울수록 우리에게는 이득이니까."

"네, 맞습니다. 이제 완전히 때가 무르익었다고 할 수 있겠습니다."

"다른 계획들은?"

"그것도 다 순조롭습니다."

로이스는 기밀이 담긴 서신을 보며 답했다. 바로 린 남작, 아니, 그들의 라키 드 스토른 백작이 보낸 서신이었다.

"동제국 3군단도, 이스트반 백작가도, 심지어 동방 교국과도 이야기가 끝났다고 합니다."

"역시 라키군. 훌륭해. 내가 누워 있는 중에도 다 잘 처리했군."

"네, 열쇠가 되는 모리나 왕녀를 시작으로 동제국은 한 번에 몰락의 길을 걷게 될 것입니다."

그런데 그때, 돌연 요하네프 3세가 거칠게 기침을 하기 시작했다.

"쿨럭. 커억."

그렇게 한참이나 기침을 한 요하네프 3세는 씁쓸하게 중얼거렸다.

"모든 것이 다 순조로운데, 한 가지 치명적인 문제가 있군."

요하네프 3세는 입가를 가렸던 손수건을 바라보았다.

"몸이 악화하는 속도가 생각보다 너무 빨라."

손수건에는 시뻘건 선혈이 가득했다. 바로 그가 토해 낸 것이었다.

"폐하……."

로이스는 안타까운 표정을 했다. 요한의 얼굴은 마치 시체와도 같았다. 파랗게 질려 이제는 혼자서 거동이 힘들 정도였다. 하지만 요한은 이전처럼 씨익 웃으며 말했다.

"뭐, 어차피 계획은 다 이루어지고 있으니 상관없지. 내가 쓰러져도 우리 유능한 재상님이 나머지는 다 이루어줄 테니."

그는 희미하게 미소 지었다.

"다만 그녀와 재회할 때까지 버틸 수 있을지 모르겠다는 게 안타깝 군. 최소한 그때까지는 버텨 줘야 할 텐데."

"폐하."

"어어, 그렇게 슬픈 표정 지을 필요 없어. 나는 만족하고 있다고. 비록 짧더라도 누구보다도 굵게 살고 가는 것이니까. 제국을 일통할 황제로서 말이야."

로이스는 고개를 끄덕였다.

"맞습니다. 폐하의 이름은 통일 제국의 초대 황제로서 누대에 걸쳐 이어질 것입니다."

요한은 파리한 얼굴로 장난스러운 표정을 지었다.

"거기에 모리나 왕녀의 마음만 훔치고 간다면 더할 나위 없을 것 같은데. 그건 무리겠지?"

"네, 그건 무리일 것 같습니다."

"윽, 너무 단박에 부정하는 것 아니냐?"

투덜거리던 요하네프 3세의 표정이 어느 순간 진중해졌다.

"로이스. 이제부터 할 말은 너만 명심하고 있도록."

"폐하?"

"모든 일이 마무리되면 그때는 라키를 죽여라."

로이스의 눈이 찢어질 듯 커졌다.

'지금 뭐라고?'

라키 드 스토른 백작은 요한 최고의 측근이다. 그런데 죽이라니? 하지만 요한은 딱딱하기 그지없는 목소리로 말했다.

"내가 죽으면 스테판이 황위를 잇게 된다. 하지만 스테판, 그 아이는 라키를 감당하지 못할 게 분명해."

스테판 대공. 그는 요하네프 3세의 동생으로 서제국의 제1황위 계승자였다.

"라키는 조절되지 않는 칼날이야. 지금에야 내가 있으니 억누를 수 있지만, 종국적으로 그의 광기는 모두에게 큰 해악을 끼칠 게 분명하다."

로이스는 요한의 말뜻을 이해할 수 있었다. 확실히 스토른 백작에게는 조절되지 않는 광기가 있었다.

"알겠습니다. 명심하겠습니다."

그렇게 답한 로이스는 순간 이런 걱정이 들었다. 만약 요한이 예상보다도 더욱 빠르게 악화해 스토른 백작을 통제할 수 없게 된다면, 그때는 스토른 백작의 광기가 어떤 식으로 뻗게 될까? 만약 문제가 생기면 과연 그 광기를 억누를 수가 있을까? 로이스는 가만히 고개를 저으며 불안감을 떨쳤다.

'일단은 요하네프 3세 폐하의 계획을 이루는 데 집중하자.'

이제 정말로 얼마 남지 않았다. 그들의 계획이 이루어지는 순간, 동제국과 서제국은 하나가 될 것이다. 바로 요하네프 3세의 깃발 아래에. 그리고 그 대계는 바로 클로얀 왕국의 모리나 왕녀로부터 시작될 것이다.

'정말 얼마 남지 않았어.'

로이스는 속으로 중얼거렸다.

간단한 뒤처리 후 마리는 클로얀의 수도인 커먼성으로 돌아왔다. 남은 문제는 에투나섬 지역을 관할하는 행정관이 마무리할 것이다. 누가 일부러 퍼뜨리기라도 한 것인지 그녀가 해낸 일은 이미 커먼성 전체에 퍼져 있었다.

"역시 총독 각하."

"이번에도 또 대단한 일을 해내셨다는군."

사람들은 그녀의 행렬을 바라보며 떠들었다. 누군가가 탄식하듯 이야기했다.

"아무리 기다려도 모리나 왕녀는 돌아오지 않는군. 난 이제는 모리나 왕녀가 아니더라도, 저 힐데른 자작이면 우리가 섬기기에 부족하지 않은 분 아닌가 싶네."

"하긴……."

다른 사람들이 그 말에 동의했다. 그 누가 그녀가 부족하다 할 수 있겠는가. 모리나 왕녀가 그립긴 하지만, 저 소녀라면 그들을 다스리기에 일말의 부족함도 없었다.

"난 이런 생각도 드는군. 모리나 왕녀는 이미 세상을 떠났고, 힐데른 자작의 몸을 빌려 우리에게 돌아온 것이 아닌가 하는."

"그게 무슨 말인가?"

"그냥. 저분의 행적이 과거 왕녀 전하의 행적과 너무나 닮지 않았나 해서."

그 말에 사람들의 표정이 묘해졌다. 그러고 보니 닮긴 닮았다. '얼굴 없는 성녀', 모리나 왕녀와 저 소녀 총독의 행적은 신기할 정도로 똑 닮았다.

"혹시…… 모리나 왕녀가 저분인 것은 아니겠지?"

"에이, 말도 안 되는 소리 말게. 저분은 제국의 예비 황후마마야."

"하지만 클로얀 왕국민이었다가 전쟁 때 포로로 끌려갔다고 하지 않았는가. 모리나 왕녀께서도 딱 저 나이실 텐데?"

그 말에 사람들은 고개를 갸웃했다. 듣다 보니 묘했다. 말도 안 되는 이야기지만, 왠지 그럴싸하게도 들리는 이야기였다.

"에이, 설마…… 말도 안 돼."

사람들은 고개를 저었다. 사실 저 소녀가 모리나 왕녀일지도 모른다는 의혹은 이번이 처음이 아니었다. 너무 공교롭긴 했던 것이다. 하지만 말도 안 되는 이야기라 헛소문으로 치부되며 사그라지기 일쑤였다. 그런데 이번엔 왜일까? 한번 불씨가 피어오른 의문은 꺼지지 않고 사람들 사이에 급속도로 퍼지기 시작했다. 마치 누군가 일부러 의도라도 한 것처럼. 그림자가 파고들 듯 클로얀 왕국민들 사이에 마리에 대한 의구심이 번졌다.

마리는 사람들 사이에 은밀하게 퍼지는 자신에 대한 소문을 까마득하게 모른 채 업무에 열중했다. 이런저런 일을 해결하고 가을이 깊어 가던 어느 날 밤. 바르한 백작이 그녀에게 대화를 청했다.

"왕녀 전하를 뵙습니다."

단둘이 있게 되자 바르한은 무릎을 꿇으며 그녀에게 예를 표했다. 마리는 왠지 그의 예가 좀 더 극진해졌음을 느꼈다. 이전에는 형식적인 면이 다분했다면, 지금은 진심이 담겨 있었다.

"말씀하세요, 백작."

마리는 그가 결론을 내렸음을 알아채고 두근거리는 마음을 가다듬었다. 바르한 백작은 왕실 기사단의 단장이자 반 제국 운동의 구심점이다. 그의 결정에 따라 클로얀 왕국 귀족들의 움직임이 결정될 것이다.

"지난번에 말씀하신 사안에 대해 고하고자 이렇게 면담을 청하였습니다."

그렇게 말한 백작은 돌연 고개를 푹 하고 숙였다.

"죄송합니다, 전하! 계속 생각해 보았지만, 소신은 도저히 전하의 의견에 따를 수가 없습니다. 클로얀 왕가의 재건만큼은 절대 포기할 수가 없습니다!"

그 말에 마리는 탁 하고 기운이 빠졌다. 역시나 그런 결론을 내린 것이다. 하지만 당연한 일이었다. 평생을 바쳐온 충성이고 신념이다. 어떻게 하루아침에 바꾸겠는가?

"……그렇군요."

마리는 뭐라 적절한 말을 찾지 못해 그렇게만 답했다.

'나는 이제 어떻게 해야 하는 거지?'

그런데 그때 바르한의 입에서 뜻밖의 말이 튀어나왔다.

"하지만 전 전하를 따르겠습니다."

"백작?"

"그간 유심히 지켜보고 깨달았습니다. 왕국민을 위하는 전하의 마음은 의심할 수 없는 진실이란 것을. 지금껏 왕가의 어떤 국왕도 왕녀 전하처럼 백성들을 위하는 고결한 마음을 가지지는 못 했을 것입니다."

그는 다시 무릎을 꿇었다.

"그렇기에 전하께서 어떤 길을 걷더라도, 그 길은 왕국민들을 위한 것이라 믿기에! 이 바르한, 비록 뜻이 다르더라도 왕녀 전하께 목숨을 바쳐 충성을 맹세하겠습니다!"

마리의 가슴이 진동했다. 드디어 바르한이 그녀를 받아들인 것이다. 깊고 깊은 골이 그녀를 다리로 해서 메워지기 시작한 것이다. 가슴 벅찬 순간이 아닐 수 없었다.

"백작, 한 가지만 약속할게요."

마리는 마주 무릎 꿇으며 그의 눈을 바라보았다.

"제가 앞으로 어떤 길을 가더라도 그건 클로얀 왕국민을 위한 것이 될 거라는 것. 저를 믿어주세요."

그녀는 왕가의 재건을 바라지 않는다. 비단 라엘과의 일 때문만은 아니었다. 솔직히 말해 그녀는 일말의 애착도 없는 왕가의 재건을 위해 자신의 인생을 바치고 싶지 않았다. 혹자는 그런 그녀를 보며 욕을 할지도 모른다. 왕족으로서의 사명을 외면한다고.

'하지만 그렇다고 클로얀 왕국민들을 외면하겠다는 것은 아니야.'

그녀는 왕국민들을 위하는 방법이 꼭 왕가 재건에만 있다고 생각하지는 않았다. 자신이 어떤 길을 가더라도, 클로얀 왕국을 위해 노력할 것이다. 그게 한때 모리나 왕녀였던 그녀의 진심이었다.

"최선을 다할 테니, 저를 믿어주세요."

바르한은 고개를 저었다.

"저는 이미 전하께 충성을 바치기로 맹세하였습니다. 그러니 신하에게 믿어 달라는 말은 어울리지 않습니다. 저는 그저 제 모든 것을 바쳐 전하를 따를 뿐입니다."

그의 강직한 성격이 드러나는 말이었다. 마리는 그가 자신을 진정한 주군으로 받아들였음을, 앞으로는 어떤 일이 있어도 자신을 저버리지 않을 것임을 깨달았다. 물론 그녀도 그 충성에 걸맞은 모습을 보여 주어야 하리라. 그게 군주와 신하의 올바른 의무이니까.

"그만 일어나세요. 바닥이 차가워요."

"감사합니다."

마리는 한결 편안해진 얼굴로 말했고, 바르한도 희미하게 웃으며 자리에서 일어났다. 그와 만난 후 처음으로 보는 미소였다. 그렇게 둘 사이에 이전과 다른 분위기가 흐르는데, 생각지도 못 한 소리가 문밖에서 들렸다.

"각하! 각하! 큰일 났습니다!"

폰틸 남작의 목소리였다.

"들어오세요. 무슨 일이죠?"

거칠게 문을 열고 들어온 폰틸 남작의 안색은 파리하기 그지없었다. 그가 이렇게 놀란 모습은 처음인지라, 마리는 덜컥 불안한 마음이 들었다.

"남작? 갑자기 무슨 일인가요?"

"각하, 적이 이곳으로 진군하고 있습니다! 숫자는 무려 3만 명입니다! 당장 피해야 합니다!"

"……!"

마리와 바르한의 눈동자가 커졌다. 갑자기 무슨 적이란 말인가? 그것도 3만 명이나 되는 대군이라고?

"도대체 어떤 적이? 설마 서제국이 침공을 시작한 것인가요?"

"서제국이 아닙니다."

폰틸 남작의 입에서 나온 이야기는 도저히 믿을 수 없는 이야기였다.

"우리 동제국의 3군단입니다! 3군단이 이곳으로 진군하고 있습니다!"

마리의 손이 떨렸다. 믿을 수 없는 이야기였다. 동제국의 군대가 왜? 폰틸 남작은 비명을 지르듯 외쳤다.

"3군단의 목표는 바로 각하입니다! 각하께서 모리나 왕녀라는 말도 안 되는 헛소리를 하며, 제국을 우롱한 죄인의 목을 베겠다며 진군하고 있습니다!"

쨍그랑!

마리의 손에 밀려 잉크병이 바닥에 떨어져 산산조각이 났다.

'이, 이게 갑자기 무슨?'

마리의 얼굴이 파래졌다. 상상하지도 못 한 일이 일어난 것이다. 하지만 그녀는 아직 모르고 있었다. 이건 앞으로 다가올 소용돌이의 서막에 불과하다는 것을.

다급한 속보가 속속 전달되었다.

"데운성이 점령되었습니다!"

"3군단이 세이펜 성읍을 초토화시켰다고 합니다!"

클로얀 지방 전체가 공황에 빠졌다. 3군단이면 동제국 서부 지방에 주둔하며 클로얀 지방을 보호하던 군단이다. 그런 군단이 갑자기 클로얀 지방을 공격하다니? 더구나 3군단이 꺼낸 말도 믿을 수 없는 이야기였다. 제국의 예비 황후이자 총독인 마리의 진정한 정체가 모리나 왕녀였고, 그녀의 목을 베기 위해 클로얀 지방을 공격하는 거라니? 마치 마른하늘에 날벼락처럼 도저히 받아들일 수 없는 이야기들이었다. 하지만 3군단의 공격은 진짜였다. 지금 이 순간에도 진군 경로에 있는 마을들이 불에 타오르고 있었다.

"각하! 각하! 이게 도대체 어떻게 된 일입니까?!"

총독부의 관리들이 마리에게 외쳤다.

하지만 마리도 이번 사태만큼은 침착함을 유지할 수가 없었다.

'3군단이 왜 클로얀 지방을? 아니, 어떻게 내 정체를 알고?'

머리가 하얗게 질려 생각이 이어져 나가지 않았다. 마치 추위에 내 동댕이쳐진 것처럼 손끝이 부들부들 떨렸다. 그때, 한 관리가 비명을 지르듯 외쳤다. 관리들은 아직 그녀가 모리나 왕녀란 소문을 믿지 않고 있었다.

"각하! 카운 성읍이 또 불타올랐다고 합니다!"

마리는 주먹을 움켜쥐며 물었다.

"폰틸 남작에게서 소식은 없나요?"

그녀를 호위하던 폰틸 남작은 3군단을 제지하기 위해 뛰어갔다.

"3군단에 도착했는데, 제대로 이야기도 나누어 보지 못하고 결박되었다고 합니다!"

마리는 침을 꿀꺽 삼켰다. 상황이 이해가 가지 않았다.

'도대체 뭐지? 뭐가 어떻게 돌아가고 있는 거야?'

3군단은 오로지 황제 라엘의 명만 따른다. 하지만 저 공격이 라엘의 뜻일 리가 없다. 분명 무슨 문제가 생겼다. 순간 그녀의 머리에 한 가지 가능성이 떠올랐다.

'설마 3군단장 알베론 백작이 서제국과 결탁하고?'

마리의 몸이 벼락에 맞은 듯 떨렸다. 충분히 가능성 있는 이야기였다.

'만약 3군단의 알베론 백작이 요하네프 3세와 결탁했다면 모든 게 설명돼! 날 노리는 것은 핑계고 클로얀 지방을 서제국에게 넘기려는 속셈인 거야!'

마리는 침을 꿀꺽 삼켰다. 요하네프 3세가 어떤 간계를 부렸기에 알베론 백작이 서제국에 넘어간 것인지는 모르겠다. 알베론 백작은 원래부터 출세욕이 많던 자이니, 후에 막대한 보상을 약속했을지도. 어쨌든 보통 심각한 일이 아니었다.

"3군단을 막을 권한을 가진 분은 오로지 폐하밖에 없어요. 제국의 지원이 있기 전까진 어떻게든 버텨야 해요."

"네, 각하!"

3군단이 이상 행동을 보인 순간, 황궁으로도 소식이 갔을 거다. 그러니 지금쯤 라엘이 행동에 나섰을 확률이 높았다. 지원이 올 때까지 어떻게든 버텨야 했다.

'폐하.'

마리는 간절한 마음으로 그를 불렀다.

마리의 예상대로 3군단의 이상 행동은 곧바로 황궁에 전달되었다.

"이게 무슨 말도 안 되는?!"

"당장 알베론 백작을 송환해야 합니다!"

황궁의 대신들이 들고 일어나 외쳤다.

"예비 황후마마가 모리나 왕녀라니! 알베론 백작이 미친 것이 분명합니다!"

대신들은 말도 안 된다는 반응이었다. 마리가 모리나 왕녀란 사실은 라엘과 오른 등 극히 일부만 공유하고 있는 비밀이었다. 일반 대신들로서는 금시초문인 이야기였다.

"더구나 무단으로 클로얀 지방을 공격하다니요! 있을 수 없는 일입니다!"

그때, 상석에서 가만히 듣고 있던 라엘이 가만히 입을 열었다.

"서제국과 결탁한 거겠지."

"……폐하?"

대신들은 흠칫 얼굴을 굳혔다. 황제의 목소리가 너무나 차가웠다. 어째서인지 분노보다는 마치 살이 베일 것 같은 한기가 느껴졌다.

"그 말씀은 3군단장인 알베론 백작이 서제국측으로 배신했다는 말씀이십니까?"

그 물음에 대한 대답은 오른 공작이 하였다.

"현재로서는 그럴 가능성이 가장 높소. 그렇지 않으면 3군단장 알베론 백작의 지금 행동이 설명되지 않으니까."

그 말에 대신들이 더욱 분노하여 외쳤다.

"당장 알베론 백작을 벌할 토벌군을 보내야 합니다!"

"맞습니다! 더구나 예비 황후마마가 모리나 왕녀라는 유언비어를 퍼뜨리다니요!"

"절대 용서할 수 없습니다!"

대신들은 그들이 존경하는 예비 황후 마리 폰 힐데른을 모독한 알베론 백작을 거칠게 욕하였다.

"우리 예비 황후마마가 모리나 왕녀일 리가 없소."

"맞습니다! 유언비어를 퍼뜨려도 정도껏 퍼뜨려야지!"

그런데 대신들이 마리를 옹호하면 옹호할수록 라엘과 오른의 얼굴은 굳어만 갔다. 결국, 라엘이 입을 열었다.

"그만, 이만 물러가도록. 생각을 정리해야겠다."

대신들이 물러나자 어전에는 오른과 라엘만 남게 되었다.

"폐하······."

오른은 라엘의 표정을 살폈다. 라엘의 얼굴은 딱딱하다 못해 살이 베일 듯한 한기가 감돌고 있었다. 그만큼 지금 사태에 대해 분노하고 있는 것이다.

"상황이 좋지 않은 것 같습니다."

라엘은 고개를 끄덕였다. 최악의 일이 일어나 버렸다. 이대로라면 클로얀 지방은 서제국의 손으로 넘어갈 것이다. 그리고 그녀도, 그가 사랑하는 마리도 어떻게 될지 몰랐다.

"출정을 준비해라."

라엘은 입을 열었다. 지극히 차가운 목소리로.

"내가 직접 알베론 백작의 목을 베겠다."

"……!"

오른은 굳은 얼굴로 고개를 숙였다.

"알겠습니다, 폐하."

하지만 얄궂은 운명의 장난일까? 그 순간, 또 다른 급보가 전달되었다.

"폐하! 폐하! 큰일입니다!"

얼굴이 사색이 된 전령이 어전으로 뛰어 들어왔다.

"무슨 일이냐? 클로얀 지방의 일이냐?"

"아닙니다! 남부 지방의 일입니다!"

라엘과 오른은 서로를 바라보았다. 남부 지방의 급보라면 예상되는 것이 있었다.

"이스트반 백작가의 일인가?"

"네, 맞습니다! 이스트반 백작가가 군사를 일으켰습니다!"

놀라운 소식이었다. 서쪽에서는 클로얀 지방이 혼란스러운데 남쪽에서는 이스트반 백작가가 반란을 일으켰다니. 다만 라엘과 오른은 이번만큼은 크게 놀라지 않았다. 이미 예상하던 일이기 때문이다.

"예상대로군."

"네, 과거 레이첼 영애의 일 때부터 이스트반 백작가가 서제국과 한패라는 것은 예상하고 있었던 일이니까요."

이스트반 백작가는 과거 경합 당시 간악한 음모를 꾸몄던 레이첼의 가문이다. 그들이 언제고 문제를 일으킬 것은 예상하고 있던 일이기에 그들은 크게 놀라지 않았다.

"미리 준비한 대로 진압하면 될 것 같습니다."

"그래."

그들은 이스트반 백작가에 대한 대처를 말했다. 어차피 대비하고 있던 일이라 큰 문제는 없을 거다. 그런데 전령의 표정이 이상했다. 여전히 창백한 표정인 게 숨이 넘어갈 듯한 얼굴이었다.

"폐, 폐하…… 더 보고드릴 것이 있습니다."

"무엇이지?"

"도, 동쪽에서……!"

전령은 비명을 지르듯 외쳤다.

"동방 교국의 함대가 몰려오고 있습니다. 무려 15만 명의 대군입니다!"

절망과도 같은 소리였다.

클로얀 지방뿐 아니라 남부의 반란, 그리고 동방 교국의 침공까지! 동제국에 미증유의 위기가 닥쳐왔다.

'이럴 수가. 어떻게 이런 위기가 한번에?'

클로얀의 수도 커먼성에서 소식을 들은 마리는 온몸을 부르르 떨었다.

'우연히 이런 일이 겹칠 리가 없어. 이건 모두 서제국의 음모야!'

마리는 요하네프 3세의 얼굴을 떠올렸다.

'어떻게 하지? 어떻게 해야 그를 도와줄 수 있지?'

지금 이 순간 그녀의 머릿속에 차오른 생각은 그에 대한 걱정이었다. 곤경에 빠진 그를 도와주고 싶었다. 걱정돼 가슴이 터질 것만 같았다.

'일단 클로얀 지방의 문제라도 내가 해결해야 해.'

마리는 입술을 깨물었다. 만약 클로얀 지방이 서제국의 손으로 넘어가면 동제국은 끝이었다. 막아 내야 했다.

'하지만 어떻게? 3군단은 오합지졸 해적이 아니야.'

지난번 해적들은 기지를 발휘해 물리칠 수 있었지만, 제국의 정예인 3군단은 그런 임기응변이 통할 상대가 아니었다.

'3군단의 표면적인 목표는 바로 나야. 내가 가서 담판을 지어야 할까?'

그러나 그녀는 곧 고개를 저었다. 자신이 가서 해결될 상황이면 죽음을 무릅써 보겠지만, 그럴 상황이 아니었다.

'어떻게 하지? 생각해 내, 마리. 제발. 제발……!'

하지만 마리의 바람과 다르게 상황은 더 악화되어 갔다. 린 남작, 아니, 서제국의 라키 드 스토른 백작이 꾸민 음모가 방점을 찍기 시작한 것이다.

"각하! 각하! 큰일 났습니다! 빨리 밖으로 나와 보십시오!"

"……!"

"왕국민들이 몰려와 각하를 찾고 있습니다!"

마리는 다급히 왕성의 성벽 위로 뛰어 올라갔다. 그리고 몰려든 군중을 본 그녀는 아찔한 마음이 들었다. 수를 셀 수도 없을 만큼 많은 사람이 몰려와 그녀를 찾고 있었던 것이다.

"지금 이 상황을 해명해 주십시오, 총독 각하!"

"도대체 이게 어떻게 된 일입니까?! 왜 제국군이 우리를 공격하는 것입니까?"

군중은 혼란과 두려움에 질려 있었다.

'뭐라고 해명해야 하지?'

마리의 얼굴이 하얗게 질렸다. 그들에게 할 수 있는 말이 없었다.

"이, 일단 진정해 주십시오. 사태를 해결 중이니…….'

그녀는 떠듬떠듬 입을 열었다. 하지만 군중의 웅성거림은 더욱 커질 뿐이었다. 이윽고 이런 질문이 터져 나왔다.

"각하께서 모리나 왕녀 전하라는 소문이 있습니다. 그게 정말입니까?!"

"맞습니다! 대답해 주십시오!"

"각하께서 저희가 그토록 간절히 바라왔던 모리나 왕녀 전하가 맞으십니까?"

마리의 몸이 뻣뻣이 굳었다.

'아…….'

군중의 눈빛에는 두려움 속에서도 흐릿한 기대가 떠다니고 있었다. 절체절명의 상황이지만, 자신들이 존경하는 총독인 그녀가 모리나 왕녀가 맞으면 좋겠다는 기대였다.

"각하께서 모리나 왕녀가 맞는다면, 저 제국군 따위 아무런 문제도 되지 않습니다!"

"맞습니다! 왕녀 전하께서 이끌어주기만 한다면 우리가 승리할 수 있습니다!"

군중 사이에서 한 명, 두 명 외치기 시작했고, 그 외침은 곧 왕성 전체로 퍼져 나갔다.

"대답해 주십시오!"

"왕녀 전하가 맞는다면 저희를 이끌어주십시오!"

마치 성벽이 터져 나갈 듯한 열기. 마리는 창백하게 질려 아무 말도 못 하고 군중을 바라보았다.

'아, 안 돼. 저들을 진정시켜야 해. 내가 모리나 왕녀라는 걸 알게 되면 저들이 날 여왕으로 추대하려 할 거야.'

그녀가 가장 바라지 않는, 하지만 충분히 가능성 있는 이야기였다.

"저, 저는…….'

워낙 떨려서일까? 평소와 다르게 목소리가 제대로 나오지 않았다. 그런데 그때였다. 생각지도 않게 그녀의 말을 가로막는 인물이 나타났다.

"각하께서 몸 상태가 좋지 않으셔서 제가 대신 답하겠습니다."

"⋯⋯!"

마리는 눈을 커다랗게 떴다. 여인처럼 아름다운 얼굴, 옅은 백금발. 린 남작이었다.

'린 남작이 왜?'

린 남작은 먼저 그녀를 향해 미소를 지었다. 항상 단정하게만 웃던 평소와 다르게 짙은, 마치 뱀의 것과 같은 미소였고 마리는 등줄기에 서늘한 불길함이 들었다.

'설마?'

마리는 손을 뻗어 그를 말리려 하였다. 하지만 한발 늦은 뒤였다. 린 남작, 아니, 서제국의 라키 드 스토른 백작이 이렇게 선언해 버린 것이다.

"여러분의 말이 맞습니다. 이분의 진정한 신분은 클로얀 왕가의 마지막 후예 모리나 왕녀 전하로, 클로얀 왕국의 진정한 독립을 위해 지금껏 정체를 숨기고 있었던 것입니다!"

"⋯⋯!"

순간 마리는 하늘이 무너지는 것 같았다. 그녀의 온몸이 사시나무 떨리듯 떨렸다.

"나, 난 그, 그렇지 안⋯⋯."

스토른 백작은 그런 그녀를 향해 빙긋 웃었다. 곧 나락에 떨어질 그녀의 모습이 기대된다는 듯. 기이한 쾌감과 열락이 섞인 미소였다.

"왕녀 전하께서는 바로 이 순간을 위해 정체를 숨긴 채 몸을 웅크리고 있었습니다. 이제 때가 왔습니다! 모리나 왕녀 전하의 이름 아래 클로얀은 진정한 왕국으로 거듭날 것입니다!"

그 말에 왕국민들은 열화와 같은 소리를 외쳤다.

"와아아!"

"모리나 전하 만세! 클로얀 왕국 만세!"

이윽고 사람들 사이에서 이런 외침이 터졌다.

"우리는 왕녀 전하를 기다려 왔습니다!"

"우리를 이끌어주십시오!"

"왕녀 전하, 아니, 여왕 전하 만세!"

한 명, 두 명 사이에서 나온 여왕이란 단어는 해일이 오듯 군중을 휩쓸었다. 수많은 왕국민이 한마음이 되어 외쳤다.

"저희의 왕이 되어주십시오!"

"여왕 전하 만세!

"클로얀 왕국 만세!"

그리고 그 외침을 듣는 마리는-

'아…….'

다리에 힘이 풀려 털썩 성벽에 무릎을 꿇었다.

'어째서 이렇게?'

왜 상황이 이렇게 돌아간 것인지 모르겠다. 하지만 이 순간 확실한 것이 있었다. 최악의 상황이 닥쳐왔다는 것을. 그렇게 그녀의 세계가 산산조각이 나 버렸다.

그날, 온 제국에 놀라운 소식이 퍼졌다. 클로얀 왕국의 모리나 왕녀가 나타났다는 소식이었다. 그 정체는 믿을 수 없게도 마리 폰 힐데른. 추앙받던 제국의 예비 황후로 왕국민들의 지지 속에 독립 클로얀 왕국의 여왕으로 추대되었다고 온 제국에 퍼지게 되었다. 그렇게 폭풍 같은 정세 속에서 마리는, 아니, 모리나는 클로얀 왕국의 여왕이 되었다.

상황이 어떻게 흘러갔는지 모르겠다.

"모리나 여왕 만세!"

"클로얀 왕국 만세!"

왕국민들은 열화와 같은 외침으로 그녀의 이름을 불렀다. 제국 3군단의 침공이라는 절체절명의 위기를 맞고 있지만, 왕국민들의 표정에 근심은 없었다.

우리에게는 그녀가 있다.

모리나 왕녀, 아니, 이제는 여왕으로 추대된 그녀와 함께라면 어떤 위기도 이겨 낼 수 있다고 믿는 것이었다. 고대하고 고대하던 모리나의 귀환에 이 순간 왕국민들의 분위기는 축제와도 같았다. 그건 일반 백성들뿐만이 아니었다. 왕국의 귀족들도 들고 일어섰다.

"모리나 왕녀께서 귀환하셨다고?"

"총독인 힐데른 자작이 모리나 왕녀 전하셨다고?"

제국의 눈치를 보며 숨죽이고 있었지만, 왕녀의 귀환을 바라던 것은 귀족들도 마찬가지였다. 부르지 않았음에도 그들은 자발적으로 자신들의 세력을 모아 모리나의 밑으로 모여들었다. 그렇게 격동하는 정세 속, 클로얀 왕국은 새로운 국왕 모리나의 밑으로 결집하기 시작했다. 모든 왕국민의 터질 듯한 열기 속에서 새로운 국왕으로 추대된 마리는,

"……."

시커멓게 죽은 눈빛으로 창밖을 보고 있었다. 왕실 기사단의 단장이자 그녀에게 충성을 맹세한 바르한 백작은 침을 꿀꺽 삼켰다.

'왕녀 전하가 여왕이 되기를 계속 바라 왔지만, 이런 상황이 일어날 줄이야.'

전혀 짐작지도 못 했던 일이었다. 이번 일의 원흉, 스토른 백작은 마리를 나락으로 떨어뜨린 후 홀연히 사라져 버렸다.

"전하……."

바르한이 불렀으나 마리는 반응이 없었다. 단 한 방울의 핏기도 없는 얼굴로, 죽어버린 시체처럼 허공을 응시할 뿐이었다.

"케일런 백작과 구렌 자작, 노실트 백작이 도착했습니다."

바르한이 말한 인물들은 과거 왕실의 대신들이었다.

"북부의 겔린 남작도, 덴시엔 자작도 곧 합류할 것이라 서신을 보냈습니다. 그리고…….."

거기까지 이야기한 바르한은 입을 우뚝 다물었다. 시커멓게 죽은 그녀의 눈동자에 눈물이 차오른 것을 본 것이다.

"전하."

뚝.

눈물이 한 방울 바닥으로 떨어졌다. 그리고 눈물은 멈추지 않고 계속해서 흘러나왔다. 마리는 입술을 깨물었다.

"……죄송해요. 혼자 있고 싶어요."

"전하."

바르한이 안타까운 목소리로 입을 여는 순간이었다. 마리가 괴로운 얼굴로 발작적으로 목소리를 높였다.

"부탁이에요! 제발! 제발 혼자 있게 해주세요."

"……."

"알아요. 지금 이럴 시간이 없다는 것. 그래도 제발 혼자 있게 해주세요. 제발……."

마리는 눈물이 범벅된 얼굴로 애원했다. 바르한은 망설이다 고개를 숙였다.

"죄송합니다."

그렇게 바르한이 나가고, 혼자가 된 마리의 입에서 결국 울음이 터져 나왔다.

왜? 왜 어째서 이렇게 된 것일까? 그녀는 단 한 번도 이런 상황을 바란 적이 없었다. 아니, 이런 상황을 피하려고 끝없이 노력했었다. 하지만 운명의 낫은 그녀를 끔찍한 나락으로 떨어뜨렸다.

'폐하…… 폐하…….'

어째서일까? 이 순간 마리는 라엘의 얼굴만 떠올랐다.

'나 이렇게 되고 싶지 않았어. 절대 내가 원하던 바가 아니야.'

그녀는 하염없이 눈물을 흘렸다. 이 순간 그가 너무 보고 싶었다. 품에 안겨 그가 자신의 머리를 쓰다듬어주는 것을 느끼고 싶었다. 하지만 이제 그럴 수가 없었다. 그 사실이 그녀를 한없이 절망하게 하였다.

찢어지는 마음과 별개로 그날 마리는 꿈을 꾸었다. 그녀에게 능력을 주는 신비한 꿈이었다.

'보고 싶지 않아.'

마리는 회색빛으로 죽은 눈으로 생각했다. 이런 꿈 따위 보고 싶지 않았다. 그냥 아무도 없는 곳으로 도망가고 싶었다. 하지만 바람과 다르게 꿈은 그녀에게 선명한 영상을 보여 주었다.

「그래, 배의 흔들림을 막을 방법이 있다고?」

「그렇습니다, 승상.」

배경은 동방이었다. 대전에서 날카로운 빛을 지닌 남자가 어딘지 못난 인상의 남자에게 묻고 있었다.

「우리 청주군은 오나라와 다르게 수전(水戰)에 약하지. 배의 흔들림만 막을 수 있다면 크게 승리할 수 있을 터. 방법을 말해보라.」

못난 남자는 싱긋 웃었다.

「연환계(連環計)를 사용하면 됩니다.」

「연환계?」

「배들끼리 쇠사슬을 묶는 것입니다. 그러면 배의 흔들림을 방지할 수 있습니다.」

그 말에 '승상'이라 불린 사내는 손바닥으로 무릎을 쳤다.

「그렇군! 그 방법이면 흔들림을 막을 수 있겠어. 훌륭하도다. 곧 있을 적벽대전도 우리의 승리가 분명하군.」

승상은 기꺼운 투로 물었다.

「그대의 이름이 무엇이라고 했지?」

그 물음에 '와룡, 제갈량'과 더불어 당대 최고의 책략가라 꼽히던 못난 남자는 미소를 지었다.

「봉추(鳳雛), 방통이라고 하옵니다.」

마리는 가만히 눈을 떴다. 무언가 심상치 않은 꿈인 것 같았지만 생각하고 싶지 않았다. 앞으로 닥칠 현실이 그녀의 가슴을 미칠 듯이 옥죄었다.

'그냥 도망가 버릴까?'

정말로 도망가고 싶었다. 다 내려놓고.

'그와 함께 아무도 없는 곳으로 도망갈 수 있으면 좋을 텐데.'

마리는 쓴웃음을 지었다. 그럴 수 없다는 것은 그녀 자신이 가장 잘 알았다.

'아파.'

라엘을 떠올리니 다시 가슴이 울컥 치밀어 올랐다. 마리는 눈물이 나는 것을 억지로 참으며 방을 나섰다.

"전하?"

밖에서는 바르한이 노심초사한 표정을 짓고 있었다.

"잠시 나갔다 오겠어요."

"지금 말입니까?"

바르한의 곤란한 표정에 마리는 자신을 추종하려는 귀족들이 도착했음을 눈치챘다. 하지만 마리는 굳게 고개를 저었다. 그녀도 자신이 여유를 부릴 상황은 아님을 알았다. 하지만 도저히 이 상태로는 있을 수가 없었다. 마음이 죽어버릴 것만 같았다.

"다녀오겠어요."

"⋯⋯호위하겠습니다."

바르한은 어쩔 수 없다는 듯 말했다. 하지만 마리는 바르한과도 같이 있고 싶지 않았다.

"아니, 혼자 다녀오겠어요."

"전하?"

"생각을 정리하고 오겠어요."

"⋯⋯."

바르한은 머뭇거리다 고개를 끄덕였다. 그렇게 마리는 홀로 왕성 밖으로 나왔다. 특별한 목적지는 없었다. 사실 생각을 정리하러 나온 것도 아니다. 왕성 안에 있으면 가슴이 터질 것 같아 뛰쳐나온 것일 뿐이다.

"⋯⋯비가 오네."

마리는 멍하니 손바닥을 펼쳤다. 마침 하늘에서는 부슬비가 내리고 있었다. 비를 보니 그의 목소리가 떠올랐다.

"왜 이렇게 젖었느냐? 감기에 걸릴 수도 있으니, 조심해야 한다 말하지 않았느냐?"

"비 맞고 다니는 걸 보면 그가 화냈을 텐데."

마리는 중얼거렸다. 그것뿐이 아니었다. 시선을 어디에 돌려도 그에 대한 생각만 떠올랐다. 아무것도 보이지 않고 그가 자신에게 했던 말들만 머릿속을 울렸다.

"고맙다. 이렇게 태어나 주어서. 나와 만나 주어서."

"잊지 마라. 넌 내 어떤 것보다 소중해. 나 자신보다도. 네가 위험할 바에는 내가 죽는 것이 나아."

"사랑한다. 내 목숨보다도 널 사랑해."

거기까지 떠올린 순간, 그녀의 눈에서 다시 눈물이 흘러내렸다. 참지 못하고 또 울음이 새어 나왔다.

마리는 가슴에 넣어 둔 반지를 꺼내었다. 얼마 전 사랑의 서약 후 그에게서 받은 반지였다. 이 반지를 받을 때까지만 해도 그와 영원히 함께할 것이라 생각했는데. 떨어지지 않을 것이라 다짐했는데. 어째서 이렇게 되어버렸을까?

'그만 정신 차려, 마리. 이러고 있을 때가 아니야. 눈앞에 닥친 일들을 해결해야 해.'

마리는 눈물을 흘리며 입술을 깨물었다. 그녀도 알고 있었다. 이렇게 맥없이 울고 있을 때가 아니란 것을. 원하지 않았던 일이라 해도, 클로얀 왕국민들은 자신의 어깨만 바라보고 있었다. 자신은 그들을 위해 앞장서 나가야 했다. 너무나 무거운 책임이었다.

'알아. 다 안다고.'

하지만 무너져 버린 마음은 아물 생각을 하지 않았다. 마음을 다잡아야 하는데 그냥 아프기만 했다. 그때였다. 지나가던 누군가가 그녀를 붙들었다.

"언니? 왜 울고 있어요?"

"아……."

어린 꼬마였다. 꼬마는 눈물 흘리는 그녀를 걱정 어린 눈빛으로 쳐다보고 있었다.

"아…… 그, 그냥."

마리는 눈가를 닦으며 말을 더듬었다. 꼬마는 고민 어린 표정으로 말했다.

"언니도 안 좋은 일이 있는 거죠? 그래서 우는 거죠?"

"으, 응. 훌쩍."

꼬마가 힘내라는 듯 주먹을 움켜쥐었다.

"무슨 일인지 모르지만, 힘내세요. 엄마, 아빠가 그러는데 이제 우리 클로얀 왕국에는 좋은 일만 있을 거래요."

"……."

"모리나 왕녀님이 오셨으니까. 무슨 안 좋은 일이 있더라도 왕녀님이 다 해결해 주실 거예요!"

그 말에 마리는 허탈한 미소를 지었다. 모리나 왕녀가 무슨 기적의 천사 소녀도 아니고. 더구나 그 모리나 왕녀는 지금 여기서 맥없이 눈물만 흘리고 있다.

"하나만 물어봐도 될까? 그……."

"제시예요."

"그래, 제시. 언니가 하나만 물어봐도 돼?"

마리는 힘없이 입을 열었다. 그냥 너무 답답해 아무에게라도 이야기하고 싶었다.

"만약에, 만약에…… 제시에게 정말로 소중한 친구가 있는데, 어쩔 수 없는 상황 때문에 사이가 멀어졌어. 그러면 어떻게 할 거니?"

"후움. 그건 싫은데."

제시는 생각만 해도 싫은지 손가락을 깨물었다.

"그냥 계속 친하게 지내면 안 돼요?"

"어쩔 수가 없으면? 다시는 보지 못할 정도로 사이가 벌어지면 어떻게 할 거니?"

"후움."

제시는 고개를 갸웃하다가 대수롭지 않게 답했다.

"그냥 사이 좋아지려고 노력해 볼 것 같아요."

"그게 절대 안 되면?"

"그래도 노력해 볼 거예요. 세상에 절대는 없댔어요!"

제시는 왜 이런 걸 묻는지 모르겠다는 듯이 말했다.

"정말로 소중한 친구라면서요? 안 되더라도 최대한 노력해 봐야죠. 설사 다시 사이가 좋아지지 않더라도, 그래도 노력해 볼 거예요."

"……!"

제시의 말을 들은 마리는 입을 다물었다. 제시는 활짝 웃었다. 그렇게 대화를 나눈 후, 제시는 부모에게로 돌아갔다. 혼자 남겨진 마리는 우두커니 서서 생각에 잠겼다. 그냥 이대로 계속 주저앉아 있고 싶었지만 더는 그럴 수가 없었다. 이제는 마음을 추슬러 앞을 직시해야 했다.

'이렇게 된 이상, 난 클로얀 왕국을 떠날 수 없어.'

싫더라도 받아들여야만 했다. 모두가 그녀를 바라보고 있으니까. 그 책임을 외면할 수가 없었다.

'요하네프 3세의 서제국에 맞서 클로얀 왕국의 위기를 극복하자. 그러면 그를 도와주는 길이 되지 않을까?'

방금 꼬마 제시가 한 말이 떠올랐다.

"어떻게든 노력해 볼 거예요. 설사 다시 사이가 좋아지지 않더라도, 그래도 노력해 볼 거예요."

그래, 상황이 이렇게 되었더라도 자신은 그를 사랑한다. 떠올리는 것만으로도 가슴이 메어 찢어질 것만 같을 정도로. 너무나 사랑한다. 그러니 어떻게든 그와 다시 하나가 되고 싶었다.

'어떻게든 노력해 보겠어. 설사 안 되더라도 끝까지 노력하겠어.'

그녀는 굳게 입술을 깨물었다. 그러기 위해서는 일단 작금의 상황을 타개해야 한다.

'서제국의 요하네프 3세가 클로얀 왕국에 이런 혼란을 일으킨 이유는 단 하나야. 바로 클로얀 지방을 자신들의 세력권으로 만들기 위해. 그래서 클로얀을 발판으로 동제국을 정벌하려는 거야.'

그 순간 마리는 생각했다.

'요하네프 3세의 야욕에 절대 굽히지 않을 거야. 무슨 일이 있더라도 클로얀의 위기를 극복해 낼 거야.'

서제국의 야욕에 휩쓸리면 클로얀이 어떤 상황이 될지는 안 봐도 뻔했다. 그녀는 클로얀을 위해 최선을 다하기로 결심했다. 그게 이 순간, 그녀가 그를 위해 할 수 있는 유일한 일이었으니까. 그리고 그와 다시 가까워질 수 있는 실낱같은 희망이었으니까. 그렇게 마리는 모리나로서의 자신의 운명을 받아들였다.

⚜

왕성으로 돌아온 마리는 바로 어전으로 향했다. 어전에는 바르한 백작을 비롯한 왕실 기사단의 인원 전원, 그리고 과거 왕국의 주요 대신들이 모여 그녀를 기다리고 있었다.

"전하를 뵙습니다!"

수많은 기사와 귀족이 무릎을 꿇는 장면은 그야말로 장관이었다. 마리는 어전 가장 높은 곳, 바로 국왕의 자리로 올라갔다.

"이 자리에 앉기 전, 그대들에게 한 가지만 이야기하겠어요."

마리는 그들의 눈을 하나하나 바라보았다.

"전 솔직히 이 자리에 앉는 것을 바란 적이 없어요."

"……!"

"하지만 환난에 휩싸인 왕국을 안정시키려면 이 방법이 최선이라 생각하기에, 그대들의 청을 받아들이는 것입니다. 만약 제가 국왕이 되는 것보다 클로얀 왕국을 위한 더 좋은 방법을 가지고 있는 분이 있다면 이 순간 바로 말씀해 주세요."

대답은 곧바로 터져 나왔다.

"전하께서 왕이 되는 것! 그게 바로 클로얀을 위하는 최선의 길입니다!"

"저희를 이끌어주십시오!"

모두가 그녀가 왕이 되는 것을 강렬히 바랐다. 간절히 왕가의 재건을 바라 오기도 했고, 지금껏 그녀가 총독으로서 클로얀 지방에 한 일을 알고 있기 때문이다. 그녀만이 이 난국을 타개할 수 있었다.

"전하야말로 왕국의 진정한 주인이십니다!"

"부디 저희의 왕이 되어주십시오!"

모두가 그렇게 한마음으로 그녀를 추대하자 마리는 낮게 한숨을 내쉬었다. 비단 어전에 있는 이들뿐이 아니었다. 백성들까지 그녀가 왕이 되는 것을 바라고 있었다. 이제는 정말로 받아들여야만 했다.

"알겠습니다. 왕국민들의 의지를 받아 나 모리나는 클로얀 왕국의 왕위를 받아들이겠습니다."

그녀의 선언에 귀족들은 감격 어린 표정을 지었다. 드디어 왕국에 진정한 주인이 돌아온 것이다.

"상황이 상황이니만큼 바로 현안을 논의하겠습니다. 당장 이곳으로 진군 중인 3군단에 대한 대책을 마련해야 합니다."

귀족들이 곧바로 목소리를 높였다.

"맞서 싸워야 합니다!"

"맞습니다! 지금 커먼성에 모여든 병력이면 일전을 벌여 볼 만합니다!"

다들 사기가 충천해 외쳤다. 하지만 마리는 속으로 가만히 고개를 저었다.

'성에 모인 병력은 약 1만 명 정도야. 제국군과 싸우면 필패할 것이 분명해.'

현재 커먼성에는 왕국 귀족들이 제국의 눈을 피해 남몰래 모아 온 영지병과 자발적으로 모인 민병을 합쳐 총 1만의 병력이 있었다. 적은 숫자는 아니었지만, 제국군에 비해 숫자도 질도 모두 열세였다.

'싸우면 어마어마한 희생이 생길 거야.'

그녀는 어떻게든 왕국민들의 피해를 최대한 줄이고 싶었다.

'방법이 없을까?'

마리가 고뇌에 잠겨 있을 때였다. 뜻밖의 외침이 대전 밖에서 울렸다.

"전하! 급보입니다! 3군단에서 사신을 보내왔습니다!"

"……!"

제국 3군단에서 사신을? 모두가 놀라 고개를 돌렸다. 전령은 더욱더 놀라운 이야기를 하였다.

"사신으로 온 이는 라키 드 스토른 백작이라고 합니다!"

모두의 얼굴에 경악이 번졌다. 이 자리에서 그 이름을 모르는 이는 아무도 없었기 때문이다. 라키 드 스토른 백작. 베일에 싸인 서제국의 이인자이자, 인형술사란 별명으로 악명 높은 음모가였다.

'왜 서제국의 재상이 직접?'

다들 의아한 표정을 지었다. 그리고 사신이 모습을 드러낸 순간, 그 이유를 깨닫게 되었다.

"오랜만입니다, 각하. 아니, 이제는 전하라고 불러야 하겠군요."

그의 얼굴을 본 마리의 손이 파르르 떨렸다.

"린 남작!"

여린 체구와 여인처럼 아름다운 얼굴에 옅은 백금발. 그녀를 나락에 빠뜨렸던 스토른 백작이 부드럽게 웃으며 모습을 드러냈다.

갑작스러운 스토른 백작의 출현에 장내가 침묵에 빠졌다. 마리는 그의 정체를 알고 모든 정황을 깨달았다.

'애초에 이 모든 게 서제국의 음모였던 거야.'

그녀는 허탈한 마음이 들었다. 지금껏 그가 보이던 꺼림칙한 모습들이 떠올랐다. 왜 그때 조금 더 의심하지 않았을까. 뼈저리게 후회가 되었지만 이미 늦은 다음이었다. 그때, 스토른 백작이 부드러운 말투로 입을 열었다.

"얼굴이 많이 상하셨군요. 저도 전하를 많이 걱정했습니다."

"……."

마리는 표정을 굳혔다. 자신을 나락에 빠뜨리고 미소 짓던 그의 모습이 떠올랐다. 마치 악마의 것처럼 소름 끼치는 미소였다. 스토른 백작은 느긋한 얼굴로 대전에 모인 귀족들을 둘러보았다.

"먼저 클로얀 왕국에 진정한 주인이 돌아온 것을 축하합니다. 드디어 숙원이 이루어졌군요. 우리 서제국도 진심으로 기쁩니다."

"마음에도 없는 이야기하지 마세요. 무슨 일로 오신 거죠?"

"클로얀 왕국에 3군단, 아니, 우리 서제국의 입장을 전달하러 왔습니다."

스토른 백작은 3군단이 서제국과 결탁했음을 공식적으로 표현했다.

"클로얀 왕국에 전달하고자 하는 전언은 이것입니다."

스토른 백작은 입꼬리를 들어 올리며 말했다.

"우리 서제국은 불안정한 상태의 클로얀 왕국을 모른 척 외면할 수가 없습니다. 그러니 우리 요하네프 3세 폐하께서는 자비로운 마음으로 일정 기간 클로얀 왕국을 보호해드리고자 합니다. 어떻습니까?"

"……!"

그 자리 모두의 얼굴이 붉으락푸르락해졌다. 보호? 그게 무슨 뜻이란 말인가?

"지금 우리 클로얀보고 서제국의 속국이 되란 말인가요?"

"클로얀이 안정될 때까지 보호해 주겠다는 뜻일 뿐입니다."

그게 그 말이었다. 더구나 스토른 백작은 왕국의 귀족들을 더욱더 자극하는 말을 하였다.

"양 국가의 신뢰를 진작시키기 위해, 여왕 전하와 요하네프 3세 폐하가 혼인을 치러도 되겠군요. 여왕 전하께서 요하네프 3세 폐하의 총애를 받게 된다면, 폐하도 사랑으로 클로얀 왕국을 돌보게 될 것입니다."

"……!"

거기까지 들은 순간이었다.

창!

바르한 백작이 칼을 꺼내 스토른 백작의 목에 겨누었다.

"닥쳐라! 개소리를 들어주는 것도 한계가 있다. 이곳에서 당장 죽고 싶나?"

그의 눈에서 섬뜩한 기세가 터져 나왔다. 당장에라도 스토른 백작의 목을 칠 것 같은 기세였다.

"흐음."

하지만 스토른 백작은 어깨를 으쓱할 뿐이었다. 검날이 목을 파고들며 피가 주륵 흘렀지만 아무런 두려움도 느끼지 않는 것 같았다.

"굉장히 자비로운 제안을 한 것인데, 의외군요."

"뭐라고?"

"우리 서제국은 당장에라도 클로얀 왕국을 멸망시킬 수 있음에도 이런 제안을 하는 것입니다. 만약 원하지 않으시면."

스토른 백작은 이를 하얗게 드러내며 웃었다.

"클로얀 왕국이 불에 타는 것을 지켜보는 것도 즐거운 일일 것 같군요."

"……!"

마리는 등줄기에 소름이 돋았다.

'단순한 협박이 아니야. 진심이야.'

저 보석처럼 아름다운 얼굴에 깃든 광기는 한 치의 거짓도 없었다. 스토른 백작은 진심으로 클로얀 왕국의 멸망을 바라고 있었다. 다만 자신의 주군인 요하네프 3세의 뜻이 그러지 아니하기에 항복을 권하고 있는 것이다. 스토른 백작은 마치 하찮은 개미를 바라보는 듯한 시선으로 말했다.

"여러분께 솔직히 말씀드리죠. 저는 굳이 클로얀 왕국을 보호해야 할 필요성을 느끼지 못하고 있습니다. 그냥 밟고 지나가면 되는 일이니까요. 제가 여러분께 자비로운 제안을 하는 건, 오로지 요하네프 3세 폐하의 뜻 때문입니다."

"……!"

"그러니 선택하십시오. 불에 타 멸망할지, 아니면 우리 서제국의 보호를 받을지."

장내의 분위기가 차갑게 식었다. 모두가 매서운 눈으로 스토른 백작을 노려보았다. 마리는 입술을 깨물며 말했다.

"돌아가세요. 더는 당신과 할 말이 없군요."

"알겠습니다."

스토른 백작은 싱긋 웃었다. 그는 짙은 음성으로 말했다.

"다음에 만날 때를 기대하고 있겠습니다. 강녕하시길."

협상 결렬 후 스토른 백작은 왕성을 빠져나왔다.

"가, 각하."

동행한 수하가 조심스럽게 물었다.

"요하네프 3세 폐하께서는 클로얀 왕국과 최대한 평화적인 동맹을 맺기를 원하지 않았습니까?"

서제국이 클로얀 왕국을 독립시킨 이유는 자신들의 세력권으로 거두어 동제국 침략의 교두보로 삼으려는 것이었다.

"난 폐하의 뜻에 동의하지 않는다."

"각하?"

"클로얀 지방을 서제국의 영향권에 두려면 꼭 동맹을 맺을 필요는 없어."

수하는 눈을 동그랗게 떴다.

"가장 확실한 방법은 클로얀 왕국을 우리 손으로 다시 멸망시키는 것이다."

"……!"

스토른 백작은 진중한 목소리로 말했다.

"우리 서제국군이 동제국으로 진군하려면 반드시 클로얀 지방을 지나야 한다. 그게 클로얀 지방이 전략적으로 중요한 이유이지. 그런데 클로얀 왕국과 불완전한 협정을 맺고 동제국으로 진군하는 것은, 등 뒤에 비수를 놔두는 거나 똑같아. 차라리 철저히 짓밟아 후환을 남겨 두지 않는 게 낫다고 본다."

전략적으로 틀린 말은 아니었다. 만약 대군이 동제국으로 진군했는데 클로얀 왕국이 다른 마음을 먹으면 오지도 가지도 못 하는 신세가 될 수도 있다.

'하지만 폐하의 뜻은……'

수하는 뭐라 말을 하려다 입을 다물었다. 현재 요하네프 3세는 클로얀 지방의 일에 개입하지 못하는 이유가 있었다. 그래서 스토른 백작이 전권을 위임받은 것이다.

"각하, 혹시…… 다른 이유는 없으신지요?"

"무슨 말이지?"

"그…… 단지 그런 이유 때문만은 아닌 것 같아서."

스토른 백작은 아름다운 얼굴로 부드럽게 말했다.

"무슨 말을 하는지 잘 모르겠군. 난 그저 우리 서제국에 가장 도움이 될 판단을 한 것일 뿐이다."

"……네. 알겠습니다."

수하는 고개를 끄덕였다.

"그만 가도록 하지."

"넵!"

스토른 백작은 말을 달리며 가만히 미소를 지었다.

'다른 이유가 없지는 않지.'

그의 머릿속에 작은 소녀의 얼굴이 떠올랐다. 자신과 다르게 빛나는, 그래서 거슬리면서 가슴에 박힌 듯 계속해서 생각나는 소녀.

'마리. 아니, 모리나.'

그녀가 괴로워하는 모습을 조금 더 보고 싶었다. 그녀가 눈물 흘리는 모습을 더 보고 싶었다. 그렇게 그녀를 나락에 빠뜨려 절망에 몸부림치게 해, 철저히 망가뜨릴 것이다. 그래서 한 줄기의 빛도 없는 고통 속에서 그녀의 모든 것을 산산조각 낸 후, 그는 그녀를 유린할 것이다. 그게 그녀를 향한 그의 욕망이었다.

한편 그때, 동제국의 수도. 제국의 백성들은 큰 혼란에 빠져 있었다.

"남부의 이스트반 백작가가 반란을 일으켰다고?"

"그뿐이 아니야. 동쪽에서는 동방 교국의 15만 군대가 몰려오고 있다고 해."

"소문에 의하면 서제국에서도 대군을 보낼 거라는데."

사람들은 혼돈에 빠져 우왕좌왕했다. 특히 사람들에게 충격을 준 소식은 클로얀 왕국의 새로운 국왕, 모리나 여왕이었다.

"힐데른 자작께서 클로얀 왕국의 모리나 왕녀였다니. 어떻게 이럴 수가."

"말도 안 돼."

마리는 제국 모두의 사랑을 받던 영웅이었다. 그런 그녀가 모리나 왕녀였고, 이번에 클로얀 왕국의 독립을 주도하였다니. 백성들은 충격을 안 받을 수가 없었다.

"난 아직도 믿을 수가 없군. 그 착한 분이 모리나 왕녀였다니."

"나도 믿을 수가 없어. 도저히……."

사람들은 황망하게 중얼거렸다.

"혹시 모리나 왕녀가 지금껏 한 일이 모두 계획된 일은 아니겠지?"

누군가 그런 의심을 하였다. 하지만 사람들은 고개를 저었다. 힐데른 자작이 모리나 왕녀였다는 사실은 크나큰 충격이었지만, 그래도 지금껏 그녀가 쌓아 온 신망은 깊고도 깊었다.

"아니야. 난 설마 그분이 그랬을 거라고는 생각지 않네."

"맞아. 힐데른 자작님이 그간 우리를 위해 해온 일들은 다 거짓이 아니야."

사람들은 혼란스러운 얼굴로 황궁을 바라보았다. 그리고 의문을 표했다.

"폐하께서는 어떻게 생각하고 계시지?"

"……폐하."

오른은 입술을 깨물며 황제를 바라보고 있었다. 라엘은 차갑게 가라앉은 얼굴로 가만히 출정을 준비하고 있었다.

'하아, 어쩌다 이렇게까지 상황이.'

오른은 막막한 표정을 지었다. 예상하고 있던 것보다도 상황이 더욱 최악이었다.

'이스트반 백작가의 준동은 예상하고 있었지만, 동방 교국에 클로얀 왕국까지라니.'

가장 뼈아픈 것은 모리나 왕녀의 일이었다.

'만약 서제국이 클로얀 왕국을 통과하면 동제국의 수도까지는 너른 평야로 아무런 장애물이 없어.'

클로얀 지방은 동제국의 방파제였다. 서제국군이 클로얀 지방을 무혈로 통과하면 중간에 막을 만한 요충지가 없었다.

'남부의 이스트반 백작에, 동방 교국까지 침공해 오는 상황에 서제국군이 클로얀 지방을 통과해 오면 손을 쓸 방법이 없어.'

만약 그렇게 되면 동제국은 멸망이었다. 아무리 라엘이라도 수가 없었다.

'역시 그때 힐데른 자작을 잡아야 했어.'

오른은 후회가 들었다. 사실 이번 일은 라엘의 잘못이었다. 그가 그녀를 믿고 보내 주었기에 이런 사단이 발생한 것이다. 하지만 오른은 그를 탓하지 못했다. 그가 이 순간 얼마나 괴로워하고 있는지 알기에 한 마디 말도 꺼낼 수가 없었다.

"오른."

그때, 라엘이 입을 열었다. 무겁게 가라앉은 목소리로.

"……네, 폐하."

"미안하다."

"……!"

갑작스러운 사과에 오른의 눈동자가 흔들렸다. 오른은 뭐라고 대답할 말을 찾지 못했다.

"……폐하."

"이번 일은 나의 책임. 내가 모든 것을 수습하겠다."

오른은 가만히 고개를 끄덕였다. 라엘은 그에게 명했다.

"대전에서 기다리도록. 곧 출정하겠다."

"알겠습니다."

오른이 나가자 라엘은 이를 악물었다.

"만약 그때 너를 놔주지 않았다면 ……."

마지막 순간, 그는 마리를 믿고 그녀를 클로얀 왕국으로 보내었다. 그때, 오른의 말처럼 그녀를 보내지 않았다면 클로얀 지방의 상황이 이렇게까지 최악으로 치닫지는 않았을 거다. 3군단의 준동과 더불어 마리가 국왕이 됨으로써 클로얀 지방은 완전히 동제국의 영향력에서 벗어나게 되어버린 것이다. 하지만 그 순간, 라엘은 비틀린 웃음을 흘렸다.

"큭큭, 큭. 하하, 빌어먹을."

우습게도 지금 그의 머릿속을 장악하고 있는 생각은 제국의 위기 따위가 아니었다. 그저 머릿속을 가득 메우는 것은 그녀에 대한 생각뿐.

"그때…… 내가 너를 놔주지 않았다면, 이렇게 떨어질 일도 없었을 텐데."

라엘의 표정이 일그러졌다. 그래, 차라리 그녀를 아무도 모르는 곳에 가둬 두기라도 할 걸 그랬다. 그러면 이런 사달이 나지도 않았을 거고, 그녀와 그가 대척점에 서지도 않았을 것이다. 그녀는 이제 클로얀의 왕이 되었다. 라엘의 동제국으로서는 절대로 용납할 수 없는. 그 말의 의미는 하나였다.

앞으로는 그녀와 함께할 수 없다.

그 사실이 그를 나락으로 떨어뜨렸다. 무저갱에 떨어진 것 같은 절망과 아픔이었다.

"빌어먹을. 빌어먹을!"

지금 이 순간, 그를 가장 미치게 하는 것은 그녀의 생각이 계속해서 떠오른다는 것이었다. 어디에 시선을 돌리나, 함께했던 순간순간이 머릿속에 스쳐 지나갔다.

같이 밥을 먹었던 일, 같이 서류를 읽었던 일, 산책했던 일, 그녀가 기뻐하던 일, 슬퍼하던 일. 그녀의 얼굴, 목소리, 미소, 손짓. 그 모든 것이 눈앞에서 보듯 생생하게 떠올랐고 그를 아득한 괴로움에 빠지게 했다.

"하아."

라엘은 마음을 진정시키기 위해 주먹을 움켜쥐었다. 피가 통하지 않을 때까지 하얗게.

'마리, 넌 지금 괜찮은 것이냐?'

클로얀 지방에서 정확히 어떤 일이 일었는지는 그에게 전달되지 않았다. 마리가 의도하여 그를 배신했을 리는 없다. 그건 의심할 것조차 없이 확실했다. 3군단의 준동과 관련하여 분명 이럴 수밖에 없었던 최악의 상황이 발생했을 것이다. 라엘은 그런 마리가 걱정되어 가슴이 찢어질 듯 아프고 죽을 것만 같았다.

'앞으로 우리는 어떻게 해야 한단 말인가?'

라엘은 강하게 주먹을 움켜쥐었다. 손톱이 손바닥을 파고들며 피가 흘러나왔다.

'난 이렇게 너와 멀어질 수 없다. 절대로.'

지금 이 순간에도 머릿속에서 그녀의 생각이 끝없이 떠올랐다. 그녀의 얼굴이 떠올랐고, 환하게 웃던 미소가 떠올랐고, 자신을 향해 재잘거리던 목소리도 떠올랐다. 절대. 절대로 그녀와 멀어질 수 없었다. 라엘의 눈이 타올랐다.

'앞을 가로막는 게 있다면 무엇이든 다 베어버리고 말겠다.'

라엘은 그녀와의 사이를 가로막는 것이라면 그 어떤 것이라도 베어버리고 말겠다고 다짐했다.

"폐하, 대신들이 기다리고 있습니다. 예정 시간이 지났습니다."

그때, 집무실 밖에서 소리가 들렸다. 라엘은 주먹을 움켜쥐고 가슴을 억눌렀다. 그는 마리와 가까워진 후 버려 두었던 철가면을 꺼내 얼굴에 착용했다. 서늘한 금속 느낌이 얼굴에 와 닿았다. 내전 때 저질렀던 자신의 죄를 상기시키는, 제국을 위한 각오를 되뇌게 하는 차가움이었다. 그리고 이 순간, 그에게 철가면을 쓰는 이유가 하나 더 추가되었다. 그건 그녀를 위한 자신의 다짐이었다.

"……가자."

라엘은 갑주를 걸치고 대전으로 향했다. 대전에는 제국의 수많은 대신과 장군들이 모여 출정을 기다리고 있었다.

"황제 폐하를 뵙습니다!"

모두가 라엘의 얼굴을 보고 흠칫 놀랐다. 최근에 못 보던 철가면을 착용하고 있었기 때문이다. 그리고 변한 것은 철가면뿐이 아니었다. 그의 전신에서 무겁게 가라앉은 분위기가 흘러나왔다. 마치 피의 길을 걷던 과거의 모습처럼.

"길게 이야기하지 않겠다. 우리 제국은 일찍이 경험하지 못한 위기에 처해 있다."

라엘은 고저 없는 목소리로 말을 이었다.

"하지만 상황의 유불리는 상관없다. 어차피 지금껏 우리가 유리한 상황에서 싸웠던 적은 한 번도 없었다."

그의 말을 들은 대신들은 고개를 끄덕였다. 그들은 모두 내전 때부터 라엘을 따르던 이들이다. 라엘은 단 한 번도 유리한 상황에서 싸워 본 적이 없다. 그럼에도 단 한 번도 패한 적이 없었다.

"요하네프 3세는 반드시 이길 상황을 만들어 놓고 싸우는 걸로 유명하지. 반면 나는 이길 수 있는 상황에서 싸워 본 적이 없다. 항상 불가능에 가까운 싸움만 해왔고, 모두 승리했다."

라엘은 검을 들었다.

"더 이야기하지 않겠다. 적의 목을 베러 가자."

"알겠습니다, 폐하!"

대전에 우렁찬 함성이 터져 나왔다. 그 함성과 함께 드디어 격랑의 소용돌이가 몰아치기 시작했다. 그 소용돌이 속에서 라엘과 마리는 서로를 위하는 마음으로 검을 들었다.

---※---

라엘이 출정을 하고 있을 때, 마리는 3군단과 맞서 싸울 준비를 하고 있었다.

"3군단의 위치는 어디죠?"

"이아노성에서 나와 이곳을 향해 진군 중입니다."

지금껏 3군단은 왕국 남부의 이아노성에 주둔한 채 진군을 미루고 있었다. 아마 스토른 백작의 협상을 기다렸던 것 같다. 협상이 엉망으로 끝난 이상, 3군단을 격퇴해야 했다.

'하지만 현실적으로 우리의 병력으로 정면 승부는 무리야. 회전을 벌이면 단번에 궤멸당할 거야.'

마리는 무거운 얼굴로 생각했다.

'묘책을 생각해 내야 해.'

그녀는 얼마 전 꾼 꿈인 '봉추(鳳雛), 방통'의 꿈을 떠올렸다. 꿈속의 인물은 적은 군사력으로 강한 적을 물리친 뛰어난 책략가였다. 그런 책략이 필요했다.

'어떻게 해야 할까?'

그녀는 지도를 바라보며 고민에 잠겼다.

'일단 객관적으로 비교해 보자. 우리 군과 3군단의 전력 차이를.'

절망적이었다. 병력 차도 세 배가 넘고 질은 비교도 되지 않았다.

'제국군은 말을 탄 기사 병력만 5,000명 이상이고, 나머지 병력도 중무장한 중장 보병과 석궁수야.'

반면 왕국군은 기사 병력은 손에 꼽았고, 무장도 형편없었다. 그나마 클로얀 왕국의 전통상 다들 활을 잘 다룬다는 것? 하지만 상대 측도 궁수만 1만 명이 넘으니 별로 장점이라 하기도 어려웠다.

'이건 계란으로 바위를 치는 격이나 마찬가지잖아.'

막막한 마음이 들었다.

'아니야. 그래도 포기하면 안 돼. 무슨 방법이 있을 거야.'

그녀는 이를 악물었다. 포기하면 모든 게 끝이었다. 라엘과 자신을 위해서라도 반드시 방법을 찾아야 했다.

'농성은 안 돼. 시간을 끌면 서제국에서 추가적인 대군이 몰려올 거야.'

마리는 어둡게 생각했다. 저 3군단도 감당 못 할 적인데, 시간이 지나면 서제국의 본대가 몰려올 것이다. 그러니 그 전에 3군단을 격퇴해야 했다.

'상대방의 장점을 단점으로 만들고, 우리의 단점을 장점으로 만들 방법을 찾아야 해.'

그렇게 고민하던 중이었다. 꿈속 책략가의 능력을 받은 덕일까? 그녀의 눈에 지도의 한 지점이 들어왔다.

'있어! 절대적으로 불리한 우리가 유리하게 싸울 수 있는 방법이! 우리에게 유리한 장소에서 싸우면 돼!'

자신에게 유리한 장소에서 싸운다. 군략 중 가장 기본이 되는 내용이었다.

'3군단의 가장 큰 장점은 바로 철갑으로 둘러싼 중장무장이야. 하지만 오히려 그 무장이 방해되는 지점에서 싸우면 돼.'

마침 커먼성 인근에는 그런 지형이 있었다.

'문제는 3군단을 이곳으로 유인해야 하는데…….'

마리는 그것도 금방 방법을 찾아냈다.

'나를 미끼로 삼으면 돼.'

3군단의 최우선 목표는 다름 아닌 바로 그녀, 모리나 여왕이었다. 그녀가 계획된 장소에서 진을 치고 있으면 분명 3군단이 올 것이다.

'그리고 그 전투를 시작으로 다른 책략도…….'

추가적으로 이어지는 연환계를 생각해 낸 그녀는 바르한을 불렀다.

"부르셨습니까, 전하?"

마리는 바르한에게 자신의 작전을 설명해 주었다. 바르한은 눈을 크게 떴다. 그녀의 작전에 놀란 것이다. 그는 감탄해 모리나의 얼굴을 바라보았다. 훌륭한 전략이었다. 그녀의 계획대로만 된다면 3군단을 격퇴하는 것도 꿈이 아니었다. 다만 한 가지 문제가 있었다. 바르한은 걱정 어린 표정으로 말했다.

"꼭 직접 나서야 하겠습니까? 너무 위험합니다."

"제가 가지 않으면 3군단을 유인할 수 없어요."

"그래도……."

너무 위험했다. 작전 과정 중 하나만 어긋나도 목숨을 잃을 것이다.

"전하께서는 우리 클로얀 왕국의 왕입니다."

"그러니 더욱 앞으로 나서야죠. 그게 왕의 역할 아닌가요?"

단번에 나온 그녀의 답에 바르한은 한숨을 내쉬었다. 왠지 이런 일이 반복될 것 같은 느낌이었다. 말릴 수 없으니 바르한은 곁에서 털끝 하나 상하지 않게 지켜 내기로 다짐하며 말했다.

"따르겠습니다."

마리는 3군단의 알베론 백작에게 서신을 보냈다.

"커먼성 남쪽 이노슨 지역에서 결전을 치르자고?"

알베론 백작은 피식 웃음을 지었다. 부관이 말했다.

"이노슨 지역은 수풀이 우거진 지대로 최근 내린 비 때문에 땅이 진흙으로 변해 있어 기병들의 기동력이 제한될 것입니다."

"그래, 우리 부대에 불리한 지형이지. 역시 마리 폰 힐데른. 아니, 이제는 모리나 여왕이군. 나름 머리를 썼어."

"그러면 거절을?"

알베론 백작은 고개를 저었다.

"아니, 받아들인다."

"어째서입니까?"

알베론 백작은 무거운 목소리로 이야기했다.

"그녀가 무슨 잔꾀를 쓰더라도 상관이 없으니까."

"……!"

"병력 차만 3배 이상. 실질적인 전력 차는 10배 가까이 나는 상황이다. 불리한 지형이어도 상관없어. 그냥 정공법으로 밀면 끝이다."

그의 말은 옳았다. 왕국의 오합지졸과 그들의 전력 차는 잔꾀로 메워질 게 아니었다.

"다만 이번 전투에서 유의할 것이 있다."

"무엇입니까?"

"마리 폰 힐데른, 아니, 모리나. 그녀를 반드시 사로잡아야 한다."

그렇게 말한 알베론 백작은 서제국과의 밀약을 떠올렸다.

"반드시 그녀를 생포해 주십시오."

알베론은 동제국을 배신하는 대가로 요하네프 3세에게 대공위를 약속받았다. 그런 그가 당부받았던 부탁. 바로 클로얀의 여왕 모리나를 죽이지 말고 만드시 생포해 달라는 것이었다.

'첩으로라도 삼으려는 건가? 어쨌든 어려울 거는 없지.'

그는 그녀가 회전을 제의한 곳을 나타낸 지도를 바라봤다.

'저런 오합지졸을 데리고 회전을 걸다니 어리석군. 어쨌든 편하게 됐어. 성에서 틀어박혀 농성하면 시간이 꽤 걸렸을 텐데.'

알베론은 이번 회전으로 왕국군을 격파함은 물론, 그녀를 사로잡아 완벽히 왕국을 점령하리라 생각하며 명했다.

"진군한다. 모리나가 제안한 회전 장소로. 이번 전투로 클로얀 왕국을 다시 한번 멸하겠다."

미리 결전 장소에 도착해 전투를 준비 중이던 왕국군은 침을 꿀꺽 삼켰다. 저 멀리서 3군단이 다가오고 있었다.

'저게 제국 3군단.'

마리는 진열을 보고 질린 표정을 지었다. 3군단은 동제국군 중에서도 정예 군단이다. 군기가 하늘을 찌를 만큼 날카로웠다.

'과연 승리할 수 있을까.'

번뜩이는 철갑 갑옷과 평원을 가득 메우는 수많은 군마를 보니 가슴이 쪼그라들었다. 그녀는 자신이 무모한 도전을 하는 것 같은 마음이 들었다. 하지만 그녀는 두려움을 떨치며 생각했다.

'아니야. 이길 수 있어. 반드시 이겨야 해.'

이번 전투에서 지면 모든 게 끝장이다. 클로얀은 다시 멸망할 것이고, 자신은 서제국에 끌려가 어떤 꼴을 당할지 몰랐다. 그리고 그뿐 아니라 라엘도 몰락의 길을 걸을 것이다. 다른 누구도 아닌 그녀가 사랑하는 라엘을 위해서라도 이 전투에서 승리해야 한다. 마리는 바르한을 바라보며 말했다.

"바르한 백작, 시작하세요."

"네, 전하."

바르한은 고개를 끄덕이고 앞으로 나섰다. 그리고 혼신의 힘을 다해 소리를 질렀다.

"서제국의 개, 알베론은 앞으로 나와라!"

"……!"

그 외침에 3군단의 병사들이 일순 동요했다.

서제국의 개. 그건 3군단을 아프게 찌르는 말이었다. 지휘관 알베론은 모리나를 처단한다는 명분으로 3군단을 움직이고 있었다. 하지만 그 행보가 수상쩍은 점이 많았기에 많은 이가 알베론의 명령에 의문을 품고 있었다. 그런 상황에서 서제국의 개라는 말을 들으니 동요하지 않을 수가 없었다. 바르한이 다시 외쳤다.

"부끄럽지도 않으냐! 고작 부귀영화 때문에 주인을 개 바꾸듯 바꾸다니!"

"……!"

듣고 있던 알베론의 얼굴이 붉어졌다. 다른 왕실 기사단의 기사들도 비웃듯 목소리를 높였다.

"아니, 개도 주인을 배신하지는 않으니 너를 개에 비교하는 것은 개에 미안한 짓이구나! 너는 먹을 거를 보면 주인도 몰라보는 돼지 같은 놈일 뿐이다!"

알베론은 손을 부들부들 떨며 이를 갈았다.

"이놈들을!"

순간 그의 눈에 주변 병사들이 동요하는 모습이 들어왔다. 동제국을 배신했다는 일갈에 병사들이 의문을 품고 동요하고 있었다. 가만히 두면 손쓸 수 없을 만큼 사기가 떨어질 것이 뻔해 알베론은 급하게 외쳤다.

"닥쳐라! 우린 제국의 적인 모리나를 처단하러 온 것일 뿐이다! 모두 쓸데없는 말을 들을 필요 없다! 공격해라! 적들을 격퇴하고 모리나 여왕을 사로잡아라!"

기사들이 랜스를 붙들고 말을 달리기 시작했다.

두두두두!

오천에 달하는 기사들이 한 번에 기마 돌격을 하는 모습은 그야말로 장관! 마치 산이 무너지는 듯한 소리가 울렸다.

"궁수 공격!"

클로얀 왕국군이 화살을 쏘기 시작했다. 비처럼 화살이 쏟아졌지만 기사들은 꿈쩍도 안 했다. 어차피 한 달음이다. 적들에게는 제대로 된 장창병도 없으니 그냥 돌파하면 끝이었다.

"돌격!"

그렇게 기사들의 선두가 왕국군을 덮치려는 순간이었다. 마리와 바르한 백작이 서로를 바라보며 의미심장한 눈빛을 보냈다.

바로 그때. 이변이 일어났다!

퍼석!

"크아악!"

전열의 앞에서 땅이 움푹 꺼지며 기사들이 넘어진 것이다! 함정이었다! 그리고 함정은 그것뿐이 아니었다.

"쇠줄을 당겨라!"

기사들의 돌격 경로 양옆 수풀에서 매복하고 있던 이들이 자리에서 일어났다. 그러고는 수풀 밑에 깔아 두었던 쇠줄들을 양측에서 힘껏 당겼다.

파앙!

그러자 끔찍한 일이 일어났다. 한창 기마 돌격을 하던 중간에 바닥에 숨어 있던 쇠줄들이 갑자기 모습을 드러내자, 말들이 굴러 넘어진 것이다. 돌격 전열이 한 번에 무너지며 제국군은 대혼란에 빠졌다.

"궁수 모두 발사!"

쓰러진 기사들을 향해 다시 화살의 비가 날아들었다. 바닥에 쓰러진 기사들은 별다른 저항도 못 하고 비명을 질렀다.

"이런! 모두 말에서 내려라! 하마해서 진군해라!"

알베론 백작이 명했다.

"아무리 잔꾀를 써도 저 오합지졸들은 우리의 상대가 아니다! 당장 적들의 목을 쳐라!"

알베론의 말처럼 중갑을 입은 기사는 말에서 내려도 어마어마한 파괴력을 지닌다. 하지만 지형지물이 중갑을 입은 기사들의 움직임을 방해했다. 최근 연달아 내린 비로 마치 늪처럼 변한 땅이 밧줄로 낚아채듯 그들의 발목을 잡았고, 수십 킬로가 넘는 철갑을 입은 기사들은 기우뚱거리며 우왕좌왕하기 일쑤였다. 이미 바닥에 쓰러져 있던 동료 기사들도 그들의 움직임을 더디게 했다.

"쏴라! 계속해서 쏴라!"

왕국의 지휘관들이 목이 터지라 외쳤다. 끝없이 화살이 쏟아지자 제국의 기사들도 도리가 없었다. 진흙과 함정으로 앞으로는 나아갈 수가 없고, 왕국의 궁사들이 사용하는 장궁은 철갑을 뚫을 만큼 위협적이었다.

"각하, 빨리 추가적인 병력을 투입해야 합니다."

부관이 다급히 알베론 백작에게 명했다. 이대로는 기사들이 몰살당할 위기였다. 알베론은 주먹을 움켜쥐더니 고개를 저었다.

"아니다. 더 병력을 투입해 봐야 피해만 커질 뿐이다."

"그러면?"

"이번 전투는 우리의 패배다. 더 피해가 커지기 전에 물러난다."

탐욕에 동제국을 배신하기는 했지만, 알베론도 뛰어난 장군이었다. 그는 자신이 너무 상대를 무시했음을 인정했다.

"그래도 저런 오합지졸들을 상대로…… 일단 밀어붙이기만 하면 저들의 전열로는 버틸 수 없을 것입니다."

부관의 말이 옳았다. 지금은 일시적으로 밀리고 있지만, 백병전이 시작되면 그들의 압승일 것이다. 그만큼 전력 차이가 컸다. 하지만 알베론은 고개를 저었다.

'아니야. 무언가 불안해.'

그는 저 멀리 언덕 너머에 있는 소녀를 바라보았다.

'모리나 여왕.'

딱딱하게 굳은 얼굴로 자신을 보는 소녀를 보니 서늘한 느낌이 들었다.

'만약 저 소녀가 또 다른 계책을 준비해 놓았다면 큰 피해를 입을 거야.'

알베론은 위험을 감수하지 않기로 했다. 어차피 전쟁의 승패는 한두 번의 전투로 결정되는 것이 아니다. 이번 전투에서 물러나더라도 저 소녀를 잡을 기회는 많았다.

"물러간다!"

그렇게 3군단은 퇴각을 시작했다. 적이 물러나는 것을 본 왕국군은 하늘을 찌를 듯 함성을 내질렀다.

"와아! 이겼다!"

"클로얀 왕국 만세!"

제국군에게 승리를 거둔 게 도대체 얼마 만인가. 더구나 단 한 명의 피해도 없는 압승이었다. 왕국민들은 자신에게 승리를 안겨 준 그녀의 이름을 높여 불렀다.

"여왕 전하 만세!"

"모리나 여왕 만세!"

바르한도 다가와 그녀에게 감탄의 말을 건네었다.

"압승입니다. 우리 측 피해는 단 한 명도 없습니다."

마리는 긴장으로 하얗게 질려 있던 얼굴로 한숨을 내쉬었다.

"그래도 위험했어요. 만약 알베론 백작이 피해를 무시하고 돌격했다면, 우리 측은 궤멸했을 거예요."

바르한은 고개를 끄덕였다.

"어쨌든 다행입니다. 이제 승리는 우리의 것이군요."

이해하기 어려운 말이었다. 전투에서 한번 패했다지만, 여전히 3군단은 강력한 전력을 보존하고 있었다. 그런데 승리가 자신들의 것이라니? 바르한은 그 이유를 이어서 말했다.

"전하의 책략이 이어질 테니까요."

놀라운 이야기였다. 이번 전투가 마리의 계획의 끝이 아니란 뜻이었으니까. 그녀는 3군단을 향해 연속해서 이어지는 연환계를 준비해 놓았던 것이다! 바르한은 확신을 담아 이야기했다.

"저들은 오늘 승리할 유일한 기회를 놓쳐 버렸습니다."

"잘되어야 할 텐데요."

"잘될 것입니다."

바르한은 이제 그는 그녀를 완전히 믿고 있었다. 하지만 마리의 표정은 밝아지지 않았다.

'책략을 짜도, 실제로 어떤 결과가 나올지는 아무도 몰라.'

마리는 초조한 눈으로 시선을 돌렸다. 3군단이 퇴각한 방향. 바로 그녀가 2번째 책략을 준비해 놓은 곳이었다.

전열을 물린 알베론 백작은 피해 상황을 보고받았다.

"……이상입니다."

알배론은 주먹을 움켜쥐었다. 다행히 재빨리 퇴각한 덕에 희생자의 수는 크지 않았다. 하지만 기사 병력이 타격을 입은 것은 뼈아팠다.

'괜찮아. 여전히 우리 군단의 전력이 압도적이다.'

이번에야 상대를 무시하는 바람에 피해를 자초했지만, 앞으로는 그런 일은 없을 것이다.

'정공법으로 나가면 아무리 잔꾀를 부려도 소용없어.'

알베론은 앞으로는 절대로 마리의 잔꾀에 휘둘리지 않으리라고 다짐했다. 하지만 그는 모르고 있었다. 이미 그녀의 두 번째 계략이 실행되었다는 것을.

"각하! 각하! 큰일입니다!"

다급한 전령의 목소리가 막사로 울려 퍼졌다.

"무슨 일이냐?!"

"나리안성이 습격받았습니다!"

"……!"

그 급보에 알베론을 비롯한 수뇌부는 깜짝 놀랐다. 나리안성은 바로 3군단의 군량이 보관되던 곳이었기 때문이다!

"도대체 누가?!"

"왕실 기사단입니다! 그들이 몰래 우회하여 성을 습격 후 군량을 모조리 빼돌렸습니다!"

알베론의 얼굴이 하얘졌다.

'그러고 보니 아까 회전 당시 왕실 기사단의 주력이 없었어. 그러면 처음부터 회전은 눈속임이었고, 진짜 목적은 군량 창고였다는 말인가?'

"군영에 남아 있는 식량은 얼마나 되지?"

"며칠분밖에 되지 않습니다."

알베론은 주먹을 움켜쥐었다. 배를 쫄쫄 굶게 생긴 것이다. 아무리 강병이라도 굶고서는 제대로 싸움을 할 수가 없다. 더구나 마리의 계책은 이게 끝이 아니었다.

"각하!"

"또 뭐냐?!"

"왕실 기사단입니다!"

놀라 막사 밖으로 나가 보니, 왕실 기사단의 기사들이 말을 타고 다가오고 있었다. 그런데 이해할 수 없는 게, 습격하러 온 것이 아닌 것 같았다. 선두에 선 바르한 백작이 화살이 닿기 직전 거리까지 어슬렁어슬렁 다가왔다.

'뭐지?'

알베론은 고개를 갸웃했다. 그러나 그는 곧 그들의 의도를 알 수 있었다. 바르한 백작이 이렇게 외쳤던 것이다.

"제국의 병사들에게 묻는다! 그대들은 지금 이곳에서 무엇을 하고 있는 것인가! 저 추악한 알베론은 탐욕 때문에 사악한 서제국에 영혼을 판 자이다! 그런 자를 왜 따르고 있는 것이냐?"

"……!"

"너희가 정말로 동제국의 병사라면 마땅히 저 추악한 알베론의 목을 베는 것이 맞을 것이다!"

알베론의 얼굴이 분노로 시뻘게졌다. 그렇지 않아도 알베론이 서제국과 결탁했다는 의문이 암암리에 3군단 내에 퍼지고 있던 중이었다. 그런 상황에서 저런 이야기를 듣자 병사들은 동요하지 않을 수가 없었다.

"정말로 군단장님이 서제국과 결탁했다고?"

"그러면 그때 들었던 소문이 정말 사실이었던 말이야?"

알베론은 병사들이 더 동요하기 전에 외쳤다.

"우리는 모리나를 처단하기 위해 나섰을 뿐이다! 쓸데없는 이야기는 듣지 마라!"

곧 기사들이 출진했다. 하지만 바르한을 비롯한 왕실 기사단은 크게 비웃으며 자리를 떠나 버렸다. 그리고 그런 일이 몇 번이고 반복되었다. 낮이고 밤이고 가릴 것 없이 왕실 기사단은 불쑥 찾아와 알베론이 서제국과 결탁했다고 비웃었다. 3군단의 사기는 갈수록 떨어져 바닥을 기었고, 군량 부족까지 겹쳐 최악의 상황이 되었다. 탈영자가 생기기 시작한 것이다. 그것도 한두 명이 아니었다.

"각하, 큰일입니다. 병사들이 계속해서 탈영하고 있습니다."

수하의 말에 알베론은 탁자를 쾅 하고 내려쳤다.

"빌어먹을! 절대 가만히 두지 않겠다, 모리나!"

"각하, 빨리 대책을 마련해야 합니다."

수하의 얼굴이 하얗게 질렸다.

'어떻게 이런 책략을.'

왕국군은 3군단의 상대가 아니었다. 3군단의 전력이라면 이미 모리나 여왕을 사로잡는 것은 물론, 수도인 커먼성까지 함락한 상태여야 했다. 그런데 몇 가지 간단한 계책만으로 완전히 상황을 역전시킨 것이다. 적이지만 소름 끼칠 정도로 대단했다. 그녀가 왜 과거 동제국에서 기적의 성녀로 불리었는지 알 수 있었다.

"모리나 여왕은 지금 어디에 있지?"

"커먼성 인근 루캄 협곡에 머물고 있습니다."

"루캄? 지금 바로 진격한다."

수하는 흠칫 놀라 만류했다.

"무슨 함정이 있을지 모릅니다. 조금 더 신중히 진격하는 것이."

알베론은 버럭 화를 내었다.

"더는 시간을 끌 수가 없어! 이대로 있다가는 싸우지도 않고 궤멸할 판이다!"

알베론도 그녀가 함정을 팠을지도 모른다는 것은 알았다. 하지만 지금은 다른 선택 사항이 없었다. 그는 초조한 표정으로 생각했다.

'다른 것은 필요 없어. 모리나 여왕만 잡으면 돼. 그러면 우리의 승리다.'

⚜

운명의 결전의 날. 마리는 루캄 협곡에서 3군단이 다가오는 모습을 지켜봤다. 처음의 위용과 비교하면 3군단은 굉장히 초라해 보였다. 사기가 많이 꺾여 칼 같은 군기가 상해 있었다.

'제발 모든 일이 잘 풀리길.'

그녀는 속으로 간절히 생각했다. 지금까지는 계획대로 모두 잘 풀렸다. 하지만 마지막 결전의 순간, 단 하나의 톱니바퀴라도 어긋나면 자신들이 패할지도 몰랐다.

"돌격! 왕국 촌놈들에게 본때를 보여 주어라!"

알베론은 불문곡직 돌격을 명했다.

"와아아!"

곧 어마어마한 말발굽 소리와 함께 기사 돌격이 시작되었다. 첫 전투 때만큼의 기세는 아니더라도, 여전히 산을 쪼갤 듯한 위력이었다. 하지만 그 돌격을 그대로 당하고 있을 그녀가 아니었다. 곧 마리가 판 함정이 모습을 드러냈다.

히히힝!

말들이 바닥에 깔린 캘트롭(마름쇠)을 밟고 비명을 질렀다. 말들이 쓰러지며 돌격 진형이 순식간에 흐트러졌다.

"매복조 공격!"

바르한 백작이 명하자 양 협곡에 매복하고 있던 병사들이 우르르 일어나 화살을 날리기 시작했다. 진열이 붕괴된 채 정면과 좌우 양면에서 협공당하게 된 기사들이 비명을 질렀다.

"저, 저런……!"

3군단 수뇌부들이 안타까운 표정을 지었다. 이대로는 첫날 전투의 악몽이 재현될 뿐이었다.

'빌어먹을!'

알베론 백작은 주먹을 강하게 움켜쥐었다.

"가, 각하? 어떻게 합니까? 퇴각을 명합니까? 이대로는 피해만 커질 겁니다."

하지만 알베론은 굳게 고개를 저었다.

"퇴각은 없다."

"하지만?"

"이대로 물러나면 우리는 끝이야, 이 멍청아!"

"……!"

이를 바득 간 알베론은 얼굴 전체를 가리는 투구를 쓰고 전투용 도끼를 꺼내 들었다.

"내가 직접 나서겠다."

그는 도끼를 정면, 바로 그녀가 위치한 진형을 향해 가리켰다.

"좌우 매복한 적은 신경 쓰지 마라! 모리나 여왕만 잡으면 우리의 승리다! 모두 나를 따르라!"

그렇게 후방에 머물고 있던 3군단의 모든 병력이 협곡 안으로 몰려들었다. 그 모습을 보고 왕국군의 바르한 백작이 혀를 찼다.

"역시 어리석은 선택을 하는군요."

그는 말을 이었다.

"하긴 지금 상황에서 물러나면 더는 다음 기회가 없을 테니까요. 대단합니다, 전하."

이런 상황이 만들어진 것은 모두 그녀의 책략 덕분이었다. 그는 감탄한 표정으로 그녀를 바라보았다. 하지만 마리는 대답하지 않고 굳은 표정으로 전장을 바라보았다.

'괴롭구나.'

이기고 있었지만 마냥 기쁜 마음이 들지는 않았다. 아무리 적군이라도 자신의 책략으로 많은 이가 다치고 죽는 것을 보니 마음이 무거웠다.

'이런 전쟁 따위 하고 싶지 않은데.'

그녀는 씁쓸하게 생각했다. 어쨌든 지금은 감상에 빠져 있을 때가 아니었다. 적들을 물리치지 않으면 자신들이 죽을 테니까. 그녀는 왕국민들을 지킬 책임이 있었다. 마리는 눈을 질끈 감으며 명했다.

"마지막 작전을 시행하세요."

"네, 전하!"

바르한은 우렁차게 답한 후 명했다.

"화시(火矢)를 쏴라!"

한편 한창 마리를 향해 돌진하던 알베론은 화시란 이야기에 등줄기가 서늘해졌다.

'화공이라고?'

놀라 주변을 보니, 수풀이 우거져 충분히 불을 붙일 수 있는 지형이었다. 수많은 병력이 모여 있는 상태에서 불을 지르면 어떤 일이 벌어질지는 명백했다.

'이런……!'

휙! 휙! 휙!

불화살이 하늘을 뒤덮으며 날아들었다. 곧 불이 붙었고, 협곡 안을 가득 메우던 3군단은 대혼란에 빠졌다.

"정신 차려라! 큰불은 아니야! 무시하고 돌진해 모리나 여왕을 잡아라!"

알베론이 도끼를 휘두르며 혼란을 잡으려 했으나 소용없었다. 3군단은 옆에서 타오르는 불과 하늘에서 날아오는 화살에 비명을 지르다

쓰러져 갔다.

'이대로 끝인가.'

알베론은 절망 어린 얼굴로 생각했다. 욕망에 배신까지 했지만 결국 이렇게 허무하게 최후를 맞이하게 된 것이다.

'아니야. 아직 끝나지 않았어!'

알베론은 고개를 젓고는 이를 바득 갈았다.

'모리나 여왕! 모든 걸 다 잃어도 그녀만 잡으면 돼! 그러면 나의 승리야!'

그는 측근에게 명했다.

"아비스 기사단을 모아라."

"각하? 퇴각해야 합니다."

측근은 화들짝 고개를 저었다. 하지만 알베론은 버럭 소리를 지르며 외쳤다.

"시끄러워! 아비스 기사단을 모아!"

아비스 기사단! 3군단 내에서도 정예 기사단으로 과거부터 알베론 백작을 따르던 이들이라, 깊은 충성을 바치고 있었다.

"각하."

곧 딱딱한 인상의 기사단장이 알베론 백작 앞으로 나섰다. 알베론은 도끼로 저 멀리 서 있는 마리를 가리키며 명했다.

"다른 것은 다 필요 없다. 우리는 모리나 여왕을 잡으러 간다. 할 수 있겠느냐?"

기사단장은 묵묵히 정면을 바라보았다.

"중앙에 의외로 변변한 방어 병력이 없군요. 일단 이곳을 돌파만 하면 가능할 듯합니다."

"가자!"

그렇게 알베론과 아비스 기사단이 돌진을 시작했다. 일련의 철갑 기사들이 돌진해 오자 왕국군은 깜짝 놀라 앞을 막아섰다.

"막아라!"

"어딜 감히!"

하지만 양군이 부닥친 순간, 생각지도 못 한 이변이 일어났다! 아비스 기사단이 압도적인 무력으로 왕국군의 진열을 단숨에 무너뜨린 것이다.

'이런!'

그 모습을 지켜본 마리의 얼굴이 하얘졌다. 원래부터 왕국군의 기량은 형편없었다. 더구나 지금은 매복 작전을 위해 왕실 기사단같이 강한 전력들이 좌우로 퍼져 있어 막상 그녀가 머무는 중앙은 굉장히 방어벽이 얇았다.

"막아! 뚫리면 안 된다!"

"크아악!"

왕국군들은 필사적으로 앞을 막아섰지만 속수무책으로 무너져 내렸다.

"저기다! 저기에 모리나 여왕이 있다!"

알베론 백작이 시뻘게진 눈으로 외쳤다. 살기등등한 그의 눈을 바라본 순간 마리는 몸이 뻣뻣이 굳었다.

'어, 어쩌지?'

지금 이 순간만큼은 그녀의 책략도 아무 소용이 없었다.

"전하, 뒤로 물러서십시오! 제가 막고 있겠습니다!"

바르한 백작이 그녀의 앞을 가로막았다.

"하, 하지만……!"

"어서! 전하가 잡히면 그대로 끝입니다!"

바르한을 비롯한 기사들이 그녀를 지키기 위해 검을 꺼내 들었다. 결연한 기세였지만 숫자가 너무 부족했다.

'왕실 기사단을 양옆으로 보내는 것이 아니었어.'

바르한은 낭패한 표정을 지었다. 대부분의 실질 전력이 협공을 위해 양옆으로 퍼져 있는 상태라 이런 사달이 났다.

'설마 저 아수라장을 뚫고 올 줄이야.'

이미 늦은 후회였다. 무슨 수를 써서라도 그녀를 지켜 내야 했다.

"빨리 피하십시오, 전하!"

하지만 그녀는 쉽게 발걸음을 떼지 못했다.

'안 돼. 내가 도주하면 왕국군은 한 번에 밀릴 거야. 예비 전력이 없는 우리로서는 패하면 그걸로 끝이야.'

지금 왕국군은 간신히 우세를 점하고 있었다. 온갖 책략을 퍼부었음에도 기본적인 전력이 워낙 차이가 나 아직도 명확한 승기를 못 잡고 있는 것이다. 그런 상황에서 그녀가 도주하면 끝이었다. 단번에 승패가 역전될 것이다.

"전하! 빨리!"

그때, 드디어 근처까지 다가온 아비스 기사단의 기사들이 검을 휘둘렀다.

까앙!

바르한을 비롯한 기사들은 필사적으로 방어했다. 남아 있는 일반 병사들도 악귀처럼 달려들었다.

"여왕 전하를 지켜라!"

"죽더라도 막아라!"

그들의 맹렬한 투혼에 아비스 기사단의 기세가 주춤 죽었다. 하지만 그것도 잠시.

"저리 꺼져라!"

괴성과 함께 전투 도끼가 피의 폭풍을 일으켰다. 알베론 백작이었다! 그는 왕실 기사 두 명과 일반 병사들을 단번에 베어버린 뒤 방어벽을 뚫고 단숨에 그녀가 서 있는 곳으로 달려왔다.

"모리나!"

"전하!"

바르한이 급히 뒤에서 따랐으나 한발 늦었다. 지척까지 다가온 알베론 백작의 핏발 선 눈동자를 본 순간, 마리의 몸이 마비되었다.

'아······.'

알베론은 징이 박힌 철갑을 그녀의 목을 향해 뻗었다. 그녀의 여린 목을 움켜쥐고 바닥에 처박을 심산이었다.

"각오해라!"

그런데 그 절체절명 위기의 순간, 믿을 수 없는 기적이 일어났다.

"피하십시오, 마리 양!"

익숙한 목소리가 허공을 갈랐고, 한 줄기 은빛 검광과 함께 알베론의 철갑이 튕겨져 나갔다.

까앙!

"······!"

알베론은 눈을 부릅떴다. 이 순간 이 자리에 절대 있을 수 없는 인물이 그의 앞을 가로막고 있었다.

"다, 당신이 이곳에 어떻게?"

찬란한 은발. 마치 신이 직접 다듬은 듯한 얼굴선. 냉랭한 기운을 띠고 있는 바다 같은 푸른 눈동자.

"키에르한 후작!"

그 자리의 모두가 경악에 빠졌다. 변경백이자 동제국 최강 기사인 키에르한이 나타난 것이다!

"키, 키엘 님이 어떻게?"

마리의 눈동자가 흔들렸다. 키에르한은 평소처럼 그녀를 향해 옅게 미소를 지은 후 시선을 돌렸다.

"잠시만 기다려 주십시오. 드리고 싶은 말이 많지만, 저 냄새나는 돼지를 먼저 치워야 할 것 같군요."

알베론 백작이 얼굴을 시뻘겋게 물들이며 도끼를 휘둘렀다.

"이놈! 감히! 죽어라!"

하지만 일검. 딱 일검이었다. 키에르한이 한 손으로 검을 움켜쥐었다. 그리고 은빛 검광이 번뜩인 후,

"컥······?"

알베론의 입에서 바람 빠지는 소리가 새어 나왔다. 알베론은 믿을 수 없다는 듯 키에르한을 바라보았다. 그의 검이 자신의 가슴에 박혀 있었다. 궤적을 따라가지도 못 할 빠르기였다.

"마, 말도 안······."

그 말을 마지막으로 알베론은 쿵 하고 쓰러졌다.

"······."

장내에 잠시 침묵이 감돌았다. 모두 이 갑작스러운 상황을 받아들이지 못했다.

"키, 키엘 님······."

그 자리에서 오로지 단 한 명, 평정을 유지하고 있는 인물 키에르한이 그녀를 향해 몸을 돌렸다.

"마리 양······."

그는 순간 머뭇거리더니 손가락을 들어 그녀의 눈가를 어루만졌다. 그의 손가락에 묻어나오는 물기에, 마리는 자신이 눈물을 흘리고 있다는 것을 깨달았다. 키에르한의 눈동자에 안타까움이 스쳐 지나갔다. 그녀가 지금껏 느꼈던 아픔을 자신의 아픔보다 더 크게 느끼는 듯한 그의 눈동자는 이런 말을 담고 있었다.

고생하셨습니다. 늦어서 죄송합니다.

마리는 그의 마음을 느낀 순간 가슴이 울컥 흔들렸다. 지금껏 아파

했던 일들이 떠올랐다. 어깨에 놓인 짐에 홀로 무거워했던 것도 떠올랐다. 모든 일을 그녀 홀로 아파하고 감당해야 했다. 겉으로 티 내지는 않았지만, 너무나 괴로운 시간이었다. 그런데 지금, 그녀의 고통을 자신의 고통보다 더 아파하는 남자가 그녀 앞에 나타났다.

"늦어서 죄송합니다. 정말로."

"키엘 님."

키에르한은 천천히 그녀의 앞에 무릎을 꿇었다.

"키, 키엘 님? 일어나세요."

마리는 그가 무릎을 꿇자 당황했다. 하지만 키에르한은 고개를 젓고 말했다.

"그날의 맹세를 기억하십니까?"

마리의 눈이 커졌다. 이전, 그의 목숨을 구해 주었을 때 그는 그녀에게 충성의 맹세를 한 적이 있었다.

"나 키에르한 드 세이튼. 당신께 충성을 맹세한 기사로서 당신에게 제 모든 것을 바치고자 돌아왔습니다."

"……!"

"제 마음과 검을 받아주십시오."

마리의 손끝이 떨렸다. 마음과 검. 기사의 모든 것을 뜻하는 단어였다. 하지만 그녀가 어떻게 그의 충성을 받을 수 있겠는가. 있을 수 없는 일이다.

"바, 받아들일 수 없습니다. 일어나세요."

하지만 키에르한은 요지부동이었다. 그는 옅게 미소 지으며 말했다.

"이미 저는 마음을 결정하고 온 상태입니다. 거절하셔도 저는 당신께 제 모든 것을 바칠 것입니다."

"……!"

그렇게 말한 키에르한은 몸을 일으켜 아비스 기사단과 3군단을 바라보았다. 그들은 갑작스러운 사태에 뻣뻣이 굳어 있었다.

"알베론 백작은 죽었다. 계속 의미 없는 싸움을 할 텐가?"

그녀에게 말할 때와는 전혀 다른 냉랭한 목소리. 키에르한은 차가운 심판자의 목소리로 말을 이었다.

"목숨을 부지하고 싶다면 당장 검을 버려라."

"……!"

아비스 기사단의 기사들은 이를 바득 갈고 말했다.

"키에르한 후작! 아무리 제국 최강 기사라고 해도 당신 혼자서 우리를 감당할 수는 없소!"

그들의 말이 옳았다. 알베론 백작은 목숨을 잃었지만, 아비스 기사단의 기사들은 여전히 멀쩡했다. 만약 그들이 한 번에 달려들면 키에르한은 물론 모리나 여왕도 목숨을 부지할 수 없었다.

"혼자?"

하지만 키에르한이 반문했다.

"누가 혼자라고 했지?"

"뭐?"

3군단 기사들의 눈이 흠칫 커졌다.

저 멀리서 새로운 군세가 다가오고 있는 것을 본 것이다. 검과 방패가 교차하는 문장(紋章). 바로 황실친위대와 근위 기사단과 더불어 제국 3대 기사단이라 불리는 세이튼 가문의 쉴트 기사단이었다. 쉴트 기사단이 돌진해 오며 하늘이 무너질 것 같은 함성을 내질렀다.

"적들에게 징벌의 칼날을!"

"징벌의 칼날을!"

3군단 모두의 얼굴이 핼쑥해졌다. 쉴트 기사단뿐이 아니었다. 저 멀리서 또 다른 먼지 구름이 피어오르고 있었다. 변경백인 키에르한 휘하의 군단병들이었다.

"이, 이럴 수가……."

3군단은 몸을 떨었다. 키에르한 후작의 병사들은 멀쩡한 상태에서 부닥쳐도 승패를 장담할 수 없는 강병인데, 지금 상황에서는 말할 필요도 없었다. 그때, 키에르한이 가만히 3군단을 향해 검을 들어 겨누었다.

"마지막으로 한 번만 더 말하겠다. 살고 싶다면 무기를 버리도록."

까앙. 까앙.

그의 말이 끝나자 3군단의 병사들이 하나둘 무기를 버리기 시작했다. 더는 싸울 이유도, 싸울 기력도 없었다. 그렇게 치열했던 클로얀 왕국군과 3군단의 전투가 막을 내렸다. 클로얀 왕국의 대승이었다.

한편, 그렇게 마리가 3군단에 맞서 목숨을 건 혈전을 벌이고 있을 때, 동제국 남부 지역에선 또 다른 피의 바람이 몰아치고 있었다.

"모두 잡아라! 한 놈도 놓치지 마라!"

"커억!"

수많은 피와 함께 비명이 울려 퍼졌다. 서제국과 내통해 반란을 일으켰던 이스트반 백작가의 비명이었다.

"폐, 폐하! 폐하……! 모두 오해입니다!"

과거의 영광을 알리듯 고풍스러운 저택 안에서 황태자비 후보였던 레이첼과 똑 닮은 중년 남자가 사시나무 떨듯이 떨며 애원했다.

"오해?"

라엘이 반문했다. 그의 얼굴을 가린 철가면에서 적의 피가 뚝뚝 떨어졌다.

중년 남자, 이스트반 백작이 바닥에 바짝 엎드렸다.

"제가 잘못했습니다! 요하네프 3세의 간악한 꾐에 넘어가! 모두 오해이니……!"

하지만 백작은 더 말을 잇지 못했다. 라엘의 검이 그의 목을 꿰뚫어 버린 것이다. 야심만만하게 반란을 일으켰던 이스트반 백작은 그렇게 비명도 지르지 못하고 목숨을 잃었다.

"……."

라엘은 비굴하게 엎드린 자세 그대로 시체가 된 백작을 차갑게 바라보았다. 그의 푸른 눈동자에는 분노도 경멸도 깃들어 있지 않았다. 그저 무생물을 바라보듯 무감정했고, 그래서 더욱 섬뜩한 느낌이 들었다.

"……폐하."

오른이 머뭇거리더니 그에게 다가왔다.

"무슨 일이지?"

"……알몬드 자작이 전해 왔습니다. 반란에 동조했던 이를 모두 소탕했다고 합니다."

"그래, 수고했군."

라엘은 고개를 끄덕였다. 그의 갑옷에서 피가 뚝뚝 흘렀다. 모두 적들의 피였다.

"……."

오른은 무언가 할 이야기가 있는 듯 입을 열었다가 닫았다.

"왜 그러지?"

"아, 아닙니다."

오른은 다급히 고개를 저으며 속으로 생각했다.

'평상시의 폐하와 전혀 달라.'

마치 살이 베일 듯한 차가운 분위기. 물론 원래부터 라엘은 차가운 성격이었다. 하지만 지금은 아예 느낌이 달랐다. 마치 텅 비어버린 무저갱을 바라보는 것 같았다. 푸른 눈동자는 아무런 감정을 띠지 않은 것처럼 차갑게 가라앉아 있었다.

'직무 수행에 문제가 있는 것은 아니지만.'

그래, 문제는 전혀 없었다. 오히려 라엘은 단숨에 이스트반 백작의 반란을 진압하는 쾌거를 이루었다.

'아무리 반란에 대비해 이런저런 준비를 하고 있었다고 해도, 이렇게까지 빠른 시간 안에 반란을 진압하는 것은 불가능했는데.'

하지만 라엘은 해냈다. 이스트반 백작의 허를 찌르는 작전을 계속해서 감행해 단숨에 궤멸시켜 버린 것이다. 감탄하지 않을 수 없는 성공이었지만, 오른은 자꾸만 불안한 마음이 들었다. 라엘이 자신을 돌보지 않고 몰아붙이고 있다는 느낌이 들었다.

'너무 무리하고 계셔. 지금까지 작전들도 원래의 폐하라면 시행하지 않았을 위험한 것들이야.'

오른은 한숨을 내쉬었다. 라엘이 저런 모습을 보이는 이유는 단 하나였다.

'……그녀 때문이겠지.'

그래, 라엘이 저렇게 변한 건 마리의 소식을 들은 뒤부터였다. 오른은 라엘이 지금 무슨 심정을 느끼고 있는지 알 수가 없었다. 그저 아파하고 있을까? 그것도 아니면 절망?

누구보다도 서로를 사랑하던 둘은 이제 적대국의 군주가 되었다. 라엘이 얼마나 마리를 사랑해 왔는지 알기에, 오른은 그가 지금 어떤 마음인지 짐작할 수가 없었다. 그래서 이야기를 함부로 꺼낼 수조차 없었다.

그때, 라엘이 물었다.

"동방 교국은?"

"곧 동남부 지역에 도착할 예정입니다."

"전장은 동부 지역이 되겠군. 총 숫자가 15만이라고?"

오른은 무겁게 고개를 끄덕였다.

15만. 듣는 것만으로도 기가 질리는 숫자였다.

"두 배가 넘는 병력 차군. 우리 동제국이 동원할 수 있는 병력은 7만이 한계이니까."

원래 동제국의 병력은 20만이 넘었었다. 하지만 아직 황자들 간의 내전의 상처가 아물지 않았던 상황이라 병력의 수가 적었다.

"네, 수도에도 최소 3만 이상의 방어 병력을 두어야 하니까요. 분명 서제국이 진군해 올 것입니다."

더 끔찍한 사실은 동방 교국의 15만 대군이 끝이 아니란 것이다. 바로 요하네프 3세의 서제국. 그들이 클로얀 왕국을 지나 동제국의 수도로 침공할 것이 분명했다.

'서제국이 보낼 병력은 최소 10만 이상이야. 이 병력은 사실상 막을 방법이 없어.'

오른은 아찔한 마음으로 생각했다. 동방 교국의 15만 대군까지는 괜찮았다. 라엘의 탁월한 군사적 능력이면 2배의 병력 차도 충분히 감당할 수 있으니까. 하지만 여기에 서제국의 대군이 합세하면 도저히 손을 쓸 방법이 없었다.

'만약 클로얀 지방이 그렇게만 되지 않았다면, 우리 동제국이 이렇게까지 위기에 처하진 않았을 텐데.'

클로얀 왕국이 동제국의 영향권에서 벗어남으로써 최악의 상황이 되어버렸다. 오른은 속으로 재차 한숨을 내쉬었다. 이미 끝난 이야기다. 안타까워해도 소용없으니 방법을 생각해 내야 했다. 하지만 아무리 고민해도 뚜렷한 방법이 없었다.

'모리나 여왕이 클로얀 지방에서 서제국군을 막아주면 모를까. 그것 외에는 방법이 없어.'

그런 생각을 한 오른은 씁쓸하게 웃었다. 클로얀 왕국이 서제국군을 막다니. 절대로 불가능한 이야기였다. 그때, 라엘이 명령했다.

"병력을 정비하도록. 바로 동방 교국을 맞이하러 간다."

"네, 폐하."

고개를 숙인 오른은 그에게서 멀어지기 전, 잠시 주저하다가 입을 열었다.

"폐하, 배신한 3군단이 모리나 여왕과 교전하였다고 합니다."

"……!"

순간 라엘의 몸이 흠칫 멈추어 섰다.

"……결과는?"

"아직은 전달되지 않았습니다."

3군단과 마리의 전투 결과는 아직 이곳 동제국까지 전달되지 않았다. 라엘은 한참이나 입을 다물다가 고저 없는 목소리로 말했다.

"알겠다. 병력을 정비하도록."

"……폐하."

오른은 왠지 그를 혼자 두어서는 안 된다는 생각이 들었지만 라엘은 고개를 저었다.

"전투를 마쳤더니 피곤하군. 나가 보도록. 금방 따라가겠다."

"……네, 폐하."

그렇게 혼자 남게 된 라엘은 이를 깨물었다. 비틀린 신음이 새어 나왔다.

"마리. 넌 지금…… 괜찮은 것이냐."

폐부에 서린 고통이 흘러나오는 듯한 목소리였다. 라엘은 철가면을 벗었다. 그리고 드러난 그의 얼굴은…… 기이하게 일그러져 있었다. 마치 터지려는 감정을 억누르려는 것처럼. 그녀가 3군단과 교전했다는 소식을 듣자마자 아무런 생각도 떠오르지 않았다. 그녀는 과연 괜찮은 것인지, 다친 곳은 없는 것인지, 찢어질 듯한 걱정만이 머릿속에 차올랐다.

'만약 네가 격전 중에 다치기라도 하면? 만약…… 최악의 상황이라도 일어나면?'

현 상황에서 클로얀 왕국에 가장 유리한 길은 최대한 싸움을 피하고 서제국과 동맹을 맺는 것이다. 그럼에도 그녀가 3군단과 평화 협정을 맺지 않고 교전을 벌인 이유는 아마 자신을 위한 마음이 있을 것이다. 지금 자신이 그녀를 위해 어떻게든 발버둥 치고 있는 것처럼 말이다.

'마리, 제발. 제발 무사하거라. 부탁이다. 제발…….'

만약 그녀가 털끝 하나라도 잘못된다면 그는 견디지 못할 것이다. 그의 시선이 서쪽을 향하였다. 그녀가 있을 클로얀 지방 쪽이었다. 그녀가 너무나 보고 싶었다.

한편 그때, 클로얀 왕국은 강적인 3군단을 물리치고 잠깐의 행복을 누리고 있었다.

"클로얀 왕국 만세!"

"모리나 여왕 만세!"

3군단은 그들과 비교가 안 되는 강병들이었는데 압도적인 승리를 거둔 것이다. 더구나 왕국군의 피해자는 없다시피 했다. 기적과도 같은 승리. 모두 그들의 여왕, 모리나 덕분이었다.

"역시 여왕 전하셔."

"그래, 그분만 있으면 우리 클로얀 왕국은 뭐든지 할 수 있어!"

왕국민들은 흥이 나 외쳤다.

"위대한 분이여!"

"여왕 전하께 영광을!"

"신의 축복이 영원하옵소서!"

이런 외침이 왕국 전체에서 울려 퍼졌다. 왕국군의 사기가 용기백배해짐은 당연한 일. 자발적으로 왕국군에 투신하는 이도 많아졌고, 그간 눈치만 보고 있던 왕국 귀족들도 이제는 완전히 모리나를 인정하고 합류하였다. 그렇게 클로얀 왕국은 모리나 여왕을 중심으로 한층 더 굳건히 안정되기 시작하였다.

한편, 클로얀 왕국에 이질적인 존재가 한 무리 있었는데 그건 바로 키에르한 후작과 그가 이끌고 온 쉴트 기사단이었다. 왕국 사람들은 알 수 없다는 눈빛으로 검과 방패가 교차하는 쉴트 기사단의 깃발을 바라보았다.

"저건 동제국의 명성 높은 쉴트 기사단이 아닌가?"

"그렇긴 한데…… 어째서 우리 클로얀 왕국에?"

클로얀 왕국민들도 키에르한 후작의 쉴트 기사단에 대해 알고 있었다. 동제국을 대표하는 최강 기사단 중 하나였기 때문이다.

"동제국의 기사단이 왜 우리를 도와준 거지?"

"들어 보니 키에르한 후작이 우리 모리나 여왕님께 기사의 충성을 맹세했다더군."

"정말로?"

사람들은 말도 안 된다는 표정을 지었다. 키에르한 후작은 일반 기사가 아니었다. 강대한 세력을 거느린 변경백으로 작위만 후작이지, 실제로는 클로얀 왕국의 왕보다도 더한 힘을 가지고 있었다. 지금 이 끌고 온 병사들만 해도 클로얀 왕국군 전체보다 강한 전력인데, 모리나에게 충성을 맹세했다고?

"몰라. 어쨌든 정말이라던데?"

그런 의문을 품고 있는 것은 일반 왕국민들뿐이 아니었다. 왕국의 귀족들, 특히 왕실 기사단의 인물들은 강한 의문을 품었다. 결국, 모리나 여왕의 가장 가까운 측근인 바르한이 키에르한에게 따져 물었다.

"후작 각하!"

왕성 정원에서 연못을 보고 있던 키에르한이 고개를 돌렸다.

"아, 바르한 백작. 무슨 일입니까?"

바르한은 딱딱한 목소리로 말했다.

"돌리지 않고 이야기하겠습니다. 도대체 왜 우리 클로얀 왕국을 도와주시는 것입니까?"

"그거야 제가 모리나 여왕 전하께 충성을 맹세했기 때문이지요."

"그러니까! 각하는 동제국의 대귀족이 아닙니까?"

키에르한은 가만히 고개를 저었다.

"제가 그분께 충성을 맹세한 것은 클로얀이니 제국이니 하는 것과는 전혀 상관이 없는 일입니다. 전 그녀를 제 목숨보다도 소중히 여기고 있고, 그래서 충성을 맹세했을 뿐입니다."

"……!"

일말의 흔들림도 없는 목소리. 바르한은 키에르한의 눈빛을 본 순간, 그가 진심을 말하고 있음을 깨달았다. 바르한은 딱딱한 음성으로 물었다.

"그 말씀은 여왕 전하에게 개인적인 감정이라도 품고 있다는 뜻입니까?"

키에르한은 물끄러미 바르한을 바라보았다.

"그렇습니다."

"……!"

"아까 이야기했듯이 세상 그 무엇보다도 간절히 바라고 사랑하고 있습니다."

바르한은 말문이 막혔다. 설마 이렇게 간단히 인정해 버릴 줄은 몰랐던 것이다. 그때, 키에르한이 씁쓸한 표정을 지었다.

"물론 걱정하지 마십시오. 전 제 주제를 잘 알고 있으니까요."

"……."

"감히 제 마음을 받아주길 바라고 있지는 않습니다. 그저 지켜볼 수 있는 것만으로도 만족합니다. 그래서 곁에 머물며 그분이 힘들 때 조금의 힘이라도 될 수 있다면, 그것만으로도 기쁠 것입니다."

바르한은 입을 다물었다. 그의 목소리에 담긴 진심을 느낀 것이다. 안타까울 정도로 간절한 마음이었다. 하지만 그렇다고 키에르한을 순순히 인정해 주고 싶지는 않았다. 오히려 키에르한의 깊은 마음을 느끼니, 더욱 기이한 질투심이 들었다. 충성을 바친 주군을 그에게 뺏기기 싫다는 유치한 마음인 걸까? 바르한 본인도 자신의 유치한 마음이 어이가 없었지만, 어쨌든 그랬다.

"동제국은 어떻게 할 것입니까? 우리 클로얀 왕국을 위해 싸우는 것은 동제국을 배신하는 것 아닙니까?"

"그렇지 않습니다."

키에르한은 차분히 설명하였다.

"지금 동제국에 가장 위협이 되는 적은 바로 서제국입니다. 클로얀 왕국을 도와 서제국과 맞서는 것은 동제국을 위하는 길이라 할 수 있죠."

한 치의 틀림도 없는 말이었다. 재차 말이 막힌 바르한은 키에르한을 인정할 수밖에 없다는 것을 깨달았다.

"그래도 전 당신을 진정으로 받아들이긴 어렵습니다."

"제가 어떻게 하면 되겠습니까?"

바르한은 굳은 표정으로 말했다.

"기사가 마음을 통하는 방법은 하나. 저와 검을 겨루어주십시오. 저를 검으로 꺾는다면 당신을 진심으로 인정하겠습니다."

키에르한은 잠시 바르한을 바라보더니 답했다.

"좋습니다. 원래 기사는 검으로 대화하는 법이니까요. 다만."

스릉.

키에르한은 천천히 검을 꺼내 들고 말했다.

"괜찮으시겠습니까?"

"……!"

검을 든 키에르한을 본 바르한의 몸이 뻣뻣이 굳었다.

'이럴 수가! 빈틈이 전혀 보이지 않아.'

아무리 키에르한이 제국 최강의 기사라 불린다 해도 바르한도 왕국 최고의 기사였다. 따라서 충분히 상대할 자신이 있었다. 하지만 이 순간 그는 자신이 얼마나 큰 오판을 했는지 깨달았다. 키에르한은 최소 그보다 한 수, 아니, 두 수는 윗줄의 실력이었다.

차앙!

그래도 여기까지 왔는데 물러설 수 없기에 바르한은 이를 악물고 검을 꺼내 들었다. 곧 왕성 정원에 숨 막힐 듯한 정적이 내려앉았다. 바르한은 매서운 눈빛으로 키에르한을 노려보았고, 반면 키에르한은 평온한 표정이었다.

"갑니다. 조심하십시오."

이윽고 바르한이 각오를 다지고 검을 날리려는 순간! 날카로운 목소리가 그들 사이에 끼어들었다.

"그만! 지금 도대체 무얼 하고 있는 거죠?!"

"……!"

둘은 화들짝 놀라 고개를 돌렸다. 그곳에는 마리가 하얗게 질린 얼굴로 그들을 바라보고 있었다.

"저, 전하. 그게……."

도둑이 제 발 저린 바르한은 죄송하다는 듯 고개를 숙였다. 키에르한도 검을 거두며 마찬가지로 고개를 숙였다. 다만 그는 이렇게 말했다.

"같은 기사로서 친목을 도모하기 위해 검을 겨루어 보았습니다."

"친…… 목이요?"

전혀 그런 분위기가 아니었는데? 마리는 믿을 수 없다는 눈빛이었다.

"네, 기사들은 원래 술을 마시는 것보다 검을 겨루며 친목을 도모하거든요. 그렇지 않습니까, 백작?"

키에르한이 바르한에게 눈치를 주었다. 바르한은 급히 고개를 끄덕였다.

"맞습니다, 전하. 원래 기사들은 말보다 검으로 이야기하는 존재입니다."

마리는 여전히 믿을 수 없다는 기색이었지만, 둘 모두 입을 맞추니 뭐라고 할 말이 없었다. 결국, 그녀는 이렇게 말했다.

"후작님."

"네, 전하."

"드릴 말씀이 있는데, 잠시만 시간을 내주실 수 있으신가요?"

평소 키에르한에게 하던 것과는 다르게 딱딱한 말투였다. 키에르한은 잠시 마리를 바라보았다. 그는 그녀의 눈빛에서 무언가 심상치 않은 용건이 있음을 깨달았다.

"알겠습니다, 전하."

마리는 인적 없는 정원의 구석으로 그를 이끌었다.

"무슨 일이십니까, 전하?"

마리는 용건을 꺼내기 전 고개를 숙여 그에게 감사를 표했다.

"먼저 클로얀 왕국을 대표해서 감사를 드립니다. 후작님이 아니었다면, 우리 클로얀 왕국은 큰 위기에 빠졌을 것입니다."

키에르한의 얼굴이 굳었다. 마리의 공손한 말에서 알 수 없는 벽을 느낀 것이다.

"그렇게 말씀하지 마십시오. 저는 당신께 충성을 바친 기사로서 당연히 해야 할 일을 했을 뿐이니까요."

"하지만……."

"다른 걸 떠나, 당신은 제 어떤 것보다도 소중한 존재입니다. 그러니 당신의 위기를 지켜보고만 있을 수 없었습니다."

그 말에 마리는 한숨을 내쉬었다. 무언가 이건 아닌 것 같았지만, 그의 태도가 너무나 완강했다.

"저에게 하실 말씀이 무엇입니까?"

그녀가 입을 열려는 순간, 키에르한이 선수를 쳤다.

"만약 돌아가라는 말씀을 하려는 거면, 듣지 않겠습니다."

"……!"

마리는 흠칫 놀랐다. 그녀가 하려는 말을 정확히 눈치챈 것이다.

"전하께서 왜 그렇게 말씀하려는 것인지는 압니다. 저를 걱정해서 그러는 것이겠지요."

키에르한이 그녀의 눈동자를 똑바로 주시했다.

"하지만 전하, 아니, 마리 양. 제 눈동자를 보십시오."

"……!"

"피하지 말고, 저를 똑바로 바라봐 주십시오."

마리의 눈동자가 흔들렸다. 그의 바다처럼 푸른 눈동자는 그녀를 향한 마음으로 가득 차 있었다.

"제 마음은 오로지 당신만을 바라보고 있습니다. 그런데 당신이 위험에 처해 있는데, 어떻게 제가 놔두고 떠날 수 있겠습니까? 불가능합니다."

마리는 입술을 깨물었다. 그가 내뱉는 단어 하나하나에서 자신을 향한 마음이 절절히 느껴졌다. 지금껏 홀로 아등바등 필사적으로 버텨 와서일까? 괜히 마음이 울컥했다.

"지난번에 이야기했듯이 키엘 님의 마음…… 받아들일 수 없어요."

"알고 있습니다."

키엘은 단번에 답했다.

"제 마음을 받아주는 것, 감히 바라지도 않습니다. 제가 원하는 것은 당신께 조금의 도움이라도 되는 것뿐입니다. 당신이 힘들 때 어깨를 빌려줄 수 있는 것. 그게 제가 가진 유일한 소망입니다."

왜일까? 그의 말을 듣는데 마리는 눈시울이 붉어져 고개를 푹 숙였다. 아무래도 너무 힘들었던 것 같다. 아프지만 괜찮은 척하느라, 혼자서 클로얀 왕국의 무거운 짐을 감당하느라. 너무 힘들고 외로웠던 것 같다. 이렇게 눈물이 나려는 것을 보니 말이다.

그때, 따뜻한 온기가 그녀의 몸을 덮었다. 키에르한이 그녀를 조심스럽게 감싸 안은 것이다.

"……!"

흠칫 놀라는 그녀의 귓가에 그가 말했다.

"힘들면 우셔도 됩니다."

"……!"

"지금껏 혼자서 고생하셨습니다. 앞으로는 제가 함께하겠습니다."

그 따뜻한 말을 듣자, 마치 벽이 무너지듯 눈물이 왈칵 쏟아져 나왔다. 키에르한은 그런 그녀를 조심스럽게 품 안으로 끌어안았다. 따뜻하게, 조금은 강하게. 마치 괜찮다는 듯, 이제는 혼자 괴로워하지 말라는 듯. 그의 단단한 품이 그녀를 감쌌다.

"끄윽, 흑. 죄, 죄송해요."

마리는 다급히 고개를 저으며 눈물을 닦았다. 하지만 눈물은 좀처럼 멈추지 않았다. 오히려 더욱더 가슴이 복받쳐 올랐다. 그간의 괴로움이 터진 듯 흘러내렸다.

"괜찮습니다. 괜찮습니다."

키에르한이 천천히 품 안에 안긴 그녀의 머리를 쓰다듬었다. 그 부드러운 손길을 느끼며 마리는 눈을 질끈 감았다.

'보고 싶어요, 폐하.'

왜일까? 키에르한의 따뜻함이 그녀를 감쌌지만, 그 따뜻함을 느낄수록 마리는 다른 인물이 떠올랐다.

라엘. 그가 보고 싶었다. 이 순간 그녀를 가장 아프게 하는 것은 다른 어떤 것도 아니라, 바로 그를 볼 수 없다는 것이었다. 이 순간 그가 너무나 보고 싶었다. 함께하고 싶었다.

"저…… 꼭 잘할 거예요. 반드시……."

키에르한은 묵묵히 고개를 끄덕였다. 그녀가 잘해 낼 것이라고 말하는 듯이. 간신히 마음을 추린 마리는 이를 악물고 그의 품에서 벗어났다.

"죄송해요. 추한 모습을 보여서."

힘들어 그저 주저앉아만 있고 싶었지만, 그럴 수 없었다. 모두를 위해 움직여야 했다.

"마리 양……."

키에르한은 안타까운 표정을 지었다. 마리는 일부러 웃음을 지었다.

"저 이제 괜찮아요. 키엘 님 덕분에 다 괜찮아졌어요. 신경 쓰이게 해서 죄송해요."

억지로 꾸민 티가 역력한 말이라 키에르한은 한숨을 내쉬었다. 그는 그녀가 너무나 과중한 짐에 괴로워하는 모습이 안타깝고 속상했다.

"마리 양, 그러지 말고……."

하지만 운명은 그녀에게 잠시의 휴식도 허락하지 않았다. 갑작스러운 외침이 들려온 것이다.

"전하! 큰일입니다! 전하!"

마리는 눈을 크게 떴다. 바르한의 목소리였는데 왠지 심상치 않았다. 곧 바르한이 도착했다. 어찌나 급하게 달려왔는지 안색이 창백했다.

"무슨 일이죠?"

"서제국이 침공을 시작했습니다!"

"……!"

마리와 키에르한의 얼굴이 굳었다. 드디어 요하네프 3세의 서제국이 움직이기 시작한 것이다.

"병력의 규모는 어느 정도죠?"

마리는 각오하며 물었다.

'최소 10만은 넘을 거야.'

이번 대전은 요하네프 3세가 작심하고 일으킨 것이다. 그러니 최소 10만 이상의 대군일 것이다. 하지만 바르한의 대답은 그녀의 예상을 훌쩍 뛰어넘었다.

"20만입니다! 20만의 대군이 국경을 넘어 진군하고 있습니다!"

20만! 그 까마득한 병력의 규모에 마리의 얼굴이 시체처럼 창백해졌다. 그렇게 클로얀 왕국은 다시금 위기의 구렁텅이에 빠져들었다.

Chapter 3
전란

클로얀 왕국의 귀족들은 충격에 말을 잃었다. 3군단에 대승을 거두고 사기충천해 있었지만, 이건 고작 사기로 극복할 수 있는 병력 차가 아니었다.

"아니, 20만이라니…… 어떻게 그런 대군을…….."

"20만이면 서제국의 모든 병력을 끌어모은 것 아니오?"

"20만의 대군을 어떻게 상대한단 말이오? 우리의 병력은 고작해야 2만 남짓인데."

"병력의 질도 서제국군에 비해 훨씬 떨어지오."

귀족들은 공황에 빠져 떠들었다. 무리도 아니었다. 20만의 대군은 3군단의 3만 병력을 상대할 때와는 전혀 다른 상황이었으니까.

'10배…… 아니, 병력의 질을 따지면 실질적으로 20배가 넘는 전력 차야. 이러면 어떤 책략을 써도 소용이 없어.'

마리는 어두운 얼굴로 생각했다. 그녀가 꿈속, '봉추 방통'의 책략을 가지고 있어도 이 병력 차는 극복할 수가 없었다.

'더구나 상대방이 순순히 책략에 당해 줄 리도 없고.'

서제국군을 이끄는 총사령관의 이름을 들은 마리는 다시 절망에 빠졌다. 라키 드 스토른 백작. 그녀를 나락에 빠뜨렸던 스토른 백작이 서제국군의 총사령관이었던 것이다.

'스토른 백작은 서제국 내에서도 귀계로 악명이 높은 책략가야. 3군단처럼 쉽게 내 책략에 빠지지 않을 거야.'

마리는 자신이 괴로워하는 모습을 보며 광기 섞인 미소를 짓던 스토른 백작의 얼굴이 떠올랐다. 위험한 광기와 별개로, 그의 지략은 의심할 여지가 없었다. 꿈속의 인물 '봉추 방통'과 최소 동급. 아니, 수단과 방법을 가리지 않기에 어쩌면 더 위험할 수도 있었다.

'어쩌지?'

객관적인 전력은 물론, 지략적인 면에서도 답이 나오지 않았다.

'안 돼. 어떻게든 방법을 찾아야 해. 안 그러면 클로얀 왕국은 철저히 서제국의 발에 짓밟힐 거야.'

마리는 이전 협상 때 스토른 백작의 태도를 떠올렸다. 스토른 백작은 요하네프 3세와 다르게 클로얀 왕국과 공존하려는 생각이 없었다. 마치 벌레를 짓밟듯, 동제국을 치러 가기 전 짓밟고 지나갈 존재로만 여겼다.

'클로얀 왕국이 그렇게 멸망하면…… 라엘, 그도 무너지겠지.'

마리는 라엘을 떠올렸다. 이미 그는 동방 교국이라는 강적과 싸우고 있었다. 그런 상황에서 20만 대군이 반대 측에서 몰아치면 방법이 없었다.

'안 돼. 무슨 수를 써서라도 방법을 찾자. 클로얀 왕국을 위해, 그리고 그를 위해.'

하지만 골똘히 생각해도 방법은 떠오르지 않았다. 협상해 볼까 했지만 그것도 불가능했다.

'요하네프 3세의 상태가 정상이면 협상의 여지가 있었을지 모르지만.'

마리는 살다 살다 요하네프 3세를 아쉬워하게 될 일이 올 줄은 몰랐다. 하지만 첩보에 의하면 요하네프 3세는 현재 정상적인 상태가 아니라고 했다.

'지병이 극도로 악화된 상태라니. 정확히 어떤 상태인지는 모르지만, 그래서 스토른 백작이 전권을 위임받았다고.'

마리는 이전에 동제국에서 요하네프 3세를 만났을 적을 떠올렸다. 카탈락 백작으로 분했던 그는 늘 쾌활한 느낌이었지만, 안색이 좋지 않았다. 아마 그때부터 병이 악화하고 있었던 것 같다.

'내가 짐작하고 있는 병이 맞다면 요하네프 3세는 오래 버티지 못할 거야.'

마리에게는 '의사'로서의 능력도 있었다. 그 '의사'의 시각으로 봤을 때 요하네프 3세의 수명은 얼마 남지 않았다.

'물론 수술을 하면 완치도 가능한 병이지만, 이 시대에 그런 수술을 할 수 있는 의사는 한 명도 없겠지.'

요하네프 3세가 받아야 하는 치료는 까마득히 뛰어난 명의의 실력을 가진 마리도 장담할 수 없는 고난도 수술이었다. 그렇게 그녀가 생각에 잠겨 있을 때 또 다른 급보가 회의장에 날아들었다.

"전하! 비보입니다! 서부 국경 지대의 위센성, 니빙성, 헤잉성이 서제국군에 함락되었습니다!"

다시 회의실이 충격에 빠졌다. 위 3개의 성은 국경을 담당하는 성들이었다. 사실상 서제국과의 국경 지대가 완전히 점령된 것이다.

"하…… 이럴 수가…….”

"도대체 어떻게…….”

회의장의 사람들은 무겁게 중얼거렸다. 20만의 대군이 공격해 왔으니 당연한 결과였다. 곧 머지않아 국경 지대뿐만 아니라, 클로얀 왕국

전역이 같은 꼴이 될 것이 분명했다.

"전하, 명령을……."

사람들이 왕좌에 앉은 마리만 바라보았다. 그들에게 남은 유일한 희망은 그녀밖에 없었다. 늘 기적을 일으켜 온 모리나 여왕이라면 이번에도 기적을 일으킬지 모른다.

"……."

마리는 그들의 시선을 받으며 입술을 깨물었다. 이번만큼은 그녀도 딱히 떠오르는 묘책이 없었다. 그만큼 상황이 좋지 않았다. 그때, 가만히 옆에서 상황을 듣던 키에르한이 나섰다.

"제가 한 말씀 해도 되겠습니까?"

"말씀하십시오, 각하."

외부인이었지만 그가 이끌고 온 병력은 현재 클로얀 왕국 전력에서 상당한 비중을 차지하고 있어 모두 그의 말을 경청했다.

"정면으로 맞서서는 방법이 없습니다. 그러니 수성을 해야 합니다."

"하지만 어떻게 수성을 한단 말입니까? 어떤 단단한 성을 의지해도 10배의 병력 차는 극복할 수가 없습니다."

바르한이 반문했다. 키에르한은 고개를 젓고는 지도에 한 지점을 가리켰다.

"성을 방어하자는 것이 아닙니다. 크로네 산맥. 이곳을 기점으로 방어전을 펼치면 됩니다."

"……!"

사람들은 놀란 표정을 지었다. 크로네 산맥은 클로얀 왕국 중앙을 위아래로 가로지르는 산맥으로 굉장히 험난했다. 확실히 그 험준한 산맥을 의지하면 서제국군을 상대로도 버틸 수 있을지 몰랐다. 하지만 이 작전에는 치명적인 문제점이 있어 마리가 지적했다.

"분명 크로네 산맥을 의지하면 서제국군을 막을 수 있을지도 몰라요. 하지만 산맥 너머의 서쪽 지방은 어떻게 하죠?"

크로네 산맥은 클로얀 지방의 중앙을 가로지른다. 그곳을 방어선으로 삼으면 서쪽 지방은 버리겠다는 뜻이나 마찬가지였다. 하지만 키에르한은 냉철한 말투로 말했다.

"어쩔 수 없습니다. 서쪽 지방을 방어하려다가는 오히려 모든 것을 다 잃을 것입니다."

사람들은 침묵에 빠졌다. 키에르한의 말이 옳았다.

"전하, 후작 각하의 말이 옳은 것 같습니다. 서부 지방까지 방어하는 것은 불가능해 보입니다."

마리는 입술을 깨물었다. 그녀도 키에르한의 작전이 옳다는 것은 알았다. 하지만 왜일까? 이 작전대로 하면 안 될 것 같았다. 서부 지방을 통째로 넘겨줘야 한다는 것도 마음에 걸렸고, 무엇보다 스토른 백작의 음흉한 궤계가 불길했다.

'우리가 이런 식으로 나오면 스토른 백작이 가만히 있을까? 분명 어떤 계책을 쓰지 않을까?'

그렇게 불길한 마음이 들었으나, 지금으로서는 그녀도 딱히 다른 방법이 없었다.

"알겠습니다. 일단 크로네 산맥을 중심으로 방어전을 펼치겠습니다."

한편, 그때 서쪽 지방. 어마어마한 숫자의 깃발과 병사들이 군영을 이루고 있었다. 바로 서제국의 20만 대군으로, 그 군영이 내려다보이는 인근 야산에서 여인처럼 아름다운 인물이 옅게 미소 짓고 있었다.

"모리나 여왕이 크로네 산맥에서 방어전을 펼치기로 했다고요?"

"네, 각하."

강직한 인상의 중년 기사가 고개를 끄덕였다. 그는 헬리안 백작으로 원정군의 부사령관직을 맡고 있었다.

"왕국군은 고작 2만 남짓한 숫자이지만, 크로네 산맥이 워낙 험준하다 보니 틀어박혀 방어하면 뚫기 어려울 가능성이 높습니다."

헬리안 백작은 곤란한 얼굴로 말했다. 스토른 백작은 고개를 끄덕였다.

"확실히 크로네 산맥을 의지하면 아무리 병력이 많아도 뚫기가 어렵겠죠. 하지만 괜찮습니다. 아니, 아주 좋습니다."

"네?"

부사령관 헬리안 백작은 의아한 표정을 지었다. 곤란한 상황인데 오히려 좋다니?

"제가 가장 바라던 상황입니다."

"무슨 말입니까?"

스토른 백작은 묘한 미소를 지으며 되물었다.

"체스 좋아하십니까, 백작?"

"……그럭저럭 즐깁니다."

설명은커녕 난데없는 체스 이야기에 헬리안 백작은 고개를 갸웃했다.

"체스를 이기려면 왕을 잡아야지요. 왕만 잡을 수 있으면 다른 것들은 다 필요가 없습니다."

"그거야 그런데…… 그건 왜?"

"전 모리나 여왕을 잡을 생각입니다. 그래서 클로얀 왕국을 단숨에 무너뜨릴 것입니다."

헬리안 백작은 고개를 저었다.

"당연히 그녀를 잡으면 클로얀 왕국은 끝이겠지만, 불가능하지 않겠습니까?"

"아니, 가능합니다."

스토른 백작은 묘한 웃음을 지었다.

"그녀가 스스로 나에게 걸어오도록 만들 것이거든요."

그러며 스토른 백작은 자신의 계책을 말해주었다. 그 이야기를 듣는 헬리안 백작의 얼굴이 경악으로 물들었다.

"그, 그런……. 확실히 그 방법을 쓰면 모리나 여왕을 잡을 수 있겠군요."

하지만 헬리안 백작은 굳은 얼굴로 고개를 저었다.

"전 이 작전에 동의할 수 없습니다."

"어째서죠?"

"너무나 비인륜적입니다. 따를 수 없습니다."

그렇다. 스토른 백작이 말한 계책은 너무나 잔혹하고 끔찍했다. 오로지 스토른 백작이기에 떠올릴 수 있는 계책. 정상적인 도덕관념을 가진 헬리안 백작은 그의 계책을 따를 수 없었다. 하지만 스토른 백작은 어깨를 으쓱했다.

"이건 전쟁입니다. 너무 무르군요, 백작은."

"……."

"어차피 승리가 중요하지, 적국의 백성 따위 얼마나, 어떻게 죽든 무슨 상관이란 말입니까?"

스토른 백작의 눈을 본 헬리안 백작은 등줄기가 서늘해졌다. 수많은 이의 죽음을 이야기함에도 스토른 백작의 눈에는 아무런 감정이 없었다. 개미 떼를 밟을 때 그 안에 개미가 몇 마리인지 신경 쓰지 않는 것처럼 타인의 죽음에 전혀 감흥을 느끼지 않는 것이다.

"어쨌든 폐하의 전권을 맡은 것은 백작이 아니라 나입니다. 오로지 서제국을 위한 일이니 백작은 따르기만 하면 됩니다."

헬리안 백작은 주먹을 움켜쥐고 고개를 끄덕였다. 그가 사라지자 스토른 백작은 나직이 입을 열었다.

"기대되는군. 소식을 들은 그녀가 어떤 반응을 보일지."

아까 전 무감정했던 것과 다르게 스토른 백작의 눈동자에는 기이한 감정이 일렁이고 있었다. 그건 일그러진 광기였다.

"기대돼, 아주. 앞으로 그녀가 보일 표정이."

어린이가 잠자리를 죽일 때는 바로 죽이지 않는다. 천천히 다리 하나, 날개 하나씩 뜯으며 괴로움을 준다. 그리고 그 괴로움을 보며 즐긴다. 스토른 백작도 그녀에게 그러한 고통을 줄 생각이었다. 한 걸음씩 괴로움에 빠져드는 그녀의 얼굴을 감상하고 싶었다. 그렇게 그녀를 유린하고 싶었다.

한편 그때, 마리는 밤새 서제국군에 맞설 고민을 하다가 잠이 들었다. 그런데 잠이 든 그녀는 꿈속에서 정신이 번쩍 들었다.

'그 꿈이야!'

능력을 주는 신비한 꿈을 다시 꾸게 된 것이다.

꿈속 배경은 정확히 알 수가 없었다. 동방처럼 보이는 곳이었는데, 마치 구름 같은 짙은 안개 속에서 한 여인이 정자 아래에 흐르는 강물을 바라보고 있었다. 고고하면서 맑은 느낌의 아름다운 여인이었는데, 쉽게 범접할 수 없는 기품이 감돌았다.

「……..」

거칠게 흐르는 강물을 보며 무슨 생각을 하고 있을까? 꿈속 여인의 처연한 눈빛에 마리는 자신도 모르게 침을 꿀꺽 삼켰다.

그때, 여인이 천천히 춤을 추기 시작했다. 사람의 혼백을 잡아끄는 듯 아름다운 춤이었다. 고혹적이면서도 투명해 너무나 아름다워, 마치 몽환(夢幻) 속을 거니는 듯했다. 특히나 눈길을 끄는 것은 슬픔에 젖은 눈동자. 아름다운 춤사위 속 처연한 눈빛은 보는 이의 영혼을 홀리듯 잡아당겼다.

그때, 저 멀리서 여인의 춤사위를 훔쳐보던 한 남자가 다가오기 시작했다. 얼핏 망설이던 여인은 고아한 손짓으로 그에게 손을 내밀었고, 남자가 그 손을 맞잡았다. 그리고 꿈이 끝이 났다.

마리는 멍하니 눈을 떴다.

"이건…… 또 무슨 꿈이야?"

늘 그렇지만, 대전을 앞둔 꿈치고는 굉장히 생뚱맞았다.

"웬 무희의 꿈이지? 춤추는 능력이라도 얻은 건가?"

그녀는 고개를 갸웃하고 침대에서 내려와 춤을 추어 보았다. 그러자 놀랍게도 마치 전문 무희가 춤을 추듯 아름다운 동작이 나타났다.

"저, 정말 춤의 능력을 얻은 거야? 진짜로?"

마리는 당황해 중얼거렸다.

"전쟁을 앞두고 무슨 춤이야?"

그것도 그냥 춤이 아니었다. 마치 꿈속 여인이 추던 것처럼 나비가 날아다니듯 부드럽고 매혹적인 춤사위였다. 그 어떤 누구라도 홀리지 않을 수 없을 정도로 아름다웠다. 마리는 춤으로 어떤 남자라도 유혹할 수 있을 것 같다는 자신감이 들었다.

'아니, 왜 이런 능력을?'

마리는 황당한 표정을 지었다.

'모르겠다. 일단 서제국군을 상대할 방법이나…….'

하지만 그녀는 생각을 끝맺지 못했다. 방 밖으로 급박한 노크 소리가 들렸던 것이다.

"전하! 죄송합니다! 급한 일이 있습니다."

"무슨 일이죠?"

"서제국의 스토른 백작한테서 사신이 왔습니다!"

"……!"

급히 접견실로 가 보니 바르한 백작과 키에르한 후작이 미리 나와 있었다.

"사신은?"

"저자입니다."

마리는 사신을 보고 의아한 표정을 지었다.

'저자가 사신이라고?'

사신으로 온 이는 땅딸한 꼽추 남자였다. 보통 사신으로 오는 이는 번듯한 용모의 귀족이란 것을 생각하면 의외의 일이었다.

"크, 클로얀…… 왕국의 모리나 여왕 전하를 뵙습니다."

사신으로 온 꼽추는 심지어 말도 심하게 더듬었다. 눈동자도 자꾸만 좌우를 힐끗거리는 것이 정서 불안도 앓고 있는 것 같았다. 마리는 스토른 백작이 무언가 의도가 있어 저런 이를 사신으로 보냈다는 짐작이 들었다. 과연 꼽추는 이렇게 말을 꺼냈다.

"스, 스토른 백작님의 전언을 전하러 왔습니다."

"무엇이죠?"

"백작님께서 여왕님을 위센성에서 열릴 만찬회에 초청한다고 합니다."

마리는 인상을 찌푸렸다. 이게 무슨 말도 안 되는 전언인가? 위센성은 서제국군이 점령한 성인데, 그런 곳으로 자신을 초청하다니? 들을 가치도 없는 이야기였다. 서제국군이 점령한 위센성에 가면 그녀가 어떤 꼴이 될지는 안 봐도 뻔했다.

"설마 제가 그 이야기를 들을 거라 생각하는 것은 아니겠지요? 아니면 스토른 백작은 우리 왕국을 조롱하려는 목적으로 당신을 보낸 건가요?"

그런데 꼽추가 이해할 수 없는 답을 하였다.

"배, 백작님께서는…… 여왕님이 이 제안을 들을 수밖에 없다고 말씀하셨습니다."

그 말에 마리는 의아한 표정을 지었다.

"들을 것도 없는 이야기입니다. 전하를 감히 자기들 진영으로 오라고 하다니. 우리를 조롱하려는 의도가 분명하니, 저놈을 당장 쫓아내도록 하겠습니다."

바르한이 화를 내며 말했다. 키에르한도 싸늘하게 사신을 노려보았다.

"머, 먼저 이걸 봐주십시오."

꼽추는 떠듬떠듬 말하며 커다란 상자를 가리켰다.

"그게 무엇이죠?"

"스토른 백작님이 여왕님께 보낸 선물입니다."

선물? 모두 수상쩍은 표정을 지었다.

"제가 확인해 보겠습니다, 전하."

바르한이 경계심 가득한 표정으로 상자를 열어 보았다. 그리고 상자를 연 순간, 바르한은 경악해 비명을 질렀다.

"헉!"

사람의 목이었다! 두 눈을 부릅뜨고 죽은 이들의 목이 상자에 들어 있었다.

"……!"

그 끔찍한 광경을 목격한 마리는 심장이 덜컥 멎는 것 같았다. 키에르한이 급히 마리의 눈을 가렸으나, 썩은 냄새가 어전에 확 퍼졌다.

차앙!

"이게 도대체 무슨 짓이지?"

바르한이 분노해 검을 들어 꼽추의 목을 겨누었다.

"저, 전 잘 모릅니다. 그, 그냥…… 선물을 전하라고."

꼽추는 바보처럼 더듬거리며 말했다.

"스토른 백작님은 저한테 이렇게 전하라고 하였습니다. 여왕님께서 만찬회에 참석해 주지 않으면 클로얀 왕국민들의 목을 매일매일 100개씩 치겠다고."

"……!"

"왕국민들이 죽는 것을 막을 방법은 여왕님께서 위센성으로 와 주시는 것 외에는 없다고 했습니다."

마리의 얼굴이 시체처럼 굳었다. 꼽추는 그런 그녀의 눈빛을 바라보며 희미하게 웃었다.

"백작님께서는 여왕님을 기대하는 마음으로 기다리고 있겠답니다."

시체들의 목을 본 마리는 큰 충격에 빠졌다.

'어떻게 이런 잔악한 방법을!'

자신이 올 때까지 하루에 100명씩 백성들의 목숨을 인질로 하여 자신을 사로잡으려 하다니. 끔찍하기 그지없는 계책이었다. 문제는 그녀로서는 전혀 속수무책이란 것이다.

'스토른 백작은 약속한 기한이 지나면 분명 왕국민들의 목을 치기 시작할 거야.'

마리는 손을 부르르 떨었다. 그 악마 같은 남자라면 아무런 죄책감도 느끼지 않고 왕국민들의 목을 칠 것이다.

'하지만 내가 위센성으로 갈 수도 없어. 위센성에 발을 들이는 순간 나도, 클로얀 왕국도 끝이야.'

마리는 자신을 바라보던 스토른 백작의 눈빛을 떠올렸다. 그의 광기를 생각하면 위센성에 발을 들이는 순간 그녀는 어떤 고초를 당할지 몰랐다.

'나 혼자서 고초를 당하는 것은 괜찮아. 왕국민들을 살리는 것이 우선이니까. 하지만 나를 사로잡는 걸로 스토른 백작이 멈추어 설까?'

마리는 고개를 저었다. 오히려 그녀를 포로로 삼고, 옴짝달싹 못 하는 왕국군을 궤멸하려 들 게 분명했다.

'도대체 어떻게 해야 하지?'

왕국 귀족들은 말도 안 된다는 반응이었다.

"절대로 안 됩니다! 왕국민들을 인질로 전하를 위협하다니!"

"이럴수록 전하께서 중심이 되어 서제국에 맞서야 합니다!"

마리는 가만히 그들의 의견을 들었다. 그들의 말이 옳았다. 이런 악독한 수작에 굴복할 수는 없었으니까. 오히려 이럴수록 굳건히 적에게 맞서야 한다. 하지만 집무실로 돌아와 키에르한과 바르한하고만 남은 마리는 고뇌에 빠졌다.

'하지만 죄 없이 희생당할 사람들의 목숨은 어떻게 하지?'

귀족들의 의견이 맞다는 것은 알지만, 죄 없이 죽을 이들이 자꾸만 떠올랐다. 도저히 그들을 외면할 수가 없었다.

'내가 가면 그들의 목숨이라도……'

그때, 바르한이 그녀의 마음을 눈치챈 듯 말했다.

"안 됩니다, 전하."

"……."

"이번만큼은 절대로 안 됩니다. 가시려면 제 목을 베고 가십시오."

그 강경한 어조에 마리는 키에르한을 바라보았다. 키에르한도 당연히 마찬가지의 반응이었다.

"안 됩니다."

칼처럼 단호한 말이었다. 마리는 암담한 마음이 들었다. 그런데 키에르한이 이렇게 이야기했다.

"만약 스토른 백작의 악독한 수작을 막을 방법이 있다면 제가 목숨을 걸고서라도 이루어 내겠습니다. 하지만 전하께서 위험을 감수하는 것은 절대로 용납할 수 없습니다."

그 말에 마리는 주먹을 움켜쥐었다.

"죄 없는 왕국민들이 목숨을 잃는 것을 볼 수 없어요."

키에르한은 가만히 그녀를 바라보았다. 마리는 굳게 입술을 깨물었다. 스토른 백작의 악독한 수법에 분노해서인지 그녀의 눈동자에 눈물이 맺혔다.

"어떻게든 왕국민들을 구할 방법을 생각해 낼 거예요. 반드시. 그리고 스토른 백작에게 죄의 대가를 치르게 할 거예요."

키에르한은 고개를 숙였다.

"당신의 뜻, 제가 돕도록 하겠습니다."

죄 없는 왕국민들이 죽는 것을 두고 볼 수는 없다. 어떻게든 그들이 희생당하는 것을 막아야 한다.

'하지만 가능할까?'

강하게 키엘에게 이야기했던 것과 다르게 막막하기만 했다.

'서제국군을 패퇴시키지 않는 한 스토른 백작의 악독한 계략을 막을 방법이 없어. 하지만 우리의 전력으로 그건 불가능한 일이야.'

그녀는 이런 방법을 생각해 낸 스토른 백작에게 두려움을 느꼈다. 극악하지만 도저히 빠져나갈 길이 보이지 않는 귀계였다.

'결국…… 내가 스토른 백작에게 가야 하는 걸까.'

그녀의 손끝이 파르르 떨렸다.

"누군가 각하를 증오하고, 망가뜨리고 싶어 한다면 어떻게 하시겠습니까?"

지금도 생생하게 떠오르는 그의 목소리. 그의 손에 떨어진다면 그녀는 어떤 고초를 당할지 모른다. 생각하는 것만으로도 소름이 끼쳤다. 두려웠다.

'그래도 왕국민들을 위해 내가 희생해야 한다면 하겠어. 나 하나의 희생으로 끝난다면 얼마든지 감수할 수 있어.'

마리는 입술을 질끈 깨물었다. 문제는 자신이 희생한다고 해서 끝날 일이 아니란 것이다. 자신이 포로가 되면 클로얀 왕국도 같이 몰락한다.

'도대체 어떻게 해야 하지?'

마리는 주먹을 움켜쥐었다. 무저갱에 떨어진 것 같았지만 포기할 수 없었다.

'그 어떤 것도 포기할 수 없어. 왕국민들의 목숨도, 왕국의 운명도. 방법을 생각해 내!'

그녀는 지도를 바라보았다. 클로얀 왕국 전역이 표시된 지도였다. 왕국 서쪽은 20만의 서제국군으로 까마득하게 덮여 있었다. 감히 대항할 엄두도 안 나는 대군이었다.

'5만, 아니, 10만만 되었어도 어떻게든 승부를 걸어 볼 수 있었을 텐데.'

마리는 한숨을 내쉬었다.

'20만이면 서제국의 모든 역량을 끌어모은 대군이야. 이제 갓 독립한 클로얀 왕국이 상대가 될 리가 없잖아.'

그런데 그렇게 생각한 순간, 마리의 머릿속에 일련의 사항이 번개처럼 스쳐 지나갔다.

'잠깐만?'

마리는 침을 꿀꺽 삼켰다.

'있어! 왕국민들을 구할 계책이!'

그녀는 자신이 방금 떠올린 계책을 생각했다. 이 방법이면 왕국민들을 구해 내는 것뿐 아니라, 전쟁 자체를 끝내 버릴 수도 있었다. 바로 클로얀 왕국의 승리로! 서제국에 승리할 수 있는 거다.

'물론 커다란 운이 따라야겠지만, 불가능한 것은 아니야.'

하지만 금세 마리의 얼굴이 무거워졌다. 방금 생각한 방법의 문제점이 떠올랐던 것이다.

'내가 큰 위험을 감수해야 해. 어쩌면…… 목숨을 잃을 가능성도 높아. 아니, 도박에 가까운 일이야. 일이 조금이라도 생각하는 대로 풀리지 않으면 난 죽을 거야.'

이 계략은 그녀가 스토른 백작의 포로가 됨으로써 시작한다. 만약 한 치라도 잘못되면 비참한 최후를 맞이하게 될지도 몰랐다. 두려움이 몰려왔지만 그녀는 굳게 생각했다.

'그래도 해야 해. 아무리 위험하더라도. 성공하면 왕국은 물론, 라엘 폐하께도 큰 도움을 줄 수 있어.'

이 방법이 성공하면 서제국의 야욕도 끝이니, 라엘 그도 위기에서 벗어나게 할 수 있었다.

'……폐하.'

마리는 자신이 사랑하는 그를 떠올렸다. 지금 그는 무엇을 하고 있을까. 자신 때문에 많이 아파하고 있을까?

'정말로 죄송해요. 그리고 사랑해요.'

마리는 눈을 감았다. 그를 다시 보고 싶었다.

'제가 너무나 원망스럽겠지만…… 저에게 한 번만 힘을 주세요, 폐하.'

그렇게 다짐한 그녀는 키에르한과 바르한을 불렀다.

"부르셨습니까, 전하?"

"두 분께 긴히 드릴 말씀이 있어서 뵙자고 했어요."

진중한 음색에 둘은 의아한 표정을 지었다. 키에르한이 먼저 그녀의 뜻을 눈치챘다.

"전하? 설마…… 스토른 백작에게?"

마리는 무겁게 고개를 끄덕였다.

"네, 짐작하신 대로예요."

"안 됩니다!"

키에르한은 목소리를 높였다.

"스토른 백작에게 가면 어떤 일을 당할지 알고 계시지 않습니까? 절대 용납할 수 없습니다!"

바르한 백작은 뒤늦게야 마리가 스토른 백작의 요구에 응할 뜻이란 것을 깨닫고 같이 목소리를 높였다. 마리는 가만히 그들의 이야기를 들었다. 그들이 반대하는 것은 당연한 일이었다.

"두 분은 저를 믿나요?"

그 물음에 키에르한과 바르한은 입을 우뚝 다물었다.

"……믿습니다."

"그렇다면 제 이야기를 들어주세요. 저는 모든 것을 포기하고 스토른 백작에게 간다는 것이 아니에요. 오히려 이 전쟁을 끝내기 위해 가는 것이에요."

전쟁을 끝낸다. 그 말에 둘은 눈을 크게 떴다.

"그 말씀은?"

"네, 제게 이 전쟁을 승리로 이끌 방법이 있어요."

그녀는 자신이 떠올린 방법을 설명해 주었다. 그 이야기를 듣는 둘의 표정이 시시각각 변하며 경악으로 물들었다.

"그, 그런……."

둘은 그녀의 방법이 충분히 승산 있는 이야기란 것을 깨달았다. 이 방법이면 모든 일의 원흉인 스토른 백작을 참하는 것을 뛰어넘어 정말로 전쟁 자체를 승리로 이끌 수 있었다. 계란으로 바위를 깨부술 수도 있는 책략이었다. 하지만 너무 위험했다. 아니, 이건 도박이나 다름없었다.

"그래도 안 됩니다. 전하께서 너무 위험합니다."

둘은 한마음으로 고개를 저었다.

"이 방법 외에는 없어요."

"전하는 우리 클로얀의 왕입니다. 왕이 그런 위험을 감수하도록 놔둘 수는 없습니다."

바르한이 강경하게 말했다.

"왕이니 더더욱 백성들을 위해 나서야 하는 것이에요, 백작."

바르한은 답답한 마음에 목소리를 높였다.

"거의 도박에 가까운 방법이지 않습니까? 죽을 가능성이 훨씬 높단 말입니다! 아니, 십중팔구 죽을 것입니다! 도대체 왜 그러시는 겁니까?!"

키에르한도 말했다.

"전하. 아니, 마리 양. 당신의 소중한 친구로서 부탁합니다. 다시 한 번만 생각해 주시면 안 되겠습니까?"

그의 목소리에는 그녀를 향한 간절한 걱정이 담겨 있었다. 하지만 마리는 굳은 얼굴로 고개를 저었다.

"키엘 님, 바르한 경, 저는 죽으러 가는 것이 아니에요."

"마리 양……."

"오히려 저는 살기 위해 가는 것이에요."

마리는 천천히 말을 이었다.

"어차피 이대로 가면 클로얀 왕국이 무너지는 것은 정해진 운명이에요. 제 목숨도 같이 끝이 나겠지요. 그럴 바에는 차라리 모두를 위해

도박을 해보는 것이 나아요."

모두를 위해. 클로얀 왕국민들과 나아가 그녀가 사랑하는 라엘을 위해. 이건 지금 이 순간 그들을 위해 그녀가 할 수 있는 유일한 발버둥이었다. 마리는 굳은 눈동자로 두 명을 바라보았다.

"전 살기 위해 죽으려고 해요. 두 분은 그런 저를 도와주세요. 두 분의 도움이 없으면 이 작전은 성공할 수가 없어요."

결국, 키에르한은 커다란 한숨을 내쉬었다. 절대로 그녀를 위험에 보내고 싶지 않았지만 막을 방법이 없었다.

"그렇다면 한 가지만 약속해 주십시오."

마리는 고개를 끄덕였다.

"반드시 무슨 일이 있어도 성공해 주십시오. 그래서 웃는 얼굴로 다시 저를 바라봐 주십시오."

키에르한은 그녀의 눈동자를 똑바로 바라보았다.

"만약 당신에게 문제가 생긴다면 전 무슨 수를 써서라도 스토른 백작을 죽인 후, 당신을 따라 죽겠습니다. 그러니 절대로 티끌 하나 다치지 말아주십시오."

마리는 마주 그의 눈동자를 바라보았다. 평소와 다르게 딱딱하기만 한 그의 푸른 눈동자에는 그녀를 향한 걱정이 휘몰아치고 있었다. 마치 가슴이 찢어지는 듯한 아픔이 담긴 그 걱정에 마리는 가슴이 뭉클 흔들렸다.

"……네, 약속할게요."

그녀는 고개를 끄덕였다.

"반드시."

키에르한과 바르한을 설득한 그녀는 작전의 개요를 설명해 주었다.

"이 작전의 핵심은 제가 죽는 것이에요."

둘은 무겁게 고개를 끄덕였다. 마리는 정말로 중요하다는 듯 다시 한 번 이야기했다.

"이 작전이 성공하려면 제가 반드시 목숨을 잃어야 해요."

이해할 수 없는 이야기였다. 그녀가 죽어야 작전이 성공할 수 있다니? 하지만 마리는 그저 비유적인 의미를 말하는 것이 아닌 정말로 자신의 죽음을 이야기했다.

"제 사후(死後). 그 뒤가 중요해요. 바르한 백작은 제 죽음이 퍼진 후 흔들리는 왕국을 수습해 서제국군에 저항해 주세요."

바르한은 침통한 얼굴로 고개를 숙였다.

"명에 따르겠습니다."

이번에 마리는 키에르한을 바라보았다.

"각하께서는 제 죽음에 서제국의 시선이 쏠려 있는 사이, 제가 따로 말한 작전을 수행해 주세요."

키에르한도 마찬가지로 어두운 얼굴로 고개를 끄덕였다.

"알겠습니다."

마리는 말을 이었다.

"제 죽음 이후, 두 분의 역할에 따라 이 작전의 성패가 결정될 것이에요. 즉, 두 분이 잘해 주시면 우리는 서제국에 승리할 수 있습니다."

두 명은 결연한 얼굴로 고개를 끄덕였다. 마리는 잠시 눈을 감았다. 곧 자신에게 닥칠 운명이 두려운 것일까? 남들에게 보이지 않게 그녀의 눈썹이 희미하게 떨렸다. 하지만 그것도 잠시, 그녀는 모든 것을 각오하고 입을 열었다.

"그러면 저는 두 분을 믿고 스토른 백작에게 죽음을 맞이하러 가겠습니다."

작전을 하달한 마리는 소수의 왕실 기사단을 대동한 채 위센성으로 향했다.

'빠듯이 가야겠구나.'

위센성은 서쪽 국경에 인접한 성이다. 스토른 백작이 제안한 시간에 늦지 않으려면 부지런히 말을 달려야 했다. 그렇게 한참을 가는 중이었다.

뚜둑. 뚝.

하늘에서 비가 떨어지기 시작했다.

"전하, 비가."

왕실 기사가 곤혹스러운 표정을 지었다. 지금 마리는 말을 몰고 있어 고스란히 비를 맞아야 했다.

"저는 괜찮아요. 신경 쓰지 마세요."

마리는 괜찮다는 듯 가만히 고개를 저었다. 그 모습을 본 왕실 기사는 울컥한 마음이 들었다. 저 여린 소녀는 지금 모두를 위해 적진으로 향하고 있었다. 그저 수행하고 있을 뿐인 자신도 이렇게 긴장되고 떨리는데, 본인은 얼마나 두려울까? 하지만 그녀는 굳은 얼굴로 말을 몰 뿐, 겉으로 전혀 자신의 두려움을 티 내지 않았다.

"……전하."

"전 괜찮아요. 시간이 없으니 더 빨리 말을 몰아야 할 것 같아요."

"……알겠습니다."

왕실 기사는 한숨을 내쉬며 말을 몰았다. 부슬비가 추적추적 그들을 적셨다. 마리는 비를 맞으며 하늘을 올려다보았다.

'폐하, 보고 싶어요.'

그녀는 라엘을 떠올리며 쓸쓸한 표정을 지었다. 그가 옆에 있었으면 자신이 이렇게 비에 젖도록 내버려 두지 않았을 텐데. 단단한 품으로 안아주었을 텐데.

'보고 싶어요. 정말로. 정말로⋯⋯.'

모든 것을 내팽개치고 그에게로 도망가고 싶었다. 그냥 그의 품에 주저앉아 엉엉 울음을 터뜨리고 싶었다. 하지만 그럴 수 없었다. 다른 누구도 아닌 바로 그를 위해서라도. 마리는 입술을 꽉 깨물고 마음을 진정시켰다.

'정신 차려, 마리. 마음을 굳게 먹어야 해. 이번 작전에 모든 것이 달려 있어.'

그녀의 목숨뿐이 아니었다. 그녀만 바라보는 왕국민들의 운명과 그녀가 사랑하는 라엘의 운명도 걸려 있었다.

'꼭 성공해야 해. 그를 위해서라도, 반드시.'

마리는 그가 있을 동쪽 방향을 바라보았다. 지금 그는 무얼 하고 있을까?

'폐하, 제발 저에게 힘을 주세요. 제발⋯⋯.'

그렇게 마음을 굳힌 그녀는 계속해서 말을 달렸다. 서제국군에 점령된 왕국 서부 지방을 지나 한참을 간 끝에 목적지에 도착했다.

'위센성.'

마리는 딱딱한 표정으로 위센성을 바라보았다. 위센성은 성곽 요새로 서제국의 깃발이 바람에 휘날리고 있었다. 며칠을 연달아 내린 비와 짙은 먹구름으로 마치 망자의 성처럼 어두운 분위기가 풍겼다.

끼익.

그녀의 도착을 눈치챈 것인지 성문이 거슬리는 소음을 내며 열렸고, 마치 타락한 천사처럼 아름다운 외모의 스토른 백작이 말을 몰고 나왔다.

"이런, 흠뻑 젖으셨군요."

스토른 백작은 마리의 모습을 보고 눈을 크게 떴다. 말을 달리는 내

내 비에 맞아 그녀는 생쥐처럼 젖어 있는 상태였다.

"귀한 몸이신데. 빨리 들어가서 몸을 녹여야겠습니다."

스토른 백작은 그녀에게 다가와 손수건으로 얼굴에 잔뜩 묻은 물기를 닦아주려 하였다. 하지만 마리는 탁 하고 그의 손을 쳐내었다.

"마음에도 없는 걱정 하지 마세요. 왕국민들은 무사한가요?"

날카로운 목소리에 스토른 백작은 미소를 지었다.

"아쉽게도 시간에 맞춰 도착하셔서 모두 무사합니다."

마리는 그의 목소리를 듣자 등줄기에 소름이 끼쳤다. 그는 진심으로 아쉬워하는 것 같았다.

"제가 이렇게 왔으니, 왕국민들을 해하지 않겠다는 약속은 지켜 주길 바라요."

"네, 그건 걱정하지 마십시오."

스토른 백작은 빤히 그녀를 바라보았다.

"어차피."

마리는 그의 눈동자 깊은 곳에 일렁이는 광기에 침을 꿀꺽 삼켰다. 그는 천천히 손을 들어 그녀의 뺨에 가져갔다. 마치 뱀의 피부가 닿는 느낌에 마리가 파르르 떨 때, 그가 입을 열었다.

"이제 제 관심사는 당신이니까요."

마리는 위센성에 들어갔다. 나락으로 스스로 걸어 들어가는 듯한 두려움이 들었지만, 이제는 돌아갈 수도 없었다.

"모리나 여왕 전하를 뵙습니다. 서제국군의 부총사령관인 헬리안 백작이라고 합니다."

성에 들어가자 서제국군의 부총사령관 헬리안 백작이 그녀에게 예를 표했다.

"……네, 모리나입니다."

마리는 의외란 표정을 지었다. 당장 밧줄에 묶여 감옥에 갇힐 것이라 예상했는데 생각보다 공손한 인사였다. 스토른 백작과 다르게 헬리안 백작은 다른 귀족들처럼 정상적인 인물 같았다. 헬리안 백작이 공손한 목소리로 말했다.

"동제국에 계실 적부터 많은 이야기 들었습니다. 이렇게 적으로 만나 뵙게 되어 유감입니다만, 최대한 예를 갖추어 불편함 없이 모시겠습니다."

마리는 말없이 고개를 끄덕였다. 그녀는 기사의 안내를 받아 응접실로 향했다. 응접실에는 정말로 만찬이 준비되어 있었다.

"이건……?"

"전하를 위해 스토른 백작님이 준비한 만찬입니다."

테이블 위에 올라온 요리는 하나같이 진귀한 음식이었다. 이전 동제국의 황궁에서도 쉽게 볼 수 없던 진미도 많았다. 그때, 스토른 백작이 느긋한 발걸음으로 만찬회장에 들어오며 말했다.

"편히 앉으십시오."

"무슨 속셈이죠?"

마리는 뾰족한 음성으로 물었다.

"어차피 절 포로로 삼으려는 것 아니었나요?"

스토른 백작은 부정하지 않았다.

"그건 맞습니다. 이제부터 전하는 제 손에서 단 한 발자국도 벗어날 수 없습니다."

"그런데 어째서 이런 대접을?"

"당신이니까요."

이해할 수 없는 소리에 마리가 눈살을 찌푸리는 순간, 스토른 백작은 어깨를 으쓱하며 말했다.

"전하께 한 번쯤은 정성을 다해 식사를 대접하고 싶었습니다."

마리는 더욱더 알 수 없다는 얼굴을 하였다.

"어째서죠?"

스토른 백작은 웃음을 지었다.

"양가감정이라고 아십니까?"

"……?"

그는 자세한 설명은 하지 않고 이렇게 말했다.

"제 마음을 너무 이해하려고 하지 않아도 좋습니다. 어차피 이해하지 못할 테니까요. 어쨌든 음식을 드시지요."

마리는 혼란스러운 얼굴로 식기를 들었다. 그렇게 만찬이 시작되었다. 물론 마리는 음식을 즐길 기분이 아니었다. 진귀한 음식이 수없이 나왔지만, 무얼 먹어도 돌을 씹는 듯한 느낌이었다. 마리는 도대체 무슨 꿍꿍이인지 스토른 백작을 힐끗 살폈으나, 그는 가면처럼 꾸민 듯한 미소를 지은 채 식사를 즐길 뿐이었다.

'도대체 날 어떻게 하려고…….'

의외로 호의적인 분위기였지만, 마리는 긴장을 늦추지 않았다. 오히려 이런 대우를 받으니 더욱 두려움이 들었다. 저 아름다운 얼굴 뒤로 도대체 무슨 생각을 하고 있을까? 어떤 악의를 품고 있을까? 결국, 마리는 참지 못하고 물었다.

"이제 절 어떻게 할 생각인가요?"

그 물음에 스토른 백작은 그녀의 눈을 향해 시선을 돌렸다. 백작의 눈은 맑은 푸른색으로 보석처럼 예뻤지만, 그 시선을 마주한 마리는 등줄기에 소름이 돋았다. 마치 죽은 인형처럼 아무런 감정도 느껴지지 않았다. 그가 아무런 답도 하지 않고 자신만 바라보고 있자 마리는 용기를 내어 재차 물었다.

"백작님은 왜 저를 증오하는 것이지요?"

마리는 그가 자신을 증오하는 것을 잘 알고 있었다. 그래서 이해가 되지 않았다. 도대체 왜? 그녀는 그에게 아무런 잘못도 하지 않았는데. 스토른 백작이 묘한 목소리로 말했다.

"글쎄요."

그는 평소처럼 부드럽게 웃으며 말했다.

"일단 식사를 마저 하시지요. 음식이 식겠습니다."

별다른 대화 없이 만찬회가 끝나고, 마리는 하녀의 안내를 받았다.

"씻을 물을 데워 놓았습니다."

"씻을 물이요?"

"네."

마리는 또다시 알 수 없다는 표정을 지었다. 어쨌든 그녀는 고개를 저었다. 마음 편히 씻을 상황이 아니었다. 하지만 하녀가 의외의 말을 하였다.

"스토른 백작님께서 당부하셨습니다."

마리의 안색이 굳었다.

"어째서 스토른 백작이?"

하녀는 자신은 모른다는 듯 고개를 저었다. 마리는 한숨을 내쉬고 고개를 끄덕였다.

"알겠어요. 안내하세요."

깨끗하게 단장된 욕실에는 향료가 피워져 있었고, 심지어 목욕 수발을 들 하녀들도 있었다. 왕성에 있을 때보다 더 호화로운 목욕이었다.

'무슨 생각인 거지?'

마리는 혼란스러운 마음으로 중얼거렸다. 스토른 백작의 속마음을 알 수가 없었다.

"전하, 손을."

"목욕 시중은 됐어요."

"백작님의 명령입니다."

완강히 답한 하녀들은 마리의 몸을 부드럽게 씻겨 주었다. 그리고 하녀들은 씻기는 것에 그치지 않고, 오랜 여행에 지친 그녀의 몸을 가볍게 마사지해 준 후 피부에 좋은 오일까지 발라 주었다.

"그, 그만. 이렇게까지 안 해주셔도 돼요."

"명령입니다."

하녀들의 말에 마리는 다시 한숨을 내쉬었다.

'가축을 도축하기 전에 털을 다듬는 것도 아니고. 도대체 뭘 하는 건지.'

그런데 순간 그녀는 멈칫했다.

'설마? 날?'

순간 섬뜩한 두려움이 몸 안에 들어찼다. 가능성 있는 이야기다. 하지만 그녀는 애써 고개를 저었다.

'아니야. 스토른 백작은 나에게 정욕을 품고 있지 않아. 오히려 날 증오할 뿐.'

그건 확실했다. 스토른 백작이 자신에게 품고 있는 감정은 증오와 광기였지, 애욕은 없었다. 그렇게 생각한 마리는 자신의 방으로 안내받았다.

"편히 쉬십시오, 전하."

하녀가 공손히 인사한 후 방에서 나갔다. 그녀가 안내받은 방은 커다란 침대가 놓인 호화로운 방이었다. 전임 위센성의 성주 부부가 사용하던 방 같았다. 그 커다란 방에 우두커니 홀로 남겨지자, 마리는 다시 불안한 마음이 들었다.

'설마? 정말 아니겠지?'

그가 자신에게 그런 욕정을 품고 있지는 않을 거라 생각했지만, 모르는 일이었다. 단순히 모욕을 주기 위한 목적으로라도 자신을 범할 수도 있었다.

'만약 그렇다면 난 어떻게 해야지?'

마리는 주먹을 움켜쥐었다. 그녀는 궁극적으로 서제국을 무너뜨릴 계책을 가지고 사자의 굴에 들어왔다. 어떤 고초를 당해도 그 계책을 이루기 전에는 버텨야 했다. 하지만 그런 치욕을 당하면 참을 수 있을까?

그 순간, 쇠가 긁히는 소리와 함께 방문이 열리며 누군가가 들어왔다. 스토른 백작이었다. 방 안에 들어온 스토른 백작은 그녀를 바라보더니 살짝 놀란 표정을 지었다.

"역시 아름다우시군요."

마리는 입술을 깨물며 경계심 어린 표정을 지었다.

"무슨 일로 오신 거죠?"

"특별한 일은 없습니다."

"그러면?"

스토른 백작은 가만히 그녀를 바라보며 말했다.

"그냥. 그냥 생각이 나서 왔습니다."

마리는 그의 말에 더욱더 경계 어린 표정을 짓고 주춤 뒷걸음질 쳤다. 스토른 백작은 피식 웃고는 천천히 그녀에게 다가오기 시작했다.

"……!"

그와의 거리가 좁혀지자 마리의 안색이 창백해졌다. 침을 꿀꺽 삼키며 뒤로 물러났지만, 곧 탁하고 벽에 등이 부딪쳤다.

"다, 다가오지 마세요!"

마리는 이를 악물며 외쳤다.

"만약 허튼짓하려고 하면……!"

그 순간이었다. 지척까지 다가온 스토른 백작이 낮은 음성으로 말했다.

"조용히 하십시오."

"……!"

얼음처럼 차갑고 섬뜩한 목소리.

"당신을 어쩌려는 생각은 없습니다. 하지만."

스토른 백작이 천천히 손을 들어 그녀의 뺨을 어루만졌다. 벌레가 기는 듯 소름 끼치는 느낌에 그녀가 파르르 떠는 순간, 그가 말했다.

"저를 더 자극하면 제가 어떻게 변할지 모르니 가만히 있으십시오."

그렇게 말하는 그의 눈동자에는 이전부터 봐 왔던 광기가 일렁이고 있었다. 그는 손을 움직여 천천히 그녀의 머리카락을 쓰다듬었다. 귀한 것을 만지듯 부드럽게.

"너무 걱정하지 마십시오. 제가 바라는 것은 당신의 몸이 아니니까요."

"그러면 도대체 제게 바라는 것이 무엇이죠?"

마리는 참지 못하고 물었다. 스토른 백작은 잠시 입을 다물었다가 말했다.

"바로 당신, 그 자체."

마리는 흠칫 눈을 크게 떴다. 생각지도 못 한 대답이었다.

'나를 바란다고?'

하지만 그녀는 곧 그가 말한 내용이 일반적인 뜻이 아님을 깨달았다. 그의 눈빛에는 그녀를 향한 일말의 애정도 없었기 때문이다. 오히려 가득한 것은 혐오에 가까운 일그러진 감정이었다.

"솔직히 말씀드리죠. 전 당신이 거슬립니다. 철저히 망가뜨리고 싶을 정도로."

스토른 백작은 자신의 마음 일부를 꺼내었다. 그는 그녀가 거슬렸다. 악의에 일그러진 자신과 너무나 다른 존재였기에. 하지만 이 감정을 단순히 증오라고 표현할 수 있을까? 어둠이 빛을 미워하면서도 동경하듯 그의 가슴 한구석에는 그녀를 갈망하는 마음이 있었다. 그래서 그의 가슴속에는 모순되는 감정이 동시에 휘몰아치고 있었다. 그녀를 철저히 짓밟고 망가뜨리고 싶다는 악의, 동시에 그녀를 손에 넣고 싶다는 갈망. 그 양가감정의 모순 속에서 스토른 백작은 말했다.

"타인을 향한 당신의 숭고한 마음, 희생. 그 모든 것이 거슬립니다. 철저히 짓밟고 싶을 정도로 거슬립니다."

심상치 않은 그의 목소리에 마리는 침을 꿀꺽 삼켰다.

"그래서? 그래서 저에게 무얼 바라는 거죠?"

스토른 백작은 대답 대신 다른 질문을 하였다.

"대답해 주기 전에 한 가지만 묻죠, 모리나 여왕. 당신은 어째서 클로얀의 왕이 된 것입니까? 원래 당신은 클로얀의 왕이 되는 것을 거부하지 않았습니까?"

마리는 입을 다물었다. 스토른 백작의 말처럼 그녀는 클로얀의 왕이 되는 것을 바란 적이 없었다.

"사실 얼마든지 도망칠 수 있지 않습니까? 남들이 멋대로 짊어지게 한 책임만 내팽개치면 될 텐데요. 그런데 어째서 원하지도 않은 일을 하고 계십니까?"

"……."

대답하지 못하는 마리에게 스토른 백작이 답을 말하였다.

"당신을 바라는 왕국민들의 마음을 저버리지 못해서이겠지요?"

"……왜 그런 걸 물어보시는 거죠?"

스토른 백작이 쿡쿡 웃음을 터뜨렸다. 낮게 시작한 웃음은 점차 커지더니, 곧 소름 끼치는 광소가 되었다. 마리는 불길한 눈빛으로 웃음을 터뜨리는 스토른 백작을 바라보았다.

"역시 당신답습니다. 대단해요. 어쨌든 이제 제가 당신에게 바라는 것을 말하지요."

스토른 백작은 나직이 말을 이었다.

"클로얀 왕국을 버리십시오."

"……!"

마리의 눈이 찢어질 듯 커졌다.

"클로얀 왕국을 버리고 우리 서제국으로 항복하십시오. 그러면 당신에게 아무런 위해도 끼치지 않겠습니다."

마리의 손끝이 떨렸다. 말도 안 되는 이야기였다. 그녀가 서제국에 항복하면, 그녀만 바라보던 클로얀 왕국은 그대로 지리멸렬하여 멸망할 것이다. 그렇게 될 바에는 차라리 명예로운 죽음을 맞이하는 것이 나았다. 그러면 클로얀 왕국은 그녀의 유지라도 이어갈 것이다. 그때, 스토른 백작이 유혹하듯 속삭였다.

"어차피 클로얀 왕국의 왕이 되고 싶었던 것도 아니지 않습니까? 그들이 멋대로 당신을 섬겼을 뿐."

"……."

"서제국에 항복한다면 아무런 위해를 끼치지 않음은 물론, 평생 안락한 생활을 보장하겠습니다."

그 달콤한 속삭임을 듣는 순간, 마리는 그의 진심을 깨달았다.

'그는 내가 백성들을 저버리는 모습을 보고 싶은 거야.'

마리는 굳은 얼굴로 말했다.

"거절하면 어떻게 하실 거죠?"

스토른 백작은 답했다.

"당신이 괴로워지겠지요."

"……!"

심상치 않은 말이었다. 마리는 이를 악물었다.

"그래도 거절하겠어요."

어떤 일을 당하게 될지 모르지만, 그래도 받아들일 수 없었다. 저 제안을 받아들이는 순간, 그녀를 제외한 모든 이가 몰락하게 된다. 왕국민도, 그녀가 사랑하는 라엘도. 그러니 차라리 그녀가 고통받는 것이 나았다.

"후회하지 않겠습니까? 어떤 일을 당해도?"

"네, 후회하지 않아요."

스토른 백작은 묘한 눈빛으로 그녀를 바라보았다.

"당신은…… 정말 마음에 안 드는군요. 거슬립니다."

그리고 그 순간, 그가 생각지도 못 한 일을 하였다. 마리의 턱을 들더니 입을 맞춰 버린 것이다.

"읍……!"

마리는 저항하려 고개를 저었으나, 그는 단단하게 붙든 손을 놔주지 않았다.

그때, 그녀와 스토른 백작의 눈이 마주쳤다.

"……!"

스토른 백작의 눈에는 일말의 욕정도 들어 있지 않았다. 무생물을 바라보는 것처럼 감정 없는 눈길. 마리는 입안에 들어온 뱀 같은 혀의 느낌보다 그의 눈빛이 더욱 소름 끼치고 두려웠다. 마리는 주먹을 움켜쥐고 그의 혀를 확 깨물어버렸다.

"……!"

스토른 백작은 인상을 찌푸리면서 그녀에게서 떨어졌다. 그의 입에서 피가 주륵 흘러내렸다.

마리는 혐오와 두려움이 섞인 눈빛으로 그를 노려보았다. 그가 더 어떤 행동을 할까, 가슴이 미친 듯이 뛰었다. 다행히 스토른 백작은 더 그녀를 모욕하려 들지 않았다.

"큭큭. 어쨌든 좋습니다. 왕국민을 위해 희생하고자 하는 당신의 숭고한 뜻 존중해 드리지요."

"……만약 절 모욕할 생각이면 차라리 깨끗하게 죽이세요."

"그럴 수는 없지요."

스토른 백작은 고개를 저었다.

"사실 요하네프 3세 폐하는 당신을 극진히 모시라고 하였습니다. 그러니 더 이상의 실례는 하지 않도록 하겠습니다."

그는 나직이 말을 이었다.

"다만 전 앞으로 당신의 눈앞에서 당신의 소중한 것들을 모두 무너뜨릴 것입니다. 클로얀의 백성들, 왕국, 그리고 더 나아가 동제국의 황제까지. 당신의 눈앞에서 하나하나 짓밟을 것입니다."

"……."

마리는 입술을 깨물었다. 스토른 백작의 아름다운 눈동자에서 일렁이는 악의에 몸이 저릿저릿 떨렸다.

"그래서 당신이 괴로워하는 모습을 보고 싶습니다. 괴로움에 못 이겨 그 잘난 숭고한 마음을 포기하고, 제 앞에 무릎 꿇고 추하게 구걸하는 모습을 보고 싶군요."

그는 창백하게 굳어 있는 마리를 보며 짙은 웃음을 지었다.

"앞으로 기대하고 있겠습니다."

그때 그 시간, 동제국의 동부 지방. 라엘이 이끄는 동제국군은 동방교국의 대군에 맞서 팽팽한 접전을 벌이고 있었다.

"크라임 자작이 보온 평야의 회전에서 승리했다고 합니다."

"다행이군."

라엘은 군영에서 보고를 들으며 고개를 끄덕였다. 동방 교국군은 동제국에 비해 2배가 넘는 대군이었으나, 라엘의 탁월한 지휘 덕에 전황은 나쁘지 않았다.

"앞으로 침공해 올 서제국군이 문제군."

"네, 그렇습니다."

오른이 무거운 얼굴로 말했다. 동방 교국도 버거운 상대이지만 더 큰 문제는 서제국군이었다. 동쪽에서 동방 교국과 싸우고 있는 사이 서쪽에서 서제국군이 몰려오면 아무리 천재적인 군략가인 라엘이라도 방법이 없었다.

"사실 그것 때문에 보고드릴 것이 있습니다."

"무엇이지?"

"모리나 여왕이 크로네 산맥에서 서제국군에 맞서 방어선을 펼쳤다 합니다."

아직 소식이 전해지지 않아 마리가 스토른 백작에게 향한 것까지는 전해지지 않았다. 오른의 말을 들은 라엘의 몸이 흠칫 멈추어 섰다.

"모리나 여왕이?"

모리나. 그 이름을 들은 순간 라엘의 가슴이 찌르르 울렸다. 아프고 떨렸으며 가슴이 텅 비듯 그리웠다.

"클로얀 왕국의 입장에서는 최대한 서제국과 싸움을 피하는 것이 이득일 텐데?"

"서제국의 스토른 백작이 굉장히 무리한 요구를 해 협상이 결렬되었다고 합니다."

라엘은 그 말에 대충의 상황을 짐작했다.

"그렇군. 요하네프 3세가 지병으로 쓰러지니 이런 변수가 생겼군."

"네, 요하네프 3세였으면 결단코 클로얀 왕국과 싸움을 벌이지 않았겠지요."

라엘은 잠시 철가면 아래로 침묵에 잠겼다. 오른은 그가 향후 정세를 고민하는 거로 생각하고 입을 열었다.

"클로얀 왕국이 서제국과 맞서게 된 일이 어떤 변수로 작용하게 될지 모르겠습니다. 험한 크로네 산맥을 의지한다고는 하지만, 강맹한 서제국군에 얼마나 버틸 수 있을지……."

오른은 마리를 걱정하는 라엘의 마음을 알고 있어 조심스럽게 눈치를 살폈다. 라엘은 무겁게 고개를 끄덕였다.

"알겠다. 그만 물러가 보도록."

오른이 물러나자, 라엘은 철가면을 벗으며 괴로운 얼굴을 하였다.

'마리.'

오른의 생각처럼 소식을 들은 라엘의 마음속에 가득 찬 생각은 앞으로의 정세가 아니라, 그녀를 향한 걱정이었다.

'서제국과 맞서다 패하면 모리나…… 아니, 마리는 어떻게 되는 거지?'

지금 당장에라도 그녀에게 달려가고 싶었다. 모든 것을 버려두고, 그녀를 지키러 가고 싶었다. 그녀가 너무나 걱정되었다. 그녀가 잘못될 수 있다고 생각하니 미칠 듯했다.

"하아."

그런데 그 순간이었다. 갑자기 막사 안으로 거친 바람이 들어오더니 촛대가 화악 하고 넘어지며 꺼져 버렸다.

"……!"

라엘은 하필 그녀를 생각하고 있을 때 이런 일이 일어난 것에 얼굴을 굳혔다. 라엘은 고개를 젓고는 그녀가 있을 서쪽 방향을 바라보았다. 그리고 떨리듯 간절한 목소리로 말했다.

"마리, 제발 부탁이다. 아무 데도 다치지 말고 무사해야 한다. 제발…… 제발……."

그때, 서제국과 일전이 벌어질 크로네 산맥의 제1관문. 방어선을 펼친 클로얀 왕국군에는 결연한 분위기가 감돌고 있었다. 모리나를 대신해 군권을 맡은 바르한 백작이 성벽에 올라 입을 열었다.

"모두 이야기를 들어 알고 있으리라 생각한다."

"……."

"여왕 전하께서는 왕국민들을 위해 스스로 서제국군의 포로가 되셨다."

왕국군들의 얼굴이 침통해졌다. 모리나는 단순히 왕가의 후예라 왕이 된 것이 아니었다. 그녀는 모든 일에 자신을 돌보지 않고 희생하고 앞장섰다. 그런 그녀의 헌신이 모두의 마음을 울렸기에, 왕국민들은 그녀를 진정으로 자신의 왕으로 받아들인 것이다. 모리나는 그들의 왕일 뿐 아니라, 의지할 수 있는 정신적 기둥이며 마음속 가족 같은 존재였다 그런 그녀가 또다시 백성들의 목숨을 구하기 위해 희생하여 서제국에 몸을 투신했는데 어찌 침통하지 않을 수 있을까.

그때, 바르한이 말했다.

"너희도 알겠지만, 전하께서는 항상 우리를 위해 희생해 오셨다. 그러니 이제는 우리가 전하를 위해 나설 차례다."

"우리가 어떻게 하면 됩니까?"

왕국군들이 눈시울이 붉어진 채 물었다.

"간단하다."

바르한이 결연한 얼굴로 외쳤다.

"왕국을 침공한 서제국군에 한 발자국도 물러서지 마라. 목숨을 바쳐 클로얀 왕국을 수호해 내라. 이게 바로 전하가 우리에게 내린 명령이다."

그 말에 왕국군들은 다시 가슴이 울컥했다. 적군에 투신하면서도 그녀는 마지막까지 왕국을 걱정하였던 것이다. 왕국군들은 이를 악물었다.

"전하의 명에 따르겠습니다!"

"죽음에 이를지라도, 한 발자국도 물러나지 않겠습니다!"

그러며 그들은 한마음으로 외쳤다.

"모리나 여왕을 위하여!"

"전하의 영광을 위하여!"

그렇게 왕국군은 결전의 각오를 다졌다. 바로 자신들을 위해 항상 희생해 온 그녀를 위하여.

한편, 그런 왕국군을 보며 바르한은 남몰래 어두운 표정을 지었다.

'다 잘되어야 할 텐데.'

사실 아무리 왕국군이 전의를 다져도 서제국군을 이길 수는 없었다. 병력 숫자만 10배, 실질적인 전력 차는 20배가 넘으니까. 유일한 희망은 바로 마리가 짜낸 계책이었다. 지금 그녀는 그 계책을 위해 목숨을 버릴 각오로 서제국군에 포로로 가 있었다.

'성공만 한다면 서제국군에 승리할 수 있어. 이 전쟁은 우리 왕국의 승리야.'

하지만 너무 위험하고 도박과도 같은 일이란 것이 문제였다. 수많은 변수 중 하나만 잘못되더라도 그저 마리만 헛되이 목숨을 잃고 끝날 것이다.

'안 돼. 그렇게는.'

바르한은 주먹을 움켜쥐었다. 이 순간 그녀는 왕국을 위해 자신의 모든 것을 바쳤다. 그 희생이 헛되이 끝나지 않기 위해 그도 필사적으로 노력해야 했다. 바르한은 딱딱한 눈으로 크로네 산맥으로 진군해 오는 서제국의 20만 대군을 바라보았다. 피어오르는 먼지 구름만으로도 기가 질릴 정도의 대군이었지만, 바르한은 한 걸음도 물러서지 않을 각오로 외쳤다.

"서제국군이다! 모두 전투 준비! 여왕 전하를 위하여 한 걸음도 물러나지 마라!"

그렇게 왕국의 운명을 가를 결전이 시작되었다.

⚜

크로네 산맥에 도착한 서제국군은 곧바로 왕국군을 향해 총공세를 펼쳤다. 하지만 왕국군도 만만치 않았다. 험준한 산맥과 관문에 의지하여 필사적으로 저항했다. 덕분에 쉽게 끝날 거란 예상과 다르게 서제국군은 고전을 면치 못했다.

"쉽지 않군요."

부사령관 헬리안 백작이 말했다.

"저런 필사적인 기세라니."

헬리안 백작은 혀를 차며 관문을 바라보았다. 왕국군은 장비도 훈련도 엉망이었지만, 전멸당하기 전에는 한 걸음도 물러서지 않겠다는 의지로 맞서고 있었다.

"흐음."

스토른 백작이 말했다.

"모리나 여왕을 포로로 잡은 것이 오히려 저들을 자극했나 보군요."

"그러면 어떻게 합니까?"

헬리안 백작은 곤란한 얼굴로 물었다. 하지만 스토른 백작은 여전히 여유로운 얼굴로 답했다.

"저런 기세는 계기만 생기면 사그라지게 마련이죠. 활활 타오르는 불도 물을 부으면 꺼지는 것처럼."

"그러면 어떤 계기를?"

스토른 백작이 입꼬리를 들어 올렸다.

"모리나 여왕으로 피어오른 기세이니, 모리나 여왕으로 꺼뜨리는 것이 맞겠지요."

"……!"

헬리안 백작이 눈동자가 커졌다. 스토른 백작의 말뜻을 알아차린 것이다.

"서, 설마…… 지난번 말씀한 방법을?"

"네, 맞습니다."

"하지만 그건 일국의 군주에 대한 예의가 아닙니다. 다시 생각해 주십시오."

스토른 백작은 고개를 저었다.

"백작, 누누이 이야기하지만 이건 전쟁입니다. 예의보다는 승리가 중요합니다."

"하지만……."

헬리안 백작은 머뭇거렸다. 그가 머뭇거리는 이유는 스토른 백작이 말과 다르게 단순히 승리를 위해 그 방법을 사용하려는 것 같지 않아서였다. 모리나 여왕에 관해 이야기할 때마다 스토른 백작의 눈에서 위험한 광기가 번뜩였다.

"빨리 시행해 주십시오."

"……알겠습니다."

어쩔 수 없이 헬리안 백작이 고개를 숙이고 물러나자, 스토른 백작은 비틀린 미소를 지었다.

"이제 시작이군. 기대돼."

다음 날 관문에서 농성 중인 왕국군은 고개를 갸웃했다.

"저게 뭐지?"

"그러게?"

서제국군이 천에 덮인 커다란 무언가를 앞쪽으로 밀고 왔던 것이다. 곧 서제국군이 멈추어서 천을 벗겨 내었다. 그리고 천에 가려졌던 '무언가'를 본 순간 왕국군의 눈이 찢어질 듯 커졌다.

"저, 전하!"

"이럴 수가!"

커다란 쇠창살이었다. 그 안에 창백하게 질린 마리가 손이 묶인 채 갇혀 있었다.

"이, 이놈들!"

"감히 전하를!"

왕국군이 분노해 외쳤다. 아무리 전쟁 중이라도 기본적인 예의가 있는 법인데, 그들의 왕을 저런 꼴로 묶어 쇠창살에 가둬 놓다니!

그때, 스토른 백작이 쇠창살에 다가가더니 차가운 목소리로 왕국군에 입을 열었다.

"보다시피 너희의 왕은 우리 손에 있다. 이게 무슨 의미인지는 잘 알겠지?"

그는 쇠창살 안으로 손을 뻗어 그녀의 머리를 어루만졌다. 마리는 혐오스럽다는 듯 그 손길을 피했으나, 자신들의 왕을 희롱하는 모습에 왕국군의 분노는 극에 달했다.

"이놈! 감히 전하께!"

하지만 스토른 백작은 그 분노를 비웃듯 말했다.

"어쨌든 현명히 생각하도록. 너희가 그토록 소중히 여기는 왕의 목숨은 우리 손에 달려 있으니."

그 뒤 다시 전투가 벌어졌다. 왕국군의 분노는 하늘을 찔렀으나, 기세는 되레 꺾였다. 그들이 누구보다 소중히 여기는 모리나가 위해를 입을까 자꾸 신경이 쓰였던 것이다. 그렇지 않아도 전력에서 열세였던 왕국군은 형편없이 밀리기 시작했다.

'아, 안 돼!'

왕국군이 무너지는 것을 본 마리는 쇠창살 안에서 외쳤다.

"저는 괜찮으니 신경 쓰지 말고 싸우세요! 제발!"

그러나 그렇게 외칠수록 왕국군은 그녀에게 더욱 신경을 쓸 수밖에 없었다. 모두 스토른 백작이 의도한 대로였다. 결국, 왕국군은 대패하여 1관문에서 퇴각하여 2관문으로 물러났다. 물러나는 왕국군의 모습에 스토른 백작이 아름다운 얼굴로 웃음을 지으며 마리에게 다가왔다.

"애절한 모습이군요. 왕을 위하는 백성들과 백성들을 위하는 왕이라니. 이야기책에나 나올 법한 모습입니다."

마리는 이를 갈며 그를 노려보았다.

"악마. 당신은 정말 악마예요."

스토른 백작은 피식 웃었다.

"그런가요? 그럴지도 모르지요."

"전 당신을 절대로 용서하지 않을 거예요. 반드시 죄의 대가를 치르게 할 거예요."

그 말에 스토른 백작은 마리를 물끄러미 바라보았다.

"다른 사람도 아닌 전하께서 그렇게 이야기하니 조금은 무섭군요."

"……."

"하지만 그 전에 당신의 처지를 다시 한번 상기시킬 필요가 있겠군요. 오늘 밤, 즐거운 구경을 시켜드리겠습니다."

그 말에 마리의 안색이 굳었다. 그가 말하는 즐거운 구경이 정말로 즐거운 일일 리가 없었다.

"또 무슨 생각을 하는 거죠?"

"글쎄요. 하여튼 기대하십시오. 실망하지 않을 것입니다."

스토른 백작이 부드러운 목소리로 말했다.

그날 밤, 그녀는 스토른 백작이 한 말의 의미를 깨달을 수 있었다.

"이, 이게 무슨 짓이죠?"

마리의 목소리가 부들부들 떨렸다. 떨리는 것은 비단 목소리뿐이 아니었다. 그녀의 전신이 사시나무처럼 떨렸다. 그만큼 눈앞에서 벌어질 일이 충격적이었다.

"아아, 보시는 대로입니다. 우리가 포로를 살필 여유가 되지 않아서요. 그렇다고 돌려보내 줄 수도 없고. 안타까운 일이지만 모두 처형하게 되었습니다."

스토른 백작이 그녀에게 보여 주려 한 것은 오늘 전투에서 사로잡힌 왕국군의 포로를 처형하는 모습이었던 것이다.

"머, 멈춰요. 그, 그럴 수는 없어요!"

마리의 동공이 진동했다. 포로로 잡힌 병사는 대략 300명이었다. 그들 모두를 이 자리에서 죽이겠다고?

"죄송하지만 제가 아무리 전하를 은애한다고 해도, 그 부탁을 들어줄 수는 없습니다. 앞으로 동제국까지 진군해야 하는데 포로를 남겨 둘 수는 없는 일이지요."

마리는 입술을 질끈 깨물며 애원했다.

"제발 부탁해요. 이미 저항할 수 없는 이들이에요. 이렇게 빌 테니 저들의 목숨만은 살려 주세요. 제발. 제발……."

스토른 백작은 재밌다는 표정을 지을 뿐 별다른 답을 하지 않았다. 마리는 그가 자신에게 무언가 바라는 것이 있다는 것을 눈치챘다.

"제발……. 제발 부탁해요. 무엇이든 따르겠어요."

"무엇이든 말입니까?"

스토른 백작이 입꼬리를 들어 올렸다.

"그러면 제 앞에 무릎을 꿇고 제게 굴복하십시오. 그러면 저들을 살려 주겠습니다."

"……!"

마리의 안색이 창백해졌다. 오로지 그녀를 모욕하기 위한 제안이었다.

"그, 그런……."

그 순간이었다. 포로로 잡혀 있던 병사들이 외쳤다.

"차라리 우리를 죽여라, 이 나쁜 자식아!"

"절대 따르지 마십시오, 전하!"

그 외침에 스토른 백작이 어깨를 으쓱했다.

"그렇다는군요. 어떻게 하시겠습니까? 저는 아무래도 상관없습니다만."

마리는 주먹을 움켜쥐고 창백한 얼굴로 포로들을 바라보았다. 이윽고, 결심을 굳힌 그녀가 말했다.

"당신의 말에 따르겠어요. 대신 한 가지 조건이 있어요."

"흐음?"

"왕인 제가 무릎을 꿇는 것은 클로얀 왕가가 굴복했다는 의미나 마찬가지. 그러니 당신에게 무릎을 꿇기 전에 성지에 가서 죄를 고할 수 있도록 해주세요."

그녀의 말에 스토른 백작은 잠시 생각에 잠겼다. 성지라면 왕국의 건국이 시작된 장소로, 왕가에 굉장히 뜻깊은 의미가 있는 곳이었다.

"제가 굳이 그 부탁을 들어드려야 할 이유를 모르겠군요."

스토른 백작은 어깨를 으쓱했다. 마리는 굳은 얼굴로 말했다.

"대대로 클로얀의 왕들은 중요한 일이 있을 때마다 성지를 방문하곤 해왔어요. 만약 마지막으로 성지를 방문하게 해달라는 부탁마저 들어주지 않는다면, 차라리 저는 이곳에서 스스로 목숨을 끊겠어요."

강한 그녀의 음성에 스토른 백작은 생각을 바꾸었다. 어차피 성지는 이곳 전선에서 이틀이면 도착할 수 있는 거리이다. 그리고 왕국의 건국이 시작된 성지에서 그녀가 굴복하는 모습을 보는 것도 굉장히 즐거운 일이리라.

"나쁘지 않군요. 성지에서 당신이 무릎을 꿇는 모습을 본다면 왕국민들도 저항 의지를 잃을 테니 말입니다."

스토른 백작은 그녀의 제안을 받아들였다. 하지만 그녀를 굴복시킨다는 비틀린 욕망에 사로잡힌 탓일까. 그는 그녀의 눈동자에서 번뜩이던 빛을 눈치채지 못했다. 그 눈빛은 자신의 목숨을 건 결연한 각오였다.

클로얀의 성지는 크로네 산맥의 서북쪽에 위치한 낭떠러지였다. 낭떠러지 아래에는 케일강의 급류가 흐르고 있었다. 건국왕인 쉘만은 당시 동제국군의 추격을 받다가 낭떠러지에서 케일강의 급류에 몸을 던져 살아남았다. 그 뒤 쉘만은 클로얀을 건국하였고, 왕가의 후손들은 건국의 시발점이 되었던 이곳을 성지로 정하였다.

"전하! 크흐흑!"

"안 됩니다!"

성지 근처에는 클로얀 왕국민들이 모여 눈물을 흘리고 있었다. 미리 스토른 백작이 왕국민들을 모이게 한 것이다. 그녀가 무릎 꿇는 것을 모두가 목격하게 할 목적이었다.

"선조들과 좋은 대화를 나누도록 하시지요."

스토른 백작은 비웃듯 말했다. 마리는 힐끗 그를 보고는 낭떠러지를 향해 발걸음을 옮겼다. 낭떠러지의 끝에서 급류를 내려다보며 중얼거렸다.

'이곳이 건국왕 쉘만이 몸을 던졌던 곳.'

그녀는 다른 왕족들과 다르게 성지에 처음 와 본다. 낭떠러지는 생각보다 얕았다. 물론 생각보다 얕다는 것이지, 바라보는 것만으로도 아찔한 높이였다.

'어떻게 이런 곳에서 뛰어내릴 생각을 했을까? 보는 것만으로도 무서운데. 그만큼 절박했던 걸까?'

마리는 씁쓸히 생각했다. 그녀는 건국왕에 대해 아무런 경외심이 없었다. 애초에 왕가의 후예라는 자각도 별로 없었으니까. 하지만 저 낭떠러지를 보니 측은한 마음이 들었다. 얼마나 절박했으면 이런 곳에서 뛰어내릴 생각을 했을까? 그때, 그녀가 말없이 낭떠러지를 바라보고 있자 스토른 백작이 비웃음을 지었다.

"성지를 보며 기도라도 하는 것입니까? 아무리 기도해도 기적은 일어나지 않습니다."

마리는 가만히 고개를 저었다.

"기적을 바라는 것이 아니에요. 그저 죄송해서 그래요."

"무엇이?"

"제가 못나서 왕국에 이런 치욕을 주게 되었으니까요."

그녀의 말에 왕국민들은 더욱 소리 높여 울었다. 마리는 그들을 잠시 슬프게 바라보다가 스토른 백작에게 말했다.

"왕국의 선조들에게 사죄의 의미로 춤을 한 곡 올려도 될까요?"

"그러도록 하십시오."

마리는 잠시 하늘을 올려다보았다. 그녀의 절박한 마음과 다르게 하늘은 청명하기 그지없었다. 그녀는 저 하늘 너머 어딘가에 있을 라엘을 떠올렸다.

'폐하, 제발 저를 도와주세요.'

마리는 천천히 손을 들어 춤을 추기 시작했다. 얼마 전 꾸었던 꿈속에서의 춤이었다.

그녀가 춤을 추기 시작하자 장내의 모두가 입을 다물었다. 아름다웠다. 하늘하늘하게 움직이는 손짓과 몸동작이 보는 사람들의 시선을 이끌었다. 하지만 그녀가 추는 춤의 진가는 단순한 아름다움에 있지 않았다. 바로 처연함. 클로얀의 왕으로서의 책임을 다하지 못한 죄책감과 괴로움이 손끝 하나하나에서 흘러나왔다. 보는 것만으로도 그녀의 슬픔이 가슴을 저미는 듯 느껴졌다. 왕국민들은 여왕의 처연한 춤을 보며 눈물을 흘렸고, 서제국의 병사들도 가슴을 찌르는 아픔을 느꼈다.

그 자리의 단 한 명, 스토른 백작만이 다른 감정을 느꼈다. 그가 그녀의 춤을 보며 느낀 것은 비틀리다 못해 짓이겨진 추악한 욕망이었다.

'가지고 싶군.'

스토른 백작은 입꼬리를 올렸다. 그녀가 슬퍼하는 모습이 그의 가슴을 자극했다. 그가 그토록 바라던 그녀가 괴로워하는 모습이었다.

'모자라. 더욱더.'

그는 침을 꿀꺽 삼켰다. 그래, 아직은 모자랐다. 그녀가 더욱더 괴로워하는 모습을 보고 싶었다. 그 순간, 마리의 눈동자가 스토른 백작과 마주쳤다.

"……!"

희미하지만 슬픔에 가득한 그녀의 눈동자 깊은 곳에는 그를 향한 원망이 비치고 있었다. 스토른 백작은 짙은 미소를 지었다. 그 어떤 유혹보다도 그녀의 눈빛이 그를 자극했다. 저 원망 어린 눈빛을 짓밟고 싶었다. 그래서 더욱 큰 절망을 주고 싶었다. 그는 홀린 듯 그녀를 향해 다가갔다. 그 자리의 모두가 그녀의 춤에 홀려 있었기에 그를 말릴 생각을 하지 못했다.

"......"

한 걸음, 두 걸음. 그와 마리의 거리가 가까워졌다. 춤을 추는 그녀의 눈빛에 얼핏 두려움이 스쳐 지나갔다. 그 두려움을 본 스토른 백작의 가슴은 더욱더 욕망에 번뜩였다.

"아름다우시군요. 저도 함께해도 되겠습니까?"

스토른 백작의 손에 그녀의 작은 손이 맞닿았다. 그는 그녀의 손의 따뜻한 온기를 느끼며 자신의 품으로 끌어당겼다. 그렇게 그의 품에 그녀의 몸이 안겨 들어갔고, 스토른 백작은 짙은 미소를 지었다.

그리고 그 순간. 그 자리의 누구도 예상하지 못했던 일이 일어났다.

"어......?"

파앗!

스토른 백작의 목에서 피가 튀어 올랐다.

"아니, 각하?!"

서제국의 병사들이 깜짝 놀라 외쳤다. 스토른 백작은 비틀하더니 무릎을 꿇었다. 그는 피가 쏟아져 나오는 목을 어루만지며 믿을 수 없다는 표정을 지었다.

"이, 이건......?"

그의 눈에 마리의 손에 들린 작은 유리 조각이 보였다. 그녀는 소매 안에 저 조각을 숨겨 놓았다가 그가 방심한 틈을 타 목을 베어버린 것이다. 스토른 백작은 모든 것이 그녀의 계획이었음을 깨달았다. 마리는 무릎 꿇은 스토른 백작을 차가운 시선으로 바라보았다. 이게 끝이 아니었다. 고작 스토른 백작을 죽인다고 해서 전쟁은 끝나지 않는다. 전쟁에서 승리하기 위한 계획은 인제부터가 시작이었다.

"저와 함께하고 싶다고 하셨죠?"

마리의 목소리는 평소와 다르게 차갑기 그지없었다. 스토른 백작은 그녀가 만나 본 이 중 가장 최악의 악인이었다. 동정의 여지가 전혀 없었다.

"그 부탁 들어드리지요."

그녀는 무릎 꿇은 그의 손을 붙들었다. 목이 베여 전신의 힘이 빠진 탓에 스토른 백작의 몸은 맥없이 그녀에게 딸려 갔다.

"각하!"

"거기 놔라!"

그제야 정신을 차린 서제국의 병사들이 달려오기 시작했다. 하지만 이미 늦은 뒤였다. 마리는 그들을 향해 목소리를 높였다.

"나 클로얀의 왕 모리나가 말한다. 간악한 스토른 백작은 위대한 클로얀 왕국을 능멸하였기에 본왕이 징벌을 내리겠다. 그의 영혼은 구원받지 못한 채 연옥에서 영원히 고통받으리라."

그러고 그녀는 이번엔 클로얀의 백성들을 바라보았다.

"내가 부족하였기에 왕국이 이런 상황을 맞이하였습니다. 정말 죄송합니다."

"전하! 전하!"

그녀가 어떤 행동을 할지 직감한 왕국민들이 미친 듯 그녀를 불렀다. 마리는 처연한 표정을 지었다.

"비록 제가 오늘 떠나게 되더라도 너무 슬퍼하지 마십시오. 클로얀의 기치는 저에게 있는 것이 아니라 당신들에게 있는 것이니까요. 당신들이 굴복하지 않는 한, 저는 죽어도 영원히 당신들과 함께할 것입니다."

"전하! 안 됩니다!"

말을 마친 그녀는 등을 돌려 낭떠러지를 바라보았다. 깎아지른 절벽 아래 거센 급류가 흐르고 있었다. 보는 것만으로도 현기증이 날 정도로 아찔했다.

'내가 뛸 수 있을까?'

처음부터 각오하고 있었지만 용기가 나지 않았다. 전신이 두려움에 떨렸다. 하지만 마리는 이를 악물었다. 아무리 두려워도 뛰어내려야 했다. 그녀가 여기서 '죽어야' 모든 계획을 성공으로 이끌 수 있었다.

'폐하, 사랑해요.'

그녀는 눈을 질끈 감으며 마지막으로 그를 생각했다. 이 순간 그가 너무나 보고 싶었다. 미치도록. 그렇게 결심을 한 그녀는 낭떠러지에 발을 내밀었다. 스토른 백작과 함께.

"안 됩니다, 전하!"

"멈춰라!"

왕국민들과 서제국의 병사들이 미친 듯이 소리쳤다. 하지만 이미 늦었다.

파앗!

마리는 스토른 백작과 함께 절벽에서 뛰어내렸고, 곧 급류가 그들을 집어삼켰다.

"마, 말도 안 돼……."

"어떻게 이런 일이……."

그 자리의 모두가 까마득한 눈빛으로 낭떠러지를 내려다보았다. 모리나 여왕과 스토른 백작이 동시에 죽음을 맞이한 것이다. 케일강의 급류는 아무런 일도 없었다는 듯 시퍼런 물길만 도도히 흐를 뿐이었다.

이 참변은 순식간에 주변으로 퍼져 나갔다.

―모리나 여왕과 스토른 백작이 함께 죽음을 맞이했다!

그 소식을 들은 모두가 공황에 빠졌다. 일단 난데없이 총사령관을 잃은 서제국은 대혼란에 빠졌다.

"어, 어떻게 이런 일이⋯⋯."

헬리안 백작은 황망한 표정으로 말했다. 스토른 백작은 단순한 지휘관이 아니었다. 요하네프 3세가 중병에 빠져 의식을 차리고 있지 못한 지금, 서제국을 대신해 다스려야 하는 황제 대리였다. 현재 벌어지는 모든 일의 주동자이기도 했고. 그런 그의 갑작스러운 죽음은 서제국의 침공 동력을 크게 악화시킬 수밖에 없었다.

"앞으로 어떻게⋯⋯."

갑작스레 서제국군을 총지휘하게 된 헬리안 백작은 곤혹스러운 표정을 지었다. 하지만 그의 괴로움은 모리나 여왕을 잃은 클로얀 왕국에 비할 바가 아니었다. 왕국민들은 믿을 수 없다는 표정을 지었다.

"전하께서? 그럴 리가 없어."

"헛소리하지 마! 전하께서 그렇게 죽음을 맞이했을 리가 없어!"

왕국민들은 눈물을 흘리며 외쳤다. 모리나는 단순한 왕이 아니라 그들이 가족처럼 소중히 여기는 존재였다. 그런 그녀가 왕국민들을 위해 죽음을 맞이한 것이다.

"안 돼. 난 믿을 수 없어."

"그래, 이건 있을 수 없는 일이야."

왕국민들은 시뻘건 얼굴로 눈물을 흘리며 악을 썼다. 도저히 그녀의 죽음을 받아들일 수 없었다. 하지만 모두들 알고 있었다. 헛소문이 아니란 것을. 그녀의 죽음을 목격한 이가 한둘이 아니었다. 슬픔은 곧 분노로 변하기 시작했다.

"전하를 죽음으로 몰고 간 서제국을 용서하지 말자!"

"내가 죽더라도 반드시 서제국군을 응징하겠어!"

"모두 일어서 서제국군에 맞서자!"

왕을 잃었지만 클로얀 왕국민들의 저항 의지는 꺾이지 않았다. 오히려 자신들을 위해 희생한 그녀를 위해 더욱더 전의를 불태웠다. 미리마리에게 명을 받았던 바르한 백작이 그런 왕국민들을 통솔했다.

"한 치도 물러서지 마라! 전하의 죽음을 헛되게 하지 마라!"

바르한 백작이 이를 악물며 외쳤고, 왕국군은 모리나 여왕을 떠올리며 목숨을 아끼지 않고 싸움에 임했다. 그렇게 총사령관을 잃은 서제국군은 혼란에 빠져 주춤했고, 클로얀 왕국은 전의를 불태우며 서제국군에 맞서 전황은 새로운 국면을 맞이했다.

'전하.'

바르한 백작은 속으로 중얼거렸다.

'모두 전하의 계획대로 되어 가고 있습니다. 어쩌면 우리는 서제국군에 승리할지도 모릅니다.'

마리가 스토른 백작에게 걸어 들어가기 전 짠 책략은 이것이 끝이 아니었다. 바르한 백작이 서제국군의 발목을 잡아 두고 있는 사이, 키에르한 후작이 그녀의 계획의 방점을 찍을 작전을 수행하고 있었다. 그 최후의 작전이 성공한다면 서제국과의 전쟁은 왕국의 승리였다.

'하지만.'

바르한 백작은 얼굴을 일그러뜨렸다.

'전하께서는 정말 무사하신 것입니까? 대답해 주십시오, 제발.'

지금 모든 일은 애초에 그녀가 계획한 것이었다. 스토른 백작이 어떤 식으로든 자신을 능욕할 것을 알고, 성지로 그를 유인해 같이 투신할 계획을 짰던 것이다. 그래서 왕국군은 성지의 급류가 흐르는 곳에 그녀를 구할 인력을 미리 은밀히 파견해 놓은 상태였다.

건국왕 쉘먼이 살아났던 것에서 알 수 있다시피 낭떠러지의 높이가 생각보다 낮고 급류가 조금만 흐르면 유속이 현저히 느려져, 잘만 구조한다면 죽음을 위장한 채 살아날 수 있을지도 모른다는 계획이었다. 하지만 계획에 문제가 생겼다. 시간이 흘렀지만 구조대가 그녀를 발견하지 못한 것이다. 그녀가 떠내려 올 거라 예상했던 지점을 샅샅이 수색했으나, 그녀는 보이지 않았다.

"전하……."

바르한은 초조한 표정으로 탄식했다. 만약 이대로 그녀가 발견되지 않는다면? 이미 그녀가 목숨을 잃었다면? 생각하는 것만으로도 아득해졌다.

"안 돼. 절대로."

그는 주먹을 움켜쥐었다. 얼마나 거세게 움켜쥐었는지 손가락이 손바닥을 파고들었다.

"신이여, 제발 도와주시옵소서. 이렇게 부탁하옵니다. 제발……."

바르한은 기도하듯 간절한 마음으로 중얼거렸다.

※

모리나 여왕의 사망 소식은 당장 동제국으로도 전파되었다. 워낙 중요한 소식인지라 시간 차를 두지 않고 곧바로 전달되었다. 그리고 그 소식을 전달받은 동제국의 황제 라엘은…….

쨍그랑!

하얗게 질려 비틀거렸다. 그의 손에서 떨어진 잉크병이 산산이 깨져 흐트러졌다.

"뭐라고? 지금 내가…… 잘못 들은 거겠지?"

"……."

소식을 전해 온 오른은 안타까운 표정을 지었다. 라엘의 전신이 사시나무처럼 떨렸다. 오른은 그가 이렇게 동요하는 모습을 난생처음 보았다.

"모리나 여왕이 성지에서 투신하여 사망하였다고 합니다."

라엘의 몸이 실 끊어진 인형처럼 크게 휘청했다.

"폐하!"

주변의 인물들이 놀라 그를 부축해 침상에 앉혔다. 라엘은 떨리는 목소리로 입을 열었다.

"……그게 정말인가? 정말로 그녀가 사망했느냐는 말이야."

"시신을 확인하지는 못 했습니다. 하지만…….

오른은 말끝을 흐렸다. 그녀는 죽었을 것이다. 그렇게 판단하는 것이 옳았다. 하지만 라엘은 고개를 저었다. 그리고 파르르 떨리는 턱을 질끈 깨물었다.

"아니야. 난 그렇게 생각하지 않는다. 다른 누구도 아닌 그녀야. 그렇게 죽었을 리가 없다."

"……폐하."

"수많은 기적을 일으켜 온 그녀인데, 고작 강에 빠져 죽었다고? 그럴 리가 없어. 오른, 너도 그렇게 생각하지 않는가? 응?"

마지막 말은 울부짖음에 가까웠다. 오른은 눈을 감았다. 도저히 그를 마주 바라볼 수가 없었다. 찢어질 듯한 그의 아픔이 느껴졌다.

"네, 시신이 발견되지 않았으니 섣불리 판단하기는 어려울 것 같습니다."

그렇게 말하면서도 오른은 그녀의 생존 가능성이 거의 없다 여겼다. 그게 당연한 판단이었다. 아마 라엘도 알 것이다. 그녀가 살아 있을 확률은 굉장히 적다는 것을.

"……이만 물러가 보겠습니다."

오른은 그에게 감정을 추스를 시간을 주기 위해 수하들과 함께 물러났다. 홀로 남은 라엘은 두 손으로 얼굴을 감싸 쥐었다.

"마리."

그의 입에서 신음처럼 그녀의 이름이 흘러나왔다.

"난 너를 믿는다. 네가 이렇게 죽을 리가 없어. 난 믿어."

라엘은 마치 주문을 외우듯 몇 번이고 그 말을 반복했다. 언제나 기적을 일으켜 온 그녀이니, 이번에도 거짓말처럼 살아날 것이다.

"그러니 슬퍼할 필요 없어. 넌 살아 있을 테니까. 지레 걱정할 필요도 없어."

입술을 깨물며 중얼거리는 순간이었다.

뚝.

그의 손바닥을 타고 한 방울 물방울이 떨어졌다. 눈물이었다.

"마리…… 제발…… 제발……."

라엘의 어깨가 떨렸다. 그는 그녀가 살아 있을 거라 믿는다. 그녀가 죽었을 리가 없다. 하지만 그렇게 생각함에도 눈물이 끝없이 흘러내렸다. 아픔? 이 느낌을 고작 그런 단어로 표현할 수가 있을까? 마치 심장을 송두리째 뽑아버리는 듯한 느낌이었다.

"나…… 나와 약속하지 않았느냐. 영원히 함께하겠다고."

라엘은 그녀와 함께했던 사랑의 서약을 떠올렸다. 당시 그와 그녀는 영원을 맹세했다. 그뿐이 아니었다. 그녀와 함께했던 모든 순간이 떠올라 그의 가슴을 난도질했다. 생살이 뜯기듯 너무 아파 오히려 감각이 마비되는 느낌이었다.

"제발…… 제발…… 마리…… 앞으로 날 얼마든지 아프게 해도 좋으니."

라엘은 심장을 쥐어짜듯 간절한 목소리로 말했다.

"무슨 일이 있어도 살아만 있어다오."

그렇게 수많은 사람이 황망히 가슴 아파하고 있을 때. 케일강 하류

기슭.

"컥! 쿨럭. 쿨럭! 커억!"

한 여린 체구의 소녀가 흠뻑 젖은 채 괴로운 기침을 토하고 있었다. 마리였다! 모두의 간절한 바람이 통한 것인지 기적적으로 살아 있었던 것이다.

"컥. 쿨럭!"

마리는 정신을 차리지 못하고 한참이나 기침을 하였다. 폐로 물이 얼마나 들어간 것이지 숨이 차고 기침이 끊이지 않았다. 그래도 눈물이 범벅인 상태로 괴로워하면서도 그녀는 감사했다.

'살았어! 내가 정말로 살았어!'

물론 급류에 휘말려도 살아날 확률이 있기에 계획을 시행한 것이다. 건국왕 쉘먼의 일화에서 알 수 있듯이 케일강의 급류는 성지를 조금만 지나면 완만해지기에 생존 가능성이 있었던 것이다. 하지만 그래도 무모한 계획이었다. 살 가능성보다 죽을 가능성이 훨씬 높았던 계획. 그럼에도 이렇게 살아난 것이다.

'여기가 어디지?'

마리는 계속 기침을 해대며 주변을 살폈다. 원래는 떠내려갈 거로 예상되는 지점에 바르한 백작이 구조대를 보내 놓기로 했는데 보이지 않았다. 어쩐지 훨씬 더 떠내려온 것 같았다.

'이렇게 있을 시간이 없어. 빨리 키엘 님과 합류해야 해. 내 '죽음'으로 서제국의 시선이 쏠려 있을 때 마지막 작전을 성공시켜야 해.'

물에 젖어 체온이 떨어져서인지 안색이 창백하고 온몸이 떨렸다. 손가락 하나 까딱하기 어려웠지만, 편안히 있을 여유가 없었다. 마리는 안간힘을 다해 자리에서 일어났다.

'최대한 빨리 합류 지점으로 가자. 늦으면 안 돼.'

그녀는 힘겹게 힘겹게 발걸음을 옮겼지만 쉽지 않았다. 자꾸만 다리에 힘이 풀려 몇 걸음 옮기지도 못 하고 넘어지기를 반복했다.

'안 돼. 더 힘을 내, 마리. 이러고 있을 시간이 없어!'

그렇게 바닥에 무릎 꿇은 채로 이를 악무는 순간, 생각지도 못 한 음성이 들려왔다.

"마리 양?"

놀람과 떨림, 걱정과 안도가 뒤섞인 목소리. 마리는 그 음성을 듣고 눈을 크게 떴다. 고개를 돌리니 키에르한이 서 있었다.

"키엘 님?"

"마리 양!"

키에르한이 달려오더니 그녀를 으스러지게 껴안았다. 그리고 물기 섞인 음성으로 말했다.

"마리 양. 당신이 잘못되었을까 봐 제가 얼마나!"

흐느끼는 듯한 그 목소리를 들으며 마리는 눈을 감았다. 그의 단단한 품이 그녀를 얽어매듯 감싸 안았다. 평소 부드러움과 다르게 강하고 억센 포옹이었다.

"다시는…… 절대로 당신이 이런 위험에 처하는 것을 놔두지 않겠습니다."

마리는 키에르한의 얼굴을 바라보았다. 그의 얼굴은 단정한 평소와 다르게 괴로움으로 일그러져 있었다.

"키엘 님……."

마리는 고개를 숙였다. 그가 그동안 얼마나 아파했는지 느껴졌다. 그때, 키에르한이 물기에 젖은 마리의 얼굴을 어루만졌다. 마치 자신의 품 안에 안긴 그녀가 진짜인지 확인하려는 듯 아련하고 간절한 손길이었다.

"약속해 주십시오, 마리 양."

키에르한은 입술을 깨물며 말했다.

"앞으로는 절대로 이런 위험한 일을 하지 않겠다고. 약속하지 않으면 놔주지 않겠습니다."

그 말에 마리는 천천히 고개를 끄덕였다.

"네, 약속할게요."

원래 키에르한은 그녀의 작전을 시행하기 위해 예정된 합류 장소에서 마리를 기다리고 있었다. 하지만 아무리 기다려도 그녀가 발견되었다는 소식이 없어 가슴이 끓어 직접 달려왔다는 것이다.

"그렇군요. 스토른 백작의 시신은 확인되었나요?"

"스토른 백작의 시신은 발견되지 않았습니다. 아마 강 아래로 가라앉은 것 같습니다."

키에르한은 더러운 것을 언급하듯 인상을 찌푸렸다.

'설마 살아 있는 것은 아니겠지?'

마리는 순간 불안감이 들었다. 하지만 곧 고개를 저었다. 목에 치명상을 입은 상태로 급류에 빠졌다. 살아 있을 리가 없었다.

'시간이 지나면 시신이 발견되겠지.'

그녀가 스토른 백작에게 걸어 들어가며 노렸던 것은 크게 두 가지였다. 첫째는 서제국군의 중추인 그를 제거하는 것. 두 번째는 자신의 죽음을 위장함으로써 모두의 시선을 빼앗는 것이었다. 스토른 백작이 자신에게 집착하며 능욕하려 들 것을 알았기에 시도한 계획이었다.

'정말 도박이나 다름없었지만, 모두 다 잘되었어. 이제 마지막 작전만 성공하면 서제국에 승리할 수 있어.'

마리는 속으로 그렇게 생각했다. 그때, 그녀의 마음을 눈치챈 듯 키에르한이 퉁명스럽게 말했다.

"그래도 다음부터는 이런 작전은 절대로 안 됩니다."

"네."

"약속한 것입니다?"

마리는 어색한 미소를 지었다. 그녀가 죽었을지도 모른다는 사실에 워낙 마음고생을 한 탓일까. 키에르한은 몇 번이고 그녀에게 당부했다.

"네, 꼭 명심할게요."

그렇게 그와 함께 목적지로 향하며 그녀는 씁쓸한 얼굴로 생각했다.

'폐하도 내 사고 소식을 들으셨겠지. 많이…… 아파하시고 계실까.'

마리는 그의 얼굴을 떠올렸다. 그는 자신에 대해 어떤 감정일까? 자신은 지금 이 순간에도 그 때문에 저릿하고 아픈데, 단 한순간도 그를 잊지 못하고 있는데, 그는 어떨까? 혹시 자신 때문에 아파하고 있지는 않을까?

'……폐하, 죄송해요. 정말로.'

마리는 아릿한 얼굴로 한숨을 삼켰다.

그때, 키에르한이 그녀에게 물었다.

"바르한 백작에게 전하의 무사 소식을 전하지 않을 생각입니까?"

"네, 적을 속이려면 아군을 속이라는 말처럼 저는 이대로 죽은 걸로 알려지는 게 나을 것 같아요."

키에르한은 고개를 끄덕였다.

"알겠습니다. 그렇게 따르겠습니다."

"합류 지점은 멀었나요?"

합류 지점. 서제국과의 전쟁을 마무리 지을 그녀의 진정한 계획이 시작될 장소였다.

"이제 조금만 더 가면 됩니다. 모두 대기하고 있습니다."

키에르한은 말을 서쪽으로 이끌었다. 서제국과 인접한 국경 지대까지. 그리고 가도를 벗어나 인적 없는 길을 따라 한참을 들어가자 고요한 분지가 나타났는데, 그곳에는 놀라운 모습이 있었다.

"여왕 전하와 각하를 뵙습니다!"

우렁찬 외침! 5천 명에 달하는 키에르한의 정예병이 숨어 있었던 것이다. 5천 명 전원이 말을 모는 기병대였다.

"준비는?"

"모두 끝난 상태입니다."

쉴트 기사단의 단장 헤인 자작이 답했다. 키에르한은 고개를 끄덕이고 마리와 함께 5,000명의 병사 앞으로 나섰다.

"모두 기다리느라 수고가 많았다. 이제 우리는 서제국과의 전쟁을 마무리할 작전을 수행할 것이다."

키에르한은 병사들의 눈을 하나하나 바라보며 마리가 생각해 낸 작전의 개요를 말하기 시작했다.

"지금 서제국군은 대혼란에 빠져 있다. 총사령관인 스토른 백작이 사망한 데다, 여기 모리나 여왕 전하의 사망 소식에 왕국군의 거센 저항에 직면했기 때문이지."

병사들은 묵묵히 키에르한의 말을 경청했다.

"우리는 그 혼란의 틈을 노린다."

"서제국군의 뒤를 치는 것입니까?"

한 기사의 물음에 키에르한은 고개를 저었다.

"아니, 우리는 서제국군을 공격하지 않는다."

"그러면?"

서제국군의 뒤를 노리지 않는다는 말에 병사들은 의아한 표정을 지었다. 지금 서제국군은 혼란한 상태로 뒤를 치면 큰 이득을 얻을 수 있을 텐데?

"우리는 서제국군을 상대하지 않고 국경을 우회하여 서제국의 수도로 진격할 것이다."

"⋯⋯!"

키에르한의 말에 장내의 모두가 경악에 빠졌다. 서제국의 수도로 곧바로 진격한다고?

"가, 각하⋯⋯ 그 말씀은?"

쉴트 기사단의 단장 헤인 자작이 떨리는 목소리로 물었다. 이번엔 옆에 서 있던 마리가 앞으로 나서며 대답했다.

"네, 맞습니다. 서제국군의 시선이 제 죽음에 쏠려 있는 사이 우리는 별동대로서 서제국의 수도를 함락시켜 요하네프 3세를 사로잡을 것입니다."

"⋯⋯!"

장내의 모두가 전율에 빠졌다. 곧바로 수도를 함락시키겠다니, 어마어마한 계획이었다. 그리고 충분히 실현 가능한 계획이기도 했다. 20만이나 되는 대군이 몰려온 탓에 서제국 내에는 별다른 병력이 남아 있지 않았기 때문이다. 서제국군의 주력이 그녀의 죽음에 시선이 쏠려 있는 지금을 노리면 충분히 서제국의 수도를 함락시켜 요하네프 3세를 사로잡을 수 있었고, 그렇게 되면 이 전쟁은 그들의 승리였다.

그때, 마리가 병사들을 향해 목소리를 높였다.

"이 자리의 모든 분께 먼저 감사를 드립니다. 이 작전이 성공하면 우리는 서제국이란 강적에 승리할 수 있습니다. 누구보다도 제가 먼저 앞에 나설 테니, 여러분께서는 저를 도와주십시오. 우리는 승리할 수 있습니다."

그녀의 짧은 연설 후 병사들은 함성을 질렀다. 고작 5천에 불과한 병력이지만 서제국에 승리할 수 있다는 그 사실이 그들의 가슴을 진동시켰다. 마리는 미리 준비해 둔 경갑을 걸친 후 말에 올라탔다. 그리고 키에르한을 향해 말했다.

"진군하겠습니다. 목적지는 서제국의 수도. 요하네프 3세를 사로잡겠습니다."

그렇게 국경을 우회하여 별동대가 진군을 시작했다. 5천 명 전원이 말을 탄 기병대였기에 진군 속도는 어마어마했다. 전쟁의 흐름에 변곡점의 쐐기를 박을 진군이었다.

———————✦———————

별동대의 주력은 키에르한이 이끄는 쉴트 기사단과 기마병들이었다. 수많은 실전으로 다져진 그들은 동제국 내에서도 손꼽히는 최정예로서, 다른 병사들을 압도하는 전투력을 가지고 있었다. 기동력 또한 대단해서 순식간에 서제국 내부로 파고들 수 있었다.

'이제는 시간과의 싸움이야. 서제국이 눈치채지 못할 때 단번에 수도를 함락해야 해.'

마리는 기마병들을 따라가며 이를 악물었다. 기마술이 능숙한 편은 아니었지만 자신 때문에 속도가 처지면 안 되므로 그녀는 필사적으로 말을 달렸다.

그렇게 한참을 달린 뒤 잠시 말을 쉬게 하고 있을 때, 키에르한이 염려 섞인 표정으로 그녀에게 다가왔다.

"괜찮으십니까, 전하? 진군 속도를 조금 천천히……."

마리는 굳은 얼굴로 고개를 저었다.

"아니에요. 전 괜찮으니 신경 쓰지 마세요."

"그래도……."

"정말로 괜찮아요. 아니, 조금 힘들어도 어떻게든 따라붙을 테니 신경 쓰지 않으셔도 돼요."

키에르한은 한숨을 내쉬었다. 일분일초가 급한 상황은 맞았지만, 그녀가 힘들어하는 것을 보니 가슴이 아팠다.

"전하께서는 그냥 남아 계셔도 되셨을 텐데……."

그는 안타까운 마음에 말했다. 사실 수도를 함락하는 데 꼭 마리가 있을 필요는 없었다. 전투는 키에르한과 병사들이 할 것이기 때문이다.

"아니에요. 저도 꼭 동행해야 해요."

하지만 마리는 고개를 저었다.

"수도를 함락한다고 끝이 아니에요. 서제국과 진정으로 종전(終戰)하기 위해 제가 가서 해야 할 일이 있어요."

키에르한은 의아한 표정을 지었다. 그녀가 무슨 생각을 하고 있는지 궁금했던 것이다. 하지만 마리는 대답하지 않고 주변을 둘러보며 말했다.

"다행히 여기까지는 특별한 방해 없이 왔네요."

그들은 이미 서제국 깊숙한 곳까지 들어온 상태이다. 이제 며칠만 더 말을 달리면 요하네프 3세가 있는 수도였다.

"일부러 가도와 요지를 피해서 진군하고 있으니까요. 큰 무리 없이 수도까지 진군할 수 있을 것 같습니다."

키에르한이 다행이란 표정으로 말을 이었다.

"현재 수도를 지키는 병력은 500명 남짓한 근위병이라 하니 함락하는 데 별다른 어려움은 없을 듯합니다."

서제국의 수도를 지키는 병력치고는 굉장히 적었다. 모든 주력이 클로얀 왕국으로 진군한 탓이었다.

'설마 이런 상황이 벌어질 것이라고는 상상도 못 했겠지.'

키에르한은 감탄하여 마리를 바라보았다. 그녀가 아니었다면 서제국의 수도를 직접 공격한다는 상상은 해보지도 못 했을 것이다.

'큰 변수가 없다면 서제국과의 전쟁은 승리로 끝날 것이 확실해.'

그렇게 생각한 키에르한은 마리에게 조심스럽게 입을 열었다.

"전하, 여쭈어볼 것이 있습니다."

"네?"

"서제국과의 전쟁이 끝나면 폐하와는 어떻게 하실 생각이십니까?"

마리의 표정이 딱딱하게 굳었다. 라엘. 그 이름을 듣는 순간 가슴이 찢어질 듯 아파 왔다.

"아마 폐하는 오래지 않아 동방 교국을 격퇴해 낼 것입니다."

마리는 고개를 끄덕였다. 그녀도 그렇게 생각했다. 라엘은 클로얀 왕국과의 전쟁 때부터 내전까지 불리한 상황에서도 단 한 번의 패배도 허락하지 않은 천재적인 군략가였다. 서제국의 침공이 마리에 의해 막힌 이상, 동방 교국 정도는 무리 없이 격퇴해 낼 것이다. 실제로 현재 전황도 유리하게 이끌고 있다.

"서제국의 항복 선언을 받아 내면 이제는 동제국과의 문제를 풀어내야 합니다."

마리는 무겁게 고개를 끄덕였다. 키에르한의 말이 옳았다. 독립한 클로얀 왕국의 적은 비단 서제국뿐이 아니었다. 얼마 전까지 클로얀을 강제 점령했던 동제국도 왕국의 뿌리 깊은 적이라 할 수 있었다.

'양국이 동맹을 맺을 수 있으면 가장 좋을 텐데.'

마리는 속으로 생각했다. 국혼으로 클로얀과 동제국이 혈맹을 맺는 것. 그것이 그녀와 클로얀 왕국에 가장 좋은 방법이었다. 그러면 라엘과도 하나로 맺어질 수 있고, 클로얀 왕국은 피 한 방울 흘리지 않고 안정을 찾을 수 있었다.

'하지만 상황은 그렇게 간단하지 않아.'

마리는 쓸쓸히 생각했다. 동제국 입장에서 보면 굳이 불확실한 동맹을 선택할 이유가 없었다. 아무리 국혼으로 인한 동맹이라도 먼 훗날 어떻게 될지 모르는 게 또 동맹 관계이기 때문이다. 그러니 확실히 점령해 복속시키는 게 훨씬 손쉽고 장기적으로 이득이 되는 선택이다. 지금 클로얀 왕국의 국력은 미약하기 그지없어 어린이 팔 비틀 듯 점령할 수 있으니까.

또한 현재 악화할 대로 악화하여 있는 양국의 관계상 쉽사리 동맹을 맺을 수도 없다. 그러니 아무리 그녀와 라엘이 동맹을 원한다고 해도, 제국 귀족들과 제국민들이 쉽게 납득하지 않을 것이다. 제국 귀족들은 당연히 클로얀 왕국에 토벌군을 보낼 것을 라엘에게 청할 거다.

'폐하.'

마리는 굳은 얼굴로 생각했다.

'동제국과의 문제도 어떻게든 방법을 찾아낼 거야.'

쉬워 보이지 않는다 해도 마리는 절대로 포기할 마음이 없었다. 그녀는 어떻게든 동제국과의 난제도 해결할 것을 다짐했다. 그러기 위해서는 일단 서제국에 승리해야 했다. 동제국과의 화평은 그다음에 해결할 문제였다.

"말씀 고마워요. 일단은 서제국에 승리하는 것이 먼저니, 그것만 생각할게요."

"네."

"저 때문에 너무 오래 쉬었네요. 바로 다시 출발하죠."

마리는 결연한 눈빛으로 말에 올라탔다. 이후 마리와 키에르한이 이끄는 별동대는 계속해서 진군해 나아갔고, 며칠 뒤 커다란 성을 마주했다. 서제국의 수도, 엘페론성이었다.

그런데 엘페론성에 도착한 별동대는 의외의 상황을 마주했다.

"성벽 위에 병사들이?"

그들의 도착을 미리 알고 있었던 듯 방어 태세를 갖추고 있었던 것이다. 성문을 굳게 닫은 엘페론성의 성벽에는 중갑을 입은 근위병들이 경계를 서고 있었다.

"우리의 진군을 중간에 눈치챈 모양이군요."

최대한 은밀히 진군했지만, 무려 5,000의 병력이 이동하는 것이다. 중간에 누군가에게 발각된 것이리라.

"뭐, 큰 상관은 없습니다. 어차피 대부분의 병사가 클로얀 왕국에 나가 있는 상태이니까요."

키에르한의 말처럼 성벽 위에 서 있는 근위병들은 굉장히 적었다. 먼저 키에르한이 말을 몰아 앞으로 나아가 외쳤다.

"모두 무기를 버리고 성문을 열어라! 너희도 농성은 불가능하다는 것을 알고 있을 터! 일반 백성들은 물론 그 누구에게도 부당한 피해를 주지 않을 테니, 염려하지 말고 성문을 열어라!"

그 말에 성벽 위가 소란에 빠졌다. 곧 지휘관으로 여겨지는 이가 나타났는데, 키에르한과 마리는 놀란 표정을 지었다.

'소년?'

한 13살쯤 되었을까? 흑발, 흑안의 미소년이었다. 철갑을 입은 소년의 외모를 보고 마리는 그의 정체를 짐작할 수 있었다.

'요하네프 3세의 친동생이자 서제국의 제1황위 계승자인 스테판 대공이구나!'

요하네프 3세가 지병으로 의식을 잃고 스토른 백작마저 사망한 지금, 저 소년이 실질적인 서제국의 지도자라고 할 수 있었다. 소년은 붉은 입술을 깨물더니 외쳤다.

"너, 너희야말로 물러나라! 지금 물러나면 특별히 자비를 베풀어 목숨만은 살려 주겠다!"

아직 어린 나이인지라, 소년은 수많은 적을 마주하는 것이 긴장되는지 떨리는 목소리로 외쳤다. 그래도 과연 요하네프 3세의 핏줄이랄까. 눈빛만은 흔들림 없이 굳셌다.

"어쩔 수 없을 것 같군요. 공성을 시작하겠습니다."

마리는 고개를 끄덕였다. 피를 흘리는 전투를 하고 싶지는 않았지만 지금은 전쟁이었다. 그들도 물러날 수 없었다.

"공격! 성을 함락시켜라!"

키에르한의 외침과 함께 전투가 시작되었다. 그런데 전투가 시작된 지 얼마 안 되어서였다. 생각지도 못 한 이변이 발생했다.

"우리도 나서자! 요하네프 3세 폐하를 지켜라!"

"적들은 황제 폐하를 노리고 있다! 막아라!"

"황제 폐하 만세!"

요하네프 3세를 외치는 소리와 함께 수많은 사람이 성벽 위로 올라오기 시작한 것이다. 그들은 놀랍게도 무장한 병사가 아닌, 일반 백성들이었다.

"아니?"

그 모습에 키에르한과 마리는 당황했다. 성벽 위에 올라선 백성 중에는 노인이나 아녀자도 많았다. 그들이 자신들의 황제인 요하네프 3세의 이름을 외치며 별동대에 저항하기 시작한 것이다.

'일부러 백성들을 동원한 것인가?'

하지만 그런 것은 아닌 것 같았다. 소년 대공도 백성들의 합류에 당황한 눈치였다. 금방이라도 성을 함락시킬 것 같던 별동대의 기세는 예상외의 저항에 푹 하고 꺾여 버렸다. 마리는 급히 명령했다.

"일단 병사들을 물리세요. 피해가 커지겠어요."

그렇게 별동대는 공성을 중단하고 뒤로 물러섰다. 마리와 키에르한을 비롯한 수뇌부들은 긴급히 작전 회의를 하였다.

"생각지도 못 한 일이군요. 일반 백성들이 저렇게 나서다니."

키에르한이 황망히 중얼거렸다. 마리도 전혀 예상 못 했던 것은 마찬가지였다.

'요하네프 3세가 저런 존경을 받고 있었다니.'

그녀는 백성들이 외치던 함성을 떠올렸다.

"황제 폐하를 지켜라!"

그들은 다른 것보다 자신들의 황제인 요하네프 3세를 지키고자 일어난 것이다.

'적에게는 끔찍한 상대이지만, 백성들에게는 선정을 베푸는 명군이라고 했지.'

마리는 요하네프 3세의 평판을 떠올렸다. 수단과 방법을 가리지 않는 방식으로 적에게 경원시되는 요하네프 3세이지만 자국 백성들 사이에서는 큰 존경을 받고 있다고 들었다.

'내전과 학정으로 고통받던 백성들의 삶을 크게 안정시켰다고 했지. 백성들 사이에선 거의 영웅처럼 추앙받는 명군(名君)이라고.'

그녀가 보아 온 요한의 모습을 떠올리면 도저히 명군이란 단어가 매치가 되지 않았지만, 백성들의 태도를 보면 사실인 것 같았다. 그때, 키에르한이 입을 열었다.

"내일 날이 밝으면 다시 공성을 시작하겠습니다. 이번엔 당황해 물러서긴 했지만, 제대로 된 무장도 없는 일반인들이니 함락할 수 있을 것입니다."

하지만 마리는 바로 고개를 끄덕이지 못했다. 함락이야 할 수 있겠지만, 일반 백성들에게 칼을 겨누어야 한다는 것이 꺼려졌다.

'어린이나 여자도 많았어. 무리해서 성을 공격하면 큰 피가 흐를 거야.'

마지막 순간, 생각지도 못 한 난관이었다. 그녀는 주저하며 입을 열었다.

"최대한 피를 흘리지 않을 다른 방법은 없을까요?"

"전하?"

키에르한은 그녀의 마음을 눈치채고 고민에 빠졌다. 그도 명예로운 기사로서 일반인들에게 칼을 겨누는 것이 마음 편치 않았다. 하지만 고민해 보아도 특별한 방법이 떠오르지 않았다.

"저들이 성문을 스스로 열어주지 않는 한 방법이 없을 것 같습니다."

그런데 그의 말을 들은 순간, 마리의 머릿속에 한 가지 방법이 퍼뜩 떠올랐다.

'있어! 저들이 스스로 성문을 열게 할 방법이!'

"협상을 해봐야겠어요."

키에르한은 회의적인 표정으로 고개를 저었다.

"받아들이지 않을 것입니다. 저들은 추앙하는 요하네프 3세를 지키겠다는 일념으로 목숨이라도 바칠 기세입니다."

그런데 마리가 의외의 말을 하였다.

"아니, 받아들일 수밖에 없을 거예요."

"전하?"

"저들이 지키려는 것은 바로 자신들의 존경하는 황제인 요하네프 3세이니까요. 그러니 받아들일 수밖에 없을 거예요."

키에르한의 눈이 커졌다. 그녀의 말뜻을 알아들은 것이다.

"설마…… 전하께서 직접 이곳까지 온 이유가?"

"네, 맞아요."

마리는 굳은 얼굴로 고개를 끄덕였다.

"제가 이곳에서 하고자 하는 일을 안다면 저들은 반대하지 못할 거예요."

바로 협상 자리가 마련되었다. 협상은 여왕인 그녀가 직접 나섰고,

상대측에선 소년 대공 스테판이 나섰다. 이전 동제국에서 봐 온 요하네프 3세의 최측근 로이스도 동행했다. 별동대의 진영과 엘페론성 가운데 마련된 회동 장소에 도착한 스테판은 곧바로 입을 열었다.

"미리 이야기하지만 우리는 항복 의사가 없다. 쓸데없는 이야기를 할 거면 당장 물러가도록."

소년은 적의가 가득한 눈으로 마리를 노려보았다. 물론 너무 어려 무섭기보다는 귀여워 보이는 눈빛이었다. 몸에 두른 철갑도 아버지의 것을 입은 것처럼 커서 어색했다.

"협상에 관해 이야기를 나누고자 자리를 마련했습니다."

"협상? 무슨?"

"나 클로얀의 왕, 모리나는 서제국 백성들의 무고한 피를 흘리는 것을 원하지 않습니다. 무의미한 희생을 피하고 싶으니, 성벽을 열어줄 것을 부탁합니다."

그 말에 소년 대공의 얼굴이 붉어졌다. 그녀의 말을 모욕이라 여긴 것이다. 소년 대공은 벌떡 자리에서 일어나며 화를 냈다.

"기적의 성녀라길래. 무슨 이야기를 하나 했더니 역시나 우리를 모욕하러 부른 것이군. 웃기지 마라! 감히 우리 서제국을 어떻게 보고!"

그는 등을 돌려 거칠게 회동 장소를 벗어나려고 했다. 그런데 그 순간 들려온 그녀의 목소리가 그의 발목을 붙잡았다.

"만약 성벽을 열어준다면 당신들의 황제인 요하네프 3세를 제가 치료해 드리겠습니다."

"……!"

우뚝 멈추어 선 소년은 얼굴을 일그러뜨리며 고개를 돌렸다.

"그게…… 무슨 말이지? 형님…… 아니, 폐하를 치료하겠다고?"

마리는 흔들림 없는 목소리로 답했다.

"네, 저는 요하네프 3세 폐하를 치료할 수 있습니다."

소년 대공 스테판은 믿을 수 없다는 표정을 지었다. 수없이 많은 명의도 손을 내저은 병이었다. 그런데 치료할 수 있다고? 그 순간, 스테판의 머릿속에 모리나 여왕에 대한 소문이 떠올랐다.

─수없는 기적을 일으킨 성녀!

동제국에서 얻은 이름인 힐데른에서 알 수 있듯이 그녀는 끝을 알 수 없는 능력을 지녔으며, 믿을 수 없는 실력의 의술도 있다고 한다. 중병을 앓던 클로얀의 대귀족 하워드 후작이 그녀에게 치료받은 것은 타국에까지 유명한 일이었다.

'기적의 성녀라는 모리나 여왕이라면? 혹시 형님의 병도 치료할 수 있지 않을까?'

자신도 모르게 침을 꿀꺽 삼킨 스테판은 흠칫 놀라 경계 어린 표정을 지었다.

"내가 너의 말을 어떻게 믿지? 너는 우리의 적인 클로얀의 왕인데?"

"저는 서제국을 적대하려고 했던 적이 없습니다. 전쟁을 시작한 것은 서제국이지요. 우리 왕국민들을 먼저 짓밟은 것은 당신들 서제국이에요."

마리의 차분한 말에 소년 대공은 입을 다물었다.

"그건…… 형님께서는 클로얀 왕국을 공격할 생각이 없으셨다. 클로얀 왕국을 공격한 것은 스토른 백작, 그놈의 독단이야."

소년은 이를 바득 갈며 말을 이었다.

"만약 형님이 건재하셨다면 스토른 백작이 감히 그따위로 행동하지 못했을 것이다."

마리는 그 말에 동의했다. 요하네프 3세는 스토른 백작을 제어할 수 있는 유일한 인물이었다. 그가 멀쩡했다면 스토른 백작이 폭주하는 일도 없었을 것이다.

"형님께서 예상보다 너무 빠르게 건강이 악화하는 바람에……."

소년 대공은 주먹을 부르르 떨었다. 스토른 백작의 전횡을 막지 못한 것이 분한 듯했다. 마리는 가만히 그 모습을 보다가 입을 열었다.

"스테판 대공, 저는 원래부터 요하네프 3세 폐하를 치료하려고 했었어요. 아니, 제가 이곳까지 직접 온 이유가 그분을 치료하기 위해서였습니다."

"어째서지?"

믿을 수 없다는 목소리에 마리가 확고한 눈빛으로 말했다.

"이 전쟁을 확실히 끝낼 수 있는 이는 요하네프 3세 폐하밖에 없으니까요."

"……!"

"저는 단순히 선의로 요하네프 3세 폐하를 치료하려는 것이 아니에요. 폐하를 살려 내서, 직접 종전 선언을 받아 내 전쟁을 종결시키려는 것입니다."

스테판 대공의 눈동자가 커졌다. 생각지도 못 한 이야기였다.

"폐하를 살려 내 직접 종전 선언을 받겠다고?"

마리는 고개를 끄덕였다. 요하네프 3세를 치료하는 것. 그것이 그녀가 생각한 계획의 마지막 종점이었다. 별동대로 수도를 점령한다고 전쟁이 끝나는 것이 아니니까. 확실히 전쟁을 끝내는 길은 요하네프 3세를 살려 내 종전 선언을 받아 내는 것이 유일했다.

"저는 클로얀 왕국을 위해 요하네프 3세 폐하를 치료하고자 합니다. 그러니 저를 믿어주세요."

"……."

스테판 대공은 괴로운 얼굴로 고민하였다. 성문을 열어주었는데 말을 바꾸면? 만약 그랬다가는 고스란히 수도를 넘겨주게 되는 것이다. 소년 대공은 모리나의 얼굴을 바라보았다. 선한 인상의 외모. 그는 그녀가 신뢰할 만한 존재라고 느꼈지만, 그래도 섣불리 믿을 수 없었다.

'어떻게 해야지?'

정치 경험이 적은 소년 대공은 요하네프 3세라면 이 순간 어떻게 결정하였을까 생각하였다. 그때, 요하네프 3세의 목소리가 떠올랐다.

"아아, 마음에 든 여인이 생겨서."

"그게 누구입니까, 형님?"

"마리 폰 힐데른. 클로얀의 모리나 왕녀다."

스테판 대공은 이를 악물었다. 저 소녀는 요하네프 3세가 사랑하던 여인이다. 형님이라면 허락하지 않았을까?

"좋다. 하지만 조건이 있다."

"무엇이죠?"

"성에 들어오는 것은 너와 키에르한 후작만이다. 나머지는 허락할 수 없다."

"……!"

옆에 서 있던 키에르한은 말도 안 된다는 표정을 지었다. 두 명만 성에 들어갔다가 무슨 일을 당할 줄 알고? 소년 대공이 말을 이었다.

"서제국의 명예를 걸고 너희의 안전을 보증하겠다. 치료가 끝날 때까지 아무도 너희의 털끝 하나 건들지 못하게 하겠다. 그리고 만약 정말로 네가 형님을 치료해 낸다면, 무의미한 피를 흘리는 일 없이 성문을 열어주겠다. 이건 서제국의 제1황위 계승자인 나 스테판의 이름을 걸고 하는 맹세이다."

키에르한은 곤란한 표정으로 마리를 바라보았다.

"전하, 너무 위험합니다."

솔직히 그는 저 제안에 따르고 싶지 않았다. 굳이 저런 위험을 감수하지 않아도 그들의 전력이면 성을 함락시킬 수 있기 때문이다. 하지만 마리는 역시나 이렇게 말했다.

"괜찮아요. 쉴트 기사단이 성 밖에 대기하고 있는 한 함부로 우리에게 손을 쓰지는 못 할 거예요."

마리는 소년을 바라보았다.

"스테판 대공, 당신의 제안에 따르겠어요. 지금 바로 요하네프 3세 폐하께 안내해 주세요."

그렇게 마리와 키에르한은 요하네프 3세에게 안내받았다.

"폐하는 황궁 처소에 거하고 계십니다."

이전에도 안면이 있던 요한의 최측근 로이스가 말했다.

"상태는 어떤지요?"

마리의 물음에 로이스가 말했다.

"좋지 않으십니다. 전쟁 전부터 급격히 악화하시더니, 지금은 의식도 전혀 없으십니다."

그러며 그는 조심스럽게 물었다.

"저는 전하의 능력을 잘 알고 있습니다. 하지만 폐하를 치료하는 것이 정말로 가능하시겠습니까?"

마리는 잠시 입을 다물었다가 말했다.

"치료해 낼 수 있도록 최선을 다해야겠지요."

당당히 이야기하긴 했지만 솔직히 마리도 확신은 없었다. 그녀가 짐작하는 질병이 맞는다면 그 누구도 치료해 낼 수 있다고 자신할 수 없으리라. 그만큼 어려운 병이었다. 하지만 마리는 최선을 다하리라 다짐했다. 모두를 위해.

"이곳입니다."

문을 열자 어두운 기운이 확 밀려왔다. 방구석에 익숙한 외양의 사내가 파리한 얼굴로 누워 있었다. 마리는 표정을 굳혔다. 안색을 보니 예상했던 것보다 상태가 안 좋았다.

'요하네프 3세가 저런 모습으로 누워 있다니.'

요하네프 3세는 그녀를 몇 번이고 곤란에 빠뜨린 최대의 적이었다. 하지만 죽음에 직면한 모습을 보자 마냥 미워할 수 없어 복잡한 마음이 들었다.

"클로얀 왕국의 모리나 전하를 뵈옵니다. 폐하의 주치의인 갈트 남작이라 하옵니다."

서제국의 어의 갈트 남작이 그녀에게 예를 올렸다. 그녀가 요한을 진료하기 위해 왔다는 사실을 들은 어의는 곤란한 표정을 지었다.

"전하께서 클로얀 왕국에서 뛰어난 의술을 펼쳤다는 것은 들었습니다만, 불행히도 폐하의 병환은 치료 불가능합니다."

그러며 갈트 남작은 공손한 목소리로 말했다.

"섣부른 치료는 폐하의 상세를 더 나쁘게만 할 수도 있습니다."

마리는 그의 말뜻을 알아들었다. 괜히 섣부른 치료를 할 것이면 관두라는 의미였다. 그건 키에르한도 같은 마음이었다. 키에르한은 목소리를 낮춰 조용히 그녀에게 말했다.

"전하, 요하네프 3세의 상태가 생각보다도 안 좋은 것 같습니다. 치료가 어려울 것이라 생각되면, 돌아가는 것이 나을 것 같습니다."

"……."

"만약 치료에 실패하면 서제국이 어떻게 나올지 모릅니다. 괜한 억지를 부려 요하네프 3세가 죽은 책임을 덮어씌우려 할지도 모릅니다."

충분히 가능성 있는 말이었다. 하지만 마리는 고개를 젓고는 어의 갈트 남작에게 물었다.

"폐하의 병이 어떤 것인지는 확인되었나요?"

"확실하지는 않습니다만, 짐작되는 것은 있습니다."

갈트 남작은 요하네프 3세를 바라보았다.

"명성이 자자한 여왕 전하시라면 충분히 아실 수 있으시겠지요. 한 번 확인해 보시지요."

"……!"

그렇게 말하는 어의의 음성에는 만약 진단명도 밝혀내지 못할 거면 그냥 순순히 돌아가는 것이 좋겠다는 뜻이 담겨 있었다. 어의인 그가 그녀를 불신하는 것은 어쩌면 당연한 일인지라, 마리는 고개를 끄덕였다.

"네, 잠시 폐하를 살펴보겠어요."

마리는 요하네프 3세 곁으로 가, 꿈속 명의의 능력으로 진찰을 시작했다.

'안색이 창백하고 맥이 약해. 전형적인 쇼크 상태야. 동시에 호흡도 약해.'

그녀는 요하네프 3세의 생체 징후를 통해 혈역학적 상태를 분석했다.

'이전부터 심장 발작을 자주 일으켰다고 했지. 그리고 반복되는 호흡곤란.'

마리는 요하네프 3세를 진료하기 위해 각종 의료 도구를 넣어 둔 가방에서 청진기를 꺼내었다. 폐음과 심장음을 반복해 들으며 중얼거렸다.

'호흡곤란이 심하지만 폐음은 정상이야. 하지만 심장에서는 잡음이 들려. 역시 그 질환이 분명해.'

수많은 정보가 모여들며 그녀의 머릿속에 한 가지 진단명이 떠오르게 하였다. 그녀는 청진기를 내려놓으며 어의 갈트 남작을 바라보았다.

"폐하가 앓고 있는 병은 이것이 아닌지요?"

갈트 남작은 그녀가 벌써 진단명을 말하려 하자 눈동자를 크게 떴다.

"심장 종양."

"……!"

"심장 안의 종양이 커져 혈류 흐름에 문제가 생겨 쇼크가 왔고, 인접한 폐의 혈관에도 색전 물질이 날아가 객혈과 호흡곤란이 생긴 것 아닌가요?"

갈트 남작의 얼굴에 경악이 스쳐 지나갔다. 정확했다. 그가 요하네프 3세의 곁에서 10년이 넘게 고민하다 얻은 결론을 저 소녀는 단번에 알아낸 것이다.

"폐하의 지병은 심장 종양이 맞습니다. 하지만 질병을 알아내도 소용이 없습니다. 심장 내의 종양은 치료할 방법은 없으니까요.

갈트 남작의 음성에는 깊은 좌절이 섞여 있었다. 그리고 왜 요한을 치료할 생각을 안 해봤겠는가? 하지만 심장 안에 생긴 종양을 어떻게 치료한단 말인가? 불가능한 일이었다.

"아니, 가능해요."

"네? 그게 무슨?"

"종양을 절제하면 돼요. 그러면 혈류의 흐름이 회복되며 모든 증상이 좋아질 거예요."

갈트 남작은 고개를 저었다. 물론 종양이 모든 증상의 원인이니, 종양만 잘라 내면 회복되는 것은 맞았다. 하지만 심장 안의 종양을 어떻게 자른단 말인가? 그 문제에 대해 그녀는 더욱더 황당한 답변을 내놓았다.

"심장을 절개해 종양에 접근하면 돼요."

"……!"

갈트 남작의 얼굴이 해괴해졌다.

"아니, 무슨 그런 말도 안 되는……."

갈트 남작은 자신도 모르게 언성이 높아지려고 한 것을 간신히 참았다. 그녀의 신분만 아니었다면 버럭 화를 내었을 것이다. 심장을 칼로 절개하겠다니?! 요하네프 3세를 죽이겠다는 뜻 아닌가! 그때, 마리가 갈트 남작은 무거운 눈빛으로 바라보며 말했다.

"남작, 나는 폐하를 해하려는 것이 아니에요. 요하네프 3세 폐하가 회복하는 것은 우리 클로얀 왕국에도 중요해요. 그러니 나는 그분을 살려 내려고 이런 말을 하는 거예요."

그녀는 자신이 시도하려는 수술 테크닉을 설명하였다. 그 설명을 듣자 어의의 눈빛이 파도를 만난 것처럼 진동했다. 그로서는 감히 상상도 못 해본 접근 방식이었던 것이다. 그녀가 지금 설명하는 방법이라면 어쩌면 가능할지도 몰랐다. 그만큼 탁월한 수술 방법이었다. 하지만 갈트 남작은 쉽게 고개를 끄덕일 수 없었다.

"하오나…… 너무나 고난이도의 접근법입니다. 저는 감히 그런 수술을 할 실력이 없습니다."

"수술은 제가 할 거예요. 제가 할 수 있어요."

"……!"

갈트 남작의 손이 부르르 떨렸다. 가능하다고? 그런 수술이? 물론 그도 그녀가 기적의 성녀라 불리는 것은 알았다. 하지만 도저히 받아들이기 어려웠다.

"가능하다 해도…… 너무 위험합니다. 수술 중 사망하실 확률이 훨씬 높습니다."

"하지만 이것만이 폐하를 살릴 수 있는 유일한 방법이에요."

마리는 단호하게 말했다.

"……."

어의 갈트 남작은 침음을 흘렸다. 그녀의 말이 일리가 있음은 알지만, 도저히 황제에게 위험한 수술을 할 엄두가 나지 않았다.

그때, 가만히 그들의 대화를 듣고 있던 소년 대공, 스테판이 말했다.

"진행하도록."

"대공 전하?!"

"내가 아는 형님이라면 위험하다고 수술을 피하지는 않았을 거다. 오히려 웃으며 수술을 받았겠지. 그러니 진행해!"

마리는 소년 대공에게 고맙다는 표정을 짓고는 말했다.

"그러면 바로 수술을 진행하겠습니다. 준비해 주십시오."

수술은 황궁에 딸린 의무 시설에서 진행하기로 했다. 요하네프 3세가 오랜 기간 병환에 시달려서 서제국 황궁에는 병원급의 의무 시설이 마련되어 있었다. 상태가 워낙 위중했기에 지체할 시간이 없었다. 수면 효과가 있는 미약을 먹여 마취하는 등 필요한 준비를 끝낸 후 마리는 바로 수술에 임했다. 그런데 수술장에 들어가려는 순간, 소년 대공이 그녀를 불렀다.

"그……."

혹시라도 수술 전 으름장을 놓으려는 것인가 해서 키에르한이 그녀의 앞을 가로막았다. 하지만 소년 대공의 입에서 나온 말은 뜻밖의 것이었다.

"혀, 형님을 잘 부탁한다."

그의 눈에는 요하네프 3세를 향한 간절한 마음이 일렁이고 있었다.

'스테판 대공은 진심으로 요하네프 3세를 생각하고 있구나.'

마리는 꿈속 의사의 마음이 되어 고개를 끄덕였다.

"최선을 다하겠습니다."

수술 침대에 누워 있는 요하네프 3세의 앞에 다가간 그녀는 생각했다.

'수술에 실패하면 어떻게 하지?'

파리한 요한의 안색을 보니 순간 걱정이 들었다.

'아니야. 결과는 생각하지 말고 일단 최선을 다하자.'

그녀는 복잡한 사정을 모두 잊었다. 요하네프 3세를 살려 내 종전을 이루어야 한다는 사실도, 여왕으로서의 부담감도 다 잊었다. 그저 의사로서 환자를 살린다는 마음으로 최선을 다하기로 다짐하자 마음이 차분히 가라앉았다.

"시작하겠습니다."

마리는 미리 심장 수술을 위해 준비해 온 도구를 꺼내었다. 먼저 수술칼을 들어 갈비뼈 사이를 일직선으로 주욱 내리그었다. 순식간에 피가 튀어 올랐다.

"……!"

그 거침없는 움직임에 어시스트를 선 어의 갈트 남작의 눈이 요동쳤다. 하지만 마리는 멈추지 않고, 계속해서 손을 움직였다. 피부 밑의 지방, 근육층까지 완전히 가른 그녀는 미리 특수 제작해 가져온 철제 도구로 갈비뼈 사이를 힘껏 벌렸다. 그러자 요하네프 3세의 심장이 드러났다.

'역시 종양이 우측 심장을 완전히 짓누르고 있어.'

마리는 요하네프 3세의 심장을 보고 신음을 흘렸다. 생각보다도 종양의 크기가 커다랬다. 밖에서 보기에도 우측 아래 심장에서 불쑥 튀어나와 있는 종괴가 보일 정도였다.

'최대한 신속하게 저 종양을 잘라 내야 해.'

마리는 작은 수술칼을 들었다. 이제부터가 중요했다. 최대한 빠르게, 그러면서도 정확하게 움직여야 했다.

찌익.

날카로운 칼날이 우측 심장의 벽면을 갈랐고, 왈칵 피가 솟구쳐 올랐다!

"……!"

지켜보던 어의 갈트 남작은 아찔해져 눈을 질끈 감았다. 심장을 정말로 가르다니! 너무 떨려 그의 심장이 멎을 지경이었다.

"정확히 잡고 있어주세요! 잘 보조해 주셔야 해요!"

그 외침에 갈트 남작은 이를 악물었다. 마리도 이를 악문 것은 마찬가지였다. 심장을 열고 보니 종양의 형태가 좋지 않았다. 커다랗고 뿌리 부분이 넓었다.

'저 종양을 다 절제해 내야 해.'

문제는 종양 자체에는 손을 대지 않고 뿌리 부분만 도려내야 한다는 것이다. 종양을 잘못 건들면 건든 부분이 떨어져 다른 부위에 날아갈 수도 있다. 피를 울컥울컥 토하며 움직이는 심장 안에서 저 커다란 종양을 건드리지 않고 뿌리만 정확히 도려내야 하니 정말 아찔한 난이도였다.

'최대한 조심히.'

마리는 심장이 펌프질할 때마다 흔들리는 종양의 뿌리 부분을 칼로 도려내기 시작했다. 하필 종양 뿌리가 심장의 안쪽까지 파고 들어가 있어 더욱 쉽지 않았다. 마리는 최대한 심장벽을 적게 도려내며, 동시에 종양도 건들지 않도록 뿌리를 잘라 나갔다.

'어떻게 저럴 수가?'

갈트 남작의 눈동자가 찢어질 듯 커졌다. 경이로운 솜씨였다. 그로서는 감히 상상도 못 해본 경지의 손놀림. 그런데 그때, 요하네프 3세의 상태를 관찰하던 다른 의사가 외쳤다.

"피가 너무 많이 흐르고 있습니다! 맥이 약해지고 있습니다!"

마리는 입술을 깨물었다.

'더 빨리!'

그녀는 더욱더 속도를 내었다. 심장을 절개하는 수술은 시간과의 승부였다. 심장이 움직일 때마다 피가 쏟아져 나오기 때문이다. 일분일초가 급했다. 수술장에 오로지 그녀의 손이 움직이는 소리만 들렸고, 이윽고 마술과도 같은 손놀림 끝에!

탁!

종양이 뿌리부터 심장에서 떨어져 나왔다.

'됐어!'

그런데 그 순간, 이변이 일어났다.

"폐, 폐하의 맥이 느껴지지 않습니다!"

꿀렁꿀렁 펌프질하던 심장의 움직임이 멈추어 있었다. 마리의 얼굴이 하얘졌다.

'심실 부정맥이야! 종양을 떼어 낸 충격으로 심장 내부의 신호에 문제가 생긴 게 분명해!'

강한 충격을 받으면 심장을 움직이는 신호 체계에 문제가 생기는 경우가 있다. 커다란 종양이 억지로 떨어져 나가며 그 신호에 문제가 생긴 것이다.

"이를 어떻게?"

요하네프 3세가 사망한 것으로 여긴 갈트 남작이 멍하니 물었다. 마리는 그 순간, 곧바로 움직이기 시작했다. 대답할 시간이 없었다.

'심장을 압박해 피를 순환시켜 줘야 해!'

충격에서 돌아오면 심장의 움직임은 다시 회복될 것이다. 그때까지 피를 순환시켜 주어야 했다. 마리는 양손으로 심장을 압박했다. 개흉 심장 압박이었다.

'제발!'

그렇게 가슴이 타들어 갈 정도로 아찔한 시간이 흐른 후.

두근.

요하네프 3세의 심장이 다시 움직임을 보이기 시작했다.

"아아."

갈트 남작은 가슴이 떨어질 것 같은 얼굴로 한숨을 내쉬었다. 그는 정말로 요한이 죽은 줄 알았다.

"아직 다 끝나지 않았어요."

"네, 전하."

마리는 굳은 얼굴로 심장의 내부를 바라보았다. 종양이 자라며 심장 내부, 특히 판막이 망가져 있는 상태다. 저 판막을 수리해 주지 않으면 요하네프 3세의 상태는 금세 다시 악화할 것이다.

'움직임이 돌아오긴 했지만 약해. 그리고 출혈량이 너무 많아.'

지금까지도 그랬지만 이제부터는 정말로 시간과의 싸움이었다. 출혈성 쇼크로 다시 심정지가 일어나기 전에 판막 수리를 마무리해야 했다.

"실 부탁해요."

마리는 미리 소독해 온 실을 손에 쥐었다. 심장 판막은 피의 흐름을 조절하는 역할을 하는데, 종양 때문에 뿌리 부분이 늘어나 제대로 닫히지 않고 있었다. 늘어난 부분을 꿰매 판막의 크기를 맞춰 주어야 했다. 다시 마리의 손이 움직이기 시작했다. 꿈속에서 보았던 의사의 솜씨처럼 한 치의 오차도 없는 손놀림이 수술장에서 펼쳐졌다. 한 땀, 한 땀 실이 손상된 부위를 꿰맬 때마다 추욱 늘어나 있던 판막이 기능에 맞게 조절되었다.

"폐하의 맥이 다시 약해지기 시작합니다!"

하지만 문제는 역시 시간! 점점 악화하는 요하네프 3세의 상태에 마리는 이를 악물었다.

'제발! 조금 더 빨리……!'

그렇게 가슴이 멎을 것 같은 시간이 지나고, 판막의 수리가 끝이 났다. 마리는 조마조마한 마음으로 수리가 끝난 판막의 움직임을 살폈다. 만약 수리가 제대로 되지 않았으면 다시 시도해야 하는데, 그럴 만한 시간이 없었다.

탁. 탁.

조용한 수술장에 판막이 닫히는 소리가 울렸다. 다행히 판막은 한 치의 오차도 없이 정확히 맞물렸다. 수술이 성공한 것이다.

"끄, 끝난 것입니까?"

갈트 남작이 떨리는 목소리로 물었다. 마리는 고개를 끄덕였다.

"네, 마무리하겠습니다."

"아아! 신이여!"

어의인 갈트 남작은 자신도 모르게 탄성을 내뱉었다. 그는 지금 자신이 꿈을 꾸는 건가 싶었다. 마리는 다시 손을 움직이기 시작했다. 절개한 심장을 다시 봉합해야 했다.

'내막과 외막에 오차가 생기지 않도록 정확히.'

끝없이 펌프질하는 근육을 꿰매는 것이니 봉합도 쉬운 일이 아니었다. 그래도 마리는 끝까지 놀라운 집중력을 유지하며 심장 절개창의 봉합을 마쳤다. 이윽고 모든 수술이 끝나고 마리는 요하네프 3세의 상태를 확인했다.

"폐하의 상태는 어떤가요?"

상태를 살피던 의사가 상기된 얼굴로 답했다.

"맥이 아직 약하긴 하지만, 그래도 안정적입니다!"

그 이야기를 들은 마리는 안도의 한숨을 내쉬었다. 그렇게 동서 양 제국과 클로얀 왕국에 지대한 영향을 끼칠 수술이 마무리되었다.

수술은 성공적으로 끝났지만, 바로 요하네프 3세가 눈을 뜬 것은 아니었다. 오히려 수술 당시에 흘린 피로 몇 번이고 상태가 악화되었고, 마리를 비롯한 의료진이 매달린 후에야 간신히 회복할 수 있었다.

그리고 이틀 뒤.

"······."

드디어 요하네프 3세가 눈을 떴다.

"형님! 폐하!"

"······스테판?"

"다행입니다! 정말 다행입니다!"

"이게 어떻게 된?"

한참 후에야 눈을 뜬 요하네프 3세는 주변 상황이 파악이 안 되는 눈치였다. 그는 멍하니 있다가 뒤에 서 있는 마리를 보고 고개를 갸웃했다.

"왜 그녀가 보이는 거지? 꿈인가? 아니면 여기가 천국?"

"꿈도, 천국도 아니에요. 폐하."

마리는 고개를 저으며 말했다.

"제가 폐하를 치료했어요."

그 말에 요하네프 3세는 다시 멍한 표정을 지었다. 그녀가 한 말의 뜻을 일순간 이해하지 못했기 때문이다.

"날 치료했다고? 그게 무슨······?"

그런데 그 순간, 그는 가슴에서 느껴지는 격통에 신음을 흘렸다. 수술 상처로 인한 통증이었다.

"제가 폐하의 심장 종양을 수술로 제거했어요. 이제 폐하는 완전히 치유되었어요."

"······."

천하의 요하네프 3세이지만 그 말에 놀라지 않을 수가 없었다. 마리가 눈앞에 보이는 것만으로도 믿기지 않은데, 치료가 불가능한 자신의 병을 완치시켰다고?

"······뭔가 상황 설명이 필요할 것 같군요, 로이스. 그간의 이야기를 설명해 보도록."

"네, 폐하."

서제국 정보부 부부장이자 최측근인 로이스가 그간 있었던 일을 말하였다. 자신이 의식을 잃고 있던 동안 일어났던 일들을 들은 요하네프 3세는 한참이나 침묵에 잠겼다.

"그렇군. 라키가 결국 선을 넘어버렸군. 내가 조금이라도 더 버텼어야 했는데."

자신의 손에서 벗어난 스토른 백작의 행보와 최후를 들은 요하네프 3세는 착잡한 심경으로 중얼거렸다. 요하네프 3세가 제국 일통을 위해 세운 계획은 완벽했었다. 그런데 스토른 백작이 예상 밖의 행보를 보이며 클로얀 왕국을 공격하는 바람에 계획이 완전히 꼬인 것이다. 만약 요하네프 3세가 지금처럼 빨리 쓰러지지 않았다면 스토른 백작이 폭주하는 일도 없었을 것이다.

"지금 수도인 엘페론성은 클로얀 왕국의 별동대에 점령된 상태라고?"

"네, 폐하."

로이스는 송구스러운 표정으로 답했다. 무사히 수술이 끝난 후, 키에르한은 별동대를 이끌고 엘페론성에 입성하였다. 어차피 500명 남짓한 근위병만으로는 방어가 불가능했고, 제1황위 계승자인 스테판 대공이 미리 한 약속이 있었기에 별동대는 사실상 무혈입성할 수 있었다.

"그렇군."

요하네프 3세는 침묵에 잠겼다. 의식을 차렸더니 너무나 많은 것이 변해 있었다.

"우리의 패배군."

요하네프 3세는 담담한 목소리로 상황을 받아들였다. 그래, 믿을 수 없게도 그의 패배였다. 저 소녀에게 모든 계획이 막혔고, 심지어 수도까지 함락된 것이다. 그는 마리를 향해 빙긋 웃었다.

"대단합니다, 왕녀. 아니, 이제는 여왕이 되었군요. 승리를 축하합니다."

마리는 묵묵히 그를 바라보았다.

"그런데 저를 왜 치료해 준 것입니까? 혹시 당신도 사실은 마음속에 저를 담고 있어 차마 제 죽음을 외면하지 못했던 것입니까?"

막 죽을 위기에서 돌아왔음에도 여전히 흰소리를 하는 요하네프 3세를 보며 마리는 한숨을 내쉬었다.

"종전 협상을 하기 위해서예요."

"흐음?"

"폐하만이 전쟁을 끝낼 수 있는 유일한 분이니까요."

요한은 마리의 말뜻을 알아들었다. 별동대로 수도를 함락시킨다고 해서 전쟁에서 승리하는 것은 아니다. 항복 선언을 받아 내야 한다. 그리고 실권자인 스토른 백작이 사망한 서제국에서 항복 선언을 할 수 있는 인물은 요하네프 3세밖에 없었다.

"저에게 항복 선언을 받아 내려 한 것이군요. 이거 자존심이 조금 상하는군요."

요하네프 3세는 묘한 미소를 지었다.

"만약 싫다고 하면 어떻게 할 것입니까?"

마리의 눈빛이 굳어졌다.

"그렇다면 원하는 일은 아니지만 클로얀 왕국을 위한 선택을 할 수밖에요."

"클로얀 왕국을 위한 선택이라면?"

"제가 이야기하지 않아도 알 것으로 생각해요. 다만 저는 피를 보고 싶지는 않아요."

요하네프 3세의 미소가 짙어졌다. 정전이 결렬된다면 그녀가 고를 수 있는 선택은 하나였다. 요하네프 3세와 황위 계승권자인 스테판 대공의 목을 치는 것. 둘 모두 목숨을 잃으면 전쟁도 흐지부지해질 가능성이 높았다.

"큭큭. 이거 신선하군요. 설마 당신에게 협박을 듣는 날이 오다니.

너무 신선해 새로운 매력이 느껴지는군요. 나쁜 여자의 매력이랄까?"

"······."

"농담이 아니라 진담입니다, 진담. 그렇게 노려보지 마십시오. 제가 당신을 좋아하는 것 알고 있지 않습니까? 키에르한 후작, 당신도 노려 보지 마십시오."

요하네프 3세는 어깨를 으쓱하다 수술 상처가 자극되어 신음을 흘렸다. 통증에 한참을 끙끙거리다 그는 입을 열었다.

"어쨌든 알겠습니다. 칼자루는 당신이 쥐고 있는 상황이니, 안 따를 수가 없군요. 패배를 인정하고 군대를 회군시키겠습니다."

"······!"

그 긍정적인 답변에 마리는 속으로 기쁜 표정을 지었다. 드디어 서 제국과의 전쟁을 종결시킨 것이다. 라엘의 동제국과 풀어야 할 문제가 남아 있었지만 큰 위기 하나를 넘겼다 할 수 있었다. 하지만 아직 기뻐 하기는 일렀다. 요하네프 3세가 이렇게 말을 덧붙였기 때문이다.

"그런데 우리를 어떻게 믿을 것입니까?"

"무슨 말이죠?"

"종전 후 불가침 협약을 맺는다고 해도, 우리가 그걸 꼭 따른다는 보 장은 없지 않습니까? 제 장기가 배신인 것은 잘 아시죠?"

마리의 안색이 딱딱해졌다. 마치 반드시 뒤통수를 치겠다는 듯한 목 소리였다. 실제로 요하네프 3세가 약속을 지킨다는 보장은 없었다. 별 동대가 물러나고 지금의 위기에서만 벗어나면 당장 다시 군대를 보낼 지도 몰랐다.

"그러니 정전 협정에 이런 내용을 넣는 것은 어떻습니까?"

요하네프 3세가 말을 이었다.

"저와 당신이 국혼을 맺는 것입니다."

"······!"

마리의 눈이 커졌다. 농담하는 건가 싶었지만 아니었다. 요하네프 3세의 눈빛은 평소와 다르게 조금의 장난기도 없었다. 진심인 것이다.

"어떻습니까? 우리가 하나로 맺어지면 클로얀 왕국이 다시 위기에 처할 일은 없어질 것입니다. 저는 신의로서 당신을 대하고, 클로얀 왕국을 최고의 동맹국으로서 우대할 것입니다."

마리는 싸늘하게 그를 바라보았다.

"국혼을 제안하는 진짜 이유가 무엇이죠?"

요하네프 3세가 좋은 의도로 저런 제안을 할 리가 없었다. 분명 무슨 꿍꿍이가 있을 것이다.

"진짜 이유라…… 그거야 이미 알고 계시지 않습니까?"

그는 여전히 장난기 없는 진중한 목소리로 말을 이었다.

"이전부터 누누이 말하고 있지만 저는 당신을 원하고 있습니다. 그것보다 더 중요한 이유가 필요합니까?"

"……!"

"물론 양국이 국혼으로 동맹이 된다면 여러 이득이 발생하겠지만, 그거야 사소한 문제일 뿐이지요."

마리의 눈동자가 살짝 흔들렸다. 요하네프 3세는 천천히 그녀를 향해 손을 내밀었다. 마치 그녀가 자신의 손을 맞잡아주길 바라는 것처럼. 하지만 마리는 단호하게 고개를 저었다.

"거절하겠어요."

"어째서입니까?"

"그렇게 말씀하셔도 결국 클로얀 왕국을 다리 삼아 동제국을 침공하려는 계획인 것 알고 있어요. 우리 클로얀 왕국은 폐하의 야욕에 휘둘릴 생각이 없어요."

요하네프 3세는 입을 다물었다. 마리를 향한 그의 마음은 진심이었다. 하지만 그녀의 지적도 틀렸다고 할 수 없었기에 할 말이 없었다.

그때, 마리가 의외의 제안을 하였다.

"정전에 서로의 신뢰가 필요하다면 이런 조약은 어떠세요?"

"무엇 말입니까?"

"양국에 도움이 되는 협력 조약을 추가로 맺는 거예요."

요하네프 3세는 흥미로운 표정으로 그녀의 말을 들었다.

"서제국은 만성적인 식량 부족에 시달릴 때가 많다고 들었어요. 그 부족한 부분을 우리 클로얀 왕국이 최대한 도와드리겠어요."

요하네프 3세는 흠칫 놀란 표정을 지었다. 그녀의 말처럼 서제국은 대부분의 영토가 숲과 산으로 이루어져 있다. 따라서 목축업과 광산업이 주 산업이었는데, 옥토가 많은 동제국에 비해서 식량 수급 상황이 좋지가 않았다. 그래서 매번 광물로 얻은 수익으로 타국에서 식량을 구해 오곤 했다.

'역대로 서제국이 동제국의 영토를 노려 온 것은 이런 속사정 때문이었지.'

마리는 속으로 생각하며 말했다.

"다행히 우리 클로얀 왕국도 대부분의 영토가 비옥한 옥토예요. 불가침 조약이 유지되는 한 왕국에 여분으로 생산되는 식량을 모두 서제국에 팔겠어요."

"확실히 우리 서제국에 도움이 되는 제안이군요. 하지만 값은 어떻게 받으실 생각인 거죠? 만약 무리한 값을 요구한다면 특별히 클로얀 왕국과 거래할 만한 이유가 없습니다만."

서제국에는 풍부한 광물 자원이 있었다. 그것이 식량 수급이 좋지 않음에도 서제국이 강대국으로 군림할 수 있는 이유였다. 만약 식량 거래에 대한 대가로 광물을 요구한다면 특별히 서제국이 얻을 이득이 없었다. 다른 나라와 거래해도 되는 문제니까. 하지만 마리가 말한 거래의 대가는 전혀 뜻밖의 것이었다.

“나무.”

“……?”

요한은 순간 자신이 잘못 들었나 했다. 식량 거래의 값으로 뭘 바란다고? 하지만 마리는 재차 말했다.

“우리가 바라는 것은 바로 나무예요.”

요한은 놀란 표정을 지었다. 서제국에서 가장 많이 남아도는 것이 나무였다. 지금 당장 엘페론성 밖만 나가도 울창한 숲이었으니까. 식량을 받는 대가로 나무를 주면 된다니. 이건 너무 서제국에 유리한 제안이었다.

“우리가 마냥 손해 보는 거래는 아니에요. 앞으로 클로얀 왕국에는 목재가 아주 많이 필요하게 될 테니까요.”

마리는 클로얀 왕국의 청사진을 떠올렸다. 그녀는 단순히 농업뿐 아니라 여러 산업 분야에서 클로얀 왕국을 진흥시킬 생각이었다. 개척되지 않은 광산 개발, 소금 정제업, 심지어 최근 소요가 폭발적으로 늘고 있는 종이 생산까지. 그녀가 생각하고 있는 모든 산업 분야에 대규모의 목재가 필요했다. 하지만 클로얀은 서제국에 비해 목재 자원이 크게 부족했다.

‘그러니 남는 식량으로 다량의 나무를 구할 수 있다면 절대 손해가 아니야.’

더구나 이 거래의 가장 큰 이점은 바로 서제국과의 상호 신뢰였다. 서로 간의 이득이 되는 거래를 하는 한 함부로 서제국도 클로얀 왕국을 건들지 못할 테니까.

“앞으로 5년. 그 기간 동안 불가침 조약을 맺도록 해요.”

“불가침이 유지되는 한, 식량과 나무 거래는 지속되는 것입니까?”

“네.”

마리는 고개를 끄덕였다. 요하네프 3세는 의아한 목소리로 물었다.

"그런데 왜 하필 5년입니까?"

"우리 클로얀 왕국은 5년 안에 서제국의 침공을 걱정하지 않을 정도로 강해질 생각이니까요."

"······!"

마리의 강한 목소리에 요하네프 3세의 눈이 커졌다. 그는 곧 웃음을 터뜨렸다.

"큭큭. 그렇군요. 5년 안에 우리 서제국에 맞설 정도로 강해질 생각이다라. 대단합니다."

"비웃는 것인가요?"

"아니요. 천만에요."

요하네프 3세는 빙긋 웃었다.

"다른 사람이 말했다면 비웃었겠지만 모리나 여왕, 당신이 그렇게 이야기하니 비웃을 수가 없군요. 나도 긴장하고 있겠습니다."

그는 굳은 표정을 짓고 있는 소녀를 바라보았다. 끝을 알 수 없는 그녀라면 불가능하지 않을 것이다. 충분히 가능하리라.

"그런데 만약 이런 협정을 맺었음에도 돌발 상황이 발생하면 어떻게 하시겠습니까? 그러니까 생각지 못한 불의의 일로 다시 전쟁이 일어난다거나 하는 등의 일 말이지요."

"불가침 협정을 따르지 않겠다는 것인가요?"

"설마요. 그냥 물어보는 것입니다."

마리는 한숨을 내쉬고 날카롭게 말하였다.

"그때 폐하께서는 목숨을 잃을 각오를 하셔야 할 거예요."

"네, 그게 무슨?"

"이번에 치료한 심장 종양. 나중에 다시 재발할 가능성이 있어요. 만약 우리 클로얀을 공격한다면 훗날 폐하는 자신의 병을 치료할 의사를 잃게 될 거예요."

그렇다. 심장 종양. 정확히는 심장 점액종(Cardiac myxoma). 상당히 높은 빈도로 재발하는 병이다. 요하네프 3세는 마리가 진정으로 노렸던 안전장치가 자신의 병인 것을 알고 당한 표정을 지었다. 확실히 병이 언제 재발할지 모르는 상태에서 클로얀 왕국을 공격했다가는 훗날 목숨을 잃을 각오를 해야 하리라.

"이거 빠져나갈 틈이 없군요. 완전히 졌습니다. 당신의 요구를 전부 수용하지요."

요하네프 3세는 고개를 절레절레 저었다. 마리는 가슴이 두근두근 뛰었다. 드디어 수많은 고비를 넘어서 서제국과 클로얀 왕국의 전쟁이 끝나게 된 것이다.

"그러면 문서에 정확히 협정 내용을 기입해 남기고……."

그렇게 그녀가 말하는 순간, 갑자기 이변이 발생했다. 요하네프 3세가 가슴을 움켜잡으며 신음을 흘린 것이다!

"크윽!"

"……폐하?!"

마리가 당황해 급히 그에게 다가갔다. 그런데 그 순간, 요하네프 3세가 그녀의 손을 탁 하고 잡았다. 그의 얼굴에는 방금 신음을 흘렸다고는 생각할 수 없게 은근한 미소가 떠올라 있었다.

"……폐하?"

그녀는 그가 꾀병을 부렸음을 눈치챘다.

"가슴이 너무 아프군요."

"……정말요? 거짓말 같은데……."

"정말입니다. 너무 아파서 견디지 못할 정도입니다."

"아닌 것 같은데……."

요하네프 3세는 고개를 젓고는 그녀의 손을 더욱 강하게 움켜쥐었다.

"앞으로도 계속 이렇게 아플 것 같은데, 협약에 이런 내용을 추가하는 것은 어떻습니까?"

"네?"

"당신이 주치의로서 계속해서 제 진료를 봐주는 것입니다. 그러면 양국의 신뢰도 돈독해지고, 제 가슴의 통증도 없어질 것 같습니다."

그는 사심 가득한 웃음을 지었다.

"만약 당신이 제 개인 주치의가 되어주지 않는다면, 저는 협약에 동의하지 않겠습니다."

그렇게 모리나와 요하네프 3세 간의 협정이 이루어졌다. 서제국군의 즉각 철수 및 5년간의 불가침 조약. 그리고 향후 양국의 협력을 담은 협정이었다.

"전쟁이 끝났다고?"

"서제국군이 물러간다고?"

종전 소식은 곧바로 클로얀 왕국에 전파되었다. 서제국군에 맞서 힘겨운 싸움을 해가던 왕국민들은 믿을 수 없다는 표정을 지었다. 전쟁이 끝났다는 사실도 놀라웠지만 더욱 왕국민들의 가슴을 벅차게 한 소식이 있었다. 바로 그들의 여왕인 모리나의 생존 소식이었다.

"여왕 전하께서 살아 계시다고?"

"정말로?"

그들은 서로를 바라보며 믿을 수 없다는 표정을 지었다. 그녀가 죽은 줄 알고 얼마나 슬퍼했던가. 그런데 살아 계실 뿐 아니라, 별동대를 이끌고 서제국군의 수도를 함락해 종전을 이루어 내다니. 왕국민들은 너무나 기뻐 가슴이 울컥 치밀어 올랐다.

"다, 다행이야. 정말로 다행이야…… 난 여왕 전하께서 정말로 돌아가신 줄 알고……."

"그러게 내가 살아 계실 거라고 했잖나! 모리나 여왕님께서 그렇게 쉽게 돌아가실 리가 없다고! 천사님께서 지켜 주신 거야!"

사람들은 기쁨의 함성을 내지르기 시작했다.

"여왕 전하 만세!"

"신께서 당신께 축복을!"

사람들은 서제국과 전쟁이 끝났다는 것보다 그녀가 살아 있다는 것에 더 큰 기쁨을 느끼는 것 같았다. 심지어 너무 기뻐 눈물을 흘리는 사람도 많았다.

그렇게 클로얀 왕국에 잠시간의 평화와 행복이 찾아들었다. 왕국은 서제국에서 승전하고 돌아온 모리나 여왕을 중심으로 전쟁의 피해를 복구하고 각 체계를 정비해 나갔다. 모든 게 순조로운 상태. 다만 한 가지 찜찜한 사실이 있었다.

"아직 스토른 백작의 시신이 발견되지 않았다고요?"

"네, 전하."

마리는 미간을 찌푸렸다. 당연히 지금쯤 시신이 발견되었을 것으로 생각했는데, 아니라고?

'혹시 아직 살아 있는 것은 아니겠지?'

마리는 설마 하는 마음으로 고개를 저었다. 도저히 살아날 수 있는 상황이 아니었다.

'설사 살아 있다고 해도 이미 서제국과의 전쟁은 끝이 났어.'

하지만 그 뱀 같은 눈동자를 떠올리니 등줄기가 서늘했다. 마리는 확실히 하기 위해 말했다.

"그래도 계속해서 시신을 수색해 주세요."

"네. 알겠습니다, 전하."

그렇게 스토른 백작의 일은 다소의 찝찝함을 남겼다. 그것 외에는 평화로운 기간이었다. 왕국민들은 기쁜 표정으로 왕국을 재건해 갔다. 하지만 평화의 시간은 지극히 짧았다. 얼마 뒤 급보가 왕국에 날아들었다. 바로 라엘의 동제국이 동방 교국을 패퇴시켰다는 소식이었다. 동방 교국을 몰아낸 동제국의 칼날이 어디로 향할지는 불을 보듯 뻔한 일이었기 때문이다.

　'그는 전쟁을 원하지 않을 거야. 하지만 이런 국가의 일은 황제 혼자의 뜻으로 결정할 수가 없어.'

　마리는 무거운 얼굴로 생각했다. 만약 라엘이 동제국 귀족들을 설득하는 데 실패하면 동제국은 왕국을 향해 토벌군을 보낼 것이다.

　"상황이 안 좋게 풀릴 것을 대비해야겠군요."

　마리는 딱딱한 얼굴로 말했다. 그렇게 또 다른 전운이 왕국에 몰려들었고, 마리와 라엘의 운명은 칼날 위에 서게 되었다.

　까악. 까악.

　동제국 동남부 지방의 드넓은 평야. 까마귀들의 을씨년스러운 울음소리가 울려 퍼졌다. 까마귀들의 불길한 울음 밑으로 수많은 시체가 들판에 쓰러져 있었다. 모두 이교도 병사들의 시체였다.

　"다 끝났군요. 대승입니다."

　오른이 언덕에서 평원을 내려다보며 말했다. 황제 라엘은 고개를 끄덕였다. 그가 쓴 철가면은 적들의 피로 흥건하게 젖어 있었다.

　"남은 적들은?"

　"교국으로 퇴각 중입니다."

　"알몬드에게 일러 추격대를 보내도록. 제국을 침략한 것을 뼛속까지 후회하도록 만들어라."

원래 동제국군은 교국군에 비해 열세였다. 하지만 라엘은 익숙한 지형지물을 이용해 전황을 유리하게 이끌어 가더니 기만술을 사용해 적을 함정에 빠뜨렸다. 이곳 평원으로 유인당한 동방 교국군은 삼면에서 제국군을 맞이하게 되었고, 대패하였다. 교국군은 더는 전쟁을 수행할 수 없을 정도로 큰 피해를 입어 본국으로 퇴각하는 중이었다.

"추격은 알몬드 자작에게 맡기고, 수도로 돌아가시겠습니까?"

"그래야지. 서제국군을 맞아야 하니까."

그렇게 말하는 라엘의 눈빛을 본 오른은 침을 꿀꺽 삼켰다. 그의 안광은 서늘하게 가라앉았다.

'그녀의 죽음을 들은 뒤부터……'

오른은 속으로 한숨을 삼켰다. 모리나 여왕이 서제국의 스토른 백작과 함께 죽음을 맞이했다는 소식을 들은 뒤부터 라엘은 계속 저런 상태였다. 마치 닿으면 베일 것처럼, 칼날처럼 날카로운 분위기가 전신에 흘렀다. 섬뜩할 정도로 깊은 분노였다. 그리고 그 분노 안쪽에 서린 감정은 끔찍한 좌절이었다.

'……폐하.'

오른은 마리의 죽음을 접한 이후, 라엘이 괴로워하던 모습을 떠올렸다. 지옥에 떨어진 이가 저러할까 싶을 정도로 그는 괴로워했다. 마치 심장을 손으로 뜯어버리고 싶어 할 정도로 아파했다. 그러면서도 라엘은 한 가닥 희망을 놓지 않았다. 혹시나 그녀가 살아 있지는 않을까 하는 희망. 그래서 그는 더더욱 괴로워했다. 서쪽에서 소식이 전해져 올 때마다 혹시나 그녀의 소식이 아닐까, 기적이 일어나진 않았을까 하는 기대로 밤을 지새웠다.

'하아.'

오른은 씁쓸한 표정을 지었다. 아파하는 라엘을 보는 것이 안타까웠다. 시간이 지날수록 라엘은 점점 말라비틀어지는 것 같았다. 오른은 이러다 정말로 라엘의 심장이 굳어버리는 것은 아닌지 걱정이 들 정도였다. 그때, 막사로 돌아가던 라엘이 우뚝 멈추어 서더니 오른에게 고개를 돌렸다.

"폐하?"

라엘은 철가면 밑으로 무언가 입을 열려고 하다가 다시 입을 다물었다.

"……아니다."

오른은 그가 무슨 말을 하려고 했는지 눈치챘다. 서쪽에서 그녀에 대한 소식이 없는지 물으려고 했던 것이리라. 그런데 그 순간이었다.

"폐하! 급보입니다!"

오른과 라엘은 흠칫 전령을 바라보았다. 숨이 턱 밑까지 차오른 전령이 큰소리로 외쳤다.

"서제국이 클로얀 왕국에 항복했다고 합니다!"

"……!"

오른은 전령이 말을 잘못 전했다고 생각했다.

"서제국이 항복을? 그 반대이겠지."

"아닙니다! 정말로 서제국이 패배를 선언했습니다!"

"뭣이? 무슨 말도 안 되는……."

"클로얀 왕국의 별동대가 서제국의 수도 엘페론성을 함락시켜 요하네프 3세에게 항복을 받아 냈다고 합니다!"

그제야 오른의 얼굴에 경악이 번졌다. 전령의 말이 거짓이 아님을 깨달은 것이다.

"별동대가 엘페론성을? 누가 그런 작전을?"

곁에서 이야기를 듣던 라엘의 손끝이 파르르 떨렸다. 본능적인 직감이 그의 가슴을 스쳐 지나갔다.

'설마?'

전령이 외쳤다.

"모리나 여왕입니다! 모리나 여왕이 직접 별동대를 이끌고 엘페론성을 함락했다고 합니다!"

라엘은 동방 교국과의 싸움을 마무리하고 수도로 개선했다. 불리한 전력임에도 압도적인 대승을 거두고 돌아온 황제에게 백성들은 열렬한 함성을 질렀다.

"황제 폐하 만세!"

"제국 만세!"

마차 안에서 그 함성을 들으며 라엘은 눈을 감았다. 성이 떨어져 나갈 정도의 함성이 귀를 울렸으나, 그의 머릿속에는 전혀 들어오지 않았다. 이 순간 그의 머릿속에 가득한 것은 바로 그녀에 대한 생각이었다.

"마리."

라엘은 그녀의 이름을 불렀다. 이제는 마리가 아니라 모리나임을 알지만, 그는 '마리'란 이름을 고집했다. 그는 그녀와 다시 함께하게 될 때까지 마음속으로 마리라는 이름을 고집할 생각이었다.

'마리.'

라엘은 눈을 감았다. 그는 사랑의 서약을 나누고 그녀와 헤어지기 전 받았던 징표를 꺼내 들었다.

낡은 은목걸이. 라엘은 목걸이를 손에 움켜쥐며 생각했다.

'다행이다. 정말로 다행이야. 살아 있어줘서…… 고맙다.'

그의 눈에서 한 방울 눈물이 뚝 하고 떨어졌다. 다른 것은 모르겠다. 그냥 이 순간은 그녀가 살아 있다는 것이 기뻤다.

'마리. 이제 난 너 없이는 살 수가 없다.'

라엘은 목걸이를 보며 얼굴을 일그러뜨렸다. 그녀의 죽음을 전해 들었을 때 깨달았다. 자신은 그녀 없이는 살 수 없다는 것을. 이렇게 그녀가 살아 있다는 소식을 듣지 않았다면, 자신은 오래 버티지 못하고 말라 죽었을지도 모른다. 아니, 이미 영혼은 말라비틀어진 상태였다.

"마리, 마리, 마리."

라엘은 계속해서 그녀의 이름을 불렀다. 간절히. 가슴을 도려내는 것처럼 아프게. 그는 입술을 굳게 깨물었다.

'난…… 절대 너를 놓지 않을 것이다. 어떤 난관이 있다고 하더라도.'

클로얀 왕국과 동제국은 적국이었다. 적국의 군주인 그와 그녀가 하나가 되기 위해서는 수많은 난관을 넘어야만 했다. 하지만 그는 어떤 난관이 있더라도 절대로 굴하지 않을 것이다. 그녀와 다시 하나가 될 때까지.

Chapter 4
갈라진 사랑

황궁에 돌아온 라엘은 곧바로 대신들을 불러 회의를 열었다. 동방 교국을 격퇴했지만 전쟁은 끝나지 않았다. 독립한 클로얀 왕국과 서제국에 대한 대처를 정해야 했다.

"대응책은 간단합니다. 토벌군을 보내야 합니다."

1군단의 군단장 함멜 후작이 단호하게 말했다.

"클로얀 지방은 절대로 포기할 수 없는 요충지입니다. 만약 클로얀 왕국이 서제국과 손을 잡는다면 단번에 수도가 서제국군의 사정권에 들어갑니다."

다른 대신들도 고개를 끄덕여 동조했다.

"서제국이 회군했다지만 우리 동제국을 다시 노릴 것은 자명한 일입니다."

"미리 클로얀 지방을 점령하여 대비해야 합니다."

모두가 한목소리로 클로얀 지방 정벌을 주장했다. 라엘은 딱딱하게 굳은 얼굴로 대신들의 이야기를 들었다. 대신들의 주장은 틀린 것이 아니었다. 동제국 입장에서는 향후 다시금 벌어질 서제국군과의 쟁투에서 우위를 점하려면 반드시 클로얀 왕국을 점령해 놓아야 한다. 만약 그러지 않는다면, 동제국은 서제국군에 맞서 힘겨운 싸움을 해야 한다.

하지만 라엘은 무겁게 고개를 저었다. 클로얀 왕국을 정벌하려면 그가 목숨보다도 사랑하는 그녀에게 칼을 겨누어야만 한다. 절대 있을 수 없는 일이었다.

"다른 방법은 없는가?"

"폐하?"

"반드시 클로얀 왕국을 정벌해야 하느냐는 말이다."

생각지도 못 한 황제의 말에 대신들은 주춤한 표정을 지었다.

"……."

대신들은 서로의 눈치를 보았다. 그들은 라엘의 속뜻을 알아챘다. 라엘은 클로얀 왕국을 정벌하기보다는 동맹을 맺길 원하고 있는 거다. 하지만 동맹보다는 정벌이 동제국에 훨씬 유리한 선택이었다. 아무리 황제라고 해도 이런 국가의 중대사에 개인적인 감정은 끼어들 틈이 없었다.

"다른 방법을 낼 필요가 없습니다."

결국, 오른이 악역을 자처하며 나섰다.

"지금 클로얀 왕국은 제대로 된 국가라 불리기도 민망한 상태. 어린애 팔 비틀듯 쉽게 정벌할 수 있습니다. 그러니 굳이 쉽고 확실한 길을 놔두고 다른 방법을 찾을 필요가 없습니다."

"……!"

"오히려 시간을 주면 클로얀 왕국은 이전의 성세를 회복할 것입니다. 그러면 더더욱 상대하기 어려워지겠지요. 그 전에 토벌군을 보내 정벌하는 것이 더 낫겠지요. 클로얀 왕국을 점령하는 일은 비단 우리 세대만의 일이 아닙니다. 동제국과 서제국이 멸망하지 않는 한 양국의 분쟁은 끝없이 이어질 터. 미래를 위해서라도 클로얀 왕국을 점령해 놓는 것은 굉장히 중요합니다."

오른은 전쟁이 불가한 이유를 더 설명하였다.

"물론 폐하와 모리나 국왕의 사이가 각별하였음은 알고 있습니다. 하지만 동맹을 맺기에는 양국은 너무 먼 강을 건너 버렸습니다. 클로얀 왕국민도, 우리 제국민도 아무도 동맹을 원하지 않을 것입니다."

대신들은 숨을 죽이고 눈치를 살폈다. 저렇게 대놓고 황제에게 반대 의견을 내다니. 하지만 틀린 말은 아니었다. 현재 상황에서 양국의 동맹은 무리였다. 군사적 이유도 군사적 이유이지만, 양국 사이에 파인 골이 너무 깊었다. 라엘은 주먹을 움켜쥐었다.

'오른.'

그는 오른을 매섭게 노려보았다. 자신의 마음을 모르지도 않을 텐데 저렇게 정면으로 반대 의견을 내다니. 물론 재상인 오른의 입장에서는 황제의 눈치를 살피는 것보다는 제국을 위한 직언을 하는 것이 옳은 일이었다.

"오른……."

황제 라엘이 무거운 어조로 입을 열려는 순간이었다. 오른이 라엘에게 뜻밖의 눈빛을 보냈다. 잠시만 기다려 보라는 눈빛이었다.

그 순간, 오른이 대신들을 보며 입을 열었다.

"하지만 양국의 문제를 해결하는 데 반드시 전쟁만이 답은 아닐 수도 있지요."

"그게 무슨 말씀입니까, 재상?"

"클로얀 왕국에 조건부 항복 서신을 보내는 겁니다."

그 말에 대신들이 놀란 표정을 지었다.

"받아들인다면 좋겠지만 과연 클로얀 왕국이 수긍하겠습니까?"

"만약 받아들이지 않는다면 그때 다시 대책을 생각하면 되겠지요."

대신들은 고민하다가 고개를 끄덕였다. 동제국도 막 전쟁을 끝낸 상황이었다. 만약 군사를 일으키지 않고 왕국이 항복한다면 그것보다 좋은 일은 없으리라.

"그러면 왕국에 바로 사신을 보내도록 하겠습니다."

회의가 끝난 후, 라엘은 오른을 붙들었다.

"무슨 생각이냐, 오른? 조건부 항복 제안이라니. 클로얀 왕국에서 받아들일 리가 없지 않은가?"

오른은 고개를 끄덕였다.

"맞습니다. 왕국에서 절대 받아들이지 않겠지요."

"그런데 왜?"

"일단 당장 전쟁이 일어나는 건 피해야 하니까요."

라엘은 인상을 찌푸렸다. 오른의 말뜻을 이해하기 어려웠다. 그때, 오른이 라엘을 똑바로 바라보았다.

"한 가지만 묻겠습니다, 폐하. 모리나 여왕, 아니, 마리를 포기할 수 있으십니까?"

"……!"

라엘은 굳은 얼굴로 고개를 저었다.

"아니, 절대로. 차라리 내가 목숨을 버리면 버리겠다."

오른은 고개를 끄덕였다.

"그래서입니다. 하지만 지금 상황에서 폐하와 모리나 국왕은 맺어질 수가 없습니다. 여러 정치적 이유는 차치하더라도, 폐하와 모리나 국왕을 제외한 양국의 누구도 그걸 순순히 받아들이지 않을 것이니까요."

오른은 씁쓸하게 웃음을 지었다.

"역사적으로 보아도 원래부터 클로얀 왕국과 동제국은 사이가 좋지 않았지요. 지금은 완전히 적국이라 해도 무방합니다. 그러니 두 분이 하나가 되려면 시간이 필요합니다."

"시간?"

"네, 양국이 화합할 시간 말입니다."

라엘의 눈동자가 흔들렸다. 오른의 말뜻을 이해한 거다.

"오른, 그러면 네 의도는?"

"네, 지금 전쟁이 일어나면 마리는 무조건 죽습니다. 그러니 전쟁을
어떻게든 미루어야 합니다."

오른은 단호한 어투로 말을 이었다.

"시간을 미루고, 두 분께서 어떻게든 노력해서 양국의 화해 분위기
를 이끌어 내야 합니다. 그게 지금 상황에서 두 분이 함께할 수 있는 유
일한 방법입니다."

그렇게 결정 후, 동제국은 클로얀 왕국에 사신단을 보냈다. 겉으로
보이는 명목은 조건부 항복 제의. 물론 지금 상황에서 클로얀 왕국이
항복 제의를 받아들일 가능성은 없다. 라엘과 오른도 왕국이 항복을 받
아들일 거라 생각하고 사신단을 보내는 것이 아니었다. 그들의 진정한
의도는 어떻게든 전쟁을 미루고, 양국의 화친 계기를 만들려는 것. 그
래서 사신단의 책임자인 랑트 백작에게는 따로 마리에게 보내는 서신
을 은밀히 전해 주었다.

'이 서신을 모리나 국왕에게 건네주어야 한다는 거지.'

랑트 백작은 속으로 생각했다. 그는 내전 당시부터 라엘의 심복으
로, 마리에게 라엘의 뜻을 전달하는 중임을 맡았다.

"백작님, 곧 마을입니다. 오늘은 저 마을에서 묵어야 할 것 같습니다."

호위를 맡은 기사가 말했다. 그들은 막 국경을 지난 상태라 클로얀

지방의 산간 마을에서 하루를 묵기로 했다. 국경 지대에서 미리 연락을 받은 마을 사람들이 그들을 맞았다.

"이쪽으로 오십시오."

중년의 촌장이 퉁명스럽게 말했다. 그의 눈빛에서 제국을 향한 강한 적개감이 느껴졌다. 그건 촌장뿐이 아니었다. 마을 사람들 전체가 곱지 않은 눈으로 사신단을 바라보았다. 양국 사이의 앙금을 생각하면 당연한 일이었다.

'생각했던 것보다 적개감이 훨씬 심하군.'

랑트 백작은 얼떨떨한 표정을 지었다. 물론 환영받을 거라 생각한 건 아니지만, 거부감이 예상보다 훨씬 심했다.

'괜한 충돌이 일어나지 않게 조심해야겠군.'

이런 때는 사소한 시비가 큰 충돌로 이어지기도 한다. 랑트 백작은 사신단에 행동을 주의하도록 일러둬야겠다고 생각했다. 곧 그들을 안내할 인물이 나타났다.

"제가 안내하겠습니다. 저를 따라오십시오."

"당신은?"

후드를 깊게 덮어쓰고 있는 인물이었는데, 목에 깊게 베인 상처가 있었다. 무언가 바위 같은 것에 긁히기라도 한 것인지 얼굴 한쪽에 자글자글한 상처가 가득했다.

"저도 이 마을에 머무는 이입니다. 가끔 외부에서 오는 손님들이 있으면 제가 대접하곤 한답니다."

"그렇군."

후드를 쓴 남자는 그들을 어딘가로 이끌었다. 한참을 따라가던 사신단은 남자가 마을을 벗어나자 인상을 찌푸렸다.

"그런데 어디로 안내하는 건가? 여긴 마을 밖 아닌가?"

"네, 마을 밖에 묵을 곳이 있습니다."

그렇게 한참을 걸은 후에야 그들은 숙소에 도착할 수 있었다. 마을 밖에서 상당히 거리가 떨어진 곳에 위치한 숙소였다.

"그러면 편히 쉬십시오. 간단히 마실 것과 요기할 것을 준비해 두었습니다."

후드를 눌러쓴 남자는 웃으며 고개를 숙였다. 얼마 지나지 않아 숙소의 불이 꺼졌다. 어떤 일인지 사신단은 금세 모두 잠이 들었다. 그리고 어둠이 깊어지고 있을 때, 후드를 눌러쓴 남자가 밖으로 나가더니 짙은 어둠 속에서 숙소를 바라보며 중얼거렸다.

"편히 쉬십시오. 마지막 휴식일 터이니."

섬뜩하기 그지없는 중얼거림. 그때, 남자 뒤에서 몇 명의 인원이 모습을 드러냈다. 사신단에 강한 적개심을 보인 촌장과 마을 사람들이었다. 그들은 놀랍게도 칼과 창 등으로 무장하고 있었다.

"준비는 끝나셨습니까?"

"그 전에 확실히 묻겠소. 정말로 동제국이 우리 클로얀 왕국을 다시 짓밟을 계획을 꾸미고 있는 거요?"

"이 서신을 보면 알겠지요."

남자는 품속에서 무언가를 꺼내어 그들에게 보여 주었다. 바로 항복을 권유하는 서신이었다. 사신단이 잠이 든 틈을 타 서신을 훔쳐 온 거다. 사신단이 서신을 소홀히 보관한 것은 아니었다. 후드를 쓴 남자가 물에 수면제를 풀어 모두가 잠에 빠진 탓이었다.

"이런…… 정말로……."

서신을 본 마을 사람들은 분노에 찬 눈빛을 하였다. 후드를 쓴 남자는 짙은 미소를 지었다.

"어떻게 하겠습니까? 저들은 몇 년 전 당신들의 가족을 죽인 원수. 그런데 또다시 침략의 야욕을 드러내고 있습니다."

"……."

마을 사람들은 갈등하는 빛을 보였다. 그런 마을 사람들에게 후드를 쓴 남자가 뱀의 혀처럼 유혹하듯 속삭였다.

"어차피 저 서신대로라면 제국은 다시 이 땅을 짓밟을 것입니다. 당신들은 또다시 가족들을 잃게 되겠지요. 그렇게 되기 전에 차라리 당신들이 먼저 저들의 목을 베는 것이 낫지 않습니까?"

"……."

"저들은 모두 수면제에 잠들어 있습니다. 주머니 안의 물건을 꺼내듯 쉽게 목을 벨 수 있습니다."

촌장은 갈등하는 빛을 보였다. 제국 놈들이 증오스럽긴 했지만, 막상 저들의 목을 베려고 하니 꺼려졌던 것이다. 그건 촌장 말고 다른 마을 사람들도 마찬가지인 듯 모두 주춤하는 기색을 보였다. 촌장은 한참을 고민하다가 어렵게 고개를 저었다.

"……그래도 이렇게는 아닌 것 같소. 아무리 제국 놈들이 미워도 당신의 제안을 따르긴 어렵소."

그러며 마을 촌장은 수상쩍다는 듯 후드를 쓴 남자를 노려보았다.

"그런데 당신은 누구이기에 우리에게 나타나 제국 놈들의 목을 치라는 제안을 하는 것이지?"

촌장의 말에 마을 사람들은 경계 어린 표정으로 후드를 쓴 남자에게 창칼을 겨누었다. 후드를 쓴 남자는 촌장의 말에 대답하지 않았다. 다만 어깨를 으쓱할 뿐이었다.

"아쉽게 되었군요. 하지만 뭐, 상관없습니다. 당신들이 동의하지 않아도 모든 건 다 결정되어 있으니까요."

촌장이 의아한 표정을 짓는 순간이었다.

퍼억! 퍼억!

화살이 날아와 촌장과 마을 사람들의 가슴을 꿰뚫었다.

"커억?!"

촌장은 믿을 수 없다는 표정을 지었다. 후드를 쓴 남자는 어깨를 으쓱하며 촌장에게 말했다.

"어차피 필요한 건 클로얀 왕국의 마을에서 사신단이 죽었다는 것뿐이라서. 그래도 동참해 주면 좋았을 텐데, 아쉽군요."

"너, 너……."

남자는 피식 웃으며 말했다.

"그러면 안녕히 가시길. 곧 증오스러운 제국 놈들도 함께 보내 줄 테니 가는 길이 외롭진 않을 겁니다."

후드를 쓴 남자가 어둠 속을 향해 말했다.

"모두 죽이도록. 아, 사신단은 마을 사람들에게 죽은 것처럼 위장하고, 마을 사람들은 제국 기사에게 죽은 것처럼 꾸며야 해."

"알겠습니다."

섬뜩한 대답이 들려왔다. 곧 어둠 속에서 피가 튀는 소리가 들렸고, 얼마 지나지 않아 그 소리도 그쳤다. 후드를 쓴 남자는 사신단의 시체를 보며 웃음을 지었다.

"좋군."

곧 양국으로 사신단의 비보가 전해졌다. 클로얀 왕국의 마을에서 동제국의 사신단이 몰살당했다는 것이다. 이 사건은 정국을 순식간에 파국으로 치닫게 하였다.

파창!

마리가 들고 있던 찻잔이 바닥으로 떨어졌다. 요란한 소리와 함께 파편이 튀었지만 누구도 그걸 신경 쓰지 못했다. 그만큼 전해진 소식이 충격적이었다.

"동제국의 사신단이…… 왕국민들의 습격을 받아 몰살당했다고요?"

"네, 전하."

바르한은 무거운 얼굴로 고개를 끄덕였다.

"아니, 어떻게 그런 일이……."

마리는 창백한 얼굴로 중얼거렸다.

"이전 전쟁 때 큰 피해를 입었던 마을이라 원래부터 제국에 대한 적개심이 강한 곳이었다고 합니다. 그래서……."

"아니, 그래도 갑자기 이런 일을…… 정말 우리 왕국민들이 저지른 게 맞아요? 조사단을 보내 보세요. 당장."

마리는 떨리는 목소리로 말했다. 하지만 바르한이 고개를 저었다.

"조사단을 보내긴 했습니다만, 사신단이 머물던 곳이 완전히 불타 버려 다른 단서를 찾기는 어려울 것 같습니다."

마리는 시체같이 질린 얼굴로 입술을 깨물었다.

'폐하.'

그녀는 처음 사신단이 온다는 소식을 들었을 때 어떻게든 전쟁을 피해 보고자 하는 라엘의 뜻을 짐작했다. 그런데 이런 참사가 발생하다니?

'혹시 무슨 다른 이유가 있었던 것은 아닐까?'

마리는 이해할 수 없다는 듯 고개를 저었다. '왜 하필 이런 중요한 시기에 그런 참사가 벌어졌단 말인가? 하지만 지금 당장 진상을 규명해 내는 것은 무리였다. 조사는 조사대로 진행하되 일단은 이 일로 인해 벌어질 사태에 대비해야 했다. 마리는 떨리는 목소리로 물었다.

"그러면…… 제국의 반응은 어떻지요?"

"아직 제국 측에서 공식적인 성명을 발표하지는 않고 있지만…… 일선의 분위기는 흉흉하기 그지없습니다. 명령만 떨어지면, 당장이라도 진군할 기세입니다."

바르한은 무거운 목소리로 말했다.

"우리도 전쟁에 대비해야 할 것 같습니다, 전하."

마리는 눈을 질끈 감았다. 어떻게 자신이 그에게 검을 겨눌 수 있단 말인가? 차라리 자신이 죽으면 죽었지. 절대로 그럴 수 없었다.

'폐하.'

마리는 간절한 눈으로 동쪽 하늘을 바라보았다. 이렇게 그와 파국을 맞고 싶지 않았다. 어떻게든 다시 그의 품에 안기고 싶었다. 방법을 생각해 내야 했다.

그 시각, 라엘은 한없이 무거운 얼굴로 침묵에 잠겨 있었다.

"……."

이 충격적인 상황을 맞아 그는 무슨 생각을 하는 걸까? 라엘은 한참이나 입을 다물고 미동도 하지 않고 있었다. 그때, 밖에서 노크 소리와 함께 문이 열렸다. 오른이었다. 그의 손에 뜻밖의 것이 들려 있었다. 술이었다.

"한잔하려고 찾아뵈었습니다."

라엘은 가만히 그를 바라보다가 고개를 끄덕였다. 둘은 마주 앉아 술잔을 기울였다. 가슴이 타오르듯 독한 술이었지만, 안주도 대화도 없었다. 둘은 묵묵히 술잔만 비워 나갔다. 그렇게 얼마나 술을 마신 다음일까? 얼굴이 불콰하게 달아오른 오른이 불쑥 말했다.

"뜻대로 하십시오."

"……!"

라엘은 흠칫 오른을 바라보았다. 오른은 무거운 얼굴로 다시 한번 말했다.

"폐하의 뜻대로 하십시오. 어떤 선택을 하든 따르겠습니다."

라엘은 대답 대신 유리잔에 술을 가득 따랐다. 그리고 다시 한번에 비워 버렸다.

"오른, 하나만 물으마. 나는 지금까지 군주로서 잘해 온 건가?"

라엘의 물음에 오른의 얼굴에서 취기가 가셨다. 오른은 고개를 끄덕였다.

"네, 폐하는 지금까지 그 누구보다 제국을 위해 애쓰고 노력해 왔습니다."

"그래, 고맙군."

라엘은 잠시 입을 다물었고 묵묵히 술을 마셨다. 그렇게 술병이 바닥을 보이기 시작할 때, 라엘이 말했다.

"출정을 준비해라."

오른이 눈을 크게 떴다.

"폐하? 지금 그 말씀은?"

"그대도 알고 있지 않나? 이렇게 된 이상 전쟁은 피할 수 없어. 제국의 누구도 이런 상황에서 클로얀과 화친을 바라지 않을 거다."

오른은 입을 열었다가 다물었다. 애초에 독립을 좌시할 수 없는 상황에서 이런 참사까지 일어났다. 전쟁은 피할 수 없었다.

하지만 라엘은? 그녀에게 검을 겨누어도 그는 괜찮단 말인가? 오른은 한참을 황제의 눈동자를 바라보았다. 라엘의 딱딱하게 굳은 눈동자로는 그의 속마음을 짐작할 수가 없었다. 결국, 오른은 고개를 숙였다.

"명에 따르겠습니다."

오른이 물러가고 라엘은 남아 있는 술을 모두 잔에 따르고 창가를 바라보았다. 서쪽. 그의 시선은 그녀가 있을 클로얀 왕국을 향해 있었다. 그는 짓씹듯 입을 열었다.

"마리, 난 절대 너를 포기하지 않을 거다. 비록 이런 상황이 되었더라도 상관없어.”

그의 눈빛이 무겁게 가라앉았다.

“이제까지 모든 삶을 제국을 위해 살아왔으니, 이번만큼은 내 뜻대로 해도 되겠지.”

그렇게 중얼거리는 그의 눈동자에 결연한 빛이 서렸다. 그는 마지막 남은 술을 입에 털어 넣고, 탁자에 앉아 서신을 쓰기 시작했다. 그리고 은밀히 알몬드를 불러 그 서신을 전달해 주었다.

“사람을 시켜 은밀히 이걸 전해 주도록. 지금 당장.”

“폐하, 이건 설마?”

수신인을 본 알몬드의 눈동자가 커졌다. 라엘은 딱딱한 얼굴로 고개를 끄덕였다.

“그래, 그녀에게 전하는 서신이다.”

전쟁이 발발하기 전 그녀와 만남을 갖기 위한 서신이었다.

동제국의 원정 준비는 순식간에 이루어졌다. 총 8만에 달하는 대군이 클로얀 왕국과의 국경으로 이동하기 시작했고, 그 소식은 곧바로 마리에게 전달되었다.

“결국, 동제국군이.”

“총 8만의 대군이라니…….”

왕국의 귀족들은 탄식을 내뱉었다. 얼마 전 침공한 서제국의 20만보다야 적었지만, 그래도 아찔한 규모의 대군이었다. 아직 제대로 국가의 형태도 정비하지 못한 클로얀으로서는 상대 불가능한 대군.

“우리 군의 다섯 배가 넘는군요.”

“병사들의 훈련도나 장비를 고려하면 10배, 아니, 그 이상의 전력 차로 봐야 할 거요.”

귀족들은 불안한 표정으로 의견을 나누었다. 더구나 그들을 더욱더 불안하게 만드는 사실이 있었다.

“황제가 친정하였다고.”

“혈가면이 또다시 우리 클로얀 왕국을…….”

바로 불패의 천재 군략가 라엘의 친정 소식이었다. 과거 클로얀 왕국을 멸망시킨 것도 라엘이었다. 당시 클로얀은 지금과 비교할 수도 없는 강력한 전력을 가지고 있었다. 반면 라엘이 이끌었던 군대는 클로얀 왕국의 반도 안 되는 2만 병력. 그럼에도 라엘은 천재적인 군략으로 왕국군을 궤멸시켜 버렸다.

라엘의 천재적인 군사 재능은 클로얀 왕국과의 전쟁 때뿐 아니라, 황자들 간의 내전과 이번 동방 교국과의 전쟁에서도 여과 없이 드러났다. 열세인 상황에서도 단 한 번의 패배도 허용하지 않은 전략가. 그게 황제 라엘이었다. 그 두려운 존재가 친정한다는 소식에 대전의 분위기가 어두워졌다. 모두의 머릿속에 왕국을 멸망시켰던 라엘의 모습이 스쳐 지나갔다. 그때, 누군가 분위기를 환기하려는 듯 이렇게 말했다.

“모두 약한 말씀 하지 마십시오. 적들이 몇 명이 오든, 누가 오든 무슨 상관입니까? 우리는 지지 않습니다.”

“그렇습니다. 국왕 전하를 위해서라도 우리는 절대 굴복하지 않을 겁니다.”

그들은 무거운 분위기를 떨치고, 전의를 다졌다. 모두가 어전에 앉아 있는 마리를 바라보았다.

“전하, 말씀을.”

마리는 입술을 깨물고 명령했다.

“병력을 모아 맞설 준비를 해주세요.”

“알겠습니다!”

그렇게 왕국에 다시금 전운이 밀려들었다. 하지만 이전처럼 어두운 분위기는 아니었다. 불리하기 그지없는 상황이었지만, 왕국민들은 강하게 전의를 불태웠다.

"동제국 녀석들을 물리치자!

"클로얀 왕국 만세!"

"국왕 전하 만세!"

왕국민들은 사기충천해 외쳤다. 객관적으로 절대 승리 불가능한 전력 차였지만, 그런 것은 아무래도 좋았다. 모리나 여왕이 자신들과 함께한다는 것. 그것만으로도 왕국민들은 용기백배해졌다.

"나도 나서겠어!"

"그래, 동제국 놈들을 물리치자!"

자발적으로 군대에 투신하는 이도 늘었다. 그렇게 순식간에 모인 병력은 무려 3만. 물론 장비도 제대로 없었고, 훈련은 전혀 안 되어 있는 오합지졸 잡병이었지만 사기만은 하늘을 찔렀다. 한편 그때, 마리는 지그시 입술을 깨물고 있었다.

'정말 방법이 없을까? 난 그와 싸울 수 없어.'

어떻게 그에게 검을 겨눈단 말인가? 그럴 바에는 그녀 스스로 목숨을 버리는 게 나을 것이다.

'무슨 방법이 있을 거야. 제발 생각해 내.'

하지만 방법은 떠오르지 않았다. 마치 커다란 절벽을 마주한 것처럼 막막하기만 했다. 답답한 마음에 방을 나와 그녀는 왕궁의 정원을 걸었다. 그런데 정원의 인적 없는 곳을 거닐고 있을 때, 뜻밖의 일이 생겼다.

"서신이라고요?"

"네, 전하."

처음 보는 얼굴의 시종이었다.

"누구의 서신이죠?"

"그게…… 밀봉이 되어 있어서……."

마리는 고개를 갸웃하고는 서신을 열어 보았다. 그리고 서신 안에 적힌 몇 가지의 글을 본 순간, 그녀의 심장이 덜컥 멈추어 섰다.

마리에게.

작금에 와서는 아무도 그녀를 마리라고 부르지 않는다. 그녀를 '마리'라고 칭할 만한 인물은 이제 단 한 명밖에 없다.

'설마……?'

그녀는 떨리는 눈빛으로 서신의 아래쪽을 바라보았다. 그리고 발신인의 내용을 본 순간, 그녀의 세상이 멈추었다.

란.

란. 바로 황제 라엘의 또 다른 이름이었다. 시계가 고장 난 것처럼 마리의 머릿속이 멈췄다. 그가 나에게 편지를? 떨림인지, 기대인지, 두려움인지, 아픔인지 알 수 없는 감정이 가슴속에 휘몰아쳤다. 편지에는 짧은 문장이 적혀 있었다.

나와 만나 줄 수 있겠나?

"……!"

마리의 눈동자가 흔들렸다. 자신과 만나자고? 그녀가 그토록 바라 왔던 일이다. 편지는 긴 내용 없이 짧게 끝을 맺었다.

보고 싶다, 마리.

편지에는 만날 장소와 시간이 적혀 있었다. 양군이 대치하는 국경 지대에서 거리가 떨어진 인적 없는 숲속이었다. 마리는 말을 타고 홀로 은밀히 군영을 빠져나왔다. 바르한에게는 작전을 구상하기 위해 주변을 둘러보러 간다고 핑계 대었다.

다그닥다그닥.

마리는 굳게 입을 다문 채 말을 몰았다. 말발굽 소리만 주변에 울렸다.

'폐하.'

마리는 그를 떠올렸다. 약속한 장소로 다가갈수록 심장이 두근거렸다. 그를 너무나 보고 싶었다. 하지만 그녀의 가슴을 떨리게 하는 것은 단순한 기대만이 아니었다. 두려웠다. 그가 자신에 대해 어떻게 생각하고 있을지. 만나지 못하는 시간 동안 그는 무슨 마음이었을까? 나는 여전히 그를 가슴 저리게 사랑하고 있지만, 그도 그럴까? 결과적으로, 그녀는 그의 기대를 저버린 게 되었다. 그는 분노하고 실망했을까?

'폐하.'

마리는 입술을 지그시 깨물었다. 그렇게 고민하는 사이 점차 약속한 장소가 가까워졌다. 인적 없는 숲은 을씨년스러울 정도로 고요했다. 늦은 오후라 조금씩 어두워지는 시간. 마리의 가슴이 더욱더 떨려 왔다. 이제 곧이다. 조금만 더 가면 약속한 장소이다. 기대와 두려움이 복잡하게 교차했다.

그리고 얼마나 시간이 지났을까. 드디어 약속한 장소에 도착한 순간.

'아……'

마리는 손으로 입을 가렸다. 저 멀리 보이는 모습에 그녀의 세상이 멈추었다. 그였다. 가면을 쓰지 않은 채, 아름다운 얼굴을 드러낸 그가 먼 하늘을 바라보고 있었다.

'……폐하.'

그의 얼굴을 보자 톱니바퀴가 멈춘 듯 아무런 생각도 할 수 없었다. 몸이 뻣뻣이 굳었고, 반면 심장은 미친 듯이 쿵쾅거렸다. 터지는 게 아닐까 걱정될 정도로. 그 순간, 라엘이 그녀의 기척을 눈치챈 듯 고개를 돌렸고, 둘의 눈이 마주쳤다.

"……!"

순간 둘의 시간이 멈추었다. 둘은 잠시 아무 말도 하지 못하고 서로만 바라보았다. 라엘이 입술을 질끈 깨물었다. 그녀를 바라보는 그의 손끝이 파르르 떨렸다. 그가 그녀에게 발걸음을 옮기기 시작했다. 저벅. 머뭇거리던 발걸음이 한 걸음, 한 걸음 다가올 때마다 빨라졌다.

두근두근.

거리가 좁아질수록 심장의 진동이 커졌다. 마리는 멍하니 그의 얼굴을 바라보았다. 왜일까? 눈물이 차오르며 시야가 뿌옇게 변했다. 마리는 흐르는 눈물을 닦을 생각도 하지 못했다.

"……."

이윽고 그녀의 앞에 도착한 라엘은 잠시 주저하더니 손을 들어 그녀의 눈물을 닦았다. 그리고 말했다.

"……보고 싶었다."

그 목소리를 듣는 순간, 간신히 지탱하고 있던 그녀의 마음의 벽이 산산이 조각났다. 결국, 치밀어 오르는 감정을 참지 못하고 울음이 터져 나왔다.

"흐윽……. 폐하."

라엘은 그녀를 말없이 끌어안았다. 수많은 일이 있었고, 많은 것이 변했으나 여전히 부드럽고 따뜻한 품이었다. 마리는 그 품에 안겨 한

없이 눈물을 흘렸다.

마리는 한참을 운 후에야 마음을 진정할 수 있었다.

"이제 좀 괜찮나?"

"추, 추한 모습을 보여 죄송해요."

마리는 민망한 얼굴을 하였다.

"얼마든지 괜찮다."

라엘은 가만히 고개를 저었다. 이전과 한 치도 다르지 않은 말투와 몸짓에 마리는 다시 가슴이 울컥했다.

'나 정말로 그를 보고 싶어 했었구나.'

그저 그를 보고 있는 것만으로도 가슴이 떨렸다. 오면서 들었던 두려움과 걱정은 지워진 듯 떠오르지 않았다. 오로지 그만이 마음속에 들어왔다. 잠시 둘 사이에 정적이 흘렀다.

'하고 싶은 말이 참 많았는데.'

그녀는 상상하곤 했었다. 혹시라도 그를 다시 만날 수 있게 되면 무슨 말을 할지. 보고 싶었다, 너무 힘들었다, 미안하다, 사랑한다 등등. 너무나도 하고 싶은 말이 많았지만 지금은 아무런 말도 꺼낼 수가 없었다.

'이렇게나 사랑하는데.'

마리는 가슴이 욱신거리며 아팠다. 영원히 그의 품에 안겨 있고 싶었다. 그때, 라엘이 입을 열었다.

"마리…… 아니, 이제는 모리나, 라고 불러야겠군."

모리나. 그 단어가 마리의 가슴을 찔렀다. 왠지 그와 더 멀어지는 느낌이라 그녀는 자신도 모르게 말했다.

"마, 마리라고 불러 주세요."

순간 라엘의 얼굴에 알 수 없는 감정이 스쳐 지나갔다. 마리는 입술을 깨물며 간절한 목소리로 말해다.

"부탁이에요. 모리나가 아닌 마리라고 불러 주세요."

라엘은 한참을 입을 다물었다가 말했다.

"그래, 마리. 그동안 잘 지냈느냐?"

"……네."

사실 빈말로라도 잘 지냈다고 할 수 없었다. 하루하루가 지옥이 아
니었던 적이 없었기 때문에.

"폐하께서는요?"

"난 잘 지내지 못했다."

라엘은 한마디 말을 덧붙였다.

"너무 힘들었었어."

마리는 입을 다물었다. 그가 왜 잘 지내지 못했는지는 듣지 않아도
뻔했다.

"……죄송해요."

"무엇이 죄송하지?"

"전부 다. 전부 다 너무 죄송해요."

마리는 고개를 떨구었다. 뭐라고 그에게 이야기해야 할지 모르겠다.
의도한 바가 아니었다고 해도, 그녀는 그에게 너무나 큰 상처를 주었다.

"아니, 그런 이야기를 듣자고 널 부른 것이 아니다. 어차피 일어나
버린 일."

라엘은 가만히 그녀를 내려다보았다. 마리의 눈빛에 의아함이 스쳐
지나가는 순간. 그의 손가락이 그녀의 턱을 붙들어 부드럽게 끌어 올
렸다. 그리고 그의 얼굴이 천천히 아래로 내려왔고, 입술이 천천히 겹
쳐졌다.

"아…….."

마리는 신음을 흘렸다. 그의 혀가 그녀의 입술을 건드렸다. 머뭇거

리며 입술 안으로 들어온 그의 혀가 조심스럽게 그녀의 혀를 감쌌다. 강렬하기보다는 조심스러운 키스였다. 하지만 그럼에도 저 깊숙한 곳, 자신을 향한 사랑이 느껴져 마리는 생각했다.

'저도 사랑해요.'

그렇게 짧은 입맞춤 후, 라엘은 그녀의 머리를 쓰다듬으며 말했다.

"보고 싶어서."

"……."

"그대가 너무나 보고 싶어서 보자고 했다."

마리는 눈을 감았다.

"네, 저도 보고 싶었어요, 폐하."

라엘은 마리를 미리 준비해 둔 별장으로 이끌었다.

"이곳은?"

"이 근방에 살던 귀족이 가끔 와서 머물던 별장이다. 지금은 주인이 비어 있지."

마리는 숲속 깊은 곳에 자리한 별장을 보고 신기한 표정을 지었다. 일반 백성의 집만 한 크기의 작은 별장이었는데, 미리 준비해 둔 것인지 깨끗이 정리되어 있었다.

"들어오도록."

마리는 라엘의 손에 이끌려 별장 안으로 들어갔다. 침실 두 개와 주방, 그리고 거실로 이루어진 단출한 구조였다.

"내가 머물 방은 이쪽이다. 저쪽에 그대가 머물 방을 준비해 두긴 했지만……."

그가 머뭇거리다 말했다.

"떨어져 있고 싶지 않군."

마리의 얼굴이 붉어졌다. 하지만 그녀도 거절하지 않았다.

"……네."

둘은 같은 방에 들어갔다. 아무도 없는 방에 단둘이 있게 되자 잠시 어색한 공기가 맴돌았다. 마리는 왠지 민망한 마음이 들어 그의 시선을 피한 채 외투를 벗었다.

"저…… 식사는 하셨나요?"

"괜찮다. 그대는?"

"저도 특별히……."

그렇게 의미 없는 대화를 몇 마디 나누자 분위기가 더욱 어색해졌다. 아니, 정확히 말하면 머릿속에 서로의 생각만 가득하게 되었다. 마리는 애써 다른 쪽을 바라보고 있었지만 그의 일거수일투족이 예민하게 느껴졌다. 그러다 어느 순간, 그와 그녀의 눈이 마주쳤다.

"……."

마리는 침을 꿀꺽 삼켰다. 홀린 듯 그의 눈동자에서 시선을 뗄 수가 없었다. 그건 라엘도 마찬가지인 듯 그녀를 바라보며 천천히 다가왔다.

"마리."

"……네, 폐하."

"마리."

서로의 숨결이 느껴질 정도로 가까운 거리. 그의 손이 그녀의 얼굴을 어루만졌다. 뺨과 귓불, 그리고 목덜미. 너무나 소중한 것을 어루만지듯 천천히 그의 손이 움직였다. 라엘의 눈동자에 흐르는 아릿함 때문일까? 부드러운 손길임에도 마리는 울컥했다.

"마리……."

그와 그녀의 입술이 다시금 겹쳐졌다. 아까 전 조심스러움과 다르게 부드럽게 시작한 키스는 점차 강렬해졌다. 그는 애달프게 그녀의 깊은 곳을 헤집었고 마리는 신음을 흘렸다.

"아…… 폐하……."

마리는 그의 가슴팍을 움켜쥐었다. 그녀의 머리를 감싸 안았던 그의 손이 밑으로 향해 그녀의 단추를 푸르기 시작했다. 그의 손길을 느끼고 마리는 순간 움찔했으나 거절하지 않았다. 자연스럽게 둘의 몸이 침대 위로 쓰러졌다.

"마리."

라엘이 그녀의 몸 위에서 그녀의 눈동자를 바라보았다. 마리는 가슴이 파르르 떨렸다.

'폐하, 사랑해요. 정말로.'

마리는 눈을 감았다. 라엘이 고개를 숙여 그녀의 눈가에 입을 맞추었다.

그날 밤 라엘은 끝없이 마리를 탐닉하고 탐닉했다. 늦은 새벽이 되어서야 간신히 잠든 마리는 다음 날 정오가 가까워서야 눈을 뜰 수 있었다.

'웃.'

마리는 눈살을 찌푸렸다. 어찌나 괴롭힘당했는지 온몸이 욱신욱신했다. 얼핏 살펴보니 하얀 피부 여기저기가 울긋불긋했다.

'폐하는?'

침대 옆을 보니 그녀 혼자였다. 순간 마리는 가슴이 덜컥했다. 혹시 그가 말없이 떠났을까 걱정되었던 것이다. 하지만 다행히 그때, 라엘의 목소리가 들려왔다.

"일어났는가?"

"아……."

라엘은 안도하는 듯한 그녀의 얼굴을 보고 의아한 빛을 띠었다.

"왜 그러지?"

"아, 아니에요."

라엘은 그녀에게 다가와 가볍게 입을 맞추었다. 달콤한 모닝 키스였다.

"간단히 요기할 것을 준비해 두었으니 일어나지."

마리는 살짝 붉어진 얼굴로 고개를 끄덕였다. 함께 밤을 보내고 그의 모닝 키스를 받자 느긋하게 아침을 즐기는 연인이 된 것 같았다. 거실 한편에 놓인 작은 테이블에 빵과 오믈렛이 따뜻한 차와 함께 준비되어 있었다.

"이건 누가?"

"내가 했다."

그 답에 마리는 놀란 표정을 지었다. 어쩐지 시중드는 이를 본 적이 없다 했는데, 그가 직접 요리한 것이다.

"죄, 죄송해요. 제가 늦게 일어나서."

"아니다. 대충 레시피대로 했는데, 입맛에 맞을지 모르겠군."

마리는 새삼스럽다는 생각이 들었다. 아침에 일어난 후 그가 해준 요리를 먹는 날이 오게 되다니. 믿기지가 않았다. 꿈만 같았다.

'꿈이면 깨고 싶지 않아.'

속으로 중얼거린 마리는 오믈렛을 입에 넣었다. 그리고 눈을 크게 떴다.

"먹을 만한가?"

"아, 네. 맛있어요. 정말로."

빈말이 아니었다. 정말로 맛이 훌륭했다. 생각해 보니 이전에도 그는 그녀에게 요리를 해준 적이 있었는데, 항상 맛있었다. 라엘은 옅게 웃음을 지었다.

"다행이군. 처음 해보는 종류의 요리라 걱정했었는데."

그는 자신의 앞에 놓인 그릇도 그녀 쪽으로 내밀었다.

"더 먹도록."

"아, 괜찮은데…… 폐하께서도 드셔야."

"난 괜찮아. 그대야말로 못 본 사이 너무 말랐어. 최대한 많이 먹도록."

그의 목소리에 담긴 속상함에 마리는 입을 다물었다.

'……마른 것은 폐하도 마찬가지잖아요.'

얼굴이 상한 것은 그녀만이 아니었다. 라엘의 얼굴도 피폐해져 있는 것은 마찬가지라, 마리는 마음이 좋지 않았다.

"……폐하."

"왜 그러지?"

"……아니에요."

마리는 주저하다가 입을 다물었다. 라엘은 그녀가 꺼내려던 말을 눈치챘는지 채근하지 않았다.

"……."

식사 분위기가 자연스레 어두워졌다. 다시금 현실이 그녀의 가슴을 옥죄었다. 그때, 라엘이 마리를 보며 입을 열었다.

"마리, 그대는 날 사랑하는가?"

마리는 잠시 의아한 빛을 보이다 고개를 끄덕였다.

"네, 사랑해요. 폐하를…… 당신을 정말 많이 사랑해요."

마리는 그렇게 말하며 자신의 표현이 부족하단 마음이 들었다. 이 감정을 그저 '사랑'이란 단어로 표현할 수 있을까? 이렇게나 가슴이 터질 것 같이 아프고, 그의 눈빛 하나에 세상이 멈출 것 같은데. 무슨 말로도 이 감정을 표현할 수 없을 것 같았다.

"그래, 그렇군."

그녀의 말을 들은 라엘은 무슨 생각을 하는지 가만히 입을 다물었다. 그리고 눈을 들어 그녀의 얼굴을 바라보았다. 그의 눈동자가 그녀의 옅은 갈색 머리를, 눈동자를, 하얀 뺨을 담았다.

"……폐하?"

마리는 순간 의아한 마음이 들었다. 그는 무슨 생각을 하고 있는 걸까? 그의 눈빛에서 알 수 없는 각오 같은 것이 느껴졌다.

'각오? 무슨 각오?'

그러나 그 느낌은 찰나 지간에 사라졌다. 그녀는 자신이 잘못 느낀 건가 싶었다.

"마리, 그러면 한 가지만 부탁해도 되겠나?"

마리는 의아한 표정을 지었다.

"앞으로 삼 일. 단 삼 일만 다른 모든 것을 잊고 나의 여인으로 시간을 보내 줄 수 없겠나?"

라엘의 그녀를 향한 강한 마음을 담아 말했다.

"부탁한다."

그렇게 둘은 3일의 시간을 함께 보내기로 하였다. 조건은 간단했다.

―3일 동안만큼은 모든 것을 잊고 서로만을 바라보기.

마리는 그의 제안을 거절하지 않았다. 그녀도 라엘만큼이나 그를 바라고 있는 것은 마찬가지였다.

"좋아요."

마리는 침대에서 그에게 기대어 누운 채 중얼거렸다.

"무엇이 좋지?"

"그냥…… 이렇게 함께 있을 수 있다는 것이요."

이전에는 몰랐다. 그와 함께하는 시간이 이렇게나 소중하고 귀할 것이라고는. 그저 같이 있는 것만으로도 벅찬 느낌이 들었다. 아무런 일도 하지 않아도 시간이 쏜살같이 지나갔다. 아무런 말 없이 멍하니 그의 품에 안겨 있다가 퍼뜩 정신을 차리면 한참이나 시간이 지나간 뒤기 일쑤였다. 누군가 시간을 도둑질했나, 하는 생각이 들 정도였다. 라

엘도 자신의 가슴에 기댄 그녀의 머리를 천천히 쓰다듬으며 눈을 감고
있었다.

"폐하?"

"란."

"네?"

"폐하라 부르지 말고, 란이라 부르도록."

마리는 어색하니 웃었다. 란은 어린 시절 그와 가까운 이들이 부르
던 아명이었다.

"……란."

"다시."

"란."

"다시. 다시 한번 불러 보도록."

라엘은 그녀가 자신의 이름을 부르는 것이 좋은지 거듭 말했다. 마
리는 얼굴을 붉혔다. 그냥 이름을 부르는 것에 불과하건만, 심장이 간
질간질했다. 누가 먼저랄 것 없이 서로의 입술이 다시금 맞닿았다. 그
의 혀가 마리의 입술을 부드럽게 훑었다. 짜릿한 감각에 그녀가 신음
을 흘리자 그의 혀가 안으로 들어와 입천장을 두드렸다.

"폐, 폐하."

집요하게 안을 괴롭히자 마리는 어떻게 해야 할지 모르겠는 표정으
로 그를 붙들었다.

"폐하가 아니라, 란."

라엘은 못마땅한 표정으로 그녀의 목덜미를 지그시 깨물었다. 짜릿
한 통증에 마리는 그의 머리를 애원하듯 감싸 안았다.

"아…… 란. 그, 그만……."

"싫은데?"

평소와 다르게 라엘은 그녀를 놓아주지 않았다. 지금껏 그녀를 갈망

하던 것이 마음에 반영된 듯 괴롭히고 또 괴롭혔다. 그는 끝없이 그녀를 안고 탐닉하다 그녀가 눈시울이 붉어질 정도로 녹초가 된 후에야 놔주었다.

"너, 너무해요."

마리는 알몸으로 그의 품 안에서 축 늘어진 채 말했다.

"뭐가?"

"알잖아요."

마리는 밉다는 듯 그를 흘겨보았다. 라엘은 쿡쿡 웃더니 그녀의 귓가로 고개를 숙였다.

"잘 모르겠는데. 아니면."

그의 혀가 그녀의 목덜미를 훑었다.

"……!"

마리는 급히 숨을 들이켰다. 한참이나 괴롭힘당해 감각이 예민해질 대로 예민해져 전기가 흐르는 듯한 느낌이 들었다. 이러다 또다시 괴롭힘당할 것 같은 불안감에 다급히 고개를 저었다.

"그, 그만. 이제는 정말로 못 해요."

"그러니까 뭘?"

"아, 알잖아요!"

마리는 그의 품에서 벗어나 쪼르륵 옆으로 도망가 이불을 뒤집어썼다. 왠지 다람쥐같이 귀여운 모습이라 라엘은 다시 웃음을 터뜨렸다. 마리는 이불에서 눈만 빼꼼히 내민 채 물었다.

"이, 이제 그만 괴롭힐 거죠?"

"흐음."

라엘은 턱을 쓰다듬었다. 원래는 그럴 생각이었는데, 저렇게 귀여운 모습을 보여 주자 참기 어려웠다. 그런 그의 마음을 눈치챈 듯 마리의 눈동자가 불안하게 흔들렸다. 라엘은 피식 웃고는 그녀의 머리를 헝클어뜨렸다.

"그래, 오늘은 그만 쉬지."

그는 그녀의 머리에 팔베개를 해주었다.

"푹 쉬도록."

마리는 또 그가 괴롭힐까 긴장한 표정을 지었지만, 곧 스르르 풀어지며 눈을 감았다. 긴장하고 있기에는 그의 품이 너무나 포근했다.

라엘은 자신에게 안겨 잠이 든 마리를 말없이 바라보았다. 그는 그녀의 귓가에 입을 가져갔다.

"사랑한다, 마리."

그는 다시 한번 말했다.

"정말로 많이 사랑해."

마리는 눈을 부스스 비비며 침대에서 일어났다.

'몇 시지? 얼마나 잔 거지?'

하루 종일 그와 함께 별장 안에만 있다 보니 시간 감각이 무뎌졌다. 창밖을 보니 달이 기울고 있는 것으로 봐서 늦은 저녁이나 새벽에 가까운 시간 같았다.

'란은?'

함께 누워 있던 그가 보이지 않자 마리는 괜히 또 덜컥한 마음이 들었다. 그가 훌쩍 사라져 버렸을까 걱정이 들었던 것이다. 마리는 침대에서 일어났다. 그의 얼굴을 보고 싶었다. 품에 안겨 그가 자신의 곁에 있음을 느끼고 싶었다. 그때, 별장 한구석에서 의외의 소리가 들려오기 시작했다.

'피아노 소리?'

페달을 밟고 일부러 소리를 죽인 듯 옅은 소리였다. 달밤에 어울리는 녹턴, 야상곡이었는데 잔잔하고 따뜻한 선율이 마음을 울렸다. 마리는 홀린 듯 피아노 소리를 따라 발걸음을 옮겼다. 별장 구석에 자리한 방에서 선율이 흘러나오고 있었다.

'란.'

문틈으로 방 안을 들여다본 마리의 눈동자가 흔들렸다. 역시 피아노를 연주하고 있던 이는 라엘이었다. 그의 선율은 너무나 따뜻하고 아름다워 마리는 저도 모르게 가슴이 먹먹해졌다. 그때, 라엘이 기척을 눈치챈 듯 손을 멈추고 고개를 돌렸다.

"아, 깨웠나 보군. 미안하다."

"……."

"그냥 잠이 안 와서 쳐 보고 있었다. 아직 일어나기에는 이르니 들어가서 좀 더 자도록. 나도 금방 들어갈 테니."

마리는 가만히 고개를 저었다.

"저도 잠이 안 와요."

"그래?"

라엘은 잠시 고민하다가 뜻밖의 제안을 하였다.

"그러면 잠시 같이 피아노나 치다가 들어가지 않겠나?"

"같이요?"

"그래, 같이. 혼자 치는 것도 좋지만 오랜만에 그대와 같이 치고 싶군."

마리는 고개를 끄덕였다. 피아노를 연주하면 복잡한 마음이 조금은 가라앉을 것 같았다. 그녀는 라엘의 옆에 앉아 건반에 손을 올렸다.

"편안하게 천천히."

라엘의 타건을 시작으로 다시 선율이 흘러나오기 시작했다. 방금 연주하던 잔잔한 야상곡이었다. 특별히 기교를 뽐내고자 하는 것이 아닌지라 둘은 편안하게 피아노를 연주했다.

'좋아.'

마리는 가만히 눈을 감았다. 마치 고요하게 흐르는 강물을 보는 듯했다. 조용한 선율이 그녀의 가슴을 어루만져 주었다. 더욱 좋은 것은 그와 소통하는 느낌이었다. 둘이 함께 멜로디를 만들어 가는 느낌은 마치 서로의 마음이 하나로 되어 가는 것과 비슷했다. 그렇게 작은 별장 안에 아름다운 선율이 가득 찼고, 밤이 깊어 갔다. 그와 함께하는 이 순간이 가슴 벅찰 정도로 그녀 안에 기쁨이 차올랐다. 마리는 이 순간이 영원히 끝나지 않았으면 하는 마음이 들었다.

다음 날도 조금 더 일찍 일어난 라엘이 아침을 준비하였다. 그가 주방에서 부스럭거리고 있는 것을 본 마리가 말했다.

"폐하, 아니, 란. 오늘은 제가 준비할게요."

"괜찮아. 그대는 조금 더 누워 있도록."

"아니, 어떻게 그래요. 제가 할 테니 쉬고 계세요."

그래도 명색이 황제인 그가 요리 도구를 들고 있는 모습을 보는 게 불편하기 그지없었다. 하지만 라엘은 낯빛 하나 안 바꾸고 이렇게 말했다.

"원래 내 취미가 요리였다."

"거, 거짓말하지 마세요. 무슨 폐하 취미가 요리예요."

"정말이야. 야영할 때 종종 직접 요리해서 먹고는 했었다. 기사 놈들 요리 솜씨가 워낙 형편없어야지."

그는 프라이팬에 올라간 반죽을 휙 하고 뒤집었는데 그 모습이 범상치 않았다. 마치 전문 쉐프를 연상시키는 손놀림인지라 마리는 입을 다물었다.

'역시 다방면의 천재.'

그녀는 새삼스럽게 그의 천재성을 떠올렸다. 음악이면 음악, 검이면 검, 정치면 정치. 손만 대면 못 하는 것이 없는 라엘답게 요리도 보통이 아닌 것 같았다. 라엘은 부지런히 손을 놀리며 씨익 웃었다.

"이건 사실 비밀인데, 어릴 적 내 꿈이 가정적인 남자였다."

"……거짓말 같은데요?"

"그래, 사실 거짓말이다."

평소답지 않은 실없는 농담이었다. 그렇게 한적한 아침 시간이 흘러갔다. 마리는 의자에 앉아 멀뚱히 그가 요리하는 모습을 지켜보았다. 멍하니 하품을 하며 그가 요리해 주는 것을 기다리다니. 생각지도 못한 일상적인 모습이라 적응이 되지 않았다.

"다 됐다."

"와."

마리는 라엘이 내온 요리를 보며 탄성을 뱉었다. 모락모락 김이 피어오르는 양파 수프와 보드라운 빵, 그리고 싱싱한 샐러드에 꿀을 뿌린 팬케이크까지. 정성이 잔뜩 들어간 아침 식사였다. 맛도 꿩장히 훌륭했다.

"먹을 만한가?"

"네, 엄청 맛있어요."

"그래?"

"네, 감사해요."

라엘은 빤히 그녀를 바라보더니 말했다.

"빈말로?"

"네?"

"고마우면 감사의 인사를 해야지."

마리는 그가 무슨 말을 하는지 눈치채고 살짝 얼굴을 붉혔다. 그녀는 고개를 옆으로 돌려 그의 뺨에 살짝 입을 맞추었다.

"가, 감사의 인사예요."

"모자란데?"

"그러면 어떻게?"

라엘은 피식 입꼬리를 올리더니 그녀의 허리를 감싸 안았다. 그리고 이어지는 깊은 딥키스. 그의 혀가 그녀의 입가에 묻은 크림을 핥았다. 찌릿한 느낌에 그녀가 몸을 떨자, 라엘은 더욱더 격렬히 그녀의 입안을 침범해 들어갔다. 그렇게 한참이나 키스를 한 라엘은 정신이 빠져 멍한 표정의 그녀의 이마에 가볍게 입을 맞추며 말했다.

"아침 먹어야지."

"아, 네, 네!"

마리는 빨개진 얼굴로 고개를 끄덕였다. 가슴이 쿵쾅쿵쾅 뛰어서 음식이 어디로 들어가는지 모르겠다. 라엘은 그녀가 식사하는 것을 잔잔히 바라보더니 물었다.

"오늘 하고 싶은 것은 없는가?"

마리는 고민했다. 이렇게 그와 별장 안에 가만히 있는 것만으로도 좋지만, 다른 일을 함께하는 것도 좋을 것 같았다.

"나들이를 가고 싶어요."

"나들이?"

"네, 맛있는 도시락을 싸서 예쁜 장소에 놀러 갔다 오고 싶어요."

라엘은 고개를 끄덕였다.

"알겠다. 마침 이 주변에 전경이 예쁜 호수가 있으니 그곳에 갔다 오면 되겠군."

그렇게 둘은 나들이를 떠났다. 마리는 내리쬐는 햇볕에 밝은 표정으로 말했다.

"날씨가 맑네요. 햇살이 예뻐요."

"최근 비가 많이 왔었는데, 오늘은 다행히 괜찮군."

마리는 한 손에 도시락을 들고 있는 그를 보며 조심히 물었다.

"혹시 나들이가 싫으신 건 아니지요? 만약 싫다면 다른 일을 해도……."

라엘은 피식 웃고는 그녀의 머리를 살짝 헝클어뜨렸다.

"그대와 함께하는데 무슨 일이 안 좋겠는가? 걱정하지 마라."

마리는 라엘의 손을 잡고 숲을 걸었다. 천천히 느긋하게.

'좋아.'

마리는 숲의 공기를 들이 마시며 생각했다. 화창한 숲속을 걷고 있으니 마치 삼림욕을 하는 것처럼 마음이 평온해졌다. 가장 좋은 것은 아무도 없는 곳을 단둘이서 걷고 있다는 것. 오로지 그와 함께하는 느낌이 그녀의 가슴을 차오르게 했다.

'그냥 이 순간이 영원했으면.'

그때, 라엘이 툭 하고 물었다.

"무슨 생각을 하지?"

"아, 그냥…… 아무것도 아니에요."

라엘은 손가락을 들더니 말했다.

"도착했다."

시선을 돌린 마리는 작게 탄성을 질렀다. 파란 호수가 햇살을 받아 반짝반짝 빛나고 있었다. 생각보다 훨씬 예뻐 마리는 고민도 잊고 감탄했다.

"예뻐요. 어떻게 이런 곳을 아셨어요?"

"마침 이번에 오다가 우연히 봤다. 제법 전경이 괜찮아 그대와 함께 오고 싶더군."

마리는 배시시 웃으며 그의 어깨에 머리를 기대었다.

"란. 그거 알아요?"

"응?"

"사랑해요."

라엘의 입꼬리가 부드럽게 올라갔다.

"나도. 나도 사랑한다."

둘은 햇살을 받으며 호숫가에 앉았다. 두런두런 이야기하고, 챙겨온 도시락 간식을 먹으며 시간을 보내던 중 의외의 모습이 눈에 들어왔다.

"어, 저건? 결혼식 하나 봐요."

십여 명 정도 되는 사람들이 호숫가 한편에 모여 있었다. 늙은 촌장앞에 곱게 차려입은 젊은 남녀가 서는 것을 보니, 호숫가에서 야외 결혼식을 하려는 것 같았다.

"근처 마을 사람들인 것 같군. 가서 한번 구경해 볼까?"

"사람들 눈에 띄어도 괜찮을까요?"

이래 봬도 둘은 황제와 왕이었다.

"이런 시골 마을 사람들까지 우리를 알아보지는 못 할 거다."

틀린 말이 아닌지라 그녀는 고개를 끄덕였다. 그렇게 둘은 멀찍이 서서 결혼식을 구경했다. 손톱만 한 작은 마을의 결혼식이니만큼 대단한 볼거리는 없었다. 인자한 인상의 촌장의 축사 후 남녀는 언약의 징표를 나누었고, 마을 사람들이 박수로 그들의 미래를 축하해 주었다.

"보기 좋네요."

"그렇군."

조촐한 결혼식이었지만 남녀는 행복해 보였다. 서로를 사랑하는 게잘 느껴져 마리는 부러운 눈으로 그들을 바라보았다.

'나도 그와 함께 저럴 수 있었으면.'

그때, 그도 같은 생각을 하였는지 그녀의 손을 꼬옥 붙들었다. 둘의시선이 잠시 마주쳤다. 아무런 말도 하지 않았지만 서로의 마음이 느껴졌다.

"……마리."

그때, 그가 입을 열었다. 이어질 그의 말을 기다리고 있는데 뜻밖의 목소리가 그들을 불렀다.

"나으리, 나으리들!"

놀라 고개를 돌리니 결혼식을 올린 마을 사람들이었다. 그들은 라엘과 마리를 지나가던 귀족으로 여겼는지 나으리라고 호칭했다.

"무슨 일인가?"

"저…… 그게…….."

결혼식을 올린 젊은 남자가 말했다.

"혹시 부케를 받아주실 수는 없으십니까? 저희 마을에 부케를 받을 만한 또래가 없어서…….."

그러며 그는 화들짝 조심스러운 표정을 지었다.

"혹시나 기분 나쁘시다면 죄송합니다. 그저 이 호수에서 부케를 받으면 반드시 사랑이 이루어진다는 이야기가 내려와서. 좋은 의미로…….."

"반드시 사랑이 이루어진다고?"

젊은 남자는 웃으며 고개를 끄덕였다. 순수해 보이는 밝은 표정이었다.

"네, 저도 그렇고, 이전의 커플도 그렇고 부케를 받고서 사랑이 이루어졌거든요. 신비한 기적을 일으키는 부케이니 아무에게도 안 주기에는 안타까워서…….."

라엘은 마리를 바라보았다. 이 호수의 결혼식에서 부케를 받으면 사랑이 이루어진다니. 그런 게 어디 있겠는가? 시골 무지렁이의 순박한 믿음일 뿐이다. 하지만 마리는 무슨 생각이 들었는지 고개를 끄덕였다.

"네, 받을게요."

마리는 신혼부부의 부케를 받았고, 마을 사람들은 환한 표정으로 마리와 라엘을 축복해 주었다.

"두 분 너무 잘 어울리십니다!"

"행복하세요!"

짧은 결혼식이 끝이 났고 마리와 라엘은 다시 별장으로 돌아갔다. 돌아가는 길, 마리는 부케 안의 꽃을 보며 배시시 웃음을 지었다.

"왜 웃지?"

"그냥 좋아서요. 사랑이 이루어지는 부케라잖아요."

라엘은 옅게 웃음을 지었다. 그녀를 향한 사랑이 담긴 미소였다. 둘은 서로의 손을 잡고 잠시 말없이 숲길을 걸었다. 여전히 서로에게 하고 싶은 말은 많았지만, 이제 하루만 지나면 그들은 적국의 황제와 왕으로 돌아가야 한다. 그 사실이 그들의 가슴을 짓눌렀다.

"란. 우리가 이루어지는 것은 어려울까요?"

갑작스러운 물음에 라엘이 흠칫 멈춰 섰다. 서로 애써 꺼내지 않고 있던 이야기였다. 그가 대답하지 못하자 마리는 고개를 저었다.

"알아요. 다 내려놓고 도망치지 않는 한 우리가 맺어지는 일은 쉽지 않다는 것을. 그런데 어떻게 하죠?"

마리는 떨리는 눈동자로 그를 바라보았다.

"저 당신과 이렇게 멀어지고 싶지 않아요. 아무리 생각해 보아도 전 당신 없이 살 수가 없어요."

"······마리."

흔들리는 마음 때문일까. 그녀의 입술이 파르르 떨렸다. 라엘이 무겁게 고개를 끄덕였다. 그는 결연한 목소리로 말했다.

"나도 너와 같은 생각이다. 난 어떻게든 그대와 함께할 것이야. 어떤 어려움이 가로막고 있다고 해도, 설사 운명이 막는다고 해도 상관없다. 그대는 나의 것이니, 그대가 내 운명이니, 결단코 굴복하지 않을 거다."

그 말을 들은 마리의 눈동자가 흔들렸다. 그의 강한 의지가 그녀의 가슴에 와닿았다. 마리는 입술을 깨물며 물었다.

"방법이 없을까요? 저는 솔직히 모르겠어요. 아무리 고민해 봐도 답이 보이지 않아요."

"우리가, 아니, 클로얀과 제국이 평화롭게 하나가 되려면 두 가지 조건이 충족되어야 한다."

"어떤 거죠?"

"첫째는 바로 클로얀 왕국이 힘을 갖추는 거다. 동제국으로서도 함부로 넘볼 수 없는 국력을 갖춘다면 그때 비로소 우리는 동등한 자리에서 국혼을 논할 수 있게 된다."

마리는 라엘의 말뜻을 이해했다. 동제국이 침공하려는 것은, 근본적으로 클로얀 왕국의 힘이 미약하기 때문이다. 만약 클로얀이 동제국으로서도 상대하기 부담스러운 힘을 가지고 있다면 그때는 이야기가 달라진다. 큰 희생을 감수하고 전쟁을 치르는 것보다는 동맹을 맺는 것이 더 이득이 되는 것이다.

"그리고 나머지는 화친의 분위기다. 이게 어쩌면 더 중요한 점이라 할 수 있지. 지금은 클로얀이든 제국이든 서로를 향한 앙금이 너무 깊어. 그 앙금을 풀어야 한다."

마리는 무겁게 고개를 끄덕였다.

"하지만 그 문제들을 해결하기에는 시간이 너무 부족해요."

시간만 있다면 어떻게든 풀어 나갈 수 있는 문제들이었다. 하지만 지금 당장 전쟁이 일어나기 직전이라 시간이 없었다. 그때, 라엘이 말했다.

"아니, 시간은 벌 수 있다. 한 가지 우리를 돕고 있는 일이 있다."

마리는 의아한 표정을 지었다. 그는 저 하늘을 올려다보았다.

"이제 곧 겨울이다."

"아……."

마리는 그의 뜻을 눈치채고 감탄을 내뱉었다.

"난 황제의 권한을 이용해 어떻게든 진군을 늦출 거다. 어차피 겨울이 다가오니 제대로 된 전쟁을 할 수 있는 시기가 아니지."

그는 강한 눈동자로 그녀를 바라보았다.

"그 시간 동안 우리는 어떻게든 양국의 화친 분위기를 조성해야 한다. 만약 그렇게 분위기가 조금만 풀린다면."

라엘은 맹세하듯 말했다.

"내 황위를 걸고서라도 그대와의 국혼을 추진하겠다."

깊은 숲속에서 그들은 서로를 갈라놓은 운명에 맞서 싸우기로 했다. 서로를 위해, 함께하기 위해 절대로 굴복하지 않기로 맹세했다.

대화를 마친 둘은 숲의 입구에 도착했다. 이제 헤어져 각자의 자리로 돌아갈 때였다. 그들은 마지막 입맞춤을 나누었다. 서로를 향한 갈망이 안타까움에 섞여 번져 나갔다. 한참이나 이어진 입맞춤이 끝난 뒤에도 둘은 쉽게 발걸음을 떼지 못했다. 두 사람은 서로를 한없이 바라만 보았다.

"란, 우리 다시 만날 수 있겠죠?"

마리의 목소리가 희미하게 떨렸다. 라엘은 강하게 고개를 끄덕였다.

"그래, 다음에 만날 때는 넌 내 아내가 될 것이다."

그 말에 마리는 웃음을 지었다. 그의 아내. 꿈같은 일이었다.

"네, 그러면 됐어요. 저 이만 가 볼게요."

마리는 애써 태연한 목소리로 말했다. 괜히 눈물이 울컥 나올 것 같아 그녀는 급히 등을 돌렸다.

"저…… 정말 가 볼게요."

마리는 미리 준비해 둔 말에 올라탔다. 그러고 막 출발하려고 할 때, 라엘이 그녀를 향해 말했다.

"신의 가호가 그대에게 함께하기를."

그 축복에 마리는 마주 말했다.

"네, 란에게도 신의 가호가 함께하기를. 혹시라도 전투가 벌어지거나 하면 꼭 조심하세요. 다치면 절대 안 돼요."

마리는 속으로 신께 기도했다.

'주님, 정말로 저희를 축복해 주세요. 제발 저와 란이 행복해질 수 있도록 해주세요.'

그렇게 둘은 발걸음이 떨어지지 않는 이별을 하였다. 각자의 진영으로 돌아간 둘은 파국을 막기 위해 최선을 다할 것이다. 사랑하는 서로를 위해서.

───◆───

왕국으로 돌아온 마리는 일단 키에르한을 불렀다.

"각하, 제 부탁을 들어주실 수 있을까요?"

"무슨 일입니까, 전하?"

심상치 않은 그녀의 목소리에 키에르한은 의아한 얼굴을 하였다.

"이만 영지로 돌아가 주세요."

키에르한의 얼굴이 딱딱하게 굳었다.

"그럴 수는 없습니다. 저를 생각해서 그러는 것입니까?"

마리는 부정하지 않았다.

"지금까지야 괜찮았지만 전쟁이 시작된 다음에도 왕국에 머물면 각하의 입장이 곤란해질 거예요. 이제는 돌아가셔야 해요."

서제국과 전쟁 중에 클로얀 왕국을 도운 것은 용납 가능한 범위의 일이다. 서제국이 동제국의 주적이기 때문이다. 하지만 지금은 달랐다. 동제국과의 싸움을 앞둔 지금 동제국의 대귀족인 그가 그녀의 곁에 머무는 것은 이적 행위나 다름없었다.

"상관없습니다. 그저 키에르한이란 일개 기사로서 머물고 있는 것이 니까요. 세이튼 가문과 상관없는 제 개인의 일탈 행위이니 가문에 큰 피해를 주지는 않을 것입니다."

마리는 말도 안 된다는 얼굴을 하였다. 서제국과 맞설 때 돕던 쉴트 기사단과 그의 군단병은 모두 동제국으로 돌아간 상태였다. 그가 그녀에게 충성을 맹세했지만, 그렇다고 수하들에게까지 그 충성을 강요할 수는 없었기에 클로얀에 남은 것은 키에르한 한 명뿐이었다.

"전 그저 당신의 기사로서 곁에 남아 있는 것일 뿐입니다."

"각하……."

"너무 걱정하지 마십시오. 이미 적합한 이에게 가주의 모든 권한을 위임한 상태입니다. 만약 동제국이 제 행동을 문제시 삼으면 그들이 알아서 저를 파문시킬 것입니다."

"……!"

마리는 주먹을 움켜쥐었다. 키에르한은 자신의 모든 것을 내려놓고 그녀의 곁에 남은 것이다. 지순할 정도로 헌신적인 마음이었지만, 그래도 이건 아니었다. 무엇보다 그녀는 그렇게 그가 자신의 모든 것을 버리듯 희생하는 것을 원치 않았다. 그가 뜻을 굽히지 않을 것을 깨달은 마리는 다른 방법을 사용했다.

"이건 비단 각하만을 위한 제안이 아니에요. 이곳에 머무는 것보다 동제국으로 돌아가는 게 저한테 훨씬 도움이 되는 길이에요."

"어째서입니까?"

의아한 표정을 짓는 그에게 마리는 설명을 이었다.

"사실 각하가 제 곁에 머무는 것은 실질적으로 큰 도움이 되지 않아요. 아무리 각하가 강한 기사라고 해도, 전쟁 중에 개인의 영향력은 미비하니까요."

키에르한은 입을 다물었다. 그녀의 말이 옳았다.

"반면 동제국으로 돌아가면 이야기가 다르죠. 각하는 동제국의 손꼽히는 대귀족. 이곳에 머무는 것과는 비교도 안 되게 많은 일을 할 수 있어요."

"그 말씀은?"

"네, 맞아요. 저는 각하께서 동제국으로 가서 클로얀 왕국에 힘을 보태 주었으면 좋겠어요."

키에르한은 그녀의 말뜻을 깨달았다. 지금 그녀는 그가 제국에서 친 클로얀파가 되어 칼끝을 걸을 양국 관계에서 조력을 달라는 뜻이었다. 확실히 이곳에서 기사로 머무는 것보다 훨씬 그녀를 도와줄 수 있는 길이긴 했다. 하지만 키에르한은 바로 승낙하지 못했다. 그녀를 홀로 놔두고 떠나기가 꺼려졌기 때문이다. 그래서 그녀는 말했다.

"저는 이제 괜찮아요. 그러니 절 믿고 떠나 주세요."

키에르한은 마리의 결연한 눈빛을 보고 그녀가 모종의 결심을 했음을 눈치챘다.

"……더는 아파하지 않으시는군요."

"어떻게든 이 상황을 극복해 내기로 결정했으니까요."

그제야 키에르한은 고개를 끄덕였다.

"알겠습니다. 전하의 말씀에 따르겠습니다. 대신 조건이 있습니다."

"……?"

"어디에 있든지 전 당신의 기사. 견디기 힘든 상황이 오면 제가 있다는 것을 잊지 말아주십시오."

마리는 잠시 머뭇거리다가 고개를 끄덕였다. 어떤 상황에서도 변함없이 자신을 위하는 그의 마음이 고마웠다.

"네, 감사해요."

그렇게 키에르한이 돌아간 이후, 마리는 방법을 고민하였다.

'그가 진군을 늦추려 노력한다고 해도 시간을 무한정 벌 수는 없어. 최대한 빨리 묘책을 마련해 내야 해. 어떤 방법을 써야……'

수많은 능력을 가지고 있는 그녀였지만 쉽게 방법이 떠오르지 않았다. 애초에 불가능한 일에 매달리는 것일지도 몰랐다.

'아니야. 반드시 방법이 있을 거야.'

그녀가 이를 악물며 고뇌하고 있는 사이, 도합 10여 만이 넘는 대군이 대치하고 있는 국경의 긴장감은 나날이 고조되고 있었다. 군사들끼리 우발적인 충돌이 잦아졌고, 사실상 전쟁에 돌입한 것과 다름없는 분위기가 흘렀다.

'언제 진군을 시작하는 거지?'

'폐하께서 작전을 준비 중이신 건가?'

동제국군은 황제의 진군 명령만 기다렸고,

'이번에는 절대로 동제국군에 패하지 않겠어.'

'반드시 승리하겠어.'

왕국군은 결전의 의지를 다지며 서로를 노려보았다.

그렇게 팽팽한 긴장감이 극에 달해 터지기 직전의 상황에서 예상치 못한 일이 일어났다. 양군에 갑작스레 열병이 돌기 시작한 것이다.

"열병이라고요?"

"네, 전하. 갑자기 여기저기서 고열을 호소하며 병사들이 쓰러지고 있습니다."

바르한의 보고에 마리의 안색이 창백해졌다.

'혹시 전염병이?'

그녀는 다급히 환자들을 보러 갔다. 대략 50명 정도 되는 병사들이 커다란 막사 안에 모여 진료를 받고 있었다.

"상태가 어떤가요?"

"다들 고열과 복통을 호소 중입니다. 피 섞인 변을 보는 이들도 있습니다."

전염병이 분명했다. 그렇지 않아도 안 좋은 상황에 최악의 일이 일어난 것이다.

'최대한 빨리 조처를 해야 해. 잘못하다가는 큰 피해가 생길 수도 있어.'

수많은 병사가 밀집해 생활하는 군대에서 전염병은 치명적인 결과를 낳을 수 있다. 역사를 살펴도 전염병 때문에 군대가 전투 불능에 빠진 경우는 적지 않았다.

'도대체 무슨 전염병이지?'

마리는 이전 꿈속에서 경험했던 '의사'의 능력을 사용해 환자들을 진료했고, 곧 특징적인 증상들을 발견할 수 있었다.

'체온에 비해 심장의 맥이 느려.'

열이 나 체온이 올라가면 자연적으로 심장의 맥이 빨라지게 마련인데, 그런 것이 없었다. 상대적인 서맥이었다. 그리고 또 하나의 특징적 증상. 바로 가슴과 등 쪽의 담홍색 모양의 장미 모양 발진이었다. 그 특징들을 토대로 마리는 곧 한가지 진단을 추측했다.

'장티푸스성 열이야. 양상이 다른 면도 있지만, 비슷한 질환임이 확실해.'

장티푸스! 이 시대에 흔히 유행하는 전염병으로 보통 오염된 물을 통해 전파된다. 일반적인 장티푸스에 비해 진행 속도가 훨씬 빠르고 양상이 더 심해 정확히 같은 병이라 하기는 어려웠지만, 대충 비슷한 전염병으로 보였다.

"현재 어디에서 물을 공급받고 있죠?"

"마이엘 호수에서 뻗어 나온 천의 물을 사용하고 있었습니다."

마이엘 호수는 동쪽에 위치한 상수원이었다. 현재 동제국군 1군단이 호수 인근에 주둔 중이었는데, 수만 명이 머물며 물이 오염된 것 같았다.

"일단 다른 곳에서 물을 공급받도록 하세요. 그러면 추가적인 환자는 발생하지 않을 거예요."

그나마 크게 전염병이 번지기 전에 원인을 확인해서 다행이었다. 오염된 물의 사용을 피하면 큰 피해는 발생하지 않을 것이다. 다만 문제가 남아 있었으니, 이미 감염된 환자들의 치료였다.

"크으……."

전염병에 걸린 병사들은 고통에 신음을 흘리고 있었다. 다행히 마리에게는 이들을 치료할 방법이 있었다. 바로 과거 동제국의 수도에서 라엘의 중병을 치료한 적 있었던 '푸른곰팡이 약'이었다.

'전투에 대비해 미리 다량으로 준비해 놓길 다행이야.'

전장에 나서기 전 마리는 미리 푸른곰팡이에서 대량의 약을 추출해 놓은 상태였다. 부상당한 병사들을 치료하기 위해서였다. 그녀는 곧바로 약을 투약하였고, 하루 이틀이 지나자 환자들은 호전을 보이기 시작했다.

"가, 감사합니다, 전하."

마리의 빠른 조처 덕분에 목숨을 구한 환자들은 눈시울을 붉히며 감사를 표했다.

"아니에요. 더 나빠지지 않아 다행이에요. 푹 더 쉬어서 빨리 낫도록 하세요."

"네, 빨리 나아서 전하를 위해 싸우겠습니다!"

환자들은 침상에 누워 있는 상태에서 큰소리로 외쳤다. 왕국군의 사기가 한층 더 올라갔음은 물론이다. 한편, 안도의 한숨을 내쉬던 마리는 문득 한 가지 사실에 생각이 닿았다.

'마이엘 호수는 우리보다 동제국이 주로 이용하는 상수원이야.'

그녀는 침을 꿀꺽 삼켰다.

'그러면 지금 동제국군은 어떤 상태인 거지?'

그녀의 예상대로 동제국군에는 전염병이 말 그대로 창궐하고 있었다. 어느 날 고열 환자가 한 명, 두 명 발생하더니 기하급수적으로 그 수가 늘어나 버렸다. 겨우 수십 명의 환자만 생긴 클로얀 왕국과는 차원이 달랐다. 어림잡아도 수백 명이 넘는 숫자였다.

"당장 마이엘 호수의 물 사용을 금지해라!"

더 상황이 악화하기 전 라엘이 적절한 조처를 하였다. 의학적 지식은 없었지만, 이전 수도의 전염병 사건 때 마리가 했던 조처를 떠올려 원인을 차단했다.

"환자들을 한 곳으로 몰아 접근을 차단하도록!"

"알겠습니다!"

명을 받은 병사들이 신속히 움직였다. 라엘은 막사의 의자에 몸을 기대며 무거운 목소리로 물었다.

"피해 상황은 어떻지?"

"환자의 수는 총 500여 명입니다."

"많군."

라엘은 탄식하듯 말했다. 말이 500명이지 어마어마한 숫자였다. 왕국군에 비해 훨씬 많은 사람이 오염된 물을 먹었고, 마리가 사용한 푸른곰팡이 약 같은 치료제가 없어 사람들 간의 전파도 조기에 차단할 수 없었기 때문이다.

"환자들의 상태는 어떻지?"

오른이 어두운 낯빛으로 말했다.

"좋지 않습니다. 일반적인 경우에 비해 독성이 훨씬 강한 전염병인 것 같은데, 상당한 숫자의 사망자가 나올 것 같습니다."

라엘은 침음을 삼켰다. 500명. 보는 관점에 따라 전혀 다른 느낌의 숫자이다. 전투력 보존의 측면에서 보자면 큰 손실은 아니다. 오히려 고작 오백 명 정도로 추가적인 환자의 발생을 막았으니, 굉장히 적은 피해라고 할 수 있었다.

'하지만 정말로 적다고 할 수 있을까? 저 중에 몇 명이나 죽을지 모르는데?'

라엘은 무겁게 생각하고 말했다.

"환자들을 치료할 방도는 없는가?"

오른은 입술을 깨물었다. 사람들의 희생이 안타까운 것은 오른도 마찬가지였다. 그런데 그 순간 한 가지 방법이 그의 머리에 떠올랐다.

'클로얀 왕국군이 사용한 약이라면 사람들을 치료할 수 있지 않을까?'

첩보에 의하면 왕국군은 푸른곰팡이 약을 사용해 거의 아무런 피해 없이 전염병을 넘겼다고 한다. 그 약을 사용하면 상당히 많은 환자를 구할 수 있을 거다.

'하지만 불가능한 일이야. 갑자기 약을 어디서 구한단 말인가.'

오른은 고개를 저었다. 제국도 푸른곰팡이 약을 못 만드는 것은 아니었다. 이전에 마리가 약의 제조법을 남겨 두었다. 하지만 마리의 명으로 미리 다량의 약을 준비해 둔 왕국과 다르게, 제국은 비치해 놓은 약이 거의 없었다. 유일한 방법은 클로얀 왕국에 도움을 요청하는 것인데, 그들이 침략군인 동제국군을 도와줄 리가 없었다.

"최대한 피해를 줄이도록 노력해 보겠습니다."

오른은 이렇게 답할 수밖에 없었다.

한편, 제국군의 소식은 왕국군에도 전달되었다. 싸움을 앞둔 적이다 보니 동정의 시선은 없었다. 오히려 병에 걸린 사람이 고작 500명밖에 안 되는 것에 아쉬워하는 이들도 있었다. 어쨌든 크게 신경 쓰는 이는 없었다. 동제국에 어떤 피해가 생기든 남의 일일 뿐이다. 다만 왕국에서 단 한 명만이 다른 생각을 하였다.

'그냥 모른 척해도 될까?'

바로 마리였다. 그녀는 동제국의 전염병 소식을 듣고 고뇌에 빠졌다.

'푸른곰팡이 약을 지원해 주면 많은 사람을 살릴 수 있을 텐데.'

마리는 스스로의 생각에 실소했다. 쥐가 고양이 생각해 주는 것도 아니고, 본인이 생각해도 우스웠던 것이다.

'하지만 모두 병사인 것도 아니고, 일반 백성들의 피해도 심하다는데. 우리 군에 약이 모자란 것도 아니고.'

마리는 한숨을 내쉬었다. 제국군은 침략군이다. 그들을 도와주는 것은 말도 안 되는 일이었다. 하지만 자꾸만 병에 걸려 죽어 가고 있을 사람들이 떠올랐다. 전쟁이 나쁜 것이지 그들에게 죄가 있는 것은 아니지 않은가?

'어쩌면 이번 도움이 화친의 계기가 될지도 모르니까.'

물론 도움 한번 준다고 해서 분위기가 극적으로 바뀔 리는 없다. 하지만 불씨가 일어나는 계기가 될지도 모른다.

'아니, 그런 걸 떠나서라도 죽어 가는 사람들을 살리는 건 의미가 있는 일이니까.'

결국, 마리는 마음을 결정하고 바르한 백작을 불렀다.

"동제국 측에 사신을 보내란 말씀이십니까? 무슨 일로?"

"이번 전염병 일로 논할 게 있다고 전해 주세요."

바르한은 의아한 표정을 지었다. 클로얀 왕국에서 전염병은 이미 다 해결된 상태다. 그런데 무슨 논할 일이 남아 있다고?

'설마?'

바르한은 마리의 뜻을 눈치채고 눈을 크게 떴다. 마리는 곤란한 표정으로 말했다.

"아무리 적국이라도 전염병으로 많은 이가 사망한다 생각하니 마음에 걸려서 그래요. 약품이 모자란 것도 아니고…… 그래도 역시 그만두는 것이 좋을까요?"

그녀도 확신이 들지 않아 바르한에게 의견을 물었다. 바르한은 고민하다가 답했다.

"원래대로라면 적국을 도와줄 필요는 없긴 하지만, 전하의 뜻대로 하십시오. 어차피 도와주지 않고는 못 견디실 것 아닙니까."

마리는 어색한 표정을 지었다. 그의 말이 맞았다. 바르한은 살짝 한숨을 내쉬었다.

"뭐…… 전하의 그런 면 때문에 저희가 더더욱 충성을 바치는 면도 있으니 말입니다."

그렇게 왕국과 제국 사이에 대화의 장이 열렸다. 약속 장소에 나간 마리는 제국에서 나온 인물을 보고 눈을 크게 떴다.

"오랜만입니다. 이제는 전하라 불러야겠군요."

쾌활한 인상의 훤칠한 미남. 오른이 제국의 대표로 나온 것이다. 오른은 씁쓸한 표정으로 그녀를 바라보았다.

"이런 입장으로 다시 보게 될 줄은……."

마리의 얼굴에도 복잡한 심경이 떠올랐다. 마지막으로 그를 봤을 때만 해도 이런 식의 재회는 생각지도 못 했었다.

"일단 사적인 이야기는 접어 두지요. 양국을 대표하여 이야기를 나누러 온 것이니. 무슨 일로 대화를 나누고자 한 것입니까?"

"현재 돌고 있는 전염병 때문에 이야기를 나누고자 청했어요."

"전염병이요? 클로얀 왕국은 이미 전염병을 해결했다고 들었습니다만?"

오른은 의아한 표정을 지었다. 전염병에 대해 이야기를 나누자고? 클로얀은 아무런 피해 없이 전염병을 해결한 상태일 텐데 무슨 이야기를?

"제국은 현재 돌고 있는 전염병 환자들을 어떻게 치료하고 있는지요?"

"그거야 의사들을 최대한 동원해 치료 중입니다만, 치료약이 없어 희생자가 꽤 많이 나올 것 같습니다."

고개를 갸웃하며 대답하던 오른은 일순 멈칫했다. 그녀가 어떤 의도로 말을 꺼낸 것인지 짐작한 것이다.

"설마?"

마리는 가만히 고개를 끄덕였다.

"네, 맞아요. 대화를 하고자 청한 이유는 우리 왕국과 푸른곰팡이 약을 거래할 생각이 있는지 묻기 위해서예요."

"……!"

오른은 눈동자를 크게 떴다. 그녀의 말을 받아들이기 어려웠던 것이다.

'푸른곰팡이 약을? 어째서?'

제국의 입장에서는 거절할 이유가 없는 제안이었다. 푸른곰팡이 약만 있다면 수많은 환자를 살릴 수 있을 테니까. 마리는 고개를 저으며 말했다.

"어쩔 수 없이 전쟁을 하는 중이지만, 병에 걸린 사람들은 죄가 없잖아요. 살릴 수 있는데 모른 척 외면할 수가 없어서 그러는 것일 뿐이에요."

"⋯⋯."

"물론 공짜는 아니에요. 비싼 값을 받을 거예요."

오른은 그녀의 말에 아무런 대답도 못 하고 한참이나 입을 다물고 있었다. 그는 그녀의 눈동자를 바라보았다. 이전에 헤어졌을 때와 마찬가지인 맑고도 맑은 눈빛. 오른은 탄식하듯 말했다.

"⋯⋯당신은 변하지 않으셨군요."

그는 그녀가 라엘의 시녀였을 때를 떠올렸다. 당시에도 그녀는 항상 선의에 근간해 행동했었다. 그런 그녀이기에 적군에게 약품을 지원해 준다는 이런 말도 안 되는 행동을 하는 것이리라.

"⋯⋯당신이 황후가 되었다면 참 좋았을 텐데."

오른은 작게 중얼거리고는 흠칫 입을 다물었다. 자신도 모르게 생각이 새어 나온 것이다.

"그거 아십니까? 당신이 모리나 왕녀임이 밝혀지고, 전 당신을 굉장히 많이 원망했습니다."

마리는 묵묵히 그의 말을 들었다.

"제국에 큰 피해를 주었을 뿐 아니라, 폐하께 심장을 도려내는 듯한 고통을 주었으니까요. 그래서 원망하고, 또 참 많이 후회했습니다. 의심이 갈 때 망설이지 말고 어떻게든 당신을 잡아 가두기라도 했어야 했는데, 라고 생각하기도 했습니다."

오른은 쓸쓸히 입꼬리를 들어 올렸다.

"하지만 역시나 미워하기는 어렵군요."

"⋯⋯."

"전하의 제안에 제국을 대표하여 감사를 표합니다. 황제 폐하께서도 크게 기뻐하실 것입니다. 약품의 대가는 부족하지 않게 치르겠습니다."

그렇게 약품 지원에 대한 협상이 타결되었다. 왕국은 푸른곰팡이 약을 지원하기로 하였고, 제국은 그에 상응하는 금을 지급하기로 했다. 오른은 제국 진영으로 돌아가기 전 마지막으로 말했다.

"전하."

"말씀하세요."

"오늘의 호의에 다시 한번 감사합니다."

마리도 고개를 끄덕였다.

"조심히 돌아가세요."

푸른곰팡이 약은 즉각 제국에 전달되었고, 바로 환자들에게 투여되었다. 푸른곰팡이 약은 '마법의 탄환'이란 별명에 걸맞게 어마어마한 효과를 내었다. 사경을 헤매던 환자들이 금세 호전되기 시작한 것이다.

"내가…… 살아난 거야?"

"어떻게? 그대로 죽는 줄 알았는데……."

고열에 시달리다 회복되어 정신을 차린 환자들은 멍하니 중얼거렸다. 의사들도 고개를 절레절레 내저은 절망적인 상황이었다. 그런데 이렇게 극적으로 호전을 보이다니, 믿을 수 없었다. 더구나 호전된 이는 한두 명이 아니었다. 마치 기적이라도 일어난 것 같았다.

"천사님이라도 왔다 가신 건가?"

환자들은 알 수 없다는 듯 물었다. 물론 그들의 의문은 오래지 않아 풀렸다.

"클로얀 왕국의 모리나 여왕이 푸른곰팡이 약을 지원해 주었다고?"

"말도 안 돼. 어떻게 그럴 수가?"

그들은 서로의 얼굴을 바라보았다. 제국은 클로얀의 적이다. 그냥 사이가 안 좋은 관계 정도가 아닌, 전쟁을 앞둔 정복군이었다. 그런데 이런 도움이라니?

"……역시 힐데른 자작님."

병사 중 하나가 자신도 모르게 중얼거렸다가 화들짝 고개를 저었다.

"아, 아니. 이전에 수도에서 그분의 도움을 받은 적이 있어서…… 그때 일이 생각나서 말해봤네……."

제국의 모두가 모리나, 아니, 마리 폰 힐데른을 기억하고 있었다. 당시 그녀는 제국을 위해 세운 수많은 공과 선행으로 제국민 모두에게 사랑받는 여인이었다. 제국민 모두는 그녀가 자신들의 황후가 될 것으로 의심치 않았다.

"……."

과거의 일이 떠오르며 병사들 사이에 잠시 무거운 분위기가 흘렀다. 새삼스럽게 그들이 누구를 향해 검을 겨누고 있었는지 깨달은 것이다. 그토록이나 사랑스럽고 훌륭하던 예비 황후 마리 폰 힐데른이 그들의 적이었다. 그들은 그녀의 목을 치기 위해 검을 들었고, 그런 그들을 향해 그녀는 다시 한번 말도 안 되는 선행을 베풀었다. 병사들은 뭐라고 설명하기 어려운 복잡한 심정이 되어 중얼거렸다.

"……어쨌든 정말 고맙구먼."

"……이를 말인가. 덕분에 수많은 이가 목숨을 건졌어."

그렇게 제국군 전체에 마리의 선행이 퍼졌고, 그 소식을 들은 병사들은 고마움과 더불어 복잡한 심경을 가질 수밖에 없었다. 그리고 제국군을 향한 마리의 도움은 그걸로 끝이 아니었다. 푸른곰팡이 약을 투약하고도 회복되지 않은 국경 지대의 환자들을 왕국군 진영에서 직접 치료까지 해준 것이다.

사실 마리도 그렇게까지 할 생각은 없었으나, 뛰어난 의술을 지닌 그녀의 소식을 들고 찾아온 환자들을 외면하지 못해 일어난 일이었다. 그렇게 전장과 어울리지 않은 미담이 제국에 다시 한번 퍼졌고, 제국민들의 마음속에 마리에 대한 감사가 더욱 깊어졌다.

"어떻게 적에게 이런 도움을…… 힐데른 자작님은 정말로 하늘에서 내려온 천사인 건가."

누군가 알 수 없다는 목소리로 중얼거렸다. 그리고 그렇게 생각하는 이는 한두 명이 아니었다. 물론 그렇다고 해서 양군의 분위기가 좋아지거나 한 것은 아니었다. 여전히 양군은 삼엄한 경계를 유지하고 있었다. 하지만 한 가지 변화가 있었으니, 그건 제국군 사이에 그녀를 향한 그리움이 싹트기 시작한 거다. 제국민 모두가 예비 황후 시절의 마리를 기억하고 있었다. 이번 미담을 계기로 당시의 기억이 떠오르며, 그녀를 다시금 그리워하는 이들이 생긴 것이다.

그때, 제국 국경 지대의 한 마을에서 정체를 알 수 없는 남자가 가만히 술을 마시고 있었다. 전신을 가리고 있는 후드를 입고 있었는데 체구가 굉장히 왜소했다. 남자는 주변에서 들려오는 소리를 들으며 중얼거렸다.

"역시나 대단하군."

온통 들려오는 소리가 모리나 여왕에 대한 이야기뿐이었다. 남자는 그녀에 대한 이야기를 들으며 입꼬리를 살짝 들어 올렸다. 후드 속의 얼굴은 굉장히 기이했다. 얼굴선 자체는 마치 여인처럼 아름다웠지만, 얼굴 한쪽이 무언가에 긁힌 듯 자잘한 흉으로 가득했다. 목에도 깊게 베인 상처가 있었다. 남자는 다시 술을 입가에 가져갔다.

"역시나 모리나 여왕이야. 대단해."

그러며 그는 나직이 중얼거렸다.

"보고 싶군."

묘한 광기가 담긴 목소리였다.

대치가 길어지며 겨울이 다가왔다. 올해따라 이른 눈이 내렸는데,

유례를 찾기 어려운 굉장한 폭설이었다. 자연스레 양군의 전쟁은 소강을 맞게 되었다.

'눈이 많이 오네.'

떨어지는 눈을 보며 마리는 감상에 잠겼다. 전장이란 사실만 잊으면 참 아름다운 눈이었다. 그와 함께 이 눈을 바라보고 싶었다.

'다음 겨울에는 반드시 그와 함께 눈을 보겠어.'

그녀는 속으로 다시 한번 다짐하며 외투를 챙겨 입고 밖으로 나왔다. 귀족들과 회의가 예정되어 있어 참석해야 했다.

"전하를 뵙습니다!"

회의실에 참석하니 바르한 백작을 비롯한 왕국군의 수뇌들이 그녀를 맞았다. 이제 그녀도 귀족들의 예를 받는 것이 익숙해졌다. 마리는 상석에 앉아 입을 열었다.

"회의를 시작하겠어요. 장궁병의 훈련은 잘 진행되고 있나요?"

"네, 아직 부족하긴 합니다만, 숙련도가 눈에 띄게 좋아진 상태입니다."

"다행이군요."

마리는 고개를 끄덕였다. 장궁은 중갑을 입은 기사들에게도 위협적인 무기이다. 이전부터 클로얀 왕국은 석궁이 아닌 장궁을 주로 사용해 왔는데, 마리는 국력을 확충할 수단으로 장궁병을 육성하고 있는 거다.

'기사나 보병 전력을 단기간에 강화할 수는 없어. 그나마 가능성 있는 것은 장궁병을 훈련시키는 거야. 장궁병이 대규모로 있으면 제국군도 경시하지 못할 거야.'

문제는 역시나 시간이었다. 병사들이 장궁을 능숙하게 다루게 만들 시간이 부족했다.

"어쨌든 최선을 다해 주세요. 폭설로 기온이 낮으니 병사들의 건강도 신경 써 주시고요."

"네, 전하."

"군량 보급 쪽은 문제가 없나요?"

"네, 폭설로 운반에 지장이 있긴 하나 미리 비축해 둔 양이 있어 큰 문제는 없습니다."

마리와 귀족들은 제반적인 사항을 상의했다. 그런데 한참 회의를 하고 있을 때였다. 요란한 발걸음 소리와 함께 전령이 회의장 안으로 들어왔다.

"급보입니다, 전하!"

곧 이어지는 전령의 말에 회의장의 분위기가 날카롭게 곤두섰다.

"제국군 일부가 국경 북쪽, 알피엔산으로 접근하고 있습니다!"

"······!"

귀족들은 갑작스러운 보고에 수군거렸다.

"제국군이? 이 폭설이 내리는 와중에?"

"알피엔산을 넘으려는 것인가?"

"하지만 제국군이 알피엔산 쪽으로 접근할 이유가 없는데? 도대체 무슨 속셈인 거지?"

알피엔산은 국경 북쪽에 있는 험준한 산으로, 위치상 그렇게 중요한 지역이 아니다. 무리해서 제국군이 공격할 이유가 없는 지역이라 사람들이 의아한 표정을 짓는데, 전령이 이유를 설명하였다.

"공격하러 접근하는 것은 아닌 것 같습니다."

"그러면?"

"이틀 전 폭설로 알피엔산에 대규모의 눈사태가 일어났습니다. 제국군은 눈에 매몰된 제국민들을 구하기 위해 이동하고 있는 것으로 보입니다."

마리의 표정이 굳었다. 대규모 눈사태라고?

"그러면 왕국민들은요? 알피엔산에는 제국민들만 거주하는 것이 아니지 않나요?"

알피엔산은 국경선으로 따지면 제국에 속하는 지역이다. 하지만 산의 형태가 동서로 넓게 뻗어 있었고, 위치가 왕국 내륙에 조금 더 가까웠기 때문에 실질적인 구분이 모호하여 왕국 출신 산악민들과 제국 출신 산악민들이 섞여 살아가고 있었다.

"왕국민들도 함께 눈사태에 휩쓸린 것으로 보입니다."

"눈사태에 휘말린 주민들은 몇 명이나 되죠?"

"왕국민만 최소 1,000명 이상은 될 것으로 보입니다. 하필 산악민이 모여 사는 지대에 눈사태가 일어나서……."

그 비보에 마리는 고민 후 자리에서 일어났다.

"산악민들을 구하기 위해 알피엔산으로 가 봐야겠어요. 채비를 해주세요."

일부 귀족들이 난색을 표했다.

"하지만 전하, 제국군을 앞두고 있는 상황입니다. 희생자들이 안타깝긴 하나, 지금 움직이시는 것은……."

틀린 지적은 아니었으나, 마리는 고개를 저었다.

"어차피 제국군도 폭설로 전투를 하기 어려운 상황이에요. 그리고 무엇보다 우리가 제국군에 맞서는 이유는 왕국민들을 지키기 위해서인데, 당장 눈앞에 목숨이 경각에 달한 이들을 모른 척할 수는 없어요."

1,000명. 서류상 숫자로 보면 큰 숫자는 아닐지도 모른다. 군주라면 대의를 위해 저런 작은 희생 따위는 모른 척하는 면모를 지녀야 하는 것이 맞을지도. 하지만 마리는 도저히 그럴 수가 없었다. 한 명, 한 명의 목숨도 가치를 따질 수 없이 소중한데, 무려 천 명이다. 어떻게 외면할 수 있겠는가? 그리고 여러 사정상 제국군도 당장 움직이지는 않을 것이다.

'최대한 사람들을 구해 내자.'

마리는 굳게 다짐했다.

마리는 왕실 기사단과 함께 재난 지역으로 향했다. 알피엔산과 가장 가까운 요새는 네링스성으로 하워드 후작이 이끄는 3,000명의 병력이 주둔하고 있었다.

"국왕 전하를 뵙습니다."

미리 연락을 받은 하워드 후작이 마중 나와 고개를 숙였다. 하워드 후작은 이전 췌장 농양을 앓을 때 그녀에게 목숨을 구제받은 바 있어 눈빛에 강한 충성심이 흘렀다.

"피해 상황은 어떻죠?"

"워낙 눈사태가 넓은 지역에 걸쳐 일어나 정확히 파악되지 않고 있습니다. 다만 사람들이 주로 거주하는 지역을 중심으로 눈사태가 일어나 피해가 클 것으로 보입니다."

마리는 어두운 표정을 지었다. 생각보다도 상황이 좋지가 않았다.

"그리고 문제가 또 하나 있습니다."

"무슨 문제죠?"

"이 근방으로 제국군이 진군해 현재 대치 중입니다."

마리는 상황을 이해했다.

'눈사태로 피해를 입은 것은 왕국민들뿐이 아니야. 오히려 제국민들의 피해가 훨씬 커.'

누구보다도 라엘은 백성들을 위하는 군주였다. 그런 그이니만큼 위기에 빠진 백성들을 구하기 위해 병사들을 보낸 것이리라.

'문제는 눈사태가 발생한 지역으로 가려면 이 요새를 지나야 한다는

거야.'

알피엔산의 지형적 특성 때문이었다. 산이 위치한 곳은 제국이지만, 산악민들이 주로 거주하는 촌락으로 향하려면 왕국 국경 지대를 통과해 가야 했다.

"일단 절대 불가능하다 말했으나, 제국군도 물러서지 않고 있습니다."

마리는 곤란한 마음이 들었다. 다른 때라면 몰라도 지금은 전쟁 중이다. 제국군을 왕국 땅에 받아들일 수는 없는 노릇이었다.

"제국군은 현재 일전을 불사할 기세입니다. 오늘 중으로 이 요새를 함락하려 들 수도 있습니다."

마리는 고민에 빠졌다. 제국군을 받아들이기도 곤란했고, 그렇다고 맞서 싸우는 것은 더더욱 안 되었다. 교전을 벌이는 사이 눈사태에 휘말린 사람들은 목숨을 잃게 될 것이다.

"일단 제국군과 이야기를 해봐야겠어요."

"제국군과 말입니까?"

하워드 후작은 눈살을 찌푸리며 제국군에 강한 적개심을 표했다.

"네, 제국군도 지금 상황에서 우리 군과 무턱대고 싸우려 들지는 않을 거예요."

하워드 후작은 마뜩잖은 표정이었으나, 그녀가 하는 말이기에 고개를 끄덕였다.

"이곳으로 진군한 제국군을 이끄는 자는 누구지요?"

하워드 후작은 잠시 침묵하다가 말했다.

"제국의 황제입니다. 그가 직접 왔습니다."

뜻밖의 대답에 마리의 눈동자가 커졌다.

'란이 이곳에 와 있다고?'

그의 이름을 듣는 것만으로도 그녀의 가슴이 뛰었다. 생각지도 못 하게 그와 재회하게 된 것이다.

회담은 신속하게 이루어졌다. 둘의 신분이 각 나라의 군주였던지라, 공식적인 절차를 거치면 너무 오랜 시간이 걸릴 게 뻔했기에 회담은 비공식적으로 처리되었다. 이윽고 회담 장소에 도착해 라엘의 모습을 본 마리의 눈망울이 흔들렸다.

"클로얀의 왕 모리나입니다. 이렇게 만남에 응해 주어 감사합니다."

마리는 떨리는 마음을 움켜잡으며 예를 갖추어 말했다. 그의 얼굴을 마주하는 것만으로도 가슴이 울컥 치밀어 올랐다. 당장 그의 품에 안기고 싶었지만 주변에 보는 눈이 너무 많았다.

"……반갑소."

짧은 말이었지만 마리는 그도 동요하고 있음을 눈치챘다. 그의 목소리가 희미하게 흔들리고 있었다.

'보고 싶었어요, 란.'

마리는 속으로 중얼거렸다. 그래, 정말 보고 싶었다. 빨리 모든 일이 마무리되어 그와 영원히 함께할 수 있었으면.

"이번 눈사태 사건과 관련하여 우리 제국은 왕국이 길을 열어주었으면 하오. 오로지 구조 작업을 위한 것이니, 이번 재난을 해결하기 전까지는 왕국을 공격하지 않겠다고 약속하겠소."

마리는 라엘의 말을 믿었다. 하지만 왕국의 다른 귀족들은 아니었다. 당장 국경 북쪽의 방어를 담당하는 하워드 후작이 반대 의견을 표명했다.

"안 됩니다, 전하. 제국이 왕국 영토 내로 들어왔다가 칼을 꺼내 들면 상황이 곤란해질 수도 있습니다."

"맞습니다."

동행한 기사들이 마찬가지의 의견을 내었다. 그들의 입장상 충분히 할 수 있는 걱정이었기에 마리는 잠시 고민한 후 말했다.

"상황이 급박하긴 하지만, 우리 왕국도 제국에 조건 없이 국경을 열어줄 수는 없어요."

"그러면?"

"어차피 구조 작업을 위한 것이니, 꼭 필요한 무장 외에는 내려놓고 와 주세요."

그녀가 이야기한 불필요한 무장은 중갑이나, 할버드, 메이스, 쇠뇌 등의 전장용 대인 살상 무기였다. 확실히 구조 작업을 하는 데 그런 무기를 가져올 필요는 없으나, 제국 측은 그녀의 제안에 민감하게 반응했다.

"말도 안 되는 요구를 하는구려. 무장을 해제하고 들어갔는데 그쪽이 공격하지 않는다는 보장이 어디에 있소이까?"

라엘과 동행한 장군 중 한 명이 말했다. 물론 마리는 그에 대한 대답도 준비해 놓은 상태였다.

"그 구조 작업에 저를 포함한 왕국군도 함께 참여할 거예요. 물론 똑같이 무장을 해제하고요."

"……!"

"그러면 서로 믿을 수 있지 않을까요?"

뜻밖의 제안에 제국의 귀족들은 서로를 바라보았다. 확실히 클로얀 왕국군도 똑같이 무장을 해제하고 구조 작업을 하면 뒤통수를 맞을 가능성은 적었다. 특히나 모리나 여왕이 직접 참여한다면 더더욱 그렇고.

"그래도……."

무언가 찜찜한 기분에 제국 측이 고개를 끄덕이지 못하고 있을 때, 라엘이 말했다.

"좋소. 그렇게 하도록 하지."

"폐하?"

"다만 이렇게 구두로만 이야기할 것이 아니라, 구조 작업을 할 때에 한해서 불가침 협약을 맺는다는 사실을 각자의 직인을 찍어 명문화하는 것이 좋겠소."

그렇게 역사상 유례를 찾아보기 힘든 해괴한 협약이 맺어졌다. 사람들을 구하기 위해 전쟁 중인 양군이 불가침을 맺고 협동하는 기이한 협약을 말이다. 양국의 군주가 다른 어떤 것보다 백성을 중시하는 마리와 라엘이었기에 가능한 협약이었다.

그리고 문서에 서명 후, 마리가 막사에서 나와 왕국의 요새로 돌아가기 직전이었다. 수행원들이 미리 막사에서 나가 돌아갈 채비를 하던 중이라 마침 둘만 딱 막사에 남게 되었을 때, 라엘이 그녀를 뒤에서 강하게 끌어안았다.

"마리."

갑작스러운 포옹에 놀람도 잠시, 마리의 가슴이 두근두근 뛰었다. 등 뒤에서 그의 단단한 품이 느껴졌다. 그토록 그리워하던 느낌이었다. 마리는 눈시울이 시큰해져 입술을 깨물었다. 입을 열면 또 눈물이 나올 것만 같았다.

"꼭 조심하거라. 어떻게든 전쟁이 진행되는 걸 막고 있지만, 상황이 어떻게 흘러갈지 몰라. 난 그대가 손가락 하나라도 다친다면 견디지 못할 거야."

마리는 묵묵히 고개를 끄덕였다.

"그리고 이번 제안은 참으로 좋았다."

"무슨 말이죠?"

"사실 지난번 네가 우리 군의 환자들을 도와준 이후로 군내에 조금씩 다른 이야기가 나오기 시작했다."

마리는 그의 말에 귀를 기울였다.

"굳이 클로얀 왕국과 전쟁을 해야 하느냐는 회의론이지. 정확히 말하면 그대를 제국의 황후로 맞고 양국의 화친을 꾀하는 방법도 있지 않으냐는 의견이야."

"아……."

마리는 놀란 표정을 지었다. 비단 지난번 전염병 사건뿐 아니라 지금껏 그녀가 해온 일이 쌓인 덕분이다.

"물론 아직은 소수의 의견에 불과하다. 그래도 이번 일까지 잘 해결된다면 그런 의견이 더욱 커지겠지."

라엘은 강한 목소리로 말했다.

"화친을 주장하는 목소리가 더 커지면 황제의 권한으로 공식적으로 그대와의 국혼을 논해 보겠다. 그러니 몸조심하며 조금만 기다려다오."

그 말을 들은 마리의 가슴이 파르르 흔들렸다. 불가능하다고만 여긴 일이 구체적인 가능성을 보이기 시작한 것이다. 어쩌면 정말로 함께할 수 있게 될지도 몰랐다.

'반드시 그렇게 될 거야. 주님, 저희를 도와주세요.'

곧바로 구조 작업이 시작되었다. 눈사태가 워낙 광범위하게 일어났고 아직도 거센 눈바람이 몰아치고 있어서 쉽지는 않았다. 그리고 또 하나의 어려움. 왕국군과 제국군 간의 불편함이었다.

"……."

왕국군과 제국군은 서로를 힐끗 바라보았다. 공동 작업을 하기로 했지만 어색하기 그지없었다. 아니, 단순히 어색함을 떠나 매서운 적개심이 흘렀다.

'무장을 간소화해서 망정이지.'

왕국의 기사 중 한 명이 고개를 내둘렀다. 구조 작업을 하는 왕국군과 제국군은 모리나의 의견대로 최대한 간소한 무장만 하고 있었다. 물론 몸을 지킬 수 있는 간단한 무기 정도는 소지하고 있었다. 하지만 전투 해머, 할버드, 쇠뇌, 철퇴 같은 전장용 무기는 해체한 상태인데, 이게 심리적 억제 효과가 있어서 양 군의 충돌을 막고 있었다.

'그래도 긴장하고 있자.'

왕국 기사는 눈을 부릅뜨며 신경을 곤두세웠다. 이곳에는 병사들만 있는 것이 아니었다. 왕국의 희망인 모리나 여왕도 있었다.

'언제 충돌이 일어날지 몰라. 전하를 지켜야 해.'

그렇게 양군은 구조 작업보다는 서로를 경계하는 데 시간을 보냈다. 그런데 양군의 분위기가 변하는 일이 일어났다.

"뭐 하고 있는 거예요? 미적거리고 있을 틈이 없어요!"

날카로운 외침에 왕국군은 흠칫 놀란 표정을 지었다. 모리나였다. 수많은 사람의 생명이 걸려서일까? 그녀가 평소의 온화한 표정과는 전혀 다르게 매섭게 말했다.

"지금 이러는 순간에도 사람들이 죽어 가고 있어요. 빨리 움직여 주세요!"

그녀는 손수 삽을 들고 매몰 지역의 흙을 파내기 시작했다. 그 모습을 본 왕국군이 당황해 외쳤다.

"저, 전하! 저희가 하겠습니다!"

"뭣들 하느냐? 빨리 움직여라!"

제국 측도 가만히 있지 않았다.

퍼석!

황제 라엘이 검을 꺼내 들더니 땅에 내리꽂았다. 어찌나 강하게 내려쳤는지 섬뜩한 소음과 함께 검이 박혀 들어갔다.

"지금 뭐 하고 있는 거지?"

"……."

라엘은 차갑게 제국군을 노려보았다.

"우리 제국군의 사명이 무엇이라 생각하는 거냐?"

"……."

"너희의 사명은 제국과 제국민을 지키는 것이다. 지금 눈앞에서 사람들이 죽어 가고 있는데, 그것보다 중요한 게 있는가?"

병사들은 고개를 숙였다.

"죄송합니다!"

"적에게 검을 겨누는 것은 일단 사람들을 구하고 난 다음이다. 당장 움직이도록!"

질책을 받은 병사들이 허겁지겁 움직이기 시작했고, 그제야 구조 작업이 진척을 보였다. 하지만 어색함은 어쩔 수가 없었기에 양군은 서로를 힐끗힐끗 경계하며 작업을 하였다. 그런데 그런 경계심이 누그러지는 일이 일어났다. 삽을 들고 병사들과 함께 직접 작업을 돕던 마리가 제국민을 구해 낸 것이다.

"감사합니다! 흐윽. 정말 감사합니다!"

토사물에 휩쓸려 무너진 집에 갇혀 있다가 간신히 목숨을 건진 아이들이 마리의 품에 안겨 울음을 터뜨렸다. 마리가 제국민을 구하자 제국의 병사들은 뭐라 설명하기 어려운 심경을 느꼈다. 저 소녀는 그들의 주적이다. 그런데 지난 전염병 때도 그렇고, 또다시 자신들을 도와주고 있는 것이다.

그때, 공교롭게 라엘에게서 반대의 일이 일어났다. 마리와 마찬가지로 직접 구조 작업에 나섰던 그가 왕국민을 구해 낸 것이다. 알퍼엔산 자체가 왕국민과 제국민이 뒤섞여 사는 곳이라 일어난 일이다.

"……."

왕국군도 묘한 눈으로 라엘을 바라보았다. 비단 마리와 라엘뿐이 아니었다.

"여기 사람이 갇혀 있어! 정신 차리세요!"

"부상이 심해! 응급 처치를 해줘!"

작업이 진행되며 왕국군이 제국민을, 제국군이 왕국민을 구하는 일이 비일비재하게 일어났고 자연스레 서로 간의 경계가 조금씩 누그러졌다.

"거기 도와줘!"

"조금 더 잡아 당겨줘!"

무엇보다 서로 경계하며 구조 작업을 하기에는 상황이 만만치 않았다. 부상자들을 발견하고, 응급처치를 하고, 이송하고, 정신없이 구조 작업을 하며 왕국군과 제국군은 협력을 하기 시작했다. 자신도 모르게 상대에게 도움을 받았다 머쓱한 표정을 짓는 경우도 있었다. 그렇게 양군이 제대로 협력하니 구조 작업은 빠른 속도로 진행되었다.

'그나마 늦은 밤에 눈사태가 일어나 다행이야. 대부분이 집 안에 있던 상태라 생존자가 많아.'

이번 재난이 흙더미가 무너진 일반적인 눈사태였다면 희생자들을 거의 구해 내지 못했을 것이다. 다행히 눈만 쏟아져 내려, 대부분 건물 안에 있던 상태라 상당수의 사람을 구해 낼 수 있었다.

"조금 더 힘내 주세요! 더 많이 살릴 수 있어요!"

마리는 목소리를 높여 병사들을 독려했다. 자신들이 힘을 내면 낼수록 많은 사람의 목숨을 구할 수 있다는 것을 안 병사들은 최선을 다해 눈과 흙을 팠고, 건물 안에 깔린 부상자들을 구해 내었다. 생명을 구하는 작업에는 아군과 적군의 구분이 없었다.

그런데 한창 구조 작업을 하던 중 또 다른 비보가 날아들었다.

"폐하! 큰일입니다!"

알피엔산 깊숙이 상태를 살피러 나갔던 제국군 기사였다.

"무슨 일이지?"

심상치 않은 기색에 라엘은 얼굴을 굳혔다.

"저 안쪽 절벽 너머에 큰 촌락이 있는데, 눈사태로 다리가 끊겼습니다!"

라엘은 의아한 표정을 지었다.

"다리가? 다시 지으면 되지 않는가?"

그가 알기로 절벽 너머의 마을은 눈사태가 일어나지 않은 곳이다. 다리 정도야 시간이 걸리더라도 천천히 다시 지으면 된다.

"일단 눈사태에 휘말린 마을 사람들을 구하는 것이 먼저다."

라엘은 그렇게 말하고 고개를 돌렸다. 그런데 기사가 다급한 표정으로 말했다.

"안 됩니다, 폐하. 다리를 먼저 지어야 할 것 같습니다."

"어째서지?"

그리고 이어진 말에 라엘의 얼굴이 싸악 굳었다.

"절벽 너머의 마을 쪽 산봉우리에서도 눈사태가 일어날 조짐이 보이고 있습니다! 당장 다리를 지어 남아 있는 마을 사람들을 대피시켜야 합니다!"

라엘은 다급히 절벽 마을을 향해 달려갔다.

"이런……!"

도착해 절벽 너머를 바라본 라엘은 신음을 흘렸다. 깎아지른 절벽 지대였다. 아찔한 높이의 절벽 밑에는 바위와 꽝꽝 언 계곡이 있었고, 크게 소리쳐야 간신히 들릴 정도의 거리 건너편에 또 다른 절벽이 놓여 있었다. 절벽 마을은 그 반대편 절벽 위에 있었는데, 마을 옆에 놓인 봉우리에는 눈이 잔뜩 쌓인 상태였다.

"상황이 좋지 않군."

라엘은 초조함에 입술을 깨물었다. 봉우리에 잔뜩 쌓인 눈이 무너질 조짐을 보이고 있었다. 딱 봐도 급박한 상황.

"저곳에는 얼마나 사람이 있는 거지?"

"저 절벽 마을이 이 알피엔산에서 가장 큰 마을입니다. 제국민이 모여 사는 곳인데 500명 이상은 될 것으로 보입니다."

"큰일이군. 당장 다리를 설치하도록."

하지만 기사가 곤혹스러운 표정으로 말했다.

"그렇지 않아도 다리를 설치하려 했는데, 문제가 있습니다."

"문제?"

"임시로 다리를 만들기 위해 밧줄을 화살에 묶어 반대편 절벽으로 쏘아 보내야 하는데, 눈바람이 너무 거세 계속 실패하고 있습니다."

라엘은 기사의 말에 절벽을 바라보았다. 그렇지 않아도 화살이 닿기나 할까 의심스러운 거리였다. 바람까지 거센 상태면 닿을 리가 없었다.

"다시 한번 화살을 쏴 보도록."

기사는 사정거리가 긴 장궁을 힘껏 당겨 반대편 절벽을 향해 쏘았다.

후웅!

하지만 거친 바람 소리와 함께 화살은 힘을 잃고 협곡 밑으로 떨어졌다.

"무너진 다리 말고는 길이 없는 건가?"

"네, 절벽 밑으로 협로가 하나 있긴 한데 눈으로 다 막힌 상태입니다."

라엘은 입술을 깨물었다. 이대로라면 저 마을 사람들은 모조리 눈사태에 휘말려 죽을 게 분명했다. 한편 라엘을 따라온 마리도 고민에 빠졌다.

'어떻게 해야 저 마을 사람들을 구할 수 있지?'

수많은 사람의 생명이 걸린 일이다. 무조건 방법을 찾아내야 했다.

'다리를 만들어야 해. 하지만 무슨 수로?'

마리는 똑같은 고민을 하고 있을 라엘을 바라보다가 눈을 크게 떴다.

그의 시선이 향한 곳을 본 것이다.

'저긴?'

그들이 있는 곳 옆으로 까마득한 높이의 암벽이 놓여 있었다. 라엘은 그 암벽을 한참이나 바라보다가 말했다.

"이 위로 올라갈 방법은 없는가?"

마리는 그의 생각을 눈치챘다.

'저 암벽 위에서 화살을 쏘면 반대편 절벽에 닿을 수 있을 거야!'

암벽은 대략 40~50m 정도로 되어 보였다. 아무리 바람이 강해도 저 위에서 화살을 쏘면 충분히 반대편 절벽에 떨어질 거다. 그들은 암벽 위로 향하는 길을 알고 있는 병사들을 찾았다. 하지만 알피엔산 출신의 병사 중에서도 길을 아는 이를 찾기 어려웠다. 애초에 사람의 발길이 닿는 암벽이 아니었기 때문이다. 그렇게 샅샅이 수소문한 끝에 기적적으로 길을 아는 이를 찾을 수 있었다. 이곳에서 나고 자란 왕국 병사였다.

"길을 알고 있다고요?"

"네, 전하. 이전 어렸을 적 저 암벽의 중턱까지 올라가 본 적이 있습니다."

천만다행인 일이었다. 그녀는 반색하며 말했다.

"그러면 지금 당장 길을 안내해 주세요."

그런데 왕국 병사는 바로 나서지 않고 주춤하였다. 마리는 의아한 목소리로 말했다.

"왜 그러죠?"

"전하, 정말 죄송합니다. 외람되지만 하나만 말씀드려도 되겠습니까?"

"말해보세요."

왕국 병사는 그녀에게 무릎을 꿇으며 고개를 숙였다.

"길을 안내하는 것은 어렵지 않습니다. 하지만 전하, 어째서 그래야 합니까? 저곳에 사는 이들은 다 제국민입니다. 왜 우리를 침략한 제국을 도와줘야 하는 건지 잘 모르겠습니다."

마리의 얼굴이 굳었다. 저 병사가 지금 한 말은 다른 이들도 다 함께 하고 있는 생각일 거다. 그녀는 고개를 저으며 말했다.

"내 욕심 때문이에요."

"······?"

마리는 천천히 말을 이었다. 사실 일개 병사의 물음이다. 그냥 윽박지르고 무시해도 된다. 하지만 그녀는 자신의 마음을 솔직하게 말했다.

"전 국왕으로서 한 가지 욕심이 있어요. 클로얀 왕국이 영화롭게 되는 것은 물론, 언젠가는 동제국과의 악연의 고리를 끊고 싶어요. 비록 지금은 이렇게 서로 검을 겨누고 있지만, 제국이든 우리 왕국이든 그간의 증오를 털고 서로 웃으며 마주할 수 있는 날이 올 수 있었으면 좋겠어요. 그 욕심 때문에 이러는 거예요."

그 말을 들은 왕국 병사의 표정이 묘해졌다. 마리는 그가 자신의 말을 납득하지 못했음을 눈치챘다. 하긴, 당연히 받아들이기 어려울 것이다. 동제국과의 화해라니. 하지만 그때, 왕국 병사가 말했다.

"전하, 제가 무지렁이라 솔직히 전하의 깊은 뜻을 헤아리기 어렵습니다. 하지만 전하가 원하시는 길이기에 그저 따르겠습니다."

주변에서 같이 이야기를 듣던 다른 왕국 병사들도 고개를 숙였다.

"전하의 뜻에 따르겠습니다!"

마리는 고맙다는 듯 미소를 짓고는 말했다.

"빨리 안내해 주세요. 시간이 없으니."

왕국 병사는 곁으로 난 길로 그들을 이끌었다. 얼음과 눈으로 뒤덮인 험난한 길을 간신히 헤치니 암벽의 중반 지대까지 도착할 수 있었다.

"더는 올라갈 수가 없군. 이곳에서 밧줄을 반대쪽으로 보내야겠어."

라엘이 말했다. 마리도 고개를 끄덕였다. 워낙 바람이 강해 이곳에서 화살을 쏴도 반대쪽에 닿을까 걱정스러웠지만 더는 방법이 없었다. 어떻게든 닿길 바랄 수밖에. 먼저 제국 기사들이 활을 들고 나섰다.

파앙!

하지만 야속하게도 화살은 바람에 휘말려 반대편까지 도달하지 못했다. 몇 번을 반복해도 마찬가지였다.

"이런……."

모두 안색을 굳혔다. 이곳에서도 화살이 닿지 않으면 다리를 설치할 방법이 없었다. 그런데 그 순간이었다.

쿠르릉!

"……!"

마리와 라엘의 안색이 하얘졌다. 마을 근처의 봉우리에서 울린 소리였다. 눈사태가 임박했다는 징조였다. 이대로 눈사태가 발생하면 저 마을 사람들은 모조리 몰살할 것이다.

'어떻게든 해내야 해.'

마리는 이를 악물며 앞으로 나섰다.

"제가 한번 해보겠어요."

마리는 장궁을 들었다. 이전 꿈에서 얻은 명궁수의 능력을 사용해 보기로 한 거다.

'……'

마리는 바람의 방향을 느끼며 가만히 눈을 감았다.

'과연 닿을 수 있을까.'

솔직히 자신이 없었다. 거리가 너무 멀고, 무엇보다 바람이 너무 거셌다.

'하지만 해내야 해.'

마리는 활시위를 뒤로 한껏 잡아당겼다. 시위를 잡은 그녀의 손이 부들부들 떨렸다.

파앙!

이윽고 화살이 시위를 벗어나 날아갔다.

'제발!'

그녀는 간절한 마음으로 협곡을 가르는 화살을 바라보았다. 화살은 마치 허공을 꿰뚫듯 맹렬한 기세로 뻗어 나갔다. 하지만 절반 이상 날아가자 거센 바람의 저항을 이기지 못하고 힘을 잃기 시작했다. 결국, 화살은 반대편 절벽에 닿지 못하고 떨어져 버렸다.

"아……!"

모두가 안타까운 탄성을 내뱉었다.

그때, 묵묵히 반대편 절벽을 바라보고 있던 라엘이 나섰다.

"이번엔 내가 해보겠다."

"폐하? 하지만?"

모두가 실패한 마당이다. 마리는 아무리 그라고 해도 성공할 수 있을 것 같지가 않았다. 라엘이 그녀를 바라보며 물었다.

"마리, 날 믿는가?"

"……!"

마리는 굳은 눈동자로 고개를 끄덕였다.

"네, 전 폐하를 믿어요."

"그래, 고맙다."

라엘은 강한 손길로 화살촉 끝에 밧줄을 매달며 말했다.

"그대와 나를 위해서라도 반드시 성공해 보겠다. 나를 믿어다오."

라엘은 활을 들며 반대편 절벽을 바라보았다. 밧줄을 쏘아 보내 다리를 지으려는 것을 눈치챈 건지 반대편 절벽에는 마을 사람들이 몰려와 절박한 표정으로 무어라 외치고 있었다. 라엘은 활시위를 강하게 당겼다. 강력한 완력에 장궁이 부러질 듯 휘었다. 한계까지 작용한 장력에 시위가 찢어질 듯 떨렸다. 이제 그가 쏘는 화살이 저들 마을 사람들의 운명을 결정할 것이다. 모두가 간절한 눈빛으로 그를 바라보고 있었다.

'신이여.'

라엘은 가만히 눈을 감으며 중얼거렸다.

'저와 마리를 축복해 주소서.'

그는 이 화살이 저 마을 사람들을 구할 수 있기를. 그래서 오늘의 일이 양국이 화친을 다지는 데 씨앗이 될 수 있기를 바라며 시위를 당기는 손의 힘을 천천히 풀었다. 이제 이 화살이 운명을 가르게 될 것이다.

파앙!

밧줄을 매단 화살이 촤라락 허공을 갈랐다. 라엘이 쏜 화살은 마리 때보다 한층 맹렬한 기세로 허공을 갈랐다. 마리는 조마조마한 마음으로 화살이 날아가는 궤적을 바라보았다.

'안 돼. 여전히 부족해!'

라엘이 쏘아 보낸 화살은 누구보다도 강한 궤적을 그리고 있지만, 여전히 반대편에 닿기는 부족했다. 이대로라면 지금까지처럼 중간쯤에서 바람에 휘말려 힘을 잃게 될 것이다. 그런데 그 순간, 믿을 수 없는 기적이 일어났다. 거세게 몰아치던 바람이 일순 기세가 약해진 것이다!

"⋯⋯!"

그리고 이윽고.

퍼억!

반대편 절벽에 놓인 나무에 화살이 박혀 들어갔다.

"마리!"

"폐하!"

그들은 서로를 바라보았다. 성공한 것이다! 절벽 밑과 반대편에서도 함성이 터져 나왔다. 라엘은 기쁜 감정을 애써 억누르며 다시 화살을 꺼내 들었다.

"아직 한 번 더 남았다. 이번에도 성공해야 해."

다리를 건설하려면 밧줄 한 가닥으로는 모자랐다. 최소 두 가닥은 필요했다. 이번에도 신이 도우신 것일까? 라엘이 쏜 화살은 아슬아슬하게 반대편 절벽에 닿았다.

"와아아! 황제 폐하 만세!"

"여왕 전하 만세!"

결국, 기적을 이루어 낸 두 명에게 모두가 함성을 내질렀다.

"하아."

라엘과 마리는 한숨을 내쉬었다. 이제 되었다. 얼른 서둘러 임시 다리를 건설하면 모두 살릴 수 있었다.

"마리……."

"란……."

둘은 누가 먼저랄 것도 없이 서로를 껴안았다. 보는 시선이 많았지만 이 순간 서로를 향하는 마음을 주체할 수가 없었다.

"마리, 잘 들어라. 난 무슨 일이 있어도 널 놔주지 않을 거다."

라엘은 강하게 그녀를 자신의 품 안으로 끌어안으며 말했다.

"사랑한다."

마리는 그의 품을 느끼며 눈을 감았다. 그의 단단한 품은 그녀가 마치 자신의 것이라는 듯, 절대로 놔주지 않겠다고 속박하는 듯했다.

"네, 저도 사랑해요."

그런 그들을 축복하기 위해서일까. 마침 구름 사이로 햇볕이 내리쬐었다. 쓰다듬듯 따뜻한 햇살이었다.

그 뒤 제국군과 왕국군은 신속하게 임시 다리를 건설했다.

"자, 거기 조심하세요!"

"여기 좀 도와주세요!"

처음 적대하던 것은 어디로 가고, 일사분란하게 협력하는 모습이었다. 덕분에 빠른 속도로 다리가 건설되었고, 눈사태가 일어나기 전에 절벽 마을 사람을 모두 구할 수 있었다. 그렇게 최악의 참사가 될 뻔한 눈사태 재난은 양군의 협력으로 큰 피해 없이 마무리되었고, 온 전선으로 그날의 일이 퍼졌다.

"알피엔산에 눈사태가 일어났는데, 클로얀 왕국군이 도와 사람들을 구할 수 있었다고?"

제국군은 믿을 수 없다는 표정을 지었다. 클로얀과 제국은 전쟁 중이다. 그런데 어떻게 그럴 수가 있단 말인가? 제국군은 지난번 전염병 때처럼 뭐라고 설명할 수 없는 복잡한 심경을 느꼈다. 그들은 왕국을 침략하려고 있는데, 모리나 여왕은 거듭 그들에게 은혜를 베풀고 있는 것이다.

"힐데른 자작님……."

제국인들은 과거 그녀가 제국에 있을 때를 다시 한번 떠올렸다. 사탕수수 재배와 성배 도난 사건부터 전염병의 해결까지. 그녀가 제국을 위해 한 일이 수도 없었다. 당시에 그녀를 기적의 성녀로 부르는 이도 있었고, 황궁에 내려온 천사라 부르는 이도 있었다. 제국의 모든 이가 그녀가 황후가 되기를 원했다.

'모리나 여왕이 제국의 황후가 되어 동맹을 맺으면 안 되는 건가? 꼭 전쟁을 해야 하는 건가?'

물론 대신들이 누누이 말했듯이 현재 제국의 입장에서는 동맹보다는 정복이 훨씬 나은 선택이었다. 하지만 그런 정략적인 계산을 떠나, 제국군 전체로 반전 여론이 확산해 갔다. 그 이유는 간단했다. 모두 자신들에게 항상 선의를 베풀어 온 모리나 여왕에게 검을 겨누고 싶지 않아 했다.

그리고 클로얀 왕국에서도 화친의 분위기가 감돌았다. 원래 클로얀 왕국은 자신들을 짓밟은 제국을 증오했었다. 하지만 이번 구조 사건 때 협력한 것이 긍정적으로 작용한 것이다. 더구나 라엘은 이번 사건을 계기로 최대한 화친 분위기를 고조시키기 위해 노력했다.

"저 수레들은 뭐지?"

"그러게? 제국군의 깃발인데?"

성벽에서 경계하던 왕국군은 난데없이 다가오는 대규모 수레 행렬을 보며 의아한 표정을 지었다. 분명 제국 깃발인데, 전투 병력 없이 수레만 있었다. 수레의 정체는 곧 밝혀졌다.

"폐하께서요?"

"네, 전하. 황제 폐하께서 이번 눈사태 재난 때 왕국의 협력을 감사하며 보내는 선물입니다."

수레를 이끌고 온 기사가 깍듯한 어투로 말했다. 마리는 놀란 눈으로 수레를 살폈다. 수레에는 고기와 술, 그리고 추위를 이겨 낼 수 있는 따뜻한 옷이 잔뜩 담겨 있었다.

"감사하다고 전해 주세요."

마리는 라엘의 의도를 눈치채고 고개를 끄덕였다. 이런 선물을 통해 한층 양국의 분위기를 좋게 하려는 것이리라. 그런데 사신으로 온 기사가 돌아가기 전 마리에게 고개를 숙이며 뜻밖의 인사를 하였다.

"전하, 개인적으로 감사의 인사를 올립니다."

"경?"

"전 알피엔산 출신입니다. 전하의 은혜로 제 가족이 모두 살 수 있었습니다. 고작 이런 말로 이 큰 은혜를 갚을 수는 없겠지만, 진심으로…… 감사드립니다."

진심이 담긴 그의 말에 마리는 가슴이 따뜻해져 웃었다. 그렇게 매섭게 추운 날씨와 다르게 전선에 따뜻한 기운이 흘렀다.

라엘은 이 기회를 놓치지 않고 행동에 나섰다. 정식으로 양국의 화친을 논의하기 시작한 것이다. 물론 제국 수뇌부 사이에서는 반대의 의견이 더 많았다.

"전하, 아니 되옵니다. 클로얀 왕국을 점령하는 것은 제국의 안위를 위해 굉장히 중요한 일입니다."

"그렇습니다. 전염병 사건과 눈사태 재난 때 도움을 준 것은 크게 감사한 일이나, 그 일과 전쟁은 별개의 일입니다."

화친을 반대하는 대신들이 목소리를 높였다. 라엘은 가만히 그들의 이야기를 듣다가 말했다.

"정말로 클로얀 왕국을 점령하는 것이 제국에 유익한 일인가? 물론 훗날 서제국과의 분쟁을 고려하면, 클로얀 지방이 우리의 영토가 되는 것이 좋기는 하겠지. 하지만 그 와중에 발생할 우리 제국의 피해는 어떻게 하지?"

"지금 클로얀 왕국군은 오합지졸에 가까운 잡병입니다. 우리 제국군이라면 큰 피해 없이 점령할 수 있습니다."

"정말 그런가?"

대신들은 그의 말에 의아한 표정을 지었다.

"첩보에 의하면 전염병과 폭설로 진군이 늦어진 사이, 모리나 여왕은 대규모로 장궁병을 양성하고 있다고 한다."

그 말에 대신들은 놀란 표정을 지었다.

"장궁병을 말입니까?"

"물론 숙련도는 아직 미숙할 거다. 그래도 아무런 피해 없이 승리할 수 있다고 장담할 수는 없다."

황제의 말에 대신들은 고민에 빠졌다. 장궁병은 짧은 기간에 양성할 수 있는 병과가 아니다. 그러니 모리나 여왕이 육성하는 장궁병들은 아직 숙련도가 무르익지 않았을 것이다.

'하지만 다수의 장궁병을 상대하면 피해를 입을 수밖에 없어.'

장궁은 기사들의 갑주마저도 무력화시키는 파괴력을 가지고 있다. 위력만 따지면 석궁을 능가하는 무기. 아무리 숙련도가 떨어진다고 해도 위협이 안 될 수가 없었다.

"만약 전투가 뜻하지 않게 풀린다면 큰 피해를 입을 가능성도 배제할 수 없다. 서제국은 물론 동방 교국까지 견제해야 하는 우리 군의 입장에서 그건 용납할 수 없는 피해야."

회의에 참석한 대신들과 장군들은 서로의 얼굴을 바라보았다. 쉽게 결정하기 어려운 문제였다.

"폐하의 말씀처럼 만약 큰 피해를 입게 된다면, 그건 큰 문제요. 곤란하구려."

"하지만 아직 충분한 훈련을 받지 않은 숙련도가 떨어지는 장궁병들이라 큰 위협이 안 될 가능성이 더 높습니다. 이대로 클로얀 지방에서 물러서기에는 너무 아쉽습니다."

"맞습니다. 시간이 지나 클로얀 왕국이 왕년의 성세를 회복하면 더더욱 점령하기 어려워질 것입니다."

주전론자들이 목소리를 높여 전쟁을 주장했다.

"클로얀이 훗날 서제국과 힘을 합치게 되면 그건 더 큰 문제입니다. 무리해서라도 지금 점령해야 합니다."

그때, 토의 내용을 듣던 라엘이 입을 열었다.

"클로얀 왕국이 서제국과 힘을 합치는 일은 일어나지 않을 것이다."

라엘은 잠시 대신들을 가만히 둘러본 후 말했다.

"나와 모리나 여왕이 국혼을 맺게 될 테니까. 클로얀 왕국과 우리 동제국은 피로 이어진 혈맹이 될 것이다."

"……!"

라엘의 입에서 국혼 이야기가 나오자 대신들은 입을 다물었다. 그때, 딱딱하게 굳은 목소리가 들려왔다.

"폐하, 한 가지만 말씀드려도 되겠습니까?"

고개를 돌려보니, 매서운 인상의 중년인이 그를 바라보고 있었다. 대표적인 주전론자인 1군단장 메일 후작이었다.

"말해보게, 후작."

"국혼이 클로얀 왕국을 점령하는 것보다 제국에 나은 점이 있사옵니까?"

"……!"

불경하다고 해도 할 말이 없을 만큼 도전적인 목소리였다. 대신들은 숨을 죽이며 메일 후작을 바라보았다.

"물론 폐하께서 모리나 여왕을 은애하고 계심은 알고 있습니다. 하지만 제국으로서는 점령에 비해 국혼을 해서 얻을 이득이 없습니다."

일리가 있는 말이었다. 하지만 라엘은 가만히 고개를 저었다.

"후작. 그대의 말이 틀린 것은 아니다. 불확실한 동맹을 맺는 것보다 제국에 복속시키는 게 나을지도 모르지. 하지만 난 동맹을 맺으면 제국이 한 가지 큰 이득을 얻을 수 있다고 생각한다."

"그게 무엇입니까?"

"바로 모리나 여왕이다."

이해하기 어렵다는 표정을 짓는 사람들을 향해 라엘이 천천히 입을 열었다.

"성배 도난 사건."

"……?"

"동방 교국과의 외교 분쟁과 사탕수수 재배, 그리고 불법 마약 근절, 위조 화폐 사건……."

라엘의 목소리가 이어짐에 따라 사람들의 표정이 묘하게 변해 갔다. 저 수많은 일은 모두 마리가 제국에서 해낸 공적이다.

"너무 많아 일일이 다 말하기도 어렵군. 어쨌든 고작 1년 남짓한 시간 만에 제국을 위해 이렇게나 많은 일을 해낸 그녀이다. 그런데 만약 그녀가 제국의 황후가 된다면 어떨까?"

"……."

대신들은 입을 다물었다. 전쟁에 대한 의견은 다 달랐지만, 모든 이가 공통적으로 인정하는 것이 있었다. 바로 그녀의 선한 마음과 유례를 찾아보기 어려운 뛰어남이었다.

"모리나 여왕이 제국의 황후가 된다면, 클로얀 왕국과 제국은 서로 협력하며 공전의 발전을 이룩해 낼 수 있음이 분명하다."

라엘은 모두를 훑어보며 강한 목소리로 말했다.

"그리고 그 이득은 왕국을 점령하는 것에 비해 결단코 적지 않을 것이고. 그대들은 그렇게 생각하지 않느냐?"

라엘의 강한 의지 아래 제국 측 분위기가 화친 쪽으로 급격하게 쏠리게 되었다. 물론 1군단장 메일 후작을 비롯한 주전론자들은 여전히 클로얀을 정복해야 함을 주장했다. 하지만 제국의 황제인 라엘을 비롯한 많은 이가 화친을 바라고 있었고, 실제로 라엘이 말하는 바가 틀린 것은 아니었기에 주전론자들의 주장은 힘을 얻지 못했다. 그렇게 화친과 동맹을 논하는 사이 시간이 흘러 겨울이 지나갔고, 봄이 다가오기 시작했다.

"으, 추워."

요새에서 경계를 서는 왕국군 한 명이 부르르 몸을 떨었다. 다른 이들이 웃으며 말했다.

"그래도 많이 따뜻해졌어. 겨울도 거의 끝났나 봐."

"그러게 말이야. 엄청 추웠는데, 이 정도면 많이 나아졌지."

그들은 자신들이 입고 있는 따뜻한 옷을 만지작거렸다.

"동제국의 라엘 황제가 보내 준 옷이 아니었다면 겨울을 어떻게 보냈을지 몰라. 얼어 죽었을 것 같은데."

왕국군이 입고 있는 방한복은 지난번 눈사태 사건 때 왕국에 감사하는 의미로 라엘이 선물한 것이었다. 제국군에 비해 복장이 부실했던 왕국군은 그 방한복에 의지해 겨울을 났다. 왕국군은 방한복을 복잡한 시선으로 바라보았다.

"어쩌면 그렇게까지 나쁜 이는 아닐지도 모르겠어. 동제국에서는 명군이라 불리기도 한다고 하고."

"그러게."

물론 여전히 동제국을 받아들이긴 어려웠다. 하지만 이전보다 조금씩은 반감이 수그러든 것도 사실이었다. 그렇게 계속 대치 중이지만, 양군은 별다른 충돌 없이 지내고 있었다. 곧 평화 협정이 체결될 거라는 소문이 파다했다.

"그런데 여왕 전하께서 정말로 그 피의 황제와 국혼을 올리는 건가?"

그 물음에 왕국군들은 인상을 찌푸렸다.

"그러게 말일세. 난 이 결혼에 반대야."

"어째서?"

"모리나 전하가 훨씬 아까워!"

"맞아! 전하께서 결혼이라니! 누구에게도 줄 수 없네!"

제국인들이 그녀를 황후로 맞길 바라는 것과 다르게 왕국민들은 국혼을 반대했다. 그 이유는 간단했다. 딸의 결혼을 반대하는 아버지처럼 자신들의 소중한 왕이 타국의 황제와 결혼하는 것이 그냥 싫었던 것이다. 물론 모리나가 자국의 귀족과 결혼다고 해도 마찬가지로 싫긴 했을 거다. 누구와 결혼한다고 해도 다 도둑놈처럼 느껴질 테니.

"그러면…… 이대로 전쟁은 끝나는 건가? 제국도 얌전히 물러나고?"

"그러게."

왕국군은 중얼거렸다. 죽고 죽이는 전쟁을 바라는 이는 아무도 없다. 그 상대가 아무리 미운 동제국이라 해도 말이다. 그녀가 결혼하는 것은 싫지만 전쟁이 끝나는 것은 기뻐 마땅한 일이다.

"너무 잘 풀려 왠지 불안하구먼."

"그게 무슨 말이야?"

"아니, 그냥. 마치 꿈만 같이 다 잘 해결되고 있지 않은가."

병사들은 고개를 끄덕였다. 확실히 최근의 상황은 너무나 좋았다. 마치 꿈을 꾸는 것처럼.

"다 전하의 덕이야."

누군가의 말에 모두가 고개를 끄덕였다. 화친이 이루어진 것은 모리나의 선행들이 열매를 맺은 것이지, 왕국군이 한 것은 아무것도 없다.

"전하께는 정말 감사해. 처음부터 지금까지 모두."

"맞아. 정말 우리에게 과분한 왕이셔."

왕국군은 요새 가운데 있는 회색의 칙칙한 건물을 바라보았다. 모리나가 집무실로 쓰고 있는 건물이었다. 그녀가 없었다면 클로얀 왕국은 어떻게 되었을까? 상상하기 싫은 일이었다. 이렇게 어엿한 나라로 발돋움하기는커녕 동제국과 서제국 양국 사이에 껴서 새우등만 터졌을 것이 분명했다.

"전하께 신의 축복이 있기를."

모두가 진심을 담아 그녀를 축복하였다.

하지만 왕국의 모두가 화친을 기뻐하는 것은 아니었다. 제국에 반감을 가지고 있는 이들, 특히 왕실 기사단원 중 일부가 강경한 반대를 표명했다.

"단장님, 제국은 왕국의 적입니다! 그런데 전하께서는 어찌 제국과 국혼을 맺으려 하시는 것입니까?"

왕실 기사단의 부단장 페르딘 남작이었다. 그는 지난 전쟁 때 라엘이 이끄는 제국군에 자신의 영지와 가족들을 전부 잃은 과거가 있어 제국을 굉장히 증오하고 있었다. 단장 바르한 백작은 엄한 목소리로 말했다.

"양국의 화친은 전하께서 결정하실 문제이다."

"하지만……!"

"우리는 전하를 섬기는 기사일 뿐이다. 주제넘게 나서지 말도록."

부단장 페르딘 남작은 받아들일 수 없다는 듯 주먹을 움켜쥐었다.

"전 클로얀 왕국의 재건을 바란 거지, 제국의 속국이 되는 것을 바란 것이 아닙니다."

"말조심하게!"

바르한이 버럭 화를 내었다.

"우리와 제국은 동맹을 맺는 거지, 속국이 되는 것이 아니야. 국혼을 맺는다고 해도 전하께서는 여전히 왕국에 머물며 클로얀을 다스릴 거다."

달래듯 설명하였으나 페르딘 남작은 여전히 받아들이는 기색이 아니었다.

"모르겠습니다. 전 이번만큼은 전하께서 잘못하고 계신 것이라 생각합니다. 어떤 희생이 따르더라도 제국은 싸워 물리쳐야 할 적입니다."

내뱉듯 말한 페르딘 남작은 거칠게 등을 돌려 방을 빠져나갔다.

"부단장!"

곁에서 그들의 대화를 듣고 있던 한 기사가 고개를 저었다.

"부단장님의 마음도 이해는 갑니다. 제국군에게 가족을 잃으셨으니까요."

바르한이 무거운 목소리로 물었다.

"저렇게 생각하는 이가 많은가?"

"많지는 않습니다. 일부의 생각입니다. 대부분은 전하의 뜻에 따르고 있습니다."

"그렇군."

바르한은 씁쓸한 표정을 지었다.

"아무리 전하의 뜻이 옳다고 하더라도 당장 마음의 원한을 풀기는 어렵겠지. 그대가 가서 잘 달래 주기라도 하게."

한편, 부단장 페르딘 남작은 성민들이 거주하는 주점에서 술을 마셨다.

"부, 부단장님. 과음하시는 것 같습니다."

그를 따르는 종자가 쩔쩔매며 말렸다. 아무리 화친으로 분위기가 흐르고 있다지만 엄연히 전쟁 중이다. 가벼운 술 한잔은 몰라도 과음은 당연히 금지였다.

"시끄러! 내가 알아서 해!"

하지만 페르딘 남작은 버럭 화를 낼 뿐 술을 마시는 걸 멈추지 않았다. 페르딘 남작은 원래 이런 인물이 아니었지만, 오늘은 가슴이 터질 것 같아 참을 수가 없었다.

'빌어먹을. 제국과 화친한다고? 그것도 모자라 전하께서 제국의 황제와 국혼을 맺는다고?'

사실 페르딘 남작은 왕가의 재건보다는 복수심으로 반제국 활동을 벌여 왔었다. 그런 그에게 이번 결정은 결단코 받아들일 수 없는 것이었다.

'빌어먹을. 제기랄!'

그렇게 얼마나 술을 마신 다음일까? 말리는 종자를 쫓아 보낸 후 혼자서 고주망태가 되었을 때였다.

"페르딘 남작님이십니까?"

"……?"

페르딘은 눈을 깜빡거렸다. 기사단에서 자신을 찾으러 온 건가 싶었지만 아니었다. 전신을 로브로 가리고 있었고, 무엇보다 처음 듣는 음성이었다. 허스키한 중성적인 느낌의 목소리.

"누구지?"

"남작님께 드릴 말씀이 있어 찾아왔습니다."

"나에게?"

"네."

페르딘 남작은 인상을 찌푸렸다. 처음 보는 인물과 대화를 나눌 기분이 아니었다.

"할 말이 있다면 내일 기사단으로……."

하지만 정체불명의 인물의 입에서 나온 목소리가 그의 몸을 뻣뻣이 굳게 만들었다.

"제국과의 화친을 막고 싶지 않습니까? 아니, 정확히 말하면 제국에 복수하고 싶지 않습니까?"

"……!"

페르딘 남작은 검에 손을 가져갔다.

"넌 누구지?"

그때, 남자의 얼굴을 가리고 있던 로브가 살짝 벗겨졌다. 그리고 드러난 외모에 페르딘 남작은 놀란 표정을 지었다.

"넌……."

마치 여인처럼 아름다운 외모, 동시에 얼굴의 반을 뒤덮은 흉측한 흉터. 죽었다고 알려진 라키 드 스토른 백작이었다.

"당신과 같은 목적을 가지고 있는 사람이라고 해두죠."

"……."

페르딘 남작은 침을 꿀꺽 삼켰다. 스토른 백작은 한쪽 입꼬리를 끌어 올렸다. 얼굴을 뒤덮은 흉터가 꿈틀대며 뱀 같은 섬뜩한 인상을 만들어 냈다.

"제게 방법이 있습니다. 이야기를 들어 보시겠습니까?"

그리고 며칠 뒤, 성 밖 으슥한 곳에서 신원을 알 수 없는 시신이 발견되었다. 건장한 남자의 시신이었는데, 특이한 점은 얼굴 가죽이 벗겨진 채 죽었다는 것이다.

"으…… 누구지?"

"누가 이런 끔찍한 짓을?"

시신을 발견한 병사들은 얼굴을 찌푸렸다.

"소란 피우지 말도록. 무슨 일인가?"

그때, 옆에서 들려온 날카로운 목소리에 병사들은 놀라 경례했다.

"남작님을 뵙습니다."

나타난 이는 왕실 기사단의 부단장 페르딘 남작이었다. 페르딘 남작은 심기가 불편해서인지 가면을 쓴 것처럼 무표정한 얼굴을 하고 있었다.

"여기에 신원을 알 수 없는 시체가 발견되어서……."

"됐다."

"네?"

"내가 처리하겠으니, 그만 가서 일 보도록."

병사들은 고개를 갸웃하고 물러갔다.

'원래 이런 일을 챙기는 분이셨나?'

'그러게. 표정은 왜 저렇게 딱딱하지?'

'기분이 안 좋으신가 보지. 괜히 불똥 튀기 전에 돌아가자.'

병사들이 속삭이며 사라지자, 페르딘 남작이 시신을 바라보며 미소를 지었다.

"나쁘지 않군. 얼굴 가죽을 뒤집어쓰고 있는 것이 찝찝하긴 하지만, 잠시만 참으면 되니."

그렇게 말하는 페르딘 남작의 미소는 라키 드 스토른 백작의 것과 소름 끼치도록 닮아 있었다. 놀랍게도 스토른 백작이 페르딘 남작으로 위장한 것이다. 이전 요하네프 3세가 사용했던 동방의 역용술과 직접 벗겨 낸 얼굴 가죽을 이용한 결과였다.

"오래 남지 않았군."

페르딘 남작, 아니, 라키는 모리나 여왕이 거하는 건물을 바라보았다.

"좋은 선물을 준비 중이니, 부디 마음에 들었으면 좋겠군요."

그는 섬뜩한 목소리로 말했다.

"제가 은애하는 전하."

며칠 뒤, 드디어 양국은 화친을 맺기로 결정하였다. 아직 하얗게 덮인 눈이 녹기 전, 늦은 겨울의 일이었다.

'드디어.'

마리는 떨리는 눈동자로 창밖을 바라보았다.

'이제 그와 함께할 수 있어.'

과거에는 상상할 수도 없었던 일. 하지만 이제는 꿈이 아니었다. 눈앞에 다가온 현실이었다.

'물론 모든 것이 해결된 것은 아니지만.'

아직 양국 간의 문제는 남아 있었다. 하지만 마리는 다 잘 해결해 나갈 거라 다짐했다. 라엘과 자신을 위해서. 그리고 모두를 위해서.

그렇게 꿈만 같은 기대감과 함께 며칠간의 시간이 흘렀고, 평화 협정을 위한 회담 날이 다가왔다.

"알피엔산으로 출발하겠습니다, 전하."

마차에 탄 마리에게 기사가 말했다. 회담 장소는 알피엔 산기슭으로 정했다. 화친의 계기가 된 눈사태 구조 사건의 장소이기도 했고, 양국의 공동 영향권이라 중립적인 장소이기도 했기 때문이다.

"가시죠."

평화 협정을 위한 회담인 만큼 호위 인원은 단출했다. 명목적인 이유는 상대를 자극하지 않기 위해서였지만, 각국의 군주가 라엘과 마리니 서로를 믿는 마음이 더 컸다. 제국도 최소한의 경호 인원만 대동하기로 하였다. 그런데 마차가 출발하기 전이었다. 날카로운 바람 소리와 함께 선두에 꽂힌 왕가의 깃대가 툭 하고 부러져 버렸다.

"이런. 바로 새 깃대로 바꾸겠습니다. 죄송합니다."

기사가 찜찜한 얼굴로 고개를 숙였다.

'뭐지?'

마리도 찜찜한 마음이 들었다. 모든 나라가 마찬가지겠지만, 깃대가 부러지는 것은 대단히 불길한 징조로 여긴다. 하필 평화 회담을 앞두고 저런 흉조라니?

"선두 출발!"

깃대를 간 후, 호위 책임자인 부단장 페르딘 남작이 외쳤다. 기사단의 단장인 바르한은 마리가 부재한 사이 왕국군을 이끄는 역할을 맡았다. 기사들은 혹시나 무슨 일이 있을까봐 경계를 늦추지 않았다. 하지만 처음의 불길함과 다르게 별다른 문제는 없었다. 아무런 일 없이 마차는 회담 장소에 도착하였고, 비슷한 시간에 도착한 제국의 황제 라엘이 화한 표정으로 그녀를 맞았다.

"마리!"

자신도 모르게 목소리를 높였다가 그는 아차, 한 표정으로 말을 바꿨다.

"클로얀 왕국의 모리나 국왕을 뵙소. 먼 길 오느라 수고하셨소."

마리는 속으로 쿡쿡 웃음을 지었다.

"폐하께서도 먼 길 행차하시느라 고생하셨습니다."

"종전 및 양국 간의 불가침조약……."

라엘은 잠시 뜸을 들였다가 말을 이었다.

"국혼을 동반한 동맹 협약에 대해 논하고자 하오."

국혼. 그 단어를 듣는 순간, 마리의 가슴이 두근두근 뛰었다. 그녀는 살짝 상기된 얼굴로 고개를 끄덕였다.

"……네, 폐하."

그렇게 협정이 시작되었다. 서로의 관계가 관계이니만큼 분위기는 좋다 못해 화기애애했다. 하지만 쉽게 협약 문서에 직인을 찍지는 못했는데, 양국의 이해관계가 상충되는 부분은 세세히 조율해야 했기 때문이다. 아무리 서로를 사랑한다고 해도 국가의 이익이 걸린 일에 무작정 양보할 수는 없는 노릇이니까. 종전과 국혼을 동반한 동맹이란 대원칙은 쉽게 합의가 되었지만, 세부 사항으로 들어가자 그와 그녀는 긴 논의를 이어 가야 했다.

"역시 그대와 협정하는 일은 쉬운 일이 아니군."

라엘은 자신도 모르게 중얼거렸다. 워낙 똑똑한 그녀다. 자신의 편으로 있을 때는 몰랐는데, 상대국으로 만나니 이렇게 까다로운 협상 상대가 없었다.

"그래도 이 부분은 왕국 동부 지방 사람들한테 양보할 수 없는 사항이라……."

마리는 미안한 얼굴로 고개를 들고 말했다. 라엘은 피식 웃었다.

"됐소이다. 그러면 그 부분은 왕국 측으로 할당하고, 대신 이 사항을 양보해 주시오."

그래도 전반적으로 협상은 원활했다. 고성과 욕설이 오가기도 하는 협상장에 비하면 티 파티라도 하는 분위기였다. 그런데 그때, 가만히 경호를 서고 있던 페르딘 남작이 주변 기사에게 조용히 말했다.

"잠시 주변을 둘러보고 오겠다."

"네, 알겠습니다."

기사는 별생각 없이 고개를 끄덕였다.

"……쉽군."

근처 얕은 언덕에 올라온 페르딘 남작, 아니, 라키가 미소 지었다. 언덕에서는 협상 장소가 한눈에 내려다보이고 있었다.

"양국을 파멸시킬 방법은 간단하지."

나직하게 중얼거린 그는 근처에 미리 숨겨 두었던 장궁을 집어 들었다.

"왕국군이 라엘 황제를 죽이면 돼. 아주 간단한 방법이지."

섬뜩한 이야기였다. 왕국 기사단으로 위장한 채 라엘을 시해하겠다니! 만약 그렇게 되면 평화 협정은 물론 왕국의 운명은 끝이었다. 분노한 제국군은 왕국을 초토화할 게 분명했다. 마침 이 근방에는 제국의 대표적 주전론자인 메일 후작의 1군단이 주둔 중이었다.

"이 한 발이면 모든 게 끝이다. 왕국도, 그리고…… 모리나, 당신의 행복도."

그는 활시위를 끼익 하고 뒤로 잡아당겼다. 화살은 막사의 중앙 부분, 라엘이 자리한 부분을 향했다. 날카롭게 벼린 철시(鐵矢)라 저런 막사 따위 단숨에 관통하고 라엘의 몸을 꿰뚫을 것이다.

'끝이다.'

그런데 모두의 운명이 갈릴 그 결정적 순간! 막사 안에서 서류를 살피던 마리는 순간 섬뜩한 느낌을 받았다. 신이 도우신 것일까? 아니면 그를 사랑하는 마음이 기적을 일으킨 걸까? 싸늘한 한기가 그녀의 온몸에 감돌았다. 마치 목에 칼이 들어오는 듯한 불길한 느낌.

"모리나 국왕?"

파리해진 그녀를 보고 라엘이 의아한 표정을 보았다. 마리도 그를 마주 보았다. 그 순간 왜일까? 마리는 자신도 이해할 수 없는 행동을 하였다. 다급히 그를 껴안은 것이다! 본능적인 행동이었다.

"마리?!"

라엘은 놀라 그녀를 바라보았다. 그리고 그 순간.

휘익! 퍼억!

공기가 찢어지는 듯한 소리와 함께 마리의 몸에서 피가 튀어 올랐다.

"……!"

협상 장소 안에 있던 사람들은 상황을 이해하지 못하고 뻣뻣이 굳어 버렸다. 잠시간 시간이 멈추어 선 듯했다. 하지만 그것도 잠시, 비명이 울렸다.

"전하! 이게 무슨?!"

"폐하, 괜찮으십니까?!"

왕국 기사와 제국 기사들이 그들에게 몰려들었다.

"마리! 마리! 이런 제기랄!"

라엘은 다급히 마리의 상태를 살폈다. 화살은 팔뚝을 스치고 지나갔다. 다행히 큰 상처는 아니었으나, 문제는 따로 있었다.

바로 독이었다!

"라, 란……."

마리가 파리해진 얼굴로 라엘을 바라보았다. 급속도로 창백해지는 얼굴을 본 라엘은 화살에 독이 발라져 있음을 깨달았다.

"독이다! 빨리 붕대와 응급처치할 것을 가져와라! 어서!"

기사들이 다급히 약품과 처치 도구를 가져왔다.

"제발! 마리, 조금만 버텨라! 제발……!"

라엘은 미친 듯한 마음으로 그녀의 상처를 치료했다. 독이 퍼지지 않게 팔뚝 위를 묶고, 조심스럽게 화살을 뽑은 후 직접 입을 대어 독을 빨았다. 일반적으로 상처에 입을 대어 독을 빠는 것은 여러 가지 이유로 권유되지 않는 처치법이지만, 지금은 이런저런 것을 따질 때가 아니었다.

"란……."

마리가 독 기운 때문에 몽롱한 시선으로 라엘을 바라보았다.

"괜…… 찮으신 거죠?"

"난 괜찮다. 그대가 지금!"

"……다행이다."

괜찮다는 말에 옅게 웃는 그녀의 모습에 라엘은 울컥 가슴이 치밀어 올랐다. 심장이 찢어질 듯 아팠다.

"조금만 견디도록. 바로 처치했으니, 곧 좋아질 거야. 그러니!"

그런데 그때였다. 갑자기 막사 밖에서 요란스러운 함성이 들렸다.

"와아!"

"동제국 놈들을 쳐라!"

막사 안에 있던 제국 기사들은 검을 꺼내 들었다.

"이게 무슨? 왕국군의 공격인가?"

왕국 기사들도 당황스러운 것은 마찬가지였다.

"우, 우리의 공격이 아니오! 이건 분명 무슨 오해가……!"

하지만 바로 화살이 협상 장소 안으로 날아들기 시작했다.

"폐하! 몸을 피하셔야 합니다!"

라엘은 마리를 안고 몸을 일으켰다. 마리는 다급히 고개를 저었다.

"저, 저는 괜찮아요. 놓고 가세요."

정황을 봤을 때 음모를 꾸민 흉수는 라엘을 노리고 있었다. 바로 몸을 빼내야 하는데, 몸을 가누지 못하는 자신을 데리고 가면 발목을 잡힐 게 분명했다.

"내가 그대를 어떻게 놓고 가는가!"

하지만 라엘은 버럭 소리를 지를 뿐이었다.

"길을 열어라!"

"네, 폐하!"

제국 기사들이 먼저 막사 밖으로 뛰쳐나왔다. 왕국 기사들도 그들과 힘을 합쳤다. 밖에 나와 보니 왕국군 복장을 한 병사들이 달려들고 있었다. 족히 100명은 넘어 보였다.

'이게 어떻게 된?'

마리는 라엘의 품에 안긴 채 눈을 깜빡거렸다. 믿기지가 않았다.

'평화 협정을 반대하는 이들이 이렇게 많았다고?'

그녀도 제국과 화친에 부정적인 인물들이 있는 것은 알고 있었다. 하지만 소수의 의견일 뿐이었고, 이렇게 군사적 행동에 나설 기미는 전혀 없었는데? 그때, 저 위에서 모든 음모를 꾸민 인물이 모습을 드러냈다.

"의도치 않게 국왕 전하의 옥체를 손상케 하였군요. 모두 왕국을 위한 충심으로 한 일이니 용서해 주길 바랍니다."

마리는 그 인물을 본 순간 직감했다.

'페르딘 남작이 아니야! 아무리 페르딘 남작이 화친을 반대했어도 이런 일까지 저지를 리가 없어.'

무엇보다 눈빛이 전혀 달랐다. 페르딘 남작이 우직한 눈빛이었다면, 지금 저 위에 서 있는 이의 눈빛은 뱀처럼 사이했다.

'설마?'

마리는 불현듯 떠오른 생각에 침을 꿀꺽 삼켰다. 저 눈빛은 누군가를 강하게 연상시켰다. 바로 기이할 정도로 발견되지 않던 시신. 스토른 백작이었다.

"제국의 황제를 죽여라!"

"왕국민의 원한을 갚자!"

왕국 병사들은 눈에 핏발을 세운 채 검을 휘둘렀다.

'그, 그만둬!'

마리는 저들이 모두 제국에 깊은 원한을 가진 이들임을 깨달았다. 스토른 백작은 왕국의 페르딘 남작으로 위장한 후 저들을 포섭해 이번 일을 벌인 것이다. 마리는 그들을 말리려 하였으나, 독에 마비된 탓인지 입도 벙긋할 수가 없었다.

"폐하를 지켜라!"

"막아!"

호위로 온 기사들이 필사적으로 막아섰지만 병력의 차이가 너무 컸다. 눈앞의 적을 베어도 옆에서 창이 날아왔다. 기사들은 한 명, 한 명 몸에서 피를 흘리며 무릎을 꿇었다.

"폐하, 피하십시오!"

기사 한 명이 피를 토하며 외쳤다. 그렇게 기사들이 목숨을 바친 덕에 퇴로가 열렸다. 라엘은 한 손으로 마리를 안고, 다른 한 손으로 검을 휘두르며 왕국군 사이를 헤쳐 나갔다.

"끄악!"

라엘의 검술은 극에 달한 경지인지라, 왕국군은 짚단이 쓰러지듯 옆으로 무너졌다.

"폐하, 어서 가십시오! 어서!"

라엘은 이를 악물고 포위망에 순간적으로 생긴 틈으로 빠져나갔다.

"적들을 막아라! 한 놈도 빠져나가지 못하게 해!"

제국 기사들이 라엘이 빠져나간 길을 틀어막았다. 목숨을 버린 그들의 분투에 왕국 병사들은 쉽게 길을 뚫지 못했다.

"남작님, 이러다가 라엘 황제가 도망가겠습니다."

한 기사가 초조한 목소리로 말했다. 그는 페르딘 남작과 마찬가지로 과거 전쟁 때 제국군에 일가족을 잃은 이로 복수를 위해 이번 거사에 동참했다. 라키는 여유 있는 표정으로 고개를 저었다.

"도망가도 괜찮다."

"어째서?"

라키는 비릿하게 입꼬리를 올렸다.

"함정은 이것 하나만이 아니니까."

그는 이번 음모를 꾸미며 이중, 삼중의 설계를 하였다. 화살이 빗나갈 때를 대비해 병사들을 매복했고, 혹시나 도주할 경우를 대비해 또 다른 병사를 도주로에 준비해 두었다.

'어차피 저 길은 병사들이 매복해 있는 곳. 느긋하게 잡으러 가면 되겠군.'

천천히 걸어가면 이미 라엘 황제는 목숨을 잃은 뒤일 거다. 라키는 라엘의 시신을 보며 절망에 빠져 있을 모리나의 얼굴을 기대하였다.

이윽고 마지막 제국 기사가 쓰러진 후, 라키는 천천히 발걸음을 옮겼다. 어디로 갔는지 고민할 필요도 없었다. 도주한 방향으로 마리가 흘린 피가 점점이 떨어져 있었으니까. 라키는 땅에 엉겨 붙은 그녀의 피를 손가락으로 찍었다. 그는 악마처럼 그녀의 피를 혀로 핥았다. 비릿하게 퍼지는 향을 느끼며 그는 미소를 지었다.

'모리나.'

라키는 그녀의 이름을 속으로 불렀다. 마치 갈망하는 듯한 마음으로.

'드디어 당신이 파멸하는 모습을 볼 수 있겠군.'

저 앞에 매복한 이는 하메른 남작이었다. 제국에 반감을 가진 이들 중에서도 가장 극단적인 강경론자. 심지어 하메른 남작은 이전부터 서제국, 정확히는 그와 연결점이 있었다. 반제국 활동을 벌일 때 라키의 지원을 받았던 것이다. 그래서 하메른 남작은 라키의 이번 제안을 흔쾌히 승낙했다. 하메른 남작이면 이미 라엘의 목을 치고도 남았다. 그때 저 멀리 매복 장소에서 거친 함성이 들려왔다.

'끝났군.'

라엘의 목이 떨어지는 소리라 생각한 라키는 미소를 지었다. 그런데 매복 장소에 도착한 그는 눈을 크게 떴다. 생각하지 못한 상황이 펼쳐

지고 있었다.

'왜 대치하고 있는 거지?'

하메른 남작은 검을 든 채 라엘을 노려보고만 있을 뿐이었다. 압도적인 숫자이니 공격 명령만 내리면 바로 목을 칠 수 있는 상황이었는데도.

"왜 가만히 있는 것입니까? 저 피의 황제는 왕국의 원수입니다. 당장 목을 치십시오."

하지만 하메른 남작은 요지부동 뚫어져라 라엘을 노려볼 뿐이었다.

"누가 감히 저런 일을 한 거지? 네 짓인가?"

"네?"

라키는 반문했다.

"누가 전하의 옥체를 상하게 했느냐는 말이다!"

"······!"

그제야 라키는 하메른 남작이 바라보는 게 모리나였음을 깨달았다.

"거사 중 작은 문제가 있었습니다. 치명적인 상처는 아니니······."

"작은 문제? 전하께서 쓰러지셨는데, 작은 문제라고?"

라키는 당황했다. 무언가 상황이 이상하게 흐르고 있었다.

그는 애써 침착함을 되찾고 타이르듯 말했다.

"지금은 저 악마, 제국의 황제를 처단하는 것이 먼저입니다. 잊으셨습니까? 저 악마가 이전에 왕국에 얼마나 많은 피를 흘렸는지?"

하메른 남작은 입술을 깨물었다. 이번에 라키의 선동에 넘어간 모든 이가 그렇듯, 하메른 남작도 제국의 침공 때 모든 걸 잃었던 사람이었다. 깊은 원한에 사로잡혀 있어 황제를 죽일 수 있다는 말에 앞뒤 가리지 않고 나서게 되었다. 하지만,

'맙소사. 내가 지금 무슨 일을 하고 있는 거지?'

하메른 남작의 눈이 파르르 떨렸다. 그리고 그건 함께 행동에 나섰

던 기사들도 마찬가지였다. 라엘의 품에 안겨 피를 흘린 채 쓰러져 있는 모리나의 모습이 그의 가슴에 박혀 들었다. 그들은 원수를 갚으려 했던 거지, 소중한 왕을 해하려 했던 것이 아니다.

'눈에 무언가 씌었던 건가? 내가 어쩌자고.'

피 흘리는 모리나의 모습을 본 순간, 꿈에서 깨듯 정신이 확 들었다. 만약 그들이 라엘 황제를 죽이면 그녀도 죽을 것이다. 그녀뿐이 아니다. 수많은 왕국민이 피를 흘리게 될 것이다.

'전하.'

하메른 남작의 머리에 지금껏 그녀가 헌신해 오던 일이 떠올랐다. 오로지 왕국을 위해 희생만 해온 그녀이다. 그런데 자신들은 그런 그녀를 배신한 것이다. 오로지 복수만을 위해서. 분위기가 심상치 않다고 느낀 라키가 급히 목소리를 높였다.

"지금 무엇하는 겁니까? 저 악마 때문에 흘린 왕국의 피눈물을 생각하십시오."

하메른 남작을 비롯한 기사들은 주먹을 움켜쥐었다. 복수심과 모리나를 향한 죄책감이 충돌했다. 그때였다. 라엘의 품에서 마리가 울컥 죽은피를 토했다. 미처 해독하지 못한 독이 퍼진 탓이다.

"마리!"

라엘의 얼굴이 하얘졌다. 최대한 빨리 제대로 된 치료를 해야 했다.

'하지만 이런 상황에서 어떻게 치료를……'

그는 잠시 고심하더니 결단을 내렸다.

챙그랑!

모두가 놀라 크게 눈을 떴다. 라엘이 검을 땅에 버린 것이다.

"그냥 날 죽여라."

"……?!"

"이렇게 대치하고 있을 시간이 없어! 나보다 그녀의 목숨이 훨씬 소중하니, 빨리 날 죽이고 그녀를 치료하도록. 어서!"

맹독을 사용했는지 마리의 상태는 시시각각 나빠지고 있었다. 일분 일초가 급한 상황. 대치가 더 길어지다가는 어떻게 될지 모른다. 어차 피 도주하기 그른 상황. 라엘은 차라리 자신의 목숨을 포기하더라도 그 녀를 살려 내기로 결정했다.

"어서!"

하지만 왜일까? 하메른 남작은 오히려 더 머뭇거리며 앞으로 나서 지 못했다. 꿈에도 그리던 복수의 순간이건만, 이대로 그를 죽이면 안 될 것 같았다. 그가 계속 망설이자 다급해진 라키가 나섰다.

"모리나 전하를 걱정하는 거라면 괜찮습니다! 독에 대한 해약은 제 가 가지고 있습니다. 그러니……!"

거기까지 이야기한 라키는 굳게 입을 다물었다. 하메른 남작이 라키 를 돌아보았다. 남작의 눈빛은 지극히 차가웠다.

"지금 혹시 무슨 생각을……?"

"닥쳐라. 이 악마."

하메른 남작은 쇠뇌를 라키에게 겨누었다. 라키의 눈동자가 찢어질 듯 커졌고, 남작은 망설이지 않고 방아쇠를 당겼다.

퍼억!

화살이 라키의 머리를 꿰뚫었다. 인형술사라 불리며 공포의 대명사 였던 스토른 백작의 허무한 최후였다.

"빨리 해약을 찾아 전하께 투약하도록!"

"네!"

병사들이 라키의 품을 뒤져 약을 찾았다. 다행히 해약은 쉽게 발견 되었고, 왕국군은 라엘의 품에서 모리나를 받아와 해약을 먹였다. 다 행히 효과가 있는지, 모리나의 상태는 더 악화하지 않았다. 추가로 급 한 처치를 더 한 후, 하메른 남작은 라엘을 바라보았다.

"……."

라엘은 자신의 목숨이 경각에 달했다는 것을 의식하지 못하는지 쓰러진 마리만 바라보고 있었다. 걱정이 가득한 눈길로.

"날 죽일 건가?"

하메른의 시선을 의식한 라엘이 물었다. 하메른은 이를 악물었다. 그의 눈빛에 다시금 원념이 차올랐다. 라엘은 씁쓸히 웃었다. 길이 막혀 도주도 무리였고, 저항할 방법도 없었다. 하메른 남작이 죽이려 든다면 그는 그냥 죽어야 했다. 그런데 하메른 남작이 의외의 물음을 하였다.

"죽음이 두렵지 않으십니까? 전 당장에라도 당신을 죽일 수 있습니다."

"두렵지는 않다. 지금껏 많은 피를 흘렸으니, 이런 단죄를 받아도 어쩔 수 없는 거겠지."

라엘은 씁쓸히 말했다.

"다만 그녀와 함께하지 못하는 것이 아쉽군. 아니, 내가 없어져 그녀가 고통스러워할 것을 생각하니 그게 걱정돼."

라엘은 그러며 그녀를 바라보았다. 그의 눈빛이 아릿함에 물들었다. 하메른은 검을 움켜쥐었다.

"당신으로 인해 우리 왕국에 얼마나 많은 피가 흘렀는지 압니까? 제 주변에 수많은 이가 당신으로 인해 죽어 갔습니다."

"……."

"신께서는 용서를 강조하셨지만, 제가 어찌 그럴 수 있겠습니까? 전 영원히 당신을 용서할 수 없습니다."

라엘은 가만히 입을 다물었다. 그가 흘린 피의 무게이다. 속죄하는 마음으로 살아왔지만, 영원히 떨칠 수 없으리라. 라엘은 원념에 번득이는 하메른 남작의 눈빛을 보며 죽음을 각오했다. 그녀와 영원히 함께하고 싶었지만 피할 방법이 없었다. 그때, 하메른 남작이 생각지 못한 행동을 하였다.

쨍그랑!

바위에 검을 내려쳐 자신의 검을 부러뜨린 것이다!

라엘은 그 돌발 행동에 눈을 크게 떴다. 하메른 남작은 심장을 쥐어짜는 듯한 얼굴로 말했다.

"다시 말씀드리지만, 전 당신을 죽이고 싶습니다. 갈기갈기 찢어 죽은 이들의 복수를 하고 싶습니다."

라엘은 말없이 그의 말을 들었다. 하메른 남작은 두 손으로 자신의 얼굴을 감싸 쥐었다. 그 몸짓에는 깊은 절망이 담겨 있었다.

"정말. 정말 당신을 살려 두고 싶지 않지만…… 제가 어찌 전하를 고통스럽게 하겠습니까? 오로지 우리를 위해 자신의 모든 것을 희생해 오고 있는 분인데."

하메른 남작은 왕위에 앉은 그녀의 모습을 모두 지켜봤었다. 오로지 왕국민을 위해 희생만 해온 그녀이다. 아무리 복수를 간절히 바라 왔다고 해도, 그런 그녀를 도저히 배신할 수 없었다.

"빌어먹을. 제길…… 제기랄."

결국, 복수를 포기한 하메른 남작은 욕설을 내뱉었다. 마치 울음을 삼키는 듯한 욕설이었다. 라엘은 입을 다물었다. 이 순간 그가 뭐라고 하든 그건 다 기만에 불과할 것이다. 장내에 무거운 침묵이 흘렀다. 하메른 남작과 그 뜻을 함께했던 기사들은 이를 악물고 슬픔을 삭였다.

그런데 그 순간이었다. 힘겹게 떨리는 목소리가 그들에게 들려왔다.

"남작…… 그리고 경들……."

"전하!"

마리였다. 해약을 먹고 간신히 의식을 차린 그녀가 파랗게 죽은 얼굴로 그들을 바라보았다.

"괜찮으십니까?!"

마리는 덜덜 떨리는 몸으로 고개를 끄덕였다. 사실 손끝 하나 움직이기 힘들었지만, 그래도 저들에게 하고 싶은 말이 있었다.

"겨, 경들의 마음 이해해요. 오히려…… 제가 경들의 마음을 배려하지 못해서 죄송해요."

그녀는 떠듬떠듬 힘겨운 목소리로 말을 이었다.

"그, 그래도 조금만 저를 믿어주시면 안 될까요? 저…… 최대한 노력해 볼게요. 당신들의 오늘 결정이 복수보다 훨씬 값진 결과로 돌아올 수 있도록. 훗날 돌이켜 봤을 때, 당신들이 후회하지 않도록……."

마리는 천천히 라엘을 향해 손을 뻗었다.

"……반드시 해낼게요. 그와…… 함께."

라엘이 그녀에게 다가와 손을 맞잡았다. 그러고 그들을 향해 말했다.

"내가 무슨 말을 해도 너희의 마음을 위로할 수는 없을 거라 생각한다. 그러니 섣부른 말은 하지 않겠다. 대신 한 가지만 맹세하겠다."

"……."

"클로얀 왕국을, 이제 국혼으로 맺어질 동맹국이 될 너희 왕국을 항상 속죄하는 마음으로 대하겠다. 그래서 먼 훗날, 양국의 사람들이 지금처럼 증오에 가득 찬 것이 아닌, 서로 함께 행복해할 수 있도록 그녀와 함께 노력하겠다."

라엘은 자신의 말에 저들의 마음이 움직일 거라고는 생각지 않았다. 고작 말 몇 마디에 움직이기에는 깊고 깊은 원한이었으니까. 그래도 그의 말은 진심이었다. 지금껏 제국민에게 속죄하는 마음으로 살았듯 왕국에도 마찬가지였다.

"……."

둘의 말은 들은 하메른 남작과 기사들은 입을 다물었다. 그렇게 얼마나 지났을까? 하메른 남작은 굵은 눈물을 흘렸다. 남작뿐이 아니었다.

각자의 원한으로 검을 들었던 기사들은 모두 뜨거운 눈물을 흘렸다.

"전하, 솔직히 말씀드리겠습니다. 전 도저히 황제를 용서할 수 없습니다. 하지만!"

하메른 남작이 무릎을 꿇었다.

"다른 건 모르겠습니다. 그저 전하이기에 믿겠습니다."

다른 기사들도 함께 무릎을 꿇고 고개를 숙였다.

"전하를 따르겠습니다."

짧지만 굳은 마음이 담긴 음성이었다. 라엘과 마리는 서로를 바라보았다. 드디어 둘 사이를 가로막던 마지막 난관도 끝을 맺었다. 마침 구름에 가려 있던 하늘에 햇빛이 비치기 시작했다. 마치 둘의 앞날을 축복하는 듯한 따뜻한 빛이었다.

그렇게 우여곡절 끝에 왕국군 일부가 일으킨 거사는 막을 내렸다. 사실 상대 황제 암습을 시도했다는 것만으로도 협정이 무산되고도 남을 사건이었지만, 라엘의 뜻으로 사건은 크게 번지지 않았다. 다만 거사에 참여한 인원들을 처벌하는 것은 불가피했다. 하메른 남작을 비롯한 이들은 중벌을 받기로 하고 옥에 갇혔다. 그리고 사건을 수습하는 과정에서 일의 전모가 밝혀졌다.

"스토른 백작이 꾸민 일이었다고?"

하메른 남작은 이 모든 일이 스토른 백작의 음모였음을 고했다. 마리와 라엘은 질린 얼굴을 하였다. 그렇게나 그들을 괴롭히더니 마지막 순간까지 발목을 잡으려 한 것이다. 라엘은 엄한 목소리로 명했다.

"불에 태워 버려라!"

마치 마녀를 화형에 처하듯 병사들은 라키의 시신을 불에 태워 버렸다.

화르륵!

타오르는 불을 보며 라엘은 마리에게 말했다.

"정말로 다 끝났군."

마리는 가만히 고개를 끄덕였다. 열심히 치료를 받은 덕에 그녀의 몸은 대부분 나은 상태였다. 라엘은 그녀의 어깨에 손을 올렸다.

"이제 다시는 그대를 놔주지 않을 거다."

"네."

그녀는 라엘의 품에 어깨를 기대며 눈을 감았다.

"저도 당신 곁을 떠나지 않을 거예요. 영원히."

그 뒤 제국과 클로얀은 종전 협정 및 동맹을 체결하였다. 당연히 라엘과 마리의 국혼을 전제로 한 동맹이었다.

"황제 폐하 만세!"

"황후마마 만세!"

이전부터 둘의 하나 됨을 바라고 있었던 제국민들은 기쁨의 함성을 질렀다.

"전쟁이 끝났구먼."

"전하께서 다 잘하시겠지."

왕국민도 고개를 끄덕였다. 솔직히 그들은 자신들의 소중한 모리나가 라엘과 국혼을 맺는 게 반갑지만은 않았으나, 평화가 찾아온 것만큼은 기뻤다. 무엇보다 그들은 모리나라면 어떤 상황에서도 자신들을 최고의 길로 이끌어줄 것이라고 믿었다. 그리고 모든 세부 사항에 대한 조율이 끝나고 조약 문서에 직인을 찍기 전, 라엘은 감회가 서린 얼굴로 입을 열었다.

"……이로써 우리 제국과 클로얀 왕국이 종전을 맺음과 동시에 동맹이 되었음을 선언한다."

새로운 평화의 시대가 선포되는 소리였다.

이후 시간이 흘렀다. 겨울이 완전히 지나갔고, 따뜻한 봄이 왔다. 활짝 핀 꽃을 감상하는 것도 잠시, 열정적인 여름이 왔고 생동감에 활짝 웃는 사이 1년의 수확을 기다리는 가을이 다가왔다.

그사이 많은 것이 변했다. 클로얀 왕국은 완전히 국가의 기틀을 잡았다. 피폐해진 농지의 재건, 법제의 정비, 상업의 진흥, 귀족들의 체계 정비. 모리나는 모든 분야에 걸쳐 필요한 조치를 취하였다. 불과 반년 정도밖에 안 되는 시간이었지만, 클로얀 왕국은 눈에 띄게 안정되었고 왕국민들의 얼굴에서는 웃음이 가시지 않았다.

"이번 수확이 기대되는구먼."

"그러게 말이야. 풍년이야."

"이런 풍년이 얼마 만인지."

"모두 국왕 전하 덕분일세."

사람들은 구슬땀을 흘리며 그녀의 이름을 높였다. 최근 몇 년 동안 홍수와 가뭄 등으로 흉작이었는데, 올해는 기후도 굉장히 좋아 풍작이 될 것 같았다. 마치 하늘이 그녀와 왕국을 축복하는 느낌이었다.

"그나저나 괜찮으실까?"

"무얼 말인가?"

"전하 말일세. 너무 무리하는 것 아닌가 걱정되어서 말이야."

누군가의 말에 사람들은 고개를 끄덕였다. 그녀가 왕국을 위해 얼마나 열심히 일하는지는 모두가 알고 있었다. 감사하기 그지없는 일이지만, 워낙 사랑받는 그녀이다 보니 다들 걱정을 하였다.

"너무 무리하다 건강이라도 상하실까 걱정이네. 전혀 쉬지도 않으시는 것 같은데."

"그러게 말이야. 조금 쉬는 것도 필요할 텐데."

"다른 귀족 나으리들은 무엇하는 거야? 전하의 일 좀 덜어주시지."

사람들은 투덜거렸다. 물론 다른 귀족들이라고 놀고 있는 것은 아니었다. 그녀뿐 아니라 모든 이가 왕국을 재건하기 위해 밤잠을 아껴 가며 노력하고 있었다. 그런데 그들이 한창 추수를 준비하며 이런저런 이야기를 하고 있을 때였다. 저 멀리서 다그닥 마차 소리가 울려 퍼졌다. 대략 10대 정도로 보이는 짐마차 떼였다.

"제국 남부 지방에서 온 상단이군."

왕국 사람들의 표정이 묘해졌다. 동제국의 상단이라니. 전쟁을 벌이던 얼마 전만 해도 상상하기도 어려운 일이었다. 하지만 최근에는 종종 제국의 상단이 왕국에 출몰했다. 반대로 왕국 상인들도 제국으로 가서 거래했고.

"캐시엔시로 가는 거겠지?"

"그렇지 않겠나?"

캐시엔시는 왕국 동부에 위치한 도시이다. 모리나는 동제국과의 화친을 기념하며 동제국과 가까운 캐시엔시를 교역 도시로 육성하기로 결정하였다. 동제국 상인들은 캐시엔시에 가서 아무런 제약 없이 자신들의 물품을 거래했고, 그들과 거래하기 위해 왕국은 물론 서제국, 한자동맹의 상인들까지 캐시엔시로 모여들고 있었다. 덕분에 캐시엔시는 화친의 상징을 넘어 대륙을 아우르는 교역 도시로 성장하고 있었다.

"난 동제국 놈들이 싫네."

누군가 툭 하고 내뱉었다. 모리나가 아무리 노력하고 있다고 해도 아직 앙금이 풀리기에는 짧은 시간이었다. 그런데 말을 뱉었던 이가 씁쓸히 웃으며 말했다.

"그래도…… 받아들이려 노력 중이네. 전하께서 저렇게나 노력하고 계시니까."

그 말에 다른 이들도 고개를 끄덕였다. 다른 이가 아닌 그녀가 노력하고 있는 일이기에 그들은 따르기로 했다. 아직 감정을 풀기는 어렵지만 말이다. 그때, 한 남자가 실실 웃으며 말했다.

"그런데 그렇게 말하긴 하는데…… 그 장갑은 제국산 아닌가?"

"앗."

지적당한 이는 민망한 표정을 지었다.

"그…… 시장에서 싸게 팔길래. 품질이 좋더라고. 트, 특별한 의도는 없네."

사람들은 쿡쿡 웃음을 지었다. 누군가 하늘을 올려다보았다. 가을이 다가오는 하늘은 맑고도 맑았다.

"날이 좋군."

다가올 날도 오늘만 같았으면 하는 날이었다. 그만큼 그들은 행복했다. 물론 그들은 앞으로도 행복하리라 믿었다. 그녀와 함께라면 말이다.

한편, 왕국민 모두가 아끼는 마리는 지금 멍한 얼굴로 서류를 보고 있었다.

'……졸려.'

서류를 보는 그녀의 눈가는 시퍼렇게 변해 있었다.

"조금만 쉬는 게 어떻겠습니까?"

한 젊은 남자가 걱정스레 말했다. 그녀의 보좌관으로 새롭게 임명된 사무엘 남작이었다.

"아니에요. 미룰 수는 없죠. 오늘 안에 다 해결하고 자겠어요."

마리는 아직도 경어를 사용하고 있었다. 주변 이들이 몇 번이나 말을 놓기를 강권했으나 아직 평대가 익숙하지 않은 그녀였다.

'나도 자고 싶지만…….'

마리는 속으로 중얼거렸다. 그녀도 자고 싶은 마음이 굴뚝같았지만 어쩔 수가 없었다. 한창 왕국이 자리를 잡아가는 과정이어서 그럴까, 그녀가 직접 살펴야 하는 일이 한두 가지가 아니었다.

'그래서 폐하가 매번 그렇게 잠을 잘 못 주무셨던 거구나.'

마리는 과거 라엘이 늦은 밤까지 일하던 모습을 떠올렸다. 그를 걱정했었는데 이제는 자신이 똑같이 그러고 있었다.

종장

'잘 지내고 계실까?'

그를 떠올린 그녀는 시큰한 마음이 들었다.

'벌써 반년.'

종전 이후, 각자의 나라로 돌아온 둘은 아직도 재회하지 못하고 있었다. 전후로 처리할 일이 너무나 많았기도 했고, 군주인 그들이 움직이는 게 보통 일이 아니었기 때문이다.

'보고 싶다.'

그녀는 한숨을 내쉬었다. 모든 일이 잘 해결되었는데도 그를 여전히 그리워하고만 있어야 할 줄은 몰랐다. 마리는 주섬주섬 서랍에서 봉투를 꺼내었다. 봉투 안에는 몇 번이나 반복해 본 듯한 편지가 들어 있었다. 그가 보낸 편지였다.

도대체 언제 볼 수 있는 거지?

그녀는 그가 편지에 쓴 말을 보고 웃음을 지었다. 그리워하는 것은 자신만이 아니었다. 그도 자신을 그리워하고 있다는 사실이 기뻤다.

'저도 보고 싶어요.'

마리는 이미 몇 번이나 본 내용을 다시 꼼꼼하게 읽었다. 이렇게라도 그를 느끼고 싶었다.

'자, 충전했으니 다시 일하자.'

마리는 크게 기지개를 켜고 다시 서류에 시선을 돌렸다. 그때, 보조관 사무엘 남작이 물었다.

"전하, 혹시 무슨 일이라도 있으십니까?"

"네?"

"요즘 들어서 더 무리하시는 것 같아서 말입니다."

"그래 보여요?"

"네. 그리고……."

사무엘 남작은 고개를 갸웃하더니 말했다.

"평소보다 기분도 조금 더 좋아 보이시고요."

그 말에 마리는 미소를 지었다.

"네, 사실 일이 있긴 있어요. 그것도 아주 좋은. 그래서 무리하는 거예요."

"어떤?"

사무엘 남작은 눈을 크게 떴다. 아주 좋은 일이 있다니? 마리는 대답 없이 다시 편지지에 시선을 돌렸다. 편지지 말미에는 이런 문구가 적혀 있었다.

금번 탄신연회에 그대를 초청하니, 반드시 참석해 주도록.

곧 다가올 제국 탄신연회에 참석하기로 한 것이다. 즉, 드디어 다시 그와 만날 수 있게 되었다. 그래서 그녀는 탄신연회가 다가오기 전 모든 일을 끝내 놓기 위해 평소보다 무리하는 중이었다.

'란.'

마리는 창밖을 바라보았다. 저 멀리 어딘가 있을 그를 생각하며.

'빨리 보고 싶어요.'

그렇게 다시 며칠이 흘렀고, 탄신연회에 참석할 날이 다가왔다.

한편, 그때 동제국의 황궁에서는 라엘이 그녀를 그리워하고 있었다.

'도대체 언제 볼 수 있는 거냐, 마리.'

그는 이제 철가면을 쓰지 않았다. 그림처럼 아름다운 얼굴이 찬연하게 드러나 시중을 들던 시녀는 남몰래 그의 얼굴을 훔쳐보며 얼굴을 붉혔다. 마리를 향한 사랑 때문일까, 그의 분위기는 이전과 다르게 많이 부드러워졌다. 아름다운 얼굴에 강렬한 카리스마, 동시에 한결 부드러운 분위기까지. 과거의 그가 공포의 대상이었다면 지금은 모든 사람이 우러르고 따르는 이상적인 군주의 모습을 하고 있었다. 특히 한결 더 매혹적이게 변한 황제를 보며 가슴앓이하는 시녀들이 생겨난 것은 비밀. 어차피 마리 외에는 눈길도 주지 않는 그이기 때문에 라엘이 그 마음을 눈치채는 일은 거의 없을 것이다. 하여튼 온 제국에서 존경받는 황제인 라엘은 지금 그녀에 대한 생각에 골똘히 잠겨 있었다.

'지금도 보기 힘든데. 설마 결혼 뒤에도 이런 것은 아니겠지?'

라엘은 순간 떠오른 불안감에 인상을 팍 찌푸렸다.

'신혼 생활은 어디서 해야 하는 거지? 아니, 신혼 생활 자체가 가능하긴 한 건가?'

근거 없는 걱정이 아니었다. 둘은 황제와 왕이다. 자신의 나라에서 벗어날 수 없었다. 도대체 어디에서 지내며 결혼 생활을 해야 한단 말인가?

'제기랄. 결혼하면 한순간도 옆에서 놔주지 않으려 했건만 왜 전쟁이 끝나기 전보다 더 만나기 힘든 것 같지?'

그는 불안감에 생각했다.

'지금도 이렇게 보고 싶어 괴로운데, 결혼해서도 못 보면? 못 견뎌. 절대 안 돼.'

라엘은 강하게 고개를 저었다. 어떻게든 그녀와 함께하는 결혼 생활을 이루고 말 것이다. 그때, 집무실 밖에서 기척을 알리는 소리와 함께 한 인물이 들어왔다. 쾌활한 인상의 미남, 오른이었다.

"폐하를 뵙습니다. 좋은 하루입니다. 어젯밤은 평안히 주무셨습니까?"

오른은 밝은 목소리로 라엘에게 인사를 올렸다. 이런저런 우환이 사라진 덕인지, 항상 인상을 찌푸리고 다니던 오른은 많이 밝아진 얼굴이었다.

"좋아 보이는군."

"네?"

"그대 얼굴 말이야. 어제는 또 어떤 영애를 꼬시고 다닌 거지?"

오른은 억울하단 표정을 지었다.

"꼬시다니요. 전 항상 진실 된 사랑만 합니다."

"진실 된 사랑이 참 자주도 바뀌는 것 같군. 한 달에 한 번은 바뀌는 것 같아."

원래부터 오른은 사교계의 쾌남이었다. 마리가 있을 당시엔 이런저런 사건 사고가 잦아 그런 모습이 두드러지지 않았지만, 최근에는 원 없이 자신의 끼를 발산하며 지내고 있었다.

"결제할 서류나 내놓게."

"여기 있습니다."

오른은 행정부에서 가져온 서류를 내밀며 조심스럽게 말했다.

"근데 폐하, 제 사표는 언제 수리해 주실 건지요?"

라엘은 그 말에 눈썹을 꿈틀했다.

전후 처리가 마무리되자, 오른은 재상직을 사퇴할 뜻을 내비쳤다. 자신이 할 수 있는 일은 모두 하였고, 이제는 더 능력 좋은 새 재상이 새로운 제국을 만들어 가는 데 힘써야 한다는 이유였다.

'……결국, 놀고 싶다는 이야기겠지.'

라엘은 단번에 그 사표를 불에 태워 버렸다. 눈에 흙이 들어가지 않는 한 절대 오른이 노는 꼴은 볼 수 없었다. 자신이 이렇게 고생하는데 말이다.

"사표 같은 소리 하지 말고 남부 지방에서 보내온 서신이나 내놓도록."

얄미운 것과 별개로 오른의 능력은 제국에 필요했다. 오른은 서제국의 요하네프 3세나 스토른 백작처럼 번뜩이는 기지와 뛰어남은 없었다. 그의 진정한 장기는 바로 내치(內治). 민정을 살피며 안정적으로 나라를 운영하는 데 탁월한 능력을 가지고 있었다. 오른은 사표를 수리해 달라고 거듭 요청했지만, 라엘은 꿈쩍도 하지 않았다. 라엘은 한숨을 푹 내쉬며 생각했다.

'사표를 내고 싶은 건 바로 나란 말이다.'

그는 문득 그런 생각이 들었다. 사표를 내면 그녀와 계속 함께 있을 수 있지 않을까 하는. 이런 생각이 들 정도로 그녀가 보고 싶고 그리웠다.

"탄신연회 준비는 잘되고 있나?"

"네, 차질 없이 진행하고 있습니다."

"모리나 국왕은 출발했나?"

오른은 고개를 끄덕였다.

"네, 막 출발했다는 전서구가 도착했습니다."

라엘은 창밖을 바라보았다. 그녀가 오고 있을 클로얀 방향 쪽이었다. 빨리 그녀가 보고 싶었다. 이제 곧 만날 것이지만, 그 기다림조차도 아득했다.

　그렇게 라엘은 그녀가 도착할 날만을 기다렸다. 하루, 이틀. 며칠 지나
지도 않아 그리움과 초조함이 극에 달한 그는 자리를 박차고 일어났다.

　"안 되겠다. 내가 미리 마중을 나가야겠어."

　"네? 아직 국경도 안 넘었을 것입니다."

　근위 기사단장 알몬드 자작이 말했다.

　"국경에서 만나겠다. 지금쯤 출발하면 얼추 비슷하게 국경에 도착하
겠지."

　알몬드는 아연한 얼굴로 만류했다.

　"국경은 너무 멉니다. 며칠만 더 기다리시면 만날 수 있을 테니, 조
금만 기다리시는 게……."

　"그렇게 기다린 게 벌써 반년이다. 더는 기다릴 수 없어. 이러다가는
내가 죽겠다."

　라엘은 강한 목소리로 결정했다. 어쨌든 황제의 결정을 누가 만류하
겠는가? 둘이 서로를 간절히 그리워했음은 알몬드가 가장 잘 알고 있
기에 더 반대하지 못했다.

　"알겠습니다. 그러면 준비토록 하겠습니다."

　"준비가 무엇이 필요한가. 바로 출발하도록 하지."

　"……폐하."

　알몬드는 못 말리겠다는 듯 고개를 저었다. 저분이 과거 피의 황태
자라 불리던 그분이 맞나 싶었다.

　"출발한다!"

　그렇게 라엘과 그를 호위하는 기사들이 국경 지대를 향해 출발했다.
바로 그녀를 마중하기 위해.

　'마리, 마리.'

라엘은 말을 달리며 계속해서 그녀의 이름을 불렀다. 드디어 그녀를 만날 수 있다는 사실에 가슴이 미칠 듯이 뛰었다. 그런데 국경 지대에 도착하기 직전, 그는 믿기지 않는 소식을 들었다.

"지금 뭐라고?"

라엘의 얼굴이 딱딱하게 굳었다.

"모리나 국왕이 납치되었다고?"

전령으로 나갔던 기사는 곤혹스러운 얼굴로 말했다.

"네, 폐하. 그리고 범인이 서신을 남기고 갔습니다."

서신의 내용을 본 라엘은 얼굴을 와락 구겼다.

며칠만 빌려가겠습니다. 그녀만 바라보는 해바라기가.

글자에서도 느껴지는 능글능글함. 라엘은 단번에 범인이 누구인지 눈치챘다. 그는 범인의 이름을 씹어 먹을 듯 외쳤다.

"요하네프 3세, 이놈을……!"

라엘의 짐작대로 범인은 요하네프 3세였다. 마리는 멍한 표정으로 눈을 깜빡였다.

"이게 어떻게 된 일인가요?"

그녀는 국경을 넘기 전, 미리 준비한 숙소에서 잠을 청했었다. 한시라도 빨리 라엘을 만나고 싶은 마음에 강행군을 했던지라 세상모르게 잠이 들었었고, 푹 자고 일어났더니 전혀 모르는 곳에 와 있었다.

"푹 주무셨습니까? 보고 싶었습니다, 마이 레이디."

"……."

칠흑 같은 흑발에 차분한 인상의 미남. 그녀는 난데없이 요하네프 3세가 보이자 몽롱한 얼굴로 생각했다.

'왜 요하네프 3세가? 아직 꿈인가? 그런데 란의 꿈이 아니라 왜 하필 요하네프 3세의 꿈을?'

마리는 멍하니 생각했다. 꿈에서도 만나기 싫은 인물이 요하네프 3세이거늘. 이게 꿈이면 참으로 지독한 악몽이었다.

"많이 피곤하신 것 같군요. 조금 더 눈을 붙이십시오. 아직 도착할 때까지 시간이 있으니."

"……!"

그 선명한 목소리를 듣는 순간, 마리는 잠이 번뜩 달아났다. 이게 꿈이 아닌 것을 깨달은 것이다. 그녀는 화들짝 놀라 소리쳤다.

"이, 이게 어떻게 된 일이죠? 당신이 왜 여기에?"

"여기는 제 마차입니다. 그러니 제가 이 마차에 타고 있는 것은 당연한 일이죠."

"아니, 그러니까 왜 제가 당신의 마차에……!"

요하네프 3세는 씨익 웃었다. 이전처럼 능글맞으면서 왠지 한 대 때려 주고 싶은 미소였다.

"그야 제가 납치했으니까요. 모리나 국왕, 당신은 지금 제게 납치당하는 중입니다."

"…… ."

오늘 점심이나 한 끼 하지 않으시겠습니까, 하는 말투여서 그녀는 순간 말뜻을 이해하지 못했다. 하지만 그것도 잠시.

"나, 납치라니. 지금 이게 무슨 짓이죠?!"

서제국과 클로얀은 이미 평화 협정을 맺었다. 그런데 왕인 그녀를 납치하다니?

"빨리 내려 주세요!"

요하네프 3세는 서글픈 표정으로 고개를 저었다.

"애석하지만 안 됩니다. 물론 이게 큰 잘못임은 알지만, 저도 어쩔 수 없는 사정이 있었습니다."

"그게 무슨?"

요하네프 3세는 말했다.

"죽도록 보고 싶었거든요."

"……."

마리는 황당함에 입을 벌렸다. 지금 뭐라고? 그녀가 그러거나 말거나, 요하네프 3세는 원망스러운 말투로 말을 이었다.

"너무하신 것 아닙니까? 전쟁이 끝난 후 연락도 한번 없으시다니. 이대로 가만히 있으면 심장의 병이 다시 도질 것 같아 어쩔 수 없이 납치한 것입니다."

가만히 듣고 있자니, 점점 점입가경인지라 마리는 그의 말을 끊었다.

"듣고 싶지 않아요. 그나저나 도대체 절 어떻게 납치한 거죠?"

"원래 제 장기가 납치, 협박, 사기, 도박 등이 아니겠습니까? 사랑을 위해서라면 당신을 납치하는 일 따위야 간단하죠."

마리는 한숨을 내쉬었다.

"어쨌든 됐고, 내려 주세요."

"못 내려 주는데요?"

요하네프 3세는 고개를 저었다.

"이대로 당신을 보내 주면 제가 죽을 지경입니다. 그러니 저도 어쩔 수가 없습니다."

"무슨 말도 안 되는……!"

참다못한 그녀가 결국 화를 내려는 순간이었다.

"잠시만. 아주 잠시만 제게 시간을 주십시오."

마리는 입을 다물었다. 요하네프 3세의 음성은 이전과 다르게 장난기 없이 진중한 빛을 띠고 있었다.

"사실 당신에게 하고 싶은 말이 있습니다. 그 이야기를 한 후, 놓아
드릴 테니 잠시만 기다려 주십시오."

"갈림길입니다, 폐하."

한창 요하네프 3세를 추격하던 라엘은 얼굴을 와락 구겼다.

"갈림길이라고?"

"네, 폐하. 양쪽 모두 지나간 흔적이 있어서 어디로 향했는지 파악이
어렵습니다."

요하네프 3세는 마치 일부러 따라오라는 듯 여기저기 흔적을 남겨
놓았다. 그래서 별 무리 없이 추격을 하고 있었는데, 난관을 맞닥뜨
리게 되었다. 양 갈래 길 모두에 흔적이 있었다. 분명 추격대를 교란하
기 위해서가 틀림없었다.

'빌어먹을 놈. 잡기만 하면 절대로 가만히 두지 않겠다.'

라엘은 이를 바득 갈았다. 편지의 내용이나 일부러 남긴 듯한 흔적
을 고려할 때, 그녀에게 해를 끼치려 납치한 것은 아닐 거다. 하지만
어떤 의도든 용서할 수 없었다.

'반년. 반년 만에 만나는 거란 말이다. 그걸 방해하다니.'

라엘은 요하네프 3세의 빤질빤질한 얼굴을 떠올렸다. 그는 왠지 요
한이 일부러 그와 그녀의 재회를 방해하려는 것 같다는 생각이 들었다.

"어떻게 하시겠습니까, 폐하?"

알몬드 자작의 말에 라엘은 고민에 빠졌다.

정석대로라면 추격대를 나누어야 한다. 하지만 추격대를 나누기에
는 인원이 넉넉하지 않아 고민이었다. 그때, 저 멀리서 말발굽 소리가

들려왔다. 놀라서 고개를 돌리니, 은발의 미남자가 일단의 인원과 말을 타고 달려오고 있었다.

"키에르한 후작!"

놀랍게도 그는 마리에게 기사의 맹세를 한 키에르한이었다.

"폐하를 뵙습니다."

키에르한은 말에서 내려 황제에게 예를 표했다.

"어떻게 여기에 온 거지?"

"국경에 모리나 전하를 마중 나왔다가 변고를 듣고 달려왔습니다."

그러며 키에르한은 굳은 목소리로 말했다.

"추격은 저에게 맡겨 주십시오. 전 전하의 기사이니, 어떤 일이 있더라도 요하네프 3세의 손에서 전하를 구해 오겠습니다."

라엘은 키에르한을 보며 뚱한 표정을 지었다. 그녀의 기사란 단어가 대단히 귀에 거슬렸다. 전쟁 당시 모리나 국왕을 도왔던 키에르한의 처분에 대해 논란이 많았었다. 제국의 대귀족으로 클로얀 왕국을 도운 것을 많은 이가 규탄했다.

하지만 키에르한이 도움을 주었던 것은 서제국과의 전쟁 당시였고, 결론적으로 키에르한이 모리나와 함께 서제국의 수도를 함락함으로써 동제국은 위기에서 벗어날 수 있었다. 그 공으로 키에르한은 처벌받지 않았고, 지금은 제국 내 친 클로얀 왕국파로 영향력을 발휘하고 있었다.

'그래도 그녀의 기사라니. 마음에 안 들어.'

제국의 대귀족이 타국의 왕을 기사로 섬기다니. 이것도 논란의 여지가 많은 일이지만, 결국 모리나 국왕은 제국의 황후가 될 것이므로 그것도 대충 받아들여졌다. 라엘이 마음에 안 드는 것은 그가 그녀의 기사라고 하니 왠지 더 각별한 사이처럼 느껴져서이다. 물론 마리의 마음속에는 자신만이 있는 것은 알지만, 그래도 배알이 꼴리는 것은 어쩔 수 없었다.

"갈림길이군요. 제가 한쪽 방향을 맡겠습니다."

상황을 파악한 키에르한이 말했다. 라엘은 못마땅한 마음을 가라앉히고 고민했다.

'누가 어느 쪽 길을 맡아야 하지?'

분명 저 두 갈래 길 중 하나에 요하네프 3세와 그녀가 있을 것이다. 문제는 어느 방향에 그녀가 있을지 가늠할 수가 없었다. 물론 두 방향을 다 추격할 테니 놓치는 일이야 없겠지만, 키에르한보다는 자신이 그녀를 구하고 싶었다.

'더구나 완전히 반대 방향의 길이야. 길을 잘못 선택하면 그녀를 만나는 게 또 며칠이나 밀릴 거야.'

지금도 그녀를 만나고 싶어서 안달이 나는데, 엇갈리기까지 하면 정말 참기 힘들 것이다.

'잡히기만 하면 각오해라, 요하네프 3세!'

라엘은 이 사달을 만든 요하네프 3세를 향해 다시 한번 이를 갈며 말했다.

"북쪽 길로 가겠다."

"북쪽 말씀이십니까? 그 방향은 제가 가겠습니다."

"아니, 내가 가겠다."

두 남자는 자신이 북쪽 방향으로 가겠다고 주장했다. 북쪽으로 난 길은 서제국으로 이어져 있다. 그 외에도 몸을 숨길 만한 곳이 많고. 반면 남쪽 길은 평야만 쭈욱 이어지다가 넓은 호수가 종착지였다. 북쪽으로 향했을 가능성이 훨씬 높으니 서로 가겠다고 다투는 것이다.

"황명이다. 그대는 남쪽 길로 향하도록."

라엘은 지엄한 목소리로 말했다. 황명까지 언급할 사안은 아닌 것 같았지만, 그는 그만큼 마음이 달아 있었다. 키에르한은 어쩔 수 없이 고개를 끄덕이고 남쪽 길로 자신이 이끌고 온 기사들을 데리고 떠났다.

"우리는 북쪽으로 간다. 바로 출발하자."

"네, 폐하."

키에르한과 라엘의 다툼을 마치 애들 다툼 보듯 바라보던 알몬드가 고개를 끄덕였다.

'마리, 조금만 기다려라. 내가 금방 가겠다.'

라엘은 주먹을 움켜쥐며 말을 박찼다.

한편, 요하네프 3세가 그녀를 데려간 곳은 왕국 남부, 국경 인근에 위치한 넓은 호수였다.

"여기는 왜?"

마리는 의아한 표정을 지었다.

"아름답지 않습니까?"

요하네프 3세는 호수의 전경이 한눈에 내려다보이는 언덕 위에서 말했다.

"네, 그야……."

마리는 얼떨떨한 얼굴로 고개를 끄덕였다. 저 호수의 이름은 히아론 호수로 마치 요정이 나올 것 같이 아름답다 하여 붙은 이름이었다. 왕국 내에서도 이름난 절경으로 왕국 귀족이라면 죽기 전 꼭 한번쯤 가봐야 하는 명소로 꼽혔다.

"사실 이 호수에 꼭 한 번 와보고 싶었습니다. 서제국에도 호수는 많지만, 다 을씨년스러워서 이렇게 보석처럼 반짝이는 물결은 보기 힘들거든요."

마리는 아리송한 표정을 하였다. 그의 의도가 무엇인지 짐작하기가 어려웠다. 요하네프 3세는 호수를 바라보며 눈을 감았다. 마치 호수의 바람을 느끼는 듯한 행동. 음모와 귀계의 대명사인 요하네프 3세와 전혀 어울리지 않는 모습이었다. 그녀가 더더욱 얼떨떨한 마음이 들 때, 요하네프 3세가 가만히 입을 열었다.

"감사합니다."

"……네?"

마리는 순간 잘못 들었나 했다. 요하네프 3세는 빙그레 웃으며 다시 한번 말했다.

"감사합니다. 이게 제가 당신에게 하고 싶었던 말입니다."

마리는 그가 무슨 의도인가 싶었지만, 요하네프 3세는 평소와 다르게 진실 된 빛을 하고 있었다. 진심임을 깨달은 그녀가 물었다.

"……어째서요?"

"제게 한 번의 기회를 더 주었으니까요. 당신 덕분에 전 또 한 번의 삶을 얻을 수 있었습니다."

마리는 입을 다물었다. 전쟁 때 그녀는 그의 병을 치료해 주었다. 그녀가 아니었다면 그는 이렇게 살아 있지 못했을 것이다.

"이전부터 감사의 말을 직접 하고 싶었는데, 이제야 하게 되는군요."

"왕국을 위해 한 일일 뿐이에요."

그녀는 천하의 요하네프 3세에게 감사 인사를 들으니 겸연쩍은 마음이 들었다. 요하네프 3세는 잔잔하게 호수를 바라보았다.

"그래도 감사한 것은 감사한 일입니다. 당신 덕분에 작게는 저 개인이 새로운 생명을 얻었고, 크게는 서제국이 혼란에 빠지는 것을 막을 수 있었습니다."

그렇게 이야기한 요하네프 3세는 미소를 지었다.

"어울리지 않게 진중하게 이야기하려니 어색하군요. 어쨌든 정말 감사합니다. 이 요하네프 3세가 서제국을 위해 조금 더 봉사할 수 있는 기회를 준 것을."

"……야욕을 펼칠 기회가 생긴 것 아니고요?"

마리의 말에 요하네프 3세는 상처 입은 표정을 지었다.

"아니, 절 어떻게 보시고. 이래 봬도 서제국에선 절 더없는 성군으로 여기고 있습니다."

요하네프 3세와 성군이라. 지극히 안 어울리는 단어이지만 사실이긴 했다.

'애초에 전쟁을 일으켰던 것도 서제국을 부강하게 하려는 목적이었지.'

수단 방법을 가리지 않는다는 것이 문제였지만, 그 근본에는 서제국을 위하는 마음이 있었다.

'어쨌든 요하네프 3세와 이런 이야기를 하는 날이 오다니.'

마리는 묘한 마음이 들었다. 늘 독사처럼 그녀를 곤경에 빠뜨리던 그와 이런 대화를 하는 날이 올 거라고는 생각지 못했다. 그때, 요하네프 3세가 빙긋 웃음을 지었다.

"당신이 준 생명, 최대한 값지게 살기 위해 노력할 생각입니다."

"어떤 식으로요?"

마리는 괜히 불안한 마음이 들었다. 그가 노력하면 왠지 위험한 일이 일어날 것 같았다.

"흐음. 글쎄요. 예를 들면……."

요하네프 3세는 어깨를 으쓱했다.

"당신을 열렬히 사랑하는 것?"

"……!"

마리는 소름 끼친단 얼굴로 고개를 저었다.

"전 이미 결혼이 예정되어 있어요."

"아직 안 하지 않으셨습니까?"

"할 거예요, 곧!"

단호히 거절했지만 요하네프 3세는 오히려 더 능글맞은 목소리로 말했다.

"뭐, 상관없습니다. 전 불륜도 얼마든지 환영하니까요. 더 짜릿하고 불타오르는 맛이 있지요."

"됐어요! 일 없으니 다른 데 가서 알아보세요!"

"흐흠. 고고한 모습을 보니, 제 마음이 더욱 타오르는군요."

마리는 와락 인상을 찌푸렸다.

"할 말만 하고 돌려보내 주신다고 하지 않으셨나요?"

"제가 그랬나요? 잘 기억이……."

"그랬어요! 빨리 돌려보내 주세요."

"흐음. 원래는 그럴 생각이긴 했습니다만……. 제가 또 한 집착하는지라 곤란하군요."

요하네프 3세는 턱을 쓰다듬었다.

"어쩌죠? 생명의 은인이니 웬만하면 약속을 지켜드리고 싶지만, 이대로 보내드리기에는 제 가슴이 너무 찢어지는군요."

요하네프 3세는 싱긋 웃었다.

"이왕 제 생명을 구해 주신 것, 마음까지 치료해 주시면 안 되겠습니까?"

듣다 못한 마리가 버럭 소리를 높이려 할 때였다. 생각지도 못 한 음성이 들려왔다.

"죽고 싶으면 그렇게 하십시오."

"……!"

마리의 얼굴이 환해졌다.

키에르한 후작이었다. 일단의 기사를 이끌고 호숫가에 나타난 그는 마리 앞에 와서 무릎을 꿇었다.

"당신의 기사, 키에르한 드 세이튼이 예를 올립니다. 늦게 도착하여 죄송합니다.”

“아, 아니에요.”

사실 클로얀의 왕인 그녀와 제국의 대귀족인 그는 누가 높다고 평하기 어려운 관계였다. 그럼에도 키에르한은 그녀를 주인 대하듯 깍듯이 대했다. 잠시 따뜻한 눈으로 그녀를 바라보던 키에르한은 요한을 향해 시선을 돌렸다. 그의 눈빛이 싸늘해졌다.

“전하를 납치하다니. 지금 무엇 하시는 것입니까?”

“납치라니. 억울하군요. 난 그저 그녀를 사모하는 마음에 시간을 같이 보낸 것일 뿐이랍니다.”

요하네프 3세는 어깨를 으쓱하며 말했다.

“어쩔 수 없군요. 이대로 더 남아 있다가는 저 무서운 기사님이 제 목을 가만히 놔둘 것 같지 않으니, 이만 물러가 보겠습니다.”

마리는 빨리 사라져 달라는 눈빛을 보냈다. 요하네프 3세는 그 눈빛에 상처 입은 표정을 짓더니 말했다.

“그래도 제 사랑은 영원할 테니, 어떤 장벽이 가로막아도 전 포기하지 않겠습니다. 내 사랑이여, 다시 만날 때까지 안녕하길!”

마지막 떠날 때까지 저 난리인 요하네프 3세를 보며 마리는 질린 표정을 지었다. 요하네프 3세의 끈질김을 알기 때문에 불안감이 엄습했다.

“저대로 놔주어도 되겠습니까?”

키에르한이 싸늘한 목소리로 물었다. 당장에라도 칼을 빼 들 듯한 모양새라, 마리는 급히 고개를 저었다. 이제 평화의 시기가 찾아왔는데 다시 전쟁을 할 수는 없었다. 그녀의 만류에 키에르한은 어쩔 수 없다는 듯 표정을 지었다.

“다친 곳은 없으십니까? 혹시 저자가 무례한 행동을 하지는……?”

“네, 다친 곳은 전혀 없어요. 무례한 행동도 안 했고요.”

키에르한은 고개를 숙였다.

"죄송합니다. 제가 옆에서 지켰으면 이런 일이 일어나지 않았을 텐데."

"아니에요. 이렇게 와 주셔서 저를 구해 주셨잖아요. 너무나 감사해요."

"최소한 제가 곁에 있을 때만이라도, 빈틈없이 당신을 지키겠습니다."

굳은 결의가 담긴 목소리를 들으니, 키에르한과 오랜만에 재회했다는 사실이 새삼스럽게 실감이 나 마리는 미소를 지었다.

"그나저나 정말 반가워요. 잘 지내셨죠?"

그녀의 말에 키에르한은 잠시 입을 다물었다.

"……?"

마리가 고개를 갸웃하자 키에르한은 아무것도 아니라는 듯 미소를 지었다. 어딘가 아릿함이 느껴지는 미소였지만, 그녀는 눈치채지 못했다.

"잘…… 지냈습니다. 저도 이렇게 다시 뵈어 너무나 반갑습니다."

그렇게 마리는 키에르한이 마련한 마차를 타고 다시 동제국의 수도로 향하기 시작했다.

'이제 곧 란을 볼 수 있겠구나.'

그녀도 그가 너무 보고 싶었다. 어떻게 지내고 있었을까? 그도 날 기다리고 있을까?

'지금쯤 황궁에 계시겠지?'

라엘은 그녀를 놀라게 해줄 생각으로 일부러 연락을 안 한 채 황궁을 출발했었다. 그래서 그녀는 그가 자신과 엇갈린 채 남쪽을 헤매고 있을 거라고는 상상도 못 하고 있었다.

"폐하께서는 잘 지내고 계시겠죠?"

그녀의 물음에 키에르한은 순간 움찔하였다.

"……?"

그 반응에 마리는 의아한 표정을 지었다. 키에르한은 평소의 그답지 않게 어색한 표정으로 말했다.

"잘…… 지내고 계십니다."

"그래요?"

"네, 그러니 걱정하지 마시고 수도에 도착할 때까지 편하게 있으십시오."

마리는 고개를 갸웃했으나, 그가 자신을 속일 거라고는 상상도 하지 않았기에 그냥 넘어갔다. 키에르한은 죄책감을 느꼈다.

'원래는 폐하를 기다렸다가 출발하는 게 맞겠지만.'

그는 속으로 고개를 저었다.

'이 정도 욕심은 괜찮겠지.'

그가 사랑하는 그녀는 이제 라엘의 여인이 된다. 그러니 지금 이 순간만이라도, 그녀를 독점하고 싶었다.

'이번만은 용서해 주십시오, 폐하.'

그렇게 그는 욕심을 부렸다.

한편, 그때 라엘은 엇갈린 길의 끝에서 분노를 삭이고 있었다.

"이쪽이 아니라고?"

"……네, 폐하. 방금 전서구가 왔습니다. 키에르한 후작이 모리나 국왕을 무사히 모셨다고. 모리나 국왕을 호위하여 먼저 수도로 출발하겠다고 합니다."

라엘은 주먹을 움켜쥐었다. 그는 자신이 향하는 길이 맞는다고 확신하고, 한시라도 빨리 그녀를 구해내기 위해 전력으로 질주했다. 그 때문에 반대 방향으로 한참이나 오게 된 것이다. 지금부터 돌아간다 해도 그녀가 수도에 도착하기 전 따라잡을 수 있을지 의문이었다.

"……폐하."

알몬드는 측은한 눈빛으로 황제를 바라보았다. 한때 피의 황태자라 불리며 공포의 대상이었던 그인데, 지금은 그냥 불쌍해 보였다.

"기사들도 많이 지친 상태이지?"

"아무래도 그렇습니다."

사실 기사들보다도 말이 문제였다. 전력으로 달린 탓에 말들의 전신
은 땀에 젖었고 지친 숨을 내뱉고 있었다. 다시 출발하려면 충분히 푹
쉰 뒤여야 했다.

'요하네프, 이놈.'

이 모든 일의 원흉인 요하네프 3세를 떠올리며 황제는 다시 이를 갈
았다. 이전부터 정말 지긋지긋한 악연이다. 과연 일생일대의 원수였다.

'키에르한이 호위하고 있다고?'

그것도 마음에 들지 않았다. 물론 제국 최강의 기사가 호위하니 안
전은 확실하겠지만, 키에르한과 그녀가 함께 있다는 것만으로도 기분
이 팍 상해 버렸다.

"일단 여기서 휴식을 취하시겠습니까, 폐하?"

라엘은 고민하다가 답했다.

"아니, 바로 출발한다."

"네? 하지만?"

알몬드는 무리란 표정을 지었다. 하지만 라엘은 고개를 저었다.

"다른 기사들은 쉰다. 나와 너, 그리고 폰틸 남작, 아헤른 경, 이베
틸 경을 포함한 소수만 출발한다."

라엘이 언급한 이들은 제국 최고 근위 기사단 내에서도 최강의 실력
을 지닌 이들이다. 그들의 말은 모두 명마 중의 명마라, 이런 강행군에
도 얼마든지 버틸 수 있었다.

"……알겠습니다."

알몬드는 못 말리겠다는 듯 고개를 저었다. 어차피 며칠 후면 만날
텐데 이렇게까지 해야 하나, 하는 마음이 들었지만 누가 감히 뭐라고
하겠는가? 지금의 라엘은 그 누구도 말릴 수 없었다.

"출발한다!"

그렇게 라엘은 애타는 마음으로 그녀를 만나기 위해 출발했다.

한편 마리는 라엘이 생고생을 하고 있는지는 상상도 못 하고 편안한 여행을 하고 있었다. 키에르한이 최선을 다해 그녀의 편의를 봐주었기 때문이다. 일체의 불편함도 허용할 수 없다는 듯한 극진함이었다.

"의자가 불편하진 않으십니까?"

"음식은 입맛에 맞으십니까?"

뭔가 어미 닭이 병아리를 살피듯 하나하나를 살피는 키에르한에게 마리는 어색한 표정을 지었다.

"괜찮아요, 각하. 그렇게 신경 써 주지 않으셔도 돼요."

하지만 키에르한은 잔잔히 웃을 뿐이었다.

"전 괜찮습니다."

이게 제 즐거움입니다, 라고 말하는 듯한 표정이었다. 거절은 받아 들이지 않겠다는 분위기라, 마리는 어쩔 수 없이 그의 친절을 받으며 여행을 했다. 조금 부담스럽긴 했으나 몸은 확실히 편했다. 최상급 재질의 마차에 때에 맞춰 준비한 편안한 숙소, 그리고 길에서 먹는 거라 고는 상상하기 어려운 맛있는 음식. 그녀는 지금껏 이렇게 편한 이동 은 처음이었다.

그런데 수도까지 얼마 남지 않았을 때였다. 키에르한이 지나가듯 말 했다.

"축하드립니다."

"네?"

"이제 곧 국혼을 치르지 않습니까. 축하드립니다."

"아……."

마리는 놀란 표정을 지었다. 그가 자신의 결혼에 대해 언급하는 것 은 처음이었다.

'키엘 님.'

마리도 자신을 향한 그의 마음은 잘 알고 있었다. 키에르한은 여전히 그녀를 사랑하고 있었다. 그래서 마리는 무슨 말을 해야 할지 몰라 대답할 수 없었다. 그런데 키에르한이 잔잔한 눈빛으로 그녀를 바라보며 말을 이었다.

"주님께 전하의 행복을 기원하겠습니다. 결혼, 다시 한번 축하드립니다."

그의 눈빛에 담긴 마음이 간절했기에 마리는 그의 진심을 느낄 수 있었다.

'제가 당신을 정말 많이 사랑하니, 꼭 행복하셔야 합니다.'

너무나 깊게 사랑하기에, 그는 그녀를 놔주기로 결정한 것이다. 사랑은 소유하고 함께하는 것만이 아닐지니, 그는 저 먼발치에서 그녀를 축복하며 행복을 기원하기로 다짐한 듯 보였다.

'키엘 님⋯⋯.'

마리는 왠지 먹먹한 마음이 들었지만, 감정을 억누르며 말했다.

"감사해요. 저 꼭 행복할게요."

미안함을 표하면 오히려 그에게 더 죄송한 일이리라. 키에르한은 고맙다는 듯 미소를 짓고는 가벼운 목소리로 말했다.

"만약 폐하가 서운하게 한다면 저한테 이르십시오."

마리는 쿡쿡 웃었다.

"이르면요?"

"제가 대신 화내드리겠습니다."

"그거 불경한 발언 아닌가요?"

키에르한은 빙그레 웃으며 말했다.

"뭐 어떻습니까? 전하를 위해서라면 그 정도 불경함은 괜찮습니다."

그의 농담에 마리는 웃음을 터뜨렸다.

'고마워요, 키엘 님.'

키에르한과 처음 만났을 때가 떠올랐다. 첫 만남부터 지금까지 그는 항상 그녀에게 베풀기만 하였다. 그가 있었기에 그녀는 그 힘든 시간을 조금은 수월하게 버틸 수 있었다.

"키엘 님."

"네, 전하."

마리는 진심을 담아 말했다.

"감사해요. 키엘 님도 앞으로 꼭 행복하셔야 해요."

키에르한은 잔잔히 웃음을 지었다.

"전 지금도 행복합니다."

그런데 그때, 키에르한의 얼굴이 살짝 굳었다.

"이런. 그만 양보해야 할 때가 왔군요."

"네?"

마리는 의아한 표정을 지었다. 무심코 시선을 돌린 그녀의 눈동자가 크게 커졌다. 그였다. 그녀가 꿈에서도 그리워하던 그가 저 멀리 있었다.

"……란."

그녀의 목소리가 파르르 떨렸다. 두근두근 가슴이 미친 듯이 뛰었다. 그가 그녀를 향해 다가오기 시작했다. 처음에 천천히 걷던 말은 주인의 초조함을 눈치챈 것인지 점차 걸음이 빨라지기 시작했다. 그가 점점 가까워짐에 비례해, 마리의 심장의 진동도 커졌다. 이윽고, 바로 앞에 도착한 그는 말에서 내려 그녀와 마주 섰다.

"아……."

마리는 멍하니 그를 바라보았다. 너무나 그리웠던 탓일까? 예를 표해야 하는데, 그와 마주하니 몸이 뻣뻣이 굳어 움직이지 않았다.

'뭐 하는 거야? 정신 차려.'

그녀가 화들짝 움직이려고 하는 순간, 그가 먼저 움직였다.

와락! 온몸으로 그녀를 껴안은 것이다.

"……!"

갑작스러운 포옹에 흠칫 놀란 것도 잠시, 그녀는 익숙한 그의 품에 눈을 감았다. 얼마나 이 품을 바라왔던 것인지. 단단하고, 따뜻하고 포근했다.

"……드디어 만났어."

그녀의 귓가로 그의 사랑이 전해졌다. 라엘은 다시 한번 말했다.

"보고 싶었다. 정말로."

마리도 말했다.

"네, 저도요. 저도 정말로 보고 싶었어요."

그렇게 둘은 간신히 재회할 수 있었다. 함께 마차에 탄 라엘은 이제는 절대로 떨어지지 않겠다는 듯 그녀를 자신의 품 안에 감싸 안았다. 마리는 그가 클로얀 왕국 북쪽까지 갔다 왔다는 이야기를 듣고 놀란 표정을 지었다.

"그러면 왕국 북쪽에서 여기까지 말을 타고 달려온 거예요?"

마리는 그가 어마어마하게 고생한 것을 깨닫고 입을 벌렸다.

"어차피 며칠만 있으면 만날 수 있었는데. 왜 그러셨어요?"

라엘은 못마땅하다는 듯 얼굴을 했다.

"어차피 며칠?"

그는 자신의 품에 안겨 있는 그녀를 향해 고개를 숙였다. 그러고 하얀 목덜미에 입술을 가져갔다.

"어차피 며칠이라니? 내가 그대를 얼마나 그리워했는지는 모르는 건가? 나에게는 천 년보다도 더 길게 느껴지는 시간이야."

그는 지그시 그녀의 살결을 깨물었다.

"란."

그녀가 신음을 흘렸지만, 라엘은 멈추지 않았다. 이어지는 깊은 입맞춤. 지금까지의 그리움을 보상이라도 받으려는 듯 라엘은 거칠게 그녀를 탐닉했다. 너무나 강렬한 자극을 견디지 못하고 마리는 자신도 모르게 입술을 뒤로 뺐다. 하지만 애초에 그의 품 안에 갇힌 상태다. 라엘은 강하게 그녀를 감싸 안고는 입맞춤을 이어 갔다.

"아, 란…… 잠시만……."

그녀는 애원하듯 그를 불렀지만, 라엘은 아랑곳하지 않았다. 결국, 마리는 백기를 들었다. 머리가 하얗게 변해 아무런 생각도 할 수 없었다. 한참이나 지난 뒤에야 그녀를 놔준 라엘이 그녀의 눈가에 맺힌 이슬을 손으로 훑었다.

"마리, 어떻게 하지?"

"……네?"

"나 이대로 너를 품 안에서 놔주고 싶지 않은데?"

마리는 배시시 웃으며 그의 품 안에 더욱 파고들었다.

"저도요. 저도 그래요."

둘은 누가 먼저랄 것 없이 다시 입을 맞추었다. 라엘은 몇 번째인지 모를 다짐을 다시 한번 하였다.

'이제 영원히 놔주지 않을 거야.'

너무나 오래 그녀를 기다려 왔다. 라엘은 절대로 자신의 품 안에서 그녀를 놔주지 않으리라 다짐했다.

하지만 그 다짐은 영원은커녕 수도에 도착하자마자 난관을 맞닥뜨렸다. 마리를 찾는 인물이 수도 없이 많았던 것이다. 일단 제국의 대신들. 동맹국인 클로얀의 국왕이자 예비 황후인 그녀와 직접 논할 일이 수도 없이 많았다. 여러 고위 귀족도 그녀와 친분 다지기를 원하는 것은 마찬가지였다.

'다 꺼져!'

라엘은 우르르 그녀의 주위를 둘러싼 귀족들을 보며 험악하게 외치고 싶은 것을 간신히 참았다. 알몬드가 안쓰럽다는 듯 말했다.

"딸기 주스라도 한잔하시겠습니까?"

"……그래."

라엘은 애꿎은 딸기 주스를 거칠게 마시며 마음을 달랬다.

'그래, 그녀는 왕이니까. 어쩔 수 없는 일이지. 조금만 기다리자. 볼일만 다 끝나면 그때는 절대로 놔주지 않겠다.'

탄신연회가 열릴 때까지는 아직 시간이 조금 있었다. 탄신연회가 열리면 또 정신없어질 것이 뻔해, 그는 그 전에라도 그녀를 독점하리라 다짐했다.

하지만 하루, 이틀…… 시간이 지나도 그녀의 용무는 좀처럼 끝나지 않았다. 사실 어쩔 수 없는 일이었다. 그녀는 개인의 신분으로 온 것이 아니라 클로얀의 왕으로 제국을 방문한 것이었으니까. 공식적인 친선 활동, 여러 외교, 정책 현안에 대한 제국 대신들과의 회의만으로도 하루가 모자랐고, 심지어 밤에는 그녀를 초청한 고위 귀족들의 연회에 참석해야 했다.

'이런 제기랄. 나랑 시간은 언제 갖는 거야. 계속 일만 하다가 돌아갈 생각인가?'

라엘은 투덜거렸다.

"란, 표정이 안 좋아요."

그녀가 그의 손을 잡은 채 속삭였다. 그들은 지금 함께 마차를 타고 제국의 대귀족 스벤 공작의 연회에 참석하러 가는 중이었다. 그녀의 제국 방문을 환영하여 개최한 연회이기에 참석하지 않을 수 없었다.

"……아니다."

라엘은 입술을 삐죽거리며 말했다. 뭐라고 투덜거리고 싶었지만, 이렇게 바쁜 게 그녀의 잘못은 아니었다. 그가 속으로 삭이는 수밖에 없었다.

'하아.'

그때, 그녀가 그의 어깨에 머리를 기대었다.

"그거 알아요? 저 지금 굉장히 행복해요."

"……?"

"바쁘긴 하지만, 그래도 늘 함께 있잖아요. 이렇게 당신과 같이 있을 수 있다니 꿈만 같아요."

라엘은 가만히 그녀를 바라보았다. 마리도 고개를 들어 그를 마주 바라보았다. 갈망을 담은 그들의 시선이 교차했다. 천천히 서로의 얼굴이 가까워졌다. 서로의 숨결이 느껴질 정도로 가까워졌을 때, 그녀가 말했다.

"사랑해요."

그 말을 듣는 순간, 라엘은 참지 못했다. 그의 입이 그녀의 입술을 그대로 덮쳤다. 마리도 양손을 뻗어 그의 목덜미를 끌어안았다.

"……란."

그녀가 떨리는 음성으로 그의 이름을 불렀다. 라엘은 그녀의 이마에 입술을 맞추며 말했다.

"더 불러봐."

"……란."

"더. 더."

"……란. 란."

왜일까? 그저 이름을 부르는 것뿐인데 가슴이 떨리며 부끄러운 느낌이 들었다. 라엘은 베이비 키스를 이어 갔다. 이마에서 눈가로, 그리고 뺨으로. 한없이 부드럽지만 또 다른 느낌의 강렬한 자극이 그녀의 몸에 흘렀다.

"란, 그만요."

더는 자극을 참기가 어려워 그녀가 말했다. 이미 그녀의 얼굴은 사과처럼 빨갛게 상기된 지 오래였다. 라엘은 타오르는 듯한 시선으로 그런 그녀의 모습을 바라보았다.

'모자라. 턱없이.'

"연회 취소해야겠다."

"네, 네?"

마리는 당황해 반문했다.

"그러면 안 돼요. 제가 꼭 참석해야 하는 연회라고요."

"괜찮아. 그대가 핑계를 댈 것도 없이 황명을 내려 연회를 취소해 버리면 되지."

마리는 쿡쿡 웃음을 터뜨렸다. 그가 실제로 그러지 않으리라는 것은 그녀가 잘 알았다. 마리는 애교를 부리듯 그의 팔에 매달렸다.

"말이라도 고마워요. 저도 이런 연회 말고 란이랑 단둘이 있고 싶어요."

라엘은 소태 씹은 표정을 지었다.

'빈말이 아니라 진담인데.'

그의 속마음도 모르고 그녀가 말을 이었다.

"탄신연회가 시작되면 조금 일정에 여유를 만들어 볼게요. 그때는 란하고 조금 더 시간을 보낼게요."

결국, 라엘은 어쩔 수 없다는 듯 길게 한숨을 내쉬었다.

"약속해라."

"네?"

"탄신연회가 시작하면 정말로 나하고 더 시간을 보내겠다고."

마리는 눈을 깜빡거리며 그를 바라보았다. 라엘은 그림 같은 얼굴로 어린아이처럼 뽀로통한 표정을 하고 있었다.

'귀, 귀여워!'

철가면을 쓴 채 피의 황태자라 불리던 과거에는 상상도 하지 못할 사랑스러운 모습이었다. 라엘은 입술을 삐죽거렸다.

"왜 대답이 없지? 설마 그것도 약속 못 하겠다는……."

그 순간, 마리가 그를 껴안았다. 그가 너무나 사랑스러워서 참을 수가 없었다.

"네, 꼭 약속할게요. 사랑해요, 란."

그녀가 자신을 꼬옥 껴안자 라엘의 표정이 조금 풀렸다. 그는 옅게 한숨을 내쉬고는 그녀의 머리칼을 어루만졌다.

"약속 꼭 지켜라. 계속 안달 나게 하면 화낼 테니. 꼭 명심해."

그렇게 말하는 그의 눈빛은 이전과 다르게 맹수처럼 빛나고 있었다.

───·❦·───

마리는 탄신연회가 시작하기 전 최대한 빨리 일을 마무리 지어 놓으려 노력했다.

"약속 꼭 지켜라. 계속 안달 나게 하면 화낼 테니."

하루하루가 지날수록 라엘의 눈빛이 심상치가 않았다. 탄신연회가 시작한 후에도 계속 바쁘면 왠지 그에게 크게 혼(?)이 날 것만 같았다. 아니, 그에게 혼(?)나는 게 문제가 아니라, 마리도 그와 함께 시간을 보내고 싶었다.

'이러다가 정말로 일만 하다가 돌아가겠어.'

그건 그녀도 싫었다. 어떻게든 그와 시간을 더 보내고 싶었다. 마리는 열심히 노력했고, 덕분에 탄신연회 전에 대부분의 일을 마무리할 수 있었다.

'됐어. 이제 그와 함께 연회를 즐기자!'

그와 그녀가 황제와 왕이다 보니 연회 자체에 불참할 수는 없지만, 적당히 얼굴만 비치는 식으로 최대한 시간을 가져 보기로 했다. 하지만 결론적으로 말해, 그녀는 연회 때도 거의 시간을 내지 못했다. 어떻게 된 일인지 사건, 사고가 끊이지 않았던 것이다.

"축가를 연주할 피아니스트가 급성 복통으로 쓰러졌다고?"

상석에서 연회의 시작을 기다리던 라엘은 인상을 찌푸렸다. 악장 바한은 고개를 숙였다.

"죄송합니다, 폐하! 방금 갑자기 쓰러져 대체할 연주자를 구하지 못했습니다. 죽을 죄를 지었습니다."

연주자가 급환으로 쓰러진 게 어찌 악장의 잘못이겠는가. 라엘과 궁내대신 길버트 백작은 곤란한 표정을 하였다.

"탄신연회의 시작을 기념하는 축가를 연주할 피아니스트가 없다니. 악단 내에 다른 연주자는 없는가?"

"죄송합니다. 워낙 고난도의 연주라 악단 내에서도 대체할 만한 비르투우소가 없습니다."

그렇지 않아도 워낙 고난도의 기교가 필요해 외부에서 최고의 피아니스트를 초빙한 상태였는데 갑자기 이런 사달이 난 것이다. 그나마 바한 정도면 연주가 가능했으나, 그는 오케스트라단을 지휘해야 했다.

"흐음, 큰일이군. 연회의 시작을 기념하는 축가를 생략할 수도 없고."

모두가 곤란해하고 있을 때, 뜻밖의 손길이 도움을 주었다.

"제가 연주할까요?"

"전하?"

마리였다.

바한이 놀란 표정을 지었다. 확실히 그녀라면 아무리 어려운 곡이라도 완벽히 연주할 수 있으리라. 하지만 그녀는 과거의 시녀가 아니었다. 감히 일국의 왕에게 피아노를 연주해 달라는 말을 못 하고 바한은 끙끙거렸다. 마리는 괜찮다는 듯 고개를 저었다.

"잠깐인걸요, 뭘. 그리고 전 클로얀의 왕일 뿐 아니라 제국의 황후가 될 예정이니, 이곳 황궁의 일은 제 일이기도 해요."

"그래도……."

"그리고 제가 연주하면 모두 좋아할걸요?"

마리의 말이 옳았다. 그렇지 않아도 과거 그녀가 했던 연주를 잊지 못하는 사람이 많았다. 그녀가 연주하면 모두 기뻐하리라.

그렇게 마리는 축가를 연주하였다. 사람들의 반응은 열화와 같았다. 탄신연회의 축가가 아니라 마치 피아노 독주회에 참석한 듯한 박수와 앙코르가 터져 나왔다.

"수고했다."

연주를 마치고 돌아온 그녀의 손을 라엘이 꼬옥 잡았다. 라엘은 그녀의 귓가에 대고 속삭였다.

"이제는 놔주지 않을 것이다."

마리는 귓가를 빨갛게 붉히며 고개를 끄덕였다.

"……네."

그렇게 둘은 적당히 연회를 빠져나올 눈치만 봤다. 하지만 그들의 바람과 다르게 사고는 끊이지 않았다. 갑자기 응급 환자가 생기지를 않나, 만찬회의 음식이 상하지를 않나, 정원이 훼손되지 않나, 심지어 분실 도난 사건도 일어났다. 뭔가 그녀와 그가 처음 만난 탄신연회 때를 연상시키는 스펙타클함이었다. 덕분에 그들은 몰래 서로 간의 시간을 갖기는커녕 일을 해결하는 데 정신이 없었다.

하지만 황궁의 이런저런 사고에 휘말리니 한 가지 좋은 점이 있긴 했다. 그건 바로 과거 시녀 시절 연을 맺었던 이들과 차례로 재회할 수 있었던 것이다. 악장 바한부터 시작해 이전의 상급자 수잔 시녀, 친구 제인, 정원사 한스, 주방장 피터. 만나지 못할 뻔했던 이들과 빠짐없이 재회할 수 있었다.

"전하를 뵙습니다."

그녀와 다시 만난 그들은 기뻐하며 반가워했다. 모두 그녀에게 도움을 받지 않은 이가 없었다. 정원사 한스는 남몰래 조각을 도움받았고, 주방장 피터는 소고기가 상해 곤란에 처했을 때 도움을 받았다. 제인은 누명을 쓸 뻔한 걸 구제받았다. 그 밖에도 그녀에게 도움을 받은 이가 수도 없이 많았다.

"축복이 당신에게 임하기를."

이제는 지고한 신분이 되었기에 그들은 과거처럼 편하게 그녀를 대하진 못 했다. 그래도 가족처럼 아끼고 소중히 여기는 마음으로 그녀를 축복하였다. 그리고 그들 말고도 반갑게 재회한 인물이 있었다.

"어?"

황궁의 정원을 걷던 마리는 의외의 인물을 보고는 놀란 표정을 지었다.

"전하!"

마지막에 봤을 때에 비해 키가 훌쩍 큰 소년. 바로 10황자 오스카였다. 그런데 오스카의 반응이 의외였다. 당장 반갑게 뛰어올 거라 생각했는데, 전혀 반응이 없었다.

'뭐지?'

마리는 고개를 갸웃했다. 혹시 못 들은 건가 싶었지만 아니었다. 움찔하고 등을 돌린 채 땅만 바라보고 있었는데, 누가 봐도 못 들은 체하는 모습이었다.

'왜 날 피하시지?'

사실 그녀가 오스카를 찾은 건 오늘이 처음이 아니었다. 계속 만나려 했으나, 이상하게 오스카가 그녀를 피했다.

"······전하?"

마리는 조심히 그에게 다가갔다. 그런데 더욱 놀라운 일이 일어났다. 오스카가 버럭 소리를 질렀던 것이다.

"가까이 오지 마!"

그리고 오스카는 후다닥 앞으로 달려가 버렸다. 도망가는 오스카를 보며 마리는 황당한 표정을 지었다.

'뭐, 뭐지?'

오스카는 한참 도망가다 돌에 걸려 넘어져 버렸다. 쿵, 하고 넘어지는 소리에 그녀는 급히 그에게 다가갔다.

"전하, 괜찮으세요? 그러니까 그렇게 급하게 달리시면······."

넘어진 상처를 살피던 마리는 입을 다물었다. 오스카가 울먹이고 있었던 것이다.

"전하?"

마리는 무언가 일이 있다고 생각하고 그를 달래기 시작했다.

"무슨 일이에요? 속상한 일 있었어요?"

하지만 오스카는 입술을 질끈 깨물 뿐 좀처럼 말을 꺼내지 않았다.

"괜찮으니 저한테 이야기해 보세요."

결국, 오스카가 입을 열었다.

"결혼 안 하면 안 돼?"

"······네?"

"내가 너랑 결혼하겠다고 했잖아! 난 너랑 결혼하겠다고 기다리고 있었는데, 폐하랑 결혼하겠다니······!"

거기까지 이야기한 오스카가 눈물을 글썽였다. 왜 오스카가 자신을 피하고 있었는지 깨달은 마리는 당황하고 말았다.

'맙소사. 이전에 했던 말이 진심이었던 거야?'

몰랐는데, 자신이 오스카의 첫사랑이었나 보다. 마리는 자신 때문에 실연(?)의 아픔을 겪는 소년에게 뭐라고 해야 할지 고민이 되었다. 다행히 오스카는 더 떼를 쓰지 않았다. 붉어진 눈가를 소매로 닦고는 최대한 의젓한 말투로 말했다.

"미안해. 남자라면 좋아하는 여자의 행복을 빌어줄 수 있어야 한다고 했는데."

"……누가 그랬어요?"

"키에르한 후작이."

뭔가 너무나 키에르한 후작다운 말이다. 오스카는 우는 모습을 보이지 않으려고 땅을 바라보며 말했다.

"약속해. 무슨 일이 있어도 행복하겠다고."

마리는 따뜻한 표정으로 고개를 끄덕였다.

"네, 약속할게요. 꼭 행복할게요."

"정말 약속해. 만약 폐하께서 잘 안 해주면 나한테 와서 말해! 알았어?!"

그녀는 쿡쿡 웃음을 지은 후 손가락을 오스카에게 내밀었다.

"뭐야, 이건?"

"약속을 꼭 지키자는 행동 같은 거예요. 이렇게 손가락을 서로 마주하면 서로 꼭 약속을 지키자는 의미가 되어요."

오스카는 마리가 시킨 대로 손가락을 그녀와 맞대었다.

"전하께도 약속해 주세요. 전하도 꼭 씩씩하게 살겠다고."

"내가 무슨 꼬맹이인지 알아? 걱정 마. 씩씩하게 살게."

불퉁하게 투덜거리는 오스카의 모습은 귀엽기 그지없어 마리는 다시 웃음을 삼켰다.

'축복받길, 꼬마 황자님.'

그녀는 저 어린 오스카의 앞날에 행복만이 가득하길 기원했다.

탄신연회 막바지에 그녀는 오른과도 대화를 나누었다.

"잠시 이야기를 나누어도 되겠습니까, 전하?"

"소비엔 공작."

연회의 번잡함에 지쳐 잠시 발코니에서 바람을 쐬고 있을 때였다. 오른이 그녀에게 다가와 말을 걸었다.

"이제 탄신연회도 곧 끝이군요."

"아, 네."

마리는 어색한 얼굴로 고개를 끄덕였다. 오른은 항상 그녀를 의심하고 반대해 왔었다. 이제는 다 지난 일이 되었지만, 그가 불편한 것은 여전했다.

"……"

잠시 어색한 침묵이 둘 사이를 흘렀다. 막상 말을 걸긴 했지만, 오른도 마땅히 무슨 말을 해야 할지 모르겠단 눈치였다. 그도 그녀가 어색한 것은 마찬가지였다. 마리는 어색함을 타파하기 위해 대화를 꺼내었다.

"음, 이제 밤바람이 조금 싸늘하네요. 감기 조심해야겠어요."

"네, 그래야겠습니다."

하지만 그녀의 노력도 헛되이 둘 사이에는 다시 어색함이 흘렀다.

'어, 어색해!'

마리가 속으로 울상을 지을 때였다. 오른이 용건을 꺼내었다.

"감사합니다."

"……네?"

그녀는 의아한 표정을 지었다. 감사하다니? 다른 이면 몰라도 오른이 그녀에게 꺼내기엔 어울리지 않은 말이었다.

"폐하를 웃게 해주셔서 말입니다."

"아……"

오른은 연회장 쪽으로 시선을 돌려 라엘을 바라보았다. 라엘은 과거

와 다르게 아름다운 얼굴을 그대로 드러내고 있었다.

"폐하께서 가면을 쓰셨던 이유를 아십니까?"

"내전에 희생당한 이들을 위한 맹세 아닌가요?"

라엘이 철가면을 쓰는 이유는 자신이 흘린 피를 잊지 않고, 평생 속 죄하는 마음으로 살기 위해서라고 그녀는 알고 있었다. 하지만 오른은 가만히 고개를 저었다.

"틀린 말은 아니지만, 그 이유만은 아닙니다. 저 가면은 폐하의 두려움과 상처입니다."

뜻밖의 이야기에 마리는 놀란 표정을 지었다.

"황태자가 되기 전, 4황자 시절의 폐하는 굉장히 성격이 여렸습니다. 피를 보는 거는 상상도 못 하셨죠. 과거 폐하의 꿈은 예술가가 되는 것이었습니다."

마리는 라엘이 문학, 예술 등 다방면에 뛰어난 실력을 지니고 있는 것을 떠올렸다.

"하지만 당시 1황자였던 황태자는 폐하를 살려 두기를 원하지 않았죠. 어쩔 수 없이 검을 들게 된 폐하는 본인의 두려움을 숨기기 위해 가면을 쓰기 시작한 것입니다."

생각지 못한 라엘의 과거 이야기에 마리는 마음이 무거워졌다.

"생모가 아버지에게 죽임을 당하고, 누이가 형제에게 죽임을 당하고, 본인도 언제 죽을지 모르는 그런 지옥에서 폐하는 살아왔습니다. 저는 살면서 폐하가 행복해하는 것을 단 한 번도 본 적이 없습니다."

거기까지 이야기한 오른은 잔잔하게 웃음을 지었다.

"그런 폐하께서 전하를 만나고 행복을 알게 되었습니다. 처음으로 웃음을 짓기 시작했지요. 여기까지 오는 데 정말 많은 일이 있었지만 감사합니다. 폐하를 행복하게 해주셔서."

"아, 아니에요."

"재상으로서 황후가 되실 분께 따로 드릴 부탁은 없습니다. 어차피 제가 아뢰지 않아도 누구보다도 훌륭히 해내실 걸 알고 있으니까요."

오른은 라엘에게 다시 시선을 돌리며 말했다.

"다만 앞으로도 무수히 많은 일이 두 분 사이에 있겠지만 서로 영원히 행복하기를. 그것만 부탁드리겠습니다."

"네, 그럴게요. 감사해요."

마리는 고개를 끄덕였다.

오른이 빙그레 웃으며 말했다.

"그런데 제가 너무 오래 전하를 잡고 있었던 것 같군요."

"네?"

"폐하의 표정을 보니 말입니다."

라엘을 보니 그림 같은 얼굴에 불만이 가득 떠올라 있었다. 연회 기간 내내 바쁜 그녀를 향한 불만이었다.

"아…… 저 가 봐야 할 것 같아요."

"네, 많이 삐치신 것 같으니 잘 달래 주십시오."

제국의 황제에게 삐쳤다고 하다니. 매우 불경한 용어였으나, 그것 외에 라엘의 불만 어린 표정을 설명할 단어가 없었다. 이대로 더 놔두었다가는 정말 폭발할 것 같아 마리는 허겁지겁 그에게 달려갔다. 홀로 발코니에 남은 오른은 피식 웃고는 중얼거렸다.

"축복받기를."

이윽고 탄신연회가 막을 내렸다. 연회가 끝났으니 이제 그녀는 클로얀 왕국으로 돌아가야 했다.

"이제 내일이면 가겠군."

라엘은 입술을 삐죽이며 말했다. 그의 목소리에는 불만이 가득했다. 기껏 오랜만에 만났는데, 제대로 함께 시간을 보내지도 못 했다. 상황이 어쩔 수가 없었지만 아쉬움과 서운함이 가슴속에 폭풍처럼 휘몰아쳤다. 이대로 그녀를 보내면 화병이라도 날 것 같은 기분이었다.

"란, 미안해요."

라엘은 대답하지 않고 침상에 앉아 벽만 바라보았다. 완전히 삐친 모습인지라 그녀는 다가가 애교를 부렸다.

"네, 네? 화 풀어요. 금방 다시 올게요."

평소라면 이 정도만 해도 단박에 기분이 풀렸겠지만, 라엘은 표정을 풀지 않았다. 그가 그녀와의 만남을 도대체 얼마나 기대했던가? 그런데 이렇게 허무하게 끝나다니. 기분이 도통 풀리지 않았다. 그런 라엘의 모습을 보며 마리는 쿡쿡 웃었다. 이렇게 생각하면 안 되지만 그가 너무 귀엽고 사랑스러웠다.

"왜 웃지?"

라엘은 퉁명스럽게 말했다. 마리는 왠지 그를 골려 주고 싶다는 마음이 들었다.

"안 되겠네요. 사실 폐하를 위해 선물을 하나 준비했는데."

"선물?"

라엘은 인상을 찌푸렸다. 선물을 받아 봤자 무엇하겠는가? 내일이면 그녀가 떠나는데. 어떤 귀한 선물이라도 다 의미 없었다.

"궁금하지 않으세요?"

"안 궁금해. 선물 따위 필요 없다."

마리는 웃음을 참으며 흘리듯 말했다.

"선물로 귀국을 늦추려 했는데, 필요없다니⋯⋯."

그런데 거기까지 이야기했을 때였다. 라엘이 획 하고 고개를 돌려 그녀를 바라보았다.

"지금 뭐라고 했지?"

아까까지 보였던 삐친 기색은 온데간데없이 타오르는 듯한 눈빛이었다.

"귀국을 늦춘다고? 거짓말은 아니겠지?"

기쁨이 가득한 목소리라 마리는 웃음을 지었다.

"네, 연락을 보냈어요. 용무가 며칠 더 걸릴 것 같다고. 중요한 일정은 다 미뤄 두라……."

마리는 말을 끝맺지 못했다.

"마리!"

라엘이 그녀 쪽으로 다가와 와락 껴안은 것이다. 곧바로 이어지는 입맞춤.

"아, 란."

마리는 순간 몸의 힘을 잃고 뒤로 넘어갔다. 마침 침대에 걸터앉아 있던 참이라 자연스레 그가 그녀를 위에서 덮치는 자세가 되었다.

"……란?"

이글이글 타오르는 그의 눈빛을 보고 마리는 침을 꿀꺽 삼켰다. 눈빛만 봐도 그의 마음을 알 것 같았다.

"……아직 대낮인데?"

라엘은 대답하지 않고 고개를 숙여 다시 입을 맞추었다. 라엘은 그녀의 입술에 여전히 입을 맞추며 속삭이듯 말했다.

"대낮이라서, 싫은가?"

마리는 얼굴이 빨개진 채 입을 다물었다. 라엘은 손을 들어 그녀의 이마를 가린 머리칼을 옆으로 쓸어 넘겼다.

"싫어도 소용없어."

그러곤 이마에 다정하게 입을 맞추며 말했다.

"내가 놔주지 않을 테니까. 각오해."

그렇게 마리는 며칠 더 제국에 체류하기로 하였다. 늦은 밤, 그녀는 멍한 표정으로 잠에서 깼다. 그간 쌓인 서운함과 아쉬움에 대한 앙갚음인지, 라엘은 끝없이 그녀를 괴롭히고 또 괴롭혔다.

'어떻게 그렇게 지치지도 않으시는 거지.'

마리는 한숨을 삼켰다. 얼마나 괴롭힘당한 것인지 온몸이 빨갛고 욱신거렸다.

"깬 건가?"

눈을 떠보니 라엘이 침대에 앉아 그녀를 내려다보고 있었다.

"아직 안 주무셨어요? 시간이 늦었는데…….."

마리는 놀라 물었다. 라엘이 손으로 그녀의 뺨을 쓰다듬었다.

"조금 더 그대의 얼굴을 보고 싶어서 보고 있었다."

"아……."

"꿈만 같군. 그대가 이렇게 내 곁에 있다니."

마리는 배시시 웃으며 자신의 뺨을 쓰다듬는 그의 손을 움켜쥐었다.

"저도 꿈만 같아요. 이렇게 당신과 함께 있다는 게."

라엘은 따뜻한 눈빛으로 그녀를 바라보았다.

"그거 아세요, 란? 제가 얼마나 보고 싶어 했는지?"

"그런가?"

"네, 정말 정말 많이 보고 싶었어요."

라엘은 그 말에 입꼬리를 들어 올려 웃음을 지었다. 마치 보석처럼 아름다운 미소였다. 마리는 순간 달빛에 비친 그의 미소가 너무나 아름다워 넋을 잃고 그를 바라보았다.

"왜 그렇게 보지?"

"아, 아니에요."

마리는 고개를 저었다. 라엘은 고개를 숙여 그녀의 뺨에 입을 맞추며 말했다.

"무슨 할 말이 있으면 해도 좋아. 혹시나 나에게 바라는 것은 없는가?"

"바라는 거요?"

"그래, 지금 그대의 모습이 너무나 사랑스러워 바라는 것이 있다면 무엇이라도 들어주고 싶어."

그의 말에 마리는 잠시 고민하다가 불쑥 한 가지를 부탁하였다.

"바람피우면 안 돼요."

"바람?"

라엘의 얼굴이 해괴한 소리를 들은 양 일그러졌다. 하지만 그녀는 진지했다.

"란은 너무 아름다우니까. 유혹하는 여자들이 있을지도 모르잖아요. 그래도 절대 넘어가면 안 돼요. 알았죠?"

그렇게 이야기한 마리는 혹시나 그가 불쾌하게 여길까 조심스럽게 그를 바라보았다. 하지만 그의 대답은 그녀의 예상과 달랐다.

"지금 그거 불안해하는 건가?"

그녀가 자신을 신경 쓰는 것이 기쁘단 반응. 마리는 고개를 저으며 당부했다.

"꼭 약속해 주세요. 절대 바람피우지 않겠다고."

라엘은 언급할 가치도 없다는 목소리로 말했다.

"약속하겠다. 아니, 약속할 필요도 없지."

그는 그녀의 이마에 입술을 갖다 대었다.

"어차피 난 그대 외에는 아무것도 눈에 들어오지 않게 되었으니까. 사랑한다."

그렇게 둘은 꿈같은 며칠간의 시간을 보내었다.

"절대로 방해하지 말도록!"

라엘이 미리 단단히 주의를 주었기에, 둘은 정말로 서로만 바라보며 시간을 보낼 수 있었다.

"일어났군."

마리는 따사로운 햇살을 받으며 멍하니 눈을 떴다.

"푹 잤나?"

"……아니요. 힘들어요."

마리는 밉다는 듯 그를 흘겨보았다. 라엘은 그런 그녀를 보며 웃음을 지었다. 그림처럼 아름답지만, 왠지 얄미운 미소였다.

"그래?"

그는 그녀의 뺨을 어루만진 후 품 안에 끌어안았다.

"난 아직도 모자란데?"

"……!"

그 말에 마리는 번뜩 정신이 들었다. 왠지 이대로 방심하고 있다가는 또 괴롭힘당할 것 같은 분위기다.

"아, 안 돼요!"

"음?"

"그…… 어쨌든 안 돼요!"

마리는 허겁지겁 고개를 저었다. 라엘은 그 말에 아쉬운 표정을 지었다. 그는 그녀의 이마에 입을 맞추며 말했다.

"알겠다. 어쩔 수 없군. 배고프지는 않나? 아침은 어떤 걸로 하겠나?"

"아…… 상관없어요."

"그러면 간단히 준비해 오도록 하지."

같이 머무는 며칠간, 라엘은 그녀의 식사를 일일이 본인이 준비하였다. 황제인 그가 직접 식사를 준비하다니. 화들짝 놀라며 만류했으나, 라엘은 웃으며 그저 이렇게만 말할 뿐이었다.

"내 즐거움을 위해서다. 자주 할 수 있는 것도 아니니, 내 즐거움을 빼앗지 말았으면 좋겠군."

사랑하는 그녀를 위해 직접 요리를 하는 것. 라엘은 그 즐거움을 느끼고 싶은 듯했다. 덕분에 마리는 무려 제국의 황제가 직접 해주는 요리를 먹는 호사를 누릴 수 있었다. 아니, 황제라서가 아니라 사랑하는 그가 해주는 요리이기에 더욱 값진 음식이었다.

"와, 맛있어요."

"그래? 그렇게 말해주어 고맙군."

"아니에요. 정말, 정말로 맛있어요."

빈말이 아니었다. 못 하는 게 없는 라엘답게 요리 솜씨도 발군이었다. 특히 그녀의 취향을 고심하여 연구한 것인지 입에 딱 달라붙는 맛이었다.

"왜 안 드세요?"

그녀는 벌꿀을 얹은 팬케이크를 맛있게 먹다가 의아한 표정으로 말했다. 라엘은 포크를 내려놓고 그녀만 바라보고 있었다.

"예뻐서."

라엘의 말에 마리는 얼굴을 붉혔다.

"놀리지 마세요."

"진심이다. 정말 예뻐. 이렇게 보고만 있고 싶을 정도로."

그렇게 말하는 라엘의 눈빛은 진지하기 그지없어, 마리는 더욱 민망해졌다. 곧 식사가 끝나고 시종들이 식기를 치워 갔다.

"제가 차를 끓여 드릴게요."

"괜찮다. 내가 하지."

"아니에요. 이번엔 제가 할게요."

뭐든지 직접 해주려고 작정한 것인지, 차마저 본인이 끓이려는 황제를 보고 마리는 급히 자리에서 일어났다. 이번엔 그녀가 그에게 끓여주고 싶었다.

'폐하께서 좋아하는 향으로······.'

이전 시녀 때의 기억을 떠올리며 정성을 다해 차를 끓였다. 라엘은 향을 맡고는 옅게 웃음을 지었다.

"역시 좋군. 다른 이들이 끓여 준 차보다 훨씬 좋아."

그의 칭찬에 마리는 배시시 웃음을 지었다. 그렇게 둘은 느긋하게 차를 마시며 여유를 즐겼다.

'행복해.'

그녀는 시선을 돌려 창밖을 바라보았다. 황궁이 약간 높은 지대에 위치해 있어서 수도의 모습이 한눈에 들어왔다. 늦잠을 자고 사랑하는 남자가 해준 요리를 먹은 후 한적하게 있으니 행복했다. 너무나 좋아 시간이 이대로 멈추었으면 싶을 정도였다.

"란, 저 하나 바라는 거 있어요."

"무엇이지?"

그녀가 바라는 거라면 제국의 반이라도 떼어줄 것 같은 눈동자로 라엘이 물었다.

"저 데이트하고 싶어요."

"데이트?"

"네, 길거리 데이트. 이렇게 방에 있는 것도 좋지만 같이 거리를 걷고 싶어서요."

라엘은 미소를 지으며 고개를 끄덕였다.

"좋은 생각이군. 바로 준비하라고 하겠다."

마침 날씨도 선선하니 맑았다. 화창한 가을 하늘을 보며 마리는 밝은 표정을 하였다.

"좋은가?"

마리는 그의 팔에 찰싹 달라붙으며 말했다.

"네, 란은요?"

"나도 좋다."

사랑이 가득한 그의 눈빛은 마치 이렇게 말하는 듯했다.

─그대와 함께라면 어디든 다 좋아.

"어디 가고 싶은 곳 있는가?"

"아니요. 그냥 우리 걸어요."

둘은 특별한 목적지 없이 천천히 거리를 걸었다. 축제가 모두 끝난 뒤라 거리는 한산했다. 시끌벅적했던 축제의 여운을 뒤로하고 사람들은 또 일상을 살아갈 준비를 하고 있었다. 그렇게 천천히 걷고 있는데 사람들의 대화 소리가 둘의 귀에 들려왔다.

"그러면 모리나 전하와 폐하의 혼인식은 언제인 거지?"

자신들을 언급하는 소리에 마리와 라엘은 서로를 바라보았다. 그들은 얼굴을 가리는 후드를 입고 있어서 정체를 들키지 않고 있었다.

"준비할 것도 많고, 조금만 지나면 겨울이니 내년 봄쯤이 되지 않겠나?"

"빨리 두 분이 결혼하셨으면 좋겠구먼."

"맞아. 얼마나 오래 기다린 건지."

백성들은 그들의 결혼식을 손꼽아 기다리고 있었다.

라엘은 마리의 귓가에 대고 속삭였다.

"백성들의 뜻도 있으니 결혼식을 앞당길까?"

"언제로요?"

"당장 내일이라도. 난 빠르면 빠를수록 좋아."

그의 말을 농담이라 여긴 마리는 쿡쿡 웃음을 지었다.

"우리 저기도 가 봐요."

마리는 손을 잡고, 라엘을 이리저리 끌고 다녔다. 골목에 자리한 예쁜 카페에 가서 케이크를 먹고, 미리 알아 온 유명한 음식점에서 늦은 점심도 먹고, 오페라 공연도 보았다. 알찬 길거리 데이트였다.

"아, 오페라는 못 볼 줄 알았는데. 재밌었어요."

마리는 상기된 얼굴로 말했다. 그녀는 하고 싶었던 일을 잔뜩 해서 기분이 매우 좋은 듯했다. 그런데 라엘은 그녀의 말에 대꾸 없이 생각에 잠겨 있었다.

"무슨 생각하세요?"

"그대를 납치할까 하는 생각."

"네, 네?"

마리는 당황해 반문했다. 라엘은 잔뜩 심각한 얼굴로 말했다.

"이제 곧 왕국으로 돌아가야 하지 않는가. 도저히 보내 줄 자신이 없으니, 납치라도 해버릴까 고민 중이다."

마리는 그의 팔에 팔짱을 끼며 라엘의 어깨에 머리를 기대었다.

"저도 더 같이 있고 싶어요."

멀어질 자신이 없는 것은 라엘만이 아니었다. 그녀도 그를 떠날 일이 걱정이었다.

'며칠 더 있을까.'

마리는 진지하게 고민했다. 마음만 같아서는 계속 함께 있고 싶었다. 하지만 더 이상은 도저히 시간을 낼 수가 없었다. 왕국에는 그녀만 기다리고 있는 급한 현안이 산더미처럼 쌓여 있었다.

'하아.'

마리는 속으로 한숨을 삼켰다. 그를 떠날 생각을 하니, 마음이 무거워졌다. 그때, 어둠이 어스름하게 깔리기 시작하는 것을 본 라엘이 말했다.

"많이 늦었군. 슬슬 돌아가도록 하지."

"네."

둘은 천천히 황궁을 향해 아쉬운 걸음을 옮겼다. 그런데 마리는 익숙한 건물이 나오는 것을 보고 놀란 표정을 지었다.

"란, 이 성당."

라엘도 눈을 살짝 크게 떴다.

"아, 그 성당이군. 이전에 몇 번 왔던 적 있는."

아직 서로가 이렇게 가깝지 않을 때, 길거리 축제를 구경하던 둘은 이 성당에 왔던 적이 있었다.

"잠깐 들어갈래요?"

마침 인적이 없어서 둘은 성당 내부로 들어갔다. 성당 안을 둘러본 마리는 중얼거렸다.

"이전이랑 똑같네요. 여기 피아노도 있고."

과거 둘은 비 내리는 밤, 함께 저 피아노를 연주한 적이 있었다. 마리는 피아노 앞에 앉아 가볍게 건반을 눌렀다. 맑은 소리가 성당 안에 울려 퍼졌다.

"잠시 연주해도 괜찮아요?"

"나야 좋지."

"어떤 곡으로 할까요? 혹시 듣고 싶은 곡 있으세요?"

"그대가 원하는 곡으로."

라엘은 제대로 감상하겠다는 듯 느긋하게 자리에 앉았다.

마리는 손가락을 움직이기 시작했다. 편한 마음으로, 마음이 가는 방향대로. 곧 성당 안에 잔잔한 선율이 흐르기 시작했다. 들판에 앉아 천천히 흐르는 개울물을 보는 듯 평온한 곡이었다. 마치 한적한 시골에 와 있는 듯 마음이 편안해졌다.

'이전에는 그가 나에게 곡을 들려주었었지.'

마리는 이전에 그가 들려주었던 곡을 떠올렸다. 두려움과 따뜻함이 공존했던 월광(月光). 그는 무슨 마음으로 그런 곡을 연주했었던 것일까? 그 곡에는 어떤 상처가 깃들어 있었던 것일까?

"철가면은 폐하의 두려움과 상처였습니다."

문득 오른이 얼마 전 했던 말이 떠올랐다. 마리는 라엘의 얼굴을 바라보았다. 겉으로는 전혀 티를 낸 적이 없지만, 그의 가슴속에 얼마나 많은 상처가 있었을까를 생각하니 가슴이 울컥 치밀었다. 라엘뿐이 아니었다. 수많은 상처를 경험한 것은 그녀도 같았다. 둘 모두 수많은 상처를 딛고 난 후에야 이곳까지 올 수 있었다.

'그래도 이제는 괜찮아. 함께니까.'

앞으로의 삶에도 괴로운 일이 없다고 할 수는 없겠지만, 그래도 괜찮았다. 그의 곁에는 그녀가 있고, 그녀의 곁에는 그가 있을 것이니까. 언제까지고 함께일 것이니까.

'주여.'

마리는 고개를 들었다. 유리창을 통해 하늘이 올려다보였다.

'그와 나의 앞날을 축복해 주시옵소서.'

그녀는 그와의 행복을 바라는 마음으로 건반을 눌렀다. 마치 그와 그녀의 앞날을 축복하는 듯한 따스한 빛이 창을 통해 그들에게 내려앉았다.

에필로그

다시 시간이 흘렀다. 가을이 깊어지고, 낙엽이 졌으며, 하얀 눈이 세상을 덮은 뒤, 새싹이 나기 시작했다. 싱그러운 봄기운이 온 세상을 덮은 때, 드디어 모든 사람이 기다리던 날이 다가왔다. 바로 라엘과 마리의 결혼식 날이었다.

"드디어 두 분이 국혼을 올리시는구먼."

"그래, 도대체 얼마나 기다린 건지."

동제국 사람들은 너 나 할 것 없이 기쁜 얼굴로 떠들었다. 그들은 그녀가 제국의 황후가 되기를 손꼽아 바라고 있었다. 반면 클로얀 왕국민들의 반응은 다소 달랐다.

"결국, 오늘이 왔구먼."

"그러게 말이야. 영원히 안 왔으면 했는데."

"아무리 동맹을 위해서라지만, 꼭 전하께서 동제국의 황제와 국혼을 올려야 하는 건가?"

물론 왕국민들이 마리의 결혼을 축하하지 않는 것은 아니었다. 딸을 시집보내는 아비의 심정이랄까? 그들은 괜히 섭섭한 감정이 들었다. 몇몇 인물은 술에 취해 이렇게 외치기도 했다.

"전하를 울리기만 해봐라. 그때는 황제가 뭐고!"

"맞아! 전하를 속상하게 하면 동맹은 당장 파기야!"

어쨌든 제국민이든 왕국민이든 둘의 행복을 마음은 하나와 같았다. 결혼식은 양 국민 모두의 축복을 받으며 거행되었다.

결혼식은 왕국 동쪽, 국경 인근에 위치한 교역 도시에서 치르기로 하였다. 사실 국혼을 어디에서 올릴 건지로 많은 논의가 있었다. 제국에서 올리면 클로얀 왕국의 반발이 있을 것이고, 왕국에서 올리면 제국의 반발이 있을 것이니 쉽지 않은 문제였다.

고민 끝에 결정된 곳은 바로 국경 인근의 교역 도시 캐시엔. 캐시엔 시는 마리가 양국의 화합과 번영을 위해 발전시키고 있는 교역 도시로 양국 어디에서도 반발을 사지 않을 장소였다. 위치 또한 양국 수도의 한가운데에 있기 때문에 하객들이 오기에도 편했다.

"황제 폐하를 위하여!"

"국왕 전하를 위하여!"

결혼식 전야제를 앞두고 캐시엔시는 축제 분위기에 물들었다. 제국과 왕국에서 몰려든 사람들은 술을 마시며 건배를 하였다.

"무슨 생각을 하십니까?"

그런 백성들을 보며 생각에 잠겨 있는 마리를 보며 바르한 백작이 물었다.

"아니, 왕국민들과 제국민들이 아직도 조금은 어색한 것 같아서요."

"어쩔 수 없는 일이지요. 앙금이 풀리기에는 시간이 더 필요할 테니까요."

마리는 고개를 끄덕였다. 제국민과 왕국민의 관계는 앞으로 그와 그녀에게 남겨진 과업이었다. 그들이 어떻게 처신하느냐에 따라 많은 것이 달라지리라.

"일단 그런 생각은 다음에 하십시오. 전하께선 이 결혼식의 주인공 아닙니까. 결혼식 전날에도 국정을 고민하는 분은 전하밖에 없을 것입니다."

마리는 미소를 지었다.

"네, 그럴게요."

"곧 연회에 갈 채비를 하겠습니다."

결혼식 전야제를 맞아 연회가 준비되어 있었다. 마리는 시녀들의 시중을 받아 한껏 예쁘게 차려입고 연회장으로 향했다.

"클로얀의 모리나 국왕 전하이십니다!"

사람들의 시선이 한 몸에 쏠렸다. 그들은 예쁘게 단장한 그녀의 모습에 감탄을 터뜨렸다.

"전하께서는 날이 갈수록 아름다워지시는 것 같구려."

"그러게 말입니다."

사랑에 빠진 탓일까? 그들의 말처럼 마리는 점점 더 아름다워지고 있었다. 특히 오늘은 하얀 드레스가 순백한 이미지를 강조해 마치 하늘의 천사 같은 느낌을 주었다. 수많은 사람의 시선을 받으며 마리는 연회장의 가장 높은 상석으로 안내받았다. 그곳에는 라엘이 미리 와서 그녀를 기다리고 있었다.

"왔군."

중저음의 음성을 듣자, 마리는 가슴이 뛰었다. 이제는 익숙해질 법하건만, 여전히 그를 보면 심장이 두근거렸다.

"오늘 정말 아름답군."

라엘은 옆에 앉은 그녀의 어깨를 부드럽게 끌어안았다. 마리는 민망한 얼굴로 고개를 저었다.

"남들이 봐요."

"보면 어때서?"

라엘은 그녀의 이마에 도둑처럼 입을 맞추었다.

"내가 그대를 사랑하는데. 얼마든지 봐도 괜찮다."

마리의 뺨이 빨개졌다. 사람들이 힐끗힐끗 그들을 바라보았다. 다정하기 그지없는 둘의 모습에 모두 미소를 지었다. 그때, 라엘이 자리에서 일어났다.

"란?"

의아한 표정을 짓는 그녀에게 라엘이 손을 내밀었다.

"주인공인데 앉아 있을 수만은 없지. 춤이나 한 곡 추지 않겠는가?"

마리는 긴장된 표정을 지었다. 뭐든지 잘하는 그녀이지만 약점이 있었다. 바로 춤이었다. 혼자 추는 춤은 완벽했지만, 긴장되어서일까? 이상하게 그와 짝을 맞춰 추는 춤은 여전히 미숙한 면이 있었다.

"또 밟을지도 모르는데."

라엘은 피식 입꼬리를 들어 올렸다. 그러더니 한 팔로 그녀의 허리를 감싸 안아 일으켰다. 그는 자신의 품에 안긴 그녀의 귓가에 속삭이듯 말했다.

"얼마든지 밟아도 괜찮다. 어떻게 해도 그대는 사랑스러우니."

귓가를 간지럽히는 그의 달콤한 목소리에 마리는 얼굴이 화끈거렸다. 라엘은 웃으며 말했다.

"그러면 한 곡 추도록 하지."

"……네."

단상에 올라가 춤을 추려는 그들을 보고 모두가 환호성을 터뜨렸다. 마리는 얼굴을 붉힌 채 춤을 추기 시작했다.

라엘도 그녀를 사랑스럽게 바라보며 춤을 추었다. 사람들은 행복이 가득한 둘의 모습을 보며 웃음을 터뜨렸다.

"정말 보기 좋구려."

"하하, 그러게 말입니다."

"정말 두 분이 잘 어울리시는 것 같습니다."

그렇게 결혼식 전날 밤이 깊어 갔다. 그들의 앞날이 행복이 가득할 것이라 예고하듯 축복과 사랑이 넘치는 전야제였다.

마리는 그날 밤 꿈을 꾸었다. 일반적인 꿈이 아니었다. 능력을 주는 자각몽과도 달랐다. 마치 주마등처럼 여러 개의 자각몽이 차례로 스쳐 지나갔다.

「비올라, 너는 내가 가진 최고의 보배이니까.」

첫 번째 스쳐 지나간 꿈은 하녀의 꿈이었다. 마치 잔상이 아른거리 듯 최고의 하녀 비올라의 모습이 지나갔다.

「그대가 조각하는 모습은 어째서 이토록 경건해 보이는 건지.」

두 번째는 조각사의 꿈이었다. 그리고 세 번째는 음악가의 꿈. 마리는 지금껏 꾼 꿈을 차례로 반복하고 있다는 것을 깨달았다.

'왜 이런 꿈을?'

그녀는 고개를 갸웃했다. 이윽고 수많은 영상이 스쳐 지나간 후, 마지막에 꾼 꿈도 끝이 났다. 이제 다 끝났다고 생각하는 순간, 생각지도 못 한 장면이 꿈속에 나타났다.

'이건?'

마리의 눈이 커졌다.

「너의 진실 된 이름, 진명이 무엇이느냐?」

「너에게 정말 그런 능력이 생긴다면, 너는 그 능력으로 무엇을 할 생각이니?」

'……!'

그녀가 능력을 얻게 된 계기. 죄수를 만났을 때의 일이 꿈에 나타난 것이다. 그런데 꿈속 죄수의 모습이 이상했다. 당시 죄수의 얼굴에는 죽음의 빛이 가득했는데, 지금은 하얀 광채가 가득 빛나고 있었다.

「의미 있는 삶을 살고 싶어요.」

「무엇이 의미 있는 삶이지?」

죄수와 나누었던 문답. 그때 마리는 이렇게 답했었다.

「할 수 있다면 다른 사람들에게 행복을 주는 삶을 살고 싶어요. 그게 제 소원이에요.」

그래, 이게 그녀의 답이었었다. 꿈속에서 죄수는 잔잔히 말없이 그녀를 바라보기만 하였다. 마리가 의아한 얼굴을 하는 순간, 죄수가 따뜻한 목소리로 입을 열었다.

「그래, 그래서 지금까지 넌 네 소원을 이루었느냐?」

마리는 고민하였다. 쉽게 대답하기 어려운 문제였다.

「저는…….」

그녀가 대답을 마치기 전, 꿈속 세계가 어둠으로 물들었다.

마리는 멍하니 눈을 떴다. 한참이 지난 후에야 그녀는 꿈이 끝났다는 것을 떠올렸다.

'이게 갑자기 무슨 꿈이지?'

그녀는 눈을 깜빡거렸다. 하지만 고민을 길게 하지는 못 했다. 오늘은 고대하고 고대하던 결혼식 날이다. 꿈을 고민하고 있을 시간이 없었다. 신부 치장을 마치고 안면이 있었던 사람들, 왕국의 귀족들, 제국의 귀족들에게 다시 한번 축하의 인사를 받았다. 그렇게 정신없는 시간이 지난 후 결혼식이 시작되었다.

"와아아아!"

"국왕 전하 만세!"

"황제 폐하 만세!"

보통의 결혼식은 성 안에서나 성당 안에서 하는 것이 보통이었지만, 그들은 대광장에서 결혼식을 하기로 했다. 많은 백성이 결혼식을 지켜볼 수 있기 위한 조치였다.

"마리."

라엘이 행복이 가득한 얼굴로 그녀를 바라보았다.

"란."

그를 바라보니 마리의 얼굴에도 행복이 차올랐다. 이제 둘은 정말로 하나가 된다. 이 순간이 꿈이면 어떻게 하나 싶은 걱정이 들 정도로 가슴이 떨렸다.

"먼저 주님께 두 분의 축복을 기원합니다."

축사는 성당의 대주교가 직접 진행하였다. 지고한 신분 두 명의 결합인지라, 축사는 길고도 길었다. 이윽고 긴 축사를 마치며 대주교가 선언하였다.

"이로써 두 분이 주님의 사랑 안에서 하나가 되었음을 선포합니다."

"와아아!"

그 선포와 함께 광장이 떠나갈 것 같은 함성이 울려 퍼졌다. 인제는 오케스트라단이 축가 연주를 할 차례. 그런데 사람들은 오케스트라단의 자리를 보고 의아한 표정을 지었다. 희한하게 피아노가 두 대 놓여 있었던 것이다. 일반적인 경우가 아니라서 모두 의문을 표하고 있을 때, 마리가 단상에서 사람들을 향해 말했다.

"이 자리에 와 주신 모든 분께 감사를 드립니다. 이 결혼은 우리 둘의 결합만이 아닌, 양국이 하나가 되는 국혼이라 생각합니다."

모두가 그녀의 말에 귀를 기울였다.

"그래서 양국이 하나가 되었음을 기념하고, 앞으로의 화합을 기원하는 의미로 연주를 들려 드리려 합니다. 저와 폐하가 함께하는 합주입니다."

사람들은 놀란 얼굴을 하였다. 그녀와 황제가 직접 그들을 위해 연주를 들려 주겠다고? 물론 이건 마리의 아이디어였다. 둘의 결혼식이 조금 더 양국의 화합을 다지는 계기가 되었으면 하는 마음에 계획한 것이다. 마리와 라엘은 피아노 앞에 각자 앉았고, 곧 청명한 소리가 광장에 울려 퍼졌다. 아름답고 밝은 음색이 사람들의 가슴 속으로 파고들었다. 마치 축복을 기원하는 듯한 느낌에 사람들은 눈을 감고 음악을 감상하였다.

'마리.'

'란.'

피아노를 연주하며 서로를 바라본 둘은 가만히 미소를 지었다.

'나 행복해.'

마리는 속으로 중얼거렸다. 왜일까? 너무나 행복해 눈물이 흐를 것만 같았다. 문득 그녀는 어젯밤 꾸었던 꿈속 죄수의 물음이 떠올랐다.

「그래, 그래서 지금까지 넌 네 소원을 이루었느냐?」

솔직히 잘 모르겠다. 하지만 한 가지 확실한 것은 지금 이 순간 행복하다는 것. 그리고 앞으로도 계속해서 노력하며 살 것이란 것이다. 비록 조금 부족할지라도, 그날 죄수에게 이야기했던 대로 의미 있는 삶을 살기 위해 노력하며 하루하루를 보낼 것이다. 사람들 사이로 그와 그녀가 연주하는 피아노 합주 소리가 아름답게 울려 퍼졌다. 그 음악 소리를 듣는 사람들의 얼굴에 미소가 그려졌고, 모두를 축복하듯 청명한 하늘이 밝은 빛을 반짝였다.

<완결>

외전 1
마리와 라엘의 휴가

마리와 라엘이 결혼한 지도 벌써 1년이 넘었다. 라엘은 황궁 집무실에서 업무를 보던 중 마리가 보내온 편지를 읽고 있었다.

클로얀은 겨울이 지나 날씨가 많이 따뜻해졌답니다. 황궁은 어떤지요? 어제는 강가에 핀 꽃을 보니 폐하 생각이 많이 났답니다. 아직 밤에는 많이 쌀쌀한데 혹시 감기에는 걸리지 않으셨는지요? 보고 싶어요, 정말 많이.

편지에는 라엘을 향한 사랑이 한가득 담겨 있었다. 얼핏 봐도 절로 흐뭇한 미소가 떠오르는 사랑스러운 편지였다. 그런데 그 편지를 읽는 라엘의 표정이 어딘가 이상했다. 그녀가 직접 쓴 사랑의 편지를 읽고 있건만, 얼굴에는 불만이 가득했다. 그럴 수밖에 없었다.

"……언제까지 편지만 읽어야 하는 거냐."

그녀를 못 본 지 벌써 4개월이 넘었으니까! 라엘이 잔뜩 뿔이 난 얼굴로 중얼거렸다.

"······편지 좋아. 그런데 우린 부부가 아니냐. 그런데 왜 이렇게 편지만 주고받아야 하는 거지?"

라엘은 마리가 보고 싶어서 폭발할 것만 같았다. 그때, 옆에서 오른이 쿡쿡 웃음을 터뜨렸다.

"그거야 두 분이 너무 바쁘신 탓 아닙니까. 두 분의 신분상 어쩔 수가 없지요."

라엘은 오른을 얄미운 듯 쏘아보았다.

'젠장, 황제를 때려치울 수도 없고.'

라엘과 마리가 못 만나는 이유는 간단했다. 그들이 황제와 왕이었기 때문이다. 서로를 보려면 보름이 넘는 거리를 가야 하는데, 황제와 왕의 신분에서 그게 쉬울 리가 없었다. 그래서 둘은 결혼 후 1년이 지났건만, 실질적으로 같이 보낸 기간은 채 3개월도 되지 않았다. 상황이 이러니 라엘은 마리를 보고 싶은 그리움으로 하루하루를 보내고 있었다.

'이게 무슨 부부냔 말이다.'

라엘은 분통이 터져 생각했다. 이제는 이런 편지 말고 그녀가 보고 싶었다.

"오른, 클로얀 왕국으로 사절을 보낼 일 없느냐?"

"없습니다."

"그러면 클로얀 왕국에서 우리 제국으로 사람을 보낼 일은?"

"그것도 없습니다."

"왜 없느냐? 우리 제국과 클로얀 왕국이 협력하는 일이 얼마나 많은데?"

라엘은 얼른 찾아내 보라며 오른을 닦달했다. 속이 훤히 비치는 라엘의 닦달에 오른은 측은한 얼굴로 고개를 저었다.

"죄송하지만, 지금은 아무것도 없습니다. 폐하와 모리나 전하께서 워낙 완벽히 다 일을 처리해 놓으셔서요."

라엘은 인상을 찌푸렸다.

'이런, 젠장. 다음번 만날 때는 일부러 일을 하나 구멍을 내놔야겠어. 그래야 그 핑계로 한 번이라도 더 만나지.'

그렇게 그가 속으로 구시렁거리고 있을 때, 오른이 슬그머니 자리에서 일어났다.

"어디 가려고 하지?"

"오후 6시 아닙니까? 이제 슬슬 퇴근하려고 합니다."

대충 눈치를 보니 또 파티에 참석하려는 것 같았다. 평화가 찾아온 후 오른은 마음껏 사교계를 즐기고 있었다. 얼핏 듣기로는 미혼의 행복을 만끽하고 있다고. 자신은 독수공방하는 처지인데, 오른은 저렇듯 놀러 나가려는 모습을 보자 라엘은 배알이 꼴렸다.

"안 돼, 오늘은 야근이다."

"폐하?"

오른은 말도 안 된다는 듯 펄떡 뛰었다.

"오늘 파티장에서 엘리샷 영애와 약속이……!"

"엘리샷? 지난번에는 유리 백작 영애 아니었나? 아니, 버크셔 자작 영애였나? 하여튼 누구든 다 안 돼. 국정이 더 중요하다."

오른이 억울하다는 듯 항변했다.

"재상직에서 안 물러나는 대신 퇴근 시간을 보장해 주기로 하지 않으셨습니까?"

"그랬나? 잘 기억이 안 나는군. 그대가 클로얀 왕국과 회담이 필요할 만한 일을 생각해 내면 어쩌면 기억이 날지도."

오른은 라엘의 말에 입술을 씰룩거렸다.

'결국 그거였구먼.'

"알겠습니다. 어떻게든 두 분이 만나실 수 있는 이유를 찾아보도록 하겠습니다."

그렇게 오른은 자신의 칼퇴근을 위해 저 독수공방하는 황제를 구제하기로 결심하고 필사적으로 머리를 굴렸다.

한편 그때, 클로얀 왕국에서는.

"자, 거기 얼른 짐 나르라고!"

"거기 좀 쉬었다가 해! 너무 무리하지 말고."

이전 어둡던 모습이 상상이 되지 않을 정도로 왕국은 활기로 가득 차 있었다. 왕국 전체에 가득하던 전란의 상처는 이제 찾아볼 수 없었다. 왕국민들의 얼굴에는 웃음이 가득했다. 다만 왕국에서 우울한 얼굴을 하고 있는 여인이 한 명 있었는데, 바로 마리였다. 그녀는 왕궁의 집무실에서 한숨을 내쉬고 있었다.

"하아."

"무슨 문제가 있습니까?"

새롭게 재건한 왕실 기사단의 단장을 맡고 있는 바르한 백작이 걱정스레 물었다.

"아니에요. 아무런 일도 없어요."

그녀는 그렇게 이야기했지만 계속 표정이 좋지 않았다. 바르한이 더더욱 염려되는 시선을 보내자, 마리는 괜찮다는 듯 고개를 저었다.

"정말로 아무런 일 없어요. 괜히 신경 쓰게 해서 죄송해요."

특별한 일이 있는 것은 아니었다. 그녀가 이런 표정을 짓고 있는 것은 바로 라엘 때문이었다. 그가 보고 싶었다.

'이렇게 편지만 맨날 쓰면 뭐 해.'

마리는 한가득 작성한 편지지를 보며 한숨을 내쉬었다. 그에게 보내려는 편지였다. 그를 너무나 보고 싶은 마음에 편지를 썼지만, 허전한 마음은 전혀 달래지지 않았다. 보고 싶고, 또 보고 싶었다.

'언제 또 볼 수 있는 거지. 벌써 못 뵌 지 4개월째인데. 이러다 반년

동안 못 보겠어.'

그녀는 펜을 내려놓았다. 울적해서 편지를 쓰고 싶은 기분이 아니었다. 마음 같아서는 그냥 국왕이고 뭐고 다 내려놓고 그에게 달려가고 싶었다.

"하아."

그렇게 그녀가 다시 한숨을 내쉬자, 무언가 오해한 바르한이 결연한 표정을 지었다.

"전하, 혹시나 무슨 일이 있으신 거면 저에게 말씀해 주십시오! 무슨 일이든 제가 다 해결하겠습니다!"

바르한은 누구보다도 열렬한 충신으로 그녀를 섬기고 있었다. 마리는 고맙다는 듯 미소를 짓다가 순간 한 가지 생각이 떠올라 물었다.

"혹시 우리 왕국에서 제국에 사절단을 보낼 일은 없겠죠?"

"제가 알기에는 없습니다."

"그렇군요……."

마리는 실망한 얼굴로 고개를 끄덕였다. 동제국으로 향할 사절단이 있다면 어떻게든 핑계를 대어 같이 갈까 했던 거다.

'어떻게 시간을 낼 방법이 없을까?'

마리가 그렇게 고민하고 있을 때였다. 바르한이 뜻밖의 이야기를 하였다.

"황제를 뵙고자 하려는 것입니까?"

"……네. 뵙고 싶어서요."

마리는 살짝 얼굴을 붉히며 고개를 끄덕였다. 짧지만 강한 갈망이 담긴 음성이었다. 바르한은 그런 그녀의 모습을 보며 순간 설명하기 어려운 감정을 느꼈다. 솔직히 그는 그녀가 황제를 보고 싶어 하는 모습이 썩 달갑지는 않았다. 한때 라엘을 적으로 생각해서인지, 아니면 그냥 단순히 자신이 목숨보다 아끼는 주군이 다른 남자에게 마음을 주는 게 싫은 것인지는 모르겠다. 어쨌든 그래도 그는 충성스러운 신하. 자신의 마음보다는 그녀의 행복이 훨씬 중요했다.

"제가 한번 방법을 찾아보겠습니다."

"정말요?"

놀란 마리의 물음에 바르한은 우직하게 고개를 끄덕였다.

"네, 어떻게든 해보겠습니다."

그렇게 양국의 핵심 수뇌부인 오른과 왕실 기사단장 바르한은 마리와 라엘이 만날 만한 일을 물색하기 시작했다. 하지만 그들이 아무리 노력해도 없는 일을 만들어 낼 수는 없었다. 결국, 그들은 마리와 라엘에게 이렇게 말했다.

"그냥 휴가나 다녀오십시오! 어차피 지금 중요한 일도 없으니 제가 대충 다 처리하고 있겠습니다!"

오른이 라엘에게 이렇게 말했고,

"잠시 다녀오십시오. 중요한 일은 각료들과 제가 다 처리하고 있겠습니다."

바르한이 마리에게 말했다. 마리와 라엘은 당연히 사양하지 않았다. 마침 왕국과 제국 모두 지극히 안정적이었다. 이럴 때가 아니면 언제 둘이 만난단 말인가? 오른은 그간 고생한 황제를 위하여 아예 휴가 일정까지 잡아주었다. 클로얀의 왕성이나 제국의 황궁에 머물면 또 정무에서 벗어나지 못하니 아예 둘을 위해 휴양지를 마련해 준 거다.

"파르고섬?"

라엘은 지도를 보며 의아한 표정을 지었다. 클로얀과 동제국 정중앙 아래쪽에 위치한 섬이었다.

"네, 제가 어릴 적 가 본 적이 있는 곳인데, 풍광이 굉장히 뛰어납니다. 섬사람들도 유순하고 착하고요. 편히 쉬다 오실 만할 것입니다."

라엘이야 사실 그녀와 함께 있을 수만 있다면 장소야 어디든 상관없었다.

"그래, 고맙군."

"참, 휴가차 가시는 거긴 하지만, 이번에 폐하께서 꼭 하셔야 할 일이 있습니다."

오른은 진중한 얼굴로 말했다.

"후사를 만들어 오십시오."

"……."

"농담 아닙니다. 이럴 때 후사를 만들어야 하는 것입니다."

친우이자 충신인 오른의 충언에 라엘은 고개를 끄덕였다.

"그래, 최대한 노력해 보도록 하지."

그렇게 라엘은 파르고섬으로 향하는 배에 올라탔다. 아마 지금쯤 그녀도 출발했을 거다.

'빨리 보고 싶군. 어서. 왜 이렇게 바람이 약한 거야.'

라엘은 선상에 서서 돛대를 바라보았다. 화창한 봄 햇살을 받은 바다가 아름답게 빛났지만, 그의 눈에는 전혀 들어오지 않았다. 4개월이나 못 본 마리의 생각밖에 나지 않았다.

'이번에 만나면 정말 품에서 놔주지 않을 거다.'

라엘은 강하게 생각했다. 지금껏 만나면 항상 국정이다 뭐다 해서 둘만 함께하는 시간은 굉장히 짧았다. 이번엔 일부러 외딴섬으로 가는 거니, 정말로 그녀만 바라보며 시간을 보낼 거다. 그런데 라엘은 순간 떠오른 생각에 와락 인상을 찌푸렸다.

'혹시 외딴섬까지 갔는데 또 무슨 문제가 생기는 것은 아니겠지?'

이해할 수 없게도 마리와 함께 있으면 사건 사고가 자주 일어나는 느낌이었다. 그래서 간신히 함께 시간을 보내려고 해도 그 사건을 해결하느라 시간을 낭비하는 적이 한두 번이 아니었다.

'설마. 아니겠지. 이번엔 그럴 리가 없어.'

라엘은 강하게 고개를 젓고는 다시 바다를 바라보았다. 얼른 배가 섬에 도착하기를 바라며. 하지만 아무런 사건 사고와 마주치질 않길 바라는 라엘의 간절한 바람과 다르게 그 순간 마리는 꿈을 꾸고 있었다.

마리는 꿈속에서 눈을 깜빡였다.

「무슨 그림을 그리고 있나요?」

밝은 햇살이 비치는 방이었다. 한 미남자가 미소를 지은 채 화폭에 붓을 움직이고 있었다. 들판의 풍경을 담은 그림이었는데, 화폭 안의 사람들이 환하게 웃고 있는 모습이 인상적이었다.

「풍경화인가요?」

「아, 기분 전환 삼아 가볍게 그려 보고 있었소.」

미남자가 웃으며 말했다. 잘생긴 얼굴만큼이나 부드럽고 호감 가는 미소였다. 남자의 그림을 살핀 여인은 감탄을 터뜨렸다. 가볍게 그렸다는 이야기와 다르게 보는 것만으로도 마음이 평안해지는 듯한 걸작이었다.

「이번 그림도 멋져요.」

그러며 여인은 말을 이었다.

「당신의 그림을 보면 항상 마음이 행복해지는 기분이에요.」

마리는 눈을 깜빡거리며 잠에서 깨어났다.

'갑자기 웬 화가의 꿈이지?'

그녀는 라엘을 만나기 위해 한창 배를 타고 항해 중이었다. 그러다 객실에서 잠이 들었는데 능력을 주는 꿈을 꾸게 된 것이다.

'최근 이런 꿈을 꾼 적이 없었는데?'

마리는 손을 펼쳐 보았다. 확인해 보지는 않았지만, 이번엔 화가의 능력을 얻은 것 같았다. 그것도 평범한 화가가 아닌 굉장히 뛰어난 대가의 솜씨가 몸에 깃든 느낌이었다.

'설마 또 무슨 일이 일어나는 건 아니겠지?'

마리는 불안한 얼굴로 생각했다. 능력을 받으면 꼭 그것과 관련된 사건 사고가 생긴다. 이제는 거의 법칙과도 같이 정해진 일이다.

'별일 있으면 안 되는데.'

얼마나 고대하던 만남인가? 라엘이 그녀를 갈망했던 것처럼 그녀 역시 라엘을 간절히 그리워했었다. 이번에야말로 아무런 방해 없이 단둘만의 행복한 시간을 보내려 했건만, 이런 꿈을 꾸다니. 불안한 마음이 들었다.

'그래도 거창한 꿈도 아니고, 화가의 꿈이니 큰일은 아니겠지?'

휴가지에서 일이 일어나 봤자 무슨 일이 일어나겠는가? 기껏해야 그림이나 그리는 일이겠지. 마리는 애써 불안을 달래고는 객실에 난 창가로 파르고섬 쪽을 바라보았다.

'얼른 보고 싶어요, 란.'

며칠이 지나고 드디어 라엘이 탄 배가 파르고섬에 도착했다.

"섬에 오신 걸 환영합니다, 란 님."

파르고섬의 군주인 노비엔 남작이 라엘을 맞았다. 파르고섬은 어느 나라에도 소속되어 있지 않은 독립적인 소국으로 노비엔 남작가가 섬을 다스리고 있었다. 어차피 남몰래 잠시 쉬다가 돌아갈 예정인데, 정체를 밝히면 괜히 번거로워질까 봐 라엘과 마리는 대충 제국과 클로얀의 귀족 정도로 소개해 둔 상태였다.

"그러면 즐거운 시간 되시길 바랍니다."

이런 식으로 파르고섬으로 휴양 오는 동제국의 귀족이 적지 않았기에 노비엔 남작은 별다른 의문 없이 라엘을 정해진 숙소로 안내해 주었다.

"풍광이 좋은 별장을 준비해 두었습니다. 안내인을 붙여 드리겠습니다."

라엘과 호위를 맡은 기사들은 안내인의 인도를 받아 별장으로 향했다. 작은 섬이라 별장은 멀지 않았다. 해변을 따라 걷는데 옥빛 바닷물이 아름답게 찰랑거렸다. 물론 라엘의 눈에는 아무리 아름다운 풍경도 제대로 들어오지 않았다. 이제는 곧 만날 그녀에 대한 생각으로 그의 가슴이 뛰었다.

"그녀는 언제쯤 도착하는 거지?"

"아마 오후쯤 도착하지 않을까 싶습니다."

알몬드의 대답이 라엘은 고개를 끄덕였다. 오후까지 시간이 얼른 지나갔으면 좋겠다.

"일단 먼저 별장에 가서 기다려야겠군."

"네, 폐하."

곧 그와 그녀가 휴가를 보낼 별장이 눈에 들어왔다. 동화 속에 나오듯 아늑한 느낌을 주는 하얀색의 저택이었다.

'이곳이 그녀와 시간을 보낼 곳…….'

라엘은 살짝 설레는 기분으로 저택에 들어섰다. 그리고 저택에 들어가는 순간, 그는 뻣뻣이 굳어버렸다. 저택 안에 생각지도 못 한 남자가 있었던 거다. 흑발, 흑안을 가진 지적인 인상의 대단한 미남이었는데, 남자도 라엘을 보고 놀란 표정을 지었다.

"이런, 혹시 이곳으로 휴가를 오신 겁니까? 이거 정말 운명처럼 기쁜 우연이군요. 반갑습니다, 란."

라엘은 남자를 보며 눈을 깜빡였다. 이 자리에서 만날 거라고는 상상도 못 했던 인물이었기 때문이다.

"……넌?"

"이런, 벌써 저를 잊어버리신 겁니까? 이거 서운하군요. 그래도 우리 나름 깊은 인연이지 않습니까?"

라엘은 지금 자신이 헛것을 보는 것이길 바랐다. 하지만 아니었다. 부드럽지만 왠지 약 올리는 듯한 느낌의 미소. 친절한 듯하지만 어쩐지 거슬리는 음성. 요하네프 3세였다. 요한은 정말로 반갑다는 듯 과장된 손짓을 하였다.

"어떻게 이런 반가운 '우연'이 있을 수가. 저도 마침 이곳으로 휴가를 온 참이었습니다. 파르고섬이 풍광이 좋다고 유명해서 말이지요. 다시 한번 정말 반갑습니다."

요한은 '우연'이란 말에 강조를 넣었다. 라엘은 가만히 알몬드를 바라보며 말했다.

"여기 웬 쓰레기가 있구나. 바다에 갖다 버리고 오너라."

"……네, 알겠습니다, 폐하."

알몬드가 싸늘한 기색으로 요한에게 다가갔다.

"아니! 정말 우연이라니까요? 이번엔 아무런 꿍꿍이도 없습니다. 그냥 쉬러 온 것일 뿐입니다."

"갖다 버려."

"이렇게 우리의 일정이 겹치게 된 거는 분명 하늘이 내려 준 운명으로……!"

요한이 떠들거나 말거나 알몬드와 근위 기사는 정중하고 강압적인 태도로 그를 저택에서 끌어 내렸다.

"으악! 정말로 당신과 그녀 사이를 방해하러 온 게 아니라, 그냥 내 휴가를 즐기러……!"

끌려 나가는 순간에도 시끄러웠지만, 곧 시간이 지나자 조용해졌다.

"버리고 왔습니다."

"그래, 잘했다."

라엘은 인상을 찌푸렸다. 기껏 그녀와 시간을 보내러 왔는데 요하네프 3세라니. 새집에 들어갔는데 곧바로 바퀴벌레를 본 것만큼이나 불쾌했다.

'젠장, 어떻게 이런 일이. 기껏 휴가를 왔는데 요하네프 3세를 만나다니.'

요하네프 3세가 이곳으로 휴가를 온 것이 우연인지 의도된 계획인지는 모르겠다. 어쨌든 우연이든 의도된 계획이든, 외딴섬에서 이렇게 만나게 되었으니 그가 가만히 있을 리가 없었다.

"전 불륜도 얼마든지 환영이니까 말이지요. *짜릿하지 않습니까?*"

이런 말을 아무렇지도 않게 하는 미친놈이니, 어떤 식으로든 자신과 마리 사이를 훼방하려고 들 게 분명했다.

"알몬드. 요하네프 3세가 허튼수작 부리지 못하도록 잘 감시하도록."

"네, 알겠습니다. 폐하."

알몬드가 강한 동작으로 고개를 끄덕였지만, 라엘은 왠지 불안한 기분을 떨치질 못했다. 이번 휴가, 왠지 시작부터 느낌이 좋지 않았다.

이윽고 드디어 라엘과 마리가 고대하고 고대하던 순간이 다가왔다. 라엘은 마리를 태운 왕국의 배가 섬에 다가오는 것을 벅찬 얼굴로 바라보았다. 곧 저 배에서 그녀가 내릴 것이다. 이제 몇 분이면 만날 수 있겠건만, 그 몇 분이 억겁처럼 느껴지기만 하는 라엘이었다. 그런데 그런 라엘의 벅찬 감정을 깨는 목소리가 들려왔다.

"우와, 이곳 해변가 정말 예쁘네요. 역시 이곳으로 휴가 오길 잘한 것 같습니다."

"……."

"그런데 혹시 저 배에 모리나 국왕이 타고 있는 건가요?"

싱글싱글, 한 대 때려 주고 싶은 얄미운 미소. 요하네프 3세였다. 그는 라엘에게서 멀찍이 떨어져 휘파람을 불었다.

"그렇게 노려보지 마십시오. 정말 다 우연이라니까요?"

"……정말로 우연이라면 왜 지금 내 옆에 서서 그녀와의 만남을 훼방하려고 하는 거지?"

요하네프 3세는 그게 무슨 말이냐는 눈을 크게 떴다.

"전 그냥 해변가를 구경 나왔을 뿐인데요? 마침 지금 그녀가 탄 배가 해안가에 다가오고 있는 건 하늘이 내려 준 기막힌 우연일 뿐, 아무런 의도도 없답니다."

라엘은 갑자기 머리가 지끈지끈 아파서 손으로 이마를 짚었다. 저 망할 놈과 더 대화를 나누었다가는 마리와 만나기 전에 화병으로 쓰러질 것 같았다.

"알몬드, 저 망할 놈을 당장 저 멀리 갖다 버려라."

"명에 따르겠습니다."

요하네프 3세는 다시 펄쩍 뛰었다.

"가시지요."

"아니, 나는 그냥 해변가를 관광하고 있을 뿐인데 이게 무슨 짓입니까?"

요하네프 3세가 항변하였지만, 알몬드는 꿈쩍도 하지 않고 다시 정중하면서도 강압적인 태도로 그를 저 멀리 끌고 갔다.

'망할, 묶어서 가둬 놓을 수도 없고.'

라엘은 끌려가는 요한을 보며 속으로 욕설을 내뱉었다. 그녀와의 운명적인 만남을 방해하려고 하다니. 마음만 같아서는 밧줄에 꽁꽁 묶어 감옥에라도 가둬 놓고 싶었지만, 휴양지인 이곳에서 요하네프 3세가 어딜 가든 그건 본인의 자유니 그렇게까지는 할 수가 없었다.

그때, 왕국의 배가 접안을 마쳤다. 배와 섬 사이에 다리가 놓였고, 이윽고 그녀의 모습이 라엘의 눈에 들어오기 시작했다.

'아⋯⋯.'

허공에서 둘의 시선이 마주쳤다. 그녀의 떨리는 눈동자를 보는 순간, 라엘은 시간이 멈추는 것만 같았다. 방금까지 골머리 썩게 했던 요한의 문제도 머릿속에서 깨끗하게 사라졌다. 그의 세상 안에 오로지 그녀의 모습만 가득 들어찼다.

"⋯⋯마리."

라엘은 한 걸음, 한 걸음 그녀에게 다가갔다. 마리도 떨리는 발걸음으로 그에게 다가오기 시작했다.

"⋯⋯란."

둘의 발걸음이 점차 빨라졌다. 많은 이가 있었지만, 그들의 눈에는 서로밖에 보이지 않았다.

"마리!"

라엘은 강하게 그녀를 끌어안았다.

두근!

드디어 만나게 된 그녀의 모습에 라엘의 심장이 진동했다. 지금 이 순간 자신의 품에 안긴 이가 그녀라는 것이 믿기지가 않았다. 그런 심정은 마리도 마찬가지였다. 그녀는 떨리는 손으로 라엘의 뺨을 어루만졌다.

"보고 싶었어요, 란. 정말로. 정말로⋯⋯."

라엘은 이마를 가린 그녀의 머리를 쓸어 넘겼다. 그리고 세상에서 가장 귀한 보석을 다루듯 조심히 입을 맞추었다.

"나도…… 보고 싶었다."

그렇게 둘은 깊은 그리움 끝에 사랑이 가득한 재회를 하였다.

라엘은 미리 준비해 둔 마차에 마리와 함께 올라탔다. 마리는 그와 함께 있다는 것이 실감이 나지 않는다는 듯 헤실 웃음을 지었다.

"왜 웃지?"

"좋아서요."

라엘은 잔잔히 웃으며 그녀의 머리를 쓰다듬었다. 그도 지금 이 순간 너무 행복해 현실감이 느껴지지 않을 정도였다. 마리는 마차에서 이동하는 내내 라엘에게 딱 붙어 떨어지지 않았다. 그의 품을 그녀 또한 얼마나 그리워했던가? 단 한순간이라도 그의 손을 놓고 싶지 않았다. 그런데 한참 이동하는 중, 마리는 이상한 점을 눈치채고 라엘에게 물었다.

"경계가 엄중하네요? 혹시 무슨 일이 있나요?"

제국 근위 기사들이 마차를 둘러싸 호위하고 있었는데, 기습에 대비하기라도 하듯 경계가 삼엄했다.

"……."

그녀의 물음에 라엘은 불쾌한 표정으로 입을 굳게 다물었다. 근위 기사들이 삼엄히 경계를 서는 이유는 바로 요하네프 3세 때문이었다. 둘의 행복한 순간을 방해받기 싫은 라엘이 철통같은 경계를 명했기 때문이다. 듣기로 요하네프 3세는 그들의 별장 바로 옆에 숙소를 얻었다고 했다. 라엘은 휴가 기간 중 요하네프 3세가 어떤 수작을 부릴지 몰라 노심초사하였다.

"혹시 정말 무슨 일이 있는 거예요, 란?"

라엘은 한숨을 내쉬며 고개를 저었다.

"아무런 일도 아니다."

"……?"

"정말 아무런 일도 아니야."

마리의 눈동자가 의문으로 물들었다. 하지만 라엘은 마리에게 요하네프 3세가 이 섬에 와 있다는 사실을 말하고 싶지 않았다. 어차피 곧 알게 될 사실이기는 하지만, 지금 이 순간 그녀의 머릿속에 요하네프 3세의 생각이 떠오르게 하고 싶지 않았다.

"그냥 혹시나 해서 경계를 서게 한 것이니, 걱정하지 말도록."

라엘은 부드럽게 그녀의 입에 입을 맞추었다. 그의 혀가 천천히 그녀의 혀를 감쌌다. 조심스럽게 시작한 입맞춤은 곧 격정을 억누르지 못하고 그녀를 덮쳤다. 마리가 갈망하듯 그의 목을 강하게 끌어안았다. 더욱더 깊게 입맞춤을 이어 가며 라엘은 생각했다.

'……정말로 밧줄로 묶어서 감금이라도 해놓을까.'

이렇게 행복한 순간을 방해받을 생각을 하니, 피가 거꾸로 솟아오를 것만 같았다. 라엘은 만약 요한이 그와 그녀의 사이를 계속해서 훼방하려 든다면 정말로 밧줄로 꽁꽁 묶어 휴가가 끝날 때까지 감금해 놓으리라 다짐했다.

그날 밤, 라엘과 마리는 재회의 기쁨을 마음껏 풀었다.

"정말 꿈만 같아요."

마리는 그에게 기대어 누운 채 중얼거렸다.

"이렇게 란과 시간을 보내고 있다니."

라엘은 그녀의 말에 작게 투덜거렸다.

"원래는 늘 이렇게 지내야 정상이다. 우리 둘이 너무 못 만나고 있는 거야. 결혼했는데도 이렇게나 얼굴을 보기가 힘드니."

그 말에 마리는 어두운 얼굴을 하였다.

"죄송해요. 항상 같이 있고 싶은데."

라엘은 반 농담, 반 진담으로 말했다.

"이러다가 그대를 향한 그리움을 못 견디고 황제를 때려치울지도 모르겠어."

마리는 그 말에 쿡쿡 웃었다. 마음이야 당장에라도 모든 걸 내려놓고 서로에게 달려가고 싶지만 둘 모두 그럴 수 있는 상황이 아니었다. 그때, 라엘이 마리의 턱을 들어 그녀의 얼굴이 자신을 향하게 하였다. 그의 입술이 그녀의 입술을 덮었다. 이미 한차례 그녀와 잠자리를 가졌지만, 턱없이 부족했다. 라엘은 지금 이 순간만큼이라도 그녀를 놓지 않겠다는 듯 강렬히 마리를 갈망하고 탐닉했다. 그렇게 애틋한 밤이 깊어 갔다.

다음 날 기분 좋은 파도 소리와 함께 마리는 침대에서 눈을 떴다. 밤늦게까지 시달린 탓일까, 늦잠을 자 버렸다.

"란?"

침대 옆을 보니 라엘의 모습이 보이지 않았다. 함께 밤을 보내면 라엘은 늘 먼저 일어나 침대에서 사라져 있었다. 처음에는 놀랐지만, 이제 마리는 그가 아침에 일어나 무얼 하러 가는지 알고 있었다.

'괜찮은데, 매번.'

어쩔 수 없다는 듯 고개를 젓고는 마리는 침대에서 일어나 라엘이 지금 있을 만한 곳으로 향했다. 라엘이 있는 곳은 뜻밖에도 저택 1층 구석에 있는 주방이었다. 그는 요리를 하고 있었다. 라엘은 이렇게 함께 시간을 보낼 때마다 종종 그녀를 위해 직접 간단한 요리를 만들어주곤 했던 거다. 마리가 괜찮다고, 그러지 말라고 여러 번 이야기했으나 요지부동이었다. 자신의 즐거움이라고 신경 쓰지 말라고 할 뿐이었다.

'란.'

그의 뒷모습을 보는 마리의 가슴이 뭉클해졌다. 그때, 인기척을 느긴 라엘이 그녀를 향해 고개를 돌렸다.

"일어났는가? 피곤할 텐데 조금 더 누워 있지?"

마리는 고개를 젓고는 등 뒤에서 그를 살며시 끌어안고는 단단한 등에 얼굴을 묻었다.

"사랑해요, 란."

그녀는 속삭이듯 다시 말했다.

"정말 너무 사랑해요. 이 세상 그 무엇보다도 당신을 사랑해요."

"……!"

라엘의 눈동자가 살짝 흔들렸다. 그는 등을 돌려 그녀의 작은 어깨를 으스러지듯 껴안았다. 그리고 갈망하듯 그녀의 입술을 덮쳤다.

"아, 란."

거침없이 밀려들어 오는 그의 혀에 마리는 신음을 흘렸다. 주방이 순식간에 열기로 후욱 달아올랐다. 그의 혀가 마리의 혀를 희롱했다. 짜릿한 감각에 그녀가 움찔 밀려나자, 라엘은 그 틈을 파고들어 그녀의 깊은 곳을 침범했다.

"그, 그만요."

빨갛게 달아오른 마리의 얼굴을 보며 라엘은 중얼거렸다.

"안 되겠군."

"네, 네? 뭐가요?"

"아무래도 황제의 책무를 수행해야겠어."

"그게 갑자기 무슨 말……?"

라엘은 그녀의 귓불을 살짝 혀로 훑으며 속삭였다.

"후사를 만들어야 할 것 아닌가?"

"……!"

마리가 화들짝 놀라 고개를 저었다.

"하, 하지만 아침인데?"

"책무를 다하는 데 아침과 저녁이 어디 있는가?"

라엘은 조그만 그녀의 몸을 번쩍 안아 들어 올렸다. 졸지에 공주님처럼 안겨 버린 마리는 눈을 동그랗게 뜨며 말했다.

"으, 음식 만드시던 거는요?"

"지금 요리 따위가 중요한 게 아니지. 주방장에게 대충 마무리하라고 해놓겠다."

"하, 하지만 어젯밤에 이미⋯⋯!"

마리가 허겁지겁 고개를 젓는 이유는 간단했다. 어젯밤에도 실컷 시달림당한 이후이기 때문이다. 오래간만에 만난 라엘은 그간 쌓였던 갈망을 터뜨리기라도 하듯 그녀를 탐하고 또 탐했다. 그래서 새벽에나 간신히 잠들 수 있었는데 또 괴롭히겠다고? 라엘은 조용하라는 듯 그녀의 목을 지그시 깨물었다. 전기가 흐르는 듯한 감각에 마리는 흡, 하고 입을 다물었다.

"어젯밤 정도로는 턱도 없이 부족하지."

마리는 그 말에 울상을 지었다. 왠지 아침부터 순탄치 않을 거라는 예감이 들었다.

그 불길한 예감대로 라엘은 녹초가 될 때까지 그녀를 탐했다. 물먹은 솜처럼 늘어진 마리는 침대에서 멍하니 중얼거렸다.

"⋯⋯너무해요."

"뭘 말인가?"

"⋯⋯알잖아요."

라엘은 쿡쿡 웃더니 그녀의 이마에 가볍게 입을 맞추었다.

"잘 모르겠는데? 아니면."

라엘은 다시금 사랑이 담긴 눈빛으로 그녀를 바라보았다.

"더 사랑해 달라는 반어적 표현인가? 나는 얼마든지 더 사랑해 줄 수 있긴 한데."

마리는 하얗게 질려 고개를 저었다. 그게 무슨 말도 안 되는 소리인가? 더 사랑을 나누었다가는 자신은 쓰러질 것이다.

"그런 뜻 절대 아니거든요?"

"그래?"

그녀의 말을 듣는 척, 마는 척 라엘의 손이 그녀의 얼굴을 쓰다듬었다. 부드럽게, 어쩐지 아슬아슬하게 간지러운 느낌으로. 마리는 멍하니 그 손길을 느끼다 퍼뜩 정신이 들었다. 이러다가 다시 괴롭힘(?)당할 것 같은 위기감에 그녀는 허겁지겁 외쳤다.

"저, 저 배고파요!"

"……그래?"

"네, 배고파 쓰러질 것 같아요. 우리 맛있는 것 먹어요."

라엘은 그녀의 말에 어쩔 수 없다는 듯 손을 거두었다.

"그래, 음식을 내오도록 하지."

라엘의 얼굴에 아쉬움이 가득해 마리는 어색한 표정을 지었다. 라엘이 저렇게나 지치지 않는 열망을 지니고 있었을 줄은. 과거 피의 황태자라 불리며 금욕적인 생활을 하던 그에게서는 상상도 할 수 없던 모습이었다.

"저를 속이셨어요."

"응? 무슨 말이지?"

"전 당신이 이런 것에는 전혀 관심도 없는 분인 줄 알았단 말이에요."

마리는 라엘의 눈을 피하며 우물쭈물 중얼거렸다. 라엘은 피식 웃으며 그녀의 눈가에 살짝 키스했다.

"거짓말한 적 없다. 그대가 너무 사랑스러우니 내가 이렇게 변한 것일 뿐이야."

그는 다정하게 말을 이었다.

"내가 바라는 것은 오로지 그대뿐이다. 그대이니까 원하는 거야."

달콤한 말에 마리의 얼굴이 살짝 붉어졌다. 간질간질한 느낌이 가슴 속에 들어찼다.

"어쨌든 식사를 내오도록 하지."

곧 주방장이 요리한 음식이 방으로 옮겨졌다. 그런데 막 음식을 먹으려고 하는데, 알몬드가 라엘에게 조심스럽게 속삭였다. 마리가 듣지 못하도록.

"폐하, 초청장이 왔습니다."

"초청장?"

라엘은 의아한 표정을 지었다. 이 휴양지에서 무슨 초청장이란 말인가?

"설마?"

"네, 맞습니다. '그'입니다."

라엘은 와락 인상을 찌푸렸다.

'그'라면 바로 요하네프 3세였다. 어쩐지 조용하다 싶더니 그와 그녀를 방해하려는 수작을 부리기 시작한 것이다.

"볼 것도 없다. 그냥 갖다 태워 버려라."

"네, 알겠습니다."

알몬드는 묵묵히 고개를 끄덕였다. 둘의 대화에 마리는 의아한 표정을 지었다.

"무슨 일이 있나요, 란?"

"아무것도 아니다. 그냥 짜증 나는 쥐새끼 한 마리가 주변을 돌아다닌다고 해서."

"……쥐새끼요?"

마리는 얼떨떨한 얼굴을 하였다. 라엘은 신경 쓰지 말라는 듯 고기를 한 점 집어 그녀의 입에 직접 넣어주었다.

"그래, 쥐새끼. 신경 쓰지 말고 밥이나 먹도록 하지."

라엘은 요하네프 3세의 존재를 마리에게 최대한 숨기려 하였다. 요하네프 3세가 이곳에 있다는 걸 알면 마리도 당연히 신경 쓸 수밖에 없고, 라엘은 그녀가 자신 외에 따른 존재를 신경 쓰길 바라지 않았다. 이곳에서만큼은 그녀가 자신만 바라보고 있어주었으면 좋겠다, 는 욕심이었다. 물론 쉬운 일은 아니었다. 상대는 무려 천하의 요하네프 3세였으니까. 하지만 라엘은 가급적 저택을 나가지 않고, 나가더라도 미리 동선에 근위 기사들을 배치해 접근을 원천적으로 차단하는 방식으로 요한의 방해를 막았다. 결국, 요하네프 3세는 라엘에게 서신을 보냈다.

훗, 대단하군요. 하지만 방심하지 마십시오. 그녀를 향한 마음은 당신보다 저도 결단코 못 하지 않으니까요.

라엘은 그 서신을 받자마자 백 등분하여 갈기갈기 찢어버렸다. 읽어 볼 가치도 없었다.

"란, 무슨 서신이길래?"

"서신은 무슨. 누가 낙서를 보내왔다."

"……낙서요?"

"그래, 이 섬에 정신이 이상한 놈이 한 명 사는 것 같군."

마리가 의아한 얼굴로 고개를 갸웃했다. 라엘은 속으로 의지를 불태웠다.

'요하네프, 네놈 따위에게 절대로 방해받지 않겠다. 얼른 포기하고 네놈 나라로 돌아가거라.'

하지만 그런 라엘의 뜻과 다른 일이 일어났다. 그날 밤, 초청장 하나가 저택에 날아온 거다. 라엘은 당연히 요하네프 3세가 보낸 걸로 알고 불에 태워 버리려 했지만, 발신인을 보고 순간 멈칫했다. 요하네프 3세가 아니었다.

"노비엔 남작이 보낸 초청장이라고?"

노비엔 남작은 바로 이 섬을 다스리는 영주였다.

"네, 섬에 방문한 귀빈들을 초청해 만찬을 대접하고 싶다고 합니다."

라엘은 곤란한 얼굴을 하였다. 다른 이유도 아닌, 호의로 초청하는 것인데 거절하기 곤란했다.

"요하네프 3세가 참석 못 하게 밧줄로 묶어 지하 밀실에라도 가둬 놓을까요? 영원히 말입니다."

알몬드가 진지하게 물었다. 라엘은 정말로 그렇게 할까, 하는 고민이 들었다. 그만큼 요하네프 3세에게 방해받는 것이 싫었다. 하지만.

"······그렇게까지 할 수는 없겠지."

라엘은 한숨을 내쉬었다. 결국, 그는 어쩔 수 없이 초청을 받아들이고 마리에게 자초지종을 설명하였다.

"요하네프 3세가 이 섬에 와 있다고요?"

"그래, 자기도 휴양차 왔다고 하는데, 알 수 없는 일이지."

마리는 뜻밖의 사실에 눈을 동그랗게 떴다.

"아마 노비엔 남작의 만찬회에 요하네프 3세도 참석할 거다. 만약 꺼림칙하다면 참석하지 않도록 하지."

"그래도 우릴 생각해서 초청한 건데, 불참하면 실례가 아닐까요?"

"실례긴 하지. 그래도 뭐, 상관없다."

솔직히 라엘은 실례고 뭐고 만찬회 따위 가고 싶지 않았다. 그녀와 시간을 보내기도 부족한데 무슨 얼어 죽을 만찬회란 말인가. 마리는 잠시 말없이 있더니 고개를 저었다.

"솔직히 내키진 않지만, 그래도 참석해야지요."

"요하네프 3세도 올 텐데 괜찮겠는가?"

마리는 웃으며 그의 팔에 기대었다.

"괜찮아요. 어차피 제 옆에는 란이 있으니까요. 당신 말고는 아무것도 신경 쓰이지 않으니 걱정하지 마세요."

그녀의 말에 라엘의 가슴이 따뜻해졌다. 그래, 생각해 보니 그녀에게는 자신밖에 없는데 요하네프 3세가 훼방을 하든 말든 무슨 상관이랴. 라엘은 옅게 미소 지으며 그녀의 어깨를 끌어안았다.

"그러면 얼굴만 보이고 돌아오지."

그렇게 둘은 섬의 영주인 노비엔 남작의 만찬회에 참석했다.

"두 귀빈을 환영합니다! 노비엔 남작입니다."

인상 좋은 중년의 남자가 활짝 웃으며 그들을 맞았다.

"동제국의 윈터 백작이오. 반갑소. 이쪽은 내 부인이오."

진짜 신분을 밝혔다가는 제대로 된 휴가를 보낼 수 있을 리 없었으므로 둘은 신분을 위장한 상태였다. 노비엔 남작은 살짝 요란스러운 목소리로 둘을 성 안쪽으로 안내했다.

"들어오십시오. 진즉 만나 뵈었어야 했는데, 이제야 초청한 것 죄송합니다."

"아니오. 이렇게 신경 써 주니 고마울 따름이오."

서로 예법에 맞는 대화를 주고받으며 그들은 남작의 뒤를 따랐다.

"이곳이 응접실입니다. 부족하지만 나름 성의껏 만찬을 준비했으니 입맛에 맞았으면 좋겠습니다."

마리가 라엘의 손을 남몰래 꼬옥 잡았다. 아마 저 안에 요하네프 3세가 앉아 있을 가능성이 높았다. 괜찮다고 이야기는 했지만, 아무래도 그녀도 꺼림칙한 듯했다. 라엘은 괜찮다는 듯 그녀의 손을 마주 꼬옥 잡아주었다.

'요하네프 3세, 만약 허튼수작을 부리기만 해봐라. 절대로 가만두지 않겠다.'

라엘은 결의를 다지며 응접실로 들어갔다. 그런데 안의 정경을 본 그들은 의아한 얼굴을 하였다. 요하네프 3세가 없었던 거다. 응접실에는 시중을 들 하녀와 시종들만 분주히 오가고 있었다.

"왜 그러십니까?"

"아니오."

라엘은 고개를 젓고는 자리에 착석했다. 이 자리는 섬에 방문한 귀빈들을 대접하기 위한 자리였다. 그런데 왜 안 보이는 거지?

'늦는 건가? 요하네프 3세답지 않군.'

라엘은 긴장을 늦추지 않았다.

"부족하지만 즐거운 식사 되셨으면 합니다, 하하."

그들은 노비엔 남작과 함께 만찬회를 즐기기 시작했다.

"이 해산물은 섬의 앞바다에서 잡힌 것들입니다. 맛이 그래도 괜찮을 것입니다."

"정말 신선하군."

만찬회 분위기는 나쁘지 않았다. 노비엔 남작은 유쾌한 목소리로 대화를 리드했고, 라엘과 마리도 예법에 맞춰 식사를 이어 갔다. 나쁘지 않은 만찬회였다. 언제 출몰할지 모르는 요하네프 3세가 신경 쓰이는 것만 제외하면 말이다. 만찬이 중반을 지나고 메인 디시가 나오고 있을 때, 참다못한 라엘이 물었다.

"혹시 우리 말고 또 초청한 이는 없소?"

"네? 없습니다. 지금 섬에 초청할 만한 귀빈은 두 분밖에 안 계십니다."

요하네프 3세가 버젓이 이 섬에 머물고 있는데, 이해가 되지 않는 답변이었다.

'뭐지?'

어쨌든 요하네프 3세가 만찬회에 올 일이 없다는 것에 안도한 그들은 편한 마음으로 식사를 즐겼다. 어쩐지 음식이 더 맛있게 느껴졌다.

"하하, 그래서 제가 이전에 동제국을 방문했을 때……!"

노비엔 남작이 즐거운 얼굴로 목소리를 높일 때였다.

시종이 조심스럽게 다가와 남작에게 귓속말하였다.

"남작님……."

"그래? 알겠다. 그래, 그래."

시종의 말을 들은 남작은 미간을 찌푸리며 고개를 끄덕였다. 방금 유쾌함과 다르게 불쾌하기 그지없는 얼굴인지라 그들은 의아한 얼굴을 하였다.

"무슨 문제가 있소?"

"아, 그게……."

남작은 인상을 찌푸리며 말했다.

"섬에 방화 사건이 일어나서요."

"방화 사건 말이오?"

"네, 마을에서 귀중하게 보관하던 그림이 한 점 있는데, 간밤에 불에 그슬려 크게 훼손되었습니다."

"범인은 찾은 것이오?"

남작은 고개를 끄덕였다.

"네, 확실하진 않지만, 의심 가는 용의자는 잡아 두었습니다. 조사를 해보니 정체불명의 남자가 몰래 섬에 들어와 있었더군요. 그 남자가 벌인 일로 보여 심문 중입니다."

"……정체불명의 남자?"

라엘은 얼떨떨한 얼굴로 반문했다. 남작은 고개를 절레절레 저으며 말했다.

"네, 자신을 서제국의 황제라고 주장하고 있는데, 아무래도 정신이 조금 이상한 자 같습니다."

라엘과 마리는 화들짝 놀라 서로를 바라보았다.

'설마?'

"혹시 검은 머리에 검은 눈동자를 가진 남자 아니오?"

"네, 맞습니다! 생긴 건 멀쩡하니 잘생겼던데 본인이 서제국의 황제라니. 쯧. 어쩌다 그런 정신이 이상한 사람이 섬에 몰래 들어오게 되었는지."

라엘과 마리는 황당한 얼굴로 남작을 바라보았다. 분명 요하네프 3세다. 그런데 요하네프 3세가 웬 방화 사건? 라엘은 내키지 않은 목소리로 말했다.

"……우리가 한번 죄인을 만나 봐도 되겠소?"

요하네프 3세는 성의 지하 감옥에 감금되어 있었다. 라엘과 마리는 뭐라고 말해야 할지 모르겠다는 얼굴로 요하네프 3세를 바라보았다. 나름 대제국의 황제가 방화 사건 용의자로 지목되어 감옥에 갇히다니. 어이가 없어도 이렇게나 없을 수가 없었다. 그때, 요하네프 3세가 마리를 보고 활짝 웃음을 지었다.

"오, 이게 누굽니까? 제가 꿈에서 그리워하던 모리나 국왕 아니십니까?"

"……."

"이렇게 다시 만나게 되다니. 운명이 당신을 제게 이끌었나 봅니다. 간절히 그리워한 보람이 있군요."

마리는 여전한 요하네프의 모습에 질린 얼굴을 하였다. 감옥에 갇혔지만 역시나 전혀 기죽지 않은 모습이었다.

"……그냥 돌아가도 되겠군."

"네, 혹시나 도움이 필요할까 해서 왔는데, 그럴 필요 없을 것 같네요."

라엘은 얼른 마리의 손을 잡고 밖으로 이끌었다. 그들이 정말로 나가려 하자 요하네프 3세가 화급히 외쳤다.

"자, 잠깐! 그대로 가시면 어떻게 합니까? 저 도와주셔야지요. 저 이대로라면 방화범으로 몰려 처형당할 지경입니다!"

"우리가 왜 널?"

라엘이 뚱하게 물었다.

"우리는 소중한 친구 아닙니까!"

"……가자, 마리."

"으아아! 전 란, 당신을 진정한 친구로 여기고 있습니다! 그러니 한 번만 도와주세요!"

라엘은 코웃음 쳤다. 요하네프 3세와 자신은 친구는커녕 불공대천의 원수에 가깝다. 지금이야 평화 협정을 맺은 상태지만, 동제국과 서제국은 언제 다시 싸울지 모르는 잠재적 적국이었으니까.

'그냥 이대로 모른 척하는 게 나을 수도 있겠군.'

라엘은 진심으로 생각했다. 하지만 마리는 조금 생각이 다른지 머뭇거리는 표정을 지었다.

"이야기나 잠깐 들어 볼까요?"

"…….."

"무, 물론 저도 요하네프 3세를 도와주고 싶은 건 아니지만, 그래도 아예 모른 척하기도 그래서……."

라엘이야 눈엣가시인 요하네프 3세가 어떻게 되든 상관없었지만, 천성이 선한 마리는 모른 척 넘어가기가 마음에 걸리는 것 같았다.

"그리고 괜히 정말로 요하네프 3세가 이곳에서 잘못되었다가 또 서제국과 큰 분란이 일어날까 걱정이 되기도 하고요."

결국, 라엘은 못마땅한 얼굴로 한숨을 내쉬었다.

"그래, 그러면 이야기나 들어 보지."

둘은 요하네프 3세에게 자초지종을 물었다.

"일단 이 섬에 왜 왔는지부터 묻지. 정말 우리가 오는 것을 노리고 일부러 방문한 게 아니라 휴양차 온 거라고?"

"네, 우연의 일치입니다. 아니, 우연이 아니라 운명이 저를 그녀에게 이끌었다고 할까요?"

"……역시 들을 가치 없는 이야기였군. 그냥 돌아가지, 마리."

라엘은 싸늘하게 답했다. 운명은 무슨 얼어 죽을 운명? 역시나 요하네프 3세는 우는소리를 하며 진실을 실토했다.

"으아아! 그래요, 사실 두 분이 알콩달콩 휴가를 보내러 간다길래 저도 끼고 싶어서 몰래 따라왔습니다. 특별히 나쁜 의도가 있어서 따라온 건 아닙니다."

"……그게 충분히 나쁜 의도다."

"어쨌든 절 버리지 말아주세요. 두 분이 그냥 가 버리시면 전 정말로 이 섬에서 무슨 꼴을 당할지 몰라요. 저 무식한 남작, 제 정체를 전혀 믿지 않고 있단 말입니다."

사실 노비엔 남작이 그를 안 믿는 건 당연했다. 요하네프 3세는 그들 사이를 훼방하겠다는 목표로 정체도 숨기고 몰래 이 섬에 밀입국했으니까. 이런 수상한 남자를 누가 서제국의 황제라고 믿어주겠는가?

"물론 며칠 후면 제 기사들이 배를 타고 저를 데리러 오기로 했지만, 그때까지 절 가만히 둘 것 같지가 않습니다."

대충 이야기를 들어보니 섬에 화재 사건이 일어났는데, 웬 수상한 인간이 보이니 범인으로 몰아붙인 것 같았다.

"우릴 훼방하려더니 자업자득이군."

"네, 자업자득이네요."

라엘과 마리는 얄미운 눈초리로 요하네프 3세를 바라보았다. 하는 일이 어찌 이렇게 하나같이 얄미운지 모르겠다.

"네가 화재를 일으킨 범인인 것은 아니고? 화재가 일어났을 당시 벽화 주변에서 너를 목격했다는 사람이 있던데?"

"아닙니다!"

"······정말로?"

"진짜입니다."

라엘은 미심쩍은 눈으로 요하네프 3세를 바라보았다. 거짓말을 밥먹듯이 하는 인간이니 믿을 수가 없었다. 그리고 워낙 얄미워서일까? 순순히 도와주고 싶지가 않았다. 이 기회를 통해 뭐라도 대가를 받아 내야 속이 시원할 것 같았다.

라엘은 턱을 쓰다듬으며 고민했다. 사실 요하네프 3세를 구해 주는 것은 전혀 어려운 일이 아니었다. 그들이 신원을 보증해 주기만 하면 되니까. 그때, 고민하던 라엘의 머리에 한 가지 좋은 생각이 떠올랐다.

"좋다. 도와주지. 대신 조건이 하나 있다."

"뭡니까?"

"구해 주는 즉시, 이 섬을 떠나라. 그리고 앞으로도 다시는 나와 그녀 사이를 훼방할 생각하지 말도록."

그 말에 요하네프 3세는 인상을 찌푸렸다. 요하네프 3세는 수술받은 심장이 아프다느니, 서제국과 왕국의 협약을 다시 조정해야 한다느니 등으로 이런저런 핑계를 대며 마리의 근처를 맴돌았다. 그게 눈엣가시처럼 싫었던 라엘은 이번 기회로 영원히 그를 그녀에게서 쫓아낼 작정이었던 거다.

"그건 좀······."

"그러면 이번 일은 그대가 알아서 해결하면 되겠군. 노비엔 남작은 즉결 처형을 준비 중인 것 같던데 알아서 잘 해보도록."

라엘은 입꼬리를 비틀고는 마리의 손을 잡고 등을 돌렸다.

"자, 잠깐! 그러면 1년! 1년으로 합시다. 1년 동안은 그녀에게 접근하지 않겠습니다."

라엘은 어처구니없다는 듯 요한을 보고는 다시 발걸음을 옮겼다.

"우리의 도움이 필요 없나 보군. 어서 가자, 마리."

"네, 란."

마리도 라엘의 의도를 눈치채고 보조를 맞춰 주었다.

"알았습니다! 그러면 2년! 2년 어떻습니까?"

"그래, 그냥 여기서 생을 마감하고 싶다고? 노비엔 남작에겐 잘 말해주지. 이왕이면 처형 방식으로는 고통이 없는 교수형이 좋겠다고."

결국, 요하네프 3세가 백기를 들었다.

"알겠습니다! 란, 당신의 말에 따르겠습니다. 다시는 당신과 그녀 사이를 방해하지 않겠다고 약속하겠습니다."

라엘은 못 믿겠다는 듯 물었다.

"네 말을 어떻게 믿지? 네 주특기가 거짓말과 배신이잖아."

요한은 그 말에 상처 입은 표정을 지었다. 하지만 그가 지금껏 보여온 모습은 믿음과는 하늘과 땅만큼 거리가 멀었기에 라엘은 냉랭한 표정으로 그를 바라보았다.

"알겠습니다. 그녀를 향한 제 사랑을 걸고 맹세하겠습니다."

"……뭘 건다고?"

"저 하늘의 별처럼 지고지순한 제 사랑을 걸겠습니다. 그러니 믿어 주십시오."

순간 라엘은 그냥 이대로 요한이 처형당하도록 놔둘까 고민이 들었다. 훗날 외교 문제가 발생하더라도 그냥 이 자리에서 요한을 제거하는 게 마리와의 행복한 미래를 위해 나을 것 같다는 유혹이 강렬히 들었다. 결국, 라엘은 차가운 눈빛으로 요한을 노려보았다.

"한마디만 경고하지. 이번에는 널 구해 주지만, 이후에도 만약 나와 마리를 방해하려 든다면."

라엘은 무거운 목소리로 경고했다.

"그때는 서제국이라는 이름도 너의 목숨을 지켜 주지 못할 거다. 더 이상 내 인내심의 한계를 시험하지 말도록."

라엘의 말이 진심임을 깨달은 요한은 어색한 표정을 지었다.

"알겠습니다. 무서우니 너무 그렇게 노려보지 마십시오."

이후 라엘과 마리는 노비엔 남작을 만나러 간 후 요하네프 3세의 정체를 밝혀 주었다.

"허억? 정말로 그 이상한 남자가 요하네프 3세 폐하가 맞는다는 말씀입니까?"

"믿기 어려운 일이지만, 맞소."

라엘은 떨떠름한 얼굴로 고개를 끄덕였다.

"이럴 수가! 제가 서제국의 황제 폐하에게 그런 무례를 범하다니."

노비엔 남작은 서제국의 황제를 감금해 고초를 겪게 한 뒷감당을 걱정하며 노심초사했다.

"너무 걱정하지는 마세요. 별문제 없이 해결되도록 잘 말할 테니까."

이번 일이 괜스레 커지길 바라지 않았던 마리가 말하였다. 요한의 정체를 밝히며 그들은 본인의 진짜 신분을 밝힌 상태였다. 클로얀의 국왕이 직접 하는 보증이니 노비엔 남작은 크게 안도하며 감사를 표했다.

"아, 전하. 감사합니다. 정말 감사합니다!"

"그러면 우리는 이만 돌아가 보겠소. 단단히 주의시켰으니, 요하네프 3세는 물의를 일으키는 일은 없을 거요."

대충 일이 마무리된 것 같자, 라엘은 마리의 손을 잡고 저택으로 돌아가려고 했다. 이렇게 흘리는 시간이 아까웠다. 일분일초라도 빨리 돌아가 그녀와 단둘이 알콩달콩한 시간을 보내고 싶었다.

"편히 쉬시오."

그런데 그때, 노비엔 남작이 주저하는 얼굴로 그들을 붙들었다. 아니, 정확히는 마리를.

"저…… 국왕 전하."

"……?"

"소, 송구스럽기 그지없지만, 저희 파르고섬을 도와주시면 안 되겠습니까?!"

마리는 의아한 표정을 지었다.

"그게 무슨 말씀이시죠?"

"이번에 그슬린 벽화는 우리 파르고섬의 뿌리와도 같은 그림이라 많은 백성이 실의에 빠져 있습니다. 혹시 그 벽화를 복원하는 데 도움을 주실 수는 없으시겠습니까?!"

노비엔 남작은 절하듯 넙죽 고개를 숙였다.

"전하께서는 무수히 많은 재능을 지니고 있다고 들었습니다. 혹시 가능하시다면 제발 도움을 주십시오. 이 은혜는 절대로 잊지 않겠습니다!"

만약 그녀가 도움을 준다면 노비엔 남작은 섬에서 채취되는 진주들을 감사의 사례로 바치기로 약조하였다.

"하지만……."

마리는 곧바로 승낙하지 못하고 주저하였다. 도와줄 능력이 없지는 않았다. 마침 배에서 화가에 관한 꿈을 꾸었기 때문이다. 그러나 마음에 걸리는 것이 있었다. 바로 라엘의 눈치였다.

'도와주고 싶기야 하지만…….'

마리는 힐끗 라엘을 바라보았다. 역시나 그는 불뚝 입술을 내밀고 있는 게 못마땅해하는 기색이 역력했다. 섬사람들을 도와주면, 그만큼 그녀와 함께할 시간이 줄어드니 당연한 일이었다.

'어쩌지?'

마리가 이러지도 못 하고 저러지도 못 하며 라엘의 눈치를 살폈다. 하지만 라엘은 굳게 입을 다물고 아무런 말도 하지 않았다.

'또 도와주겠다고?'

물론 그도 그녀가 남들을 도와주는 게 나쁘다고 생각하지 않는다. 하지만 이게 한두 번이 아니란 게 문제였다. 둘이 오붓하게 시간을 보내려고만 하면, 꼭 주위에 사건, 사고가 터지며 그녀의 도움이 필요한 일이 생기곤 했다.

'이번만큼은 아무런 방해도 받고 싶지 않았는데.'

마음이 꼬여서인지 쉽게 승낙이 떨어지지가 않았다. 그래도 저들을 도와주지 않으면 마리의 마음이 편하지 않을 것을 알기에 억지로 라엘이 고개를 끄덕이려는 찰나. 마리가 그에게 당근을 던졌다.

"대신 저 휴가 연장할게요."

"……뭐라고?"

마리가 애교를 부리듯 두 손을 모으며 조심스럽게 말했다.

"도와주는 데 걸리는 시간만큼, 아니, 그것보다 더 휴가 연장할게요. 그래도…… 안 될까요?"

라엘이 그녀를 잠시 빤히 바라보았다. 마치 쏘아보듯 강렬한 눈빛에 마리가 곤란한 표정을 짓는 찰나, 라엘이 와락 그녀를 껴안았다!

"라, 란?"

"일주일."

"……네?"

"최소 일주일은 연장해야 한다. 안 그러면 허락 못 해."

마리는 얼떨떨한 목소리로 답했다.

"일주일은 조금 일정이…….."

"그러면 나도 허락 못 한다."

마치 어린애처럼 조르는 모습에 마리는 쿡쿡 웃음을 터뜨렸다. 그녀는 손을 뻗어 마주 그의 등을 껴안으며 말했다.

"알겠어요. 미뤄 볼게요."

둘은 손상된 벽화를 찾아갔다. 벽화는 대륙에서 섬으로 사람들이 이주할 때를 묘사한 역사적인 그림으로 굉장히 고풍스럽고 중후한 느낌을 주었다. 비단 아름다울 뿐 아니라 처음 섬에 이주할 당시의 절박함과 생생함이 그대로 표현되어 있어서, 섬사람들이 어째서 이 벽화를 아끼고 소중하게 여기는지 알 수 있었다.

"동제국의 황제 폐하와 클로얀 왕국의 국왕 전하를 뵙습니다!"

미리 연락을 받은 파르고섬의 기사가 뻣뻣이 예를 표했다. 벽화 주변에는 기사와 경비병들이 현장을 지키고 있었다.

"그런데 진짜 범인은 찾았나요?"

"찾지 못했습니다. 사건 발생 당시 성에 구금된 수상한 흑발의 남자…… 아, 아니, 그러니까 서제국의 황제 폐하 말고는 이 근처에 있던 이는 아무도 없었다고 합니다."

마리와 라엘은 재빨리 사건 현장을 훑어보았다.

"벽화 주변을 밝히던 등이 엎어지며 우발적으로 화재가 발생한 것 같기는 한데……."

거기까지 이야기하고 마리는 입을 다물었다. 아무리 봐도 요하네프 3세가 일으킨 화재일 가능성이 높아 보였다.

"아무래도 그놈 짓인 것 같지?"

"네, 란도 그렇게 생각하죠?"

마리는 아까 감옥에서 그의 상의 뒤편에 묻어 있던 그을림을 떠올렸다. 왠지 그가 일으킨 화재가 맞아 보였다. 본인은 아니라고 주장하지만 말이다.

"어쩌다 화재까지 일으킨 건지 모르겠군. 하여튼 누가 그놈 아니랄까 봐 민폐의 끝을 보여주는군."

"그러게요. 진짜 민폐예요."

마리도 인상을 찌푸렸다. 첫 만남부터 지금 이 순간까지 요하네프 3

세는 정말 지긋지긋한 존재가 아닐 수 없었다.

"어쨌든 바로 시작하지. 나도 최대한 도와주겠다."

"아…… 괜찮아요. 제가 혼자 해도."

다행히 벽화가 손상된 정도는 심하지 않았다. 부지런히 하면 이틀 정도면 다 복구할 수 있을 것 같았다.

"내가 이래 봬도 그림에도 재능이 있다."

"정말요?"

마리는 놀란 표정을 지었다.

생각해 보니 라엘은 군사, 정치뿐 아니라 예술 분야에도 탁월한 재능이 있었다. 알고 보면 진정한 천재는 그녀가 아니라 라엘이었다.

"그래도 제가 혼자 해도 될 것 같은데……."

라엘은 고개를 젓고는 그녀를 끌어안았다.

"조금이라도 빨리 끝나야 그대와 보낼 시간이 늘어나지 않겠는가?"

그러며 그는 낮은 목소리로 말했다.

"추가로 생긴 일주일 동안 한시도 놓아주지 않을 테니, 각오하고 있도록."

마리의 볼이 빨개졌다. 왠지 벽화 복구가 끝나면 잔뜩 괴롭힘당할 것 같은 불안함이 치밀어 올랐다.

그렇게 둘은 부지런히 움직이며 벽화를 복구했다. 마리가 꿈속의 능력을 발휘해 붓을 움직였고 라엘이 보조했다. 그녀의 붓이 지나갈 때마다 그을림에 손상된 부분이 감쪽같이 이전처럼 돌아왔다. 아니, 오히려 더 진정한 혼이 느껴지는 듯한 벽화로 탈바꿈하였다. 그렇게 꼬박 이틀이 지나고, 벽화 복구가 완료되었다.

"감사합니다! 정말 감사합니다!"

노비엔 남작이 넙죽 허리를 숙였다. 남작뿐 아니라, 섬사람들 모두가 그녀와 그에게 감사를 표했다.

"어서 성으로 가시지요. 만찬을 준비해 놓겠습니다!"

"필요 없다."

라엘은 남작의 제안을 일언지하에 거절했다.

"이만 들어가서 쉬고 싶군."

"아, 그래도……."

"됐다. 마음만 받지. 괜찮다."

라엘은 강렬한 목소리로 남작의 말을 끊었다. 그림 그리느라 지금까지 시간을 보낸 것도 아까운데, 무슨 만찬회겠는가? 이제부터 그는 그녀와 저택에서 한 발자국도 나오지 않을 작정이었다.

"가지."

라엘은 강렬한 눈빛으로 그녀를 저택으로 이끌었다.

"라, 라엘?"

외전 2
키에르한의 일상

무언가 심상치 않은 고난(?)이 닥칠 것을 예감한 마리는 불안한 눈빛을 하였다.

"날 이틀이나 기다리게 했으니, 각오는 되어 있겠지?"

"뭐, 뭘요?"

마리는 침을 꿀꺽 삼켰다. 라엘은 더 설명하지 않았지만, 그가 무슨 생각을 하고 있을지는 뻔했다.

'어, 어떻게 해?'

물론 그와의 잠자리가 싫은 것은 아니었다. 아니, 그녀도 당연히 좋았다. 그와 나누는 사랑이 싫을 리가 있겠는가? 하지만 너무 녹초가 되는 게 문제였다. 평소에도 밤을 보내고 나면 손 하나 까닥하기 힘들 지경인데, 오늘은 정말 각오해야 할 것 같았다. 그녀의 예상대로 저택에 돌아온 라엘은 정말 밤새도록 그녀를 탐닉하고 괴롭혔다.

"……너무하신 것 아니에요? 미워할 거예요."

마리는 멍하니 침대에 늘어져 그를 흘겨보았다. 지금이 몇 시인지,

몇 번이나 사랑을 나눈 것인지 모르겠다. 라엘은 입꼬리를 올리더니 그녀의 입술을 다시금 훔치며 말했다.

"아직 멀었는데? 벌써 미워하면 안 되지."

마리는 하얗게 질려 고개를 저었다.

"아, 안 돼요. 이제는 정말 못 해요."

"내가 이야기했지? 이번엔 정말로 각오하라고."

"지, 짐승!"

"나쁘지 않은 단어군. 나도 그대에게만은 짐승이고 싶으니까."

라엘은 마치 정말로 맹수가 먹이를 바라보듯 마리를 바라보았다. 마리는 그의 타오르는 눈빛을 마주하며 침을 꿀꺽 삼켰다. 이미 오늘 밤은 곱게 넘어가긴 그른 것 같았다. 그가 사랑을 담아 그녀의 얼굴을 쓰다듬었고, 서로의 입술이 다시 한번 겹쳐졌다. 그렇게 둘은 밤새도록 사랑을 나누었고, 다음 날 마리는 따가운 햇살을 받으며 멍하니 눈을 떴다.

'아…….'

얼마나 격렬히 사랑을 나눈 건지, 눈을 뜨는 순간 전신이 욱신욱신했다. 마치 물을 잔뜩 먹은 솜처럼 추욱 늘어지는 기분이었다.

"일어났나?"

그때, 옆에서 라엘의 목소리가 들렸다. 그는 한참 전에 일어났는지 소파에 앉아 차를 마시고 있었다.

"……폐하는 안 힘드세요?"

"왜 힘들지?"

라엘은 의아한 목소리로 반문했다. 자신과 다르게 너무 멀쩡한 모습. 아니, 오히려 사랑을 나누기 전보다 훨씬 기운이 나는 듯한 얼굴이었다.

"차나 한잔하겠는가?"

라엘이 자리에서 일어나며 물었다. 직접 차를 끓일 듯한 모습인지라 마리는 서둘러 고개를 저었다.

"괜찮아요. 직접 하지 마시고 그냥 시종을……."

"됐다. 내가 그대에게 해주고 싶어서 그러는 거니."

라엘은 그녀에게 다가와 아직도 멍한 눈가에 살짝 입술을 맞추었다.

"내 즐거움이니, 그냥 편히 누워 있도록."

그는 그녀를 다시 침대에 눕히며 이불을 덮어줬다. 그 다정한 태도에 마리는 한숨을 내쉬었다. 어제 밤새 시달려서 살짝 미웠지만, 달콤한 말 한마디에 마음이 사르르 녹아버렸다.

"잘해 줘도, 그래도 미워요."

마리는 이불에서 눈만 내놓은 채 뿌루퉁하게 이야기했다. 라엘은 쿡쿡 웃음을 짓고는 그녀의 귓가에 속삭였다.

"그렇게 귀여운 모습 보이면, 또 미움받는 짓을 해버릴 것만 같은데."

마리는 하얗게 질려 고개를 도리도리했다.

"오늘은 절대 안 돼요!"

라엘은 침대 옆에 은근슬쩍 앉으며 짙게 웃음을 지었다.

"음? 뭐라고? 잘 안 들리는데?"

"란!"

이대로 가다가는 또다시 시달릴 것 같다는 불안함에 마리가 강하게 고개를 저었다. 라엘은 아쉽다는 듯 그녀의 이마에 살짝 입을 맞춘 후 자리에서 일어났다.

"그러면 차를 끓여 오도록 하지. 쉬고 있도록."

곧 라엘이 차를 가져왔고 둘은 침대 옆 소파에 앉아 모닝 티를 즐겼다.

'좋다.'

마리는 차를 마시며 나른하게 생각했다. 따뜻한 차향이 방 안에 퍼졌고, 창문 밖으로 맑은 바닷가가 보였다.

'이렇게 여유 있었던 적이 도대체 얼마 만인지.'

물론 그와 함께이기에 가치 있는 여유였다. 마리는 가만히 그의 어깨에 얼굴을 기대었다.

"란, 사랑해요."

라엘의 얼굴에 잔잔한 미소가 떠올랐다. 그는 그녀의 머리카락을 쓰다듬으며 말했다.

"그래, 나도 사랑한다."

함께하는 것만으로도 둘의 가슴에는 벅찬 행복이 차올랐다. 이렇게 함께 보내는 시간이 마치 꿈만 같았다.

'이 순간이 영원했으면.'

그렇게 영원히 시간이 멈추어버렸으면 좋겠다는 생각을 하고 있을 때, 방 밖에서 노크 소리가 들려왔다.

"폐하, 휴식 중 죄송합니다."

알몬드의 목소리였다. 어지간한 일로는 절대 둘의 휴식을 방해하지 않기에 그들은 의아한 표정을 지었다.

"무슨 일일까요?"

"글쎄? 들어오도록."

곧 문이 열리고 알몬드가 들어왔는데, 마리는 덜컥 불안한 마음이 들었다. 알몬드의 표정이 좋지 않았던 거다.

"오른 각하가 급한 전보를 보내왔습니다."

"무슨 일로?"

"교황청에서 사절단이 왔다고 합니다."

"교황청에서 사절단? 아무런 예고도 없이?"

"네, 폐하와 급하게 논의할 사안이 있다고 해서……."

라엘은 와락 인상을 찌푸렸다. 사절단을 보내기 전에 상대국에 통보를 해주는 것이 관례였지만, 급하게 논의할 사안이 있을 때는 생략하는 경우도 왕왕 있었다.

"사절단이 폐하를 직접 뵙기를 청하고 있다고……."

라엘은 강하게 고개를 저었다.

"안 돼. 난 지금 중요한 용무 중이다."

지금 그는 세상 그 어떤 일보다 중요한 용무를 보는 중이었다. 그에게 그녀와 시간을 보내는 것보다 소중한 일은 없었다.

"하지만 오른 각하께서……."

알몬드는 머뭇거리며 말했다.

"……."

라엘은 입을 굳게 다물며 아무런 대답도 하지 않았다. 불쾌함과 짜증이 그의 얼굴에서 느껴졌다. 결국, 마리가 조심스럽게 말했다.

"란, 전 괜찮으니 신경 쓰지 마세요. 다른 곳도 아니라 교황청에서 온 사절단이잖아요. 폐하께서 가 보셔야 해요."

"……내가 괜찮지 않아."

"네?"

"내가 괜찮지 않다고."

라엘은 가라앉은 목소리로 말했다. 물론 그도 자신이 가 봐야 하는 상황인 것은 알고 있었다. 하지만 어떻게 만난 그녀인데? 고작 며칠 밤에 함께 있지 못했는데 또다시 헤어져야 한다고? 화도 나고, 무엇보다 속상했다.

'망할 교황청 놈들. 무슨 용건인지 모르겠지만, 순순히 협조해 줄 거라 생각하지 마라.'

라엘이 그렇게 생각하고 있을 때였다. 마리가 그의 어깨를 살포시 껴안았다.

"어쩔 수 없는 일이니 너무 속상해하지 마요. 다시 만나면 되잖아요."

"다시 언제?"

라엘은 기운 빠진 목소리로 물었다. 한번 헤어지면 다시 만나기가 보통 어려운 일이 아니었다. 다음 만남은 언제가 될지 막막하기 그지없었다.

"음…… 두 달 뒤?"

마리는 고민하다가 답했다. 밤잠을 줄이며 일하면 그때쯤 시간이 날 것 같기도 했다. 하지만 라엘은 불퉁하게 고개를 저었다.

"안 돼. 두 달은 너무 길어. 한 달 뒤로 하지."

"네, 하지만?"

"이번에도 이렇게 허무하게 헤어지는데, 더 기다렸다가는 내가 상사병으로 죽을 지경이다. 내가 클로얀 왕국으로 갈 테니 그렇게 해."

라엘은 재차 말했다.

"마침 그때가 그대 생일쯤이니 함께 생일을 보내면 되겠군. 최고의 생일을 보내도록 해줄 테니 기다리도록."

마리는 배시시 웃었다. 지난 생일은 그가 바빠 그녀 혼자 보냈었다.

'아마 이번에도 함께 보내는 건 무리일 것 같긴 하지만.'

그녀의 생일은 앞으로 40일 남았다. 그때까지 그가 정무를 마무리하고 클로얀 왕국에 오는 건 불가능에 가까운 일이었다. 한잠도 안 자고 서류에만 매달리면 어쩌면 가까울지도. 그래도 자신과 함께하고자 하는 그의 마음이 고맙고 기뻤기에 마리는 고개를 끄덕였다.

"네, 기대하고 있을게요."

그렇게 라엘은 먼저 배를 타고 제국의 수도로 돌아갔다. 홀로 남은 마리는 그가 떠난 저택을 바라보았다.

'쓸쓸하네.'

방금까지 따뜻한 행복이 머물던 곳이라곤 상상도 되지 않게 저택은 휑해 보였다.

'언제까지 이렇게 떨어져서 지내야 하는 거지.'

방금 헤어졌건만 또 보고 싶었다. 이렇게 떨어지는 일 없이 영원히 그의 곁에 머물고 싶었다.

'하아. 나도 얼른 돌아가야겠구나. 혼자서 여기서 뭐 해.'

마리는 준비되는 대로 내일 바로 왕국으로 돌아가기로 하고 침대에 누웠다. 그가 없는 침대에 혼자 누워 있으니 쓸쓸한 마음이 들어, 그녀는 얼른 눈을 감았다.

며칠이 지난 후 그녀는 커먼성에 도착했다.

"오셨습니까, 전하?"

바르한이 항구로 그녀를 마중 나왔다.

"백작, 혹시 별일은 없었죠?"

"네? 특별한 일은 없었습니다."

그때, 바르한이 문득 생각났다는 듯 말했다.

"그러고 보니 키에르한 후작이 조만간 방문하겠다고 서신을 보냈습니다."

마리는 반가운 이름에 기쁜 얼굴을 하였다. 키에르한. 그녀의 소중한 친우이자, 그녀에게 기사의 맹세를 한 그는 본인 영지와 클로얀 왕국을 왔다 갔다 하며 지냈다. 제국 변경백으로서의 업무와 그녀의 기사로서의 소임을 번갈아 수행하고 있는 거다. 미안한 마음에 이제 왕국으로 오지 않아도 된다고 해도 그는 이렇게 답할 뿐이었다.

"전하께 충성을 바치는 게 제 삶의 이유입니다."

그때, 바르한이 투덜거리며 말했다.

"굳이 안 와도 된다고 해도 꼭 오려고 하는군요. 전하 곁에는 우리 왕실 기사단만으로도 충분한데 말입니다."

마리는 웃음을 지었다. 이전부터 바르한은 키에르한에게 경쟁심을 느껴 오곤 했었다. 사실 라엘도 키에르한이 그녀의 기사직을 수행하는 걸 못마땅해하는 건 마찬가지였다. 질투심 때문이었다.

"언제쯤 도착한다나요?"

"서신이 도착한 지 시간이 꽤 흘렀으니, 아마 며칠 후면 도착할 것 같습니다."

마리는 고개를 끄덕이고 키에르한이 도착하는 걸 기다렸다. 주군과 기사 관계를 떠나 그는 그녀의 소중한 친우였다. 오랜만에 보는 거니 반가운 마음이 들었다. 그런데 며칠이 흘렀는데도 키에르한은 도착할 기미가 보이지 않았다.

'오는 길에 무슨 일이 있나? 혹시 저항군이 문제를 일으킨 건 아니 겠지?'

저항군. 대부분 왕국민은 그녀를 따르고 추종했으나, 세상에는 수많은 사람이 있는 법. 극히 일부의 사람들은 동제국과 가까워지려는 그녀의 정책에 불만을 가졌다. 저항군은 바로 그런 이들이 모여 만든 비밀 결사였다. 아직은 큰 이상 동향을 보이고 있지는 않으나, 언제 문제가 생길지 모르는 불안 요소여서 그녀는 면밀히 그들을 살피고 있었다.

그때, 집무실의 문이 벌컥 열리며 바르한 백작이 다급한 얼굴로 그녀에게 다가왔다.

"전하, 큰일입니다!"

"네?"

"키에르한 후작이 커먼성에 오던 중 실종되었다고 합니다!"

마리의 가슴이 덜컥 내려앉았다. 지금 뭐라고? 그가 실종돼?

"그게 무슨 말이죠? 키에르한 후작이 실종되다니?"

"커먼성 인근의 노팅엔 산맥에 접어든 후 소식이 없다고 합니다. 지금 당장 수색대를…….”

거기까지 들은 마리는 다급히 자리에서 일어났다.

“저도 노팅엔산에 가보겠어요. 지금 당장 떠날 테니 최대한 빨리 준비해 주세요.”

마리는 입술을 지그시 깨물었다. 키에르한은 그녀의 가장 소중한 친구였다. 앉아서 기다리고 있을 수만은 없었다. 어떻게든 그를 찾아내야 했다.

그녀는 한달음에 키에르한이 실종된 장소로 향했다.

'갑자기 그에게 무슨 일이? 맹수의 습격이라도 받은 걸까?'

마리는 조마조마한 마음으로 말을 달렸다. 노팅엔산은 왕국의 수도인 커먼성 바로 북쪽에 자리한 산으로 제법 산세가 깊고 험해 맹수가 자주 출몰했다. 하지만 그녀는 곧 고개를 저었다. 동제국, 클로얀 왕국을 통틀어 최강의 기사라 불리는 키에르한이었다. 고작 맹수에게 당할 리가 없었다.

'그러면 도대체 무슨 일이?'

초조한 마음으로 키에르한이 마지막으로 머물렀던 마을에 도착한 마리는 자초지종을 물었다.

“허억, 국왕 전하를 뵙습니다!”

“이곳에서 후작의 연락이 끊겼다고요?”

“네, 전하. 그렇습니다.”

그녀의 방문에 마을 사람들은 화들짝 놀라 고개를 숙였다. 그들은 선망과 존경의 시선으로 마리를 바라보았다. 왕국민들에게 모리나 여왕은 단순한 경외의 대상 이상이었다.

“후작에게 도대체 무슨 일이 있었던 거죠?”

마리는 부드러운 평소 말투와 다르게 다급히 물었다. 키에르한이 잘못되었을지도 모른다고 생각하니 마음이 급했다.

"그게……."

마을 촌장은 키에르한이 사라졌을 당시의 상황을 설명했다.

"……마을 아이 한 명이 산속에 들어갔다가 실종되었고, 후작이 그 아이를 찾으러 간 후 연락이 끊겼다고요?"

마리는 당황해 반문했다.

"네, 전하. 그 뒤로 며칠이 지났으나 아무런 소식이 없어 급하게 왕성으로 연락을 드렸던 겁니다."

큰 사건, 사고가 있었던 것은 아니라 마리는 일단 안도의 한숨을 내쉬었다.

'아니야, 그래도 위험한 상황이긴 해.'

산속에는 어떤 맹수가 도사리고 있을지 모른다. 물론 키에르한이 고작 맹수에게 쉽게 당할 리는 없지만, 혹시라도 산속 깊은 곳에서 맹수떼를 만나면 아무리 그라도 위험할 수 있었다.

"아직까지 소식이 없는 게 이상해요. 혹시라도 안 좋은 일이 생겼을 수도 있으니, 바로 수색을 시작하세요."

"네, 전하!"

마리는 동행한 왕실 기사들과 함께 키에르한의 발자취를 쫓아가기 시작했다.

"깊은 곳까지 가셨군요."

주변을 둘러본 바르한이 인상을 찌푸렸다. 수풀이 우거지며 사위가 점점 어두워지기 시작했다. 뿐만 아니라, 저 멀리서 늑대의 울음소리까지 들려 을씨년스러운 분위기를 가중시켰다.

"혹시 맹수의 습격을 받은 걸까요? 아니면 불한당들의 습격이라도?"

바르한의 물음에 마리는 입술을 깨물었다. 산속에는 맹수만이 있는 것이 아니었다. 대륙 어디를 가나 산을 근거지로 활동하는 불한당들이 있었다. 물론 키에르한이 맹수나 불한당 따위에게 당하는 일은 상상하기 어려웠지만, 그래도 혹시 모르는 일이었다.

"조금 더 빨리 움직여야겠어요."

"네, 전하!"

마리와 왕실 기사들은 서둘러 발걸음을 옮겼다. 그렇게 얼마나 이동한 뒤일까? 그녀는 산속 깊은 곳 갈림길에서 섬뜩한 흔적을 발견했다.

'피!'

마리는 심장이 덜컥 내려앉았다. 길 여기저기에 피가 떨어져 굳어 있었다. 부러진 칼과 창이 널브러져 있는 걸로 봤을 때 분명 사람의 피였다.

"전하, 설마 이건⋯⋯."

바르한도 하얗게 질려 땅에 굳은 피를 바라보았다. 정황을 봤을 때 키에르한과 정체 모를 누군가가 싸움을 벌인 게 분명했다.

"키에르한 후작의 피가 아니에요."

마리는 딱딱한 얼굴로 설명했다.

"바닥에 떨어져 있는 무기들 모두 낡았고, 제대로 관리된 무기들이 아니에요. 불한당이 후작을 공격했고, 후작이 그들을 격퇴한 것이 분명해요."

마리는 그렇게 말하며 애써 불안한 가슴을 진정시켰다.

"그래도 불한당을 상대하던 중 혹시나 다쳤을 수도 있으니 서둘러야 겠습니다."

그들은 더욱더 발걸음을 재촉하였다. 혹시나 키에르한이 부상을 입었을 수도 있다고 생각하니 초조함이 차올랐다. 그렇게 한참이나 흔적을 더듬어 올라간 결과, 마리는 드디어 키에르한을 발견할 수 있었다.

"키엘 님!"

산속을 헤맸지만 멀리서도 눈에 띄는 찬란한 은발, 조각 같은 얼굴.

키에르한이 눈을 크게 뜨며 마리를 불렀다.

"전하? 아니, 어떻게 이곳에?"

"실종되었다는 이야기를 듣고 왔어요. 도대체 어떻게 된 거죠?"

마리는 다급히 달려가 혹시나 다친 곳은 없는지 그를 살폈다. 다행히 그는 털끝 하나 다친 곳 없어 보였다. 키에르한은 그녀의 걱정이 무색하게 평소처럼 부드럽게 웃으며 말했다.

"이런, 괜히 걱정하게 만들었군요. 죄송합니다."

"무슨 일이 있었던 거죠?"

"그게……."

키에르한은 곤란한 얼굴로 입을 열었다.

"불한당을 소탕하고 있었습니다."

"네?"

"원래는 실종된 아이만 찾고 복귀하려고 했는데, 못 보던 불한당이 산에 정착했더군요. 그대로 놔두었다가는 오가는 사람들에게 피해를 줄 것 같아 적당히 처리하고 있었습니다."

마리는 얼떨떨한 표정을 지었다.

"그러면 지금까지 소식이 끊겼던 게……."

"네, 불한당을 쫓느라 그랬습니다. 다행히 숫자가 얼마 되지 않아 대부분 잡을 수 있었습니다."

"그래도 위험할 수도 있는데, 병사를 이끌고 오시지……."

키에르한이 그림으로 그린 듯한 미소를 지었다.

"실종된 아이가 불한당에게 잡혀 있는 상태라 너무 시간을 끌 수가 없었습니다. 죄송합니다."

마리는 그의 말에 한숨을 내쉬었다. 다른 이들을 돕기 위해 나선 일이니, 뭐라고 탓할 수가 없었다.

"그래도 다음부터는 이런 일에 나서기 전에는 꼭 미리 알려 주세요.

알았죠?"

그 목소리에 담긴 걱정에 키에르한은 잔잔한 눈빛으로 그녀를 바라보았다. 그의 푸른 눈동자에 아련함이 순간적으로 일렁였다. 하지만 그녀가 눈치챌까 봐 염려되기라도 하는 듯 그 아련함은 금세 사라졌다.

"네, 알겠습니다. 앞으로는 주의하겠습니다. 걱정 끼쳐 드려 죄송합니다."

길을 조금 더 가 보니 불한당이 꽁꽁 묶여 있었고, 키에르한과 동행한 쉴트 기사단의 몇몇 기사가 그들을 감시하고 있었다.

"다행히 아이도 무사히 구할 수 있었습니다."

왕실 기사단의 기사들이 불한당을 넘겨받았다. 불한당은 커먼성으로 끌려가 적법한 처벌을 받을 것이다.

"어쨌든 저 정말 많이 놀랐다고요. 잔뜩 걱정했으니 다음부터는 이러지 마세요."

키에르한은 잠시 말없이 그녀를 바라보았다. 마리가 그의 시선에 의아한 표정을 지을 때쯤, 그가 슬며시 미소를 지었다.

"왜 웃으세요?"

"전하께서 걱정해 주니 기뻐서 말입니다."

마리는 그 말에 민망한 표정을 지었다.

"키엘 님 일인데 당연히 걱정되죠. 다음부터는 꼭 조심해 주세요."

"네, 네. 알겠습니다."

별로 알아듣지 않는 눈치라 마리는 입술을 살짝 내밀었다. 사실 이런 일은 이번이 처음이 아니었다. 역시나 기사 중의 기사랄까? 키에르한은 곤경에 처한 사람을 외면하지 못해 이전에도 몇 번이나 사람들을 도와주기 위해 위험을 감수하고는 했었다.

"그나저나 전하의 기사로서 제대로 모시지는 못할망정 폐를 끼쳤군요. 죄송합니다."

"아, 아니에요. 그건 상관없는데 저야 혹시나 키엘 님이 다치기라도 할까 염려되어서 그렇죠."

키에르한의 사죄에 마리는 화들짝 고개를 저었다. 사실 그녀는 지금도 키에르한이 자신에게 충성을 바치는 것이 어색했다. 그녀에게 그는 소중한 친우였지 수하가 아니었다. 전쟁도 끝났으니 이제는 더 자신의 기사직을 수행하지 않아도 된다고 말해도 그는 고개를 저을 뿐이었다.

'키엘 님.'

마리는 키에르한을 보며 남몰래 한숨을 내쉬었다. 그를 보면 복잡한 마음이 들었다. 항상 그녀를 위하는 그에게 감사하면서, 동시에 미안하기 그지없었다. 그녀는 그에게 어떤 보답도 해줄 수 없기 때문이다. 하지만 보답받을 수 없는 마음이건만, 그는 한결같이 그녀를 대했다. 마치 기사로서 그녀를 섬기는 게 자신에게 주어진 가장 큰 기쁨이라는 듯이.

이후 그들은 특별한 일 없이 커먼성으로 돌아왔다. 마리는 국왕으로서 정무를 보았고, 키에르한은 기사로서 그녀를 지켰다. 그는 모두가 인정하는 최고의 기사였지만, 왕실 기사단의 업무나 왕국의 일에는 일절 관여하지 않았다. 키에르한은 오로지 마리를 그림자처럼 따르며 혹시나 모를 위험을 방비하는 데만 신경 썼다.

"저…… 그렇게 서 있지 않으셔도 되는데. 편히 앉아 계세요."

미동도 없이 서 있는 키에르한을 보며 마리가 염려된다는 듯 말했다.

"괜찮습니다."

"그래도……."

"이게 제가 할 일입니다."

키에르한은 신경 쓰지 말라는 듯 말했다.

"이전 토른 폐하를 지킬 때는 이것보다 훨씬 더 고되었습니다. 제가 튼튼해 이 정도야 거뜬하니 신경 쓰지 마십시오."

토른. 동제국의 선황이자 라엘의 아버지의 이름이었다. 키에르한은 과거 동제국 황실친위대의 단장으로 오랜 기간 황제의 곁을 지켰었다.

"그래도……."

계속해서 그녀가 자신을 신경 쓰자 키에르한이 진중한 얼굴로 물었다.

"제가 전하를 모시는 것이 혹시 불편하십니까?"

"……그렇지는 않아요. 하지만 미안해서요."

마리는 한숨을 내쉬며 말했다. 그는 그녀의 소중한 이였다. 그런데 이렇게 극진한 호위를 받고 있으니 미안한 마음이 안 들 수가 없었다. 하지만 키에르한은 고개를 저었다.

"그렇게 생각하지 마십시오. 저는 지금 당신을 제 친우가 아니라, 제가 충성을 바친 주군으로 대하고 있는 것이니까요."

키에르한은 한쪽 무릎을 굽히며 그녀의 손을 붙잡았다. 그리고 장갑을 낀 손등에 입을 맞추며 말을 이었다.

"무엇보다 전하 말고 그 누가 제 충성을 받을 수 있겠습니까? 당신 외에는 이 키에르한의 충성을 받을 수 있는 사람은 아무도 없습니다."

마리의 얼굴이 민망함에 살짝 붉어졌다.

"그, 그거 폐하께 실례되는 말씀 아닌가요?"

키에르한은 빙긋 웃었다.

"전혀요. 전하를 모시는 게 황제 폐하를 높이는 일 아니겠습니까?"

마리는 헛기침하였다. 왠지 라엘도 그렇고 키에르한도 그렇고 날이 갈수록 조금씩 능글맞아지는 것 같았다.

"어쨌든 이대로는 안 돼요."

"뭘 말입니까?"

"절 온종일 지키고 계시잖아요. 미안해서 더는 안 되겠어요."

"그거야 제가 당연히 해야 할 일……."

"안 돼요. 저 더는 못 보겠어요."

마리는 단호한 목소리로 말했다.

"하루에 8시간. 그 이상은 근무하지 마세요."

"네? 하지만 그건?"

"나머지 시간에는 다른 왕실 기사들이 번갈아 가며 절 지키면 돼요."

키에르한은 반발하려 했다. 그가 보기에 왕실 기사단은 동제국의 근위 기사단이나 친위대에 비해 수준이 부족했다. 혹시라도 불의의 일에 그녀를 지키지 못할까 걱정이 들었다. 하지만 마리는 양보하지 않고 강경하게 말했다.

"지금처럼 계속 과로하시다가는 키엘 님 언젠가는 쓰러질 거예요. 전 키엘 님이 쓰러지는 모습 보고 싶지 않으니 제 말 따르세요."

"……알겠습니다."

어쩔 수 없이 고개를 끄덕이며 키에르한은 생각했다. 지금껏 자신의 신분을 고려해 왕실 기사단의 일에 관여하지 않았지만, 앞으로는 바르한에게 양해를 구해 검술 지도라도 해야겠다고. 그녀를 지킬 때 한 치의 부족함도 없도록 말이다. 마리는 거기에 그치지 않았다.

"또 특별한 일 없을 때는 앉아서 대기하도록 하세요."

"전하?"

키에르한은 말도 안 된다는 표정을 지었다. 경호 업무를 하는데 앉아서 곁을 지키라니. 있을 수 없는 이야기다.

"정무를 보거나 할 때 굳이 서서 계실 필요 없잖아요. 체력 낭비예요."

과거 동제국에서 시녀의 삶을 살아서일까? 마리는 기사든 하녀든 목석처럼 서서 말없이 대기하는 걸 보는 게 마음에 좋지 않았다. 아무렇지 않은 척 있어도 온종일 서서 대기하는 게 굉장히 괴롭다는 것을 알기 때문이다. 실제로 그녀는 라엘의 전담 시녀로 있을 때 그가 앉아서 대기하라고 할 때 굉장히 고마웠다. 하지만 키에르한의 생각은 다른 것 같았다. 그는 따를 수 없다는 듯 강하게 고개를 저었다.

"그건 안 됩니다. 따를 수 없습니다."

"예법 때문에 그런 거면 신경 쓰지 않아도 돼요."

"아닙니다. 예법의 문제뿐 아니라, 앉아 있다가는 갑작스러운 문제가 닥쳤을 때 민첩하게 반응할 수 없습니다."

마리는 거의 일어나지도 않을 일 때문에 키에르한이 온종일 서 있어야 하는 건 아니라고 생각했다. 하지만 키에르한은 완강히 거부했다. 그녀가 자신을 배려해 주려는 마음은 알지만, 따를 수 없는 일이다.

"전 고작 그 정도에 체력이 떨어질 정도로 나약하지 않습니다. 그러니 이번 명만큼은 물러 주십시오."

마리는 어쩔 수 없이 한걸음 물러날 수밖에 없었다. 언젠가 다시 한번 이 문제를 짚기로 하고 그녀는 다른 사안을 꺼냈다.

"그리고 제일 중요한 것. 이건 꼭 따라 주세요."

"들어 보고 결정하겠습니다."

"안 돼요. 이것만큼은 꼭 따라 주셔야 해요. 무조건이에요."

워낙 강경한 말투라 키에르한은 의아한 표정을 지었다.

"여가 생활을 해주세요."

"……네?"

그는 잘못 들었다는 듯 반문했다. 지금 뭐라고? 하지만 잘못들은 게 아니었다. 마리는 또박또박한 어조로 강조하며 말했다.

"네, '여. 가.' 생활이요. 이곳에서든 영지에서든 일밖에 안 하시잖아요."

키에르한은 잠시 침묵했다. 여가 생활을 하라니. 이게 갑자기 무슨 뜻이란 말인가? 아니, 그것보다 여가 생활은 자신보다는 그녀에게 필요할 것 같은데? 왕국과 제국을 통틀어 최고의 일벌레를 꼽으면 바로 그녀와 라엘이었다.

"이유를 물어도 되겠습니까?"

"……키엘 님이 행복해지길 바라서예요."

뜻밖의 대답이었다.

"제가 행복하길 바라서라고요? 저는 이미 충분히 행복합니다."

마리는 입을 연 채 머뭇거렸다. 지금 그녀가 하려는 말은 어쩌면 조금은 주제넘은 참견일지도 몰랐다.

"그냥 저는…… 키엘 님이 더 행복했으면 좋겠어요. 지금보다 더, 훨씬요."

마리는 키에르한의 눈치를 살폈다. 그를 생각해서 한 말이지만, 그가 어떻게 받아들일지 걱정되었던 거다.

'나 키엘 님이 정말로 행복했으면 좋겠어.'

물론 키에르한은 지금도 행복하다고 한다. 그녀 곁을 지킬 수 있는 것만으로도 충분하다고. 설사 그 말이 사실이라고 하더라도, 그래도 그녀는 그가 더욱더 행복했으면 좋겠다고 생각했다.

"……."

키에르한은 굳게 입을 다물고 한참을 가만히 있었다. 마리가 조마조마하게 답을 기다린 끝에, 그가 입을 열었다.

"알겠습니다. 명에 따르겠습니다."

"……혹시 기분 나쁘신 것은 아니죠?"

키에르한은 빙긋 웃었다.

"왜 기분 나쁘겠습니까? 더 일하라는 것도 아니고, 절 생각해서 쉬라는 건데요."

다행히 나쁘지 않게 받아들인 것 같아서 마리는 안도의 한숨을 내쉬었다.

"혹시나 평소에 하시고 싶었던 일은 없으세요?"

키에르한도 그녀 못지않은 일벌레였다. 그녀는 그가 왠지 여가 시간을 주어도 일을 할 것 같아 염려되었다.

'이게 제 여가 활동입니다.'

이런 말을 하면서 말이다. 그런데 키에르한의 뜻밖의 답을 하였다.

"해보고 싶었던 일이라. 그러고 보니 한 가지 있긴 하군요."

"뭔데요?"

"그건……."

키에르한은 입을 열려다 다시 굳게 다물었다. 그의 푸른 눈빛이 그녀의 눈동자에 머물렀다. 알 수 없는 감정이 그의 눈동자에 스쳐 지나갔다. 그녀가 눈치채지 못하게 빠르게.

"비밀입니다."

"네? 그게 뭐예요."

마리는 궁금하다는 듯 물었으나, 그는 대답해 줄 마음이 없어 보였다.

그렇게 키에르한은 강제 여가를 갖게 되었다. 그리고 며칠 뒤 왕실 기사와 근무 교대를 한 후 왕성 밖으로 나온 그는,

"……."

멍하니 거리를 바라보았다.

'뭘 해야 하지?'

그는 지금껏 여유 시간을 가져 본 적이 거의 없었다. 어릴 적에는 세이튼가의 차기 당주로서, 장성한 후에는 친위대의 기사로서, 변경백으로서 일만 하며 살아왔다. 고기도 먹어 본 사람이 잘 먹는다고, 갑자기 시간이 주어지니 뭘 해야 할지 알 수가 없었다.

"혹시 해보고 싶었던 일이 있나요?"

그녀의 물음이 떠올라 그는 씁쓸한 마음이 들었다. 노는 것에는 관심 없었지만, 딱 하나 해보고 싶은 일이 있긴 했다. 그녀와 정처 없이

거리를 돌아다녀 보고 싶었다. 하지만 결단코 입 밖으로 내서는 안 될 바람이었다. 그는 그녀를 여전히 마음에 품고 있었지만, 절대 겉으로 드러내지 않고 있었다. 지금도 자신을 부담스러워하고 있는 그녀인데, 불편함을 느낄까 봐서였다. 그래서 그는 오로지 그녀를 충성을 맹세한 주군으로만 대하려 부단히 노력했다.

'하지만 아닌 척한다고 해도 가슴에 새겨진 감정 자체를 지울 수는 없군요.'

키에르한은 속으로 중얼거리고는 발걸음을 옮겼다. 이 순간, 자신의 곁에 그녀가 있으면 얼마나 기쁠까. 속으로만 간직하고 있어야 할 생각이었다.

'그래도 그녀가 날 생각해서 준 여가 시간이니, 즐겁게 지내도록 노력해야겠군.'

사실 키에르한은 이런 여가 따위는 필요 없었지만, 그래도 그녀의 배려이니 최대한 즐겁게 보내도록 노력했다. 먼저 커먼성의 시가지를 둘러보았다. 왕성에만 머무느라, 커먼성의 곳곳을 살피는 것은 처음이었다. 그녀가 다스리는 커먼성은 어느 곳보다 활기차고 생동감이 넘쳤다. 시가지를 다 둘러본 후, 키에르한은 우뚝 멈추어 섰다.

'이제는…… 뭘 해야 하는 거지?'

어떻게 시간을 보내야 하나 고민하고 있을 때였다. 의외의 목소리가 그를 불렀다.

"아니, 후작님 여기는 어쩐 일이십니까?"

"아, 바르한 백작."

강직한 인상의 미남, 마리의 최측근인 왕실 기사단의 단장 바르한 백작이었다.

"그냥 산책하고 있었습니다."

"……산책이요? 아니, 왜 이런 곳에서 산책을?"

이곳은 그냥 사람들이 오가는 번잡한 거리였다. 산책을 즐길 만한 곳이 아니었다.

바르한은 얼떨떨한 눈으로 키에르한을 바라보았다.

'설마 지금 할 일이 없어서 방황하고 있는 거야?'

사실 그는 키에르한을 경쟁자로 여기고 경계하고 있었다. 모리나 국왕의 최측근 자리에 대한 경쟁자 말이다. 하지만 천하의 키에르한이 저렇게 멀뚱히 서 있는 모습을 보니 뭔가 웃음이 나왔다.

"뭘 이런 곳에서 산책입니까? 할 일 없으시면 우리 집에 오시지 않겠습니까?"

"……백작의 집에 말입니까?"

바르한은 퉁명스럽게 말했다.

"저도 그렇지 않아도 심심하던 차입니다. 그냥 간단히 맥주나 한잔합시다. 아, 혹시 제국 최강 기사님께서 술 못 마시는 것은 아니죠?"

키에르한은 옅게 미소를 지었다. 뜻밖의 초대였지만, 그와 한잔 하는 것도 나쁘지 않을 것 같았다.

"술을 못하지는 않습니다."

바르한은 피식 웃고는 등을 돌렸다.

"이쪽입니다. 검으로는 졌지만 술로는 안 질 테니, 각오하십시오."

그렇게 키에르한은 첫 여가를 바르한과 술을 마시며 보내었다. 그래도 그럭저럭 나쁘지 않은 첫 여가였다.

외전 3
행복

라엘과 파르고섬에서 헤어진 지 벌써 한 달이 훌쩍 지났다.

"한 달 뒤, 그대의 생일 때 보도록 하지. 최고의 생일을 보내게 해줄 테니 기대하도록."

당시 라엘은 헤어지며 한 달 안에 모든 급한 국정을 해결한 후 클로얀 왕성에 방문하기로 약속했었다. 그리고 오늘이 바로 약속했던 그녀의 생일이었다. 하지만 라엘은 결국 약속을 지키지 못했다.

'어쩔 수 없지. 사실 무리한 약속이었어.'

마리는 속으로 중얼거리고는 편지를 바라보았다. 라엘이 보낸 편지에는 새롭게 제국에 급한 문제가 생겨 도저히 몸을 뺄 수 없음이 적혀 있었다.

미안하다, 정말로. 최대한 빨리 일을 마무리하고, 그대에게 가도록 하겠다.

서신에는 함께 하지 못하는 미안함과 속상함이 가득 적혀 있었다.

"하아."

마리는 낮게 한숨을 내쉬고는 서신을 곱게 접어 서랍에 집어넣었다. 어쩔 수 없는 일이고 당연히 함께하기 힘들 것이라 예상하긴 했지만, 마음 한구석에서는 그와 함께 생일을 보낼 수 있기를 살짝 기대했었나 보다. 괜히 허전한 마음이 드는 것을 보면 말이다.

"괜찮아. 다음에 따로 기념하면 되니까. 신경 쓰지 말자."

마리는 고개를 저으며 아쉬운 마음을 달래었다. 그때, 그녀의 일정을 관리하는 비서관이 노크 후 집무실로 들어왔다.

"전하, 축하 연회 준비가 마무리되었습니다."

"아, 네. 저도 채비하도록 할게요."

오늘은 그녀의 생일인지라 연회가 열릴 예정이었다. 사실 마리는 조용히 생일을 넘길 생각이었지만, 대신들은 물론 백성들도 그럴 수 없다고 펄쩍 뛰었다. 왕국에서 누구보다도 존경받고 사랑받는 국왕의 생일이니 다들 크게 축하하고 기뻐하고 싶어 했다. 아직 한참 왕국을 재건하는 중이라 호화로운 연회가 열리지 않는 평소와 다르게 오늘은 큰 연회와 축제가 예정되어 있었다. 마리는 시녀들의 시중을 받아 단장하고는 연회장으로 향했다.

"에스코트해 드리겠습니다."

마침 키에르한은 갑자기 영지에 문제가 생겨 자신의 영지로 떠난 상태였다. 그래서 바르한 백작이 그녀의 에스코트를 담당했다.

"오, 오늘 너무 아름다우십니다."

바르한은 곱게 차려입은 마리를 보며 살짝 얼굴을 붉혔다.

"빈말이라도 고마워요."

마리는 웃고는 바르한과 함께 연회장에 나섰다.

"국왕 전하를 뵙습니다!"

"축하드립니다!"

연회장에 모인 귀족들이 환하게 웃으며 그녀에게 인사를 올렸다. 클로얀 왕국이 지금까지 올 수 있었던 건 전적으로 그녀의 덕이었다. 그녀의 노력이 아니었다면 이런 부흥은커녕 재건의 꿈도 꾸지 못했을 거다. 이 자리에 모인 모두가 그녀의 헌신을 알기에 진심으로 그녀의 생일을 축하하고 기뻐하였다.

"전하께 영광을!"

"신께서 전하를 축복하기를 바랍니다."

연회 분위기가 화기애애했다. 모두 형식적이 아니라, 정말 가족의 생일을 맞은 것처럼 기뻐하였다. 그녀의 생일을 기뻐하는 건 귀족과 대신들만이 아니었다. 일반 백성들도 거리에서 축제를 열어 마리의 생일을 기념했다. 커먼성 여기저기서 기쁨의 함성이 터져 나왔고, 백성들은 왕성 앞에 모여들어 그녀를 축하하는 함성을 외쳤다.

"모리나 국왕 전하 만세!"

"생신 축하합니다!"

자신을 부르는 소리에 마리는 왕성 성벽에 올라가 손을 흔들어 백성들의 외침에 화답했다.

"와아!"

"국왕 전하 만세!"

그녀가 모습을 보이자 백성들은 더욱 커다란 함성을 질렀다. 백성들이 평소 그녀를 얼마나 사랑하는지 알 수 있는 모습이었다.

"정말 대단하군요. 역사상 이렇게나 백성들의 사랑을 받은 왕은 아무도 없을 겁니다."

지켜보던 귀족 중 한 명이 감탄하며 말했다.

바르한이 그 말을 듣고 이렇게 말했다.

"역사상 전하 같은 국왕도 한 명도 없겠죠."

"하긴. 그 말이 맞습니다."

바르한의 말에 모두가 환하게 웃음을 터뜨렸다.

그렇게 축제는 기분 좋게 막을 내렸고, 마리는 너무 시간이 늦어지기 전 침소로 돌아왔다.

"편히 쉬십시오, 전하."

"네, 백작도 수고하셨어요."

방에 돌아온 마리는 낮게 한숨을 내쉬었다. 아직도 창밖에 보이는 거리에는 그녀의 생일을 축하하는 축제가 한창이었다. 귀족들이 이야기했던 것처럼 역사상 이렇게나 진심 어린 축하를 받은 왕이 어디 있었을까? 국왕으로서 최고의 생일 축하 연회가 아닐 수 없었다. 마리도 그들의 진심 어린 축하가 기뻤다. 하지만 기쁜 와중에도 마음이 허전한 것은 어쩔 수가 없었다. 수많은 사람의 축하를 받아도 그가 곁에 없는 사실이 더 쓸쓸했으니까.

'그가 일부러 안 온 것도 아니잖아. 어쩔 수 없는 일이니, 괜히 마음 쓰지 말자.'

시녀의 시중을 받아 편안한 옷으로 갈아입은 그녀는 침실에 들어갔다. 애써 괜찮다고 마음을 달랬지만, 커다란 침대를 보니 또다시 라엘 생각이 났다.

'그의 품에 안겨 잘 수 있으면 좋을 텐데.'

생일이라 그런지 자꾸만 라엘 생각이 났다. 그런데 침대에 누우려는 찰나였다. 등 뒤에서 믿을 수 없는 목소리가 들려왔다.

"생일 축하한다, 마리."

"……!"

마리는 침대에 손을 짚은 자세 그대로 뻣뻣하게 굳어버렸다. 그토록 바라던, 하지만 이 순간 절대 들을 수 없는 목소리였던 거다. 마리는 그를 너무 그리워한 나머지 자신이 헛소리를 들은 것이라 생각했다. 하지만 다시 한번 그의 목소리가 들려왔다. 조금 더 선명하게 가까운 거리, 그녀의 바로 뒤에서.

"생일 축하한다. 늦어서 미안하다."

마리의 눈이 커다래지는 순간, 부드러운 팔이 그녀를 등 뒤에서 감싸 안았다.

"내 소중한 마리. 사랑한다."

"……란!"

믿을 수 없게도 정말 라엘이었다! 마리는 화들짝 그를 향해 몸을 돌렸다. 천상의 화가가 그린 듯 아름다운 얼굴의 라엘이 따뜻한 눈으로 그녀를 바라보고 있었다.

"어떻게 여기에 오신 거예요? 제가 꿈을 꾸고 있는 건 아니죠?"

마리는 제 눈으로 보고도 믿어지지가 않아 얼떨떨하게 말을 더듬었다. 동제국에 있어야 할 어떻게 여기에 와 있단 말인가?

"꿈이 아니다."

라엘이 손을 들어 그녀의 뺨을 어루만졌다. 그의 손이 그녀의 뺨을 부드럽게 감싸 안았다. 라엘의 손은 과거와 다르게 따뜻한 온기를 품고 있었다. 마리는 그제야 정말로 눈앞에 있는 이가 라엘인 것을 받아들였다. 그래도 여전히 이해가 되지 않는 것은 마찬가지였다.

"분명 서신에서 못 오신다고……."

거기까지 이야기한 마리는 전말을 눈치챘다.

"설마? 절 놀라게 하려고?"

라엘은 머쓱하게 고개를 끄덕였다.

"그대에게 깜짝 선물을 주고 싶었다."

마리는 가슴이 울렁거렸다. 오늘 그를 얼마나 보고 싶었는가? 정말로 최고의 선물이었다. 이렇게 그와 마주하고 있을 수 있다는 것만으로 너무나 행복해 그녀는 눈가가 화끈해졌다.

"하, 하지만 너무 무리해서 오신 것 아니에요? 일이 많으실 텐데……."

그녀가 알기에는 도저히 한 달도 안 되는 시간 동안 해결할 수 있는 업무량이 아니었다. 라엘은 순간 침묵하더니 입을 열었다.

"어떻게 다 했다."

"정말요?"

"사실 오른에게 조금 떠넘겼다. 많이는 말고, 조금."

"……정말 조금 맞아요?"

"그래, 맞다. 그리고 그놈은 조금 더 일해도 돼."

마리는 쿡쿡 웃음을 지었다. 왠지 조금만 떠넘기고 온 것 같지는 않지만 뭐 아무렴 어떠랴. 라엘은 잔잔히 그녀를 바라보았다. 그녀도 마주 그의 푸른 눈동자를 바라보았다. 서로 말없이 마주 바라보는 것만으로도 가슴이 벅찰 정도로 행복이 차올랐다.

"마리."

서로의 얼굴이 천천히 가까워졌다. 그리고 부드러운 입맞춤이 이어졌다. 입맞춤이 끝난 후 마리의 얼굴이 빨개졌다. 그의 입술이 닿을 때마다 늘 가슴이 떨리고 아찔한 감각이 들었다. 라엘은 여전히 뜨거운 눈으로 그녀를 바라보고 있었다. 마리는 괜히 민망한 마음이 들어 고개를 돌렸다.

"식사는 하셨어요? 음식을 내오라고 할게요."

"괜찮다. 식사보다 가 봐야 할 곳이 있다."

마리는 의아한 표정을 지었다. 갑자기 가 봐야 할 곳이라니? 라엘은 입꼬리를 들어 올렸다.

"오늘은 그대의 생일 아닌가? 그러니 그대의 생일을 축하해야지."

"아니, 괜찮은데요?"

마리는 당황해 고개를 저었다. 이미 그의 얼굴을 본 것만으로도 충분히 기뻤다. 다른 선물은 필요 없었다.

"내가 괜찮지 않아. 그대를 위해 몇 가지를 준비했으니 나갔다 오지."

그러며 라엘은 말을 덧붙였다.

"오늘 그대가 최고의 생일을 보낼 수 있도록 해보지."

"란?"

마리는 당황한 얼굴로 그를 따라 나섰다. 그대로 나가면 백성들이 알아볼 게 뻔하니, 변복한 상태였다.

밖에는 마차가 대기 중이었다.

"출발하도록."

"네, 폐하."

아무런 문양도 없는 마차였지만 마부가 무려 동제국 근위 기사였다. 마리는 자신의 생일을 위해 라엘이 무언가를 치밀히 준비했음을 눈치챘다.

'급하게 오셨다면서 언제 이런 준비를……'

"어디를 가는 거예요?"

"가 보면 안다. 멀지 않으니 곧 도착할 거다."

마치 비밀 선물을 숨기듯 입을 다물어 마리는 더욱더 알쏭달쏭한 마음이 들었다. 마차는 축제가 한창인 거리를 지나 커먼성의 구석으로 향했다. 그리고 도착한 곳을 본 마리는 눈을 크게 떴다.

"공연장?"

건물 앞에는 '빈센 공연장'이란 팻말이 걸려 있었다.

"내려오지."

라엘의 손을 잡고 마차에서 내린 마리는 의아한 목소리로 물었다.

"왜 이곳에 오신 거예요?"

"그야 공연을 보여 주려고 온 거지."

"하지만……."

그녀가 알기로 이 빈센 공연장에서 열리는 중요 공연은 없다. 아니, 애초에 이름조차 처음 들을 정도로 유명하지 않은 곳인데, 이곳에서 무슨 공연을 한다고?

"들어가 보면 알 것이다."

고개를 갸웃하며 공연장에 들어간 마리는 깜짝 놀랐다. 생각지도 못한 인물들이 건물 안에 있었던 거다!

"황후마마를 뵙습니다!"

동제국 황실의 악장, 바한이었다. 저 온화한 인상의 젊은 음악가는 그녀의 시녀 시절 인연이 깊었던 이였다. 바한뿐이 아니었다. 동제국 황실 악단의 중요 멤버들이 모두 모여 공연을 준비하고 있었다. 마리는 놀란 얼굴로 라엘을 바라보았다.

"황후의 생일인데, 이 정도는 해야지."

라엘은 태연한 얼굴로 말했다. 그리고 그가 공연장에 준비한 선물은 고작 황실 악단의 공연뿐이 아니었다. 더 커다란 선물이 있었다.

"황후마마를 뵙습니다."

의젓한 어린 목소리. 마리는 깜짝 놀라 고개를 돌렸다. 인형처럼 귀엽게 생긴 꼬마, 오스카 황자였다.

"오스카 전하! 어떻게 여기에?"

마리는 반가운 얼굴로 오스카의 손을 잡았다.

"설마 저 축하해 주러 온 거예요?"

"아, 아니…… 그렇다기보다는 그냥 주변에 볼일이 있어서……."

"볼일요?"

오스카는 민망한지 빨개진 얼굴로 고개를 돌렸다. 옆에서 라엘이 빙긋 미소를 지었다.

"그대의 생일을 축하하러 간다고 했더니 자신도 따라가게 해달라고 부득부득 우기더군. 그래서 어쩔 수 없이 데려왔다."

"혀, 형님."

오스카가 원망스러운 눈으로 라엘을 바라보았다.

"그, 그게 아니라…… 오해하지 마십시오. 저는……."

오스카는 자신의 마음을 드러내는 것이 민망한지 허겁지겁 고개를 저었다. 하지만 그 순간, 마리가 와락 오스카를 껴안았다.

"마, 마리? 아니, 황후 전하?"

"감사해요, 전하."

생각지도 않은 포옹에 오스카의 몸이 뻣뻣이 굳어버렸다. 그의 얼굴이 사과처럼 빨갛게 달아올랐다.

"먼 길 오기 굉장히 힘들었을 텐데, 나 때문에 이렇게 와 주고. 너무 고마워요."

"괘, 괜찮……."

그때, 라엘이 불퉁한 목소리로 둘 사이를 끼어들었다.

"오랜만에 봐서 기쁜 것은 알겠지만, 너무 반가워하는 것 아닌가?"

불만이 가득한 목소리로, 마리는 쿡쿡 웃음을 지었다.

"설마 오스카 전하한테 질투하는 거예요, 란?"

이전부터 이어진 인연 때문인지 마리는 오스카가 친동생처럼 느껴졌다. 실제로 라엘의 동생이기도 했고. 하지만 라엘은 아무리 피를 나눈 동생이라도 그녀와 포옹하는 것은 용납할 수 없는 듯했다.

"당연히 질투하지. 그대는 오로지 내 것이니까."

"그, 그게 뭐예요. 오스카 전하도 듣고 있잖아요."

마리는 민망한 얼굴로 오스카와 떨어졌다.

"어쨌든 대충 준비된 것 같으니 앉지."

마리는 공연장 가운데 자리에 앉았다. 관객은 오로지 그녀 혼자. 오직 그녀만을 위한 공연이었다. 라엘이 그녀의 귓가에 속삭였다.

"오늘의 첫 번째 선물이다. 생일 축하한다, 마리."

오케스트라의 단원들은 악기를 잡고 연주를 시작할 준비를 하였다. 연주 시작 직전 무대가 침묵에 잠겼고, 객석에 앉은 마리는 묘한 긴장감이 차올랐다.

"존경하옵는 황후마마의 생신을 축하드립니다. 첫 번째 연주 시작하겠습니다. 오로지 황후마마께 바치는 헌정곡입니다."

악장 바한의 신호와 함께 연주가 시작되었다.

'무슨 곡이지?'

처음 듣는 곡이었는데, 대단히 훌륭한 곡이었다. 기교적으로 복잡하다기보다는 굉장히 서정적인 감성을 담고 있는 느낌이랄까? 생일에 걸맞게 밝으면서도 따뜻한 느낌의 멜로디가 공연장 안을 흘렀다. 차오르듯 고조되는 선율이 마치 천사의 축복처럼 그녀의 가슴을 감싸 안았다. 마리는 아름다운 선율에 취해 음악을 감상하다가 문득 떠오른 생각에 라엘을 바라보았다.

"혹시 이 곡 폐하께서?"

라엘이 가만히 고개를 끄덕였다.

"그대를 생각하며 틈틈이 작곡해 봤다. 들을 만했으면 좋겠군."

마리의 눈동자가 흔들렸다. 이렇게 그녀만을 위한 공연을 열어준 것도 모자라 직접 곡까지 작곡하다니. 뭐라고 설명할 수 없는 감동이 가슴속에서 차올랐다.

"……힘드셨을 텐데, 왜 그러셨어요."

라엘이 따뜻한 눈으로 마리를 바라보았다.

"그대를 위하는 일이니까. 전혀 힘들지 않았다."

그때 곡의 단락이 끝났고, 무대에서 놀라운 일이 일어났다. 오스카가 바이올린을 들더니 무대 위로 올라간 것이다.

"오스카 전하?"

"그대를 위한 공연을 한다니 자신도 꼭 끼워 달라더군. 뭐, 한참 부족하긴 하지만 들을 만은 할 거다."

오스카는 푸른 눈동자를 들어 그녀를 바라보더니 활을 움직이기 시작했다. 현이 떨리며 부드러운 음색이 울려 퍼지기 시작했다.

'아……'

훌륭한 솜씨였다. 나이가 어린 만큼 기교적으로 부족한 면이 있긴 하지만, 그래도 굉장히 아름다운 음색이 바이올린에서 흘러나왔다. 과연 천재적인 재능을 지닌 라엘의 동생답다고 할까? 오스카도 음악에 뛰어난 소질이 있는 것 같았다.

'그러고 보니 이전에 예술가가 되고 싶다고 했지.'

오스카가 연주하는 선율에 맞춰 오케스트라단의 음이 보조하듯 따라갔고, 음악은 점차적으로 클라이맥스로 향해갔다. 마리는 자신도 모르게 가슴이 떨렸다. 오로지 그녀만을 위한, 그녀를 축복하는 멜로디로, 감동받지 않을 수가 없었다.

"……란."

마리는 떨리는 목소리로 그를 불렀다. 음악의 단락이 끝나는 그 순간, 또다시 생각지도 못 한 일이 일어났다. 곁에 앉아 있던 라엘이 자리에서 일어났던 거다.

"란?"

그는 대답 대신 부드럽게 그녀를 향해 미소 짓더니 무대를 향해 걸어 나가기 시작했다.

'설마?'

라엘의 의도를 깨달은 마리가 눈을 크게 떴다. 그가 무대 가운데에 자리한 피아노 앞에 앉은 것이다!

"마지막 곡으로, 세레나데입니다. 이번 곡은 폐하께서 직접 연주해 주시겠습니다."

라엘은 잠시 마리를 지그시 바라보았다. 입을 열지 않았지만 눈빛만으로도 그녀는 그가 전하고자 하는 마음을 느낄 수 있었다.

사랑한다고. 너를 정말 많이 사랑하고 아낀다고.

그 마음은 피아노 선율에서도 그대로 드러났다. 사랑을 고백하는 세레나데. 그 부드럽고 감미로운 선율이 그녀의 가슴에 파고들었다. 결국, 벅차오르는 감동에 마리는 눈시울을 붉혔다.

'이건, 너무 반칙이잖아.'

마리는 속으로 중얼거렸다. 그녀가 지금껏 들은 공연 중 최고의 공연이었고, 또한 최고의 생일 선물이었다.

라엘의 선물은 공연이 끝이 아니었다. 또 다른 선물들이 준비되어 있었다.

"란, 이번에는 어딜 가는 거예요?"

"금방 도착한다. 거의 다 왔다."

마차가 멈춘 곳은 커먼성 교외의 한 저택이었다. 처음 와 보는 곳인지라 마리는 고개를 갸웃했다.

"여기는 어째서?"

"제대로 된 생일 연회를 열어야지."

"네?"

저택 안으로 들어간 마리는 라엘의 말뜻을 이해할 수 있었다. 화려하게 장식된 응접실에 온갖 음식이 차려져 있었던 거다. 마치 연회가 열리려는 것처럼.

"란, 이 음식은?"

마리는 음식을 훑어보고 놀란 표정을 지었다. 정성스럽게 차려진 요리들은 모두 그녀가 좋아하는 종류의 것이었다.

"이미 연회를 하고 온 것은 알지만, 그래도 단둘이 다시 한번 축하해 주고 싶었다."

"······란."

라엘이 자신의 품 안으로 그녀를 끌어안았다. 마리는 뭐라고 말을 해야 할지 모르겠다는 심정이 들었다. 아까 공연부터 이 정성스러운 음식까지. 자신을 향한 그의 마음이 느껴져 가슴이 먹먹할 정도로 기쁘고 고마웠다.

"그리고 여기 선물을 준비했다."

"선물이요?"

곧 시종이 고풍스럽게 장식된 상자를 들고 왔다. 의아한 얼굴로 상자를 열어 본 마리는 깜짝 놀란 얼굴을 하였다.

"란, 이거는······?"

수많은 보석으로 장식된 목걸이였다. 목걸이 정중앙에 커다란 다이아몬드가 매달려 있었는데, 난생처음 보는 크기의 커다란 다이아몬드였다. 마리는 도대체 얼마일지 짐작도 되지 않는 보석의 모습에 말을 더듬었다.

"란, 이건 너무 귀한 선물인데요?"

자신을 위해서는 조금의 사치도 허락하지 않는 라엘이었다. 그런데 저런 진귀한 선물이라니.

"괜찮다. 내가 주고 싶어서 주는 거니, 그냥 받도록."

"하지만······."

마리는 목걸이를 받아들기 꺼려졌다. 물론 황제인 그가 이런 지출을 한다고 돈이 모자랄 리는 없겠지만, 비싸도 너무 비싼 선물이라 선뜻 받을 수가 없었다.

"그대는 내가 목숨보다 아끼는 황후이다. 그러니 이 정도는 받아도 돼."

그래도 여전히 목걸이를 받지 못하는 마리를 보며 라엘은 한숨을 내쉬었다. 그들은 황제와 왕이었다. 어찌 보면 세상에서 가장 존귀한 이들. 하지만 서로 검약이 몸에 배어 저런 선물을 쉽게 받지 못하는 거다.

결국, 라엘은 그녀의 마음을 편하게 해주기 위해 이렇게 말하였다.

"클로얀 왕국을 통해 새롭게 교역로를 만들면서 이득이 많이 남았어. 그 이득으로 구한 것이니 부담 갖지 말도록."

그제야 마리는 주저하며 고개를 끄덕였다. 라엘은 직접 목걸이를 걸어 그녀의 목에 걸어주었다.

"어때요? 어색하지 않아요?"

마리는 어색한 얼굴로 그에게 물었다. 국왕이지만 워낙 왕국의 상황이 빈궁하다 보니 이렇게 비싼 목걸이는 할 기회가 없었다. 라엘은 잠시 그녀의 모습을 바라보았다. 부끄러운 듯 목걸이를 어루만지는 모습이 사랑스럽기 그지없었다.

"아주 예뻐. 잘 어울린다."

"정말로요?"

"그래, 세상 누구보다도 아름답다."

마리는 그의 말에 피, 하고 웃었다. 하지만 라엘은 진심이었다. 찬란하게 빛나는 목걸이를 한 마리는 그가 지금껏 봐 온 그 어떤 여인보다도 아름답고 사랑스러웠다.

"그러면 춤이나 한 곡 추겠나? 그대의 생일을 축하하는 의미로."

마리는 고개를 끄덕였다. 이것 역시 오로지 그녀만을 위하는 단둘의 연회였다. 미리 대기하고 있던 악사들이 악기를 연주하기 시작했다. 천천히 음악이 흘러나오는 음악에 맞춰 그들은 춤을 추기 시작했다.

'……행복해.'

마리는 그의 품에 안겨 춤을 추며 중얼거렸다. 지금 이 순간 모든 것이. 자신을 향하는 그의 마음이 너무 기쁘고 행복했다.

그렇게 그들은 둘만의 행복한 연회를 마치고 마차에 올라탔다.

"란? 또 어디로 가는 거예요?"

마리는 마차가 왕성으로 향하지 않자 의아한 얼굴을 하였다.

"선물."

"선물이 또 있다고요?"

마리는 놀란 얼굴을 하였다. 이미 넘칠 만큼 받았는데, 무슨 선물을 또?

"오늘의 마지막 선물이다."

마차는 왕성이 아니라, 교외 방향으로 조금 더 달려 나갔다. 그리고 얼마 지나지 않아 마차가 멈추어 서자 마리는 탄성을 뱉었다.

"란, 설마? 마지막 선물이라는 게?"

"그래, 맞다."

마리는 마차 밖을 바라보았다. 환하게 떠오른 달빛 아래 잔잔한 호수가 고요하게 빛나고 있었다. 잔잔한 물결과 밤하늘을 배경으로 떠 있는 수없이 많은 별빛. 마치 동화 속 한 장면 같은 정경을 보며 마리가 말했다.

"……이전에 제가 이야기했던 것을 기억하셨군요."

이 호수의 이름은 블레스틴 호수였다. 달이 환하게 뜬 보름날, 사랑하는 이와 오면 행복한 평생을 보낼 수 있다는 이야기가 전해져 오는 곳으로, 이전에 그녀가 라엘에게 함께 오고 싶다고 지나가듯 말했던 곳이었다. 라엘은 그 스치듯 한 이야기를 잊어버리지 않고 있다가, 오늘 이렇게 생일을 맞아 그녀를 데려온 것이다. 라엘은 호수가 내려다보이는 별장으로 그녀를 이끌었다.

"한잔 괜찮겠나?"

"네."

그는 미리 준비해 둔 와인을 꺼내었다. 동제국에서 특별히 가져온 최고급 와인이었다.

"다시 한번 그대의 생일을 축하하며."

둘은 가볍게 건배하고 와인을 마셨다. 마리는 살짝 상기된 얼굴로 창밖을 바라보았다. 이렇게 깊고 고요한 밤 호수가에서 그와 술잔을 기울이다니. 낭만적이고 아름다운 밤이었다.

그렇게 둘은 호수가 내려다보이는 별장에서 밤을 지새웠다. 마리는 별장 침대에서 그의 어깨에 기댄 채 호수를 바라보았고, 달빛에 고요하게 빛나는 물결을 바라보며 잠이 들었다.

"좋은 꿈 꾸도록."

"……네, 란. 너무 고마워요. 오늘 생일 평생 못 잊을 거예요."

마리는 잠에 취해 몽롱한 목소리로 말했다. 라엘은 얼른 자라는 듯 그녀의 이마에 입을 맞추었다.

"앞으로도 늘 행복하게 해줄 테니, 편히 잠들도록."

마리는 배시시 웃고는 잠이 들었다. 라엘은 자신의 품에서 새근새근 잠든 그녀를 따뜻한 눈길로 바라보았다. 바라보는 것만으로도 벅찬 감정이 차올랐다. 그녀야말로 그의 모든 것이자 행복이었다. 라엘은 한참이나 그녀의 얼굴을 바라보다가 꼭 붙어 잠이 들었다.

행복한 하루를 보냈는데 어째서일까? 기묘하게도 둘은 모두 비슷한 꿈을 꾸었다. 서로를 만나기 전, 과거의 꿈을 꾼 것이다.

「이 못난 아이가 내 동생이라고?」

「뭐야, 엄청 볼품없잖아? 천한 핏줄이라 그런가?」

클로얀 왕성에 처음 들어갔을 때의 꿈이었다. 당시 그녀는 불행했다. 모든 이가 그녀를 외면했고, 통원의 궁에 강제로 유폐당한 채 아무도 만나지 못하고 쓸쓸한 시간을 보내야만 했다. 오로지 책을 읽는 것만이 그녀의 유일한 소일거리였다. 그때 읽었던 풍부한 독서량은 훗날 그녀에게 많은 도움을 주었지만, 마리는 하루하루를 괴롭고 쓸쓸하게 보내야만 했다.

괴로운 시간은 동제국의 황실로 끌려가서도 계속해서 이어졌다. 하급 시녀로 위장한 그녀는 모진 구박을 받으며 일해야 했다.

'아, 저때 정말로 힘들었지. 하루도 안 혼났던 적이 없는데.'

마리는 자신도 모르게 꿈속에서 중얼거렸다. 그렇게 그녀가 지금껏 겪어 왔던 일들이 꿈속에서 마치 영상이 스쳐 지나가듯 떠올랐다.

그리고 어느 순간, 그녀의 삶이 뒤바뀌는 장면이 꿈속 영상으로 떠올랐다. 바로 죄수를 만나는 장면. 죄수의 기도를 받은 후 그녀는 신비한 능력을 받게 되었고, 이후로 그녀의 삶은 송두리째 바뀌었다. 그리고 죄수와의 만남만큼이나 그녀의 삶을 극적으로 바꾸었던 또 다른 만남. 그 장면도 꿈속에서 떠올랐다.

'아……'

마리는 나직이 탄성을 뱉었다. 바로 라엘과의 만남이었다. 죄수와의 만남만큼이나, 아니, 어쩌면 더 그녀의 삶을 뒤바꾼 만남이었다. 그렇게 마리가 꿈을 꾸고 있을 때 라엘도 과거의 일을 꿈꾸고 있었다.

「죄송합니다, 폐하! 이 아이만큼은……! 제발……!」

가녀린 인상의 여인이 냉철한 중년 남자에게 엎드린 채 부르짖었다. 라엘은 꿈속에서 그 장면을 보고 눈을 부릅떴다. 여인은 그의 어머니였다. 그녀는 아직 어렸던 라엘을 품 안에 안은 채 남자에게 빌고 또 빌었다.

제발, 아들의 목숨만은 살려 주길. 하지만 냉철한 느낌의 중년 남자는 냉소를 흘릴 뿐이었다. 마치 벌레를 보는 듯한 시선. 남자는 라엘의 아버지인 토른 2세였다. 라엘은 토른 2세로 인해 지옥과도 같은 유년기를 보내야만 했다.

결국, 아들을 지키고자 했던 어머니는 토른 2세의 손에 누명을 쓰고 죽음을 맞았다. 그와 같은 배에서 난 소중한 누이는 토른 2세의 방관 속에서 형제들에게 독살당했다. 라엘도 죽음의 위협을 벗어나지 못했다. 아무도 그가 살아있길 바라지 않았다. 형제들은 토른 2세의 방관 혹은 은밀한 지원 속에 라엘을 수도 없이 죽이려 시도했다.

그렇게 지내온 세월이 십수 년. 하늘이 도운 걸까? 그는 기적적으로 살아남을 수 있었다. 순하기만 했던 어린아이는 수도 없는 죽음의 위기를 거치며 조금씩 변해 갔다. 살아남기 위해 조금 더 차가워졌고, 냉혹해졌다. 이윽고 그의 모든 불행의 원흉이었던 토른 2세가 갑작스러운 급환으로 의식을 잃고 쓰러졌다.

당시의 황태자였던 1황자는 토른 2세가 쓰러지자마자 바로 군사를 일으켜 라엘을 죽이려 했다. 라엘은 친우였던 오른과 키에르한의 은밀한 도움으로 간신히 목숨을 건질 수 있었고, 변방으로 도망가 세력을 규합했다. 그렇게 시작된 것이 수많은 생명을 앗아간 황자들의 내전이었다. 그 치열한 내전에서 라엘이 승리할 거라 예상한 사람은 아무도 없었다. 라엘은 모든 황자를 통틀어 가장 보잘것없는 세력이었다.

하지만 그는 결국 승리했다. 모든 황자의 목을 쳤고 자신을 거스르던 귀족들을 모두 무릎 꿇렸다. 그 과정에서 무수히도 많은 피가 흘렀다. 시체가 끝없이 줄을 이었고, 피가 강을 이루어 흘러내렸다. 그는 살아남았고 승리했으나 너무나 많은 피를 흘려 버렸다. 모두가 그를 괴물을 보듯 두려워했다. 철가면을 쓰고 다녔던 것도 그래서였다. 얼굴을 가리는 철가면을 쓰지 않으면 도저히 피의 무게를 견딜 수가 없었다.

스스로 지고지순한 황태자의 자리에 오르고 나서는 오로지 내전 때

흘린 피를 갚겠다는 마음으로 살아갔다. 무리인 것을 알면서도 쉬지 않고 일하고 또 일했다. 마치 자신을 혹사하듯. 그것만이 자신이 흘린 피를 속죄할 수 있는 길이라 생각하면서 말이다. 하지만 아무리 노력해도 그가 흘린 피의 무게는 그를 놓아주지 않았다. 밤마다 지독한 악몽에 시달렸고, 그의 영혼은 하루하루 말라 갔다.

'생각해 보니 단 하루도 행복했던 적이 없군.'

라엘은 꿈속의 내용을 보며 씁쓸히 생각했다. 그래, 태어나서 단 하루라도 행복했던 적이 없었던 것 같다. 꿈속 어느 장면을 봐도 즐거웠던 기억이 없다. 모두 지옥과도 같았던 나날.

얼마나 시간이 지난 후일까? 꿈속에서 그의 삶이 바뀌는 장면이 나타났다.

「너는……?」

「마리라고 합니다.」

바로 마리와 만나는 장면이었다. 그의 삶은 그 날을 기점으로 극적으로 바뀌기 시작했다. 꿈속 흑색 장면이 환하게 밝아졌다.

라엘은 햇살을 받으며 눈을 떴다. 평소의 그답지 않게 늦잠을 잔 것인지 해가 높이 떠 있었다. 라엘은 침대 옆을 바라보았다. 아무도 없이 텅 비어 있었다.

'마리?'

간밤에 꾼 꿈 때문일까? 갑자기 가슴이 비어버린 듯 덜컥 허전한 마음이 들어 그는 침대에서 일어났다. 방을 나가니 1층에서 고소한 냄새가 올라오고 있었다.

"아, 란? 일어나셨어요? 조금 더 주무셔도 되는데."

마리는 주방에서 요리하고 있었다. 라엘은 그녀의 모습을 보자 괜히 안도감이 들어 낮게 한숨을 내쉬었다.

"그대야말로 조금 더 자지, 왜 요리를 하고 있나?"

"늘 저한테 아침마다 요리해 주셨잖아요. 오늘은 제가 맛있는 것 해 드릴게요."

이리저리 손을 움직이는 모습이 너무나 사랑스러워 라엘은 뒤에서 그녀를 껴안았다.

"라, 란? 잠시만요. 요리 중이잖아요."

"괜찮다."

"뭐가 괜찮……."

하지만 마리는 말을 더 잇지 못했다. 라엘의 입술이 뒤에서 그녀의 입술을 덮은 것이다.

"아, 란."

막 깊은 입맞춤을 이어 가려 할 때, 갑자기 마리가 요리하던 음식에서 탄내가 피어올랐다.

"그, 그만!"

마리는 화들짝 정신을 차려 그의 품에서 벗어났고, 라엘은 아쉽다는 듯 혀를 찼다.

"요리는 안 해줘도 괜찮은데……."

"안 돼요. 잠시만 참으세요."

그녀가 완강히 고개를 젓자 라엘은 어쩔 수 없다는 듯 물러나 주방 앞의 탁자에 앉았다. 그리고 요리에 열중하는 그녀를 빤히 바라보았다.

"왜 그렇게 보세요?"

"그냥 좋아서."

마리는 괜히 민망한 마음이 들어 얼굴을 붉혔다.

"올라가서 더 쉬고 계세요. 다 되면 부를게요."

하지만 라엘은 일어나지 않고 계속 그녀만 바라보았다. 보고만 있어도 행복하다는 시선이라 마리는 고개를 저었다. 하여튼 못 말리는 남편이었다. 곧 음식이 완성되었고, 둘은 호수를 바라보며 느긋하게 아침 식사를 하였다.

"음식은 먹을 만하세요?"

"당연히. 최고다."

"빈말 말고요."

"정말이야. 그대가 한 요리인데, 맛없을 리가 있겠는가?"

그녀는 요리에도 발군의 실력을 지니고 있었다. 최상급의 쉐프와 비교해도 떨어지지 않는 솜씨였다. 물론 설사 그런 솜씨가 없다고 해도 라엘은 그녀가 해준 요리라면 세상 어떤 음식보다 맛있게 먹을 것이다.

"저, 라엘? 혹시 어제 안 좋은 꿈 꾸셨어요?"

"왜 그러지?"

"그냥…… 안색이 조금 안 좋은 것 같아서요."

마리가 조심스럽게 물었다. 라엘은 치즈를 바른 빵을 씹으며 생각했다.

'꿈이라. 안 좋은 꿈을 꾸긴 했지.'

과거의 꿈은 그가 가장 싫어하는 꿈이었다. 하지만 그는 고개를 저었다.

"별것 아니다. 괜찮다."

마리는 걱정 어린 표정을 지었다. 라엘은 입꼬리를 들어 올리더니 그녀의 머리를 쓰다듬었다.

"아침 다 먹고, 왕성으로 출발하기 전에 잠시 근처 산책이나 할까?"

"네, 좋아요."

아침 햇살을 받은 호수는 고요한 밤과는 또 다른 아름다움이 있었다. 둘은 나란히 손을 잡고 햇빛에 찬란하게 빛나는 물결을 바라보며 호수

주변을 걸었다. 특별한 대화 없이도 함께 걸음을 걷는 만으로도 충분히 행복하고 즐거웠다.

"저 어제 사실 안 좋은 꿈을 꿨어요."

"무슨 꿈?"

"이전 왕성에 유폐되었을 때의 꿈이요."

라엘의 얼굴이 굳었다. 그녀가 가장 힘들었던 시기의 기억이다. 라엘은 그녀의 상처를 감싸 주듯 그녀의 어깨를 감싸 안았다.

"괜찮은가?"

"네, 괜찮아요."

마리는 대수롭지 않다는 듯 고개를 끄덕였다.

"이제 당신이 제 곁에 있으니까요. 그런 과거쯤은 아무렇지도 않아요."

라엘은 그녀를 빤히 바라보았다. 마리는 정말로 아무렇지도 않다는 표정이었다. 그의 입가에 자연스레 미소가 떠올랐다.

"사실 나도 어제 안 좋은 꿈을 꿨었다."

"정말요?"

라엘은 간밤에 꾼 꿈을 그녀에게 말해주었다. 마리의 눈이 걱정으로 물들었다.

"그런…… 괜찮으세요?"

"괜찮다."

라엘은 그녀와 마찬가지로 대수롭지 않게 고개를 저었다.

"이전이라면 힘들어했겠지만 이제는 그대가 내 곁에 있으니까. 그러니 아무렇지도 않다."

"……란."

라엘은 잔잔하게 그녀의 머리를 쓰다듬었다. 그리고 시선을 돌려 호수를 바라보았다.

"난 지금 굉장히 행복하다. 그리고 그대와 함께하는 한 영원히 행복하겠지."

마리도 고개를 돌려 호수를 바라보았다. 사랑하는 연인과 방문하면 평생을 행복하게 지낼 수 있다는 이야기가 깃든 호수가 반짝반짝 빛나고 있었다.

"네, 저도요. 저도 앞으로 영원히 행복할 거예요. 당신과 함께이니까."

둘은 그렇게 손을 잡고 호수를 바라보았다. 찬란한 햇빛과 선선한 바람이 그들을 감싸 안았다. 마치 그들의 앞날을 축복하듯.

마리와 라엘. 이 자리에 올 때까지 가슴에 수많은 상처를 안고 있었지만, 그런 상처들은 이제는 상관없었다. 함께이니까. 앞으로도 둘은 영원히 행복할 것이다.

〈외전 완결〉

작가 후기

안녕하세요, 유인입니다.

여기까지 사랑해 주신 독자님들께 깊은 감사의 인사를 올립니다.

능력 있는 시녀님은 작가로서 여러 아쉬움이 남는 글입니다. 그런데도 독자님들의 사랑 덕에 완결까지 무사히 집필할 수 있었고, 이렇게 종이책 출간까지 이어질 수 있었습니다. 정말로 많이 감사드립니다.

이야기는 이렇게 마무리되지만, 마리와 라엘, 그리고 키에르한. 모두 다 행복한 삶을 이어갈 거라고 생각합니다.

독자님들께서도 이 글을 통해 작은 행복을 느끼셨다면 작가로서 한없이 기쁠 것 같습니다.

항상 행복하시길 기원하며, 마지막으로 다시 한번 감사의 인사를 올립니다.